Christa S. Lotz

Die Hure und der Mönch

atb aufbau taschenbuch

Christa S. Lotz lebt in Baden-Württemberg am Rande des Schwarzwaldes. Sie hat bereits mehrere historische Romane veröffentlicht.

Als Aufbau Taschenbuch erschienen ihre Romane »Die Nonne und die Hure« und »Die Pilgerin von Montserrat«.

Florenz im 15. Jahrhundert. Der Bußprediger Savonarola, Prior des Klosters San Marco, versucht alle Feste und Lustbarkeiten in der Stadt zu unterdrücken. Doch nicht alle folgen ihm in seiner Sinnesfeindlichkeit. Auf einem Frühlingsfest ihrer Eltern wird die schöne junge Angelina ihrem zukünftigen Gatten vorgestellt, einem alten, korpulenten Mann. Angelina ist entsetzt – insgeheim ist sie in Francesco, den Gehilfen des Malers Botticelli, verliebt, der sie in verführerischer Pose malt. Wenig später versuchen Savonarolas Schergen das Fest aufzulösen – und der Mann, der ihr Gemahl werden sollte, wird erstochen aufgefunden. Als ein weiterer Mord in ihrem Umfeld geschieht, beginnt Angelina zu glauben, Francesco könnte dahinterstecken. Doch jemand verfolgt sie, und dann bricht in Florenz die Pest aus.

Christa S. Lotz

Die Hure und der Mönch

Roman

aufbau taschenbuch

FSC
www.fsc.org
MIX
Papier aus verantwortungsvollen Quellen
FSC® C083411

ISBN 978-3-7466-2761-8

Aufbau Taschenbuch ist eine Marke der
Aufbau Verlag GmbH & Co. KG

1. Auflage 2011

Umschlaggestaltung Mediabureau Di Stefano, Berlin
unter Verwendung eines Motivs von
Francis G. Mayer/Corbis und Bridgeman Berlin
Satz LVD GmbH, Berlin
Druck und Binden CPI – Clausen & Bosse, Leck
Printed in Germany

www.aufbau-verlag.de

1. TEIL

Mai 1497 – September 1497

Prolog

Die Glocken des Doms Santa Maria del Fiore schlugen elf Mal.

Als das Geläut verstummte, öffnete Domenian die Tür des Gotteshauses und betrat das dämmrige Schiff. Vor den Seitenaltären brannten kleine Öllichter, die seinen Schatten auf den gefliesten Boden warfen. Domenian erschrak über den Nachhall seiner eigenen Schritte. Er schaute zu der riesigen Kuppel empor. Ihm war, als verfolgten ihn Augen von Teufeln und wilden Tieren. War es die Angst um seinen Herrn Savonarola, die ihn umtrieb? Seine Finger pressten sich so fest zusammen, dass es schmerzte.

Vater, verzeih mir meine sündigen Gedanken, ich bitte um Vergebung. Er kniete vor einem der Seitenaltäre nieder, zog einen Strick aus seinem Ordensgewand, entblößte seinen Rücken und begann sich zu geißeln. Lass mich nicht im Feuer der Hölle schmoren, sondern erlöse mich von dem Bösen! Ich werde mein Werk in deinem Sinne ausführen, o Herr. Er ließ noch einmal das Seil über seinen Rücken sausen und stöhnte vor Schmerzen.

Er sah den Scheiterhaufen vor sich, der im Februar auf der Piazza della Signoria gebrannt hatte, sah die Augen Savonarolas, die fiebrig glänzten, als die Kostbarkeiten der Reichen in Flammen aufgingen und schließlich zu Asche zerfielen. Ein krachendes Geräusch von der Tür her ließ ihn auffahren. Im trüben Schein der Lampen sah er, wie einige Schatten in den Raum eindrangen. Wer wagte es, dieses Haus Gottes zu entweihen?

Unterdrücktes Kichern drang an seine Ohren. Waren das etwa die *Compagnacci,* diese gottverlassenen Söhne der Patrizier, die immer noch den Namen Lorenzo de' Medicis im Munde führten? *Palle, palle, palle!*, das war der Schlachtruf dieser frechen, genusssüchtigen Bürschchen geworden. Und wie um ihn zu verhöhnen, riefen die Jungen in den Raum hinein: *Palle, palle!*, Savonarola, dir werden wir's besorgen! Domenian verbarg sich hinter einer der Säulen.

Trappelnde Schritte, huschende Gestalten bewegten sich schnell auf die Kanzel zu. Ein Geruch nach verwesendem Fleisch drang in die Nase des Mönchs. Sie werden es doch nicht wagen ... Flüsternd und mit unterdrücktem Lachen machten sich die Jungen an der Kanzel zu schaffen. Domenian hörte Hammerschläge. Sie schlugen auf die Kanzel ein! Jetzt war das Maß voll. Er trat hinter der Säule hervor und rief mit donnernder Stimme: »Gott strafe euch, und in der Hölle sollt ihr braten für das, was ihr getan habt!«

Erschrocken hielten die Missetäter einen Augenblick lang inne, dann begannen sie zu lachen. Sie johlten, ließen alles stehen und liegen, kamen in rasendem Lauf auf ihn zu. »Halt's Maul, Mönchlein, sonst könnte es passieren, dass wir dich an deinem Spitz aufhängen!«, rief einer von ihnen. Er stieß ihn zur Seite, so dass Domenian zu Boden stürzte. Sie rannten aus der Kirche hinaus, und er blieb allein zurück mit dem bestialischen Gestank und einer bleiernen Stille.

Auf der Kanzel lag das Fell eines Esels, besudelt mit Blut und Eingeweiden. In die Brüstung, genau an der Stelle, worauf Savonarola während seiner Predigten mit der Faust zu schlagen pflegte, hatten sie spitze Nägel eingeschlagen.

1.

Er kauerte im Dunkeln draußen und starrte in die hell erleuchteten Fenster, wo die Reichen in ihren bunten Kleidern funkelnde Gläser erhoben und dem Luxus frönten. Sie zogen alles in den Dreck, was ihm heilig war. Dennoch liebte er es, ihr Treiben heimlich zu verfolgen, denn da war ein Mensch unter ihnen, den er gerne beobachtete. Von Zeit zu Zeit musste er wiederkehren, hier an den Ort, wo alles begonnen hatte. Es war für ihn einLeichtes gewesen, in den Garten einzudringen, wo er sich hinter dem Lorbeerbaum versteckte, direkt vor der Tür zur Terrasse. Es donnerte in der Ferne, er blickte auf, bald würde der Regen fallen, er sollte sich lieber auf den Weg machen. Mit einem letzten Blick in den Festsaal nahm er Abschied von seinem Engel, und dieser Blick änderte alles. Er sah etwas, was ihm nicht gefiel.

Eine Hand, die den Arm seines Engels ergriff, einen stolzen, besitzergreifenden Blick, einen hängenden Kopf.

Der Frühling war ins Land gekommen, mit Anemonen und Blausternkissen, doch auch mit feuchter Luft und Gewittern. Im Südwesten, von Florenz her, hatte sich eine dunkle Wolkenwand zusammengebraut, die bedrohlich wuchs. Angelina trat in den Festsaal, der von den Kerzen der Kristalllüster erleuchtet war. Unter den fein gekleideten Gästen herrschte eine aufgeräumte Stimmung, sie plauderten und scherzten. Dachten sie nicht an die Gefahr, die ihnen allen drohte? Die Stimmen klangen ihr überlaut in den Ohren.

Angelinas Vater, Lorenzo Girondo, war in ein lebhaftes Gespräch mit einer jungen Frau vertieft. Was machte er da? Wollte er wieder einmal seine Frau bloßstellen? Angelina schaute sich nach ihrer

Mutter um. Lukrezia Girondo hatte sich in eine Ecke zurückgezogen. Ihre schwarzen Locken wurden durch eine perlenbestickte Kappe gebändigt, die Leibesfülle von einem Kleid aus dunklem Samt. Sie stopfte Marzipantörtchen in sich hinein und winkte ihrer Tochter zu. Angelina ging zu ihr hinüber.

»Mein Herr Vater könnte wenigstens heute aufhören, sich wie ein Pfau zu benehmen«, murmelte sie.

Ihre Mutter schüttelte den Kopf. »Ich fühle mich immer älter und dicker, je jünger und hübscher seine Geliebten werden.«

»Dann esst nicht so viel Kuchen und Konfekt!«, versuchte ihre Tochter sie zu necken. Ihr Vater hatte inzwischen die junge Frau allein gelassen und rief: »Ich bitte meine Gäste nun zu Tisch! Lasst uns das Frühlingsfest feiern, wie es immer bei uns üblich war.«

Nachdem sich alle an den Tischen verteilt hatten, traten Diener heran, nahmen Flaschen mit weißem Chianti aus den Silberschalen, schenkten ein.

»Ein Prosit auf unser Geschlecht der Girondos und auf uns alle!«, rief Lorenzo fröhlich aus, und die Mägde brachten die Speisen. Es wurden Wildbret, gebratener Fisch, Aufschnitt und Saucen mit viel Pfeffer, Pinienkernen und Trüffeln serviert.

»Wer froh sein mag, der sei es, das Morgen, das ist nicht sicher ...«, fuhr Lorenzo fort. »Das hat mein alter Freund und Namensvetter, Lorenzo de' Medici, immer gesagt, Gott weiß, warum er so bald sterben musste. Dieser wahnsinnige Prior Savonarola ist schuld daran, dass er vertrieben wurde!«

»Habt Ihr keine Bedenken, in diesen Zeiten Feste zu feiern und den Namen der Medicis auszusprechen?«, fragte ein untersetzter Mann mit flachem, federgeschmücktem Barett.

»Savonarola duldet solche Feierlichkeiten nicht«, ergänzte sein Gegenüber, ein junger, hochgewachsener Mann. Es war Francesco Rosso, Malergehilfe Sandro Botticellis, bei dem Angelinas Eltern ein Porträt von ihr in Auftrag gegeben hatten. Sein Nachbar mit dem Barett wandte immer wieder den Blick zu Angelina. Er gefiel ihr nicht. Seine Lippen waren fleischig, seine Art war höflichunterwürfig, und wenn seine Augen die ihren trafen, zuckte eines seiner Augenlider. Dieses Zucken erinnerte sie an etwas, sie wusste aber nicht, an was.

»Wer ist das?«, fragte sie flüsternd ihre Mutter.

»Das ist Tomasio Venduti, ein Tuchhändler aus unserer schönen Stadt Florenz«, gab die Mutter ebenso leise zurück. Als hätte er es gehört, erhob der Fremde nun seine Stimme.

»Wir sind Savonarola zwar zu tiefem Dank verpflichtet«, meinte er, »aber der Prior ist zu weit gegangen. Man kann den Menschen nicht alle Freude am Dasein nehmen. Was ist denn dabei, wenn ein Fest wie dieses gefeiert wird?«

»War unsere Stadt nicht einmal eine Pracht?«, warf Francesco ein.

»Es war die Stadt der Künste und der Wissenschaft, des Reichtums und der Macht«, entgegnete Tomasio. »Und der schönen Frauen.« Sein Augenlid zuckte bei diesen Worten.

»Und jetzt ist sie ...«, setzte Francesco fort.

»Jetzt ist sie ein Gottesstaat«, antwortete Tomasio. »Alles, was die Menschen davon abhält, ins Reich Gottes zu kommen, wurde aus ihren Mauern verbannt. Aber Savonarola ist den falschen Weg gegangen. Keiner kann anderen Menschen seinen Willen aufzwingen, wenigstens nicht auf die Dauer.«

»Wenn die Menschen aber in ihr Unglück rennen«, versetzte Francesco, »Gottes Wort vergessen, sich bereichern und ein sündiges Leben führen ... Dann muss ihnen jemand den rechten Weg zeigen.«

Sandro Botticelli ist als Anhänger dieses Mönchs bekannt, ging es Angelina durch den Kopf. Konnte Francesco dieses Fest mit seinem Gewissen vereinbaren?

Nachdem das Mahl beendet war, begannen die Musiker zu spielen. Die Gäste zerstreuten sich, standen in Gruppen herum, lachend und plaudernd. Angelina setzte die begonnene Unterhaltung mit Francesco und Tomasio fort. Jetzt gesellte sich Angelinas Vater zu ihnen.

»Du bist in angenehmer Gesellschaft, wie ich sehe«, meinte er, an seine Tochter gewandt.

»Ja, Herr Vater, ich unterhalte mich glänzend«, erwiderte sie.

»Ich möchte dich mit jemandem bekannt machen«, sprach ihr Vater weiter. Angelina war es, als verdunkelten sich die Lichter der Kronleuchter.

»Mit wem denn? Ich kenne doch alle Eure Gäste.« Hilfesuchend blickte sie auf Francesco. Lorenzo Girondo nahm Angelina beim Arm und führte sie zu einer Gruppe von Männern und Frauen, die sich um die Musiker versammelt hatten. Ein älterer Mann mit einem Wams, das über seinem Bauch spannte, trat ihnen entgegen, ergriff Angelinas Hand und deutete einen Kuss an. Als er sich wieder aufrichtete, bemerkte sie, dass ihm graue Haare aus Ohren und Nase wuchsen.

»Das ist Giuliano Fredi, dein künftiger Ehemann«, stellte ihr Vater vor. In Angelinas Magengrube machte sich ein flaues Gefühl breit. Wieso hatte er nicht mit ihr darüber gesprochen, dass er vorhatte, sie zu verheiraten? Ihre Beine begannen nachzugeben. Nur keine Schwäche zeigen, nicht vor all den Gästen!

»Ich bin ein wenig … überrascht, Herr Vater«, sagte sie mit fester Stimme. »Und ich hätte gern eine Bedenkzeit.« Aus der Wolkenwand draußen grummelte es.

»Du kannst Signor Fredi unbedenklich heiraten«, warf ihre Mutter ein, die inzwischen herangekommen war. Angelina hatte noch nie ans Heiraten gedacht, besonders jetzt nicht, da Francesco … Ihr Vater bat die Gäste um Ruhe und rief:

»Hiermit gebe ich die Verlobung meiner Tochter Angelina mit Giuliano Fredi, einem angesehenen Florentiner Geschäftsmann, bekannt.« Er hob seinen Weinbecher. Die Gäste riefen »Oh« und »Ah« und klatschten in die Hände. Angelina wurde über und über rot. Ihr Vater gab den Musikern ein Zeichen. Sie begannen, eine *Pavane* zu spielen.

Signor Fredi deutete eine Verbeugung an und reichte Angelina den Arm. Alles in ihr sträubte sich, doch sie konnte ihren Vater nicht bloßstellen, verneigte sich ebenfalls kaum merklich und folgte dem Mann. Giuliano Fredi hielt sie leicht an der rechten Hand. Ein Schritt nach links, einen nach rechts. So einfach war das in diesen Kreisen. Ein Doppelschritt nach links, dann nach rechts wiederholt. Ihr Rock aus rotem Atlas rauschte, die weiten Ärmel flatterten. Angelina sah die Umstehenden, ihre Augen leuchteten zu ihr herüber. Francescos Blick war undurchdringlich. Tomasio starrte sie unverwandt an, so dass sie sich unbehaglich fühlte. Fredi änderte seine Tanzrichtung. Die Flöten, die Gitarre und die Trommel wurden lauter. Fredi tanzte eine Schrittfolge rückwärts und führte Angelina in einem großen Kreis herum. Mitten in die Musik und den Tanz hinein krachte es.

Die Musik brach ab, die Anwesenden schwiegen betroffen. Eines der Bilder war von der Wand gefallen. Es stellte Angelinas Mutter in jungen Jahren dar. Das bedeutete Unglück! Signora Girondo wies eine Magd an, die Scherben zusammenzufegen, Angelinas Vater setzte ein fröhliches Gesicht auf und rief: »Scherben bringen Glück, Angelina!«

Angelina hätte im Boden versinken mögen. Sie wusste, dass sie ein alles andere als glückliches Leben führen würde. Die Musiker begannen erneut zu spielen, Fredi setzte seinen Tanz mit ihr fort. Sie wünschte sich Francesco an die Stelle Fredis. Aber da er als Malergeselle zur handwerklichen Zunft gehörte, konnte sie sich den Gedanken wohl aus dem Kopf schlagen.

Der Tanz näherte sich dem Ende. Fredi stellte sein rechtes Bein gestreckt nach vorn und verbeugte sich, ohne den Kopf sinken zu lassen. Angelina deutete einen Knicks an. Er brachte sie nicht an ihren Platz zurück, weil die Musiker jetzt noch eine *Gaillarde* spielten. Die anderen Gäste schlossen sich ihnen an. Ein dumpfes Poltern dröhnte von der Tür her in den Saal. Die Musik verstummte abrupt. Wer mochte um diese späte Stunde noch Einlass begehren?

Angelina folgte ihrem Vater, dessen Schläfenadern bedenklich schwollen, und dem Diener, der vorauseilte. Einige Gäste setzten sich hinter ihnen in Bewegung, um zu sehen, was geschah. Der

Diener öffnete die Tür. Draußen standen etwa zehn bis zwölf *Fanciulli,* die Aufseher Savonarolas, keiner älter als vierzehn Jahre, alle im weißen Gewand. Einer der Größeren trat keck hervor.

»Im Namen Christi«, sagte er mit einer Stimme, die überschnappte, weil er sich im Stimmbruch befand. »Im Namen Savonarolas, unseres erlauchten Herrn von Florenz, sind wir ausgezogen, weil wir von verbotenen Festen hier auf dem Land gehört haben. Ihr feiert hier ein verbotenes Fest, und wir müssen Euch streng dazu ermahnen, alle Feierlichkeiten abzubrechen, Eure Gäste nach Hause zu schicken, Eure sündhaften Kleidungsstücke ins Feuer zu werfen und vor Gott und seinem Sohn Buße zu tun!«

»Mit welchem Recht dringt ihr in meinen Besitz ein, ihr Lausbuben?«, herrschte Lorenzo ihn an. »Verschwindet, bevor ich meine Diener losschicke. Wenn das nicht fruchtet, meine Hunde.«

»Das solltet Ihr schön unterlassen, Signor Girondo«, schrie der Junge. »Wir machen eine Meldung bei den Signori vom Stadtrat und dann werdet Ihr schon merken, wie weit Ihr kommt! Mit Eurem Handel in der Stadt wird es vorbei sein, dafür wird die Signoria sorgen!«

»Ihr habt mir nichts zu befehlen«, gab Lorenzo zur Antwort. »Und jetzt fort mit euch, aber *pronto!*«

Die Gäste reckten die Hälse. Der Anführer der Schar gab sich noch nicht geschlagen, auch wenn seine jüngeren Kameraden betretene Gesichter machten.

»Sind nicht auch heidnische Schriften oder wollüstige Bilder in Eurem Besitz?«, fragte der Junge geifernd. »Schmuck, Spiegel, Schminktöpfe, weltliche Musikinstrumente, Spielkarten, teure Möbel, sündhafte Kleidungsstücke? Ihr werdet in der Hölle schmoren, wenn Ihr Euch nicht von diesem Lebenswandel abkehrt!«

Lorenzo baute sich vor dem Knaben auf.

»Fort mit euch, das ist mein letztes Wort! Ich fürchte euren Savonarola nicht und auch nicht eure Hölle!«

»Das werdet Ihr bereuen«, zischte der Junge und drohte mit der Faust, bevor er sich mit seinen Gefährten zurückzog. Sie schritten von dannen, mit dem Lied ›*Viva Christo, e chi gli crede*‹ auf den Lippen. Mit einem gewissen Stolz im Gesicht drehte Lorenzo sich zu seinen Gästen um.

»Denen hab' ich's gezeigt!«, freute er sich. Angelina war beklommen zumute. Noch herrschte dieser Prior mit eiserner Macht in der Stadt. Jeder, der sich ihm widersetzte, fiel in Ungnade. Aber was konnte ihnen wirklich geschehen? Hatte sie nicht schon munkeln hören, dass der Stern Savonarolas im Sinken begriffen war?

Das Grummeln aus der schwarzen Wolke war schwächer geworden. Aufgeregt schwatzend und gestikulierend kehrten die Gäste in den Empfangsraum zurück. Da ertönte ein erstickter Schrei aus dem Garten hinter dem Haus. Ein Diener kam mit weit aufgerissenen Augen angelaufen.

Er hatte etwas gesehen, was ihm nicht gefiel, und er handelte schnell. Die Engel waren auf seiner Seite. Sie lenkten die restlichen Gäste ab, und als der Mann mit dem stolzen, besitzergreifenden Blick den Garten betrat, noch ganz ungläubig vor Glück, machte er diesem Theater ein Ende. Es war ein blutiges Ende, obwohl es schnell ging. Er musste alle seine Kräfte aufbringen, den Mann festzuhalten, als er zustach. Während er ihn zu Boden gleiten ließ, atmete er schwer. Als er die Augen hob, sah er mit einem Mal, dass er nicht allein war. Es war einer der Gäste. Sein Mund stand offen. Doch noch während er ihn beobachtete, verzog sich der ungläubig offenstehende Mund zu einem Grinsen. Es war, als hätte er diesem Mann, den er noch nie gesehen hatte, einen Gefallen getan, einen Wunsch erfüllt, auf den er kaum zu hoffen gewagt hatte. Der Gast deutete eine dankbare Verbeugung an und zog sich wortlos ins Haus zurück. Kurze Zeit später kam ein Diener heraus und im Haus erhob sich Geschrei, aber da war der Garten schon wieder leer.

»Da liegt …«, stotterte der Diener, »da liegt …«

Lorenzo packte ihn bei den Schultern und schüttelte ihn.

»Was ist los, was hast du gesehen?«, rief er.

Dem Diener begannen die Zähne zu klappern. Er lief den anderen voran in den Garten und zeigte mit zitterndem Finger auf den Brunnen. Als Angelina mit den anderen näher trat, wurde ihr erst heiß, dann kalt. Signor Fredi, der für sie als Gatte ausersehen war, lag in gekrümmter Haltung am Boden, die Beine verdreht, halb an den Brunnen gelehnt. Ihr Vater war bleich geworden, Angelina sah das Entsetzen in seinen Augen und in denen der Gäste. Lorenzo drehte den Körper des Mannes herum. In seinem feisten Rücken steckte ein Dolch, und unter seinem Körper hatte sich eine Blutlache gebildet.

2.

Lorenzo löste sich als Erster aus der Erstarrung.

»Warum war Signor Fredi im Garten?«, fragte er atemlos.

»Er sagte, er brauche frische Luft«, entgegnete der Diener. »Dann bin ich nach vorne, um zu sehen, was los war.«

»Der Tote muss weg«, rief Lorenzo heiser und winkte zwei andere Diener heran.

»Warum muss er weg?«, wollte Angelina wissen. Ihr war übel. Sie hatte ihn zwar nicht haben wollen, aber so einen Tod hatte der arme Mann doch nicht verdient. Es war ihr, als wäre sie schuld an dem, was geschehen war. Die anderen Festbesucher standen immer noch wie erstarrt.

»Es darf der Signoria nicht bekannt werden, dass einer meiner Gäste tot aufgefunden wurde. Bringt ihn hinunter auf den Weg. Er kann von jedem beliebigen Wegelagerer erstochen worden sein.«

»Das halte ich für einen guten Einfall«, stimmte ihm Tomasio zu. Andere Gäste nickten, immer noch bleich im Gesicht. Die Diener packten den Toten und luden ihn auf einen Karren.

»Das Fest geht weiter«, beschied Lorenzo. »Und ich bitte Euch, meine lieben Gäste, über diesen Zwischenfall zu keinem etwas verlauten zu lassen!« Die Musiker begannen wieder zu spielen, und die Gäste gingen hinein, weil inzwischen ein starker Wind aufgekommen war. Angelina fröstelte, sie verstand die Welt nicht mehr, sie verstand nicht, dass ihr Vater nach einem solchen Vorfall das Fest nicht abgebrochen hatte. Sie versuchte in den Augen ihrer Mutter zu lesen, doch die wandte sich ab und nahm sich eine Sahnewaffel vom Tisch.

Am nächsten Tag schien die Sonne wie gewöhnlich in Angelinas Fenster herein, als wäre nichts geschehen. In der Nacht war noch ein kräftiges Gewitter niedergegangen. Als Angelina die Treppe hinab ins Esszimmer kam, saßen ihre Eltern schon am Frühstückstisch. Zwei Diener brachten Würzwein, Eier, Käse und weißes Brot. Die Spuren der nächtlichen Feier waren beseitigt worden.

»Du siehst bleich aus«, sagte Angelinas Mutter.

»Ich habe schlecht geschlafen«, gab Angelina zurück. »Wegen der Ereignisse von gestern Nacht. Was wollt Ihr dem Wachtmeister sagen, wenn Signor Fredi gefunden wird?«

»Wir werden sagen«, begann Lorenzo und legte sein Messer beiseite, »und auch du wirst dich an diese Version halten, dass Signor Fredi sich zu diesem Fest angesagt hatte, aber nicht erschienen ist. Unsere Diener haben ihn nach Anbruch der Nacht gesucht, aber nicht gefunden.«

»Es ist das beste so, mein Kind«, fügte ihre Mutter hinzu. »Schon schlimm genug, dass die *Fanciulli* uns in der Nacht aufsuchen mussten. Die werden es gewiss der Signoria gemeldet haben.«

»Und wenn schon!«, polterte Lorenzo. »Der Stadtrat wird uns schon nichts anhaben können. Wenn Savonarola erst einmal vom Papst exkommuniziert wird, hat er sowieso einen schweren Stand in der Stadt. Das kann nicht mehr lange dauern, sage ich euch.«

»Die *Fanciulli* haben Signor Fredi nicht gesehen«, warf ihre Mutter beruhigend ein. »Und falls unsere Gäste aussagen müssen, werden sie dasselbe sagen wie wir.«

»Aber Ihr könnt nicht leugnen, das Fest gefeiert zu haben!«, gab Angelina zu bedenken. Ihr Vater zwinkerte ihr zu.

»Hier auf dem Land wird das ein wenig unbefangener gesehen. Der Arm des Mönchs reicht nicht so weit, auch wenn er seine Kinderbanden schon in die umliegenden Dörfer schickt.«

»Ich danke Gott dafür, dass deine Geschwister krank geworden sind und wir sie zu den Großeltern gebracht haben«, meinte Signora Girondo. »Sie waren zu lange draußen«, fügte sie hinzu.

»Sie waren nicht zu lange draußen«, setzte Lorenzo dagegen. »Ich habe immer gesagt, Kinder muss man abhärten, dann bekommen sie viele Krankheiten erst gar nicht.«

»Davon verstehst du nichts«, entgegnete seine Frau und knuffte seinen Arm.

»Wollt Ihr den Mord nicht doch lieber melden, Herr Vater?«, fragte Angelina.

»Ausgeschlossen!«, gab Lorenzo zur Antwort. »Die Lage ist schwierig genug. Ich kann es mir in meiner Stellung nicht erlauben, mit so etwas in Verbindung gebracht zu werden.«

»Wann kommen Rodolfo und Clementina denn zurück?«, fragte Angelina. Sie hatte eingesehen, dass sie mit ihrem Vater nicht reden konnte. Gut, dass ihren Geschwistern das hier erspart geblieben war.

»Wir fahren morgen in unser Stadthaus«, erwiderte Lorenzo. »Dort werden die Kleinen uns schon erwarten.«

Angelinas Herz begann schneller zu klopfen. Sie würde Francesco wiedersehen!

»Ich freue mich darauf«, sagte sie und trank einen Schluck Würzwein, als es an der Tür pochte. Der Diener Hippolo kam herein und meldete den Wachtmeister aus dem Dorf.

Angelina kannte den gutmütigen Mann aus den Bergen. Er hieß Angelo Nicolini und war ein schwergewichtiger Familienvater, dem man seinen Hang zu gutem Essen und Trinken ansah. Der Wachtmeister schnaufte herein und blieb ehrerbietig stehen.

»Kommt doch näher«, rief Lorenzo ihm zu.

Der Wachtmeister drehte seine Mütze in den Händen.

»Es ist mir nicht angenehm, Signor und Signora Girondo«, begann er zögernd. »Winzer haben heute Morgen einen Toten auf dem Weg ins Dorf gefunden. Nun muss ich Euch fragen, ob Ihr ihn kennt.«

»Hat ihn niemand aus dem Dorf erkannt?«, fragte Lorenzo mit einem gespannten Gesichtsausdruck.

»Nein, niemand, aber die Leute sagen, das war so ein feiner Herr, der hatte gewiss etwas mit den Girondos da oben auf dem Anwesen zu tun.«

»Wir hatten gestern einige Freunde zu Gast«, sagte Lorenzo.

»Ich hörte davon«, gab Nicolini zurück. »Ein paar *Fanciulli* haben gestern Nacht gemeldet, dass bei Euch ein Fest stattgefunden habe, das nicht den Verordnungen entsprach.«

»Ach, Ihr wisst doch, wie das ist«, schmeichelte Lorenzo. »Man holt seine Kleider aus den Truhen, um mal wieder ein wenig Glanz zu sehen. So viel Freude ist ja in letzter Zeit nicht aufgekommen, meint Ihr nicht auch, Signor Nicolini?«

»Recht ist Recht«, antwortete der Wachtmeister. »Ich muss das der Signoria melden.«

»Ach, kommt«, meldete sich Angelinas Mutter zu Wort, »Ihr erhaltet auch wieder ein Fässchen Wein aus unserem Keller. Und einen Korb voller Sahnewaffeln«, fügte sie hinzu, als sie sah, wie die Augen des Wachtmeisters aufleuchteten.

»Also gut, ich habe nichts gehört und nichts gesehen«, meinte er. Und an Lorenzo gewandt: »Aber wollt Ihr mir jetzt bitte folgen und Euch den Toten ansehen?«

»Aber gewiss. Es könnte Signor Fredi sein, der sich bei uns angesagt hatte, aber nicht erschien. Wahrscheinlich ist er von Wegelagerern erschlagen worden, der Arme.«

»Er wurde erstochen«, meinte der Wachtmeister.

»Wenn er es wirklich ist, werde ich ihn in unserem Wagen in die Stadt bringen lassen.«

»Hat er Verwandte?«, wollte der Wachtmeister wissen.

»Nur seine alte Mutter, soweit ich weiß.«

»Habt Ihr ihn nicht suchen lassen?«

»Meine Diener haben Ausschau nach ihm gehalten, ihn aber nicht gefunden«, beendete Lorenzo den Disput und schritt zusammen mit dem Wachtmeister hinaus.

Am Tag darauf zog die Familie Girondo wieder in die Stadt. Ihre leichte Kutsche war mit Körben und Beuteln beladen. Der Leichnam Fredis begleitete sie in einem schwarzen Kasten.

Die Stadt Florenz empfing sie so abweisend wie bei ihrer Abreise. Die Häuser standen wie Türme, mit kleinen Fenstern und Loggias versehen. Angelina bemerkte die Nebel, die von den Wassern des Arno aufstiegen. Sie hüllten alles in ein düsteres Grau. Die Menschen, in schwarze Umhänge gehüllt, eilten ihren Häusern entgegen. Sie schienen beunruhigt; viele von ihnen trugen Waffen. Durch die Straßen zogen die *Fanciulli del Frate*.

Angelinas Vater übernahm die traurige Aufgabe, Fredis Mutter ihren toten Sohn zu überbringen. Die Familie erreichte ihr Stadthaus, den Palazzo Girondo. Angelina stieg mit ihrer Mutter die Treppe zum *Primer Piano,* zum ersten Stock hinauf. Sie war froh, ihre Geschwister wiederzusehen. Sie wären wieder vollständig gesund und von den Großeltern hervorragend versorgt worden, berichteten sie.

»Gibt es noch ein Fest?«, fragte Rodolfo mit leuchtenden Augen.

»Vielleicht zu Pfingsten!«, fiel Clementina ein.

»Wir werden sicher bald wieder ein Fest feiern«, versicherte Angelina und strich beiden über die Köpfe. Von draußen ertönte ein vielfältiges Rasseln. Die Geschäftsleute ließen ihre Läden herunter. Signora Girondo, die herzugekommen war, sagte aufgeregt: »Die Schulen haben geschlossen, weil Savonarola wieder eine seiner Predigten hält. Wir sollten hingehen, alle unsere Nachbarn und Bekannten finden sich heute im Dom ein, um den Prediger zu hören.«

»Er ist ein *Piagnone,* eine Heulsuse!«, rief Clementina. »Und alle, die ihm anhängen, sind ebenfalls Heulsusen.«

»Wo hast du denn das aufgeschnappt?«, fragte Signora Girondo streng.

»Na, bei den *Compagnacci,* unseren Kumpanen«, antwortete Clementina. »Sie sagen, Savonarola hat die Stadt verraten, weil das, was er versprochen hat, nicht eingetreten ist.«

»Davon versteht ihr nichts«, sagte Signora Girondo schnell. »Jetzt zieht eure Gewänder für die Kirche an, hört doch, die Glocken läuten schon!«

Wenig später traf Lorenzo Girondo ein, und die Familie machte sich gemeinsam auf den Weg zum Dom. Kleinere Prozessionen von Menschen zogen zur Kirche hin, angeführt von den *Fanciulli del Frate*. Von einer Eskorte von älteren Kindern bewacht, näherte sich Savonarola dem Dom. Angelina hatte ihn noch nie aus solcher Nähe gesehen.

Er war von kleiner Statur, in eine braune Kutte gekleidet, die von einem Strick zusammengehalten wurde. Sein Gesicht wirkte blass und zerfurcht, die Augen, die tief in ihren Höhlen lagen, sahen aus wie von innen verbrannt. Das war also der Bußprediger, der ganz Florenz im Griff hatte! Angelina betrachtete ihn neugierig. Sie wandte sich erschrocken ab, als er sich plötzlich umwandte und sein Blick sich in ihren bohrte.

In der Kirche herrschte drangvolle Enge, es roch nach Schweiß, nach Weihrauch und ein wenig nach Verwesung. Da Männer und Frauen in der Kirche durch ein riesiges Tuch getrennt stehen mussten, blieben nur ihre Mutter und ihre Schwester während der Predigt bei Angelina. Nach Gesängen, Gebeten und Psalmen, die nicht mehr aufhören wollten, betrat Savonarola die Kanzel. Atemlose Stille herrschte unter den Unzähligen, die sich hier versammelt hatten.

»Hört ihr das Wort unseres Vaters?«, begann der Mönch mit gewaltiger Stimme, die man dem schmächtigen Körper gar nicht zugetraut hätte. »Das sagt: Auge um Auge, Zahn um Zahn? Wir stehen dicht vor der Wende des Jahrhunderts. Hat nicht Johannes das Ende der Zeit angekündigt? Und siehe, ein fahles Pferd. Und der darauf saß, dessen Name war: der Tod, und die Hölle folgte ihm nach. Und ihnen wurde Macht gegeben über den vierten Teil der Erde, zu töten mit Schwert und Hunger und Pest und durch die wilden Tiere auf Erden. Diejenigen, die das Heiligste beschmutzt haben in der letzten Nacht, sollen in den tiefsten Tiefen der Hölle schmoren!« Er schlug auf die Brüstung der Kanzel, wo Domenian die Nägel hatte entfernen lassen. Ein Aufseufzen kam aus tausend Kehlen. »Bürger von Florenz!«, fuhr Savonarola fort. »Noch sitzt der Antichrist auf dem Thron in Rom, Alexander VI., den gilt es zu vernichten, es gilt, einen Gottesstaat zu errichten. Die Wahl des Papstes im Jahre 1492 war ungültig! Er lebt in Sünde mit seinen

Konkubinen, allein sieben Kinder hat er mit ihnen gezeugt. Der Papst hat gedroht, mich zu exkommunizieren, aber das kann mich nicht davon abhalten, das Rechte zu tun, das, was Gott und die Gemeinschaft der Gläubigen von uns verlangen. Seid ihr treue Diener Gottes? Werdet ihr uns mit ganzem Herzen, mit ganzer Seele und bei allem, was euch heilig ist, unterstützen?«

»Ja, das werden wir, Padre Prior«, antworteten Tausende von Menschen.

»Also«, fuhr Savonarola fort, »der vollkommene Christ lebt im Glück der Barmherzigkeit. Und so – wie Hiob sagt – haben diese Vollkommenen die Nacht in Tag verwandelt, das heißt, Unglück schätzen sie als Glück und Glück der Welt halten sie für Unglück. Das sind also die Doppelrechtser, die vollkommenen Christen. Andere Christen sind Doppellinkser, die gebrauchen beide Hände als Linke, da sie sündigen im Glück wie im Unglück. Das sind diejenigen, die gestern Nacht das Haus des Herrn besudelten. Wie denen, die Gott lieben, alles zum Wohle gereicht, so gereicht diesen alles zum Übel.«

Das Schlagen einer Trommel war zu hören. Die dicht gedrängt stehenden Menschen blickten verwirrt empor. Das Trommeln wurde lauter. Einige junge Leute auf den oberen Rängen waren aufgesprungen. »Du wirst selber in der Hölle brennen, Savonarola!«, schrie einer von ihnen. »Uns kannst du nicht mehr überzeugen mit deinem Sünden- und Höllengefasel! Und bald wird dir keiner mehr folgen in dieser Stadt.« Die Menge wirkte wie versteinert.

»Euch wird der Mut bald vergehen, ihr Bürschchen!«, rief Savonarola und drohte ihnen mit der Faust. »Gott wird über euch zu Gericht sitzen.« Durch das lauter werdende Geschrei und Trommeln fuhr er mit seiner Predigt fort: »Die Doppelrechtser gleichen den Bienen, die alles in süßen Honig verwandeln, die Doppellinkser den Schlangen, die alles in Gift verwandeln. Und was denkt ihr, die ihr gute Christen seid, wer von denen die ewigen Freuden des Paradieses erlangen wird?«

»Die Doppelrechtser!«, riefen die Menschen, lauter als die Trommeln.

»Und wer wird in die Hölle fahren und im Fegefeuer braten?«

»Die Doppellinkser!« Es kam wie ein gemeinsamer Aufschrei, viele bekreuzigten sich.

»Du bist selber ein Doppellinkser, Savonarola«, tönte es von der Empore. Einige Mönche eilten die Treppe hinauf, packten die Störer und trieben sie mit Knüffen und Stößen aus der Kirche hinaus. Keine Hand regte sich, um ihnen zu helfen.

»So lasst uns beten«, fuhr Savonarola zufrieden fort, als wieder Stille eingetreten war. Sein Gebet, das er mit lauter, sicherer Stimme vortrug, endete mit den Worten:

»Und weil wir Menschen hienieden schwach sind, so behüte uns, Herr, vor allen schädlichen Anfechtungen, vor Teufels Arglist, Fleisches Begierden und der Welt Falschheit und Trug. Und erlöse, Herr Gott, mich selbst und alle Christen von dem Übel des Leibes und der Seele. Amen.«

»Amen«, kam es aus Tausenden von Kehlen. Der Chor begann zu singen.

Danach schoben sich die Massen langsam nach vorn, um das heilige Abendmahl aus der Hand des Priors zu empfangen. Angelina glaubte zu ersticken, so dicht drängten sich die Menschen. Sie schickte einen Blick zur Kuppel des Doms. Durch die runden Fenster fiel ein fahles Licht. Als sie den Kopf senkte, begegneten ihr zwei Augenpaare, die sie anscheinend schon länger angeblickt hatten. Es war Francesco. Neben ihm stand ein Mann mit rötlichem Lockenkopf und orangefarbenem Gewand. Es war der Maler Botticelli, den Angelina schon in dessen Werkstatt gesehen hatte. Sie bahnte sich einen Weg durch die Menge, bis sie vor den beiden stand.

»Wir sollten die Kirche verlassen«, meinte Francesco. »Sonst werden wir hier noch erdrückt. Ich glaube, hier sind Abertausende von Leuten versammelt.«

»Du versäumst das Abendmahl, wenn du jetzt gehst«, mahnte ihn der Maler. »Außerdem braucht Girolamo Savonarola jetzt unsere Unterstützung. Du hast gewiss gehört, was gestern vorgefallen ist.«

»Was ist geschehen?«, fragte Angelina.

»Gestern Morgen war der Dom von einem widerlichen Gestank erfüllt«, antwortete Francesco. »Jemand, wohl die *Compagnacci,* hat die Eingeweide eines Esels auf den Altar gelegt und überall Nägel in die Kanzel geschlagen. Wahrscheinlich wollten sie Savonarola töten. Aber sie haben es nicht geschafft!«

So weit war es schon gekommen? Angelina konnte es kaum glauben.

»Kommst du jetzt mit mir nach vorne?«, fragte Botticelli ungeduldig.

»Ich habe eine Sitzung mit der Signorina«, gab Francesco unbekümmert zurück. »Kommt«, sagte er und fasste Angelinas Arm.

Sie wurde rot. »Ich muss meinen Eltern Bescheid geben«, wandte sie ein. Sie entdeckte ihre Eltern und Geschwister, die dem Ausgang zustrebten. Als sie es endlich aus dem Dom heraus geschafft hatten, sah Angelina ihre Familie, die offensichtlich auf sie wartete. Zusammen mit Francesco steuerte sie auf sie zu.

Angelina zupfte am Ärmel ihres Kleides. »Francesco will an meinem Bild weitermalen«, sagte sie.

»Oh, das hatte ich ganz vergessen, dass heute eine Sitzung in der Werkstatt ist«, meinte ihr Vater.

»Dann geh«, schaltete sich die Mutter ein. »Aber sei zum Abendessen wieder zu Hause! Clementina soll dich begleiten.« Ihre Schwester war die Letzte, die Angelina hätte dabeihaben wollen, auch wenn sie das Mädchen sehr liebte. Clementina drängte sich freudig an sie heran.

»Darf ich auch etwas malen?«, fragte sie mit glänzenden Augen. Mit ihren zehn Jahren war Clementina doch noch recht kindlich.

»Aber gewiss darfst du das«, antwortete Francesco lächelnd.

3.

Sie durchquerten die fast menschenleeren Straßen der Stadt. Die Sonne hatte sich durch die Wolken gekämpft und warf goldene Strahlen auf die Steine und Mauern. Clementina sprang vor ihnen her, ein Lied trällernd, was Angelina ihr jedoch verbot, da die *Fanciulli del Frate* allgegenwärtig waren. Ausgehungerte Bettler streckten ihnen die Hände entgegen. Angelina versuchte jedem ein wenig zu geben, doch es war unmöglich. Sie erreichten das Gerberviertel. Männer, Frauen und Kinder arbeiteten an den Bottichen, reinigten und walkten das Leder. Ein stechender Geruch lag in der Luft. Schließlich erreichten sie die Kirche Santa Maria Novella und die enge Via Nuova, in der Botticelli seine Werkstatt hatte.

»*Buongiorno,* Francesco Rosso!«, rief ein kleiner, drahtiger Mann mit Kräuselhaar und einem Schnurrbart zu ihnen herüber.

»Buongiorno, Lucas Bandocci«, entgegnete Francesco. »Das ist mein Freund, Gemüsehändler und Apotheker in einem«, erklärte er, zu Angelina gewandt. Der Händler stand vor seinen Auslagen mit frischem Gemüse, Säcken mit Zwiebeln sowie Körben voller dicker Bohnen und getrockneter Pilze. Lucas überquerte die schmale Gasse und drückte allen dreien die Hand.

»Bei mir könnt Ihr alles haben«, sagte er zwinkernd zu Angelina. »Jetzt haben wir Mai, da gibt es die ersten Spinatpflänzchen und Spargel.«

»Wo bist du gewesen, Lucas?«, fragte Francesco. »Ich habe dich in der Kirche nicht gesehen.«

»Meinen Gott trage ich im Herzen«, versetzte Lucas lächelnd. »Den brauche ich mir von niemandem predigen zu lassen.«

»Das lass nur den Meister nicht hören«, gab Francesco zurück, »sonst kauft er nicht mehr bei dir ein!«

»Sandro Botticelli ist seinem Gott sehr zugetan, aber er ist auch ein sehr menschlicher Künstler. Ich glaube schon, dass er mich verstehen würde.« Und zu Clementina gewandt: »Komm doch später bei mir vorbei, ich habe ein paar Nüsse für dich.«

Clementina nickte schüchtern und verabschiedete sich. Durch eine niedrige Tür betraten die drei das Untergeschoss von Botticellis Werkstatt, in dem rechts Vorräte lagerten und Ziegen gehalten wurden, links die Werkstatt untergebracht war. Hier wurde der Gerbergeruch von dem nach Tempera und Ölfarben überdeckt. Behälter mit Marder- und Schweinehaarpinseln, Leinwände, Holzplatten und Schneidemesser lagen aufgeräumt auf dem großen Tisch. Dort sah Angelina auch die Skizzen, die Francesco von ihr angefertigt hatte. Darauf trug sie das gleiche schwarze Kleid wie heute, mit einem anliegenden Samtmieder, langen, fließenden Ärmeln, einem hochgeschlossenen Kragen, der *Heuke,* einem Mantel, und einer schmucklosen *Kalotte,* dem Haarnetz. In der Mitte des Raumes stand, halb verhüllt von einer Leinendecke, das Bild, mit dem Meister Botticelli vor einiger Zeit begonnen hatte: »Die mystische Kreuzigung«.

Angelina wunderte sich immer noch darüber, welche Wandlung dieser Maler durchgemacht hatte, seit er Anhänger Savonarolas geworden war. Sie hatte seine Werke »Frühling« und »Die Geburt der Venus« im Palast der Medici gesehen. Diese Bilder hatten einen äußerst sinnlichen Eindruck auf sie gemacht, auch wenn die Körper der Frauen unter den durchsichtigen Gewändern ihr die Schamröte ins Gesicht getrieben hatten. Doch solche Bilder gab es von Botticelli nicht mehr.

Francesco nahm Angelina bei der Hand und zog sie mit sich in den Raum. Ihre Augen wurden groß beim Anblick der Bilder, Paletten und bunten Schalen.

»Ich will malen!«, ertönte eine helle Stimme hinter ihnen. Fast hätte Angelina ihre Schwester vergessen. Francesco wandte sich zu einer Ecke des Raumes, in der ein niedriger Tisch mit einem Stuhl davor stand. Er nahm ein paar Schüsselchen mit Farbresten und stellte sie auf den Tisch. Clementina setzte sich erwartungsvoll hin. Angelina band ihr einen alten Lumpen um, um ihr Kleid zu schützen, Francesco spannte ein altes Stück Leinwand in einen Rahmen und gab ihr einen Pinsel. Clementina lächelte. Sie tauchte den Pinsel abwechselnd in die Farbschüsseln und begann, rote und grüne Kleckse auf die Leinwand zu setzen. Jetzt war die Kleine beschäftigt, und Francesco und Angelina konnten sich dem Porträt zuwenden. Francesco hatte die Umrisse Angelinas in ihrem schwarzen Mantel bereits auf ein Stück Leinwand skizziert. Sie setzte sich auf den Stuhl mit der hohen Lehne.

»Stellt doch den Stuhl ein wenig näher ans Fenster«, wies der Maler Angelina an. »Ja, so, noch ein bisschen drehen, damit Licht auf Euer Gesicht fällt.«

Die Leinwand hatte er schon am Vortag mit einem Kleister aus Mehl, Olivenöl und etwas Honig vorbereitet, damit sich die Poren schließen konnten, sie mit einem Bimsstein abgeschabt und zweimal grundiert. Außerdem hatte er verschiedene Temperafarben vorbereitet. Jetzt gab er etwas von der Farbe in eine Schüssel und verrührte sie mit Wasser, Ei und Leinöl. Er übertrug die Umrisse der Gestalt Angelinas von seinen Skizzen auf die Leinwand, malte den Himmel hinter dem Fenster aschblau und weiß und ließ die Farben trocknen. Die Pinsel aus weichem Schweinehaar waren neu, so dass sie die Farben gut aufnahmen.

Das Gesicht malte Francesco halb beschattet, an der ihm zugewandten Seite, halb von der Sonne beschienen. Aber diesen Kontrast verwischte er wieder ein wenig, wohl, damit der Gesamteindruck träumerischer wurde. Nach etwa einer halben Stunde, in der Angelina stillsitzen musste, war das Gesicht im Groben fertig. Er würde die Feinheiten noch ausmalen, später alles mit einem Abschlussfirnis überziehen. Das Bild stellte er zum Trocknen ans offene Fenster. Sie betrachtete es: Der Ausdruck ihres Gesichtes war ein wenig trotzig, aber gleichzeitig unsicher. In die braunen Locken hatte Francesco goldene Reflexe gesetzt.

»Angelina«, begann Francesco und räusperte sich.

»Ja?« Sie schaute ihn fragend an.

»Dieser Mantel … und auch das Kleid, das Ihr darunter tragt …«

»Was ist damit? Gefällt es Euch nicht?«

»Es ist zu düster für ein junges Mädchen.«

»Was schlagt Ihr vor, Francesco?«

»Zieht beim nächsten Mal ein anderes Kleid an, eines, das die Farben Eures Gesichtes und Eure Gestalt unterstreicht. Dazu würde auch die Perlenkette besser passen.«

»Meine Eltern werden das aber nicht erlauben, Signor Rosso. Zumal hat Savonarola verboten, bunte Kleidung in der Öffentlichkeit zu tragen, und sie zu malen ist bei höchster Strafe verboten!«

»Es braucht niemand zu wissen.« Francesco zwinkerte ihr zu. »Zieht einfach Euren schwarzen Mantel darüber, wenn Ihr aus dem Hause geht. Eure Eltern werden entzückt sein über das Porträt.«

»Und ich werde noch gebraten bei dieser Hitze!«, rief Angelina.

»Ihr könnt gern etwas von Eurer Last ablegen«, meinte er.

Sie errötete. »So war das nicht gemeint.«

»Angelina«, kam jetzt die feine Stimme von Clementina. »Ich mag nicht mehr malen.«

»Geh rüber zu Signor Bandocci«, schlug Angelina vor. Clementina raffte ihr Kleidchen zusammen und eilte aus dem Raum.

»Ihr werdet doch nur Dinge malen, die dem gebotenen Anstand entsprechen?«, wollte Angelina wissen.

»Aber gewiss doch, Angelina«, beeilte sich Francesco zu versichern. »Für heute wären wir fertig«, fügte er hinzu. »Das Bild muss trocknen. Kommt morgen wieder vorbei und sucht Euch ein Kleid aus, das Euch wirklich gefällt.«

»Ich werde sehr sorgfältig bei der Auswahl sein«, versicherte Angelina und stand auf. Sie gab ihm die Hand, die er mit seinen warmen, kräftigen Fingern drückte. Etwas verwirrt eilte Angelina hinaus, holte Clementina aus dem Laden Bandoccis, nahm die Schwester an der Hand und begab sich mit ihr auf den Weg nach Hause. Unterwegs sog sie heimlich den Duft der Temperafarben ein, der noch an ihren Fingern haftete.

Von der Via Nuova wandten sie sich in Richtung Dom. Obwohl der Nachmittag schon vorgerückt war, waberte die heiße Luft durch die Gassen. Händler boten *Sugo di Limone* an. Die Besucher des Domes waren auf dem Weg nach Hause. Mit düsteren Gesichtern und zusammengekniffenen Lippen eilten sie an den beiden vorüber, ihre schwarzen Gewänder enger um sich ziehend. Helle Stimmen kamen näher, ein geistliches Lied tönte von den Lippen der *Fanciulli del Frate*. Der Größte von ihnen, dessen Haare wie die der anderen zu einer Tonsur geschnitten war, stellte sich Angelina und ihrer Schwester in den Weg.

»Woher kommt Ihr?«, wollte er mit barscher Stimme wissen.

Sollte sie die Wahrheit sagen? Hätte das nicht zur Folge, dass Botticellis Werkstatt durchsucht werden würde und auch Francesco in Misskredit geraten könnte?

»Wir kommen vom Gemüsehändler Lucas Bandocci«, antwortete sie also. Sie hoffte, dass das leise Zittern in ihrer Stimme nicht zu hören war.

»Ach nein«, höhnte der Junge. »Wo habt Ihr denn Eure Einkäufe? Wart Ihr nicht vielmehr in der Werkstatt Botticellis und habt Euch von einem seiner lasterhaften Gehilfen malen lassen?«

»Wir waren beim Gemüsehändler«, krähte Clementina vergnügt. »Er hat mir Süßigkeiten gegeben und Nüsse.«

»Das war gewiss nur ein Vorwand. Ihr habt die Kleine weggeschickt, um Euch mit dem Maler vergnügen zu können. Sagt die Wahrheit, bei Gott, unserem Herrn und Christo, seinem eingeborenen Sohn!«

Angelina straffte sich. »Ja, ich war in der Werkstatt Botticellis. Francesco Rosso hat ein Porträt von mir begonnen, das meine Eltern, die ehrenwerten Bürger Lorenzo und Lukrezia Girondo, in Auftrag gegeben haben. Du kannst dich davon überzeugen, dass aller Anstand und alle Zucht gewahrt bleibt. So, wie ich hier vor dir stehe, mit diesem Mantel, den ich auch zum Kirchgang trage, hat er mich gemalt.«

Der Junge reckte sich drohend vor.

»Ich glaube Euch nicht. Ich denke, Ihr wollt Euch eine Tracht Prügel abholen. Schaut nicht aus dem Kragen Eures Gewandes eine Perlenkette hervor?«

Er streckte seine Hand danach aus. Angelina wich zurück.

»Warum belästigt ihr die junge Frau?«, ertönte eine Stimme. Die Köpfe der *Fanciulli* fuhren herum. Vor ihnen stand Tomasio, an den sich Angelina gut erinnerte, da er noch am Tag zuvor bei ihnen Gast gewesen war. Das schon fast Vergessene, die Ermordung ihres künftigen Ehemanns, stand Angelina mit einem Mal wieder vor Augen. Ihr war, als röche sie Blut.

»Sie lässt sich von einem Maler in sündhafter Pose malen, zudem trägt sie teure Perlen am Hals und beleidigt damit unseren Herrn!«, gab der Junge mit wildem Gesichtsausdruck zur Antwort.

Tomasio fuhr mit der Hand in die Tasche seines Mantels.

»Hier hast du etwas für dein Seelenheil«, sagte er und gab dem Anführer einige Dukaten. Der Junge biss hinein, um sich von der Echtheit zu überzeugen. Auf ein Zeichen von ihm hin setzten sich die anderen in Bewegung, schauten sich noch einmal vorsichtig um und stoben davon. Tomasio machte eine leichte Verbeugung zu Angelina hin.

»Darf ich Euch beide nach Hause geleiten, Signorina?«

Angelina betrachtete ihn einen Augenblick lang. Er war nicht nur gut und zurückhaltend gekleidet, auch der Blick aus seinen Augen war sanft. Sie verstand nicht mehr, dass sie sich von ihm abgestoßen gefühlt hatte. Ihm konnte sie gewiss vertrauen. War er nicht ein Geschäftsfreund ihres Vaters? Als hätte er ihre Gedanken erraten, meinte er:

»Ich hatte gestern die Ehre, Euren Vater in meinem Laden beim Dom zu sehen.«

»Das ist Euer Laden?«, fragte Angelina.

»Ja, und meine Familie hat dadurch großen Einfluss in der Stadt gewonnen. Wie Ihr vielleicht wisst, stamme ich von einem ländlichen Adelsgeschlecht ab.«

Warum erzählte er ihr das? Sie schlug vor, nach Hause zu gehen.

Er nahm ihren Arm. Mit ihm würde sie nicht noch einmal angehalten werden. Als sie vor dem Haus der Girondos ankamen, ließ Tomasio ihren Arm los und sagte:

»Wann immer Ihr ein Kleid braucht, Signorina Angelina, so kommt zu mir. Ich habe die besten Schneider der Stadt zu meiner Verfügung.« Hatte er geahnt, dass Francesco ihr vorgeschlagen hatte, ein anderes Kleid für das Porträt anzulegen?

»Ich werde vielleicht einmal darauf zurückkommen, Signor Tomasio«, antwortete sie. »Jetzt danke ich Euch für die Begleitung und wünsche einen schönen Tag.«

Die Mutter empfing die beiden mit herabgezogenen Mundwinkeln.

»Wo seid ihr so lange gewesen?«, fragte sie.

»Bei Francesco Rosso, dem Maler«, gab Angelina zurück. »Das wisst Ihr doch, Frau Mutter.«

»Und ich war bei dem Gemüsehändler!«, quiekte Clementina freudig. »Er hat gesagt, ich kann jederzeit wiederkommen, wenn Angelina bei dem Maler ist.«

Die Augen von Lukrezia Girondo verengten sich.

»Was hast du gesagt, Clementina? Du warst gar nicht in der Werkstatt?«

»Doch, schon ...«

Die Mutter baute sich mit ihrer ganzen Fülle vor Angelina auf, die Hände in die Hüften gestemmt.

»Du hast deine Schwester weggeschickt, um mit dem Maler allein zu sein? Sag mal, schämst du dich nicht? Was habt Ihr zusammen getrieben?«

Angelinas Wangen röteten sich, als hätte sie jemand geschlagen.

»Er hat mich in meinem Mantel gemalt, so wahr ich hier stehe und so wahr mir Gott helfe«, sagte sie mit einem Laut, der wie ein Aufschluchzen klang.

»Ich werde es deinem Vater berichten, Angelina. Das nächste Mal werde ich dir eine der Mägde mitgeben, denn wir können den Auftrag nicht widerrufen, da dein Vater schon zu viel Geld hineingesteckt hat. Wird er auch gebraucht haben, der arme Mann, dein Maler.«

Angelina hatte es gewusst.

»Jetzt geh in deine Kammer und warte, bis das Abendbrot serviert wird«, schloss die Mutter unfreundlich, nahm Clementina an der Hand und rauschte davon. Beim Abendessen sprach der Vater über die Ereignisse im Dom, und die Kinder hielten sich die Nase zu, als die Rede auf den Esel kam.

»Was soll nur daraus werden, was soll aus uns allen werden?«, rief Signora Girondo und erhob die Arme zur Decke.

»Es kommt darauf an, wie wir uns verhalten«, meinte ihr Gatte ungerührt. »Wenn wir gegen Savonarola protestieren, ist das schlecht für die Geschäfte. Und auch für unser Ansehen. Ach, wenn mein Freund, Lorenzo der Prächtige, noch leben würde! Damals war alles besser.«

»Palle, palle, palle!«, quietschte Clementina, und ihr Bruder Rodolfo fiel ein: *»Palle, palle, palle!«*

Ihre Mutter drohte mit dem Zeigefinger: »Lasst das nur niemanden in der Stadt hören!«, mahnte sie. »Es könnte euch übel bekommen!«

»Wer war eigentlich der junge Herr, der euch zu unserem Haus geleitet hat?«, fragte der Vater.

»Habt Ihr ihn nicht erkannt, Herr Vater? Das war Tomasio Venduti, der gestern bei unserer Feier zugegen war. Er hat den *Fanciulli* ein paar Dukaten gegeben, damit sie uns nicht verprügeln.«

»Das war aber sehr ehrenvoll von ihm«, warf die Mutter ein. »Der wäre doch auch passend …« Sie räusperte sich.

»Habt Ihr schon vergessen, dass gestern ein Mord in unserem Landhaus geschehen ist?«, rief Angelina aus. »Und zwar wurde der Mann, den Ihr für mich ausgesucht hattet, nicht von Wegelagerern erschlagen, sondern mitten in unserem Garten hinterrücks erstochen! Habt Ihr Euch eigentlich Gedanken darüber gemacht, wer das gewesen sein könnte?«

»Es war sicher jemand, der eine Vendetta mit ihm auszufechten hatte«, gab der Vater vorsichtig zurück. »Da sollten wir uns nicht einmischen, sonst ergeht es uns am Schluss wie diesem Mann. Und auch du, Angelina, solltest lieber an etwas anderes denken als an diesen Unglücksfall.«

»Nur, weil die Signoria diesem schrecklichen Mönch hörig ist, dürfen wir doch eine solche Tat nicht ungesühnt lassen!«, begehrte Angelina abermals auf.

»Das war mein letztes Wort, und basta!«, entschied ihr Vater.

»Sobald Gras darüber gewachsen ist, suchen wir einen neuen Mann für dich aus, Angelina, einen passenderen diesmal«, ließ sich die Mutter vernehmen. Clementina und Rodolfo saßen mit großen Augen und gefalteten Händen da. Sie hatten ganz vergessen zu essen. Die Magd Sonia, eine dralle kleine Schwarzhaarige vom Land, kam herein und räumte Geschirr weg. Sie hatte wohl die letzten Worte Signora Girondos gehört, denn sie zwinkerte Angelina kaum merklich zu.

»Und was wäre, wenn ich schon einen ... passenden Mann für mich hätte?«, sagte Angelina leise. Signora Girondo fiel der Löffel aus der Hand, so dass sie die Suppe verspritzte.

»Meinst du etwa diesen hergelaufenen Maler?«, fragte sie.

»Das kann doch nicht dein Ernst sein!«, rief ihr Vater und warf seine Serviette auf den Tisch. Sonia erschien an der Tür mit dem Nachtisch, doch Signor Girondo winkte sie hinaus.

»Von nun ab wird dich Sonia zu dem Maler begleiten«, sagte Angelinas Mutter mit einem entschlossenen Zug um den Mund. »Und du wirst die Zeiten, die wir dir vorgeben, genau einhalten!«

»Warum kommt Ihr nicht gleich selbst mit?«, fragte Angelina ihre Mutter müde.

»Das kommt nicht in Frage. Du weißt doch, was es heißt, einem Haus mit einer vielköpfigen Dienerschaft vorzustehen, da habe ich keine Muße für so etwas.«

Angelina erkannte ihre Eltern kaum wieder. Ein Widerwillen stieg in ihr auf, gegen all die unsinnigen Verbote, hier zu Hause wie draußen auf der Straße.

»Signor Venduti hat mir übrigens angeboten, ein Kleid für mich machen zu lassen. In dem kann mich Francesco malen. Oder wollt Ihr, dass ich auf dem Porträt aussehe wie eine Nonne?«

»Aber nein«, antwortete ihr Vater schon versöhnlicher. »Das wäre nicht in der Tradition unseres Hauses. Lass dir morgen Maß nehmen.«

4.

Sandro Botticelli war aus dem Dom in seine Werkstatt zurückgekehrt. Er fand Francesco vor der Leinwand mit dem Bild der Kreuzigung, an dem er sorgfältig einzelne Pinselstriche anbrachte. Wie Boticellis andere Gehilfen fertigte Francesco nicht nur eigene Porträts an, sondern arbeitete auch mit an den Bildern des Meisters.

»Schön, das du so fleißig bist«, meinte Botticelli. Sein Gesicht war sorgenvoll zerfurcht. »Es ist vielleicht gut gewesen, dass du früher gegangen bist. Stell dir vor, die *Compagnacci* haben noch die Kanzel gestürmt und gedroht, Savonarola zu verprügeln. Erst die herbeigerufenen Signori konnte wieder Ordnung schaffen. Oder sollte ich sagen: Schade, dass du so früh gegangen bist, du hättest unsere Sache verteidigen müssen. Stehst du überhaupt noch auf unserer Seite, Francesco?«

»Du weißt, wie ich über den Gottesstaat denke, Sandro. Der Papst ist ein Simonist, er ist bestechlich und einer der größten Sünder vor dem Herrn. Bekämpft Savonarola, sieht sich in seinen Pfründen und der Vetternwirtschaft bedroht. Ich stehe zu unserer Sache, Sandro. Unsere Stadt war ein Sündenpfuhl, bevor Savonarola die Führung übernommen hat. Papst Alexander VI. hat sieben Kinder gezeugt und predigt Enthaltsamkeit!« Er stockte. »Nur eines gefällt mir nicht so recht.«

Botticelli hob seinen Kopf.

»Was gefällt dir nicht, mein Freund?«

»Deine Bilder haben sich verändert, du hast dich verändert, seit du Savonarola anhängst.«

»Was willst du damit sagen?«

»Ich kenne deine frühen Bilder, Sandro. Sie sind erfüllt von einem feinen Duft der Sinnlichkeit, sie erzählen vom Leben, seinen

Allegorien und Schönheiten. Auch später hast du noch so gemalt, als seiest du der Welt zugewandt. Das Letzte war die Erniedrigung des Malers im Tempel. Hast du dich damit vielleicht ein wenig selbst gemeint?« Francesco bemerkte, dass Botticelli zusammenzuckte.

»Ich habe damit die Unterlegenheit der Sinnlichkeit gegenüber der Liebe Gottes darstellen wollen«, sagte er ausweichend.

»Aber was ist aus dieser Sinnlichkeit geworden, Sandro? Hast du alles, was du einmal empfunden hast, in dir abgetötet? Schau dir doch dieses Bild hier an. Die Kreuzigung. Maria Magdalena liegt vor dem Kreuze Christi und beweint den Geliebten. Höllengetier bedrängt die beiden und die Stadt Florenz, während Gottvater seine Engel ausschickt, um die Teufel zu bekämpfen. Ich sehe da nur Trauer und Öde, keinen Funken Lebendigkeit, den doch die göttliche Liebe ausstrahlen sollte!«

»Es gibt nichts, das es in der heutigen Zeit zu feiern gäbe«, entgegnete Botticelli ernst. »Den ganzen letzten Sommer hat es geregnet, und bald wird wieder ein großer Regen kommen. Die Ernte ist vernichtet, die Leute hungern und sterben wie die Fliegen. Das Ende des Jahrhunderts naht, und damit auch das Ende der Zeit, das Weltgericht. Savonarola hat es gesagt, er wird uns aus der Not erretten, Gott wird uns erretten durch ihn, er ist sein Werkzeug!«

»Sandro, ich verstehe nicht, wie du dein großes Talent so sehr in den Dienst eines Mönches stellen kannst, der hier in der Stadt immer mehr an Boden verliert!«

»Halte es aus, lieber Freund«, erwiderte Botticelli mit matter Stimme. »Bleib an meiner Seite. Und du wirst sehen, wie wir alle in das Himmelreich eingehen.«

»Ich unterstütze dich weiterhin, Sandro. Mit dem Porträt von Angelina Girondo habe ich gerade begonnen, wie du weißt.«

»Wir können das Geld gut gebrauchen«, sagte Botticelli mit Tränen in den Augen. Er umarmte den Freund.

Am folgenden Tag ging ein feiner Sprühregen nieder. Angelina und Sonia mussten ihre Röcke schürzen, damit sie sich auf der Straße nicht mit Dreck bespritzten.

»Wo hat denn Signor Tomasio seinen Tuchladen?«, wollte die Magd wissen.

»An der Piazza del Duomo«, erwiderte Angelina.

Sonia sprang über eine Pfütze hinweg.

»Für Euch ist nur das beste Kleid gut genug«, meinte Sonia und lachte, dass ihre Grübchen hervortraten. Kurze Zeit später erreichten sie den Laden mit der Aufschrift ›Venduti-Kleider und Tuche‹. Sie betraten ihn durch einen Vorhang aus Glasperlen, die leise klingelten. Tomasio war nicht anwesend, dafür ein junger, vornehm gekleideter Mann mit untadeliger Frisur. Es roch nach Wolle und nach gestärktem Leinen. Auf den Regalen und an den Wänden waren Ballen aufgeschichtet, Tuche aus Barchent, einem Baumwollgemisch aus Wolle, Seide, Brokat und Samt.

»Womit kann ich dienen?«, fragte der Mann.

»Mein Name ist Angelina Girondo«, begann sie. »Signor Venduti hat mich gestern gebeten, hierherzukommen, um Maß für ein Kleid nehmen zu lassen.«

»Einen Augenblick, werte Signorina, der Schneider ist nebenan, er ist noch beschäftigt. Nehmt doch indessen Platz.« Er schob den beiden zwei Stühle hin, in deren Lehnen kunstvoll Rehe und Hasen geschnitzt waren. Angelina schaute aus dem Fenster zu dem Platz hinaus. Der Dom mit seinem weißgrünem Marmor stand direkt vor ihr, die Kuppel konnte sie nur erahnen. Der Eingang zum Dom und alle Ecken des Platzes waren von Bettlern belagert, die jedem, der eilig vorüberschritt, ihre mageren Hände entgegenstreckten.

»Es ist eine Schande«, meinte der junge Mann, der Angelinas Blicken gefolgt war. »Sie haben uns Freiheit und einen Gottesstaat versprochen, in dem jeder glücklich sein und sein Auskommen haben sollte, und jetzt sterben die Armen auf der Straße, weil es kein Brot mehr gibt!«

Der Mann hatte recht. Wo hatte sie nur bisher ihre Augen gehabt?

Sie schaute Sonia an, aber die schüttelte nur den Kopf.

»Die Leute in der Stadt werden immer unzufriedener«, fuhr der Verkäufer fort. »Es heißt, kurz vor Christi Himmelfahrt, dem Tag, an dem die Kanzel des Doms besudelt wurde, hätte Papst Alexander Savonarola exkommuniziert. Es wird noch bekannt gegeben, und dann wird jeder, der seinen Predigten weiter zuhört, aus der Kirche ausgeschlossen!«

Angelina erschrak. Was sollte dann aus Botticelli, was aus Francesco werden? Der Schneider erschien, ein schlanker Mann mit Seidenwams und weichen Lederschuhen.

»Wenn Ihr Euch mit Eurer Magd nach nebenan begeben wollt ...«, näselte er. Im Nebenraum standen einige Büsten mit kostbaren Gewändern. Der Schneider bat Angelina, still zu stehen, damit er ihre Maße nehmen konnte. Welche Stoffe sie für das Kleid wünsche, wollte er wissen.

»Vielleicht aus dunkelrotem Samt?«, meinte sie, nicht sicher, durch welchen Stoff ihre Gestalt und ihr Gesicht am besten zur Geltung kommen würden.

»Ich schlage ein Kleid aus dunkelroter Seide vor«, entgegnete der Schneider, »über und über bestickt mit kleinen Blüten aus Goldperlen. Die können auch die Borten an den Ausschnittkanten bilden. Die Überärmel in breiter Schnürung und weißseidenem Hemd und ...« – er überlegte ein wenig – »ein Unterkleid aus eierschalfarbenem Atlas.«

»Aber der Ausschnitt darf nicht zu tief sein!«, wandte Angelina ein.

»Ach was«, warf Sonia ein. »Ihr könnt ja einen Schal darüber tragen und Euren Mantel, wenn Ihr draußen seid.«

»Also gut«, stimmte Angelina schließlich zu. »Es darf aber auf keinen Fall Aufsehen erregen!«

»Viele Signoras tragen so etwas zurzeit«, beruhigte sie der Schneider. »Und wir werden auch bald wieder andere Zeiten haben.«

»Wie lange wird es dauern, bis das Kleid fertiggestellt ist?«, fragte Angelina und wandte sich zum Gehen.

»Zwei, drei Tage«, war die Antwort des Schneiders.

»Kann ich den Stoff vorher sehen?«, fragte Angelina. »Ich möchte einmal darüberstreichen und die Goldperlen funkeln sehen.«

»Ich werde ihn morgen vorbeibringen, sobald ich ihn zugeschnitten habe«, meinte der Schneider.

»Ich freue mich so sehr auf das Kleid!«, rief Angelina aus.

Es wurde Zeit für den Rückweg in die Via Dante Alighieri, wo die Mutter gewiss schon für die Zubereitung des Mittagessens gesorgt hatte. Hatten sie und Sonia nicht noch etwas vergessen?

»Die Signora hat darum gebeten, Weintrauben auf dem Markt zu kaufen, für ihr *Stracotto,* das sie heute servieren will«, sagte Sonia in Angelinas Gedanken hinein. Angelina dachte an den Rindereintopf mit den säuerlichen Trauben, die gekocht und mit Gewürznelken, Zimt und dem Saft einer ausgepressten Zitrone abgeschmeckt wurden, und das Wasser lief ihr im Mund zusammen. Aber sie hatte keine Lust, sich auf dem Markt mit anderen Frauen um die Stände zu drängen.

»Geh du nur zum Markt«, wies sie Sonia an. »Ich möchte noch in Ruhe spazieren gehen.«

Draußen hingen die Wolken so dicht, dass rund um den Domplatz die Kohlebecken angezündet worden waren, um mehr Licht in die Gassen zu bringen. Angelina überquerte den Platz und bog in die Via dello Studio ein. Es waren nur wenige Menschen unterwegs, Hausfrauen und Bedienstete, wie immer in diesen Zeiten, verhüllt und bemüht, niemanden anzublicken. Die Geräusche der Handwerker, der Bäcker, Metzger, Schmiede und Buchmacher drangen auf die Gasse. Es roch nach Fettgebackenem und Olivenöl. Als Angelina die nächste Gasse querte, kam ihr aus einem Torbogen eine schwarz verhüllte Gestalt entgegen. Sie verstellte ihr den Weg.

»Was hast du bei dem Schneider gemacht?«, fragte eine leise männliche Stimme.

»Was geht Euch das an?«, gab Angelina zurück. Er packte sie am Arm.

»Eine ganze Menge«, schnaubte er. »Ich habe dich gesehen, als du aus dem Laden des Schneiders kamst. Ich habe dein Gesicht gesehen. So schaut ein Mädchen nur, wenn es in Sünde lebt! Du lässt dir ein Kleid machen, das sündige Gedanken bei Männern wecken soll. Unser Herr duldet so etwas nicht!«

Angelina überlegte, wen er damit gemeint haben könnte, Gott oder Savonarola?

»Ich lasse mir ein Kleid für ein Bildnis machen, das meine Eltern in Auftrag gegeben haben. Aber was geht Euch das eigentlich an? Und es ist eine Frechheit, mich einfach zu duzen!«

Angelina hatte zu spät bemerkt, dass sie dem Fremden schon viel zu viel verraten hatte.

»Wenn ich dich dabei erwische, dass du weiter in Sünde lebst, werde ich dich töten!«, stieß der Mann hervor. Angelina sah einen Dolch in seiner Hand aufblitzen. Ihr Herz begann schmerzhaft gegen ihre Brust zu trommeln, doch der Mann verschwand in dem Torbogen, aus dem er gekommen war. Angelina stand wie vom Donner gerührt. Mehr als alles in der Welt hätte sie sich jetzt Francesco herbeigewünscht.

»Einen schönen guten Tag, Signorina Angelina«, ertönte eine Stimme vor ihr. Nein, es war nicht Francesco, sondern Tomasio, der ihr entgegeneilte.

»Signorina, was ist geschehen? Ihr seht bleich aus wie der Mond in einer Winternacht. Hat Euch jemand erschreckt?«

Angelina war erleichtert.

»Jemand ist aus diesem Torbogen gekommen und hat mich bedroht«, sagte sie mit einem leichten Zittern in der Stimme. »Er sagte, er würde mich töten, wenn ich weiter so in ... Sünde lebe.«

»Aber wie könntet Ihr in Sünde leben, Angelina?«, erwiderte Tomasio. »Ihr seid die schönste, tugendhafteste Frau, die je meinen Weg gekreuzt hat.«

»Wie kommt Ihr gerade jetzt hierher?«, wollte Angelina wissen.

»Ich kam gerade von einem Geschäftsfreund zurück. Mein Angestellter berichtete mir, dass Ihr da gewesen seid, zusammen mit

Eurer Magd. Da bin ich Euch nachgegangen, um zu erfahren, ob auch alles zu Eurer Zufriedenheit ausgeführt wurde.«

»Oh, danke, Signor Tomasio, ich war sehr zufrieden mit Eurem Angestellten. Es wird gewiss ein wunderschönes Kleid!«

»Dessen bin ich mir sicher«, meinte Signor Tomasio und beugte sich über ihre Hand. »Darf ich Euch noch einmal nach Hause geleiten?«

»Oh, lasst nur, da kommt Sonia, meine Magd. Sie hat Trauben gekauft, die meine Mutter für das Mittagessen braucht. Guten Tag, Signor Tomasio!«

Mit einem bedauernden Gesichtsausdruck zog Tomasio sich zurück. Angelina wagte einen Blick zurück und sah ihn versonnen dastehen, das Barett in der Hand. Ob sein Interesse an ihr rein geschäftlicher Natur war?

Angelina beschloss, weder Sonia noch ihren Eltern etwas über den fremden Mann, der sie bedroht hatte, zu erzählen. Sie würden sich nur unnötige Sorgen machen.

Auf dem Heimweg entdeckte sie in einer Ecke zwei tote Ratten, die zwischen Abfall lagen. Ihre Schnauzen waren blutig. Was hatte das zu bedeuten? Angelina und Sonia erreichten den Palazzo der Girondos und stiegen die Stufen zum *Primer Piano* hinauf. Die Mutter stand in der Küche und beaufsichtigte die Köchin bei der Zubereitung des Mahles.

»Ah, da seid ihr ja«, sagte Signora Girondo gut gelaunt und nahm die Trauben aus Sonias Händen entgegen.

»Frische gab es nicht, da habe ich getrocknete genommen«, sagte Sonia in ihrem singenden Tonfall. Die Mutter gab der Köchin die Weinbeeren und bat Angelina zu Tisch. Der Vater und die beiden Geschwister saßen schon und warteten auf den ersten Gang. Sonia erschien in der Tür und trug eine Terrine mit *Stracotto* herein. Jeder schöpfte sich mit einer silbernen Kelle Eintopf in den Teller.

»Hat der Schneider dich gut beraten?«, wollte Angelinas Mutter wissen.

»Ja, es wird ein schönes Kleid.«

»Warum lässt du denn dann so die Nase hängen?«, bohrte die Mutter weiter. »Du bist ja ganz blass!«

»Ich habe Ratten gesehen …«

»Die gibt es hier immer, ist dir das noch nicht aufgefallen?«, fuhr ihr Vater dazwischen.

»Die Ratten, die Ratten, die liefen über Matten …«, sangen ihre Geschwister.

»Ich habe so ein merkwürdiges Gefühl«, beharrte Angelina. Was ihr sonst noch widerfahren war, wollte sie lieber nicht berichten.

»Ich glaube, du gehst ein wenig zu gern zu diesem Maler«, meinte Signora Girondo.

»Wieso?«, fuhr Angelina auf.

»Ich kenne dich doch, Angelina. Seitdem du ihm Modell stehst, bist du richtig aufgeblüht.«

»Glaub aber nicht, dass eine Heirat mit ihm in Frage kommt«, sagte ihr Vater. »Er könnte dich ja nicht mal ernähren!«

»Wir sind dabei, dir einen anderen, passenden Ehemann zu suchen, nachdem Signor Fredi …«, ihre Mutter stockte, »auf so unglückliche Weise zu Tode gekommen ist.«

»Das war kein Unglücksfall«, rief Angelina.

»Wie dem auch sei«, beschied Signor Girondo, »der Maler kommt auf keinen Fall in Frage. Sobald das Bild fertig ist, wirst du ihn nicht mehr sehen.«

Angelinas Augen brannten.

»Und wen habt Ihr mir zum Ehemann erwählt, wenn ich fragen darf?«

Signora Girondo hüstelte und blickte ihren Gatten an.

»Einen, der wirklich zu dir passen wird«, sagte sie. »Signor Tomasio hat um deine Hand angehalten.«

Angelina war, als hätte man ihr einen Peitschenschlag versetzt.

»Ach ja?«, stieß sie hervor. »Signor Tomasio? Weil Ihr Geschäftsbeziehungen mit ihm habt, Herr Vater, ist es nicht so? Hättet Ihr mich nicht wenigstens vorher fragen können?«

»Wir fragen dich doch gerade«, antwortete Ihr Vater.

»Ich will ihn aber nicht heiraten! Ans Heiraten habe ich überhaupt nicht gedacht, auch nicht bei Francesco. Ich kann ihn gut leiden, das ist alles. Und ich bewundere seine Fähigkeit zu malen.«

»Du kannst es dir ja noch mal durch den Kopf gehen lassen«, meinte ihr Vater lächelnd.

»Heirate ihn nicht, Francesco passt besser zu dir«, kam es von Clementina. Hoffentlich plauderte sie nicht noch mehr aus.

»Ich heirate nicht«, sagte Angelina, schob ihren Teller weg und zog sich auf ihr Zimmer zurück. Glücklicherweise hatte sie einen eigenen Raum, die Geschwister teilten sich eine Kammer. Angelina trat ans Fenster und blickte hinaus. Nicht weit von ihrem Elternhaus entfernt erhob sich die Badia Fiorentina, eine mittelalterliche Abtei mit einem schlanken Turm. Die Hitze des Tages war geringer geworden. Nebel stieg wie Dampf aus dem Boden und umhüllte die alten Mauern des Klosters. Angelina dachte an Francesco, an seine Augen, die sie immer wie prüfend, aber auch mit einem besonderen Glanz anschauten. Ein Fiepen schreckte sie aus ihren Gedanken. Das mussten wieder die Ratten sein. Letztes Jahr hatte es schon einmal viele Ratten gegeben, bevor die Pest ausbrach. Angelina beschloss, das, was sie gesehen hatte, geheimzuhalten. Sonst würde man ihr womöglich verbieten, das Haus noch einmal zu verlassen.

5.

Nachdem der Schneider ihr den wunderbaren Stoff vorgeführt hatte, brachte ein paar Tage später ein Bote das neue Kleid. Es war noch schöner, als Angelina es sich vorgestellt hatte. Das Überkleid war aus der feinen, dunkelroten, goldbestickten Seide, die Überärmel bauschten sich weit, und dazu wurden ein weißseidenes Hemd und ein Unterkleid aus eierschalfarbenem Atlas geliefert. Angelina zog sich auf ihr Zimmer zurück und ließ sich von Sonia bei der Schnürung des Mieders helfen. Sie stellte sich vor den Spiegel, der von silbernen Blumenornamenten umrankt war. Ihre Wangen waren vor Aufregung gerötet. Der Ausschnitt zeigte den Ansatz ihres sanft gerundeten Busens.

»Meinst du nicht, dass der Ausschnitt …«, sagte Angelina, zu Sonia gewandt.

»Ach was, liebe Herrin, jetzt ziert Euch nicht so. Das tragen doch alle Frauen unter ihren züchtigen schwarzen Mänteln!« Sie ging zum Schrank mit den Schnitzereien, holte einen cremefarbenen Seidenschal heraus und verknotete ihn leicht um Angelinas Hals.

»Seht, wie gut Euch das kleidet!«, meinte die Magd zufrieden. »So könnt Ihr auch Euren Eltern unter die Augen treten.«

»Hol mir noch das perlenbestickte Haarnetz«, bat Angelina. Als Sonia es kunstvoll in ihrem Haar befestigt hatte, geleitete die Dienerin sie hinunter in das Arbeitszimmer ihres Vaters, in dem ihre Eltern angeregt plaudernd beieinandersaßen. Beide schauten Angelina mit großen Augen entgegen.

»Angelina, du bist schön, als wenn es deine Hochzeit wäre!«, rief Signora Girondo aus. »Das Kleid steht dir ausgezeichnet«, fügte sie hinzu, als sie die heruntergezogenen Mundwinkel ihrer Tochter bemerkte.

»Aber wie willst du damit an den *Fanciulli* vorbeikommen?«, fragte Signor Girondo augenzwinkernd.

Angelina drehte sich übermütig im Kreis und rief: »Ich ziehe meinen schwarzen Mantel darüber, den mit der Kapuze, und niemand wird wissen, wie ich darunter ausschaue!«

»Wann gehst du wieder zu Francesco?«, wollte ihre Mutter wissen.

»Heute Nachmittag, gleich nach dem Essen«, entgegnete Angelina.

»Nimm Sonia mit«, mahnte Signora Girondo. »Und sorge dafür, dass sie sich ebenfalls schicklich anzieht.«

»Ihr könnt Euch auf mich verlassen, Frau Mutter.«

Beim Mittagessen wartete Angelina ungeduldig auf die Glockenschläge der nahegelegenen Klosterkirche. Endlich schlug sie zwei Mal, gefolgt vom Dröhnen der Glocken des Doms und der anderen Kirchen. Gleich nach der Nachspeise brach sie mit Sonia auf. Draußen schien die Sonne, und die Menschen machten heute ausnahmsweise einmal fröhlichere Gesichter. Sie liefen durch die belebten Gassen zur Via Nuova. Francesco erwartete sie schon.

»Sonia, Lucas Bandocci, der Gemüsehändler lässt dir ausrichten, er habe heute besonders gute und frische Ware bekommen. Ob du dir die mal ansehen möchtest?«

Mit einem beklemmenden Gefühl im Magen dachte Angelina an das, was ihr die Eltern vor einigen Tagen eingeschärft hatten. Aber angesichts der strahlenden Gesichter von Francesco und Sonia verging diese Anwandlung schnell wieder, und sie folgte Francesco in die Werkstatt. Der Meister, Sandro Botticelli, war ebenfalls anwesend und gab seinen Gesellen Anweisungen. Er trug nicht mehr die kostbaren Gewänder, in denen ihn Angelina einmal als Kind gesehen hatte, in der Zeit, als die Medici in Florenz noch das Sagen hatten. Botticelli warf einen kurzen Blick auf die Ankömmlinge, dann wandte er sich wieder seinen Gehilfen zu.

»Die ›Kreuzigung Christi‹ übernehme ich ab jetzt allein«, sagte er mit seiner tiefen, angenehmen Stimme. »Du, Remigio, kannst mir bei der Illustration von Dantes ›Göttlicher Komödie‹ zur Seite stehen. Ihr anderen fertigt die bekannten Porträts für die Schlafzimmer der reichen Florentiner.« Er zwinkerte Francesco zu. »Willst du Signorina Girondo mit Mantel und Kapuze malen? Da kommen ihr schönes Gesicht und ihre Figur aber nicht so richtig zur Geltung.«

»Mein Meister«, antwortete Francesco, »ich würde sie liebend gern in einem anderen Gewand malen, wenn du es gestattest. Sie hat sich ein Kleid von Tomasio Venduti anfertigen lassen, genau zugeschnitten auf dieses Porträt.«

»Es wird schon recht sein«, gab Botticelli zurück. »Hört einmal her.« Er wandte sich an alle. »In den nächsten Tagen muss ich nach Rom, ich brauche andere Luft, und vielleicht lässt sich das eine oder andere Werk verkaufen. Auch nach Goldfarben will ich schauen, nirgends gibt es leuchtendere als in der Ewigen Stadt. Ich überlasse euch die Werkstatt, schaut zu, dass ihr die Aufträge vor meiner Rückkehr fertig bekommt!«

»Wir werden uns beeilen, so gut wir können«, sagte einer der Gesellen.

»Das würde ich dir auch raten, Sebastiano di Torre!«, gab Botticelli zurück und drohte ihm scherzhaft mit dem Zeigefinger.

»Ich wünsche dir eine gute Reise, Meister«, fiel Francesco ein. Nachdem Botticelli noch einige der halbfertigen Porträts inspiziert hatte, die alle ein ähnliches Frauengesicht aufwiesen, verließ er mit schweren Schritten die Werkstatt und stampfte die Treppe hinauf in seine Wohnung. Francesco nahm Angelina am Arm und führte sie in die Ecke nahe beim Fenster, wo die Leinwand mit dem angefangenen Porträt stand.

»Warum haben Botticellis Frauen alle ein ähnliches Gesicht?«, fragte sie. Francesco lachte.

»Es gibt Gerüchte, nach denen Botticellis Muse Simonetta Vespucci war, die junge Frau eines der Nachbarn der Botticellis.«

»Ja, ich habe von ihr gehört«, meinte Angelina.

»Sie war eine gefeierte Schönheit und Mittelpunkt der Florentiner Gesellschaft. Es wurde gemunkelt, dass Botticelli sie ohne Kleider gemalt habe und dass sie Vorbild der ›Venus‹, der Nymphe im ›Frühling‹ und vieler anderer Frauengesichter gewesen sei … und noch ist. Als sie starb, folgten dem Trauerzug die Reichen und Mächtigen der Stadt, Künstler und Gelehrte, die Medici, Orsini und Vespucci.«

»Hat Botticelli nie geheiratet?«

»Nein. Ich glaube, dann hätte sich sein Talent auch nicht so entfalten können. Aber jetzt wollen wir zur Tat schreiten. Legt doch Euren Mantel ab, Angelina.«

Sie zog den Mantel von ihren Schultern und hängte ihn über einen Stuhl.

»Bella, bellissima!«, rief er aus und schlug die Hände zusammen. Sie holte tief Luft und setzte sich auf den Sessel, in dem er letztes Mal begonnen hatte, sie zu malen. Francesco holte seine Palette und die Pinsel und stellte sie auf ein Pult.

»Neigt Euren Kopf ein wenig mehr nach links«, sagte er, »damit der Ton der Haare besser zur Geltung kommt. Und nehmt doch diesen Schal weg, der verbirgt zu viel von Euch.«

Angelina glaubte nicht richtig gehört zu haben. Sie sollte ihren Ausschnitt entblößen und ihn den vielen Augen preisgeben, die später das Bild betrachten würden?

»Ich möchte ihn anbehalten«, beharrte sie.

»Angelina, alle Frauen lassen sich heute so malen, unabhängig davon, was Savonarola dazu sagt. Man muss das Bild ja nicht gerade öffentlich aushängen.«

»Wenn Ihr meint …«, sagte Angelina zaghaft. Sie löste den Schal und hängte ihn neben den Mantel.

»Ja, so sieht es schon viel besser aus.«

Angelina sah wieder diesen Glanz in seinen Augen. Francesco tauchte wieder und wieder den Pinsel in die Farben und warf sie zügig auf die Leinwand. Zwischendurch hielt er inne, kniff ein Auge zusammen, als messe er den Abstand zwischen ihnen beiden.

»Ihr könntet das Kleid ein wenig über die Schulter herunterziehen«, sagte er in einem Ton, als sei es das Selbstverständlichste der

Welt. Angelina fühlte sich wie mit Blut übergossen. Wenn das ihre Eltern wüssten!

»Nein, das kann ich nicht. Bei aller Geneigtheit für Euch, Francesco, aber das geht zu weit!«

Francesco streckte die Hände vor, wie um sie zu beruhigen.

»Macht Euch keine Sorgen. Ich brauche ziemlich viel von Euch, um die Proportionen richtig zu gestalten. Michelangelo und Leonardo studieren Körper, um die idealen Proportionen zu finden. Wenn es Euch peinlich ist, kann ich ja am Ende den Schal darüber malen.«

»Das wäre mir recht«, antwortete Angelina. »Meine Eltern sind sowieso nicht so gut auf Euch zu sprechen.« Das war ihr herausgerutscht, und sie hätte sich auf die Zunge beißen mögen.

»Was befürchten Eure Eltern?«, kam es mit einem etwas spöttischen Lächeln von Francesco.

»Sie meinen, ich hätte mich in Euch verguckt, aber sie würden Euch nicht …«

»Habt Ihr das denn?« Sein Gesichtsausdruck war jetzt belustigt. Die Hitze schoss Angelina ins Gesicht. Wie konnte sie sich nur so bloßstellen! Eine Tür klappte. Angelina hatte gar nicht gemerkt, dass die anderen Gesellen den Raum verlassen hatten. Ihr wurde immer heißer. Die Glocke des Doms schlug fünf Mal. Die Zeit war wie im Flug vergangen, sie würde zu spät nach Hause kommen.

»Eure Eltern brauchen sich keine Sorgen zu machen«, bemerkte Francesco in trockenem Ton. Was sollte das nun wieder heißen? Fand er keinen Gefallen an ihr? War sie für ihn nur ein Modell, mit dem er sein Geld verdiente?

»Ich muss nach Hause«, sagte sie nachdrücklich, stand abrupt auf, nahm ihren Mantel und ging zur Tür, ohne sich zu verabschieden. Er legte seinen Pinsel weg, kam ihr nach und rief:

»Angelina, bleibt doch noch einen Augenblick! So möchte ich nicht von Euch scheiden!«

Angelina schloss verärgert die Tür hinter sich. Frische Luft strömte in ihre Lungen. Die Sonne kämpfte sich durch einen blassen Dunst.

Normalerweise liebte Angelina den Geruch nach Farben und nach Terpentin; heute war ihr fast übel davon geworden. Sie überquerte die Gasse und trat bei Lucas Bandocci ein. Es waren keine Kunden im Geschäft. Hinter einer geschlossenen Tür hörte sie ein Kichern. Angelina betrachtete die Ware, die Bandocci auf flachen Regalen ausgebreitet hatte. Es war noch zu früh im Jahr für frisches Obst und Gemüse, aber neben den Säcken mit Linsen, Weizen und Kichererbsen gab es ganze Lagen mit frischem Spargel, der teuer gehandelt wurde. Sie räusperte sich. Gleich darauf erschienen Bandocci und Sonia mit roten, vergnügten Gesichtern.

»Guten Tag, Signorina Girondo«, sagte der Gemüsehändler mit einer Verbeugung. »So schnell fertig mit der Malersitzung?«

»Ich hatte heute nicht so viel Zeit«, meinte Angelina ausweichend. »Komm, Sonia, wir müssen gehen.«

Bandocci blickte Angelina besorgt ins Gesicht.

»Etwas stimmt doch nicht mit Euch«, sagte er und strich sich über den kleinen, gepflegten Bart. Etwas brach in Angelina auf. Sie musste mit jemandem darüber sprechen, und Lucas Bandocci mit seinen freundlichen Augen hatte ihr von Anfang an Vertrauen eingeflößt.

»Ja, es bedrückt mich etwas. Es bedrücken mich sogar einige Dinge über alle Maßen. Auf unserem Landgut ist ein Mord geschehen und alle tun so, als wenn nichts gewesen wäre. Gestern hat mich ein Unbekannter auf der Straße bedroht. Ich glaube, dass es etwas mit dem Verbrechen zu tun hat.«

Sonia machte große Augen. »Warum glaubt Ihr das?«, fragte Lucas Bandocci.

»Weil es mein künftiger Ehemann war, der umgebracht wurde. Und jetzt wollen meine Eltern mich mit einem Mann verheiraten, den ich nicht will!« Sonia verzog mitfühlend das Gesicht. Vor ihr brauchte Angelina keine Geheimnisse zu haben, sie war mehr eine Freundin für sie als eine Bedienstete.

»Und Ihr liebt einen anderen?« Bandoccis Augen hoben sich und blickten zur Malerwerkstatt hinüber.

»Und wenn es so wäre?« fuhr es aus Angelina heraus. »Was geht Euch das an! Ich kann es mir sowieso nicht leisten, meinen Gefühlen nachzugeben wie irgendeine dahergelaufene Küchenmagd!«

»Ihr müsst tun, was Euer Herz Euch rät«, meinte Bandocci ungerührt.

»Außerdem mache ich mir Sorgen, weil ich immer wieder Ratten gesehen habe«, stammelte Angelina verlegen. Sie wusste, dass sie die beiden beleidigt hatte.

»Es sind ein paar Pestfälle aufgetreten«, bestätigte Bandocci. »Ich hoffe, dass sich die Krankheit nicht weiter ausbreitet.«

Angelina erbleichte. Hastig verabschiedete sie sich und machte sich auf den Weg nach Hause. Sonia eilte ihr stumm hinterher.

»Dieser Mann, der Euch bedroht hat …«, sagte Sonia endlich, während sie durch die spärlich bevölkerten Gassen liefen.

»Was ist mit ihm?«, fragte Angelina zurück.

»Ich glaube, dass er Euch meint, dass er Euch auch mit dem Mord an Fredi bedrohen, Euch etwas damit sagen wollte.«

»Das denke ich ebenfalls, Sonia. Aber was könnte er mir damit sagen wollen?«

»Es muss ja kein Mann sein. Vielleicht ist es eine Frau, die eifersüchtig auf Euch ist?«

»Ich kann mir niemanden vorstellen, der mir etwas Böses wollen könnte. Ich habe keine Feinde«, beschied Angelina. Sonia schwieg.

Die Signora erwartete Angelina bereits mit dem Abendessen. Die Gesichter der Eltern, die vor ihren Tellern mit Spargel in Eierkuchen saßen, verhießen nichts Gutes. Signora Girondo kniff den Mund zusammen, während der Vater die Brauen runzelte. Rodolfo und Clementina hielten die Köpfe gesenkt, als erwarteten sie Prügel.

»Sonia, du gehst sofort in die Küche«, wies ihre Mutter die Magd an. »Da kannst du dein Essen zusammen mit der Köchin und der zweiten Magd einnehmen.« Sonia schlich betreten hinaus.

»Und jetzt zu dir«, sagte Signora Girondo in strengem Ton. »Warum kommst du erst jetzt nach Hause? Was hat dich aufgehalten? Du warst zu lange bei deinem geliebten Maler, hab ich recht? Was habt ihr getrieben? Und versuch nicht, uns anzulügen!«

Angelina spürte einen Kloß im Hals. Hatte Signor Tomasio mit ihren Eltern gesprochen? Wussten sie von dem Angriff des Fremden? Gab es jemanden, der sie in der Werkstatt mit Francesco beobachtet hatte? Gesehen hatte, dass Sonia bei Lucas Bandocci saß, während sie allein mit dem Maler in der Werkstatt war?

»Ich saß ihm Modell wie an jedem anderen Tag auch, so, wie Ihr es gewollt habt«, hub Angelina an. »Sonia war die ganze Zeit bei mir.«

»Das ist nicht wahr!«, fuhr ihre Mutter auf. »Ich habe sie gesehen, als ich mit deinen Geschwistern zum Fluss ging. Sie stand vor dem Geschäft dieses Gemüsehändlers und scherzte mit ihm.«

»Wollt Ihr jetzt auch noch hinter mir herschnüffeln?«, fragte Angelina in scharfem Ton zurück.

»Angelina, wir müssen einmal ernsthaft mit dir reden«, schaltete sich ihr Vater ein. »Seitdem dieser Malergeselle an deinem Bild arbeitet, hast du dich sehr verändert. Du nimmst nicht mehr teil an den Plänen ...«

»Ich will diesen Tomasio nicht heiraten!«, unterbrach Angelina ihn.

»... die wir für dich haben, weist sie sogar zurück. Wir wissen nicht mehr, was wir mit dir machen sollen!«

»Ich weine mir jede Nacht die Augen aus wegen dir«, setzte Signora Girondo hinzu.

»Wir haben beschlossen, dich nicht mehr dorthin gehen zu lassen«, fasste ihr Vater zusammen. »Dieser Mensch wird dich ins Unglück stürzen. Davor wollen wir dich bewahren.«

Angelina glaubte, ihren Ohren nicht trauen zu können.

»Und der Auftrag? Wollt Ihr den zurücknehmen?«

»Ich habe heute Morgen einen Brief an Signor Botticelli geschrieben«, entgegnete Signor Girondo. Angelina sprang auf, warf ihre Serviette auf den Tisch und stürzte hinaus.

»Du bleibst hier!«, rief ihr Vater ihr nach. Doch sie war schon durch die Tür, die Treppe hinuntergelaufen.

»Angelina!«, gellte es ihr hinterher. Sie war draußen, in der Via Dante Alighieri. Ihre Augen schwammen, sie sah die wenigen Menschen, die unterwegs waren, wie durch einen Schleier. Angelina lief bis zum nächsten Platz, auf dem sich vor allem Bettler und Händler herumtrieben.

Sie erstarrte. Aus einer der Gassen kam ein merkwürdiges Rumpeln.

Das hatte sie doch schon einmal gehört. Ein klappriger Wagen näherte sich, von Eseln gezogen. Darauf lag eine unförmige Masse, von schmutzigen Tüchern bedeckt.

»Was ist das für ein Wagen?«, fragte Angelina hastig eine alte Frau, die vorüberging.

»Das ist der schwarze Tod«, antwortete die Frau und verzog ihren Mund zu etwas, das wie ein verzweifeltes Grinsen wirkte. »Ihr solltet nicht mehr draußen herumlaufen, Signorina, sondern nach Hause gehen!«

Angelina stockte fast das Herz. Hörte es denn niemals auf? Warum schickte Gott ihnen so viele Plagen? Waren Savonarola und der Mord an ihrem zukünftigen Gatten nicht schon genug der Prüfung gewesen? Wie sollte sie jetzt zu Francesco gelangen? Brachte sie ihn nicht in Gefahr, wenn sie ihn aufsuchte? Wer weiß, vielleicht trug sie die Krankheit schon mit sich herum!

Angelina wandte sich in Richtung Arno, vielleicht würde die kühlere Luft am Fluss ihre Gedanken reinfegen. Immer wieder begegneten ihr Leichenwagen und Männer mit Pestmasken. Warum hatte sie die vorher nicht gesehen? War sie blind gewesen?

Auf dem Ponte Vecchio hielten sich noch einige Schmuck- und Lederhändler, Metzger und Bäcker auf. Ein kühler Luftzug stieg vom Fluss herauf, die untergehende Sonne spiegelte sich im Wasser, Raben krächzten. Angelina starrte verzweifelt ins Wasser. Was sollte sie nur tun? Wenn sie trotz des Verbotes ihrer Eltern zu Francesco ging, durfte sie nicht mehr nach Hause zurück, würde verstoßen werden, das wusste sie. Sollte sie nach Hause zurückkehren und Francesco nicht mehr sehen, vielleicht nie wieder im Leben?

6.

Die Luft stand still im Kloster San Marco. Es war sehr warm für die Jahreszeit. Nach der Mittagshore nahm Savonarola seinen Vertrauten Domenian beiseite.

»Die Pest ist zurückgekehrt«, meinte er. Seine Augen glänzten noch fiebriger als sonst.

»Ich habe davon gehört«, seufzte Domenian.

»Wir müssen Vorsorge treffen. Besucher dürfen nicht mehr ins Kloster, solange die Krankheit in der Stadt wütet.«

»Aber was wird mit den Gottesdiensten?«, fragte Domenian entsetzt. »Müssen wir die ebenfalls einstellen?«

»Wir geben einen Flugzettel heraus, auf dem steht, dass dies eine der Plagen ist, die uns Gott wegen des lästerlichen Lebenswandels der Florentiner schickt. Die Bürger müssen sich mehr denn je aller Eitelkeiten enthalten, sollen zu Gott beten und in die Kirche unseres Klosters kommen. Gott wird dafür sorgen, dass ihnen nichts geschieht.«

»Aber ist es nicht verboten, während einer solchen Zeit Versammlungen abzuhalten?«

»Wer will das verbieten? Alles, was wir den Menschen sagen, kommt von Gott. Die Medici haben das Volk in die Sünde getrieben. Alles, was hier galt, waren Macht und Geld, irdische und fleischliche Gelüste, Domenian! Wir bringen das Heil, wir sind die Auserwählten, die Ordnung und Frieden in die Stadt gebracht haben! Und wenn noch so viele Herrensöhnchen uns mit ihrem Spott verfolgen, ihren Unrat über uns ergießen, so werden wir es doch bis zum Ende ertragen. Und am Ende steht der Staat Gottes!«

»Wir dienen dem Herrn und den Menschen«, murmelte Domenian wie im Gebet. Sie bewegten sich im Kreuzgang nebeneinanderher.

»Du bist mein Schlüssel, Domenian«, sagte Savonarola und legte ihm die Hand auf den Arm. Es war, als führe eine sengende Flamme in den Stoff von Domenians Gewand. »Du warst ein Landjunge, der nur ein einfacher Mönch werden wollte, doch ich habe dich zum Priester weihen lassen. Ich wollte dir immer besondere Aufgaben übertragen, und dazu gehören nicht nur die innerhalb des Klosters.« Er blieb stehen und blickte ihm fest in die Augen. »Dir übertrage ich ab heute die Mission, dich den fleischlichen Verfehlungen in dieser Stadt zu widmen, sie aufzuspüren, anzuzeigen und zur Ahndung zu bringen.«

»Das würde mir wohl gefallen«, sprach Domenian. »Aber bin ich einer solchen Aufgabe überhaupt würdig? Sind nicht deine Brüder Domenico und Silvestro besser dafür geeignet?«

»Die beiden brauche ich für die Predigten«, winkte der Meister ab. »Sie gelten vielleicht als meine engsten Vertrauten, dich aber benötige ich für die Dinge, die das Volk betreffen. Glaube mir, du bist mir ebenso lieb und teuer wie die anderen. Denn du bist bescheiden und voller Wahrheit. Du dienst deinem Glauben und setzt dich dafür ein, unabhängig von Gefahren für Leib und Leben. Das habe ich in der Zeit, die du bei uns weilst, schon bemerkt.«

»Ich werde dir dienen, Herr, und ich werde Gott dienen! Nichts soll mich mehr davon abhalten.«

Nach dem Mittagessen zog sich Domenian aufgewühlt in seine Zelle zurück. Hier lag er sinnend eine Weile auf dem Boden, über sich das Kreuz an der Wand. Von draußen zirpten zaghaft Vogelstimmen herein.

»Welche Prüfung hast du mir auferlegt, o Herr«, murmelte er. Nein, er würde sich heute nicht geißeln. Savonarola hatte gesagt, er solle seine Kräfte sparen, er habe schon Verzeihung für seine Sünden erlangt. Domenian müsse nur die Sünden der anderen erkennen und bestrafen, dann sei ihm das Heil gewiss. Sein Herr betraute ihn mit einer Aufgabe, die er, Domenian, schon von sich aus erwählt hatte. Das zeigte, dass er auf dem rechten Weg war. Domenian fiel in einen Halbschlaf. Von fern drangen die Vogelstimmen zu ihm herüber. Er sah die sanften Hügel der Toskana vor sich. Auf einem Weinberg erhob sich ein Haus, ein Bauernhof. Seine Mutter öffnete die Tür, schritt hinab zu ihrem Garten, in dem sie Zichorien, Pasternaken und grünen Karfiol anbaute. Sie winkte ihm zu, doch schien sie zu schrumpfen, wurde immer kleiner und verschwand schließlich ganz.

7.

Francesco trat von der Staffelei zurück und betrachtete das Bild. Der Farbauftrag war ihm gut gelungen. Das schmale Gesicht Angelinas wirkte wie von einfallendem Licht beleuchtet, der Ausdruck war halb ernst, halb schaute sie ihn irgendwie … wissend an. Das tiefe, dunkle Rot des Kleides hatte er schon aufgetragen. Es war ihm, als höre er die Seide knistern. Es fehlten noch die kleinen Blüten aus Goldperlen, Hemd und Unterkleid. Er würde Eierschalen zerreiben müssen, um den Farbton genau zu treffen. Sein Blick blieb auf dem Ansatz ihres Busens hängen.

Den Ausschnitt könnte er noch ein wenig tiefer malen oder Angelina noch einmal bitten, das Kleid über die Schulter herunterzuziehen. Er lächelte. Ob sie es tun würde? Was würde Botticelli, was würde Savonarola dazu sagen? Könnte das Bild nicht schließlich ein Raub der Flammen werden? Andererseits hatte Botticelli selbst Frauen in verführerischen Posen gemalt. Verschleuderte ein Künstler wie Sandro nicht sein ganzes Talent? Und würde nicht auch er sich verschleudern, indem er sich einer Kunstauffassung beugte, die nur Gottgefälligkeit zum Inhalt hatte?

Francesco griff zu einem Tuch, das mit Farbspritzern bedeckt war, und hängte es über das Bild. Er seufzte und begann, die Pinsel auszuwaschen und die Palette zu säubern. Die Gesellen und Gehilfen Botticellis arbeiteten leise und unterhielten sich in gedämpftem Ton. Vom Dom hörte Francesco die Glocke drei Mal schlagen. Angelina musste bald hier sein. Das Knarren der Tür ließ ihn auffahren. Da war sie. Mit einem feinen Lächeln steuerte sie auf ihn zu, ließ sich aus dem Mantel helfen, doch dann erstarrte ihre Miene.

»Seid Ihr nicht wohlauf, Angelina?«, fragte der Maler. »Ist etwas geschehen?«

Sie schlug die Augen nieder, hob dann den Kopf.

»Ich bin von zu Hause fortgelaufen«, platzte sie heraus. »Meine Eltern wollten mir verbieten, hierher zu Euch zu kommen.«

»Und jetzt?«, fragte er und fuhr sich mit dem Handrücken über die Stirn.

»Ich ... ich weiß es nicht«, stammelte Angelina.

»Wollt Ihr es Euch nicht noch einmal überlegen?«, meinte er sanft. »Ihr könnt Eure Eltern gewiss noch umstimmen.«

»Nein, das glaube ich nicht. Sie wollen mich verheiraten!«

Etwas blitzte in seinen Augen auf.

»Mit wem denn, wenn ich fragen darf?«

»Mit Tomasio Venduti.«

Francesco begann zu lachen. Als er Angelinas entgeisterten Blick bemerkte, hielt er inne und sagte:

»Verzeiht, wenn mich das belustigt hat. Signor Venduti ist bekannt als ein sehr zurückhaltender, wenn nicht schüchterner Mann, der nur selten in der Gesellschaft auftaucht. Ich kann mir nicht vorstellen, dass er es gewagt hat ...«

»Er hätte um meine Hand angehalten, sagen meine Eltern.«

»Wollt Ihr ihn denn heiraten?«

»Aber nein! Das hat doch überhaupt Zeit mit dem Heiraten, ich meine, es gibt so viele andere schöne Dinge, die ich noch gern tun würde.«

»Zum Beispiel einem Maler Modell zu sitzen, nicht wahr?«

Angelina wurde rot. »Auch das, ja, aber noch vieles mehr!«

»Was glaubt Ihr denn, was ich Euch in einer solchen Lage raten sollte?«, wollte er wissen.

»Wahrscheinlich, zu meinen Eltern zurückzukehren. Was bleibt mir denn anderes übrig.«

»Ihr habt sicher nicht viel Geld bei Euch«, gab Francesco zu bedenken. »Ich kann Euch leider nicht unterstützen, ich bin nur ...«

»Ich weiß«, sagte sie.

Angelina wandte sich zum Fenster und blickte eine Weile hinaus.

Die Strahlen der Sonne waren schwächer geworden, die Schatten wanderten an den Mauern hinauf.

»Ich glaube, ich weiß, was ich zu tun habe«, sagte Angelina. »Ich werde nach Hause zurückgehen und morgen heimlich wiederkommen. Irgendwie wird es mir gelingen, der Aufmerksamkeit meiner Mutter und der Mägde zu entgehen.«

Francesco schien besorgt. »Aber was ist, wenn es Euch nicht gelingt?«

»Ich werde einen Weg finden, dessen bin ich mir sicher«, meinte sie. »Jetzt muss ich gehen.« Angelina blickte sorgenvoll hinaus.

»Ich werde Lucas beauftragen, Euch ab und zu einen Brief zu überbringen«, sagte Francesco leise. »Er wird sicher nicht erfreut sein, dass Sonia nicht mehr bei ihm vorbeikommt.«

»Aber Sonia wird weiter zum Markt gehen müssen, sie wird nicht eingesperrt wie ich.« Er rechnet wohl damit, das ich nicht so bald wiederkomme, dachte sie und spürte Tränen in sich aufsteigen. Francesco fasste Angelina, die aufgestanden war, an den Armen.

»Es sieht nicht so düster aus, wie Ihr denkt«, meinte er. »Wartet nur, es wird noch alles gut.«

In diesem Moment hatte sie große Sehnsucht, einfach nur von ihm in den Arm genommen zu werden. Er sah es wohl in ihrem Blick, denn er schob sie ein wenig von sich und stammelte: »Seht Euch nur auf der Straße vor, die Pest, ich glaube, sie ist zurückgekommen.«

»Ich werde mir meinen Schal vor das Gesicht halten, damit die Krankheit nicht durch die Luft zu mir geflogen kommt«, gab Angelina zurück und wandte sich zum Gehen. Francesco ergriff ihre Hand und drückte sie lange.

Doch etwa eine Stunde später war Angelina wieder da.

»Habt Ihr Eure Eltern angetroffen?«, fragte er behutsam.

»Ich bin gar nicht so weit gekommen«, entgegnete sie. »In den Straßen habe ich zwei dieser Leichenwagen gesehen.«

»Ach, das muss nicht viel heißen. Im vergangenen Frühjahr ist die Krankheit ebenfalls kurz aufgetaucht und war dann bald wieder verschwunden.«

»Ja, aber direkt danach begegnete ich Signor Tomasio Venduti. Es war, als hätte er schon auf mich gewartet. Er sagte mir, dass er gerade von einem Besuch bei meinen Eltern zurückkehre und dass sie geäußert hätten, ihre Tochter sei entlaufen. Ich sei nicht mehr ihre Tochter. Meine Familie will in wenigen Tagen auf das Landgut reisen, um den Auswirkungen der Pest zu entgehen.«

Francesco pfiff durch die Zähne.

»Oje, das ist eine höchst verzwickte Lage«, meinte er. »Hier könnt Ihr allerdings nicht bleiben. Botticelli würde es nicht dulden, und es würde ein schlechtes Licht auf Euch werfen.« Er zwinkerte ihr zu, und sie musste an sich halten, um nicht wütend zu werden. Francesco trat an die Staffelei, zog das Tuch von dem Bild und blieb einige Augenblicke versonnen davor stehen.

»Mir ist etwas eingefallen«, sagte er dann und strahlte sie an. »Heute Nacht könnt Ihr in einer der alten Mägdekammern übernachten. Morgen versuche ich Euch zu Eleonore Scroffa zu bringen, einer Base von mir, die sich mit ihrem Mann und ihren Kindern in der Nähe auf einem Landsitz befindet.«

»Und Ihr, Francesco, was ist mit Euch?«

»Ich habe die Pest schon einmal überlebt«, gab er zurück. »Aber alles, was Ihr jetzt braucht, ist eine Unterkunft. Kommt, wir gehen zu Lucas hinüber, vielleicht kann er uns einen Rat geben.«

Lucas Bandocci bediente gerade einige Kundinnen, als sie in den Laden kamen. Nachdem er sie abgefertigt hatte, wandte er sich den beiden zu.

»Womit kann ich Euch helfen?«, fragte er, an Angelina gewandt.

»Wir brauchen deinen Rat«, gab Francesco zur Antwort. »Angelina kann nicht mehr nach Hause zurück. Ich will sie morgen auf das Landgut meiner Base, nach Grassina, bringen. Nun hat sie aber weder Kleidung noch finanzielle Mittel.«

»Du meinst, wie eine dahergelaufene Küchenmagd?« Lucas lächelte breit.

»Ich habe meine Beziehungen«, sagte er. »Bring sie mit einem Pferdekarren dorthin, für Kleider und Geld werde ich sorgen.«

Angelina stellte sich vor, wie er sich heimlich mit Sonia traf. Sie war in diesem Moment unendlich dankbar dafür, dass sie offensichtlich Freunde hatte. »Morgen früh werde ich zur Stelle sein«, murmelte sie verlegen.

Den Abend verbrachten Francesco und sie mit einer Sitzung, doch Angelina fiel es schwer, stillzuhalten. Francesco malte schweigend, bis er schließlich den Pinsel hinwarf mit den Worten:

»Das wird heute nichts mehr, liebe Angelina! Gehen wir zu Bett.«

Die Mägdekammer war klein und roch etwas muffig. Angelina war jedoch zu müde, um sich daran zu stören, kleidete sich aus bis auf das Hemd und kroch in das Bett, das mit einer Strohmatratze, Kissen und Decke ausgestattet war. Ob Francesco noch einmal zu ihr hereinschauen würde? Sie wünschte es sich ganz stark und fürchtete sich gleichzeitig davor.

Fast war sie eingeschlafen, als sie ein Geräusch hörte. Angelina zuckte zusammen. Jemand hatte an ihre Tür geklopft. Francesco huschte herein und setzte sich an den Rand ihres Bettes. Angelina setzte sich befangen auf, ihr war heiß. Hatte er ihre Gedanken erraten?

»Ich wollte Euch noch eine gute Nacht wünschen«, sagte er, »und Euch fragen, ob Ihr nicht doch noch einmal zu Euren Eltern gehen wollt. Ich habe kein gutes Gefühl dabei, Euch aus der Stadt wegzubringen.«

Bei der Aussicht, zu ihren Eltern zurückzukehren, eingesperrt zu werden und Signor Venduti heiraten zu müssen, sträubte sich alles in Angelina. Sie würden sich schon wieder mit ihr versöhnen. Zusammen mit Francesco aufs Land zu fahren war viel aufregender!

»Ich habe es mir gut überlegt.« Sie verschränkte die Arme. »Ich kann nicht zurückkehren, das verbietet mir mein Stolz. Meine Eltern haben mich behandelt wie eine …«

»Wie eine Hure?«

»Ja«, sagte Angelina und senkte den Kopf.

»Ich bin ihnen nicht gut genug, das weiß ich«, entgegnete Francesco. Seine Stimme klang traurig. Er küsste sie auf die Haare und wünschte ihr eine gute Nacht. Er hätte ruhig noch eine Weile bleiben können. War er auf ihren Ruf bedacht? Aber der war sowieso dahin, wie ihre Eltern zu glauben meinten. Sie warf sich wütend in die Kissen und weinte.

Am anderen Morgen wurde Angelina durch die Karren geweckt, die durch die Via Nuova rumpelten. Es war Anfang Juni und versprach ein heißer Tag zu werden. Francesco hatte seinen Meister wohl schon unterrichtet, denn als Angelina die Küche betrat, begrüßte Botticelli sie höflich.

»Ich hoffe, Ihr bekommt bald eine gute Unterkunft«, sagte er und biss in ein Stück Kuchen. »Ich fahre heute nach Rom. Francesco hat mir mitgeteilt, dass Ihr zum Landgut seiner Base wollt. Ihr könnt mit mir fahren.«

Er versank wieder in Schweigen und schaute mit einem Blick vor sich hin, als suche er nach einer Antwort auf eine Frage, die ihm viel Kopfzerbrechen bereitete. Die anderen Gesellen und Lehrlinge kamen herein, ließen sich am Küchentisch nieder, griffen nach Brot, Kuchen und Würzwein. Sie unterhielten sich lebhaft über ihre Aufträge, über bestimmte Farbmischungen und die politischen Ereignisse in der Stadt.

»Savonarola soll gar nicht mehr so angesehen sein«, meinte einer. »Der Papst hat ihn exkommuniziert, das ist jetzt allgemein bekannt. Dann dürfen wir aber nicht mehr zu seinen Predigten gehen, sonst werden wir ebenfalls aus der Kirche rausgeworfen!«

»Schäm dich!«, fuhr Botticelli auf. Sein gewichtiger Körper bebte, seine sorgfältig gepflegten Locken leuchteten rot im Schein eines Sonnenstrahls, der sich durch das Fenster stahl.

»Wie kannst du«, er wandte sich an alle, »wie könnt ihr unseren Meister gerade jetzt in dieser schweren Zeit im Stich lassen? Er und das, was er im Begriff ist zu errichten, braucht all unsere Kraft, auch und gerade unsere künstlerische Gabe, um das Wort Gottes in unserer Stadt wahrhaftig werden zu lassen!«

»Aber ich ...«, kam es von dem Getadelten.

»Du brauchst nichts mehr zu sagen!«, fuhr ihn der Maler abermals an. Alle schwiegen betroffen. Eine Magd kam herein und räumte das Geschirr ab.

»Kommt in einer halben Stunde vors Haus«, sagte Botticelli, zu Angelina gewandt. »Ich mache mich noch reisefertig.«

Vor der Tür stand eine elegante, hochrädrige Kutsche mit zwei Pferden, die mit bunten Tüchern und Federn geschmückt waren. Der Kutscher, ein derber Bursche mit schwarzen, öligen Haaren, lehnte an seinem Gefährt und kaute auf einem Strohhalm. Angelina überquerte zusammen mit Francesco die Gasse, um sich von Lucas Bandocci zu verabschieden. Der Gemüsehändler wies den Händlern mit den frischen Waren die Plätze an. Als er die beiden erblickte, kam er mit ausgebreiteten Armen auf sie zu.

»Ihr brecht auf, wie ich gehört habe? Nehmt meine Segenswünsche mit auf die Reise! Und hier habt Ihr ein wenig Wegzehrung, Angelina.« Er überreichte ihr ein Körbchen mit getrockneten Weinbeeren, Trüffel-Pralinen und frühen Kirschen.

»Ich werde dafür sorgen, dass Ihr alles bekommt, was Ihr benötigt«, fuhr der Gemüsehändler fort. »Sonia wird Eure Sachen holen, und wir werden sie morgen nach Grassina bringen. Da wohnt doch deine Base, nicht wahr, Francesco?«

»Ja, sie wohnt im Sommer auf einem Hügel draußen vor der Stadt, die Glückliche«, gab Francesco zurück.

Botticelli kam mit einem ledernen Reisesack aus dem Haus, verabschiedete sich von den Umstehenden und kletterte auf den Rücksitz der Kutsche. Angelina setzte sich neben ihn. Der Maler war vornehm gekleidet, und selbst der Kutscher trug eine dunkelrote Samtkappe sowie Wams und Mantel aus edlen Stoffen. Lucas winkte zum Abschied und rief: »Ich möchte Euch gesund und glücklich wiedersehen, Signorina!« Francesco trat zu ihr heran, nahm ihre beiden Hände in seine und meinte:

»Ihr werdet mir fehlen!«

»Ihr mir auch, Francesco«, gab Angelina leise zurück. Der Händedruck war wie eine Umarmung für sie gewesen. Der Kutscher zog an den Zügeln, schnalzte, und die beiden Pferde, mit ihren wippenden Federbüscheln auf den Köpfen, setzten sich in Bewegung. Schnell fielen sie in einen leichten Trab. Angelina drehte sich nicht um, als sie die Via Nuova hinab zum Arno fuhren. Sie wollte alles so im Gedächtnis behalten, wie sie es eben gesehen und erlebt hatte.

»Ich komme bald nach, Angelina!«, rief Francesco ihr hinterher, aber er wusste nicht, ob sie ihn gehört hatte.

Es ging auf einer gepflasterten Straße am Fluss entlang. Hier war es kühler als in der Innenstadt, Frauen wuschen ihre Wäsche am Ufer, Möwen kreisten hoch in der Luft, als sei die Pest an der Stadt vorübergegangen.

»Was bewegt Euch, zu den Scroffas aufs Land hinauszufahren?«, fragte Botticelli, nachdem er eine Zeitlang geschwiegen hatte. Francesco hatte ihm anscheinend nichts von ihr erzählt. Und wahrscheinlich fragte der berühmte Maler auch nur aus Höflichkeit. Angelina räusperte sich. Was sollte sie ihm sagen? Dass ihre Eltern sie verstoßen hatten? Dass sie von zu Hause geflohen war? Dann würde er sie gewiss verachten und nichts mehr mit ihr zu tun haben wollen.

»Meine Eltern schicken mich aufs Land, weil der schwarze Tod wieder ausgebrochen ist«, sagte Angelina und merkte, dass sie nicht einmal rot wurde. Irgendwie war das ja gar keine Lüge. Ihre Eltern, ihre Geschwister, die Mägde und Bediensteten befanden sich wohl schon auf dem Landhaus bei Fiesole. Einen Augenblick lang traten ihr die Tränen in die Augen. Warum hatte alles so kommen müssen? Wie gern wäre sie jetzt bei ihnen gewesen! Stattdessen fuhr sie mit einem fremden Maler zu einer Familie, die sie nicht einmal kannte und von der sie nicht wusste, ob sie eine junge Frau wie sie ohne Vorbehalte aufnehmen würde. Glücklicherweise hatte Francesco ihr ein Empfehlungsschreiben mitgegeben. Botticelli wandte Angelina den Löwenkopf mit den hellen Augen zu.

»Der schwarze Tod kommt und geht auch wieder« meinte er. »Er macht vor niemandem Halt, egal welchen Standes er ist.« Der Maler blickte zu den Weinbergen hinüber, die im Sonnenglanz vorbeizogen. Dann wandte er ihr sein etwas müdes Gesicht zu.

»Ich sollte in meinem Leben noch einen Totentanz malen«, sagte er, mehr zu sich selbst.

»Ihr habt wunderbare Bilder gemalt«, sagte Angelina. »Mein Vater hat sie mir im Palazzo der Medici gezeigt. Ihr habt sie doch für Lorenzo de' Medici und seine Familie gemalt, nicht wahr?«

»Ja, das habe ich«, entgegnete er. Ein Glanz kam in seine Augen. »Meine Muse.«

»War ... sie es?«

»Sie war es!«, kam es aus dem Maler heraus. »Sie war die schönste Frau, die jemals in Florenz gelebt hat! Wenn nicht sie es war, die mich dazu gebracht hat, die ›Venus‹ und den ›Frühling‹ zu malen, wer sollte es sonst gewesen sein? Als sie die Schwindsucht bekam, war ich untröstlich, die ganze Stadt war untröstlich. Den endlosen Trauerzug führten *Lorenzo il Magnifico* und sein Bruder Giuliano an.« Botticelli holte ein Taschentuch aus seinem Rock und schnäuzte sich. »Das war 1476. Es gab ein Turnier zur Feier des Friedens zwischen Mailand, Venedig und Florenz – die Farben der Simonetta Vespucci, der Unvergleichlichen, habe ich auf ein Banner gemalt, mit ihrem Abbild als Göttin Athene. Der Hofdichter, genannt Poliziano, verfasste ein Versepos, das die Liebe zwischen dem Medici-Prinzen Giuliano und der Tochter des Vespucci feierte. Der arme Giuliano hat mich nach ihrem Tod so gedauert, dass ich ihm ein Bildnis von ihr geschenkt habe.«

Angelina hatte Botticelli gebannt zugehört. Es war ihr, als wären die Hügel grüner, die Wiesen saftiger, die Blumen schöner geworden. Doch nein, es gab vereinzelt auch verbrannte oder verlassene Gehöfte und Dörfer. Ab und zu begegneten ihnen Reisegruppen, die abgerissen und schmutzig waren. Söldner!, fuhr es Angelina durch den Kopf.

»Ach, und das ist jetzt vorbei, aber nicht vergessen«, seufzte Botticelli. »Ich bin ein alter Mann von mehr als fünfzig Jahren, doch sie ist immer da, bei jedem Pinselstrich, den ich führe!«

»Ihr liebt sie immer noch«, sagte Angelina erstaunt. Das war jetzt über zwanzig Jahre her!

»Gott hat sie mir gegeben, und er hat sie mir genommen. Seid froh, dass Ihr noch am Anfang Eures Lebens steht, Angelina! Mit Francesco habt Ihr einen Maler, in dem sehr viel steckt!«

»Ja, er hat ein großes Talent«, meinte sie ausweichend.

»Nur mag ich nicht, dass er sich so sehr den weltlichen Dingen zukehrt«, versetzte der Maler. »Ich hatte meinen Traum von der Sinnlichkeit des Lebens mit meiner Muse begraben. Und dann trat Savonarola in mein Leben. Mein Bruder Simone hat sich ihm mit Haut und Haaren verschrieben. Die Ideen des Priors haben mich sehr ergriffen, auch wenn ich mich nicht öffentlich zu ihm bekenne. Nun lebt meine Simonetta auf eine andere, eine geistige Art, in meinen Bildern weiter. Ihr erinnert mich ein wenig an sie, Signorina Angelina. Und wenn der Gottesstaat eingeführt ist, werden diese Bilder zu dessen Ruhm beitragen.«

Angelina wollte widersprechen, hielt sich aber zurück. Warum den Maler nicht in seinem Glauben lassen, dass Savonarolas Macht noch ungebrochen sei? Aber sie war ergriffen von der Liebe, die dieser Maler seiner verstorbenen Geliebten entgegenbrachte. Würde sie selber je solche Liebe erfahren?

In der Ferne tauchte ein Dorf auf der Spitze eines Hügels auf. Als sie näher kamen, wehte ihnen der Duft von blühenden Linden entgegen. Vor den Häusern standen Kübel mit Rosen und Salbei. Botticelli wies auf ein stattliches Haus oben auf dem Hügel.

»Der Besitz der Scroffas«, meinte er. »Ich werde die Familie begrüßen und Euch bei ihr einführen.«

Die Kutsche fuhr einen Weg bergan, der sich durch Wiesen voller Margeriten wand, und hielt vor einem prächtigen Haus, das aus Natursteinen der Gegend erbaut war. Im Garten stand ein Springbrunnen, die Beete waren mit Buchsbäumchen gesäumt. Magnolien und Zypressen spendeten Schatten. Ein Diener trat auf die

Terrasse, begrüßte die beiden höflich und fragte nach ihrem Begehr.

»Ich bin Sandro Botticelli, Maler aus Florenz, und dies ist Angelina Girondo, die mit einer Empfehlung von Francesco Rosso hierherkommt.«

»Oh, ich bitte höflichst um Vergebung, dass ich Euch nicht gleich erkannt habe, Signor Botticelli. Ihr wart ja schon öfter zu Gast im Hause Scroffa«, sagte der Diener, machte eine Verbeugung und zog sich ins Haus zurück. Gleich darauf erschien die Frau des Hauses. Ihre hochgewachsene Erscheinung wurde unterstrichen durch das leichte, gelbliche, perlenbestickte Kleid, das sie trug. Die blonden Haare waren aufgesteckt und zum Teil mit einem glänzenden Netz bedeckt. Sie reichte Angelina und Botticelli ihre feingliedrige Hand, die mit Saphirringen geschmückt war.

»Willkommen auf unserem Familiensitz in Grassina«, sprach sie mit einer warmen Stimme. »Wie geht es meinem Vetter Francesco?«

»Der ist gerade mit einem ganz besonderen Konterfei beschäftigt«, entgegnete Botticelli. »Nämlich mit dem der Signorina Angelina, die hier neben mir steht.«

»Ach, wie schön«, meinte die Gräfin und schaute Angelina einen Moment in die Augen. Täuschte Angelina sich oder waren ihre Pupillen für einen Augenblick enger geworden? Angelina übergab der Gräfin das Empfehlungsschreiben von Francesco. Signora Scroffa warf einen kurzen Blick darauf.

»Kommt herein«, sagte sie und machte eine einladende Handbewegung. »Wollt Ihr nicht das Mittagessen mit uns einnehmen, Signor Botticelli? Wir sind gespannt auf Nachrichten aus der Stadt!«

»Leider muss ich Euch enttäuschen, Signora Scroffa«, gab der Maler zurück. »Ich muss weiter nach Rom, habe schon viel zu lange gesäumt. Aber Signorina Angelina wird Euch gewiss einiges berichten können.«

»Habt Ihr kein Gepäck?«, fragte die Gräfin Angelina.

»Es wird mir nachgeschickt, in ein bis zwei Tagen«, sagte Angelina ausweichend. Sie überlegte krampfhaft, was sie der Gräfin sagen sollte, wenn sie nach dem Grund ihres Hierseins fragte. Gerade begann sie sich etwas zurechtzulegen, als ein Junge von etwa fünf Jahren und ein zehnjähriges Mädchen auf die Terrasse gestürmt kamen. Ihre Gesichter waren rot von der Hitze.

»Wer ist das?«, fragte der Kleine und zeigte mit dem Finger auf Angelina.

»Das tut man nicht, Giacomo!«, entrüstete sich seine Mutter und schlug ihn auf die Hand. Er begann zu weinen, was seine Schwester dazu veranlasste, ihn in den Arm zu nehmen.

»Giacomo und Lisetta, ihr geht jetzt hinein und wascht euch die Hände, es gibt bald Mittagessen. Diese junge Frau ist Angelina Girondo aus Florenz, eine Freundin von Francesco.«

»Francesco, Francesco«, rief Giacomo. »Er soll herkommen und mit uns malen!«

»Er wird kommen, das hat er versprochen«, gab Angelina zurück. Sie merkte, dass sie damit die Herzen der Kinder gewonnen hatte.

Botticelli verabschiedete sich, stieg wieder in den Wagen, gab dem Kutscher ein Zeichen, und schon war Angelina allein. Eine Dienerin zeigte Angelina ihr Zimmer, ein geräumiges Gemach mit einem schmiedeeisernen Bett, einer bemalten Holztruhe und bunten Teppichen. Angelina trat ans Fenster. Der Blick ging über Weinberge, die im Glanz des Nachmittags lagen, zu den fernen Wäldern der ›metallischen Berge‹. Wie viel von dem, was geschehen war, konnte sie dieser Familie verraten?

Angelina legte sich auf das Bett, ihre Gedanken bei Francesco, ihren Eltern und Geschwistern, Sonia und Lucas, auch Botticelli. Kurz bevor sie in einen unruhigen Schlaf fiel, erinnerte sie sich wieder an den Mord und an den Mann, der sie so erschreckt und bedroht hatte. Wenn sie diesen Mann nur finden konnte, bevor noch Schlimmeres geschah! Aber wie? Angelina schrak hoch, als es an der Tür klopfte. Es war die Dienerin, die einige Kleidungsstücke ihrer Herrin brachte, dazu eine Schüssel mit Wasser, ein Stück Lavendelseife und ein Handtuch. Artig knicksend zog sich das Mädchen zurück. Angelina machte sich frisch und zog sich um. Sie legte ein leichtes Sommerkleid an, ähnlich dem, wie es die Hausherrin beim Empfang getragen hatte, nur in Rot. Als sie eine Glocke läuten hörte, machte sie sich auf den Weg in den Garten, in dem das Mittagessen serviert wurde. Die Familie war schon um einen Tisch versammelt.

Es war unter einem Lindenbaum gedeckt worden, dessen Zweige in Blüte standen und einen leichten, süßen Geruch verströmten. Das Essen wurde aufgetragen, und der Hausherr, Graf Matteo Scroffa, begann freundlich das Wort an Angelina zu richten. Sie lächelte. Wenn diese Familie sie aufnahm, würde sie zur Ruhe kommen, dessen war sie gewiss.

8.

Die Glocken von San Marco läuteten die Messe ein. Domenian bewegte sich im Schatten Savonarolas, der gerade, von einer Gruppe *Fanciulli* umringt, das Portal der Kirche betrat. Außer den Mönchen des Klosters war niemand anwesend. Gewiss kamen die Menschen nur deshalb nicht mehr, weil die Pest in der Stadt herrschte. Oder hatten sie doch wegen der Exkommunikation Savonarolas Angst bekommen? Nach den einleitenden Gebeten und Gesängen betrat Savonarola die Kanzel und begann mit seiner Predigt.

»So lasst euch nun noch einmal beschwören, meine Brüder und Schwestern in Christo: Die Sünden des Papstes schreien zum Himmel! Früher nannten die Priester ihre Söhne Neffen, jetzt nicht mehr, sondern Söhne, schlichtweg Söhne. Im Jahre des Herrn 1495 versuchte Alexander IV., mich auf seine Seite zu ziehen: Er bot mir den Kardinalshut an. Doch ich lehnte ab: Ich wollte keinen roten Hut, lieber wollte ich das Martyrium! Seine Einladung nach Rom befolgte ich ebenfalls nicht, denn ich weiß um die folgenschweren Speisen im Hause Borgia. Gestern nun, am 18. des Juni, hat er meine Exkommunikation bekannt gegeben. Niemand darf mehr mit mir reden, mir zuhören oder mir auf irgendeine Art helfen. Diese Exkommunikation ist ungültig! Denn wer etwas gegen die christliche Liebe gebietet, die das A und O unseres Gesetzes ist, der sei von Gott exkommuniziert. Einem Befehl, der dem Gebot der christlichen Liebe widerspricht, darf ein Christ gar nicht gehorchen. Habt keine Angst vor dem Wolf, der als Hirte verkleidet ist!«

Die Mönche senkten demütig die Köpfe, beteten und sangen, wie er es ihnen gebot. Der Papst wird die Exkommunikation zurücknehmen müssen, dachte Domenian. Ein Weihrauchfass wurde geschwenkt. Savonarola schlug mit dem Handrücken auf die Brüstung seiner Kanzel.

Es war, als wären für ihn Tausende von Florentinern anwesend.

»Jeder möge also sein eigenes Bewusstsein erneuern«, fuhr er fort, »von den Herrschenden angefangen. Jeder möge aus seiner Eigenheit herauskommen und dem Gemeinwohl zustreben – der Egoismus ist ein Zeichen des Verlorenseins. Und solche, die kein Gefühl für ihren Nächsten haben, stehen außerhalb des göttlichen Kreislaufs. Gebt den Luxus und das Wohlleben auf, gebt stattdessen den Armen! Die Priester und Mönche, die doch Vorbilder für ein christliches Leben sein sollten, treiben sich in den Wirtschaften herum und huldigen dem Glücksspiel. Sie nehmen Mädchen zum Tanz auf ihr Zimmer mit, verbringen die Nächte mit schlechten Weibern und Buben, treten aber am Morgen gleichwohl zum Altare des Herrn. Sie sind dem sodomitischen Laster ergeben, sie pflegen der gleichgeschlechtlichen Liebe, vergewaltigen Frauen und Mägde, ja sogar Kinder! Die Zeremonien, die man heute in der Kirche feiert, finden nicht mehr zu Ehren Gottes statt, sondern um des Geldes willen. Alle in der Kirche wollen Einkünfte und Pfründe … Es gibt keine Gnade des heiligen Geistes, die man nicht mit Geld erkaufen könnte. Nur die Armen, sie werden ausgepresst! Gott hat uns schon seine Strafe geschickt, den schwarzen Tod, er ist die Antwort auf ihr sündiges Leben, und es wird noch viel furchtbarer kommen, seht es bei Johannes, die Pest und der Tod werden über uns alle kommen, so ihr nicht einhaltet und in euch geht. Schmelzt all die überflüssigen Kelche und Monstranzen ein und verteilt den Erlös an die Armen! Gott muss man suchen, nicht prächtige Tempel. Der wahre Tempel ist des Christen Herz!«

Domenian war es während der Predigt immer heißer geworden. Das war es, wofür er lebte, wofür er kämpfte! Und doch wurde sein Fleisch immer wieder schwach. Die Rede des Mönchs hatte wollüstige Gefühle bei ihm geweckt. Ach, wenn er sich doch geißeln könnte! Sich mit eiskaltem Wasser übergießen, immer wieder!

»Es soll ein Staat aufgebaut werden«, Savonarola schrie es heraus,

»der das Gute bewahrt, wenn die Stadt Florenz gut sein will! Viele Bürger in Florenz und in den Städten der Umgebung änderten schon ihr Leben, wurden friedvoller, lebten bescheidener, gaben das Trinken oder Spielen auf. Der Herrscher unserer Stadt ist nur einer allein, und das ist ...«

»Christus!«, riefen die Mönche wie mit einer Stimme. Die Chorjungen begannen mit ihren hellen Stimmen zu singen. Domenians Gedanken flogen wieder einmal weit fort, in eine andere Zeit. Er lief auf seine Mutter zu, die im Garten grub. Sie breitete die Arme aus, die Finger voller Erde, ließ sie jedoch wieder sinken, als er näher kam.

Es war Zeit, seinem Auftrag nachzukommen.

9.

Matteo, ein beleibter Mann von kleinerer Statur, mit einem freundlichen, schweißglänzenden Gesicht, legte sein Messer neben den Teller und fragte:

»Angelina, Ihr seid uns von Botticelli und Francesco Rosso empfohlen worden, und wir sind bereit, Euch bei uns aufzunehmen. Was ist mit Eurer Familie geschehen?«

Angelina schluckte. Das hatte sie kommen sehen.

»Meine Eltern sind Lukrezia und Lorenzo Girondo aus Florenz. Mein Vater betreibt einen Tuchhandel.«

»Ah!«, kam es von Matteo. »Ich kenne Lorenzo und seine Gattin. Leider hatte ich noch nicht das Vergnügen, Euch kennenzulernen.« Wohlwollend ließ er seinen Blick über Angelinas Gestalt gleiten. Die Männer waren doch alle gleich. Hatte sich Angelinas Mutter nicht oft darüber beklagt, dass ihr Mann immer den jungen Mädchen hinterhersteige? Und dann wunderten sie sich, dass sie, Angelina, keine Lust zum Heiraten hatte.

»Warum seid Ihr nicht mit Euren Eltern aufs Land gegangen?«, wollte Eleonore wissen. Jetzt saß Angelina in der Falle.

»Meine Eltern haben sich von mir losgesagt, weil ich den Ehemann, den sie mir ausgesucht hatten, nicht haben wollte.« Das war wenigstens ein Teil der Wahrheit.

»Hat er Euch nicht gefallen? War er vielleicht zu alt?«, bohrte Matteo weiter. Ihr war, als hätte er ihr zugezwinkert. Sie musste mit der Wahrheit herausrücken, sonst würde diese Familie sie nicht aufnehmen.

»Nein, nicht wegen seines Alters, sondern weil er mir unangenehm war. Es war an dem Tag, als mein Vater unser Frühlingsfest mit uns feierte. Eine Schar von *Fanciulli* war an der Tür erschienen und verlangte, dass wir alle eitlen und sündigen Dinge herausgaben. Währenddessen wurde Fredi, so hieß mein künftiger Ehemann, im Garten hinterrücks erdolcht.«

»Das ist ja furchtbar!«, entfuhr es Eleonore. Die Kinder saßen mit aufgerissenen Augen da. »Und was geschah dann?«

Die Dienerin kam mit dem nächsten Gang. Als sie wieder verschwunden war, fuhr Angelina fort: »Wir haben nie herausgefunden, wer es war! Am nächsten Tag hat Francesco an dem Porträt von mir, das meine Eltern in Auftrag gaben, weitergemalt. Ich ließ mir dazu ein Kleid bei Tomasio Venduti anfertigen. Auf dem Weg nach Hause sprang ein vermummter Mann aus einem Torbogen und bedrohte mich.«

»Was hat er gesagt?«, fragte Matteo gespannt. Angelina zögerte.

»Er hat gesagt«, sagte sie schließlich, »nein, er hat gefragt, was ich bei dem Schneider gemacht hätte. Er meinte, er habe mir angesehen, dass ich in Sünde lebe. Und dass der Herr so etwas nicht dulde. Wahrscheinlich hielt er mich für eine Hure.«

»Wen meinte er wohl mit dem ›Herrn‹? Gott oder Savonarola?«, warf Matteo ein.

»Genau das Gleiche habe ich mich auch gefragt«, entgegnete Angelina. »Ich sagte nur, ich ließe mir ein ganz normales Kleid für ein Bildnis machen, das meine Eltern in Auftrag gegeben hätten. Aber was es ihn eigentlich anginge? Daraufhin drohte er an, mich zu töten, wenn ich weiterhin in Sünde lebte. Er hatte einen Dolch in der Hand!«

»Habt Ihr sein Gesicht gesehen?«, fragte Matteo.

»Nein, er hatte die Kapuze seines Mantels tief heruntergezogen«, gab Angelina zurück. »Zum Glück tauchte Tomasio Venduti auf. Er geleitete mich nach Hause.«

»Das ist ja eine seltsame Geschichte«, meinte Matteo. »Eines aber erscheint mir offensichtlich: Da steckt jemand dahinter, der Savonarola treu ergeben ist. Die Sätze hätten von dem Prior selbst stammen können. Weiß jemand, außer Botticelli, dass Ihr hierher nach Grassina gekommen seid?«

»Nur Francesco, Lucas, der Gemüsehändler, und Sonia, meine Magd. Die beiden wollen mir morgen meine Sachen bringen.«

Matteo wischte sich mit einer Serviette den Mund ab, trank einen Schluck Wein und räusperte sich. »Savonarola ist an allem schuld«, sagte er. »Er hat nicht nur die Signoria mit seinen Anhängern besetzt, den Papst gegen sich aufgebracht und Familien zerrissen. Er ist auch schuld an allem, was uns jetzt widerfährt. Würde mich nicht wundern, wenn er hinter den Anschlägen auf Euch steckt, Angelina. Und der schwarze Tod ist zwar eine Strafe Gottes, aber nicht wegen unserer Sündhaftigkeit, sondern wegen der Vermessenheit, mit der Savonarola seine Herrschaft begründet.«

Die Dienerin kam abermals herein und räumte den Tisch ab. Alle schwiegen. Angelina hörte eine Hummel brummen. Die Dienerin verschwand im Haus, kehrte mit dem Nachtisch zurück. Angelina holte tief Luft. Nachdem das Mädchen außer Hörweite war, sagte sie leise:

»Aber warum sollte Savonarola meinen künftigen Gatten ermorden?«

»Ermorden lassen«, ergänzte Matteo.

»Und warum sollte er mich auf offener Straße bedrohen?«

»Ich glaube«, Matteo lehnte sich zurück, »dass der Maler Botticelli eine Schlüsselfigur ist. Er hat sich dem Einfluss des Mönchs so sehr verschrieben, dass er selbst seine Malerei verändert hat.«

»Aber Botticelli hat sicher nichts Böses getan.«

»Nein, auf keinen Fall. Aber der Mörder hat gewiss religiöse Gründe, aus denen heraus er handelt. Ihr solltet Euch auf jeden Fall vorsehen. Wir geben Euch Schutz, das ist keine Frage, aber wir wollen natürlich auch keine Unruhe hier. Vielleicht könnt Ihr auch bald zu Euren Eltern zurückkehren.«

»Ich werde mich in Acht nehmen«, versicherte Angelina. »Und ich danke Euch, dass Ihr mich aufnehmen wollt.«

Eleonore lächelte ihr kühl zu, und Matteo gab den Kindern ein Zeichen, dass die Tafel aufgehoben sei. Lachend tollten sie durch den Garten. Von Süden her kam ein leichter Wind auf und milderte die Hitze, die über den Bergen waberte. Angelina begab sich mit den Eheleuten ins Haus.

Im Nebenzimmer wurde noch etwas Konfekt angeboten, dann zog sie sich in ihr Zimmer zurück. Am Nachmittag machte sie sich zu einem Spaziergang auf. Begleitung lehnte sie ab, sie wollte mit ihren Gedanken allein sein. Sie solle sich aber nicht zu weit vom Haus entfernen, mahnte Signora Scroffa. Die Sonne stand schon recht tief, doch hatte sich die Wärme in den Hohlwegen zwischen den Weinbergen gesammelt. Schmetterlinge gaukelten umher, es roch nach Heu und Erde. Ein klammes Gefühl breitete sich in Angelina aus, das sie sich angesichts der Schönheit der Landschaft nicht erklären konnte. Frauen säuberten die Plätze zwischen den Reben, die mit abgefallenen Blütenständen bedeckt waren. Angelina dachte an das, was in der letzten Zeit geschehen war.

Aber so sehr sie die Ereignisse auch drehte und wendete, sie kam zu keinem Schluss, was die Ursache dafür gewesen sein mochte. Warum fühlte sie sich dann schuldig an Fredis Tod? Sie hatte ihn doch bloß nicht heiraten wollen. Mit Sehnsucht dachte sie an Francesco. Sie vermisste ihre Familie. Wie es wohl ihren Geschwistern erging? Vielleicht könnte sie ja anbieten, die Kinder der Scroffas zu unterrichten.

Inzwischen hatte sie die Kuppe eines Berges erreicht, die mit Flaumeichen und Buchen bestanden war. Hier herrschte eine dämmerige Stille. Ein Bussard schrie in der Höhe. Hinter ihr knackte es im Gehölz. Angelina fuhr herum. Da war nichts, wahrscheinlich ein Igel oder eine Maus. Sie begann, den Weg auf der anderen Seite des Berges hinunterzugehen. Wieder ein Rascheln, das Geräusch von schlurfenden Schritten im trockenen Laub. Abermals drehte sie sich um. Eine alte Frau stand da wie angewurzelt, wie aus dem Nichts herbeigeflogen. Graue Strähnen umrahmten ihr braunes, faltiges Gesicht.

»Heda«, rief Angelina. »Wer seid Ihr, und wohin wollt Ihr?«

»Habt keine Angst, Signorina«, sagte die Alte und näherte sich. Sie zog ein Bein nach. »Ich bin nur eine *Zingana*, eine Zigeunerin, die nach Pilzen und essbaren Wurzeln sucht. Mein Stamm lagert am Fuße dieses Berges. Morgen ziehen wir weiter.«

»Ihr habt mich erschreckt«, entgegnete Angelina atemlos.

»Es gibt auch allen Grund, in diesen Zeiten zu erschrecken«, fuhr die Alte fort.

»Wie meint Ihr das?«

»Savonarola, der machtgierige Mönch, hat uns aus der Stadt vertrieben. Wir seien gottlose und vom Teufel besessene Geschöpfe.« Die Alte kicherte. »Zur Strafe hat ihm sein Herrgott nun die Pest an den Hals geschickt. Hütet Euch vor den Anhängern dieses Mannes, Signorina! Euch wird ein großes Unrecht geschehen, ich sehe es in Euren Augen.« Wie konnte die Frau das an ihren Augen sehen? War es die Angst, die sie, Angelina empfand?

»Mir ist schon Unrecht geschehen«, erwiderte sie. Sollte sie einer Fremden vertrauen?

»Man hat Euch bedroht, nicht wahr?« Woher konnte die Frau das wissen?

»Ja«, erwiderte Angelina.

»Es war gewiss einer von diesen *Fanciulli,* mit denen Savonarola sich umgibt«, meinte die Zigeunerin.

»Nein, er war älter.« Jetzt war es doch heraus.

»Habt Ihr ihn erkannt?«

»Nein«, antwortete Angelina. »Er hatte seine Kapuze ganz heruntergezogen und ich glaube, er sprach mit verstellter Stimme.«

»Jemand wird Euch verraten«, sagte die Alte mit düsterer Stimme. »Aber es wird auch jemanden geben, dem Ihr vertrauen könnt und der Euch helfen wird.«

»Wer wird mich verraten?«, rief Angelina. Sie war wie gelähmt vor Angst.

»Das kann ich nicht sagen«, erwiderte die Alte. »Ich sehe nicht mehr gut, aber vor meinem inneren Auge erscheint ein junger Mann auf einer Bahre.«

»Um Himmels willen, nein!«, rief Angelina in höchster Angst. »Hört auf, ich will es nicht wissen!«

»Nur das Wissen darum kann Euch davor bewahren, in ernstliche Gefahr zu geraten«, beschied die Zigeunerin. »Ihr werdet noch an mich denken.« Mit diesen Worten wandte sie sich um und nahm den Weg bergab. Angelina stand wie erstarrt. Sie sah die Gestalt der Alten, immer ein Bein nachziehend, kleiner und kleiner werden.

Endlich löste sie sich aus ihrer Erstarrung. Sie wollte der Frau nicht folgen, wer weiß, wohin das führen würde. So ging sie denselben Weg zurück, den sie gekommen war. Inzwischen hatte sich die Dämmerung herabgesenkt. Es war kühler geworden. Die Grillen zirpten, eine Fledermaus huschte zwischen den Bäumen hin und her. Sie begegnete niemandem mehr auf ihrem Weg und war heilfroh, als sie das Haus der Scroffas erreichte. Eine Öllampe tauchte die Terrasse in ein warmes Licht, wie um Angelina zu trösten. Sie erzählte niemandem von dem, was sie erlebt hatte. Ohne noch etwas zu sich zu nehmen, begab sie sich auf ihr Zimmer.

Der Morgen zog mit Nebeln herein, die sich jedoch bald verflüchtigten. Am späten Vormittag, als Angelina im Schatten eines Baumes ein Buch las, kam eine Dienerin und kündigte Sonia und Lucas Bandocci an. Freudig sprang Angelina auf. Die beiden stiegen gerade aus ihrem Wagen. Ihre Gesichter verhießen nichts Gutes. Ob etwas geschehen war? Dunkle Ahnungen stiegen in Angelina auf. Signora Scroffa erschien auf der Terrasse und hieß die Gäste willkommen. Wie es mit dem schwarzen Tod in Florenz stünde, wollte sie wissen. Wo war Francesco?

»Die Pest wütet von Tag zu Tag mit vermehrter Grausamkeit«, berichtete Lucas. »Ständig ziehen die Leichenwagen durch die Straßen; die Pestärzte haben alle Hände voll zu tun. Aber sie können kaum jemanden retten.«

»Wie konnte sich die Seuche so schnell ausbreiten?«, fragte Angelina. »Von einem Tag auf den anderen?«

»Sie war schon länger da, aber das wurde von der Signoria vertuscht.« Angelina erinnerte sich an die frühen Zeichen, die sie gesehen hatte. Selbst die Ratten konnten etwas damit zu tun haben.

Lucas seufzte: »Es sind an jedem Tag etwa fünfzig Personen, Arme und Reiche, die der Krankheit zum Opfer fallen.«

»Wenn sie sich nicht aufs Land gerettet haben, so wie Ihr«, meinte Sonia mit Blick auf die Herrin.

»Wir nehmen immer Gäste auf, so viel wir unterbringen können«, entgegnete die Gräfin sanft. »Ihr seid herzlich eingeladen, den Sommer hier mit uns zu verbringen.«

»Und was ist mit Francesco?«, rief Angelina. Sonia schlug die Augen nieder. Auch Lucas drehte und wand sich.

»Was ist mit Francesco?« Ihre eigene Stimme war Angelina fremd geworden.

»Er ist …«, stammelte Sonia.

»Ist er tot?« Angelina wurde es schwarz vor den Augen.

»Nein, um Himmels willen«, beeilte sich Lucas zu sagen. »Es ist nur … Er ist überfallen und so zusammengeschlagen worden, dass er in Botticellis Haus liegt und von einem Bader gepflegt werden muss. Wir können froh sein, das er noch am Leben ist.«

»Wer war das? Wer kann so etwas getan haben?«, fuhr Angelina auf.

»Wir vermuten, dass es *Fanciulli* waren, die ihn«, er räusperte sich, »Euch beide während einer Sitzung gesehen haben.«

Ihr fuhr der Schreck in alle Glieder. Sie waren beobachtet worden!

»Was ist mit den Gesellen?«, wollte sie wissen.

»Die haben sich schon in Sicherheit gebracht«, meinte Lucas.

»Ja, habt ihr Francesco jetzt ganz allein in der Stadt gelassen?«

Die beiden blickten zu Boden.

Angelina fasste einen Entschluss.

»Ich werde heute noch nach Florenz fahren und nach ihm sehen. Bei meiner Mutter habe ich einiges über Wundheilung gelernt.«

»Das dürft Ihr aber nicht«, widersprach Signora Scroffa. »Lasst meinen Mann fahren, er soll ihn hierherholen.«

»Botticelli ist auf dem Weg nach Rom«, sagte Angelina heftig. »Francesco ist allein in Botticellis Haus, nur der Bader ist bei ihm. Er braucht mich!«

»Wenn Angelina schon in die Stadt will, werde ich sie begleiten«, beschied Matteo. »Sie kann nicht ohne Schutz reisen.«

»Das wird nicht nötig sein, denn ich muss ebenfalls noch einmal in die Stadt zurück, ein paar Sachen holen«, meinte Lucas. »Eure freundliche Einladung hierher nehmen wir gerne an, nicht wahr, Sonia?«

»Ich kann sowieso nicht zurück«, erwiderte Sonia etwas traurig. »Ihr werdet schon bemerkt haben, dass ich Kleidung und andere Dinge für meine Herrin geholt habe. Es heißt nun, ich hätte sie gestohlen.« Arme Sonia, dachte Angelina. Jetzt habe ich sie in große Schwierigkeiten gebracht! Sie würde es ihr auf vielfältige Weise zu danken wissen.

Schnell warf sie ein leichtes graues Reisekleid über, das sich unter Sonias Mitbringseln befunden hatte. Sie stieg in die Kutsche. Und schon ergriff Lucas die Zügel und mahnte Angelina, einzusteigen, der Tag würde heiß werden, doch sie könnten die Strecke schaffen, bevor die Sonne im Zenit stand. Wieder ging es die Serpentinen hinab, begleitet von den Abschiedsrufen der Zurückgebliebenen. Lerchen sangen hoch in der Luft, die Wegränder säumten Klatschmohn und Kornblumen. Bald waren sie auf der Straße nach Florenz und schon tauchten die Mauern und Türme der Stadt in der Ferne auf. Das Stadttor war verschlossen, niemand dürfe hinein und hinaus, sagte der grimmig dreinblickende Wärter.

»Ich kenne ein kleines Tor, das von einem meiner Zulieferer bewacht wird«, sagt Lucas leise. Auf diesem Weg gelangten sie in die Stadt. Je näher sie der Via Nuova kamen, desto mehr nahm Angelina einen eigenartig süßen Geruch wahr.

»Das ist der Geruch der Verwesung, der sich neuerdings in der Stadt ausbreitet«, sagte Lucas, als hätte er Angelinas Gedanken erraten. Merkwürdig, den hatte sie doch gestern noch nicht gerochen? Vielleicht hatte der Wind aus einer anderen Richtung geweht. Und wirklich begegneten ihnen mehr Leichenkarren, mehr Pestärzte, aber auch mehr *Fanciulli* als noch vor wenigen Tagen. Die Umhänge der Kinder und Jugendlichen waren mit roten Kreuzen bemalt. In die Kapuzen, welche die Gesichter vollkommen bedeckten, waren Schlitze für die Augen geschnitten. Der Älteste trug ein Kruzifix voraus, und alle sangen Klagelieder. Viele Häuser waren mit Brettern vernagelt, ein Hinweis darauf, dass die Bewohner verstorben oder geflüchtet waren. Die Leichensammler verrichteten stumm ihre Arbeit. Vor den Toren der Stadt hatte Angelina Gruben gesehen, in denen die Toten versenkt wurden. Die Leichensammler streuten Kalk darüber, um dem weiteren Ausbreiten der Seuche Einhalt zu gebieten.

Angelina konnte es kaum erwarten, in das Haus Botticellis zu gelangen. Lucas verschwand in seinem Laden, sie selbst klopfte energisch an die Tür des Hauses gegenüber. Es dauerte eine Weile, dann öffnete ihr ein grobschlächtiger Mann mit grauem Kinnbart, den sie noch nie gesehen hatte. Es war der Bader.

»Seid Ihr Signorina Angelina Girondo?«

Sie nickte.

»Gut, dass Ihr kommt«, meinte er und machte eine einladende Handbewegung. »Der Maler liegt im Fieber, er hat immer wieder nach Euch gefragt.«

Angelina folgte ihm die Treppe hinauf. Francesco lag auf seinem Bett. Sein Gesicht war mit roten Striemen bedeckt, das eine Auge geschwollen. An Armen und Hals hatte er Blutergüsse und offene Wunden. Der Bader fuhr fort, ihm die Verletzungen mit einer Ringelblumensalbe einzureiben, die intensiv nach Kräutern und Honig roch.

»Francesco, wie froh bin ich, Euch zu sehen!«, rief Angelina und setzte sich auf einen Hocker neben dem Bett. Der Bader zog sich brummend zurück.

»Angelina«, sagte Francesco matt. »Eben dachte ich, ich träume.« Der Schweiß lief ihm aus allen Poren.

»Was ist denn nur geschehen?«, wollte Angelina wissen und nahm seine Hand.

»Ich glaube, sie wollten mich töten«, antwortete Francesco.

»Wer? Wer wollte Euch töten?«

»Die *Fanciulli*. Es waren mehrere, die mit Messern und Schlagstangen auf mich los sind. Gestern Abend war das.«

»Aber was für einen Grund sollten sie dafür gehabt haben?«

Francesco schloss die Augen und stöhnte verhalten.

»Möglicherweise ist es wegen des Bildes, das ich von Euch anfertige.«

Heilige Mutter Gottes, auch das noch! Sie, Angelina, brachte Unglück über jeden, mit dem sie in Berührung kam!

»Aber die können doch gar nichts davon wissen!«, stieß sie hervor.

»Jemand könnte uns beobachtet haben, durchs Fenster der Werkstatt. Oder jemand von den Gesellen hat es Savonarola zugetragen.«

In dieser Stadt konnte man nicht mehr leben. Nun auch noch das.

»Ihr müsst mit mir kommen, Francesco. Heute noch. Ich bin ja selber mit dem Tode bedroht worden.«

»Was? Von wem?«, fuhr Francesco auf. Gleich darauf verzog er vor Schmerz das Gesicht.

»Von einem Mönch«, antwortete Angelina. »Kommt mit mir, Francesco. Ich fahre mit Lucas Bandocci heute Abend zurück.«

»Das geht aber nicht, Signorina«, mischte sich der Bader ein, der zurückgekommen war und sich an seinen Geräten zu schaffen machte. »Signor Rosso kann erst in ein paar Tagen eine Reise antreten. Er hat Fieber.«

»Dann bleibe ich hier und pflege ihn«, entgegnete Angelina.

»Nein, Angelina.« Francesco war blass geworden und richtete sich mühsam auf. »Wenn du das machst, dann ... denke an deinen Ruf. Ich weiß nicht, wann Botticelli wiederkommt.«

»Deine Base hat ihm einen reitenden Boten hinterhergeschickt. Er wird schon kommen.«

»Aber du wirst hier allein mit mir sein. Du kannst nicht raus. Die Pest da draußen kommt immer näher!«

»Das ist mir geichgültig.«

»Angelina ...«

Sie wusste, was er sagen wollte, aber sie unterbrach ihn. »Mein Entschluss steht fest.«

10.

In derselben Nacht stieg Francescos Fieber. Er warf sich unruhig hin und her, stöhnte und phantasierte offensichtlich. Im Haus war es unerträglich schwül. Angelina saß an seinem Bett, flößte ihm immer wieder mit Wasser verdünnten Wein ein oder legte ein nasses Tuch auf seine Stirn. Sie wagte nicht, das Fenster zu öffnen, vielleicht würde die Pest dann durch die Luft hereinkommen. Zwischendurch fiel Francesco in einen tiefen Schlaf, und sein Atem wurde gleichmäßiger.

Die Öllampe auf dem Tisch war fast heruntergebrannt. Angelina goss aus einem Krug Olivenöl nach und legte einen neuen Wollfaden als Docht in die Schnauze. Sie hatte sich noch nie so elend gefühlt, aber gleichzeitig auch noch nie Francesco so nah. Leise sprach sie ein Gebet: Herr, errette uns aus dieser Lage! Heilige Jungfrau Maria, mach, dass er wieder gesund wird!

Sie nahm das nasse Tuch von Francescos Stirn und ging hinunter in die Küche, um es in einen Zuber mit Wasser zu tauchen. Morgen würde der Bader wiederkommen, um die Verbände zu erneuern. Angelina goss etwas Wasser in eine Schüssel, trug sie nach oben. Francescos Körper war schweißbedeckt, Fliegen umsurrten ihn. In einer Truhe fand sie weitere saubere Tücher, feuchtete sie an und umwickelte Francescos Beine damit. Das hatte ihre Mutter bei ihr gemacht, als sie klein war und hohes Fieber hatte. Was für einen kräftigen, schlanken Körper Francesco hatte!

Die Augen fielen ihr fast zu, alle Glieder schmerzten. Sie löschte die Lampe, sank auf einen Teppich neben Francescos Bett und schlief auf der Stelle ein. Am Morgen erhob sie sich mit steifen Gelenken. Sie hatte geträumt, der Pestarzt sei gekommen, um Francesco zu holen. Angelina betrachtete den Kranken. Ein Geruch nach Eiter stieg ihr in die Nase. Francescos Wunden mussten sich entzündet haben. Sie verscheuchte die Fliegen, aber sie kamen immer wieder zurück und setzten sich auf die Verbände, die mit Blut verkrustet waren. Francesco schlug die Augen auf.

»Heute Nacht habe ich geträumt, ein Engel stehe an meinem Bett«, sagte er mit schwacher Stimme. »Und als ich wach wurde, sah ich, dass es kein Traum war.«

Sie nahm seine Hand, die sich heiß und trocken anfühlte. Die Glocken von Santa Maria Novella schlugen acht Mal, andere Glocken antworteten ihnen.

»Ich habe nicht von einem Engel geträumt, Francesco«, sagte Angelina und schaute ihm in die Augen. »Aber ich möchte, dass Ihr wieder gesund werdet. Bald wird der Bader kommen, er hat es versprochen.«

Francesco verzog unwillig den Mund.

»Er wird mich sicher wieder schröpfen und zur Ader lassen«, meinte er heiser. »Aber davon ist das Fieber nicht weniger geworden.«

Angelina sah, dass seine Haut in der Hitze, die schon am frühen Morgen wieder im Raum stand, förmlich glühte. Sie drückte seine Hand noch einmal und ließ sie dann los.

»Ich werde frische Tücher bringen«, sagte sie, »und schauen, was an Essen im Hause ist.«

In der Küche entdeckte sie eine Art Nische, die mit einem Vorhang aus Nesselstoff abgedeckt war. Viele Vorräte waren es nicht, die auf den Regalbrettern standen. Ein kleiner Sack Mehl, ein Korb mit Eiern, je ein Krug Lein- und Olivenöl und ein großes Stück Speck. Mit Zunder und Feuerstein fachte Angelina ein Feuer im Herd an, nahm eine Eisenpfanne vom Haken, goss Olivenöl hinein und stellte sie auf das Feuer. Auf einem Brett schnitt sie Scheiben vom Speck und gab sie in die Pfanne. Sofort verbreitete sich ein köstlicher Duft. Zwei Eier kochte sie in einem Topf Wasser weich, vielleicht hatte Francesco ja keinen Appetit auf Fettes.

»Das riecht aber verlockend«, sagte er, als sie die Schüssel mit

Speck und geschälten Eiern vor ihn hinstellte. »Aber ich werde nur ein Ei nehmen.«

Angelina half ihm, sich im Bett aufzurichten. Er löffelte vorsichtig ein Ei, während Angelina an einer Speckscheibe knabberte. Ein Geräusch von der Tür her ließ sie zusammenfahren. Eine Gestalt schob sich ins Zimmer hinein. Angelina glaubte ihren Augen nicht zu trauen. Der Mann trug eine Pestarztmaske!

»Das ist gut, dass Ihr ein Frühmahl zu Euch nehmt«, sagte der Mann, und seine Stimme entpuppte sich als die des Baders. »Dann geht es Euch wohl besser, Signor Rosso?«

»Ja, es geht mir etwas besser«, antwortete Francesco. Der Bader nahm die Maske ab.

»War heute Nacht bei den Pestkranken«, knurrte er. »Konnte nicht helfen. Die gelehrten Doktoren drücken sich um diese Aufgabe, die bleibt uns Badern, Wundärzten und Barbieren überlassen. Ihr scheint bisher verschont geblieben zu sein.«

In seinen Zügen lag ein hungriger Ausdruck. Angelina schob ihm den Teller mit dem Speck und dem Ei hin. Ehe sie es sich versah, hatte der Bader alles aufgegessen. Sein eisengrauer Bart war mit Eigelb verklebt.

»Das kommt mir recht für meine Arbeit«, sagte der Bader und stellte die Schüssel auf den Tisch. »Und es wäre mir auch recht, wenn Ihr mir das Verbandszeug, die Salbe, das Schröpfen und Aderlassen zahlen würdet.«

Francesco gab Angelina einen Wink mit den Augen.

»In der Truhe ist ein Lederbeutel mit Gold- und Silberflorins«, wisperte er. Angelina holte den Beutel und gab dem Bader einen der Golddukaten.

»Dann werde ich jetzt die Verbände wechseln«, meinte er und machte sich ans Werk. Ein intensiver Geruch nach Schweiß und Eiter schlug Angelina entgegen, als der Bader die verschmutzten Verbände von Armen, Beinen, Kopf und Brust wickelte.

»Ihr müsst schauen, dass Ihr die Fliegen von ihm fernhaltet«, wies er sie an. Er säuberte die Wunden, rieb sie vorsichtig mit Salbe ein und verband Francesco erneut, wobei ihm Angelina zur Hand ging. Dann rieb der Bader seine Hände mit Essig ab und empfahl Angelina, das Gleiche zu tun.

»Überhaupt solltet Ihr überall Tücher mit Essig aufhängen«, sprach er weiter. »Und eines vor Nase und Mund binden, falls Ihr hinausgeht. Aber davon würde ich Euch gänzlich abraten.«

Nachdem er versprochen hatte, am folgenden Tag wiederzukommen und gegangen war, schlief Francesco schon wieder. Angelina suchte im ganzen Haus nach Essig und wurde schließlich im Keller fündig. Dort stand ein Krug, zusammen mit einem Fass Wein. Da das Wasser in der Küche bald nicht mehr zu genießen war, hatten sie wenigstens etwas zum Trinken.

Angelina traute sich nicht mehr aus dem Haus, nach dem, was der Bader gesagt hatte. Heiß und dumpf verging der Tag. Francescos Zustand hatte sich wieder verschlechtert. Beim Versorgen seiner Wunden bemerkte sie, dass sein Lendenschurz verrutscht war, und zuckte zusammen, als sie sein gerötetes, geschwollenes Glied sah. Wie gern hätte sie mit ihren Fingern darübergestrichen, wenn es ihm nur Linderung gebracht hätte! Aber sie wagte es nicht. Wenn Gott und die Heilige Jungfrau nur ihre Gebete erhörten! Francesco schien bewusstlos zu sein, seine Brust hob und senkte sich kaum merklich.

Angelina fühlte sich grenzenlos allein. Wenn er nun sterben würde? Hatte nicht Lucas gesagt, Francescos Base Eleonore habe einen Boten hinter Botticelli hergeschickt? Wie lange konnte es dauern, bis er ihn erreichte? Um sich zu beschäftigen, buk sie aus Wein und Mehl Fladenbrote, damit sie weiterhin zu essen hatten. Eine weitere unruhige Nacht verging. Am nächsten Vormittag tauchte der Bader nicht auf, auch am folgenden nicht. Angelinas Verzweiflung wuchs. In den wenigen wachen Augenblicken flößte sie Francesco Wein ein, fütterte ihn mit weich gekochtem Ei.

In der fünften Nacht schreckte sie abermals empor. Sie hatte das Gefühl, dass jemand ins Haus gekommen wäre. Eine Tür klappte, Angelina meinte, schlurfende Schritte zu hören. Sie richtete sich auf und schlich die Treppe hinunter. Aus der Küche kamen ihr zwei schemenhafte Gestalten entgegen, drängten sie zur Seite und rannten zur Tür. Im Dunkeln suchte sie nach einer Lampe, holte schließlich die von oben und sah, was die Unbekannten angerichtet hatten. Sämtliche Vorräte aus der Küche waren gestohlen. Wahrscheinlich hatten sie auch noch die Pest im Leib gehabt!

Vor Erschöpfung begann sie zu zittern. Langsam schleppte sie sich die Treppe zu Francescos Zimmer hinauf. Der Bader würde nie mehr kommen, die Pest hatte ihn dahingerafft. Niemand auf der Welt würde ihnen helfen. Sie würden beide sterben, wenn nicht an der Seuche, dann am Hunger. Aber sie, Angelina, würde diesen Weg zusammen mit Francesco gehen.

Als sie ihm, in einer wachen Stunde, wieder ein wenig Wein einflößte, hob er einen Arm, um nach ihrer Hand zu greifen. Sie stellte den Weinkrug auf den Boden, nahm seine Hand und schmiegte sie an ihre Wange. Doch sie hatte etwas gesehen, was sie sehr erschreckte. Unter dem Arm, vom Verband nur notdürftig verdeckt, hatte sich eine Beule gebildet. Angelina wusste, was das bedeutete.

Sie war verzweifelt über Francescos Zustand. Seine Lippen waren aufgesprungen und verschorft. Wie gern hätte sie ihn einmal geküsst, nur ein wenig! Doch sie ließ sich nichts anmerken. Hier, ganz allein mit ihm in einem leeren Haus, erwarteten sie den Tod.

Als Angelina noch einmal seine Verbände erneuerte, sah sie, dass sie sich getäuscht hatte. Es waren keine Beulen, sondern Eiterblasen, die von den Verletzungen herrührten, die er davongetragen hatte. Sie war so erleichtert, dass sie zu weinen anfing. Er würde leben! Sie durfte nicht aufgeben, sie musste ihn gesundpflegen. Woher in aller Welt sollte sie Nahrung herbeischaffen?

Es war mitten in der Nacht, es würde gewiss kein Laden offen haben, selbst wenn sie das Wagnis einging, nach draußen zu gehen. Da fiel ihr etwas ein, es war so naheliegend, dass sie sich an den Kopf schlug, weil sie nicht früher darauf gekommen war. Lucas Bandocci hatte beim Abschied gesagt, er wolle noch ein paar Sachen holen. Ob er den Laden fest verschlossen hatte? Möglicherweise war sein

Gemüselager nicht geplündert worden. Sie würde sich doch kaum einer Gefahr aussetzen, wenn sie rasch hinüberging und versuchte, in das Haus hineinzukommen. Lucas würde ihr das schon verzeihen.

Sie warf einen letzten Blick auf Francesco, der weiterhin ruhig schlief, nahm die Öllampe und stieg die Treppe hinunter. Die Tür zog sie vorsichtig hinter sich zu. Vom Arno her kam ein kühles Lüftchen. Tief sog sie die Nachtluft ein. In der Gasse war alles still. Der Mond beschien die Fassaden der Häuser, und es wirkte so, als sei nie etwas geschehen. Sie schaute sich nach allen Seiten um und huschte über die Straße. Die Tür zu Bandoccis Laden war mit Brettern vernagelt gewesen, die jetzt herabgerissen waren. Vorsichtig stieg Angelina über den Holzhaufen. Der Laden bot ein Bild der Verwüstung: Körbe, Regale und Säcke lagen auf dem Boden verstreut. Wohin Angelina auch leuchtete, sie fand nichts Essbares mehr. Von draußen hörte sie den Gesang der *Fanciulli,* der schnell näher kam. Sie löschte das Licht und kauerte sich in eine Ecke des Raumes. Genau vor dem Laden machten die *Fanciulli* Halt, der Gesang verstummte. Ein Junge mit einer Fackel in der Hand erschien und leuchtete in den Laden hinein. Angelina schwitzte vor Angst, entdeckt zu werden. Wahrscheinlich würde sie dann Francesco nie wiedersehen.

»Hier gibt's nichts mehr zu holen«, sagte der Junge und zog sich zurück. Die *Fanciulli* stimmten ihren Gesang wieder an und zogen weiter. Angelina hätte vor Erleichterung fast gelacht und sich damit möglicherweise verraten. Sie erinnerte sich an das Hinterstübchen, in das Lucas schon einmal verschwunden war. Im Dunkeln tastete sie sich voran, ereichte die Tür und öffnete sie. Es war ein kleiner Raum mit Tisch und Bett, so viel konnte sie im hereinfallenden Mondlicht erkennen. Sie ging auf die Knie und schaute unter das Bett. Da lag tatsächlich etwas, in Sackleinen eingeschlagen. Sie zog es hervor. Und hätte vor Freude jubeln können: Es war eine Art Notvorrat, getrocknete Saubohnen, Knoblauchzwiebeln, Nüsse, gelbe Bohnen und eine ganze geräucherte Wurst. Sie nahm das Bündel an sich und schlich wieder in Botticellis Haus zurück. Angelina legte das Gefundene in der Küche ab und lief nach oben, um nach Francesco zu sehen. Er saß aufrecht im Bett.

»Ich bin schon länger wach«, sagte er. »Und Ihr wart nicht da. Ich habe mir Sorgen gemacht!«

Angelina lief auf ihn zu und küsste ihn auf die Stirn.

»Ich habe etwas zu essen besorgt«, sagte sie stolz.

»Ihr wisst gar nicht, was für einen Hunger ich habe«, versetzte Francesco. »Mein Magen knurrt wie ein Bär, der eine Honigwabe entdeckt hat!«

Angelina beeilte sich, in die Küche zu gelangen, wo sie einen Topf mit Wein, Bohnen, Knoblauch und Stücken von der Wurst aufsetzte. Der Duft, der sich im Haus ausbreitete, entzückte Angelina, und sie wusste, dass es der Beginn eines neuen Lebens war. Sie brachte den dampfenden Topf mitsamt einer Schüssel und zwei Silberlöffeln nach oben. Als sie Francescos Zimmer betrat, saß er auf dem Bettrand und lachte ihr entgegen.

Als Nachtisch aßen sie die Nüsse. Nach einem kurzen, erquickenden Schlaf zog der Tag herauf. Im Laufe dieses Tages erholte sich Francesco immer mehr, wenn ihm auch die überstandenen Qualen deutlich anzusehen waren.

Am Abend hörte Angelina jemanden unten an die Tür klopfen, und dann ertönte eine wohlbekannte Stimme:

»Ist jemand zu Hause oder hat Euch alle die Pest geholt?«

»Botticelli!«

Erleichtert eilte sie die Stufen hinunter. Umso größer war ihre Freude, als sie hinter Botticelli auch Lucas das Haus betreten sah. Die beiden waren noch vor der Stadt aufeinandergetroffen.

»Kommt herein, Signor Bandocci!«

Die Männer folgten ihr die Treppe herauf zu Francescos Lager.

»Francesco!« Botticelli war ehrlich entsetzt, seinen Schüler so zu sehen. Er drückte seine Hände. »Ich wünschte, Eure Nachricht hätte mich eher erreicht!«

»Du siehst schon viel besser aus«, meinte Lucas. »Hat man die Übeltäter schon gefasst?«

»Nein«, erwiderte Francesco und verzog seinen Mund zu einer schmerzlichen Grimasse. »Und ich glaube auch nicht, dass sie jemals gefasst werden. Sie tun es im Namen Gottes und sind daher im Recht.«

»Das sind sie nicht!«, fuhr Angelina auf. »Nichts rechtfertigt ein solches Handeln!«

»Manchmal schlagen sie über die Stränge«, unterbrach Botticelli sie. »Aber im Grunde sind sie im Recht, nämlich auf der Seite Gottes. Nichts rechtfertigt die sündige Lebensweise von so vielen Bürgern in dieser Stadt!«

»Das haben mir meine Peiniger auch gesagt«, warf Francesco bitter ein. »Bei jedem Schlag, den sie mir verpassten, riefen sie: ›Das ist für deine sündigen Gedanken‹, und ›das für deine sündigen Taten‹ und ›das für deine Malerei‹.«

»Ich hatte das Bild in einen Nebenraum gebracht, bevor ich fuhr«, sagte Botticelli. »Und es mit dicken Tüchern verhängt. Niemand soll ein solches Bild in meiner Werkstatt finden!«

»Warum hast du es dann nicht gleich vernichtet?«, gab Francesco zurück.

»Das verbietet mir mein Künstlerherz. Und außerdem bist du mein Freund«, war die Antwort des Malers.

»Wir müssen noch heute von hier verschwinden«, gab Lucas Bandocci zu bedenken. »Wisst ihr, wie die Stadt aussieht? Sie ist leergefegt! Alle sind geflohen oder tot. Nur Savonarolas Leute treiben sich hier noch herum. Niemand darf das Bild von Francesco finden.«

»Also müssen wir es mitnehmen«, folgerte Angelina. Sie dachte an die *Fanciulli*, die sie um ein Haar entdeckt hätten.

»Ja, meinetwegen«, gab Lucas zurück. »Ich habe den Wagen mit den zwei Pferden angeschirrt und habe auch einen Lastesel dabei. Meine Waren werde ich hier nicht verfaulen lassen, sondern sie ebenfalls mitnehmen, wohin, sage ich lieber nicht, da die Wände hier Ohren zu haben scheinen.«

»Signor Bandocci …«, begann Angelina.

»Ja?«

»Es tut mir leid, Euch sagen zu müssen, das Eure Waren sämtlich geplündert sind. Auch wir wurden bestohlen.«

»Jesus, Maria«, entfuhr es Bandocci. »Wovon habt Ihr dann gelebt?«

»Ich habe im Nebenraum Eures Ladens getrocknetes Gemüse, Nüsse und Wurst entdeckt«, sagte sie mit etwas belegter Stimme. Mit dem, was sonst noch geschehen war, wollte sie die beiden Männer gar nicht behelligen. »Aber wir werden es selbstredend bezahlen.«

»Das kommt gar nicht in Frage«, entgegnete Bandocci. »Wenn ich das gewusst hätte, wäre ich nicht zurück auf das Landgut gefahren! Gott sei Dank habt Ihr unsere Notvorräte gefunden.«

Das, was sie zusammen mit Francesco erlebt hatte, erschien Angelina schon jetzt wie ein Traum.

»Gott sei es gedankt, dass Ihr so klug gehandelt habt«, sagte Botticelli anerkennend. »Aber jetzt wird es Zeit, das wir hier fortkommen.«

Bevor sie abfuhren, verschloss der Maler sorgfältig seine Werkstatt. Mit Wehmut blickte er zurück, als sie zum Wagen gingen. »Solange der schwarze Tod in der Stadt wütet, wird hier niemand mehr arbeiten«, verkündete er.

Unterwegs kaufte Botticelli noch einige Lebensmittel ein. Sie beluden den Wagen mit Säcken und Körben, und Angelina setzte sich hinten zu den Waren, die beiden anderen nach vorn auf den Kutschbock. Francesco wurde auf eine Decke gebettet, ein Kissen stützte seinen Kopf. Während sie das bebaute Gebiet verließen und sich dem Fluss näherten, folgten ihnen die Klagen der Angehörigen von Sterbenden. Wenig später war die kleine Schar wieder auf dem Weg nach Grassina. Im Schutz der Dämmerung hatten sie die Stadt verlassen.

Das Zirpen der Grillen wirkte beruhigend auf Angelina. Ab und zu schwirrte eine Fledermaus an ihnen vorüber. Sie horchte auf den Atem Francescos; er war bald nach ihrer Abreise eingeschlafen.

Spät in der Nacht erreichten sie das Anwesen der Scroffas. Die Bediensteten waren schon zu Bett gegangen, aber das Ehepaar Scroffa wachte noch und wartete auf die Gäste. Zwei schnell geweckte Diener trugen Francesco hinauf in eines der Zimmer. Angelina überzeugte sich davon, dass er gut versorgt wurde. Todmüde ging sie schließlich schlafen. Wie gut das Bett duftete! Wie weich es war und wie sauber!

In den nächsten Tagen wich Angelina kaum von Francescos Seite. Sie legte ihm weiterhin Verbände mit zerdrückter Schafgarbe an und brachte ihm die besten Bissen von der Tafel. Bald waren die Wunden vollständig vernarbt, die blauen und grünen Flecken hatten sich zurückgebildet. Er konnte bereits kleinere Spaziergänge machen und an den gemeinsamen Mahlzeiten teilnehmen.

Es wurde immer heißer. An jedem Morgen stieg die Sonne höher über die Weinberge und Wälder. Gegen Mittag bildeten sich Quellwolken, die sich allmählich verdunkelten und den ganzen Himmel verfinsterten. Am frühen Abend gingen heftige Gewitter nieder, doch der folgende Tag begann jeweils so klar und schön wie der vorige.

An einem Mittag, kurz nach dem Essen, versammelte Matteo seine Familie und Gäste um sich. Sie saßen im Garten unter dem Lindenbaum, der seine Blüten schon abzuwerfen begann. Bienen summten in den Blumenbeeten. Bisher hatten die anderen nicht von dem Überfall auf Francesco gesprochen, um ihn zu schonen. Nun aber ergriff Matteo das Wort.

»Was ist eigentlich genau geschehen an diesem Abend, Francesco?«, fragte er.

»Ich kam von der Abendandacht im Dom«, erwiderte der Maler. »Es war schon dämmerig. Plötzlich standen einige Burschen wie aus dem Nichts vor mir und bedrohten mich mit Worten.«

»Was sagten sie?«, wollte Eleonore wissen.

»Sie beschimpften mich als Diener des Teufels, weil ich solche schmutzigen Bilder male. Ich erwiderte, dass meine Bilder jederzeit den Blicken der Öffentlichkeit standhalten könnten. Und überhaupt ginge sie das nichts an.«

Botticelli schnaufte, sein dicker rötlicher Schnurrbart zitterte.

»Wer hat sich erdreistet, einen Maler meiner Werkstatt so übel zu verleumden? Das fällt auf mich zurück! Meine Werkstatt stellt ausschließlich gottgefällige Werke her!«

Savonarola-gefällige, dachte Angelina, doch sie sprach es nicht aus.

»Sandro, du widersprichst dir selbst«, warf Francesco ein. »Vorher hast du noch behauptet, die *Fanciulli* seien im Recht.«

»Wer sagt denn, dass es *Fanciulli* waren?«, gab Botticelli zurück.

»Offensichtlich hatte jemand beobachtet, dass Angelina mir Modell steht«, fuhr er fort. »Ich glaube fest, dass es *Fanciulli* waren, die ihre Aufgabe ein wenig zu ernst nahmen.«

»Ein wenig zu ernst?«, fiel Lucas ein. »Francesco, du untertreibst fürchterlich. Sie hätten dich totschlagen können!«

Francesco zuckte mit den Schultern.

»Ja, du hast recht. Vielleicht waren es auch keine *Fanciulli*, die sind nicht als gewalttätig bekannt.«

»Es geht auf jeden Fall jemand um, der bestimmten Menschen nach dem Leben trachtet«, meinte Matteo. »Wer war bei dem Fest Eures Vaters anwesend, Angelina?«

Sie überlegte einen Augenblick lang.

»Meine Eltern und Geschwister, Francesco, Signor Tomasio, Signor Fredi, mein zukünftiger Gatte, die Diener und die übrigen Gäste, die ich nicht alle kannte.«

»Dann könnte es also jeder von ihnen gewesen sein, der Signor Fredi umbrachte?«

»Ja, so ist es«, erwiderte sie. »Doch halt … kurz bevor der Mord geschah, hämmerte eine Schar von *Fanciulli* an die Tür. Alle Gäste liefen dorthin, um zu sehen, was geschah.«

»Wirklich alle?«, fragte Matteo nach. »Wo war Fredi, als er gefunden wurde?«

»Hinten im Garten, neben dem Brunnen.«

»Es könnte sich also einer von den *Fanciulli* hereingeschlichen haben?«

»Schon möglich«, erwiderte Angelina. »Aber warum hätte er ihn töten sollen?«

Matteo wechselte einen raschen Blick mit seiner Frau.

»Signor Fredi war bekannt als jemand, der sein Leben in großen Zügen genoss. Er räusperte sich. »Es tut mir leid, dir das zu sagen, aber nun muss ich es. Er frönte nicht nur dem guten Essen und Trinken, sondern ging auch regelmäßig zu Huren. Zwar versuchte er das zu vertuschen, aber es war ein offenes Geheimnis in der Florentiner Gesellschaft.«

Und mit dem hatten ihre Eltern sie verheiraten wollen? Guter Gott!

»Ihr meint also, dass möglicherweise Savonarola die Jungen beauftragt hat, Fredi zu töten?«, fragte Lucas.

»Entweder handelten sie auf seinen Befehl hin oder sie haben es aus freien Stücken gemacht«, beschied Matteo.

»Das geht zu weit!« rief Lucas. »Es wird Zeit, dass diese Schreckensherrschaft ein Ende findet!«

Botticelli war blass geworden.

»Ich dulde es nicht, dass derartig über den *Frate* gesprochen, dass er verdächtigt wird, schwere Straftaten zu begehen. Er ist das Lamm Gottes, das keiner Fliege etwas zuleide tun würde! Ich verbürge mich für seinen Ruf.«

»Es wurde auch nicht gesagt, dass er Straftaten begangen hätte«, besänftigte Matteo. »Es können auch seine Helfer gewesen ein. Aber es ist immer die Saat, die aufgeht und Böses gebiert.«

Francesco hatte derweil nachdenklich vor sich hin geschaut.

»Ich verstehe nicht«, begann er, »warum die Bürger der Stadt Florenz gezwungen werden, ihre ›Eitelkeiten‹ herauszugeben, warum Frauen auf der Straße angepöbelt werden, wenn sie ihre Haare nicht bedeckt halten. Und dass man mich beschimpft und zusammenschlägt wegen eines Bildes, das etwas anderes zeigt als fromme Szenen aus der Bibel. Es ist weniger fragwürdig, wenn die

Leute ihre Sachen freiwillig ins Feuer werfen, wie im letzten Karneval. Für mich ist das kein Gottesstaat, der seine Kinder vergewaltigt!«

»Du hast aber schon ganz anders gesprochen«, meinte Botticelli und schob die Unterlippe vor.

»Ich habe die Geschehnisse genau beobachtet«, erklärte Francesco. »Als Savonarola das ›Fegefeuer der Eitelkeiten‹ veranstaltete, wurde ich hellhörig. Das kann nicht sein, sagte ich mir, dass Kunstwerke den Flammen übergeben werden, die in mühsamer, hingebungsvoller Arbeit geschaffen wurden.«

»Es ist aber vonnöten, wenn der Teufel die Hand des Malers geführt hat.«

Botticelli stützte seinen Kopf schwer in die Hand.

»Das kannst du mir doch nicht erzählen«, fuhr Francesco auf. »Dann hat der Teufel auch deine Hand geführt! Du hast die Gefilde des Antiken, die dich immer so sehr inspiriert haben, verlassen und bist für immer zu den düsteren Visionen des Savonarola übergegangen!«

Die Gesichtsfarbe des Meisters wechselte von rot nach blass.

»Ist nicht der Einzug des schwarzen Todes ein Beweis für die Prophezeiungen Savonarolas? Hat er nicht gesagt, Gottes Reich komme mit der Wende des Jahrhunderts, und dann werde Gott die Spreu vom Weizen trennen?« Seine Augen verengten sich. »Wehe dem, der nicht Buße getan und sich von seinen Sünden gereinigt hat, wenn das Weltgericht kommt!«, rief er aus.

»Wir sind fromme Christen, wie Ihr auch einer seid«, warf Matteo ein.

»Wir gehen in die Kirche, beten und beichten unsere Sünden, so wir welche begehen. Ich glaube nicht, dass der schwarze Tod die Strafe Gottes für unsere Frevel ist.«

»Wir geben auch den Armen, wo immer wir können«, ließ sich Eleonore vernehmen.

»Ich kenne Euch als gottesfürchtige Familie«, meinte Botticelli einlenkend. »Ich sage nur, habt acht bei allem, was Ihr tut!«

Angelina, die Francesco gegenübersaß, sah, dass dessen Augen wütend funkelten.

»Du willst dich über uns alle stellen, Sandro«, rief er. »Dabei bist du ein Pharisäer! Savonarola hat dich mit seinen Predigten verführt, und jetzt willst du dich bei ihm einschmeicheln!«

Botticelli wurde noch bleicher, wie eine Wand. Er warf seinen Löffel auf den Tisch.

»Dass du mir jetzt auch noch in den Rücken fällst, hätte ich nie von dir gedacht, Francesco!«, sagte er laut. »Wenn es darum geht, einen vorbildlichen Lebenswandel zu führen, wärest du der Letzte, der darüber sein Maul aufreißen könnte!«

Alle anderen schwiegen betreten. Francesco stand auf und stieß seinen Stuhl zurück. Mit zusammengepresstem Mund verließ er den Kreis. Angelina hielt die Spannung, die durch diesen Streit entstanden war, nicht aus. Sie erhob sich ebenfalls.

Francesco stand in der Sonne im Garten und blickte hinüber zu den Bergen. Als er Angelina herankommen hörte, drehte er sich nicht um, sondern setzte sich langsam in Bewegung. Sie folgte ihm. Die Wärme des Nachmittags tat ihr wohl. Die Grillen zirpten so laut, dass es ihr wie ein Orchester erschien. Ein Geruch nach Thymian wehte ihr entgegen. Sie spürte die Anwesenheit Francescos stärker als je zuvor, auch wenn er beharrlich schwieg. Die Sonne blendete sie beim Steigen auf dem schmalen Pfad. Über den Weinreben sah sie zwei Libellen, deren Hinterteile miteinander verbunden waren und die einen anmutigen Tanz miteinander aufführten. Sie wagte nicht, Francesco darauf aufmerksam zu machen, weil sie fürchtete, rot zu werden. Plötzlich blieb er abrupt stehen. »Habt Ihr keine Angst, was die anderen denken, dass Ihr mir einfach nachgeht?«, fragte er.

»Ich hatte auch keine Angst, was die Leute denken, als ich Euch in Florenz ganz allein gepflegt habe«, erwiderte sie nur.

»Stimmt«, sagte er. »Das ist eine Zeit, an die ich mich kaum erinnere.«

»Es war ein Traum, der vorübergegangen ist«, entgegnete Angelina mit einem Anflug von Wehmut in der Stimme.

»Ihr seid ein Dickkopf, Angelina. Ihr wirkt immer so gehorsam, aber Ihr gehorcht niemandem.«

Warum war er nur so wütend?

»Es wäre Euch wohl recht, wenn ich Euch, dem großen Francesco, gehorchen würde!«, gab sie zurück.

Seine Züge wurden mit einem Mal weich.

»Es wäre mir recht, Angelina, wenn wir nicht mehr miteinander Versteck spielen würden. Du weißt, dass ich dich liebe! Du musst es gewusst haben, von Anfang an. Ich erinnere mich nämlich sehr wohl an unsere Zeit in Botticellis Haus, auch wenn ich immer wieder wegdämmerte.«

Angelina verschlug es die Sprache. Francescos Worte klangen warm in ihr nach.

Er trat einen Schritt auf sie zu, legte seine Arme um ihre Schultern und zog sie an sich. Seine Augen waren ganz nah. Sie öffnete leicht die Lippen, ohne es zu wollen, und spürte seinen Mund auf ihrem. Ihre Knie wurden weich, sie hatte das Verlangen, auf den Boden zu sinken, sich ihm ganz hinzugeben. Sein Kuss wurde fordernder, ein süßes, nie gekanntes Gefühl durchströmte sie. Langsam lösten sie sich voneinander, nahmen sich wortlos bei den Händen und liefen weiter. Es war, als zirpten die Zikaden nur deswegen, um ihnen eine Freude zu machen, als gieße die Sonne nur für sie goldenes Licht über die Wiesen.

Auf der Höhe angekommen, nahm der kühle Wald sie auf. Angelina dachte an die Zigeunerin. Fast erwartete sie, die Frau wieder anzutreffen. Als sie auf der anderen Seite den Berg herabstiegen, sahen sie, dass die Zigeuner am Fuß des Hügels ihr Lager aufgeschlagen hatten. Ihre Wagen und Zelte standen im Kreis um ein Feuer herum, über dem ein Ferkel am Spieß briet. Angelina glaubte die alte Frau unter ihnen zu sehen. Die Zigeunerin bewegte die Hand vor ihrer Brust hin und her, als wolle sie ihr einen Gruß zukommen lassen.

Ängstlich drehte sie sich weg.

»Wovor hast du Angst?«, meinte Francesco. »Die haben niemandem was getan. Sie haben keinen Besitz und sind somit in Gottes Liebe.« Angelina erzählte ihm nichts von der Weissagung. Was Francesco anging, hatte sie sich erfüllt.

An diesem Abend stieg der Mond über den Horizont wie eine blutige Scheibe.

Am folgenden Tag baute Francesco seine Staffelei im Garten auf, mischte die Farben und wies Angelina an, ihm in ihrem neuen Kleid Modell zu sitzen. Bevor er mit der Arbeit begann, spannte er einen großen weißen Schirm auf, um einen für das Bild günstigen Lichteinfall zu erreichen. Das Gewand hatte Angelina in der Zwischenzeit reinigen lassen und fühlte sich fast nackt mit dem tiefen Ausschnitt. Sie band sich ihren Schal darum.

»Es nützt dir wenig, dich zu verhüllen, ich habe deinen Körper genau studiert«, scherzte er und lachte. Angelina lachte ebenfalls und dachte an den Kuss in der Nachmittagssonne. So saß sie etwa zwei Stunden in gespannter Aufmerksamkeit. Ob Francesco alle seine Modelle gleich behandelte? Mochte er einige lieber als die anderen? Liebte er sie, Angelina, wirklich? Angelina bewegte sich nicht, lauschte dem Singen einer Amsel und spürte den Schweiß in feinen Perlen den Rücken herabrinnen. Francescos Augen waren abwechselnd auf sie selbst und auf seine Staffelei gerichtet. Eine Weile schaute er ihr tief in die Augen, aber als er sich abwandte, merkte Angelina, dass er nur deren Ausdruck genau studiert hatte, um ihn möglichst lebensnah auf die Leinwand zu bringen. Gegen Ende der Sitzung strich er sich die Haare aus der Stirn.

»Für heute können wir Schluss machen«, meinte er erschöpft. »Das wird ein Bild, Angelina, ich sage dir, das sollten deine Eltern nicht im eigenen Haus hängen lassen, sondern es vielen Menschen zeigen!«

Angelina senkte beschämt die Augen, als sie das Porträt sah. War sie wirklich so schön wie auf diesem Bild? Ach, wenn sie doch wüsste, ob Francesco seine Worte ernst meinte!

Den Rest des Tages verbrachte sie damit, den Kindern der Scroffas Gedichte beizubringen. Giacomo und Lisetta stellten sich recht gelehrig an und brachten Angelina immer wieder mit Albernheiten zum Lachen. Fern der Krankheit, fern aller Pein und Tortur in der Stadt hatte sie hier ein Nest gefunden, in dem sie annähernd glücklich sein konnte.

11.

Savonarolas Stimme war leiser, heiserer geworden. Trotzdem durchdrang sie die Stille der Kirche wie eine Drohung Gottes. Einige wenige Florentiner fanden inzwischen wieder zu ihm in die Kirche, sie hielten sich zwar ängstlich voneinander fern, lauschten aber den Worten des Predigers mit großer Hingabe. Nach dem Gottesdienst segnete er die Gläubigen und kündigte an, in der nächsten Zeit keine Predigten mehr zu halten, wegen der ›Strafe Gottes‹, die über die Stadt gekommen sei. Als die Letzten gegangen waren, schritt er mit Domenian zur Tür hinaus und schloss sie mit einem großen Bartschlüssel ab. Domenian dachte an die Nacht, als er die frechen Jungen im Dom angetroffen hatte, die Söhne der Kaufleute und reichen Patrizier. Ihm wurde kalt, obwohl die Hitze noch zwischen den Mauern der Häuser stand. Die Sonne näherte sich dem Horizont.

»Lass uns noch zum Fluss hinuntergehen«, sagte Savonarola. »Ich brauche dringend frische Luft.«

Er machte den Eindruck, als wenn eine Krankheit ihn von innen heraus verzehre. Eine andere Krankheit als die auf der Straße. Domenian versuchte, sich von dem Anblick der Toten, die an den Wegesrändern lagen, nicht in Angst und Schrecken versetzen zu lassen. Er schaute an den Badern in den schwarzen Gewändern vorbei, an den Mauern, auf denen rote Kreuze prangten. Ochsenwagen mit vermummten Männern zogen vorüber. Die Toten darauf waren mit Tüchern bedeckt, doch an manchen Stellen zeigten sich schwarze Arme und Beine. Es roch abscheulich nach Eiter, Kot und Erbrochenem. Die Leichenbestatter taten ihre Arbeit. Von den *Fanciulli* war heute nichts zu sehen. Die beiden Männer erreichten den Fluss, der grün schäumend vorbeifloss. Hier war die Luft in der Tat etwas besser. Schweigend liefen sie am Ufer entlang, bis Savonarola das Wort ergriff.

»Es macht mir Sorge, dass die Florentiner nicht mehr zu meinen Messen kommen. Nicht nur wegen der Seuche. Nichts ist schlimmer, als aus dem heiligen Bauch der Kirche ausgestoßen zu werden!«

Domenian sah ihn verwundert an.

»Versteh doch, Domenian«, sagte Savonarola eindringlich. Seine Hand umklammerte den Arm des Freundes. »Dieser Papst ist der größte Gegenspieler Gottes, er ist der Leibhaftige selbst! Soll man sich so einem Ausbund an Bösem nicht widersetzen?«

»Ja, freilich«, versetzte Domenian. »Aber die Menschen haben Angst. Alles, was du versprochen hast, ist nicht eingetroffen. König Karl VIII. von Frankreich konnte Neapel nicht halten und hat sich aus unserem Land zurückgezogen, statt uns neuen Besitz an Land und Städten zu bringen.« Er wurde leiser. »Sie vertrauen dir nicht mehr.«

»Was soll ich tun? Ich könnte Papst Alexander VI.«, er zerknirschte den Namen zwischen den Zähnen, »eine Botschaft zukommen lassen, nämlich, dass ich mich nicht geschlagen gebe. Er kann von mir aus einen Handstand vor dem Petersdom machen, mich rührt das nicht! Ich schreibe ihm, dass ich die Exkommunikation nicht anerkenne, dass niemand in Florenz sie anerkennt.«

»Wer soll die Botschaft überbringen?«, wollte Domenian wissen.

»Du, mein Sohn, denn du bist neben Domenico und Silvestro der einzige Mensch, an den ich noch glaube.«

»Aber Meister, du hast doch gesagt, ich soll mich unter den Florentinern umhören … ihre Sünden sind so zahlreich, ich bin noch gar nicht fertig mit meinem Register!«

Doch der Prior blieb dabei.

»Das hat Zeit. Du wirst dich morgen auf den Weg nach Rom machen. Es werden etwa sieben Tagesreisen zu Pferd sein.«

Er winkte Domenian, ihm in sein Gemach zu folgen, wo er mit Feder und Tintenfass an seinem Lesepult hantierte. Domenian ließ seinen Blick durch die Zelle gleiten. Die Einrichtung war ihm vertraut: das vergoldete Kruzifix im Bilderrahmen, der Wandschrein und der Scherenstuhl. Er bewunderte Savonarola dafür, dass er auf dem nackten Boden schlief. Der Prior streute Sand über das Geschriebene, steckte es in einen papiernen Umschlag, goss heißes Wachs darauf, drückte ein Siegel hinein und händigte es Domenian aus. Die Glocke von San Marco läutete zur Vesper, dem vorletzten Stundengebet des Tages. Die Psalmen und Gebete drangen nicht bis zu Domenians Ohren durch. Er dachte an die Reise nach Rom. Würde er seine Botschaft erfolgreich überbringen können? Wie sah es draußen aus, gab es noch kriegerische Handlungen von versprengten Söldnern? Aber das würde besser sein, als sich hier der Gefahr der Ansteckung auszusetzen.

Seine Kindheit auf dem Land kam ihm wieder in den Sinn. Damals war er noch frei gewesen, hatte sich nicht mit Dingen herumschlagen müssen, die heute seine Welt verdüsterten. Beim Abendessen setzte er sich ein Stück weit von den anderen zu Tisch und löffelte nachdenklich seine Milchsuppe. Er war froh, als die Complet vorüber war und er sich in seine Zelle zurückziehen konnte. Etwa eine Stunde verbrachte er kniend vor dem Kruzifix an der Wand. Er hätte nicht übel Lust gehabt, sich wieder zu geißeln, denn sobald er mit sich allein war, stiegen sogleich sündige Gedanken in ihm auf. Aber er musste seine Kräfte für die Reise sparen. Morgen würde er in die Heilige Stadt aufbrechen, um dem Papst persönlich mitzuteilen, was Savonarola von ihm hielt. Etwas Wichtigeres gab es nicht.

12.

In den nächsten Tagen nahm Angelinas Bildnis immer mehr Gestalt an. Sie empfand jeden Pinselstrich des Malers so, als würde sie ein Stück zu ihm hinübergezogen. Doch er blieb gleichbleibend freundlich, arbeitete sorgfältig, auch an dem Ausschnitt des Kleides. Dieser wurde jetzt auch auf dem Bild von einem Schal verhüllt. So hatte Botticelli, der es jeden Abend inspizierte, nichts gegen die Ausführung einzuwenden. Nur der luxuriöse Stoff und das perlenbesetzte Haarnetz fanden immer wieder sein Missfallen. Am Mittag des vierten Tages meldete ein Diener einen Gast. Wer hatte sich hierher nach Grassina verirrt? Würden die Scroffas überhaupt Fremde hereinlassen? Es sei Tomasio, flüsterte die Gräfin Angelina zu, er wolle ihnen allen seine Aufwartung machen. Von der Pest sei er verschont geblieben. Angelina erschrak, es schien ihr, als wäre Tomasio Venduti ihretwegen gekommen. Wenn sie sich seine untersetzte Gestalt, die fleischigen Lippen und die Knollennase auch nur vorstellte, befiel sie ein tiefes Unbehagen. Da eilte er ihr auch schon entgegen, in schwarze Seide gekleidet und mit einem Samthut auf dem Kopf.

»Ich fühle mich sehr geehrt, Euch hier anzutreffen, Signorina Girondo«, begann er und nickte ihr zu.

»Es ist nicht an mir, Euch hier willkommen zu heißen«, erwiderte sie. »Die Familie Scroffa wird sich jedoch gewiss glücklich schätzen, Euch zu beherbergen.«

Er wirkte enttäuscht.

»Habt Ihr Angst, ich könnte den schwarzen Tod in mir tragen?«, fragte er. »Es sind keine Zeichen der Krankheit bei mir aufgetreten.«

»Nein, das hätte ich auch nicht vermutet«, versetzte sie. »Folgt mir, ich stelle Euch Signor und Signora Scroffa vor.«

Sie fanden die beiden im Salon, mit einem Schachspiel beschäftigt. Signor Scroffa sprang auf, als er des Gastes gewahr wurde.

»Entschuldigt, hat mein Diener Euch nicht hereingeführt?«, fragte er und bot ihm die Hand.

»Wie ist die Lage in Florenz?«, wollte Gräfin Scroffa wissen, nachdem Tomasio Platz genommen hatte.

»Es steht schlimm um die Stadt«, antwortete Tomasio. Sein Augenlid zuckte. »Täglich sterben etwa hundert Einwohner! Sie alle werden vor der Stadt in einer großen Grube begraben.«

Signora Scroffa entfuhr ein Klagelaut.

»Die armen Menschen, und was ist mit unserem Haus, wird sich da der Tod nicht auch einnisten? Ob wir je wieder zurückkönnen?«

»Denk doch an das letzte Jahr«, beruhigte ihr Gatte sie. »Die Krankheit kam, wütete eine Zeitlang und ging dann wieder.«

Angelina erinnerte sich gut an diese Episode. Wieso kehrte der schwarze Tod nur immer wieder zurück, wenn man ihn gerade überwunden glaubte?

»Gott bestraft die, die zu viele Sünden auf sich geladen haben«, meldete sich Tomasio zu Wort. »Aber er bestraft auch Unschuldige, das sehe ich genauso wie Ihr«, beeilte er sich hinzuzufügen, als er das Befremden in Angelinas Gesicht bemerkte. Zumindest schien es ihr so.

»Wie habt Ihr Euch vor der Krankheit geschützt?«, wollte Angelina von Tomasio wissen.

»Ich habe meine Wohnung ausgeräuchert. Als Gegenmittel nahm ich Theriak, Ihr wisst schon, die Kräutermedizin, sowie Pillen aus Aloe, Myrrhe und Safran. Meine Hände habe ich häufig mit Essig eingerieben, und wenn ich unter Menschen ging, ein Tuch mit Rosenwasser getränkt und vor die Nase gehalten.«

»Aber das ist hier zum Glück nicht nötig«, sagte Signora Scroffa. Eine Dienerin erschien und meldete, dass das Mittagsmahl gerichtet sei. Die Anwesenden begaben sich hinaus in den Garten, wo der Tisch unter der Linde mit weißen Damasttüchern gedeckt war.

Eine Dienerin brachte die Vorspeise, eine lauwarme Brotsuppe mit Olivenöl und Knoblauch.

»Das ist genau das Richtige an solch einem heißen Tag«, bemerkte Signor Scroffa. Nachdem die Magd Suppe in die Teller geschöpft und Wein in die geschliffenen Gläser geschenkt hatte, erhob er sein Glas und sagte feierlich:

»Lasst uns Gott dafür danken, dass wir wohlbehalten hier sitzen und essen dürfen, derweil die Krankheit uns sicher schon hinweggerafft hätte, wären wir in der Stadt geblieben.« Die anderen erhoben ebenfalls ihre Gläser, die Kinder hatten Saft erhalten, und Botticelli gab zurück:

»Aber nur diejenigen, die über genügend Geldmittel verfügen, kommen in den Genuss dieser wundersamen Rettung, ist es nicht wahr, Herr Graf und Frau Gräfin? Wer arm ist, muss jämmerlich verrecken!«

»Es ist gewiss wahr, was Ihr sagt, Signor Botticelli«, entgegnete Scroffa. »Aber habe ich nicht Euch allen Unterkunft und Kost gewährt? Wie viele dieser Armen könnten wir hier aufnehmen, ohne selbst darunter zu leiden? Ganz abgesehen davon, dass wir uns die Pest freiwillig an den Hals holen würden.«

»Ihr denkt sehr weltlich, Signor Scroffa«, ließ sich Tomaslo vernehmen. »Das verstehe ich jedoch gut. Ihr habt sehr viel zu verlieren, weil Ihr sehr viel besitzt. Wäre nicht dem Diebstahl Tor und Tür geöffnet, wenn hier unbesehen Leute aus dem Volk aufgenommen würden? Um mein Tuchgeschäft vor Plünderungen zu schützen, habe ich Wachen aufgestellt und die Türen und Fenster vernagelt. Es ist schon recht so, dass die Reichen davonkommen, denn sie haben mehr Bildung und sind besser dazu imstande, das Volk nach dem schwarzen Tod und der Herrschaft Savonarolas zu regieren, die sich ja offenbar ihrem Ende zuneigt. So zu regieren, wie es die Medici taten, denn sie haben Glanz und große Pracht in die Stadt gebracht, haben die Künste gefördert und die schönsten Bauwerke errichtet, die sich weit und breit finden lassen!«

»Ihr sprecht mir aus dem Herzen«, antwortete Scroffa lächelnd.

»Und ich glaube, wir sind uns auch schon einige Male begegnet. Ist das Tuchgeschäft nicht in der Nähe des Doms?«

»So ist es, Signor Scroffa.«

»Was soll dieses Gerede?«, fuhr Botticelli auf. »Wie könnt Ihr nur so abfällig über Girolamo Savonarola sprechen? Das Volk von Florenz glaubt an ihn! Sie kommen immer noch zu Hunderten in seine Predigten.«

»Das war einmal«, versetzte Tomasio Venduti. »Seit kurzem werden keine Predigten mehr im Dom gehalten.«

»Woher wisst Ihr das?«, fragte Francesco.

»Die Spatzen pfeifen es von den Dächern. Die Leute haben Angst, ebenfalls die Pest zu bekommen, wenn sie öffentliche Plätze aufsuchen. Jeder ist jedes Feind, keiner ist mehr bereit, einem anderen zu helfen, alle sind nur darauf bedacht, ihre eigene Haut zu retten.«

Botticelli war rot im Gesicht geworden.

»Ich dulde es nicht, dass Savonarola in den Schmutz gezogen wird!«

»Aber …«, kam es von Signora Scroffa.

»Nichts aber. Ich stehe zu ihm, komme, was wolle.«

»Was soll denn noch kommen?«, fuhr Francesco auf. »Reicht es dir nicht, Sandro, was er bis zum heutigen Tage angerichtet hat? Söhne und Töchter hat er gegen ihre Eltern aufgebracht, Ehegatten verfeindet, alles, was gut und schön ist in dieser Welt, auf dem Scheiterhaufen verbrannt!«

Botticelli begann vor Aufregung zu zittern.

»Alles, was schön und gut ist auf der Welt, hat er von der Kanzel verkündigt, Francesco! Wie kannst du es wagen, das, was er predigt, anzuzweifeln?«

»Ich zweifle es an, weil es die Menschen unglücklich macht.« Francesco war aufgestanden und ballte die Fäuste.

Botticelli schlug mit der Faust auf den Tisch.

»Das hättest du jetzt nicht sagen dürfen, Francesco!«, schrie er. »Ich will dich nicht mehr sehen!« Er schnaufte. »Und jetzt möchte man mich bitte entschuldigen.« Botticelli stand abrupt auf, dabei fiel sein Glas mit dem Rest des Weines zu Boden.

»Das macht nichts«, rief Signora Scroffa.

Nachdem Botticelli im Haus verschwunden war, herrschte betroffene Stille.

»Jetzt habe ich ihn vertrieben«, unterbrach Francesco als Erster die Stille.

»Er sollte sich mit seiner Freundschaft zu dem Mönch nicht so weit vorwagen«, knurrte Scroffa. »Wenn der wüsste, mit wem er es hier zu tun hat!«

»Ach, was?«, fragte Venduti. »Mit wem hat er es denn zu tun, wenn man fragen darf?«

»Das war ein Scherz, mein Herr. Eleonore, sag der Dienerin, dass sie den zweiten Gang auftragen soll.«

Signora Scroffa nahm das Silberglöckchen, das neben ihrem Teller stand, und klingelte. Die Dienerin erschien alsbald mit einer Platte kalter Rinderzunge. Dazu gab es grüne Soße und einen süßen Wein aus der Region. Während des Mahles wurde über dies und das geplaudert, über die Einbrüche bei der Tuchfabrikation, den Weinbau in Grassina und das Versagen des französischen Königs, von dem die Florentiner arg enttäuscht waren. Nach dem Essen wischte sich Signor Scroffa die Hände an seiner Serviette ab und sagte:

»Wollt ihr alles, was wir hier so sehr genießen, in Zukunft missen? Es sei Sünde, sagt Savonarola, gut zu essen, sich mit ein wenig Schönheit zu umgeben, Schmuck zu tragen.« Er zog einen Diamantring von seinem Zeigefinger und warf ihn auf den Tisch. »Soll es Sünde sein, einen solchen Ring zu tragen? Wozu wurde er denn gemacht? Wozu wurde der ganze schöne Schmuck gemacht? Um die Hände bedeutender Männer und Frauen zu schmücken! Warum sollen sich unsere Frauen nicht mit ein wenig Schminke hübscher machen? Das kann nur Gottes Wille sein, denn sonst hätte er ihnen die Schönheit nicht gegeben.«

»Er hat die Frauen so hübsch gemacht, damit du ihnen nachsteigen kannst«, bemerkte seine Gattin spitz. Alle lachten, nur Tomasio schaute düster vor sich hin. Vielleicht ärgerte er sich darüber, dass Angelina ihn nicht erhören wollte. Bisher hatte sie sich zurückgehalten, aber jetzt drängten sich ihr die Worte auf die Lippen.

»Was meintet Ihr vorhin, Signor Scroffa, als Ihr von Eurer Bedeutung spracht?«

»Sag's ihr«, drängte Eleonore Scroffa. »Wir sind jetzt doch unter uns.«

Die Kinder fingen an, sich zu balgen.

»Geht spielen«, verwies ihre Mutter sie. »Kommt zum Nachtisch wieder.«

»Gut, ich werde reden«, meinte Scroffa und senkte die Stimme. »Seit die Medici vertrieben worden sind, gibt es eine Gruppe von Bürgern, welche die Absetzung Savonarolas betreiben wollen. Ihrer Meinung nach hat er unseren Stadtstaat ins Unglück gestürzt. Er mag noch so fromm reden, aber er redet an den wahren Wünschen des Volkes vorbei. Mit Höllenbußen droht er ihnen und nimmt ihnen damit jede Lebensfreude.«

»Ich stimme Euch zu«, meinte Tomasio. »Lange wird das Volk das nicht mehr mitmachen. Die Wollust und die Freude an allem Sündigen sind dem Menschen in die Wiege gelegt.« Er schaute Angelina an.

»Ihr macht Euch einflussreiche Feinde, wenn Ihr Savonarola absetzen wollt, Matteo«, gab Francesco zu bedenken. »Habt Ihr nicht Angst um Euer Leben?«

»Der Tod kann mich immer und überall treffen. Sind wir ihm nicht gerade erst entronnen? Nein, es ist mir eine wichtige, eine heilige Aufgabe, die Welt von diesem Teufel in Menschengestalt zu befreien!«

Die Dienerin brachte den Nachtisch, Mandeltörtchen und Kirschen, und eilig kamen Giacomo und Lisetta herbeigelaufen, die Gesichter gerötet. Das Gespräch wandte sich wieder allgemeineren Dingen zu.

Am Nachmittag rief Matteo Scroffa seine Familie und die Gäste zusammen, um einen Spaziergang in die Weinberge zu unternehmen. Auch Botticellis Aufregung hatte sich inzwischen gelegt, so dass er sich bereit erklärte, an der Wanderung teilzunehmen. Alle trugen breitkrempige Hüte, um die Gesichter vor der immer noch starken Sonneneinstrahlung zu schützen. Nach einer halben Stunde erreichten sie die Spitze des Weinbergs. Still und friedlich lag die Landschaft da. Aufatmend ließ sich Angelina auf einem großen Stein nieder, der in der Nachmittagssonne glänzte. Die anderen standen plaudernd in Gruppen herum. Mit einem Mal zerrissen Schreie diese Ruhe, die sich zu einem immer lauteren Wehklagen steigerten. Erschrocken setzte sich die Schar in Bewegung.

Die Schreie kamen von weiter unten, dort, wo Angelina das Lager der Zigeuner gesehen hatte. Sie liefen schneller den Berg hinab. Auf halber Höhe erstarrte Angelina. Eine Gruppe von Bauern war offensichtlich dabei, die unbewaffneten Zigeuner niederzumetzeln. Sie stachen mit Mistgabeln und Schlachtmessern auf sie ein. »Nein! Nein!« Angelina lief gehetzt weiter, bis sie am Ort des Geschehens eintraf. Ein Bild des Grauens bot sich ihren Augen. Die Zigeuner, Männer, Frauen und Kinder, lagen in ihrem Blut am Boden. Auch die alte Frau war unter den Opfern. Ihre Glieder waren grässlich verstümmelt. Es roch süß und metallisch nach Blut.

»Was habt ihr getan?«, schrie Matteo.

»Sie haben uns die Pest in unseren Ort gebracht!«, gab einer der Bauern zurück. »Fünf Menschen sind schon gestorben, ein Mann, zwei Frauen und zwei Kinder. Wer, wenn nicht sie, soll dafür verantwortlich sein?«

»Haltet sofort damit ein!«, schrie Matteo mit rotem Gesicht. Bei den Leuten schien es sich um Untergebene von ihm zu handeln. »Ihr werdet der gerechten Strafe zugeführt, ich selbst werde über euch Gericht halten!«

»Habt ihr wenigstens einen Arzt oder einen Bader geholt, der eure Pestkranken behandelt?«, fragte Signora Scroffa entsetzt.

»War zu spät, sie sind alle innerhalb von ein paar Stunden gestorben.«

Angelina fühlte sich wie gelähmt. Die Zigeunerin hatte ihr erst vor kurzem die Zukunft weisgesagt. Und jetzt lag sie hier in ihrem Blut! Angelinas Zähne schlugen aufeinander. Auch in Francescos und in den Augen der anderen sah sie die nackte Angst.

»Kommt«, Matteo winkte ihnen zu. »Wir gehen nach Hause zurück und beraten, was zu tun ist. Die Zigeuner werden ein anständiges Begräbnis erhalten.«

Die grässlichen Bilder noch vor Augen, stolperte Angelina dahin. Nach der Rückkehr auf den Gutshof versammelten sich alle, auch die Diener, im Nebenraum des Hauses. Angelina war immer noch wie betäubt, doch sie zwang sich, aufmerksam zuzuhören. Mit ernstem Gesicht schilderte Matteo die Lage.

»Die Pest ist nun auch zu uns aufs Land gekommen. Gott sei den armen Seelen und denen der Zigeuner gnädig! Die Bauern werden hart bestraft werden. Noch heute Abend werde ich das Nötige veranlassen. Ich lasse sie auspeitschen! Aber nun zu uns. Wir können hier nicht länger bleiben.« Er schüttelte den Kopf. »Im Augenblick vermag ich aber nicht zu sagen, wohin wir gehen könnten.«

Eine Pause entstand. Dann meldete sich Tomasio Venduti zu Wort.

»Ein mir bekannter Tuchhändler hat ein kleines Haus am Lago Trasimeno, da geht er immer hin, wenn er sich von den Geschäften erholen will. Dort könntet Ihr alle unterkommen, bis die Gefahr durch die Krankheit vorüber ist.«

»Aber wohnt Euer Tuchhändler nicht selber dort?«, wollte Signora Scroffa wissen.

»Er befindet sich auf einer Reise nach Bologna, dahin ist der schwarze Tod noch nicht gekommen«, antwortete Tomasio.

»Dieses Angebot nehmen wir gerne an«, versetzte Matteo. »Der Lago Trasimeno ist so abgelegen, dass sich dort der Sommer angenehm verbringen lässt. Gleich morgen wollen wir aufbrechen.«

»Ich kann leider nicht mitkommen, so gern ich das möchte«, bedauerte Venduti. »Auf mich warten geschäftliche Termine in Ravenna, die keinen Aufschub dulden.«

Francesco hatte andere Sorgen. Zum ersten Mal seit Stunden richtete er wieder das Wort an Botticelli.

»Sandro?«, fragte er leise. »Du kommst aber mit uns, oder?«

»Ich denke, nicht, Francesco«, erwiderte Botticelli kühl. »Mein Platz ist bei meinen Bildern und meinem Meister Savonarola.«

Alle redeten wild durcheinander.

»Aber Ihr könnt doch nicht in diese pestverseuchte Stadt zurückkehren!« rief Signora Scroffa. Auch Lucas versuchte Botticelli umzustimmen, aber es half nichts.

»Bitte verlass uns nicht, Sandro«, sagte Francesco.

»Ich kann nicht bleiben«, erwiderte Botticelli. »Es sei denn, du nimmst zurück, was du über Savonarola gesagt hast.«

»Ich nehme alles zurück«, rief Francesco. »Ich entschuldige mich!«

»Na gut, dann erwarte ich, dass du mit mir nach Florenz zurückkehrst.«

»Aber das ist doch lebensmüde! Bitte Sandro, zwing mich nicht zu so einem Wahnsinn!«

»Nun, dann werden sich unsere Wege wohl hier trennen.«

Francesco senkte den Kopf und presste die Lippen aufeinander. Botticelli marschierte wütend zu den Ställen, um seine Abreise vorzubereiten, und hielt sich demonstrativ die Ohren zu, als Francesco ihm verzweifelt hinterherbrüllte: »Du kannst doch deine große Kunst nicht für so einen Esel opfern!«

Die Diener verriegelten die Türen, damit niemand von außen eindringen oder der Wind womöglich die Pest hereinwehen könnte. Den Rest des Tages verbrachte Angelina mit Lesen, doch konnte sie sich kaum konzentrieren, weil ihr immer wieder die Bilder des Massakers vor Augen traten. Francesco war verärgert in seinem Zimmer verschwunden, desgleichen Botticelli. Nach einem kurzen Abendbrot gingen alle frühzeitig schlafen, um für die Strapazen der morgigen Reise gerüstet zu sein.

In aller Herrgottsfrühe machten sich die Familie Scroffa, Angelina, Francesco, Sonia, Lucas und die Dienerschaft auf den Weg ins Arnotal. Angelina kam es vor, als flöhen sie vor dem Krieg. Das Tal war tief eingeschnitten, von Weinbergen und Wäldern gesäumt, ein echter Garten Eden. Sie kamen durch Dörfer, deren Einwohner noch nie etwas vom schwarzen Tod gehört zu haben schienen, so friedlich gingen sie ihrer Arbeit nach. Zweimal übernachtete die Gruppe in Herbergen, die leidlich sauber waren. Vor Arezzo verließen sie das Tal des Arno und gelangten ins Chiantital. In der Ferne war der Himmel heller, gleißender als anderswo.

»Das ist die Spiegelung des großen Sees«, erklärte Francesco. Angelina war es, als herrsche zwischen Francesco und seiner Cousine Eleonore eine große Vertrautheit. Hielt er ihren Arm nicht länger als notwendig, wenn er ihr aus dem Wagen half? Standen die beiden nicht immer wieder tuschelnd und scherzend beieinander? Am Mittag des dritten Tages erreichten sie das Ufer des Lago Trasimeno.

Das Haus des Tuchhändlers befand sich in San Feliciano, unweit vom Ufer des Sees, der eine riesige Wasserfläche umfasste und dessen Wellen sanft ans Ufer spielten. Es erwies sich als flacher, weißgestrichener Bau. Eine dunkelhaarige Dienerin begrüßte sie. Sie sei hier, um das Haus in Ordnung zu halten, erzählte die Frau. Bis zum Nachmittag hatten sich alle in ihren Zimmern eingerichtet. Angelina wusch sich mit dem Wasser, das die Dienerin in einer Schüssel gebracht hatte, und zog ein anderes Kleid an.

Während der Reise war sie ziemlich wortkarg gewesen. Jetzt wollte sie ihre trüben Gedanken abschütteln, ein wenig nach draußen gehen. Das Haus befand sich auf einer Halbinsel, die teils mit Weiden und Erlen bestanden, teils mit Zitronenbäumen und Hibiskus bepflanzt war. Einige Fischerhütten standen nicht weit von dem Gebäude entfernt. Der See lag ruhig in der Abendsonne. Seine Ufer waren flach und kaum besiedelt. Nur einzelne Bauerngehöfte schmiegten sich in die bewaldeten Hänge. Schwäne zogen ihre Bahnen, Enten schnatterten und Libellen flirrten durch das Schilf am Ufer. Das erste Mal seit Tagen, nein, seit Wochen, fühlte Angelina Ruhe in sich aufsteigen. Vielleicht würde es ihr hier gelingen, Ordnung in das Durcheinander zu bringen, in das ihr Leben geraten war. Sie spazierte auf einem schmalen, sandigen Pfad am See entlang und beobachtete die Fischerboote, die zum Abendfang hinausfuhren. Bei einer Gehölzgruppe ließ sie sich auf einem umgestürzten Baum nieder. Lange Zeit saß sie so und schaute der Sonne zu, die allmählich hinter den flachen Hügeln versank. Eine Schar von Kormoranen erhob sich dumpf krächzend in die Luft. Angelina zuckte zusammen. Schritte näherten sich. Es war Matteo, der mit einem Lächeln zu ihr herantrat.

»So einsam, Angelina? Warum seid Ihr fortgegangen?«

»Ich wollte mich einfach nur ausruhen – und die Umgebung kennenlernen.«

Er setzte sich neben sie auf den Baumstumpf.

»Ich darf doch Platz nehmen?«, fragte er. Angelina rückte ein wenig zur Seite.

»Ich bin Euch und Eurer Familie sehr dankbar, dass Ihr mich aufgenommen habt«, sagte sie.

»Das war doch eine Selbstverständlichkeit«, gab Matteo zur Antwort. Er rückte näher an Angelina heran. Sie rutschte ein Stück weiter. Er fasste nach ihrer Hand, die sie ihm widerwillig überließ. Sie durfte ihn nicht erzürnen, sonst schickte er sie vielleicht nach Florenz zurück. Angelina fiel ihr Vater ein, der so oft anderen Frauen schöne Augen machte, zum Leidwesen ihrer Mutter, und sie musste unfreiwillig lächeln. Etwas wie Heimweh stieg in ihr auf.

»Ich glaube, wir werden einen schönen Sommer hier verbringen«, plauderte Matteo weiter. Seine Hand wanderte an ihrem Arm hinauf. Angelina versuchte sich ihm zu entziehen.

»Sei doch ein wenig nett zu mir«, bat Matteo. Er zog sie an sich und drückte seinen feuchten Mund auf ihre Lippen. Hatte es im Gebüsch geknackt? Was, wenn Francesco ihr gefolgt wäre und sie nun mit Matteo in einer unzweideutigen Pose sah? Angelina versuchte sich loszumachen, doch Matteo drückte sie desto heftiger an sich.

»Lasst mich, ich bin nicht so eine, für die Ihr mich zu halten scheint!«, presste sie hervor. Er ließ sie jäh los.

»Nein, Angelina, ich halte Euch für ein ehrbares Mädchen aus gutem Hause. Verzeiht mein Ungestüm. Ich glaube, ich habe mich ein wenig in Euch verliebt.« Angelina stand auf und strich ihr Kleid glatt. Inzwischen war die Dämmerung herabgesunken. Vom See her kam eine kühle Brise, Frösche quakten ihr eintöniges Lied.

»Ich verzeihe Euch, aber ich möchte Euch bitten, mir nicht mehr nahezutreten.«

Sie sah die Enttäuschung in seinem Gesicht und fügte hinzu: »Ich möchte Eure Freundin sein. Das muss genügen.«

Er schwieg. Sie hatte ihn gekränkt.

Nebeneinander kehrten sie zum Haus zurück. Von der überdachten Veranda hing eine Öllampe, die ein freundliches Licht verbreitete. Drinnen empfing sie ein gedeckter Tisch. Francesco sah Angelina lange an und meinte dann: »Ich habe Euch schon vermisst. Ihr wart plötzlich verschwunden. Wir hätten das Tageslicht nutzen und weiter an dem Bild arbeiten können.«

»Ich wollte eine Zeitlang allein sein«, entgegnete Angelina. Francesco warf einen Blick auf Matteo, sagte jedoch nichts. Sonia und Lucas strahlten. Angelina sah Grashalme in ihren Haaren. Sie hatten einander und fürchteten wohl nichts mehr auf der Welt.

»Wo warst du so lange?«, fragte Eleonore Scroffa ihren Gatten.

»Ich war draußen und habe nach den Vorräten gesehen«, erwiderte er ausweichend.

»Und?«, wollte Eleonore wissen. »Sind genug da?«

»Es gibt jede Menge Getreide, getrocknete Fische und Bohnen. Gewürze so viel, wie das Herz begehrt. Frische Fische, Gemüse, Fleisch und Milch bekommen wir von den Bauern und Fischern.«

»Dann können wir den Sommer hier ja wirklich genießen«, bemerkte seine Frau. Sie tauschte einen vielsagenden Blick mit Francesco. Hatten die beiden ein Geheimnis miteinander? Jetzt legte Signora Scroffa auch noch ihre Hand auf Francescos Arm.

»Aber gewiss, Eleonore«, sagte Francesco und schaute seiner

Cousine in die Augen. »Wir Männer könnten *Civettino* spielen, dabei nach Herzenslust ringen und fechten. Und wenn es hier Bälle gibt, können wir uns auch mit *Pelota* vergnügen.«

»Wir werden uns gegenseitig Geschichten erzählen«, fuhr Eleonore fort, »wie weiland die Gesellschaft Boccaccios, die sich auf ein Landgut bei Florenz zurückgezogen hatte, um der Pest des Jahres 1348 zu entgehen.«

Angelina war zutiefst verunsichert. Sie kannte Boccaccios »Decamerone« und wusste, dass die Geschichten recht anzüglich waren. In was für eine Lage war sie nur geraten! Und es gab keine Möglichkeit, ihr zu entfliehen. Wieder überkam sie ein Gefühl der Angst. Woher kam das nur, was hatte sie denn zu befürchten? Nach dem Essen verlangte Matteo nach einem Süßwein, den er stets nach Beendigung des Mahles zu sich nahm. Die Dienerin brachte einen Krug und einen Becher.

»Ich werde mich ein wenig hinlegen«, verkündete er. »Später können wir noch zusammensitzen, uns unterhalten und spielen.« Er nahm den Becher und zog sich auf sein Zimmer zurück. Die Dienerin räumte den Tisch ab. Angelina wollte sich gerade verabschieden, als ein polterndes Geräusch aus Matteos und Eleonores Schlafzimmer ertönte.

13.

Am Abend des zweiten Tages seiner Reise erreichte Domenian die Stadt Siena. Hier war die heilige Katharina von Siena geboren worden, die dem Papst Widerstand entgegensetzte, so wie es heute Savonarola tat. Domenian eilte durch die Gassen und an den Gebäuden vorüber, für deren Schönheit er kein Auge hatte. Er trachtete danach, eine Herberge zu finden und seinen Auftrag in Rom zu erfüllen. Nur die Dirnen fielen ihm ins Auge, stark geschminkt, mit tiefen Ausschnitten, die mehr als den Ansatz ihres Busens sehen ließen, und mit den *Zoccali*, den hohen Absätzen, die sie herumstaksen ließen wie Störche auf der Wiese. Ihm wurde geradezu übel bei ihrem Anblick. Doch gleichzeitig fühlte er sich erregt. Mussten sie sich denn immer in der Nähe der Kirchen herumtreiben? Vor dem Dom standen sie und schäkerten mit den Männern, selbst mit solchen in schwarzer Tracht. Schämen sollten sie sich alle miteinander!

Domenian wurde länger aufgehalten als erwartet, da er am Portal des Domes auf einen Florentiner Kaufmann stieß, dem er schon oft die Beichte abgenommen hatte. Sie teilten die gleiche Einstellung, was den Verfall der Sitten betraf.

»So etwas gibt es in Florenz nicht mehr«, schimpfte der Kaufmann beim Anblick der Mädchen. »Gott sei Dank haben wir Savonarola und die *Fanciulli,* die über unsere Stadt wachen.«

»Was führt dich nach Siena?«, wollte Domenian wissen.

»Ich habe dir etwas Wichtiges mitzuteilen«, entgegnete der Kaufmann und senkte die Stimme.

»So wichtig wie die anderen Dinge, die du mir immer erzählst?«, fragte Domenian dagegen. »Geht es um sündige Dinge?«

»Ja, und die Buße dafür werde ich so willig auf mich nehmen wie immer!«

»Vergiss aber nicht«, erinnerte Domenian ihn in scharfem Ton, »dass ich kein eigenmächtiges Handeln dulde, weder bei dir noch bei anderen! Auch ein Übermaß an Bußfertigkeit ist eitel!«

Der Kaufmann zuckte zusammen. »Habe ich nicht immer bloß getan, was du mir auferlegt hast?«, fragte er gekränkt. »Ich bin der Einzige, der eure Aufgabe so ernst nimmt wie du selbst!«

»Bisher schon, aber ich traue dir nicht. Es war nicht vereinbart, dass du nach Siena kommst!«

»Wenn du erfährst, was ich dir mitzuteilen habe, wirst du froh sein«, gab der Kaufmann zurück. »Ich sage ja, wenn die Katze aus dem Hause ist, tanzen die Mäuse auf dem Tisch …«

Domenian wurde ungeduldig. »Jetzt sag schon, was du mir Wichtiges mitzuteilen hast!«

Der Kaufmann blickte sich nach allen Seiten um. Keiner der Menschen, die vorübergingen, beachtete die beiden. Er brachte seinen Mund nahe an das Ohr Domenians und flüsterte ihm etwas zu. Domenian stieß einen heiseren Laut aus.

»Das«, brachte er zwischen den Zähnen hervor, »ist ein solcher Frevel, dass ich die Bestrafung dafür selber in die Wege leiten werde! Und du«, er sah dem Kaufmann tief in die Augen, »wirst jetzt nach Florenz zurückkehren. Ich erwarte dich nächste Woche zur Beichte im Dom.«

In der Herberge wimmelte es von Pilgern, Handwerkern und Geistlichen, die wie Domenian als Sendboten unterwegs waren. Wenigstens schliefen Männer und Frauen in getrennten Räumen. Bevor Domenian sich zur Ruhe begab, ging er noch einmal in den Dom mit seinen hohen, gestreiften Säulen und geißelte sich heimlich in einer Nische, bis die Haut in Fetzen hing. Danach war er erleichtert, auch wenn es sehr schmerzte. In der Herberge hatte er Mühe, sein Hemd auszuziehen, weil es mit dem Blut auf seinem Rücken verklebt war. Er musste sein Stöhnen unterdrücken, um peinlichen Fragen anderer Gäste auszuweichen. Aber sein Leib und seine Seele waren geläutert, wenigstens für diesen Tag. Zum Schlafen legte er sich auf den Bauch.

Am nächsten Morgen eilte er weiter, fort aus dieser sündigen Stadt. Wie weit waren die Sieneser Bürger von dem Gottesstaat entfernt, der in Florenz herrschte! Aber was würde ihn in Rom erwarten? Er ritt durch Kastanienwälder, über Berge und durch Täler, durchreiste die ›metallischen Hügel‹, in denen Erz abgebaut wurde.

Er musste lange warten, bis er bei Papst Alexander VI. vorgelassen wurde. Erst am dritten Tag gewährte man ihm eine Audienz. Domenian war überwältigt von dem Vatikan mit seinen riesigen Säulen und dem weiten Platz. Zwei Männer in roten Röcken gewährten ihm Einlass und führten ihn zum Audienzzimmer des Papstes. Es war edel eingerichtet mit Deckengemälden, Rundbildern und Arabesken, verzierten Truhen, Bücherschränken und samtroten Tapeten. Eine Kerze brannte. Domenian schwoll die Ader am Hals. Hier also residierte das Oberhaupt der Christenheit, Papst Alexander VI.! Domenian wusste, wessen ihn Savonarola und viele andere bezichtigten: eines ausschweifenden Lebenswandels, der Hurerei, sogar der Blutschande mit seiner unehelichen Tochter Lukrezia Borgia.

Bequem saß der Papst auf einem mit Samt ausgeschlagenen Sessel, der mit Rubinen, Perlen und Saphiren besetzt war. Er blätterte in einem uralten Lederband. Sein Gesicht war feist: Unter der gebogenen Nase zeigten sich fleischige Lippen, die er lautlos bewegte. Alexander trug eine rostrote Soutane und ein ebenso farbiges Käppchen. Jetzt blickte er auf. In seinen großen Augen lag ein spöttischer Ausdruck. Domenian versuchte eine freundliche Miene aufzusetzen, trat an den Papst heran und küsste den ihm dargebotenen Ring.

»Was ist Euer Begehr, Domenian Brenetto?«, fragte der Papst mit brüchiger Stimme.

Domenian räusperte sich.

»Mein Herr, der hochwohlgeborene Girolamo Savonarola schickt mich mit einer Antwort auf Euer Seligkeit Exkommunikation. Er lässt Euer Seligkeit ausrichten, dass die Exkommunikation bedeutungslos ist. Euer Seligkeit habe das Recht darauf verwirkt, solche Entscheidungen zu treffen. Euer Seligkeit sei nicht unfehlbar.« Ihm brach der Schweiß aus allen Poren. Ob er nun an Savonarolas Stelle in die Engelsburg, gar als Ketzer vor die Inquisition gebracht wurde? Er war bereit, ins Paradies einzugehen, aber jetzt noch nicht, er hatte noch so viele Aufgaben zu erfüllen!

Alexanders Gesicht war versteinert. Einen Augenblick lang schien ihm der Atem zu stocken. Dann lächelte er fein.

»Etwas anderes habe ich von dem Prior, den ich seinerzeit in San Marco eingeführt habe, auch nicht erwartet. Aber er ist zu weit gegangen. Savonarola hat sich aus dem Schoß unserer Kirche so sehr entfernt, dass er eine Gefahr für die gesamte Christenheit geworden ist! Es bleibt dabei: Er ist exkommuniziert, und jeder, der weiterhin seine Predigten besucht, wird ebenfalls exkommuniziert. Er sollte unsere Macht nicht unterschätzen! Unser päpstlicher Arm reicht sehr weit. Wir können die ganze Stadt Florenz aus der Kirche ausschließen. Das hat übrigens auch Folgen für Euren Handel«, setzte er boshaft hinzu. »Diese Aussicht wird viele davon abhalten, dem Prediger weiter nachzulaufen.«

»Euer Seligkeit weiß nicht, wie die Lage in Florenz tatsächlich ist. Bei uns wütet der schwarze Tod. Girolamo Savonarola hat das Volk gelehrt, dass es die Strafe für die Sünden ist, die begangen wurden!«

»Es kann genauso gut die Strafe Gottes dafür sein, dass es sich von der wahren Lehre abgekehrt hat«, wandte der Papst ein. Domenian schwankte. Es war, als tue sich einen Herzschlag lang der Boden unter ihm auf. Wie, wenn der Papst recht hätte? Du bist ein Zauderer, ein Hälmchen im Wind, schalt er sich, du musst zu deinem Herrn halten, komme, was da wolle!

»Ist das Euer letztes Wort, Euer Seligkeit?« fragte er.

»Das ist es. Wenn er nicht zu mir kommt und sich zu mir bekennt, werden wir ihn vernichten.«

Domenian erschrak. Hatte nicht Savonarola seinen Tod vorausgesehen? Wie lange würde es noch dauern, bis er ergriffen und gesteinigt werden würde?

»Ich werde ihn bitten, alles noch einmal in Ruhe zu überdenken und sich mit Euer Seligkeit zu versöhnen«, versprach Domenian. Aber er wusste, dass Savonarola nicht bereit sein würde, einzulenken. Alexander nickte ihm huldvoll zu. Zum Abschied küsste Domenian noch einmal den Ring und machte sich bereit zum Gehen.

»Wartet!«, rief ihn Alexander zurück. »Sagt Eurem Herrn, dass er die Absolution erhält, wenn er mir einen Brief zukommen lässt, in dem er Reue zeigt.«

»Ich werde es ausrichten, Euer Seligkeit.«

Domenian drehte sich um und ging zur Tür hinaus, die Gänge und Hallen entlang, bis er an den Wachen vorbei wieder im Freien stand. Er atmete schwer. Mit dieser Botschaft würde er den Zorn Savonarolas auf sich ziehen. Es war glühend heiß und stickig, der Himmel hatte eine bleigraue Farbe angenommen. Über den Dächern der Stadt braute sich ein Gewitter zusammen. Wie ein Sturmwind wird der Zorn des Papstes über uns kommen, dachte Domenian. Seine Hände zitterten. Ziellos lief er durch die Gassen und Straßen Roms. Herabgefallene Blätter wirbelten auf, einzelne Blitze zuckten über den Himmel, gefolgt von Donnergrollen. Domenian hörte und sah nichts davon. Weiter lief er und weiter, bis er am Ufer des Tiber stand. Das graugrüne Wasser schäumte, Enten und Blässhühner versuchten sich in Sicherheit zu bringen. Der Regen prasselte nieder, doch Domenian spürte die Nässe nicht. Sein Blick ging in die Ferne, zu den Hügeln, als suche er dort nach einer Antwort auf seine Frage: Gehen oder bleiben?

14.

Auf das Poltern hin erfolgten ein Gurgeln, ein erstickter Schrei. Angelina erstarrte. Was war mit Matteo? Sie eilte mit den anderen zu seinem Zimmer. Ein grässlicher Anblick bot sich ihnen.

Matteo war zu Boden gestürzt, der zerbrochene Weinbecher lag neben ihm. Er wand sich in Krämpfen, schien heftige Bauchschmerzen zu haben. Erbrochenes mischte sich mit den Resten des Süßweins. Jemand musste etwas in das Getränk gemischt haben! Eleonore rang die Hände und rief nach der Dienerin.

»Schnell, hol den Medicus aus dem Dorf! Er soll sofort kommen!«

Die Dienerin eilte davon. Die anderen standen um Matteo herum: Keiner konnte ihm helfen. Sein Röcheln wurde immer leiser, Schaum stand ihm vor dem Mund. Seine Hände glitten über das Kleid seiner Frau, die am Boden kniete und ihm mit einem nassen Tuch die Stirn abwischte. Angelina lief im Haus herum, um nach einem Brechmittel zu suchen. Vergebens. Als der Arzt mit seiner Ledertasche kam, konnte er nur noch den Tod des Grafen feststellen.

»Gottes Ratschluss ist unergründlich«, sagte er. »Hier endet meiner Weisheit Schluss. Was hat er zu sich genommen?«

»Er hat, wie immer am Abend, ein Glas von seinem Süßwein getrunken.«

»Hat nur er allein …«

»Ja, es war sein Leib- und Magenwein«, fiel ihm Signora Scroffa ins Wort.

»War er krank? Hat er etwas am Magen oder am Herzen gehabt?«

»Nein«, entgegnete Signora Scroffa. Sie war sehr gleichmütig, stellte Angelina fest, während sie selbst innerlich zitterte und an sich halten musste, um nicht laut zu weinen.

»Sieht mir ganz nach einem dieser Giftunfälle aus«, fuhr der Arzt fort. »Oder besser erinnert es mich an die Morde, die bei den Borgia und beim Adel so häufig vorkommen. Damit entledigt man sich unliebsamer Zeitgenossen, insbesondere solcher, die einem im Wege stehen.«

»Vergiftet?«, entrüstete sich Eleonore Scroffa. »Wer sollte denn so etwas tun? Verdächtigt Ihr etwa jemanden aus unseren Reihen?«

»Es könnte natürlich auch jemand von außen gekommen sein«, überlegte der Medicus, »der sich an den Krug in der Küche herangemacht und etwas hineingetan hat.«

»In der Küche ist immer jemand«, widersprach die Gräfin. »Es muss sein Herz gewesen sein.« Angelina schaute zu Francesco hinüber. Er erwiderte ihren Blick und hob fast unmerklich die Achseln.

»Das werden wir nicht herausbekommen«, entschied der Arzt. »Ich stelle einen Schein aus, in dem der Tod Ihres Gatten bestätigt wird, Signora ... äh ...«

»Scroffa.«

»Signora Scroffa. Ihr müsst ihn schnell begraben. Auch wenn ich an ihm keine Anzeichen der Pest feststellen konnte – bei dieser Hitze brechen leicht Seuchen aus. Lasst ihn uns gleich morgen früh begraben und ihn in Gottes Hände übergeben.«

Signora Scroffa hatte jetzt doch feuchte Augen. Sie drohte in sich zusammenzusinken. Francesco fing sie auf und brachte sie zusammen mit Lucas in ein leerstehendes Zimmer. Sonia nahm Angelina in den Arm.

»Ihr habt viel Schlimmes mit ansehen müssen in letzter Zeit, Herrin.«

»Ist schon recht, Sonia«, erwiderte Angelina mühsam. »Ich werde jetzt ins Bett gehen.« Sie zog sich auf ihr Zimmer zurück. Als sie im Bett lag, lauschte sie auf den Schlag ihres Herzens. Es pochte nicht wie sonst, leise und gleichmäßig, sondern wild hämmernd. Was für ein schrecklicher Abend war das gewesen! Das Unglück schien kein Ende nehmen zu wollen. Kaum hatte sie den Mord an Fredi, die Trennung von ihren Eltern, die Pest und den Überfall auf Francesco halb verdaut, musste schon wieder jemand in ihrer Umgebung sterben! Zog sie das Verbrechen auf sich? War sie eine Sünderin? Was hatte sie nur getan, dass Gott sie so strafte? Aber so sehr Angelina ihr Gewissen auch durchforschte, ihr fiel nichts ein.

War es am Ende wegen dieses Bildes, dass die Straftaten geschahen? Wer könnte der Täter gewesen sein? Zunächst hatte sie geglaubt, es sei irgendein Wegelagerer gewesen, der es auf die Wertsachen von Fredi abgesehen hatte. Aber ihm war nichts entwendet worden. Die Schläger, die Francesco so zugerichtet hatten, waren mit Gewissheit *Fanciulli* gewesen, von Savonarola beauftragt. Die hatten ihm eine Abreibung verpassen wollen. Aber bei Signor Scroffa sah Angelina keinerlei Zusammenhänge. Ob ein Diener das Gift in den Wein getan hatte? Oder gar seine Frau, vielleicht, um ihn zu beerben? Was sind denn das für Gedanken, schalt sie sich. Signora Scroffa ist eine gottesfürchtige Frau, die mich und die anderen aufgenommen hat, um uns vor der Pest zu bewahren. Nein, es musste ein Unbekannter sein, dessen Tücke Angelinas Vorstellungsvermögen überstieg. Welch ein Wesen war zu so etwas fähig?

Am nächsten Morgen nahm die kleine Gruppe bedrückt das Frühstück ein. Matteos Platz war leer. Der See schimmerte immer noch, die Hügel waren grün, die Vögel zwitscherten, und die Fischer hatten sich schon weit hinaus auf den See begeben, aber Angelina sah alles wie durch einen Schleier. Die Welt war grau geworden, nichts lebte mehr richtig. Auch die anderen sahen aus, als hätten sie nicht viel geschlafen. Nur die Kinder plapperten wie immer, weil sie den Tod in seinem Ausmaß nicht begreifen konnten.

Ein kleiner Mann im Habit eines Pfarrers näherte sich dem Haus, vor dem sie an einem Tisch beisammensaßen. Er machte gar keine Anstände, sich vorzustellen, sondern sagte nur: »Der Herr sei mit Euch und mit dem Toten. Der Leichnam muss noch heute unter die

Erde.« Er schlug das Kreuz vor der Brust. »Kommt auf den Friedhof, es ist schon alles vorbereitet.« So schnell ging das? Eleonore begann laut zu schluchzen. Francesco legte den Arm um ihre Schulter und tröstete sie. Angelina spürte einen Stich. Aber jetzt war nicht die Zeit, solchen Gefühlen nachzugeben. Lucas wies die Diener an, den Hausherrn für die Beerdigung herzurichten. Wenig später wurde er, mit seinem besten Sonntagsgewand angetan, auf einen Wagen geladen. Die kleine Gruppe von Trauernden begleitete ihn zum Friedhof des Dorfes.

Eine Totenglocke bimmelte, als der Leichnam in einen Holzsarg gebettet und dieser an Seilen in die Grube hinuntergelassen wurde. Der Pfarrer sprach von der Sündigkeit der Menschen und der Gerechtigkeit Gottes, die denen, die von ihm abfallen, seine Strafe zukommen lasse. Aber Matteo war doch gar nicht sündig gewesen! Wofür hatte Gott ihn, hatte er sie alle so grausam bestraft? Der Pfarrer stimmte ein Lied an, in das sie einfielen. Er segnete den Toten, hieß sie dann zurückzutreten. Zwei Totengräber kamen heran, schaufelten Kalk in das Grab und begannen es zuzuschütten. Eleonore führte den traurigen Zug an, der sich wieder zum Haus zurück begab. Keiner sprach ein Wort. Wahrscheinlich musste jeder mit seinem Kummer erst einmal allein sein. Selbst die Kinder hatten jetzt die Tragweite des Unglücks begriffen und weinten leise vor sich hin.

Angelina hielt es nicht im Haus. Sie ging zum See hinüber, folgte einem kleinen Pfad, der sich unweit des Ufers zwischen Birken und Weiden dahinschlängelte. Jetzt, um die Mittagszeit, war es still hier. Dumpf lastete die Hitze über See, Wiesen und Bergen. Nur manchmal sprang ein Fisch mit schnappendem Geräusch aus dem Wasser. Libellen tanzten über dem funkelnden Nass. Für Angelina war das Leben vorüber. Alles, was ihr vorher lebenswert gewesen war, hatte sich in sein Gegenteil verkehrt. Sie war hier eingeschlossen, zusammen mit Menschen, die ihr im Grunde ihres Herzens fremd waren. Francesco hatte alle Hände voll zu tun, seine Cousine zu beruhigen, Lucas und Sonia waren mit sich selbst beschäftigt, und die

Kinder wurden von den Dienstboten beschäftigt. Angelina fühlte sich vollkommen überflüssig.

Eitel erschien ihr nun das Bild, das Francesco von ihr angefangen hatte. Ob er es je zu Ende bringen würde? Aber wer malte schon, nachdem ein solcher Trauerfall die Familie heimgesucht hatte? Keiner der Nachbarn hatte sich bei der Beerdigung blicken lassen, noch war einer von ihnen gekommen, um der Familie beizustehen oder sein Mitgefühl auszudrücken. Es war, als hätten sie die Pest oder wären aussätzig geworden. Alles Geld, das Matteo besessen hatte, nützte ihnen nichts mehr. Sie waren abgeschlossen vom Rest der Welt und würden für immer an diesem Ort leben müssen, eingesperrt und ohne Freude.

Mit Schaudern dachte sie an den letzten Abend mit Matteo. Er hatte sich ihr in unziemlicher Weise genähert. Hatte er deswegen sterben müssen? Aber wer, um Himmels willen, sollte so etwas getan haben? Die Blicke fielen ihr ein, die Francesco und Eleonore immer wieder getauscht hatten. Sollten die beiden unter einer Decke stecken? Hatte Eleonore ihren Mann umbringen lassen, um sein Geld zu erben und sich mit Francesco ein schönes Leben zu machen? Das war nicht auszudenken und machte Angelina so unglücklich, dass sie den Gedanken sofort wieder zur Seite schob.

Die Tage vergingen quälend langsam. Angelina erlebte alles wie im Traum. Jeden Morgen ging die Sonne auf, gegen Mittag bezog sich der Himmel mit schwarzen Wolken, die sich am Nachmittag mit Blitz, Donner und sintflutartigem Regen entluden. Die Sintflut hatte Gott gesandt, um die Menschen für ihre Sünden zu bestrafen. Angelina wünschte sich nur noch, gereinigt zu werden, alle Strafen der Welt zu durchleben, wenn sie bloß wieder nach Hause konnte und alles wieder so wäre wie früher. Sie würde mit ihren Eltern und Geschwistern sprechen, tanzen, leben, essen und trinken. Schöne Jünglinge würden ihr den Hof machen. Und doch: Hatte sie nicht gespürt, dass Francesco ihr die gleichen Gefühle entgegenbrachte wie sie ihm? Wahrscheinlich hatte das nichts zu bedeuten, kam ihr plötzlich in den Sinn. Er wird mit jeder Frau, die er malt, in eine Art Beziehung treten. Sobald das Bild fertig ist, ist diese Beziehung vorbei. Und seinen letzten Angaben nach stand es kurz vor der Vollendung, er müsse nur noch einige wenige Pinselstriche ansetzen, hatte er kürzlich gesagt, und dazu brauche er sie als Modell nicht mehr. Also war es vorbei zwischen ihnen beiden. Aber er sollte nur nicht auf den Gedanken kommen, jetzt Eleonore zu malen, in all ihrer schönen, stillen, weißgesichtigen Trauer! Beim Weitergehen liefen Angelina die Tränen über das Gesicht. Wie konnte sie sich nur derart versündigen! Gerade erst war Matteo unter der Erde, und sie stellte sich in Gedanken an wie ein kleines Kind!

Sie lief immer weiter. Schließlich sank sie erschöpft auf einen Weidenstumpf und sah einen Fischer mit seinem Boot auf sich zukommen. Es war ein aus starkem Eichenholz gebauter Kahn. Der Mann war mittelgroß und drahtig. Er trug einen Schnauzbart und die Kappe, die für die Fischer am Lago Trasimeno üblich war. Nachdem er gemächlich das Boot festgemacht hatte, trat er zu Angelina heran.

»Ihr seid traurig, liebes Mädchen?«, stellte er mit einer überraschend weichen Stimme fest. »Weint Ihr um den Herrn, der letzte Nacht ums Leben gekommen ist?«

Bei diesen Worten kamen Angelina erst recht die Tränen.

»Ja, so ist es«, schniefte sie.

»Es heißt, er sei keines natürlichen Todes gestorben«, fuhr der Mann fort. »Gestern Abend habe ich etwas gesehen, was damit zu tun haben könnte.«

Angelina horchte auf. Sie wischte sich die Tränen mit einem Zipfel ihres Kleides aus dem Gesicht.

»Als ich mit meinem Boot vom nächtlichen Fang heimkam«, erzählte der Mann weiter, »sah ich, wie sich eine Gestalt aus Eurem Hause schlich und sich zur Straße nach Chiusi wandte.«

»Habt Ihr ihn erkannt?«, wollte Angelina wissen.

»Nein, es war ja dunkel. Ich erinnere mich, dass eine Lampe vor dem Haus brannte. Aber ich meine erkannt zu haben, dass er die Kleidung der Nobili, der Adligen trug.«

»Habt vielen Dank«, sagte Angelina. »Das kann uns durchaus weiterhelfen.«

»Arrivederci, Signorina«, verabschiedete sich der Fischer, ging zu seinem Boot und schob es ins Wasser. Angelina war ein Stein vom Herzen gefallen. Dann war es zumindest niemand aus ihrem Kreis gewesen. Sie kehrte langsam zum Haus zurück. Wenn hier auch nicht die Pest herrschte, dann waren doch die Mücken, die sie während ihres Spaziergangs zerstochen hatten, eine wahre Plage. Angelina traf Francesco vor dem Eingang des Hauses.

»Ich habe dich schon überall gesucht, Angelina«, sagte er und schaute sie besorgt an. War er besorgt oder tat er nur so, um sie in Sicherheit zu wiegen? Sie hätte sich etwas anderes von ihm gewünscht, dass er sie einfach in den Arm genommen hätte.

»Ich muss mit dir sprechen«, fuhr Francesco mit leiser Stimme fort. »Doch nicht hier, wo uns alle hören und sehen können.«

Was hatte er ihr wohl anzuvertrauen? Dass er seine Cousine Eleonore malen wolle, dass er sie liebte und sie, Angelina, ihm nie etwas bedeutet hätte? Ihr Herz begann schneller zu klopfen. Er fasste sie beim Arm, doch sie zuckte zurück. Er schüttelte kaum merklich den Kopf. In einer Ecke des Gartens standen zwei Korbstühle und ein zierliches Tischchen. Die Diener hatten einen Korb mit Kirschen daraufgestellt. Alle taten, als wäre nichts geschehen.

»Ich möchte mit dir sprechen, Angelina«, begann Francesco abermals, nachdem sie sich gesetzt hatten, »weil zu viel geschehen ist in den letzten Wochen. Dies ist nun schon der zweite Mord, und keiner kann sich erklären, warum diese Taten geschehen oder warum man mich überfallen und verprügelt hat. Gottlob bin ich mit dem Leben davongekommen, besonders auch dank deiner Hilfe, Angelina.«

Sie wollte nicht daran erinnert werden.

»Es übersteigt meine Kräfte, darüber nachzudenken«, sagte sie matt.

»Wir müssen der Sache aber auf den Grund gehen, sonst hat der Mörder freies Spiel mit uns!«, entgegnete Francesco.

»Ich möchte ja auch, dass er gefunden wird, aber wo sollen wir beginnen?«

»Erst einmal müssen wir einander vertrauen. Vertraust du mir, Angelina?«

Auf diese Frage war sie nicht vorbereitet gewesen.

»Ja, schon«, meinte sie. »Ich verstehe nur nicht …«

»… dass ich mit Eleonore so vertraulich umgehe?« Er lächelte. Es war ihm nicht entgangen. »Angelina, wir kennen uns seit Kindertagen, hatten nie ein Geheimnis voreinander. Sie braucht meine Hilfe, um den Tod Matteos zu überwinden.«

»Ich brauche deine Hilfe auch, Francesco. Ich fühle mich so alleingelassen.« Er nahm sie in den Arm. Sie schloss ihre Augen und atmete den herben Duft seiner Kleidung ein.

»Vertraue auf mich, Angelina. Wir werden in der nächsten Zeit alle Kraft brauchen, um diese Zeit zu überstehen.« Er streichelte ihr Haar. Angelina machte sich los.

»Und du willst sie nicht malen?«, fragte sie zaghaft.

»Woher weißt du das?« Er lachte. »Tatsächlich hat sie mich gebeten, ein Porträt von ihr anzufertigen. Irgendetwas müssen wir ja tun, um uns abzulenken, meinte sie.«

»Aber du malst sie nicht …«

»Du meinst, in einem ähnlichen Kleid wie deinem? Das werde ich ihrem Geschmack überlassen müssen.« Erneut spürte Angelina einen Stich.

»Dann wünsche ich viel Vergnügen miteinander«, meinte sie, stand abrupt auf und wandte sich zum Gehen. Er war mit wenigen Schritten bei ihr und hielt sie am Arm fest.

»Angelina, du musst eins begreifen«, sagte er eindringlich. »Wir Maler sind aus einem anderen Holz geschnitzt als die anderen. Unser Auge entzündet sich schnell an einem Gesicht, an einem Gewand, einer Landschaft oder der eleganten Bewegung eines Körpers. Das ist das Feuer, das unsere Kunst anfacht. Es hat aber nichts mit dem zu tun, was wahrhaftig zwischen einem Mann und einer Frau geschieht.« Also doch! Er hatte sie nur gemocht, solange sie ihm Modell saß. Und dann kam die nächste Muse dran. Als hätte er ihre Gedanken erraten, sagte er:

»Glaub mir, du wirst es noch verstehen. Was ich für dich empfinde, ist stärker, als ich bis jetzt jemals empfunden habe.« Ihr Herz stockte einen Augenblick, um dann umso kräftiger das Blut durch die Adern zu pumpen.

So leicht ging das nicht. »Ich hab dich auch gern, Francesco«, meinte sie leichthin und wandte sich endgültig zum Gehen. »Zeig mir das Bild, wenn es fertig ist, ja? Jetzt werde ich erst einmal nach Sonia und Lucas schauen.« Damit ließ sie ihn einfach stehen.

Angelina fand die beiden in Gesellschaft von Signora Scroffa, unter der Linde sitzend. Deren verwelkte Blüten schwebten, von einer seewärts kommenden Brise bewegt, durch die Lüfte.

»Ah, da seid Ihr ja«, lächelte Lucas ihr entgegen. »Habt Ihr einen Spaziergang gemacht?«

»Ja, und ich habe einen Fischer getroffen«, platzte sie heraus. »Er meinte, gestern einen Fremden gesehen zu haben, der sich aus dem Haus schlich und sich zur Straße nach Chiusi wandte.«

»Ihr meint, das könnte der …«, fragte Eleonore mit großen Augen.

»Es besagt noch gar nichts.« Angelina wollte sich nicht zu weit vorwagen. Warum hatte sie Francesco nichts davon erzählt? War er ihr immer noch verdächtig?

»Es könnte jeder von uns gewesen sein«, erklärte sie. »Ich erinnere mich nicht, wann wer von uns gestern Abend an welcher Stelle gewesen ist.«

»Aber Ihr werdet doch keinen von uns im Verdacht haben?« Eleonores Stimme war schrill geworden.

»Nein, natürlich nicht«, beeilte sich Angelina zu sagen. Sie musste mit diesen Menschen vielleicht wochenlang hier zusammen hausen und konnte es sich nicht mit ihnen verderben. Wahrscheinlich war sie auch nur eine ängstliche Maus, die das Gras wachsen hörte.

»Wir sollten uns in der nächsten Zeit alle etwas ausruhen und zu zerstreuen versuchen«, warf Lucas begütigend ein.

»Ich habe einen Vorschlag«, sagte Sonia. »Wir könnten doch morgen mit einem der Fischer hinausfahren, ganz früh. Dann braten wir das, was wir gefangen haben, am Abend im Garten.«

Diese Aussicht erschien Angelina gar nicht so übel. Möglicherweise würde sie das wirklich von ihrem Kummer ablenken.

»Ich schicke meinen Diener zu einem der Fischer«, sagte Eleonore. Ein Hoffnungsschimmer war in ihren Augen. Ob sie sich darauf freute, mit Francesco so eng zusammenzusein, Seite an Seite? Energisch schob Angelina den Gedanken weg.

»Ich bin dabei«, erklärte sie. »Weckt mich, wenn es soweit ist.«

Erneut zog ein wunderbarer Tag herauf. Sommerwölkchen segelten über den tiefblauen Himmel. Die Sonne goss ihre Strahlen über das Wasser. Eleonore hatte Körbe mit Lebensmitteln und Getränken bereitstellen lassen, die nun von den Dienern zum See getragen wurden. Das Boot schaukelte bedenklich beim Einsteigen. Nachdem alle Platz genommen hatten, begann sich der Fischer ins Ruder zu legen. Einzelne Möwen kreisten über ihnen und schrien wie Katzen.

»Ach, wenn Matteo doch noch bei uns wäre und das erleben könnte«, seufzte Eleonore.

»Er schaut uns gewiss von oben zu und hat seine Freude daran«, warf Sonia ein.

»Das ist tröstlich«, murmelte Eleonore und ließ ihre Hand ins Wasser gleiten. »Die Sonne hat den See ziemlich aufgeheizt«, meinte sie. Eine Kolonie Kormorane erhob sich klatschend von der Oberfläche. Giacomo und Lisetta plapperten aufgeregt miteinander, zeigten sich gegenseitig Vögel und Fische im Wasser. Der Fischer bat seine Gäste um Ruhe. Er legte die Ruder an die Seite und warf seine Angel aus. Lange Zeit regte sich nichts. Dann plätscherte es. Ein schmaler Kopf mit breitem Maul und spitzen Zähnen erschien und schnappte nach dem Köder. Die Leine der Angel straffte sich.

»Ein Hecht!«, rief der Fischer. Der Fisch zappelte und kämpfte um sein Leben. Immer wieder musste der Mann die Leine locker lassen, um sie wieder einzuholen. Schließlich lag der Fisch in einem Eimer, den der Fischer mit Wasser gefüllt hatte. Dazu gesellten sich später einige Schleie und Aale.

»Die Aale fangen wir üblicherweise mit Reusen«, meinte der Fischer. »Ich hätte gern auch einen Karpfen gehabt, aber die bekomme ich nur nachts an die Angel.«

Sie steuerten jetzt auf die Isola Maggiore zu. Im flachen Uferbereich blühten Seerosen. Die Insel war bewaldet; hinter den Baumkronen sah Angelina einen Kirchturm aufragen. Da inzwischen Mittagszeit war und die Hitze ihren Höhepunkt erreicht hatte, suchte die kleine Gruppe Schatten unter einer Weide und lagerte sich auf Decken, während die beiden Diener das Mittagessen anrichteten. Das Getränk und die Sonne machten Angelina schläfrig. Etwas abseits der Gruppe im Schatten gelagert, schlief sie bald ein und träumte von einem Menschen, der in einen schwarzen Mantel gehüllt war. Sein Gesicht konnte sie nicht erkennen. Er kam immer näher, hob die Hand mit einem Gegenstand, den sie nicht einordnen konnte. War es ein Kruzifix? Der Mann holte zum Schlag aus, um das Ding auf ihren Kopf niedersausen zu lassen. Er wandte ihr sein Gesicht zu. Aber was Angelina sah, war – nichts. Schweißgebadet fuhr sie hoch. Die Sonne war inzwischen weitergewandert und hatte den Schatten des Baumes, unter dem sie lag, mit sich genommen. Eine Gestalt beugte sich zu ihr herab. Angelina blinzelte und setzte sich auf. Es war Francesco.

»Jetzt hast du aber lange genug geschlafen«, sagte er mit einem Lächeln.

»Ich habe geträumt«, murmelte sie. »Es war schrecklich!«

»Ich will dir die Traumgeister vertreiben«, meinte er, reichte ihr die Hand und zog sie hoch. »Komm, wir suchen uns einen schöneren Platz.«

Weiter hinten unter den Bäumen setzten sie sich auf eine Baumwurzel. Der See schimmerte grünlich zwischen den Zweigen, ein leichter brackiger Geruch kam von dort herüber. Eine Ente schnatterte leise.

»Nun erzähle mir einmal, was du geträumt hast«, begann er. »Du bist ja ganz verstört.« Sollte sie ihm wirklich so weit vertrauen? Zögernd antwortete sie:

»Jemand wollte mich töten … ein Mann, der kein Gesicht hatte!«

»Das heißt, wir haben es mit einem Unbekannten zu tun, sonst nichts«, meinte Francesco gelassen. »Hast du das Gesicht des Mannes gesehen, der dich in Florenz bedroht hat?«

Sie schüttelte den Kopf.

»Es gibt also einen Mann, der dich verfolgt«, schloss Francesco. »Vielleicht hat er uns in Botticellis Werkstatt beobachtet, das haben wir ja schon einmal festgestellt.«

»Ich glaube, es hat etwas mit meinem Kleid zu tun. Er sagte mir, ich solle aufhören, in Sünde zu leben. Sünder verdienten den Tod und die Hölle.«

Francesco überlegte. »Vielleicht wegen deines Bildes in dem ›Sündigen Gewand‹. Wenn das Ganze aber mit dem Bild zu tun hat, wieso musste dann Matteo sterben?«

»Ein Fischer sagte mir, dass er eine Gestalt gesehen habe, die an dem Abend von Matteos Tod aus dem Haus kam.«

»Und das erzählst du mir erst jetzt?« Er schaute sie empört an, aber sie hatte den Eindruck, die Empörung sei nur gespielt.

Angelina verschränkte die Arme. »Ich wusste nicht mehr, wem ich trauen sollte. Jeder von uns hätte es gewesen sein können!«

»Dann hattest du also auch mich im Verdacht? Oh Gott!« Er drehte seine Augen zum Himmel. »Was sollte ich denn für einen Grund gehabt haben?« Sollte sie es sagen?

»Du hättest ihn aus dem Weg haben wollen können, um zusammen mit Eleonore seine Reichtümer zu bekommen«, murmelte sie. Er lachte laut auf.

»So dumm kann niemand sein«, stellte er fest. »Das wäre doch sehr bald aufgefallen!«

»Ach, ich weiß nicht …«

»Ich wusste nicht, dass du so eifersüchtig bist«, stellte er immer noch vergnügt fest.

Angelina stieß ihn in die Seite. Was bildete er sich eigentlich ein!

»Und Lucas und Sonia? Hatten die auch einen Grund, ihn zu töten?«, fuhr Francesco fort.

»Nein, gewiss nicht.«

»Oder hätte Botticelli einen gedungenen Mörder schicken sollen, weil Matteo versuchte, Savonarola zu Fall zu bringen?«

»Glaubst du wirklich, dass dein Meister zu so etwas fähig ist?«

»Nun, er war sehr aufgebracht, als er uns verlassen hat.«

»Signor Tomasio könnte auch einen Grund gehabt haben«, überlegte Angelina. »Aber der ist weit weg in Ravenna.«

»Warum der?«

»Weil er mich heiraten will, und weil Signor Matteo mich an dem Abend«, sie hüstelte, »bedrängt hat.«

»Ach nein! Das ist von großer Wichtigkeit, finde ich.«

»Ach ja, und wieso? Bist du etwa auch ein wenig eifersüchtig?«

»Was für ein Unsinn! Ich meine doch Tomasio. Er war ebenfalls an dem Abend anwesend, als dein zukünftiger Ehemann erstochen wurde.«

»Er könnte wirklich einen Beweggrund gehabt haben, aber er war zur Zeit der Tat nicht hier«, versetzte Angelina.

»Vielleicht ist er weder nach Ravenna gefahren noch nach Florenz zurückgekehrt? Vielleicht hat er uns verfolgt?«

Francesco seufzte. »Man könnte es ihm nicht verdenken.«

»Die Hitze und der Gestank in Florenz müssen unerträglich sein …«

»Ich hoffe wirklich, Botticelli ist nicht dorthin zurückgekehrt, sondern ins Mugello geflüchtet. Dieser Dickkopf!«

»Francesco, darf ich dich noch etwas fragen?«

»Aber gewiss!«

»Es ist eine dumme Frage.«

»Das ist mir gleich. Frag!«

»Was ist eigentlich ›Sünde‹? Ist sie das, was uns von Gott trennt?«

Francesco blickte ihr ins Gesicht, umfasste es mit beiden Händen und küsste sie. Angelina genoss es; wie ein ferner Traum erschienen die Tage in Botticellis Haus vor ihrem inneren Auge.

»Das«, beeilte er sich zu versichern, als sie sich voneinander lösten, »war keine Sünde. Manche Leute halten es dafür – ich nicht. Ich habe Thomas von Aquin gelesen«, fuhr er fort, »auch wenn deine Eltern nicht glauben wollten, dass etwas in mir steckt. Thomas von Aquin sagte, dass alles, was im rechten Maß geschehe, Tugend, alles, was mit Unmaß getan werde, Sünde sei.«

Angelina atmete auf. »Dann kann das Bild, kann das Gewand, kann ich gar nicht sündig sein, weil es ja nicht im Unmaß geschehen ist, weder das Malen noch das Tragen des Kleides!«

Francescos Miene wurde ernst.

»Wer auch immer sich an deine Fersen geheftet hat, Angelina – er wird mit keinem Maß, das wir kennen, zu messen sein.«

15.

Das Gewitter hatte sich verzogen. Nur noch wenige Tropfen fielen und zogen Kreise im graugrünen Wasser des Tiber. Als Domenian aufblickte, sah er einen Regenbogen über der Stadt. Gott hatte diesen Bogen geschaffen als Brücke zwischen sich und den Menschen, als Zeichen dafür, dass ihnen ihre Sünden vergeben werden sollten. Wer von den Menschen, fragte er sich, wird dieses Geschenk annehmen, wird überhaupt wissen, dass es ein solches Angebot gibt? Da niemand sich um die Gebote Gottes kümmerte, der Papst am allerwenigsten, war er, Domenian, dazu berufen, auf ihre Einhaltung zu achten, ja, darauf zu bestehen. Er wusste jetzt, was er zu tun hatte. Er sah im Geiste den weiten, mühseligen Weg, den er zurück nach Florenz reiten musste. Noch nie hatte er sich so einsam gefühlt. Ein ums andere Mal war er versucht, mit einer der jungen, geschminkten Huren zu gehen, aber er hielt sich gewaltsam zurück. Die ganze Welt kam ihm verdammt vor. Er irrte noch eine Weile in den Gassen der Stadt umher, fand die Kirchen verschlossen. Die Straßen waren aufgewühlt und schlammig vom Regen. Er war froh, als er am nächsten Tag weiterziehen konnte. Domenian hatte begriffen, dass er Savonarola zur Seite stehen musste, was auch immer geschehen würde.

16.

»Was meinst du, Francesco, wie lange die Seuche noch wüten wird?«, fragte Angelina auf dem Rückweg.

»Üblicherweise flaut sie erst ab, wenn die große Hitze des Sommers vorüber ist.«

Was für eine lange Zeit, dachte Angelina. Wie sollten sie sich die endlosen, heißen Tage, wie die warmen, trotz allen Elends duftenden Nächte hier vertreiben, die immer noch voller Geheimnisse waren und bleiben würden?

Francesco blickte sie von der Seite an, als hätte er ihre Gedanken erraten. Ihr wurde heiß.

»Wir könnten uns doch an den kommenden Abenden gegenseitig Geschichten erzählen, um uns die Zeit zu vertreiben«, sagte sie hastig.

»So, wie einst die jungen Menschen bei Boccaccio?«, fragte Francesco.

»Ja, an die hatte ich gedacht.«

Am Abend, nachdem die Diener das Geschirr abgeräumt hatten und die Kinder ins Bett gebracht waren, bat Eleonore ihre Gäste auf die Terrasse hinaus. Ein frisches Lüftchen kam vom See herüber. Der Mond warf eine zitternde Bahn auf das Wasser, und die Grillen zirpten, als gelte es, einen Wettbewerb zu gewinnen. Das blonde Haar der Gräfin schimmerte. Wie schön sie war! Nun erhob Eleonore ihre Stimme.

»Meine lieben Freunde, die ihr euch hier versammelt habt, ihr seid gekommen, um mit mir und meinem geliebten Mann dem sicheren Tod zu entfliehen. Und er hat ihn gefunden, durch eines ruchlosen Menschen Hand.« Eleonore hielt einen Herzschlag lang inne und strich sich über die Stirn, wie, um ihre Trauer zu verbergen. »Doch von dort, wo er jetzt ist, schaut er freundlich auf uns herab und will uns sagen: Trauert nicht länger um mich, für mich ist es vollbracht. Wendet euch dem Leben zu, genießt seine Freuden, solange die Umstände es zulassen! Und so habe ich beschlossen, einen Vorschlag von Francesco und Angelina aufzunehmen, der da lautet: Erzählt euch gegenseitig Geschichten, um die langen, heißen Tage frohgemuter zu ertragen, esst und trinkt mit Maßen, tanzt und macht Musik und Verse!«

Sie begaben sich hinüber auf die Terrasse und ließen sich in zierlichen Korbsesseln nieder. Ein Diener brachte gekühlten Zitronensaft, eine Glaskaraffe mit Wein und hochstielige Noppengläser. Lucas streifte die Ärmel seines Hemdes zurück.

»Dann will ich einmal beginnen«, meinte er lächelnd. »Keiner von euch weiß es, aber ich werde diese Zeit nie vergessen. Vor langen Jahren warb ich um ein Mädchen namens Appollonia. Sie war süßer als der Honig der Bienen und frischer als eine Blüte im April. Wohin auch immer sie sich bewegte, die Herzen der Menschen waren ihr zugetan. Ihr, liebe Freunde, könnt euch vorstellen, wie es mich beglückte, als sie mich erhörte. Ein rauschendes Hochzeitsfest wurde gefeiert, meine Familie sparte an nichts, um uns beide zu erfreuen. Aber nicht lange währte die junge Liebe. Im Kindbett wurde meine Frau von mir gerissen.«

Sonia entfuhr ein Laut der Bestürzung. »Ich war lange wie innerlich erstarrt«, fuhr Lucas fort, »Abend für Abend saß ich traurig unter meiner Öllampe und überließ mich meinen trüben Gedanken. Eines Tages nun trat ein neuer Mensch in mein Leben: Sonia. Sie brachte es fertig, mich wieder ins Leben zu rufen. Die Sonne strahlte jeden Tag ein wenig heller, die Vögel sangen ein wenig melodischer und die Blumen blühten noch einmal so schön. Nacht für Nacht erschien mir Appollonia im Traum, und ich verging fast vor Scham, ihr meine neue Neigung zu gestehen. Sie aber sagte: Lucas, die Toten machst du nicht wieder lebendig, lass sie ruhen. Dein Leben ist dir nur einmal geschenkt, warum sollst du es in

Trauer um etwas Verlorenes verbringen? Ich nahm das in meinem Herzen auf und warb weiter um Sonia. Eines Tages bekam ich Besuch von einem dieser *Fanciulli.* Savonarola habe ihn geschickt, sagte er und machte eine Drohgebärde. Lucas versündige sich schwer an seiner Gattin und vor Gott. Was er einmal sich gegenseitig anvertraut, das soll der Mensch nicht scheiden. Ich würde mit einer Magd in Sünde leben, ohne das der Bund von Gott geheiligt sei. Wenn ich dieses Verhältnis nicht beende, werde etwas Schlimmes geschehen. Ich sprach mit meiner Sonia darüber. Sie sagte mir, es sei meine freie Entscheidung, ob ich an ihr festhalten wolle. Aber da kam die Pest, und es gab nichts mehr zu entscheiden. Wir sind mit euch, liebe Freunde, fortgegangen und haben es keinen Augenblick lang bereut. Gott schütze uns alle!«

Wie zur Bestätigung legte Sonia ihren Arm um seine Schultern und küsste ihn auf die Wange.

»Was für eine hübsche Geschichte!«, rief Eleonore aus. Alle klatschten in die Hände.

»Es ist ein Beispiel für die Grenzenlosigkeit der Liebe«, warf Francesco ein. »Mein Meister Botticelli hat Ähnliches erlebt. Nur, wie weit die Liebe bei ihm ging, konnte ich nie herausbekommen.«

»Auch mich hat diese Geschichte sehr berührt«, warf Angelina ein. »Nun würde ich gern deine hören, Sonia.«

Sonia wurde ein wenig rot und knetete ihre Hände im Schoß.

»Was gibt es über mich, eine Magd geringen Standes, schon zu erzählen?«, sagte sie mit leiser Stimme.

»Vor Gott ist keiner geringer als der andere«, entgegnete Angelina. »Und auch in unseren Augen nicht.«

»Also gut.« Sonia straffte ihren Oberkörper, ihre Augen blitzten, die Grübchen in ihren Wangen vertieften sich. »Ich wurde vor neunzehn Jahren auf einem Bauernhof im Mugello geboren. Das Leben hat mir nie etwas geschenkt. Von morgens früh bis Sonnenuntergang musste ich arbeiten. Während die feinen Herrschaften stolz in ihren geschmückten Wagen an mir vorbeifuhren, Feste in ihren Palästen feierten, von goldgerandeten Schüsseln aßen, an den

Springbrunnen saßen und plauderten oder auf der Laute spielten, lag ich abends auf meiner Strohmatratze und konnte nicht schlafen, so schmerzte mich der Rücken vom Steinesammeln, Rübenziehen, Melken und Käsemachen. Eines Tages erschien ein fein gekleideter Herr auf der Weide, wo ich meine Ziegen hütete. Er sagte mir, dass ich hübsch und zu etwas Besserem geboren sei als zu einem solchen Leben. Er kam jeden Tag, und jeden Tag wurde ich ein wenig weicher.« Sonia lachte verlegen, und ihre Augen suchten die von Lucas. »Schließlich ließ ich mich von ihm küssen, schließlich gab ich mich ihm hin im hohen, harten Gras am Waldrand. Dann kam er nicht mehr. Ich weinte mir die Augen aus, flehte Gott und die Welt an, dass er zurückkehren möge, jedoch verging Woche um Woche, ohne dass sich irgendetwas rührte. Mein Bauch begann sich zu runden. Die Eltern, die immer sehr auf meine Tugend geachtet hatten, waren außer sich. Mein Vater lief dunkelrot an. Wenn ich ihm den Namen nicht preisgeben würde, schlüge er mich windelweich! Ich sagte nichts. Er fand es aber doch heraus, denn das Ereignis war den Dorfbewohnern nicht verborgen geblieben. Und so ging er hin und erdolchte den Edelmann, als er während einer Jagd im Walde abgestiegen war und sein Pferd tränken wollte. Mein Vater wurde bald darauf enthauptet. Meine Mutter ertrug die Schande nicht, sie starb an gebrochenem Herzen.« Sonia sprach jetzt leiser, Angelina hatte Mühe, sie zu verstehen. »Ich aber ging in die Stadt, brachte mit Hilfe einer alten Vettel mein Kind auf die Welt und verkaufte Kleinigkeiten auf dem Markt. Meine kleine Perpita hatte ich meist bei mir. Eines Tages kam eine üppige, vornehme Dame auf mich zu, deren Schönheit noch lang nicht verblüht war. Sie schaute mir aufmerksam ins Gesicht.

›Du gefällst mir, meine Kleine‹, sagte sie. Ihr habt es schon richtig erraten: Es war Lukrezia Girondo, deine Mutter, Angelina. ›Ich brauche ein Dienstmädchen‹, fuhr die Frau fort. ›Willst du mir und meiner Familie dienen?‹ ›Aber was ist mit meinem Kind?‹, wollte ich wissen. ›Sie wird bei einer Schwester von mir untergebracht, die sich sehnlichst ein eigenes Kind wünscht. Es soll ihr an nichts fehlen!‹ ›Warum tut Ihr das für uns?‹, fragte ich, innerlich zitternd, die Dame könnte es sich noch anders überlegen. ›Es ist so viel Unrecht geschehen in der letzten Zeit‹, gab Lukrezia zur Antwort, ›dass ein wenig Großmut nicht ausreichen wird, die Schuld zu tilgen, die andere auf sich geladen haben.‹ So kam ich in die Dienste dieser Familie.« Sie warf einen dankbaren Blick zu Angelina. »Aber auch ich erhielt Besuch von einem *Fanciullo*. Er fing mich in einem der Torbögen ab, da, wo der Schatten am tiefsten ist. ›Perpita ist ein Kind der Sünde!‹, zischte er mir zu. ›Sie wird nicht alt werden in dieser Welt der Verdammnis.‹ Ich aber verschloss meine Ohren vor diesen Drohungen, hatte von nun an ein Auge auf Perpita und beschwor Lukrezias Schwester, sie nicht aus den Augen zu lassen. Vollkommen wurde mein Glück, als ich Lucas im Gemüseladen begegnete, damals, als du, Angelina, zu Francesco gegangen bist, um dich malen zu lassen. Und nun sind wir hier und danken Gott für alle wundersamen Fügungen.«

Die anderen klatschten wieder in die Hände. Eleonore fragte, wo denn Perpita geblieben sei, ob sie die Kleine in Florenz zurückgelassen habe.

»Sie ist mit der Schwester in den Mugello gegangen«, antwortete Sonia. »Dort ist sie weit sicherer als bei mir. Niemand kennt ihren Aufenthaltsort.«

»Auch unseren Aufenthaltsort kannte niemand«, sagte Eleonore und wischte sich eine Träne aus dem Auge. »Und doch hat man uns aufgespürt und Matteo, meinen geliebten Gatten, von mir genommen.«

Sie weinte. Die anderen richteten teilnahmsvolle Worte an sie. »Es ist schon wieder gut«, meinte Eleonore. »Wir haben heute zwei sehr bewegende Geschichten gehört. Aber es ist spät geworden, meine Freunde.« Sie blickte zum Himmel, an dem Tausende von Sternen funkelten. Die Grillen hatten ihr Konzert eingestellt. Im nahen See konnte man die Fische springen hören, mit einem Platschen verschwanden sie im Wasser. Die kleine Gesellschaft erhob sich und begab sich zu Bett.

Wieder stieg die Sonne als glühendrote Scheibe über den Horizont. Der See dampfte, das Schreien der Möwen und das Quarren der Haubentaucher klang herüber. Angelina verbrachte den Vormittag im Schatten der Bäume. Sie war erst spät eingeschlafen, weil die Erzählungen von Lucas und Sonia in ihr nachwirkten. Dass beide solche Erfahrungen machen mussten, hatte Angelina nicht gewusst. Der Giftmord an Matteo fiel ihr ein. Waren vielleicht auch Lucas und Sonia in Gefahr? Hatte Savonarola seine dürren Arme bis hierher ausgestreckt, um einen seiner Gegner zu beseitigen? Musste jeder sterben, der sich in irgendeiner Art versündigt hatte? Als wären sie ihren Gedanken entsprungen, kamen die beiden auf sie zu und setzten sich auf eine steinerne Bank ihr gegenüber.

»Eure Geschichten fand ich wunderschön«, sagte Angelina. »Doch macht ihr euch keine Sorgen, für eure vermeintlichen Sünden bestraft zu werden?«

Sonia runzelte die Stirn. Lucas Bandocci musterte sie ernst. Er strich sich über den kleinen, gepflegten Bart.

»Doch, ich mache mir Sorgen um meine Sonia, um uns alle, um mich selbst. Wir sind ja nicht einmal hier sicher, auch wenn wir uns weit von der Stadt Florenz befinden!«

»Lucas und ich haben uns geschworen, uns nie mehr als wenige Schritte voneinander zu entfernen«, setzte Sonia hinzu.

Angelina überlegte einen Augenblick lang.

»Wenn Savonarola uns seine Kinderbanden auf den Hals schickt, um uns für unsere Sünden zu bestrafen, dann müssen wir uns bewaffnen«, meinte sie. Bei dem Gedanken wurde ihr kalt. Eleonore kam durch den Garten auf sie zu. Sie hatte die letzten Worte Angelinas gehört.

»Ihr könnt euch jeder einen Dolch aus der Sammlung meines Mannes aussuchen«, sagte sie in belegtem Ton. »Er hat so ein Messer immer mit sich geführt, und die Sammlung war sein ganzer Stolz.« Eleonore wandte sich ab.

»Das wird das Beste sein«, erwiderte Lucas. »Wir werden heute hinausgehen ins Dorf, um bei den Bewohnern nachzufragen, ob sich fremde Gestalten hier herumtreiben.«

»Ich werde euch begleiten«, erklärte Angelina. »Vielleicht hätte Francesco ebenfalls Lust auf einen Spaziergang?«

»Tut mir leid, ich habe Eleonore versprochen, ihr bei der Vorbereitung des Mittagessens zu helfen«, sagte Francesco.

So begaben sie sich ohne ihn hinaus auf den Weg ins Dorf. Die Hitze brütete über den Wiesen. Auf dem Dorfplatz saßen ein paar alte Männer im Schatten einer Kastanie. Lucas fragte: »Habt Ihr in der letzten Zeit fremde junge Männer oder Kinder hier gesehen? Sind vielleicht Bettelknaben durchgezogen?«

»Es kommen alleweil junge Menschen durch unser Dorf«, war die Antwort eines der Alten. »Die Zeiten sind schlecht. In vielen Städten herrscht die Pest. Wir haben nichts zu verlieren, aber Ihr solltet Euch hüten, zu weit von Eurem Haus fortzugehen. Der Tod lauert überall!«

»Habt Ihr jemanden gesehen, der sich in der Nähe unseres Hauses herumtrieb?«, wollte Angelina wissen.

»Ja, ich habe jemanden gesehen«, meldete sich ein anderer zu Wort. »An dem Abend, an dem Signor Matteo starb, schlich sich eine Gestalt von Eurem Haus weg. Ich habe es genau gesehen, weil meine Hütte so nah bei Euch liegt, dass ich immer sehen kann, wer ein- und ausgeht.«

Der Dorfbevölkerung blieb also nichts von dem verborgen, was sich bei ihnen zutrug. Angelina fand das einerseits tröstlich, andererseits beunruhigend. Und es stimmte mit dem überein, was sie von dem Fischer erfahren hatte.

»Wie sah sie aus?«, fragte sie aufgeregt.

Der Mann zuckte die Achseln. »Eine Frau war es jedenfalls nicht.«

»Wisst Ihr, wohin dieser Mann gegangen ist?«, fragte Lucas.

»Es war dunkel, ich wollte nur noch einmal nach den Hasen sehen. Weiß nicht genau, wohin, er ist auch nicht gegangen, sondern gerannt und dann eilig weggeritten. Möglicherweise nach Nordwesten, nach Siena hin.«

»Hab ein Stück von hier auch ein fremdes Pferd gesehen, das war an einen Baum gebunden«, nickte ein dritter.

»Ich danke Euch für diese Auskunft«, entgegnete Lucas. »Wir werden künftig öfter zu Euch ins Dorf kommen, um bei Euch einzukaufen.«

Zuhause erwarteten sie Eleonore und Francesco mit dem Mittagessen. Später am Nachmittag trafen sie sich wieder im Garten, um die nächsten Geschichten anzuhören. Heute war Angelina an der Reihe. Sie schaute schnell zu Francesco hinüber. Er erwiderte aufmunternd ihren Blick.

»Ich weiß nicht so recht, wie ich beginnen soll«, hob Angelina an. »Mein Leben verlief immer in geordneten Bahnen. Geboren wurde ich auf dem Landgut, auf dem meine Eltern und Geschwister jetzt weilen.« Sie schluckte. »Alles Ungemach der Welt wurde stets von uns ferngehalten. Nie hat es uns an etwas gefehlt. Meine Geschwister und ich bekamen die kostbarsten Kleider, denn mein Vater war in Florenz mit dem Tuchhandel reich geworden. Er ließ Perlen aus Indien kommen, um uns damit zu schmücken, Datteln und Gewürze aus dem Orient, damit sich unsere Gaumen daran erfreuten. Meiner Mutter erfüllte er jeden Wunsch. Nur mit der Treue nahm er es nicht so genau.«

Angelina schluckte abermals. »Eines Abends ist irgendetwas geschehen, ich erinnere mich nicht mehr daran, aber von nun an war alles anders für mich. Ich weiß nicht genau, wann, ich war noch recht jung. Ich musste mich gegen Gott versündigt haben, denn ich wurde meines Lebens nicht mehr froh. Seitdem lag eine Last auf mir, eine Schuld, deren Ursprung ich mir nicht erklären kann. Was nützten all die schönen Speisen, die Kleider, das Gold und das Silber! Ich stand oft am Fenster, schaute den anderen Mädchen bei ihren Spielen zu. Oder ich ging traumverloren durch die Kastanienwälder, in denen der Kuckuck rief und der Waldmeister duftete. Nirgends fand ich Frieden, bis … bis eines Tages mein Vater einen Maler damit beauftrage, ein Porträt von mir anzufertigen. Schon in der ersten Stunde, die ich ihm Modell saß, merkte ich, dass ich mich veränderte. Mein flatternder Sinn beruhigte sich, ich fühlte mich wieder mit der Erde verbunden, was zahlreiche Beichten bei den Priestern nicht erreicht hatten. Aber es sollte nicht lange währen.« Sie brach ab. »Weiter kann ich es nicht erzählen«, stieß sie hervor. »Vielleicht kannst du, Francesco, die Geschichte zu Ende bringen.«

Eleonore nickte, als hätte sie verstanden, was Angelina sagen wollte.

»Es ist eine hübsche, kleine, etwas traurige Geschichte, Angelina«, meinte sie. »Ich wünsche dir, dass du deinen Frieden findest. Vielleicht entdeckst du ja eines Tages, was damals vorgefallen ist.«

Die anderen nickten zustimmend und teilnahmsvoll.

»Und ich bin gespannt«, fuhr Eleonore fort, »ich glaube, wir sind alle gespannt zu hören, was Francesco zu erzählen hat.«

Eine Dienerin kam und brachte frisch gepresste Säfte in Kristallgläsern. Francesco lächelte, räusperte sich und begann zu erzählen.

»Wie ihr sicher alle wisst, wurde ich in Ognissanti, dem Lohgerberviertel von Florenz, geboren. Als Kind armer Leute war ich von früh an den Geruch und den Umgang mit Farben gewohnt. Aber ich wollte nicht so ein Leben führen wie meine Eltern und Geschwister! Sie waren früh verbraucht von der Arbeit. In unserer Nachbarschaft, in der Via Nuova, wohnte Amerigo Vespucci, der Navigator. Er war sehr nett zu mir und hat mir immer seine alten Papiere zum Zeichnen überlassen. Lorenzo de' Medici schickte ihn später als Schiffsausrüster nach Spanien, wo er Kolumbus half, die Schiffe für seine Reisen auszurüsten, um den Seeweg nach Indien zu finden. Er hat mir etwas ins Herz gepflanzt, das mein ganzes weiteres Leben bestimmen sollte: Wir müssen weitergehen in unserem Leben, nicht verharren an der Stelle, an die uns Gott gestellt hat. Der Auftrag des Menschen ist, das zu entwickeln, was er als Samen in uns angelegt hat.

So fügte es das Schicksal, dass Sandro Botticelli die Werkstatt in der Via Nuova im Haus seines verstorbenen Vaters bezog und schon bald zum Hofmaler der Medici aufstieg. Ich zeigte ihm die

Skizzen, die ich heimlich nachts angefertigt hatte. Und er nahm mich in die Lehre! Anfangs durfte ich ihm die Leinwand grundieren, die Farben anrühren und weniger schwierige Handreichungen machen. Er hat mir gezeigt, wo man die besten Pigmente bekommt. Später ließ er mich eigenständig Porträts von Bürgern und Bürgerinnen der Stadt anfertigen.«

Wie bei mir, dachte Angelina. Das war für ihn eine alltägliche Arbeit.

»Ich hatte Gelegenheit«, fuhr Francesco fort, »die ganze illustre Gesellschaft kennenzulernen. Aber das war vorbei, als Savonarola als Prior von San Marco eingesetzt wurde. Botticelli wurde stark von ihm beeinflusst. Er malte nur noch religiöse Themen. Und auch ich konnte mich dem Einfluss dieses stimmgewaltigen Mönches nicht entziehen. Hat er nicht recht mit vielen Dingen? Immerhin zählt er zu den unbestechlichsten, wahrhaftigsten und bedingungslosesten Menschen, die Florenz jemals erlebt hat. Keiner hat wie er für die Armen der Stadt gesorgt! Als jedoch Savonarola in seinen Reden immer gewalttätiger wurde, als er sich immer mehr dem Papst entgegenstellte, bekam ich Bedenken. Botticelli und ich sprachen häufig über diese Angelegenheit. Ich warf ihm vor, dass er seine Kunst, die ich immer noch anbete und die jedermann in Entzücken versetzt, in den Dienst dieses Klerikalen stelle und damit sich selbst und sein wahres Wesen verleugne. Er gab zurück, dass der Gottesstaat das einzige sei, für das zu malen er berufen sei. So gab oft ein Wort das andere. Bis eine Frau in mein Leben trat.«

Angelina hielt den Atem an. Francescos Blick wandte sich zu den Bergen, die im fernen Mittagsglast verschwammen. Angelina schaute zu Eleonore hinüber. Sie starrte Francesco mit einem Ausdruck in den Augen an, den Angelina nicht zu deuten wusste. Es krampfte ihr schmerzhaft die Brust zusammen. Liebte sie diesen Maler? War es die Begegnung mit der Gräfin Eleonore Scroffa gewesen, seiner Cousine, die sein Leben ein zweites Mal verändert hatte? Angelina saß, unfähig, sich zu rühren, und hörte der Fortsetzung von Francescos Lebensgeschichte zu.

»Diese Frau«, seine Augen streiften Angelina mit einem Seitenblick, in dem viel Wärme lag, »änderte mein Leben ein zweites Mal von Grund auf. Nie habe ich so viel Nähe und Verwandtschaft zu einem Menschen verspürt, schon gar nicht zu einer Frau. Ich will es euch nicht verschweigen, liebe Freunde und Freundinnen, dass ich einige Liebschaften hatte, sowohl mit Damen des Hofes als auch mit Mädchen von der Straße. Aber das bedeutete mir nichts. Meine Kunst soll von jetzt an nur noch der Liebe dienen, der Liebe zwischen Mann und Frau und der zwischen den Menschen.« Angelina fühlte sich wie erlöst. Endlich hatte er sich offenbart, und wie zärtlich er das getan hatte!

»Nur einmal habe ich eine schwere Sünde auf mich geladen«, fügte Francesco an. Er fuhr mit den Fingern durch sein sandfarbenes Haar. Angelina hielt den Atem an. Francesco lächelte.

»Ich liebte eine verheiratete Frau.«

Angelina ballte die Fäuste, um nicht aufzustöhnen.

Eleonore trat mit ausgebreiteten Armen auf Francesco zu und zog ihn an sich. »So etwas kommt vor«, sagte sie verschwörerisch. Angelina hätte im Boden versinken mögen vor Scham und Wut. Eine Windböe strich durch den Garten, ließ die Blätter der Linde erzittern, kühlte ihre Stirn. Sie schloss die Augen. Nur keine Gefühle zeigen. Nicht jetzt. Nie mehr.

Eleonore löste sich von Francesco und stellte sich in die Mitte des Kreises, den sie gebildet hatten, strich sich das blonde Haar aus der bleichen Stirn und begann mit ihrer Erzählung.

»Ich wurde im Jahre 1472 auf einem Gut des Mugello geboren«, sagte sie. »Mein Vater war ein wohlhabender Landbesitzer, der vom Handel mit Wein und ländlichen Gütern lebte. Wir hatten ein sorgenfreies Leben. Wie meine beiden Schwestern erlernte ich das Lautenspiel, las lateinische und griechische Gedichte und gab mich die meiste Zeit meines Daseins dem süßen Nichtstun hin. Wie hätte ich es auch anders wissen sollen? Ich kannte nur diese eine Welt, und das war die des Reichtums und der Schönheit. Als ich heranwuchs, kamen viele Freier zu meinen Eltern, die um meine Hand anhielten, aber keiner war ihnen gut genug. Mir selbst hätte der eine oder andere schon gefallen, aber ich hatte gelernt, den Eltern zu gehorchen.«

Das ist nicht immer das Beste, was man tun kann, dachte Angelina immer noch aufgewühlt, doch sie schwieg still und zwang sich, weiter zuzuhören.

»Eines Tages kam der Graf Scroffa aus Grassina zu Besuch. Er war ein stattlicher Mann, mit wertvollen Kleidern angetan. Es wurde alles herbeigebracht, was Küche und Keller boten, es wurde gekocht, gebraten, gebacken und gesotten. Damals herrschten noch die Medici in Florenz, man musste sich nicht so vorsehen, seinen Reichtum zur Schau zu tragen, wie später unter Savonarola. Da gab es gebratene Milchzicklein, Brotsuppe mit Zwiebeln, Kalbsleber, Trippa und Lampredotto, Kutteln mit grüner Kräutersauce, gefüllte Pilze, geröstete Goldbrassen, Birnen in Barolosauce – ach, ich will euch nicht langweilen mit der Aufzählung all dessen, was mein Vater für den seltenen Gast bereitstellte. Den Grund dafür erfuhr ich noch am selben Abend: Graf Scroffa war als künftiger Gemahl für mich ausersehen worden. Und ich wäre töricht gewesen, hätte ich das Angebot ausgeschlagen. Er war nur zehn Jahre älter als ich und im vollen Besitz seiner Manneskräfte. Seine Sitten waren ausgezeichnet, er hatte eine humanistische Ausbildung an der Universität von Padua genossen. Und so, im Vertrauen auf das Urteil meiner Eltern, willigte ich in die Verlobung ein, die noch am selben Abend stattfand. Kurz darauf wurde die Hochzeit gefeiert, mit allem Prunk, der sich für so eine Gelegenheit ziemt. Und ich habe diesen Entschluss nie bereut.«

Eleonore seufzte, schwankte einen Augenblick lang, fing sich aber wieder und fuhr mit ihrer Erzählung fort.

»Wir zogen in den Stadtpalast des Grafen, wo ich dem Haus mit einer ansehnlichen Dienerschaft vorstand. Die Nächte waren erfüllt von unserer Liebe; an den Tagen hatte ich alle Hände voll zu tun, um dieses gastliche Heim am Leben und Blühen zu halten. Innerhalb der nächsten beiden Jahre wurden uns zwei Kinder geboren, Lisetta und Giacomo, die ihr alle kennt und die hier bei uns sind.«

Wieder strich eine Windböe durch den Garten. Angelina sah, dass sich der Horizont über den Seebergen schwefelgelb verfärbt hatte.

»Mit der Zeit stellte ich fest, dass die Menschen, die bei uns verkehrten, eine seltsame Mission zu verfolgen schienen. Immer häufiger fanden Treffen in einem Hinterstübchen des Palastes statt. Wenn ich an der offenen Tür vorüberging, während die Bediensteten Wein und Speisen brachten, hörte ich Wortfetzen wie ›Savonarolas Stern ist am Untergehen‹ oder ›Wir werden dafür sorgen, dass …‹ Eines Tages stellte ich meinen Mann zur Rede. ›Bist du an Machenschaften zum Sturz dieses Mönches beteiligt?‹, fragte ich ihn geradeheraus. Und er gab es unumwunden zu.

Das Feuer im Februar dieses Jahres, dieses Fegefeuer der Eitelkeiten, das der verrückte Mönch veranstaltet hat, in dem auch viele wertvolle Dinge von uns verbrannt worden waren, habe ihn dazu verleitet, sich mit anderen, ähnlich Denkenden zusammenzuschließen. ›Aber das ist doch sehr gefährlich‹, meinte ich. ›Denkst du nicht an mich und die Kinder?‹ ›Gerade, weil ich euch so sehr liebe und an euch denke, muss ich so handeln!‹, war seine Antwort. In der nächsten Zeit war er immer seltener zu Hause. Ich glaube, sie haben sich in einer Wirtschaft getroffen, um weniger aufzufallen, vielleicht als Bauern oder Handwerker verkleidet. Auf jeden Fall fühlte ich mich sehr einsam. Wenn mein Mann spätabends heimkehrte und leise zu mir ins Bett stieg, roch er nach Wein und manchmal auch nach einem Parfüm. Ich hatte das Gefühl, allmählich zu vertrocknen.«

Eleonore holte tief Luft.

»So geschah es, dass ich mich von der Werbung eines Mannes einwickeln ließ und mich in ihn verliebte.«

Ich habe es gewusst, dachte Angelina, ich habe es die ganze Zeit gewusst!

Wie dumm war sie gewesen. Der Garten, die Wälder, die Reben, der See, alles verdunkelte sich in diesem Augenblick. Und wirklich waren schwarze Wolken über das Wasser gezogen und bedeckten den Himmel fast ganz. Wie traumverloren stand Angelina auf, schritt durch den Garten, der Rufe nicht achtend, die sie zurückhalten wollten, auf den Weg, der zum See führte. An diesem Abend, im Mittsommer des Jahres 1497, war ihr Leben zu Ende gegangen, war zersprungen wie eine irdene Schüssel, die ein achtloses Dienstmädchen fallen ließ.

17.

Domenian wusste genau, was ihn in Florenz erwartete. Aber die Wirklichkeit übertraf seine schlimmsten Befürchtungen. Er freute sich nicht darüber, zurückzukehren, er freute sich eigentlich über gar nichts mehr. Die Hitze des Tages stand noch in den Straßen und Gassen, doch sie waren entvölkert. Nur das Lumpengesindel trieb sich herum, die Huren mit ihren rotgeschminkten Mündern, hier wie anderswo. Wie um einen Gegensatz zu bilden, zogen Scharen von *Fanciulli* umher und sangen ihre Bittlieder. »Hilf, Maria, hilf, Herr Jesus, aus tiefster Not schreien wir zu dir!«, beteten sie monoton, ununterbrochen. Bader mit Pestmasken und schwarzen Gewändern hasteten in den Gassen umher. Es roch nach Blut, nach Eiter und Verwesung. Die Zahl der verbarrikadierten Häuser hatte sich vervielfacht, und das Stöhnen der Sterbenden und das Rumpeln der Karren begleiteten ihn. Die Fassade der Kirche San Marco ragte wie ein Fingerzeig vor ihm empor. Auf dem Friedhof sah er einige neue Holzkreuze. Wenigstens waren die Brüder nicht in den Massengräbern verscharrt worden!

Die Fresken von Fra Angelico im Inneren des Klosters wirkten tröstlich auf Domenian. Dieser Mönch, auch Beatus, der Selige genannt, hatte es verstanden, sein Leben und seinen Auftrag auf Erden in Einklang zu bringen. Wenn es ihm, Domenian, doch auch gelingen möge!

Der Bruder Infirmarius eilte an ihm vorbei. Er erkannte ihn nur an seinem leicht watschelnden Gang, denn er hatte eine Pestmaske vor dem Gesicht. Das ganze Kloster roch nach Tod. Kein Auge, in das er blickte, war von Hoffnung erfüllt. Hätte er nicht lieber dort bleiben sollen, wo er herkam?

Einige Zeit später betrat Domenian das Schiff der Kirche. Savonarola erwartete ihn beim Altar. Er kniete im Gebet versunken davor. In den drei Wochen seiner Abwesenheit hatte sich der Prior stark verändert. Sein Gesicht war von tiefen Falten durchzogen. Das Glühen, das ihn immer von innen zu zerfressen schien, war fast erloschen. Seine braune Kutte sah schäbig und verfleckt aus. Was war nur aus dem starken Redner geworden, der Zehntausende mit seinen Predigten hatte begeistern können?

Domenian wartete und betrachtete ein Gemälde mit der Darstellung des Jüngsten Gerichts. Solche Qualen wie diese armen Seelen würde er nicht erdulden müssen. Savonarola erhob sich mühsam. Mit leiser Stimme begrüßte er Domenian.

»Du bist später zurückgekehrt, als wir vereinbart hatten.«

»Ich wurde in Rom aufgehalten.«

»Hast du deinen Auftrag erfüllt?«

»Ja, ich habe dem Papst gesagt, er sei nicht befugt, dich zu exkommunizieren, da er sein Amt nicht so ausfülle, wie es ihm von Gott aufgetragen wurde.«

»Und, was hat der Papst gesagt?«

Domenian senkte den Kopf.

»Das hatte ich mir gedacht«, murmelte Savonarola. Er wankte und ließ sich auf einer Bank nieder.

»Domenian, wir sind in großer Gefahr! Nein, nicht, was du denkst, nicht wegen des schwarzen Todes allein«, sagte er leise. »Ich habe noch viele Brüder auf das Land schicken können, um ihnen eine Erkrankung zu ersparen. Nein, es ist Folgendes: Alexander VI. kann uns zwar nichts anhaben, aber aus den Reihen der Gläubigen wird viel Übles über uns ausgeschüttet.«

»Was bedeutet das, mein Frate?«

»Inzwischen mussten wir wegen der Pest die Predigten völlig einstellen. Viele Brüder sind erkrankt oder verstorben. Bruder Infirmarius kann nichts mehr ausrichten, auch wenn er sich noch so gut auf die Medizin versteht. Und fast jeden lieben Tag erhalte ich einen Schmähbrief.«

»Was wird dir vorgeworfen?«

»Dass alles, was ich prophezeit habe, eine Lüge gewesen wäre. Statt neue Städte und Landbesitz zu erobern, hätte König Karl VIII. von Frankreich feige die Flucht ergriffen. Dann ist der schwarze Tod über die Stadt gekommen, und ich sei nicht in der Lage, etwas dagegen auszurichten. Dabei habe ich immer gesagt, ich habe es in die Herzen der Menschen hineingehämmert, dass diese Krankheit die Strafe Gottes für die Sünden ist, die sie begangen haben!«

»Dieser Ansicht bin ich auch, mein Frate.«

»Das Blatt hat sich gewendet.« Savonarola atmete tief ein.

»Kürzlich haben diese Patriziersöhne Steine gegen die Fenster unserer Kirche geworfen. ›Savonarola, verschwinde!‹, haben sie gerufen. ›Savonarola soll brennen!‹ Immer wieder werfen sie Steine. Manchmal sind Zettel daran befestigt, auf denen steht: ›Fahr zur Hölle, Mönch, wir wollen unsere Medici wiederhaben!‹ Gott weiß, welchen Frevel sie begehen! Wahrscheinlich haben sie schon vergessen, wie der Schwächling Piero Medici unsere Stadt verraten hat. Und die Franziskaner von Santa Croce und die Dominikaner von Santa Maria Novella haben sich an die Spitze derer gesetzt, die uns lieber heute als morgen brennen sehen würden! Ich habe meinen Tod vorausgeahnt und das einigen Menschen schon mitgeteilt.«

Erschrocken fiel ihm Domenian ins Wort: »Du wirst nicht sterben! Ich werde das verhindern. So gottverlassen kann doch niemand sein, dich auf den Scheiterhaufen zu bringen!«

Savonarola winkte mit einer herrischen Bewegung seiner Knochenhand ab und erhob sich mühsam.

»Gottes Wege sind unergründlich, mein Sohn. Aber wir werden vor den Menschen, die sich dem Teufel verschrieben haben, nicht in die Knie gehen.« Er schlug dreimal das Kreuz. »Sobald die Pest verschwunden ist, Gott helfe uns, sie unbeschadet zu überstehen, werden wir den alten Zustand wieder herstellen. Die Leute brauchen große Ereignisse und Taten, Wunder, um sich uns wieder anzuschließen.« Er überlegte eine Weile. »Es hat sich wieder zu viel Luxus angesammelt. Die Menschen brauchen ein neues Fegefeuer der Eitelkeiten, und durch das Verbrennen der sündhaften Gegenstände sollen sie gereinigt werden!«

»Ich folge dir, mein Frate, wohin auch immer du gehst«, sagte Domenian, und das war die Wahrheit.

In seiner Zelle kniete er sinnend vor dem Bild ›Noli me tangere‹ von Fra Angelico. Es war ein kleines Werk über die Auferstehung des Erlösers. Jesus bedeutet Maria Magdalena, ihn nicht zu berühren. Nein, mich soll niemand mehr berühren, dachte Domenian. Ich weiß, wozu ich auf der Welt bin. Mein Platz ist an der Seite meines Meisters. Und meine eigenen Prophezeiungen, die ich mit niemandem teile, werden ebenfalls in Erfüllung gehen.

Rühr mich nicht an. Rühr mich nicht an, du Teufel, du Ungeheuer der Hölle und der tiefsten Verderbnis! Nur dich, dem Engel, will ich mich ergeben, will ich folgen, wohin auch immer er mich führt. Das Weib, die große Versucherin, werde ich für immer aus meinem Herzen reißen! Domenian kniete auf dem Boden nieder. Inbrünstig schaute er zu dem Bild empor. Stunden verharrte er so auf dem harten Steinboden. Seine Lider sanken herab. Er begann sich zu erheben, zu fliegen, flog über die Dächer der Stadt, über die flachen Hügel bis zum Bauernhaus, in dem die Frau Wasser aus einem Brunnen schöpfte. Sie hatte das Gesicht und die Gestalt des Engels. Er rief sie an, sie winkte ihn zu sich. Immer näher kam er ihr. Da verzogen sich die hübschen Züge, der Kopf begann zu wachsen, sich zu verzerren. Schließlich grinste ihm eine Teufelsfratze entgegen, die Gestalt wand sich um sich selbst, und es stank nach Schwefel.

18.

Angelina eilte den Weg zum See hinunter, sah und hörte nichts mehr. Ziellos lief sie immer weiter am Wasser entlang. Ihre Welt war mit einem Mal zusammengebrochen. Was hatte sie nur dazu bewogen, alles hinter sich zu lassen? Sie könnte jetzt bei ihrer Familie sein, ihre Mutter würde ihr Marzipantörtchen zustecken und sich über die Eskapaden ihres Mannes beklagen. Oder sie würde ihren unvergleichlichen Rindfleischeintopf kochen. Wie es ihnen wohl erging? Angelina hatte nur noch einen Gedanken im Kopf: Sie wollte nach Hause, auf das Landgut, auf dem sich ihre Eltern und Geschwister befanden. Oder hatte die Pest sie schon hinweggerafft? Hatten die *Fanciulli* ihnen etwas angetan? Am liebsten wäre Angelina sofort zu einem der Wagen gegangen, hätte das Pferd einspannen lassen und wäre nach Florenz gefahren, aller Krankheit und Gefahr zum Trotz. An einer Weide, die ihre Zweige traurig ins Wasser hängen ließ, machte sie Halt. Sie schaute über den See mit seinen Inseln, sah die dahinter aufragenden Berge. Wie nahe waren sie und Francesco sich gekommen! Und das sollte nun alles vorbei sein? Das Blut schoss Angelina ins Gesicht. Aus den Wolkenbergen schossen einzelne Blitze, es grummelte und hallte von den Kuppen wider. Leise Schritte näherten sich, und sie schlug sich hastig in die Büsche, wo sie verharrte, bis Francesco, ohne sie zu bemerken, vorbeigegangen war. »Angelina! Angelina!« hörte sie ihn aus der Ferne rufen, aber sie antwortete nicht. Die Mücken zerstachen sie, aber sie regte sich nicht. Endlich kehrte er um, und sie schlich sich nach einer Weile nach Hause.

Auf dem Heimweg erwartete sie jederzeit, in den Regen zu geraten, aber das Gewitter ließ sich Zeit. Es war unerträglich schwül geworden. Plötzlich erstarrte sie. Sie sah Eleonore und Francesco im

Garten auf einer Bank sitzen. Die beiden hielten sich an den Händen. Eleonore strich Francesco über das Haar, dann näherte sie ihr Gesicht dem seinen. Angelina schaute weg und atmete tief durch, um ihr stark klopfendes Herz zu beruhigen. Es war also tatsächlich so, wie sie gedacht hatte. In Wahrheit liebte er Eleonore, hatte sie immer schon geliebt! Und sie, Angelina, hatte sich dazu herabgelassen, ihn zu küssen! Hatte sie ihn nicht tagelang gepflegt, als in Florenz die Pest herrschte? Ein fader Geschmack bildete sich in ihrem Mund. Sie beschloss, so bald wie möglich von hier fortzugehen. Doch wohin? Ihre Familie hatte sie verstoßen. Angelina ging auf ihr Zimmer und schaute aus dem Fenster. Über die Hügel Umbriens senkte sich allmählich die Dämmerung.

Eine der Mägde rief zum Abendessen. Angelina straffte ihre Schultern und begab sich zur Treppe. Jede Stufe erschien ihr wie eine Hürde. Aber sie musste es schaffen, gleichmütig zu wirken, musste diese Posse durchstehen. Was sollten die anderen, was die Diener von ihr denken, wenn sie sich gehen ließ und weinte wie ein kleines Kind? Die Familie und Freunde waren schon um den Tisch versammelt. Nachdem auch Angelina Platz genommen hatte, wurden eine kalte Gemüsesuppe und weißes Brot mit Butter aufgetragen. Obwohl Angelina keinen Appetit verspurte, aß sie so viel wie immer, um nicht weiter aufzufallen. Den forschenden Blicken Francescos wich sie aus. Sie aßen schweigend, bis Eleonore das Wort ergriff.

»Was unsere Geschichten betrifft, zähle ich auf eure Diskretion, meine Freunde. Dieser Mann, von dem ich sprach«, sie blickte Angelina an und da war etwas wie Scham in ihren Augen, »seinen Namen kann ich euch leider nicht nennen. Ihr sollt nur wissen, dass ich glaube, damit große Sünde auf mich geladen zu haben, und dass …«, sie stockte, »… mir deswegen Matteo von der Seite gerissen worden ist.«

»So etwas darfst du nicht denken, Eleonore«, sagte Francesco und winkte dem Diener, neuen Wein zu bringen. Angelina war fast froh, das seine Aufmerksamkeit von ihr abgelenkt war.

Nach dem Essen zog sie sich auf ihr Zimmer zurück, wo sie sich angezogen auf das Bett legte und zur Decke starrte. Nun mal ernsthaft, fragte sie sich, was kann ich in meiner Lage tun? Angelina starrte an die Decke, bis das zarte Weinrebenmuster, mit dem diese bemalt war, vor ihren Augen verschwamm.

Dann fiel ihr etwas ein.

Endlich glitt sie in einen leichten, traumlosen Schlaf. In der Nacht glaubte sie, jemand habe an ihre Tür gepocht, doch sie regte sich nicht. Als am Morgen die ersten Hähne krähten, stand sie auf, zog ihr graues Reisekleid an, packte ihren Beutel und schlich die Treppe hinunter zur Küche. Die Diener und Mägde waren noch nicht aufgestanden. Angelina tastete sich im Halbdunkel voran, sie wagte kein Licht anzuzünden. Ein Brot und ein Stück Schinken steckte sie in ihren Beutel. Vorsichtig schaute sie sich um. Alles still. Sie trat aus der Tür in den frischen Morgen hinaus.

19.

Francesco bemerkte Angelinas Verschwinden schon kurz bevor er aufgestanden war. Etwas hatte sich verändert, er spürte es genau. Sangen die Vögel nicht leiser als sonst? War die Morgensonne von einer Wolke bedeckt? Angelina war gestern Abend ohne Gruß in ihr Zimmer gegangen. Hatte sie ihn möglicherweise im Garten gesehen, nachdem er so niedergeschlagen von seiner erfolglosen Suche nach ihr zurückgekehrt war? Wie Eleonore ihn darauf getröstet hatte? Das durfte nicht wahr sein! Seine Ahnung wurde zur Gewissheit, als er zu den anderen herunterkam, die schon beim Frühstück saßen.

»Weißt du, wo Angelina ist?«, fragte Eleonore ihn.

»Ich dachte, sie wäre zum See hinübergegangen«, fiel Sonia ein. »Und bin dorthin gelaufen, aber ich habe sie nirgends entdeckt.«

»Ich glaube, sie ist abgereist«, sagte Francesco mit trüber Stimme.

»Aber warum denn?«, rief Lucas. »Hier ist doch der einzig sichere Ort!«

»Wohin könnte sie nur gegangen sein?«, überlegte Eleonore.

»Ich weiß es nicht«, antwortete Sonia. »Vielleicht nach Florenz oder zum Landsitz ihrer Eltern?«

»Das glaube ich nicht«, meinte Francesco. »Zu ihren Eltern traute sie sich nicht zurück. Und in Florenz herrschen die Pest und Savonarola.«

»Wir können das Mädchen nicht allein durch die Lande irren lassen«, gab Lucas unruhig zu bedenken.

»Lasst uns im Dorf nachfragen«, entschied Eleonore. »Möglicherweise hat jemand sie gesehen.«

Hastig beendeten sie ihr Frühstück und eilten zum Dorf hinüber. Ein Fischer hatte eine junge Frau in einem grauen Reisekleid gesehen. Sie sei in Richtung des Nordufers gegangen, sagte der Mann. Die vier berieten, was sie tun sollten. Francesco erklärte, dass er alles versuchen würde, um Angelina zu finden. Nachdem sie zum Haus zurückgekehrt waren, ließ er ein Pferd satteln und schwang sich hinauf. Die anderen, auch die Diener, umstanden ihn, um Abschied zu nehmen. Eleonore küsste ihn auf beide Wangen.

»Komm gesund zurück und bring Angelina wohlbehalten nach Hause!«

Francesco gab seinem Pferd die Sporen. An einem Tag umrundete er den See. Ein Hausierer hatte sie wohl noch gesehen, aber dann verlor sich jede Spur. Mit einem schweißtriefenden Pferd, müde und niedergeschlagen, kam Francesco am Abend zurück.

»Ich habe ihre Spur verloren«, sagte er nur, stieg ab und gab die Zügel einem Diener in die Hand. Mitten in der Bewegung erstarrte er.

»Was für fiebrige Augen du hast!«, sagte er zu dem Diener.

»Mir ist so elend«, sagte der Bedienstete. Die anderen wichen zurück.

»Schnell, lasst den Bader des Dorfes holen!«, rief Eleonore. Ein anderer Diener eilte davon. Als er zurückkam, sagte er:

»Der Bader will nicht kommen. Es habe zwei Fälle von Pest im Dorf gegeben. Wir sollen schauen, ob er Fieber und Schmerzen hat und ob die schwarzen Beulen aufgetreten sind.«

Eleonore ließ den Diener in die Knechtekammer bringen und sagte, sie wolle ihn selber untersuchen. Als sie zurückkam, war sie kreidebleich.

»Es ist die Pest«, flüsterte sie. Francescos Herz begann schneller zu schlagen. Das konnte den Tod für sie alle bedeuten. Fast sollte er noch froh sein, dass Angelina heute Morgen gegangen war. Ratlos saßen Eleonore, Lucas und Francesco unter der Linde. Sonia hatte sich bereit erklärt, die Pflege des Dieners zu übernehmen. Francesco schaute in die Knechtekammer hinein und sah, dass sie den Raum mit brennenden Wacholderzweigen ausgeräuchert hatte und einen essiggetränkten Lappen vor dem Mund trug. Sonia reichte ihm ebenfalls ein solches Tuch.

»Sag den anderen, sie sollen sich Tücher vor die Nase binden«, bat sie ihn. »Und wenn sie ihnen zu sehr stinken, sollen sie die Tücher in Rosenwasser tränken.«

Francesco sah, dass er nicht helfen konnte. Eleonore verteilte Pillen aus Aloe, Theriak und Safran, die sie vom Bader erstanden hatte. Am Abend kam Sonia herunter. Sie zuckte hilflos mit den Achseln. Ihr standen die Tränen in den Augen. Eleonore ordnete an, dass der Mann hinter das Haus gebracht würde, mit Decken zugedeckt. Am nächsten Morgen wollte sie den Totengräber holen lassen. Gedrückt saßen sie beieinander. Wie konnten sie dem schwarzen Tod entfliehen, jetzt, wo er zu ihnen gekommen war? Der Totengräber kam und schaffte den Leichnam weg.

»Nicht mal ein ordentliches Begräbnis bekommt er«, klagte Eleonore. Die restlichen Diener, auch die Dienerin, die sie am Anfang des Sommers begrüßt hatte, waren über Nacht geflohen. Francesco war der erste, der es aussprach.

»Die Pest hat uns also eingeholt«, sagte er. »Im Dorf wird niemand mehr mit uns verkehren wollen, da wir nun einen Toten begraben mussten. Hat einer von euch einen Vorschlag, wie wir uns verhalten sollen?«

»Die Diener sind weg, unsere Vorräte neigen sich dem Ende zu«, versetzte Eleonore. »Die Leute aus dem Dorf werden uns nichts mehr verkaufen. Kein Fisch, kein Fleisch, keine Butter, kein Brot ...«

»Und wenn wir selber Fische fangen?«, fragte Sonia, aber ihre Stimme klang kleinlaut. »Und Brot backen?«

»Womit denn?«, fuhr Eleonore sie an.

»Wir sollten von hier fortgehen«, ließ sich die ruhige Stimme von Lucas vernehmen.

»Aber wohin?« Eleonores Stimme schnappte fast über.

»Wir müssen hier bleiben und das Ende der Pest abwarten«, stellte Sonia fest. »Die Krankheit wird inzwischen überall wüten.«

»Wir sind hier gefangen«, sagte Eleonore tonlos.

20.

An dem Morgen, an dem Angelina sich auf den Weg machte, verschwammen die Konturen von See, Dorf und Bergen noch im Dunst. Als die Sonne höher am Horizont stand, erreichte sie das Nordufer des Sees. Bisher war sie keiner Menschenseele begegnet. Nun kamen ihr einzelne Bauern mit Karren entgegen, die zu ihren Feldern fuhren, vom Wasser kehrten Fischerboote mit ihrem nächtlichen Fang zurück. Dann wieder wanderte Angelina durch feuchte Auen und Erlengehölze, in denen die Mücken schwärmten. Um die Mittagszeit rastete sie im Schatten eines Baumes, unter dem ein Brunnen sprudelte. Ein Pilger, der vorüberging, grüßte sie verwundert. Angelina vermied es, mit irgendjemandem zu sprechen. Wie sollte sie erklären, warum sie ganz allein am See entlangwanderte?

Wie hatte es nur so weit kommen können? Warum war sie eigentlich damals von zu Hause fortgegangen? Ach, wenn doch alles geblieben wäre, wie es war! Aber sie selbst hatte das zu verantworten, vor sich, vor ihrer Familie und vor Gott. Welcher Teufel hatte sie nur verblendet? Angelina schaute hinauf, durch den Wipfel des Baumes in den Himmel. Sie bat den Herrgott inbrünstig, dass sie ihr Ziel erreichen möge. Dann erhob sie sich, leidlich erquickt durch die Rast. Die Sonne stand fast im Zenit und brannte unbarmherzig nieder. Angelinas Kleid war vollkommen verschwitzt. Gegen Abend gelangte sie in das Dörfchen Borghetto, ließ sich in einer Herberge Käse und Wein reichen und schlief allein in einem Raum, der sonst wohl von Pilgern genutzt wurde. Glücklicherweise hatte sie ein wenig Geld eingesteckt, sonst hätte sie unter freiem Himmel übernachten müssen und wäre möglicherweise die Beute eines Landstreichers oder eines wilden Tieres geworden. Vor dem Einschlafen vergewisserte sie sich, dass Eleonores Messer noch da war, das sie immer in einer ledernen Scheide am Gürtel trug.

Am Nachmittag des nächsten Tages kam Angelina vor den Mauern Arezzos an. Das letzte Stück hatte sie ein Bauer mit seinem Ochsenkarren mitgenommen. Die Tore waren schon geschlossen; so nahm der Bauer sie mit zu Verwandten, denen das Ziel seiner Reise galt. Die Familie half Angelina, den weiteren Weg herauszufinden. Am nächsten Morgen stand sie endlich vor einem niedrigen ockerbraunen Haus, umgeben von Weinbergen. Ihre Mutter hatte oft erzählt, dass sie aus einer umbrischen Winzerfamilie stamme. Gestern Abend war Angelina endlich wieder eingefallen, dass da noch eine Schwester gewesen war, die hier irgendwo in der Nähe leben musste. Auf der Hinreise zum Haus von Tomasios Tuchhändler hatte sie sogar einen Wegweiser gesehen und dabei gedacht: Oh, das ist der Ort, an dem meine Tante, wie hieß sie noch, lebt? Richtig, Arezzo hieß der Ort, und der Name der Tante war Bergitta.

Geranien und Glockenblumen wuchsen in Kübeln, die um das Haus herum standen. Wie würde die Tante sie wohl aufnehmen? Angelina hatte Bergitta einige Jahre nicht mehr gesehen, wusste nur noch, dass sie eine stämmige, von der Arbeit im Freien braungebrannte Frau war, die gern redete und dem Wein zusprach, aber ein goldenes Herz hatte. Ihr Mann war schon vor langer Zeit an der Auszehrung gestorben. Angelina sehnte sich danach, mit jemandem zu sprechen. Und Tante Bergitta hatte schon immer ein offenes Ohr für ihre Belange gehabt. Sie klopfte an die blau bemalte Tür. Es rührte sich nichts. Vielleicht war sie noch bei der Arbeit im Weinberg. Angelina wandte sich um. Von fern sah sie eine kleine Gestalt winken und ging auf sie zu. Tatsächlich, es war ihre Tante, mit einem grünen Kopftuch, einer ebenso farbigen Schürze und einem Gesicht, das Angelina unter vielen eingebrannten Fältchen entgegenlachte.

»Ich habe dich gleich erkannt, Angelina«, sagte Bergitta. »Du bist ja eine richtig hübsche junge Frau geworden! Was führt dich aus der großen Stadt Florenz zu mir? Wo sind deine Eltern und Geschwister?«

Als sie Angelinas Zögern bemerkte, meinte sie: »Lass uns erst einmal ins Haus gehen, da kannst du erzählen.«

In der Küche machte sich Bergitta am Herd zu schaffen. Sie briet in einer eisernen Pfanne Eier, Wurst und Speck, stellte sie zusammen mit einer Kanne heißen Würzweins und einem Becher vor Angelina auf den blankgescheuerten Tisch und setzte sich ihrer Nichte gegenüber.

»Iss und trink, dann erzähle mir, was dich hierhergeführt hat.«

Angelina atmete tief aus. Sie schluckte ein Stück Speck herunter, und dann erzählt sie ihrer Tante von dem ganzen Fiasko, das am Frühlingsfest mit ihrer misslungenen Verlobung begonnen hatte.

»Hat dein Vater dich vorher nicht gefragt?«, unterbrach Bergitta.

»Nein, sie haben mich damit vollkommen überrascht.«

»Das sieht ihnen ähnlich«, schmunzelte Bergitta. »Und, hat die Verlobung stattgefunden?«

»Nein, das ist ja gerade das Merkwürdige. Eine Gruppe von *Fanciulli del Frate* kam an die Tür. Während alle dem Gespräch mit ihnen lauschten, wurde Fredi im Garten erstochen.«

»Mein Gott, wie furchtbar! Du armes Kind, meine arme Schwester Lukrezia! Habt ihr den Täter gefunden?«

»Leider nein«, entgegnete Angelina. Sie nahm einen Schluck Würzwein, verschluckte sich, musste husten. Bergitta klopfte ihr auf den Rücken, dann fuhr Angelina stockend fort.

»Später haben mich meine Eltern eingesperrt, weil sie wollten, dass ich Signor Venduti zum Mann nehme.«

»Warum denn eingesperrt?«

»Ich verstehe das auch nicht! Sie haben doch extra ein Porträt von mir bestellt. Bei Francesco, einem der Gesellen Botticellis. Aber dann haben sie mir verboten, weiter hinzugehen. Sie fanden wohl, ich gehe zu gerne hin.«

»Und wer ist dieser Signor Venduti schon wieder?«

»Mit erstem Namen heißt er Tomasio«, erwiderte Angelina. »Mein Vater kennt ihn über das Handelshaus.«

Tante Bergitta räumte das Geschirr weg und setzte sich wieder hin.

»Für dein zartes Alter sind aber eine ganze Menge Männer in deinem Leben, findest du nicht?« Angelina wurde rot. »Viele von ihnen können einen Grund gehabt haben, deinen dir zugedachten Ehemann zu töten«, fuhr sie fort.

»Was denkt Ihr, Tante Bergitta, wer?«, fragte Angelina.

»Einmal Francesco, weil er dich vielleicht für sich selber haben wollte. Oder dieser Tomasio, aus eben demselben Grund.«

»Francesco doch nicht!«, fuhr Angelina auf.

»Liebst du ihn?« Die Tante schaute sie aus ihren hellen Augen erwartungsvoll an.

»Ich ... ja, mag sein. Aber das ist jetzt aus und vorbei!«

»Komm mit in den Weinberg, Angelina«, beschied die Tante. »Und dann erzählst du mir, wie es dich hierher verschlagen hat, derweil du mir beim Hochbinden der Stöcke und beim Unkrautziehen hilfst.«

Während Angelina ihrer Tante das Herz ausschüttete, schüttelte diese ein ums andere Mal den Kopf. »Du hättest sicher besser daran getan, bei deinen Eltern zu bleiben«, befand sie schließlich. »Jetzt bist du in einer ganz verzwickten Lage!«

»Ich weiß!«, stammelte Angelina. »Vielleicht könnt Ihr mir einen Rat geben, wie ich da wieder herauskomme.«

Bergitta überlegte, stützte sich auf ihren Sauzahn. Dann ging ein Lächeln über ihr gegerbtes Gesicht.

»Du kannst bis zum Ende des Monats September bei mir bleiben«, sagte sie. »Dann kommen die Erntehelfer, die mir bei der Weinlese zur Hand gehen, die muss ich unterbringen. Bis dahin wird die Pest wieder verschwunden sein, so, wie es letztes Jahr auch der Fall war. Dann kannst du nach Florenz und zu deinen Eltern zurückkehren. Willst du ihnen nicht einen Brief schreiben?«

Die Aussicht, vorerst bei Bergitta bleiben zu können, tröstete

Angelina. »Gedacht habe ich schon oft daran. Aber ich habe mich nicht getraut.«

»Versuche es, schaden kann es auf keinen Fall«, erwiderte die Tante.

»Ich kann mich des Eindruck nicht erwehren«, fuhr Angelina fort und wandte sich wieder der Arbeit zu, »als hätte der Predigermönch Savonarola etwas mit diesen Morden zu tun.«

Bergitta wischte sich mit der Schürze den Schweiß von der Stirn. »Aber aus welchem Grund?«, fragte sie. »Fredi könnte durch einen fanatischen *Fanciullo* getötet worden sein, das ist allerdings möglich. Aber wer hat dann Matteo umgebracht?«

»Wir dürfen nicht vergessen«, warf Angelina ein »dass Francesco fast zu Tode geprügelt wurde ... seiner Ansicht nach von *Fanciulli*. Sie haben ihm zugerufen, er solle ablassen von seinem sündigen Tun, womit sie wohl das Bild meinten, das er von mir malte.«

»Und, war es so sündig?«

Angelina errötete schon wieder.

»Das Kleid, das Signor Venduti herstellen ließ, hatte einen sehr tiefen Ausschnitt. Ich trug aber einen Schal darüber, und Francesco hat diesen Schal auch darüber gemalt.«

»Was sagst du? Das Kleid war von Signor Venduti?«

»Ja, er besitzt ein Tuchgeschäft am Domplatz von Florenz.«

»Nehmen wir einmal an, die *Fanciulli* haben im Auftrag von Savonarola die Morde begangen und auch Francesco verprügelt. Wie willst du ihnen das jemals nachweisen, Angelina?«

»Francesco könnte sie wiedererkennen. Ach, im Augenblick kommen wir damit nicht weiter, ich sehe es schon. Wenn ich erst einmal wieder in Florenz bin ...«

»Hast du Angst, Angelina?«, wollte die Tante wissen. »Du bist so bleich, du zitterst ja.«

Angelina schlugen einen Augenblick lang die Zähne gegeneinander.

»Ich bin mehrmals von einem Unbekannten bedroht worden. Er zischte mir zu, ich sei des Todes, wenn ich mit meinem sündigen

Verhalten nicht aufhöre. In dem Haus am Lago Trasimeno haben wir uns gegenseitig unsere Lebensgeschichten erzählt. Nicht einer unter uns war ohne Sünde! Ich befürchte nun, dass uns allen, auch Eleonore, Francesco, Lucas und Sonia, etwas Furchtbares zustoßen könnte.«

»Aber wer sollte davon wissen? Hat euch jemand belauscht?«

»Nicht, dass ich wüsste«, erwiderte Angelina. »Aber ich glaube inzwischen, dass derjenige, der uns verfolgt, übernatürliche Kräfte besitzt!«

»Warum bist du dann von dort fortgegangen?«, wollte Bergitta wissen, »wenn du doch Francesco liebst.«

»Ach, ich bin ein Feigling, Tante Bergitta. Ich habe sie alle im Stich gelassen. Wenn auch nur einem von ihnen etwas geschieht, ist es meine Schuld!«

»Warum bist du von Francesco weggegangen?«, beharrte die Tante.

»Weil ... weil er mich nicht liebt, sondern seine Cousine Eleonore!«

»Woher willst du das wissen?«, fragte die Tante.

»Er umarmt und küsst sie.«

»Ist das zwischen Vetter und Base nicht üblich?«

»Ach, ich weiß nicht«, sagte Angelina. Sie begann, mit der Hacke die Erde zwischen den Rebstöcken zu bearbeiten. Der feuchte Humusgeruch stieg ihr in die Nase. Mit einem Mal wurde ihr übel. Ein Brechreiz überkam sie.

»Du bist aber sehr erschöpft, Mädchen«, murmelte ihre Tante.

21.

Nach seiner Rückkehr diente Domenian seinem Herrn noch inbrünstiger als zuvor. Er hielt alle Gebetszeiten peinlich genau ein. In den Zeiten dazwischen, in denen er das Kloster hätte verlassen dürfen, hielt er sich in seiner Zelle auf. Oder er half Savonarola und dem Infirmarius, die Kranken zu pflegen. Es war unerträglich heiß, wohin Domenian sich auch wandte. An einem Morgen erwachte er mit Kopfschmerzen. Als er aufstehen wollte, ergriff ihn ein Schwindel, er taumelte ins Bett zurück. Ihm war heiß, alle Glieder schmerzten. Seine Zähne schlugen aufeinander. In den Armbeugen und den Leisten ertastete er leichte Schwellungen. Ein Mitbruder holte den Infirmarius. Der schüttelte den Kopf.

»Es sind schon Beulen in den Leisten da«, sagte er, räucherte die Zelle mit Wacholder aus und empfahl dem Kranken, fleißig in der Bibel zu lesen und zu beten. Domenian verdämmerte den Morgen auf seinem Bett. Er hustete immer wieder, versank in einen totengleichen Schlaf. Vom Rasseln seines eigenen Atems schreckte er empor. Manchmal kam ein Bruder und brachte ihm zu trinken, das Gesicht von einem Tuch verhüllt. Domenian glaubte, sein Blut koche. Er sprach heisere und sinnlose Gebete vor sich hin, wusste nicht mehr, wie viele Stunden oder Tage verstrichen waren. Schemenhafte Gestalten bewegten sich um ihn herum, er glaubte, er wäre in einer Höhle. Es roch nach Verwesung. Da war wieder der Engel, und wieder verwandelte er sich. Er war bedeckt mit schwarzen Beulen, aus denen der Eiter floss. Immer mehr näherte er sich dem Mönch, Domenian wurde es heißer und heißer, bis er die Höllenglut spürte. Der Satan streckte die Krallen nach ihm aus, wollte ihn an sich reißen. Er berührte ihn, ein unerträglicher Schmerz fuhr ihm durch den Körper. Das war der Tod. Seine eiskalten Finger lagen auf seiner Stirn.

»Du wirst nicht sterben«, sagte eine Stimme. Es war die Savonarolas.

Der Prior hatte Domenian einen kalten Umschlag auf die Stirn gelegt.

»Unser Infirmarius hat dir die Beulen aufgestochen«, sagte er, »und mit Essig gereinigt. Du wirst leben, Domenian!«

Domenian fiel in einen tiefen, unruhigen Schlaf. Er träumte vom Haus seiner Eltern auf dem Land. Seine Mutter führte ihn an der Hand. Sie gingen hinaus aus dem kleinen Garten, hinunter zu einer Quelle, um Wasser zu holen. Das Wasser sickerte aus einem Loch, das üppig von Pflanzen umwuchert war. Das Loch hatte die Form einer Feige. Eine Frau ging vorüber, ihr Busen wogte. In der Nacht saß ein teuflisches Wesen an Domenians Bett. Es wurde ihm heiß zwischen den Schenkeln, er musste sich kratzen. Dabei konnte er es nicht verhindern, dass er stöhnte. Die Mutter kam und band ihm die Hände am Bettgestell fest.

22.

Angelina ging ihrer Tante Bergitta bei allen Arbeiten zur Hand. Sie grub mit dem Sauzahn den Boden um, zog Unkraut und brach die unfruchtbaren Schösslinge aus. Während Bergitta Seitentriebe einkürzte, befestigte Angelina Fruchttriebe für das nächste Jahr, sammelte Schädlinge von den Blättern ab und stellte Vogelscheuchen auf. Der Schwindel und die Übelkeit traten nicht mehr auf. Innerlich kam Angelina bei der harten Arbeit zur Ruhe, aber anfangs schmerzten abends alle Glieder. Allmählich nahm die Kraft der Sonne ein wenig ab. Die Trauben begannen sich zu runden, und das Laub verfärbte sich rot und gelb. Angelina hatte an ihre Eltern geschrieben und Grüße an ihre Geschwister ausrichten lassen, jedoch keine Antwort erhalten. Wenn sie abends beieinandersaßen, nachdem die Tante ihre einzige Kuh, ihre Hühner und den Esel versorgt hatte, erzählte Bergitta aus ihrem Leben.

»Mit meiner Schwester Lukrezia, deiner Mutter, war ich immer herzlich verbunden«, sagte sie. »Doch unsere Auffassung vom Leben war und ist sehr verschieden. Lukrezia wollte immer hoch hinaus. Das Weinbauerndorf gefiel ihr nicht mehr, als sie größer wurde. Sie wollte in der Stadt leben, wollte Kinder haben, am gesellschaftlichen Leben teilnehmen, gut essen und trinken.«

»Das hat sie auch erreicht«, warf Angelina dazwischen.

»So ist es«, meinte Bergitta. »Und sie hat noch mehr erreicht, als sie es sich in den schönsten Träumen hätte ausmalen können: Der Reichtum ihrer Familie wuchs, auch, da dein Vater mit den Medici befreundet war. So konnte er zu dem Landsitz bald auch noch das Stadthaus kaufen.«

»Wie haben sich meine Eltern eigentlich kennengelernt?«, fragte Angelina. »Sie haben nie darüber gesprochen.«

Ihre Tante schaute sie nachdenklich an.

»Lukrezia wollte höher hinaus, wie ich schon sagte. Ich selbst habe es vorgezogen, hierzubleiben, einen Mann aus dem Nachbardorf zu heiraten und mein Leben einfach, aber glücklich zu leben. Leider ist mein Mann früh verstorben. Danach wollte ich keinen mehr. Lukrezia also ging nach Florenz, um ihr Glück zu machen. Unsere Eltern wollten sie nicht ziehen lassen, aber Lukrezia war halsstarrig und bestand auf ihrem Plan. Da gaben unsere Eltern nach und versahen sie mit dem Nötigsten. Später hörten wir, dass sie sich als Näherin verdingt hatte, jedoch war ihr Verdienst zu gering, als dass sie davon hätte leben können. Sie landete schließlich in einem Dirnenhaus.«

Angelina erschrak heftig. Ihre Mutter war eine Dirne gewesen?

»Das glaube ich nicht«, sagte sie. »So eine ist meine Mutter nicht! Das sind gewiss bösartige Verleumdungen.«

»Wenn ich es doch sage, Angelina ... Viele Mädchen vom Land sind dort gelandet.«

»Warum ist sie nicht nach Hause zurückgekehrt?«, fragte Angelina.

»Lukrezia war zu stolz, glaube ich. Glücklicherweise kam ein Mann namens Lorenzo Girondo häufig in das Haus und wollte bald keine andere mehr bei sich liegen haben. Sie ging nach einigen Monaten mit einem Kind schwanger.«

»Das Kind war ... ich?«

Angelina wusste nicht, was sie von dieser Enthüllung halten sollte. Einerseits schämte sie sich, andererseits war sie froh, dass ihre Mutter dem selbstverschuldeten Schicksal entronnen war.

»Bevor es zu offensichtlich wurde«, fuhr Bergitta fort, »heiratete Lorenzo sie und nahm sie in seinem Stadthaus auf. Es hat also ein gutes Ende genommen für meine Lukrezia.«

»Was meinen Vater aber nicht daran hinderte, ständig jungen Mädchen nachzustellen«, fügte Angelina hinzu. »Ich glaube, deshalb hat meine Mutter ständig so viel Süßes gegessen.«

»Das Kochen und Essen liegt uns im Blut«, sagte Bergitta lächelnd.

»Im Herbst, wenn die Weinlese eingebracht wird, verdiene ich mir nicht nur mit der Beherbergung der Landarbeiter etwas hinzu, sondern ich koche auch leidenschaftlich gern für sie. Meine *Ravioli Ignuti* sind weit und breit bekannt!«

»Die nackten Ravioli?«

»Ja, aber auf Wunsch fülle ich sie auch mit einer Fleischsoße. Dazu Stücke von halbjährigen Lämmern, Rindskoteletts ...«

Angelina vergaß für einen Augenblick lang ihren Kummer, das Wasser lief ihr im Mund zusammen.

»Das müsst Ihr mir einmal servieren, Tante Bergitta, bevor ich zurück nach Florenz gehe!«

»Ich vermisse dich jetzt schon bei dem Gedanken, dass du gehst«, meinte Bergitta. Ihre Augen waren feucht. »Du bist mir in der kurzen Zeit sehr ans Herz gewachsen. Ich selber habe ja leider nie Kinder gehabt. Hör zu, ich werde ebenfalls einen Brief an Lukrezia schreiben, und dann sehen wir, ob sich ihr und deines Vaters Herz nicht doch noch erweichen lassen.«

In den folgenden Tagen dachte Angelina viel über das nach, was die Tante ihr erzählt hatte. Wann immer sie eine Pause einlegte oder allein war, nachts in ihrem Bett, standen die Bilder und Ereignisse ihr vor Augen. Warum hatte ihre Mutter ihr nie davon erzählt, dass sie, Angelina, eigentlich ein Bastard war, der nur durch die nachträgliche Heirat legitimiert wurde? Und ihre Lebensgier, ihr Streben nach Reichtum und Ansehen. Trotzdem konnte Angelina sie nicht verachten. Wer unter solchen Verhältnissen leben musste, der durfte auch von etwas Besserem träumen.

Die Predigten Savonarolas kamen Angelina in den Sinn. Nicht nur von der Sünde hatte er geredet und von den Höllenstrafen, die den Sünder erwarteten, sondern auch von der Sünde des Reichtums. Wer reich war, hatte eine Verpflichtung gegenüber den Armen. Angelina dachte an ihr früheres Leben. Reich war sie gewesen, aber nicht glücklich. Was für ein Geheimnis gab es hier, dem sie nicht auf die Spur kam? Sollte sie ihre Tante fragen? Aber wollte sie es denn überhaupt wissen?

Wie immer fühlte sie sich unwohl bei dem Gedanken. Sie war doch noch ein Kind gewesen, vielleicht neun oder zehn Jahre alt. Was sollte schon gewesen sein? Wahrscheinlich hatte Eleonore recht, und all das würde sich sowieso eines Tages von selber aufklären. Eleonore! Angelina fiel der Augenblick wieder ein, in dem sie Francesco und Eleonore in so vertraulicher Pose miteinander gesehen hatte. Nein, sie würde niemals dorthin zurückkehren, wollte sie nicht mehr sehen! Von ihr aus konnten sie bleiben, wo der Pfeffer wuchs! Was wäre gewesen, wenn sie ihrer Verliebtheit noch mehr nachgegeben hätte? Es wäre ihr womöglich ergangen wie Sonia, die vom Vater ihres Kindes im Stich gelassen worden war. Und sie würde heute, statt bei ihrer Tante zu sein, in einem Dirnenhaus leben. Lieber tot sein, als eine solche Schande zu ertragen! Den Männern war einfach nicht zu trauen. Kaum fühlten sie sich einer Frau sicher oder heirateten sie, gingen sie zu anderen Frauen. Den Ehefrauen blieb nichts anderes übrig, als sich damit abzufinden, denn schließlich konnten sie nicht Gleiches mit Gleichem vergelten. Oder wenn sie es taten, war es in den Augen der anderen ein viel schwererer Frevel, als wenn ein Mann so handelte. Oh nein, ihr würde so etwas nicht passieren.

Vielleicht hatten ihre Eltern doch recht gehabt. Sie wussten besser als ihre Tochter, was gut für sie war. Nein, sie wollte endgültig abschließen mit diesem Leben. Von ihr aus sollte das Bild, das Francesco von ihr gemalt hatte, im hintersten Winkel des Hauses am Lago verschimmeln! Sie wollte nichts mehr davon wissen. Wenn die Erntearbeiter kamen, würde sie in die Stadt zurückgehen und bei ihrer Familie anklopfen. Angelina zählte die Tage, bis der September endlich herum war und fragte jeden, der etwas darüber wissen konnte, wie die Lage in der Stadt sei.

Es war still geworden in der kleinen Gemeinschaft am Lago Trasimeno.

Anfangs hatten die Dorfbewohner noch Lebensmittel gebracht, die sie gegen Geld vor dem Haus ablegten. Lucas schaffte die Vorräte hinein und die beiden Frauen zündeten Feuer mit Myrte und anderen Kräutern an, damit sich niemand ansteckte. Doch die Pest hatte das Dorf bald fest im Griff. Bisweilen wurden Eleonore und Sonia auch zu einem Kranken gerufen, weil der Bader nicht mehr nachkam mit der Versorgung. Doch es half alles nichts. Bald war das Dorf ausgestorben, wen die Seuche nicht dahingerafft hatte, war geflohen. Mit den Früchten der Felder und dem Schlachten des Viehs, das übriggeblieben war, überlebten sie bis in den September hinein. Oft fuhren die Männer mit einem der verwaisten Boote hinaus, um Fische zu fangen. Die Stimmung war jedoch mehr als gedrückt. Keiner spielte mehr auf der Laute, es wurde weder gescherzt, gelacht, noch wurden Ausflüge gemacht. Dumpf brütete das Leben unter der sengenden Sonne dahin.

Endlich wurden die Tage kühler, nach den letzten Gewittern, die mit großer Heftigkeit niedergegangen waren, schien dem Sommer das Genick gebrochen zu sein. Fahrende Händler kamen durch das Dorf und verkauften frische Waren. Einige berichteten, dass die Pest in Florenz zum Erliegen komme und schon einige Familien vom Land zurückgekehrt seien. An einem milden Abend, die Blätter der Linde im Garten hatten sich schon gelb verfärbt, bat Francesco die anderen, sich mit ihm zusammenzusetzen.

»Der Sommer neigt sich seinem Ende zu, liebe Freunde«, begann er, als alle versammelt waren. »Die Pest scheint überwunden zu sein. Zwei Monate ist es her, dass wir hier beieinandersaßen und unsere Lebensgeschichten erzählten. Seitdem ist nichts mehr, wie es vorher war, bei allen hat sich das Leben zwangsläufig verändert. Sagt, habt ihr schon neue Pläne für eure Zukunft gemacht?«

Vom See her kam ein kühler Hauch.

»Das kann man wohl sagen«, meldete Lucas sich zu Wort. »Mit meiner verstorbenen Frau bin ich ins Reine gekommen. Sonia und ich möchten heiraten und in Florenz gemeinsam den Laden betreiben.« Er schaute Sonia zärtlich in die Augen. »Aber mir graut vor dem, was wir dort vorfinden könnten! Die Worte der *Fanciulli* habe ich nie vergessen. Ich bin mir keiner Sünde bewusst, aber ich wurde von dem Jungen schwer bezichtigt.«

»Wenn ihr heiratet, ist ja der Vorwurf der Sünde entkräftet!«, meinte Eleonore.

»Das stimmt«, entgegnete Lucas. »Aber wie, wenn Savonarola wieder erstarkt? Gewiss weiß man darum, dass wir eng mit Matteo verbunden waren. Und er musste sicher sterben, weil er sich gegen Savonarola gestellt hat. Wie, wenn uns das gleiche Schicksal bei der Rückkehr droht? Auf der anderen Seite ist es meine Heimat, und was auch immer mit dem Laden geschehen ist, wir können ihn wieder herrichten, wir haben ja nichts anderes.«

»Ich kann euch unterstützen, mit Geld und Rat«, bemerkte Eleonore.

»Das werden wir brauchen können«, antwortete Lucas. »Ich hatte vor, spätestens Anfang Oktober nach Florenz zurückzugehen. Einen der Eselskarren könnten wir mit Vorräten beladen.«

»Das sind Pläne, die mir gut gefallen«, sagte Francesco. »Hast du dir das auch so vorgestellt, Sonia?«

In Sonias Gesicht erschienen Grübchen.

»Das haben wir uns zusammen ausgedacht«, meinte sie. »Und dann können wir auch meine Perpita zu uns holen.«

Eleonore lächelte wehmütig.

»Ich habe hier meinen Mann und damit einen Teil meines Lebensglückes begraben. Aber ich trage Verantwortung für meine Kinder, und deshalb klage und verzage ich nicht, sondern richte meinen Blick nach vorn. Auch ich habe Angst vor dem, was in Florenz geschehen könnte. Ich glaube fest daran, dass Savonarola befohlen hat, Matteo zu töten.«

»Aber woher hätte er wissen sollen, wo er sich befand?«, fragte Francesco.

»Die *Fanciulli* haben ihre Augen und Ohren überall», bemerkte Lucas.

»Ich werde dennoch nach Florenz zurückkehren«, fuhr Eleonore fort. »Meine Kinder werde ich zu meiner Schwester in Sicherheit bringen und das Erbe Matteos verwalten. Ich werde neue Diener nehmen, und ich werde sie gut aussuchen. Eines aber schwöre ich euch.«

Gespannt blickten die anderen sie an. Ihre Augen blitzten.

»Ich werde nicht ruhen, bis diesem Teufel, der all das verschuldet hat, das Handwerk gelegt wird! Diejenigen, die gegen ihn sind, werde ich mit aller Kraft unterstützen. Ich werde Matteos Werk fortführen.«

»Damit bringst du dich in große Gefahr, Eleonore«, warnte Francesco.

»Das ist mir einerlei. Savonarola hat mein Leben zerstört, er ist es nicht wert, weiterzuleben und seine falschen Heilslehren auch künftig zu verbreiten.«

Francesco seufzte.

»Was mich betrifft, so bin ich ein Geselle ohne Meister. Leider habe ich nichts anderes gelernt als das Gerber- und das Malerhandwerk. Um mir eine Werkstatt zu mieten oder zu kaufen, fehlt es mir an Mitteln.«

»Ich könnte ...«, fing Eleonore an.

»Nein, liebe Cousine, dann würde ich auf ewig in deiner Schuld stehen. Ich werde versuchen, zu Botticelli zurückzukehren. Vielleicht hat sich sein Zorn inzwischen abgekühlt. Du weißt, ihm verdanke ich alles!«

»Aber er ist ein Anhänger Savonarolas!«, rief Eleonore.

»Nicht alles, was Savonarola gepredigt hat, ist falsch«, gab Francesco zu bedenken und zuckte die Achseln. »Er hat die Simonie angeprangert, die Käuflichkeit von Ämtern, die Verderbtheit der Sitten, die Scheinheiligkeit des Papstes. Das war und ist gut. Hast du dich nicht ebenfalls bereit erklärt, den Armen zu geben, Eleonore? Du bist doch die Großzügigkeit selbst, ohne dich hätten wir diesen Sommer nicht überlebt. Und du bist ein Vorbild an Eleganz und Lebensfreude. Diese Dinge schließen sich nicht aus, für mich nicht. Ich muss zurückkehren und versuchen, Botticelli davon zu überzeugen, dass die Kunst nicht nur düstere, religiöse Themen zum Inhalt haben muss. Wenn einer das schaffen kann, dann ich.«

2. TEIL

September 1497 – Februar 1498

23.

Der Herbst kam mit glutvollen Farben und würzigen Düften. In den Wäldern wuchsen Steinpilze und Trüffeln, die Tante Bergitta zusammen mit Angelina sammelte. Als Anfang Oktober die Weinlesehelfer kamen, machte Angelina sich bereit zur Rückreise. Ihre Tante schenkte ihr zum Abschied eine kleine Reliquie, einen Benediktuspfennig, der sie vor Üblem bewahren sollte. Ein Pilger hätte ihn aus seiner nördlichen Heimat mitgebracht. Angelina küsste Bergitta auf beide Wangen und bestieg den Wagen, der sie mit ihrem wenigen Gepäck nach Florenz bringen sollte. Zum Abschied drückte ihr Bergitta noch einen kleinen Beutel mit Geld in die Hand.

»Das ist für deine Hilfe im Weinberg«, sagte sie zwinkernd. Während sie durch das Arnotal rollte, dachte Angelina daran, wie sie mit den anderen aufgebrochen war, um der Pest zu entgehen. Was aber hatte sie wirklich gewonnen durch diese Flucht? Im Grunde war alles, was je bestanden hatte an Liebe, Freundschaft und Lebensmut, zerstört worden. Womit hatte das alles angefangen? Doch nicht mit dem Bild? Plötzlich fragte sie sich voller Angst, ob ihre Familie überhaupt noch lebte. Würde sie vielleicht einmal enden wie ihre Mutter? Nichts auf der Welt wäre ihr im Augenblick lieber gewesen als ein Mensch, mit dem sie hätte reden können. Aber ihre Tante Bergitta entfernte sich mit jeder Meile mehr, und der Kutscher, der seinen Hut tief ins Gesicht gezogen hatte, antwortete nur einsilbig, wenn sie das Wort an ihn richtete. Sie kamen nun in Gefilde, die von der Pest stärker heimgesucht worden waren. Immer wieder sah sie Felder, auf denen die Ernte verdorben war, niemand hatte hier arbeiten können während der letzten Monate. Sie passierten silbrige Olivenhaine, deren Boden mit verrotteten Oliven bedeckt waren. Kleine Weiler mit verlassenen grauen Häusern glitten vorüber; die Weinberge glänzten in gelbroter Pracht. Der süßliche Geruch des Todes wurde überlagert von dem der Feuer, die überall angezündet worden waren, wie um die letzten Gedanken an das Furchtbare zu vertreiben.

Zwei Tage später erreichten sie Florenz. Vor dem Stadttor lagen noch einige Sterbende, Angelina zwang sich, nicht hinzusehen. Doch als sie in die Straßen mit den hohen, fast fensterlosen Häusern und Palazzi einbogen, sah sie, dass die Stadt sich von dem Angriff der Seuche erholt hatte. Nach den drei heißen Sommermonaten war die Pest fast über Nacht verschwunden.

Die Reichen waren mit Wagenladungen ihrer Schätze zurückgekommen; überall drängten sich Bettler, Bauern, Handwerker, Hungernde. Zwar zogen noch immer die *Fanciulli* durch die Gassen und sangen ihre Lieder, doch war ein anderer Ton in das Leben gekommen. Die Spötteleien der *Compagnacci* wurden mit Faustschlägen und Fußtritten beantwortet. Savonarolas Anhänger waren ungeduldiger geworden, seine Gegner aber auch. Angelina sah Menschen mit aufrechtem Gang, nicht mehr diese verhuschten Gestalten, sah hier und da auch Locken unter Kapuzen hervorblitzen, sah Perlenketten und schamhaft geschminkte Münder von Frauen. Je mehr sie sich dem Haus ihrer Eltern näherten, desto mehr klopfte Angelinas Herz. Was würde sie erwarten? Wohnte inzwischen jemand Fremdes darin? Würde ihr jemand sagen können, wohin es ihre Familie verschlagen hatte? Das Haus wirkte so, als hätte Angelina es gerade erst verlassen. Aber wie viel Zeit lag zwischen diesem Moment und ihrer Rückkehr heute, wie viel war seitdem geschehen! Mit weichen Knien entstieg sie dem Wagen und entlohnte den Kutscher. Sie schulterte ihr Bündel und trat zur Tür, um den Klopfer zu betätigen. Ein Hundebellen war die Antwort. Nach einiger Zeit wurde die Tür vorsichtig geöffnet. Ein fremdes Mädchen in der Kleidung einer Magd steckte seinen Kopf heraus.

»Was wollt Ihr?«, fuhr das Mädchen Angelina an.

»Ich bin die Tochter von Lorenzo und Lukrezia Girondo«, entgegnete Angelina.

»Wartet.« Das Mädchen verschwand im Inneren des Hauses. Kurz darauf kehrte es mit schnippisch erhobener Nase zurück.

»Meine Herrschaft wünscht Euch nicht zu sehen. Ihre Tochter sei vor einem halben Jahr mit einem Maler davongelaufen und lebe seitdem in Sünde.«

Angelina war es, als verliere sie den Boden unter den Füßen. So weit hatte sie es also gebracht mit ihrer Selbstsucht! Jetzt brauchte sie sich nicht zu wundern, dass ihre Eltern sie nicht mehr aufnehmen wollten.

Die Tür wurde zugeschlagen. Angelina stand wie vom Donner gerührt. Sie fühlte sich wie ein kleines Kind, das im Wald ausgesetzt worden war. Ihre Arme und Beine waren wir gelähmt. Sollte sie sich auf die Stufe vor dem Haus setzen und so lange warten und weinen, bis sich jemand aus der Familie ihrer erbarmte? Wohin sollte sie gehen in dieser Stadt, die ihr schon fremd geworden war? Angelina fasste nach ihrem Benediktuspfennig, den ihr die Tante gegeben hatte. Wenn sie doch bei ihr geblieben wäre! So sorglos wie bei Bergitta hatte Angelina sich schon lange nicht mehr gefühlt. Angelina wandte sich zum Gehen, konnte aber nicht verhindern, dass ihr die Tränen die Wangen hinabrannen. Verschwommen nahm sie die Gesichter der Menschen wahr, die an ihr vorübergingen. Schließlich fand sie sich vor dem Dom Santa Maria del Fiore wieder.

Sie betrat das Gotteshaus. Wie immer war sie von der Größe des Kirchenraumes gebannt. Angelina schaute einen Herzschlag lang zur Kuppel empor. Sie ging zu einer Pietà an der Seite der Kirche, um zu beten.

»Heilige Mutter Gottes«, murmelte sie, »Maria, hilf mir aus meiner Not. Ich habe gesündigt, ich habe alles zerstört, was mir lieb und wert war, aber ich wusste es doch nicht besser, handelte in der Eigenmächtigkeit meiner Sinne. Nimm diese Strafe von mir, ich flehe dich an! Ich werde alles in meiner Macht Stehende unternehmen, um es wiedergutzumachen.«

Die Madonna blickte weiterhin sorgenerfüllt auf ihren Sohn hinab, den sie in den Armen hielt. Was ist mein Schmerz schon gegen den dieser Mutter, dachte Angelina. Sie erhob sich, knickste vor dem Bild und ging langsam zum Ausgang der Kirche. Hier, in diesem Dom, war Giuliano de' Medici hinterrücks erstochen worden, sein Bruder Lorenzo entging nur knapp einem Attentat. Was war das nur für eine Zeit, in die sie hineingeboren worden war! Intrigen, Morde, Hinterhältigkeit – gab es überhaupt noch jemanden, dem sie trauen konnte?

Die Blicke der Menschen, die an ihr vorübergingen, schienen Angelina feindselig. Jeder war ein möglicher Feind, jeder konnte ihr ans Leben wollen, und sei es, um ein paar ihrer Soldi zu ergattern. Angelina verließ die Kirche, trieb dahin, sie wusste nicht mehr, in welche Richtung sie gegangen war. War es so, wenn das Leben allmählich zu Ende ging, man sich den Gefilden des Todes näherte? An den Ecken brannten Feuer. Männer und Frauen brieten in großen Pfannen Fleisch und Maronen. Angelina verspürte Hunger. Sie hielt einem Mann drei Soldi hin und bekam dafür ein Stück Braten, in Mangoldblätter gewickelt. Nachdem sie gegessen und sich das Fett von den Fingern gewischt hatte, schaute sie sich um. Ihr Standort musste ganz in der Nähe der Via Nuova sein. Diesen Namen wollte sie nie mehr denken, geschweige denn aussprechen. Aber falls die kleine Gruppe vom Lago Trasimeno zurückgekehrt war, müssten Sonia und Lucas ebenfalls wieder hier sein. Angelina bog in die schmale Gasse ein.

Die Gerber waren an der Arbeit, es roch wie ehedem nach Beize. Da stand das Haus Botticellis mit seiner Werkstatt. Angelina wandte ihre Augen schnell zu Lucas' Gemüseladen. Die Nachmittagssonne fiel schräg auf die Auslagen mit Fenchel, Äpfeln, späten Birnen, Bohnen, Wirsing und Steinpilzen. Angelina trat in den Laden. Sonia bediente gerade einen Kunden. Sie war schmaler geworden. Als sie Angelina erblickte, stieß sie einen unterdrückten Schrei aus.

»Du hier, Angelina! Wir dachten schon …«

Was sie wohl gedacht hatten?

»Ich muss erst meinen Kunden bedienen, dann rufe ich Lucas«, meinte Sonia, nachdem sie sich von der ersten Überraschung erholt hatte. Der Mann verließ den Laden mit einem Korb voller Gemüse und Pilze.

»Lucas, komm doch mal!«, rief Sonia, zur Rückseite des Ladens gewandt. Dann nahm sie Angelina in die Arme, drückte und küsste sie. Der Gemüsehändler erschien; auch er hatte an Gewicht abgenommen. Seine Augen leuchteten auf.

»Wie schön, dich zu sehen, Angelina!«, sagte er und drückte ihr fest die Hand. »Wir dachten schon, dir wäre etwas zugestoßen!«

Sie setzten sich in den Hinterraum und erzählten gegenseitig, wie es ihnen ergangen war.

»Willst du nicht wissen, was aus Francesco und Eleonore geworden ist?«, fragte Sonia.

Angelina hätte sich fast auf die Zunge gebissen.

»Doch ... wie geht es ihnen?«

»Francesco ist wieder drüben bei seinem Meister«, entgegnete Sonia. »Und Eleonore ist mit den Kindern in ihr Stadthaus zurückgegangen.«

Die Erinnerung schmerzte noch. Doch immerhin waren sie alle am Leben.

»Meine Eltern haben mich von ihrer Tür gewiesen«, sagte Angelina. Sie kämpfte wieder mit den Tränen. »Kann ich bei euch unterkommen?«, fragte sie.

Lucas und Sonia schauten sich ein wenig betreten an.

»Das sind aber feine Eltern«, schimpfte Sonia. »Wenn sich Signora Girondo nicht meiner und meines Kindes angenommen hätte, würde ich jetzt in Gedanken auf sie spucken!«

»Wir haben nur die eine kleine Kammer«, meinte Lucas. »Und die teilen wir uns mit Perpita, unserer Tochter. Aber du kannst ein paar Nächte in dem Hinterstübchen des Ladens verbringen.«

»Warte nur, eines Tages werden dich deine Eltern wieder aufnehmen«, tröstete Sonia Angelina. »Die Pest hat gewiss ihre Herzen verhärtet.«

»Das glaube ich auch«, meinte Lucas. »Vertraue auf Gott, Angelina!«

Lucas schloss das Geschäft, ein notdürftiges Bett wurde für Angelina hergerichtet. Abends, nachdem Perpita ins Bett gebracht worden war, saßen sie noch im Gespräch zusammen.

»Ich muss immer wieder an die Geschichten denken, die wir uns gegenseitig erzählt haben«, sagte Sonia versonnen.

»Jeder von uns hat Sünde auf sich geladen«, stellte Lucas fest. »Und ich bete jeden Tag darum, dass uns nicht dasselbe Schicksal ereilen möge wie Matteo.«

»Oder wie Fredi, meinen auserwählten Gatten«, antwortete Angelina.

»Ich habe Angst«, sagte Sonia. »Savonarola hat wieder an Macht gewonnen. Die Signoria und große Teile des Volkes stehen nach wie vor hinter ihm!«

»Wie können wir uns schützen?«, fragte Angelina die beiden Freunde.

»Girolamo Savonarola hat nicht nur dazu aufgerufen, das Predigtverbot und die drohende Exkommunikation in den Wind zu schlagen, sondern auch dazu, andere mit aller Härte zu seiner Lehre zu bekehren«, meinte Lucas. »Wer jetzt noch mit Spitzenkragen, einem Pelz oder einer Perlenkette auf der Straße angetroffen wird, dessen Leben ist in Gefahr. Die *Fanciulli* reißen diese Dinge herunter, verprügeln die Menschen oder schleifen sie vor die Signoria und lassen sie in den Kerker werfen und foltern.«

»Warum tragen die Frauen dann wieder ihren Schmuck, warum lassen sie ihre Locken unter den Hüten hervorblitzen?«, fragte Angelina verwundert.

»Ich glaube, sie haben es einfach satt«, murmelte Sonia.

»Es ist ein Kampf, den der gewinnen wird, der das Volk letztendlich auf seiner Seite hat«, erklärte Lucas.

»Wir dürfen auf keinen Fall Aufmerksamkeit erregen«, bemerkte Angelina. »Müssen uns mit Bedacht und einfach kleiden.«

Angelina stockte der Atem. Sie war, in ihren einfachen schwarzen Mantel gehüllt, zum Markt gegangen, um Fleisch und Schmalz für das Mittagessen einzukaufen, als sie mitten in der dunklen Menge ein wohlvertrautes Gesicht erspäht hatte. Francesco kam auf sie zu. Ihr erster Gedanke war, sich umzudrehen und wegzulaufen, aber es war schon zu spät.

»Angelina« sagte er und nahm ihre Hände. In diesem Augenblick schmolz aller Widerstand dahin. Die Marktgeräusche verstummten.

»Francesco, wie froh bin ich, dich wiederzusehen!«, brachte sie hervor.

»Komm hier weg«, meinte er, »wir sollten nicht zusammen gesehen werden.«

»Warum nicht?«

»Du weißt, dass Botticelli ein Anhänger Savonarolas ist«, antwortete er im Gehen. »Wegen des Bildes von dir haben wir uns fast schon wieder entzweit.«

»Du hast es doch nach allen Regeln der Schicklichkeit gemalt?«, fragte Angelina.

Er lachte. »Ich habe es so gemalt, dass es dir und deiner Schönheit gerecht wird.«

»Wo ist es jetzt?«, wollte sie wissen.

»Ich wohne noch bei meinem Meister«, gab er zurück. »Dort habe ich es aufbewahrt. Ich würde gern ein Zimmer in der Stadt nehmen, habe aber nicht die Mittel dafür, auch nicht für eine eigene Werkstatt.«

»Gehen wir jetzt ... zu dir?«

»Ja, es gibt sonst keinen Platz, an dem wir ungestört reden können.«

Angelina wäre am liebsten umgekehrt, aber etwas zog sie wie an unsichtbaren Fäden vorwärts. Immer wieder schaute er sie glücklich von der Seite her an. Die beiden überquerten einige Plätze und kamen bald zu Francescos Wohnung in Botticellis Haus. Sie stiegen die ächzende Holztreppe hinauf. Die Einrichtung des Zimmers war ärmlich, aber sauber. Francesco nahm ihr den Mantel ab und bot ihr Platz in einem Sessel. Er setzte sich ihr gegenüber. Wie lange war es her, dass sie von Grassina zurückgeeilt war, um an Francescos Seite zu sein! Hier hatte sie ihn gepflegt, während draußen die Welt unterging, von hier waren sie aufgebrochen zu dem Landgut, und dennoch, wie einfach schien das Leben damals im Vergleich zu den jetzigen Umständen!

»Erzähl mir, was am Lago Trasimeno geschehen ist«, forderte er sie auf.

»Ich hatte Angst und ich wollte nach Hause, zu meiner Familie.« Angelina räusperte sich. »So bin ich erst einmal zu meiner Tante Bergitta in Arezzo gegangen. Sie hat dort ein kleines Weingut. Als die Weinhelfer kamen, reiste ich nach Florenz zurück.«

Francescos Augen waren dunkel.

»Warum sagst du mir nicht die Wahrheit? Du bist aus einem ganz anderen Grund weggegangen.«

Angelina drückte ihre Hände gegeneinander.

»Kannst du dir das nicht denken?«, fragte sie.

»Du meinst … wegen Eleonore? Du irrst, wenn du annimmst, es wäre etwas zwischen uns. Sie hat jemand anderen gemeint und auch ich habe nicht über sie gesprochen.«

»Ach ja? Und über wen habt ihr dann gesprochen, bitte?«

»Über wen Eleonore gesprochen hat, kann ich nicht sagen. Ich aber habe einzig über dich gesprochen, Angelina.«

Die aufgestaute Wut fiel in sich zusammen wie ein nasser Lappen.

»Und ich dachte …«

»Du musst nicht immer so viel denken, Angelina!« Er nahm sie in den Arm. Sie wehrte sich nicht. Wenn es stimmte, was er sagte … Dann kam ihr ein Gedanke und sie löste sich von ihm.

»Sei ehrlich zu mir!« Sie war mit einem Mal zornig. »Du wolltest, dass ich dir die Wahrheit sage, nun tue das Gleiche! Als ich vom See zurückkam, habe ich euch beide zusammen im Garten gesehen.«

Francesco stand rasch auf und beugte sich über sie.

»Haben wir nicht schon einmal darüber gesprochen? Sie ist meine Vertraute von Kindesbeinen an. Und ich brauchte ihren Beistand!«

Angelina stockte der Atem. »Wieso das denn?«

»Weil ich dabei war, dich zu verlieren! Ich ahnte, dass du verschwinden würdest. Sie versuchte mir die Sorge auszureden. Und übrigens«, fügte er trotzig hinzu, »erwägt sie inzwischen, sich erneut zu verheiraten.«

Angelina atmete erleichtert aus.

Francesco nahm ihre Hände und zog sie sachte aus dem Sessel. »Wie oft habe ich an dich gedacht, Angelina, und darum gebetet, dass es dir gut gehen möge und wir uns bald wiedersehen würden!«

Angelina versuchte nicht, sich zu wehren. Willenlos lag sie in seinen Armen. Er führte sie zu dem Bett mit der Flickendecke und setzte sich neben sie. Angelina erlebte alles wie in einem Traum: Wie sein Mund sich näherte, sie sanft auf ihr Ohr, auf ihre Lippen küsste. Sie nahm den herben Duft nach Terpentin und Seife wahr. Langsam begann er, das Kleid von ihren Schultern zu streifen. Eine nie gekannte Empfindung durchströmte sie. Sie ließ alles geschehen. Er bog ihren Körper hintenüber, drehte sie herum, löste die Schnüre am Rücken, zog das Kleid weiter herunter und küsste sie erneut, heftiger diesmal. Angelina schloss die Arme fest um seinen Rücken, spürte seinen Körper, öffnete sich willig mehr und mehr. Seine Hände strichen über ihre Brüste.

»So möchte ich dich malen, auf dem Bett, mit den zerzausten Haaren, deinen herrlichen Körper möchte ich malen«, murmelte er an ihrem Mund.

Bilder schossen Angelina durch den Kopf. Sie beide am See, draußen in der Natur, wie er sie malte, der erste Kuss … nein, sie durfte die Nähe zu ihm nicht zulassen! Und doch hätte sie sich nichts mehr gewünscht, als sich ihm ganz hinzugeben. Angelina machte sich frei, sprang vom Bett herunter, knöpfte ihr Kleid zu und ordnete ihre Haare. Sonia würde ihr helfen, die Schnüre wieder zusammenzuziehen.

»Ich muss jetzt zurück zu Lucas und Sonia«, sagte sie atemlos. »Sie werden sich schon Sorgen machen.«

Er blickte sie verstört an.

»Aber Angelina … Ich liebe dich!«

»Wir haben eine weitere Sünde auf uns geladen mit dem, was gerade geschehen ist. Es könnte dich das Leben kosten! Jeder, der mir zu nahe kommt, ist in tödlicher Gefahr.«

»Aber Angelina, was sind denn das für Gedanken?« Francesco schüttelte verständnislos den Kopf.

»Siehst du das nicht? Erst Fredi, dann du, dann Matteo … Ich bringe Unglück. Ich kann das nicht.«

»Angelina …«

»Versprich mir, niemandem davon zu erzählen!«

»Ich verspreche es. Werde ich dich wiedersehen?«

»Wir dürfen uns nicht wiedersehen, Francesco.«

»Komm morgen Nachmittag in Botticellis Werkstatt. Es sind nur wenige Gesellen und Maler da. Der Meister selbst wird unterwegs sein.«

»Ich kann nicht kommen, Francesco, ich darf nicht!«

Statt einer Antwort zog er sie abermals in seine Arme. Ihre Knie gaben nach. Doch sie riss sich los, griff nach ihrem Mantel und eilte zur Tür, die Treppe hinunter, hinaus auf die Gasse.

24.

Angelina fühlte sich hin- und hergerissen. Ein Teil von ihr wollte unbedingt zu Francesco in die Werkstatt zurück, ein anderer Teil sagte ihr, es wäre gefährlich und sie würde nicht nur ihren eigenen Ruf gefährden, sondern auch ihr Leben und das anderer Menschen. Schließlich fragte sie Sonia um Rat.

»Mach das, wonach dein Herz begehrt«, meinte die Freundin vergnügt. »Lucas und ich sind damit immer gut gefahren.«

»Aber es ist gefährlich!«

»Was soll denn schon geschehen, liebe Angelina? Es ist doch schon so viel Schreckliches passiert, und wir haben es überlebt.« Sie stockte. »Wenigstens die meisten von uns«, setzte sie hinzu.

»Ich will zu ihm«, entgegnete Angelina. »Und ich werde jetzt gehen.«

Sie verließ den Laden.

»Gott beschütze dich!«, rief Sonia ihr hinterher.

Die Via Nuova lag im nachmittäglichen Glanz. Gerber und Handwerker gingen ihrer Arbeit nach, Hausfrauen eilten mit Körben zum Markt. Angelina betrat Botticellis Werkstatt. In dem hohen Raum waren viele Maler beschäftigt. Einige standen auf Gerüsten und bemalten große Leinwände, andere saßen an Tischen, um kleinere Bilder anzufertigen. Sandro Botticelli und einer der Maler, dessen Barett tief in sein Gesicht gedrückt war, befanden sich in einer lebhaften Unterhaltung. Angelina konnte Francesco nirgends entdecken. Sie stand abwartend, noch von niemandem bemerkt.

»Es geht nicht an, dass wir weltliche Bilder herstellen«, fuhr Botticelli den Maler an. »Wir sind aufgerufen, unsere Sünden zu bereuen. Und was machst du, Sebastiano di Torre? Du stellst eine Frau in mediceischen Gewändern dar, pfui, kann ich da nur sagen.«

Er könnte Francescos Bild gemeint haben, dachte Angelina erschrocken. Einer der Maler kletterte von seinem Gerüst herunter.

»Ich glaube, du gehst zu weit, Meister«, sagte er. »Es ist ein Ding, die Lehre Savonarolas anzuhören und nach seinen Geboten zu leben. Aber müssen wir uns deswegen wie Arme kleiden und allen Freuden des Lebens entsagen? Müssen wir zu den blutleeren alten Formen zurückkehren? Den Nutzen dessen kann ich nicht sehen.«

»Das Gute ist absolut, es ist unteilbar!«, rief einer der Anwesenden.

»Ihr seid alte Klageweiber«, meinte der, den der Meister mit Sebastiano di Torre angeredet hatte. »Wer Savonarola rühmt, bekommt es mit mir zu tun.«

»Ich bange um dein Seelenheil, Sebastiano di Torre«, gab Botticelli zurück.

»Pah!«, rief Sebastiano. »Glaubst du, dass die Freuden der Welt dazu da sind, sie zu verdammen? Dass die schönen Frauen dazu gemacht sind, in Klöstern zu verfaulen? Ihr seid verblendete Toren, die dem Heuchler Savonarola auf den Leim gegangen sind!«

»Ich dulde solche Reden in meinem Hause nicht!«, schrie Botticelli.

»Nimm das zurück!«

»Wer Savonarola beschimpft, ist ein Schuft!«, kam es von den anderen Malern.

»Ich nehme nichts zurück«, entgegnete Sebastiano di Torre. »Und ich werde heute noch Florenz verlassen, die Stadt, in der meine Kunst zu einem Totentanz verkommt.«

»Florenz ist Gottes Reich geworden«, sagte Botticelli in begütigendem Ton. »Gott spricht durch Savonarola zu uns. Die Reichen geben den Armen. Gibt es etwas Schöneres auf der Welt?«

»Findest du es etwa schön, Bilder zu verbrennen, wie weiland im Februar geschehen? Findest du es schön, spindeldürre Frauen zu malen, ohne Busen und Hintern? Ist es dein Seelenheil, in Lumpen zu gehen und über deine Sünden zu weinen?«

»Und du, mit deinen prächtigen Gewändern, deinem Samt und dem Gold, sprichst du nicht den Armen dieser Stadt Hohn?«

Sebastiano di Torre lief dunkelrot an.

»Und du, sprichst du nicht allen Künstlern dieser Welt Hohn?« Er drehte sich um, eilte zur Tür und rief im Zurückblicken:

»Die einzige Tugend, der ich mich unterwerfe, ist die Kunst! Merkt euch das, ihr Armseligen!«

In der Tür stieß er fast mit Francesco zusammen, der, mit einem Paket unter dem Arm, hereingestürmt kam. Kopfschüttelnd blickte Francesco ihm nach.

»Was ist denn hier geschehen?«, fragte er.

Botticelli antwortete nicht. Erst jetzt schien er Angelinas Gegenwart zu bemerken.

»Entschuldigt, Signorina Girondo«, sagte er mit bedauernder Miene. »Im Eifer habe ich Euch gar nicht gesehen.«

Francesco schaute von Angelina zu Botticelli.

»Was war denn hier los?«, fragte er noch einmal.

»Sebastiano di Torre will die Stadt verlassen«, gab Botticelli zurück.

»Worüber habt ihr gestritten?«, wollte Francesco wissen.

»Über den Gottesstaat und über … die Kunst.«

»Über Kunst lässt sich nicht streiten«, beschied Francesco. »Über den Gottesstaat allerdings.«

»Fang du nicht auch schon wieder damit an«, schnitt ihm Botticelli das Wort ab. »Als ich dich wieder aufnahm, hast du versprochen, das Thema endgültig hinter dir zu lassen!«

Francesco wandte sich an Angelina.

»Kommt, Signorina Girondo, wir wollten doch Euer Porträt fertigstellen.«

Davon hatte er ihr nichts gesagt. Und wieso sagte er nicht mehr ›du‹ zu ihr? Botticelli fragte:

»Wo hast du es denn versteckt, Francesco? Ich habe es schon lange nicht mehr gesehen. Ist die Darstellung vielleicht so sündhaft, dass du es vor den Augen der Welt, insbesondere der Kirche, verbergen musst?«

Francescos Gesicht überzog eine leichte Röte.

»Ich habe es an einen sicheren Ort gebracht, weil ich wegen des Bildes schon einmal fast totgeschlagen wurde, wie du weißt, Sandro!«

»Nun gut, sei's drum«, antwortete der Meister. »Aber bedenkt, Signorina Angelina: Euer Maler ist ein Anhänger Savonarolas. Er würde niemals eine Tat begehen oder ein Bild malen, das ihn sündig macht und das heißt, von Gott trennt. Und nun alle wieder an die Arbeit!«

Francesco fasste nach Angelinas Hand und zog sie mit sich. Über die steile Treppe gelangten sie nach oben in Francescos Zimmer. Angelina löste ihre Hand aus der Francescos und blieb abwartend an der Tür stehen.

»Komm doch«, sagte er, trat hinter sie und schob sie sanft in den Raum. Was wollte er von ihr? Wollte er sie wieder in eine Lage bringen wie gestern? Francesco schüttelte den Kopf, als habe er ihre Gedanken erraten.

»Nein, es ist nicht, was du denkst, Angelina. Ich möchte dir das Bild zeigen, es ist so gut wie fertig.«

Er stellte das Paket auf den Boden, ging in einen angrenzenden Raum und kam mit einem flachen Gegenstand zurück, der mit einem Tuch verhüllt war.

»Setz dich, bitte«, meinte er und zog einen Sessel heran. Angelina tat, wie ihr geheißen. Francesco holte eine Staffelei, setzte den verhüllten Gegenstand darauf und blickte Angelina gespannt ins Gesicht. Langsam zog er das Tuch von dem Bild. Angelina erstarrte. Ihr eigenes Antlitz schaute ihr entgegen, und es war ihr, als sehe sie in einen Spiegel, so lebensecht war es gemalt. Auch das Kleid war wundervoll dargestellt, mit jeder Falte und Rüsche, in genau den Farben, die Angelina beim Anfertigen so entzückt hatten. Doch an der Stelle, wo anfangs der Schal ihren Busenansatz verhüllte, war jetzt – nichts! Ihre Brust wölbte sich dem Betrachter rosig und verlockend entgegen.

Die Schamröte stieg Angelina ins Gesicht. Wie hatte er sie nur so täuschen können! Francesco hatte versprochen, ihr Porträt so zu gestalten, dass es auf keinen Fall aufreizend oder sündig wirkte. Was wäre, wenn ihre Eltern es zu sehen bekommen würden? Oder gar Savonarola, die Florentiner Bevölkerung? Auf der anderen Seite war Francesco dieser fein modellierte Ansatz des Busens besonders gut gelungen. Ob Francesco sie begehrt hatte, während er das malte? Ob er sie jetzt noch begehrte, da das Bild vor seiner Vollendung stand? Etwas in ihr wurde weich, bröckelte ab wie die Eiskruste eines Teiches im Frühling. Aber nein, die Schande wäre zu groß, wenn irgendjemand dieses Bild erblicken würde. Von ihren Eltern verstoßen und wahrscheinlich schon als Geliebte des Malers verschrien, konnte sie sich damit nur noch mehr ins Unglück stürzen. Angelina war sich bewusst, wie rot sie geworden war.

»Warum hast du das getan, Francesco?«, fragte sie fast tonlos.

»Es ist meine Kunst, ich musste dich so malen, wie Gott dich geschaffen hat, zur Freude der Welt und insbesondere zur Freude für mich!«

»Du hattest mir aber versprochen …«

»Angelina, ich habe gemerkt, dass die Ansicht Savonarolas falsch ist. Seine Theorien über den Gottesstaat und die Verderbtheit der Menschen und der Päpste mögen richtig sein, aber von der Kunst hat er nicht den geringsten Begriff! Die schönsten Werke hat er einsammeln lassen und den Flammen übergeben – und warte nur noch eine Weile, so wird das Gleiche noch einmal geschehen.«

»Ich werde nicht warten, ich schäme mich so, dass ich dieses Zimmer auf der Stelle verlassen muss!«

»Bleib doch!«, sagte er und machte einen Schritt auf sie zu. »Weißt du nicht, dass ich dich liebe, schon immer geliebt habe, seit ich dich das erste Mal sah, als du mit deinen Eltern in Botticellis Werkstatt erschienst?«

»Ich liebe dich auch!«, stieß Angelina hervor. »Aber es darf nicht sein. Ich gehe jetzt und werde dich nie wiedersehen.«

Sie drehte sich um und lief zur Tür hinaus. Nie würde sie den Ausdruck des Schmerzes vergessen, der in Francescos Augen getreten war. Angelina nahm zwei Stufen auf einmal, um schneller die Treppe hinunterzukommen, rannte durch die Werkstatt, von den verblüfften Blicken der Maler verfolgt. Draußen empfing sie die schon schwächere Herbstsonne. Angelina kehrte nicht in den Laden zurück, sondern wandte sich zum Dom. Die Tränen liefen ihr übers Gesicht. Wie sehr sie Francesco hasste! Er hatte nicht nur Savonarola, Botticelli und sie, Angelina, verraten, sondern auch sich selbst. Dieses Bild durfte niemals unter die Leute kommen! Angelina sann verzweifelt nach, während sie durch die Gassen zum Dom lief. Es war ihr, als folgten ihr Schritte, die auf dem Pflaster klangen. Sie trat durch das Portal. Im Inneren des Doms verschluckte sie dämmerige Helle. Hier war die Allmacht Gottes spürbar. Angelina sank vor einem der Altäre nieder und versuchte zu beten.

»Warum seid Ihr so traurig, liebes Kind?«, fragte eine leise Stimme. Vor ihr stand ein Mann in der Kleidung der Messdiener. Angelina antwortete nicht.

»Ich werde Euch einen Priester schicken. Geht nur schon in den Beichtstuhl da drüben, es wird Euer Gewissen erleichtern.«

Langsam erhob sich Angelina. Sie war ja sowieso von aller Welt verlassen. Außer Sonia und Lucas blieb ihr kein einziger Freund. Sie ging mit schleppenden Schritten zu dem Beichtstuhl. Auf der anderen Seite der Abtrennung hörte sie jemanden atmen. Angelina sammelte sich.

»Ich nehme deine Beichte entgegen«, sagte eine Stimme hinter der Absperrung.

»Vater, ich habe gesündigt«, sagte Angelina, ohne lange zu überlegen. »Ich bin von zu Hause fortgelaufen und habe mich einem Maler an den Hals geworfen. Meine Eltern haben mich verstoßen. Heute habe ich gesehen, dass der Maler mich in einem sündigen Gewand gemalt hat. Ich wollte es nicht, Vater, aber ich habe es zugelassen.«

»Liebst du diesen Maler?«, wollte der Priester wissen.

»Ich …«, sie seufzte. »Nein, nicht mehr«, schloss sie.

»Hat er dich jemals unsittlich berührt? Hat er sich an dir versündigt?«

Etwas warnte Angelina, dem Priester zu viel zu verraten.

»Nein, er hat sich mir immer in untadeliger Form genähert. Die Sünde habe allein ich auf mich geladen.«

Der Priester räusperte sich.

»Hast du als Kind einmal gesündigt? Versuche nicht, mich zu belügen.«

»Nein, Vater, ich bin mir keiner Sünde bewusst.«

»Gottes Gnade walte über dir, und dir sei verziehen. Bete jeden Morgen und jeden Abend zehn Mal das Vaterunser, und sündige nicht mehr. Das Bild sollst du an die *Fanciulli* ausliefern. Handle nach den Geboten Savonarolas, und nun gehe hin in Frieden.«

Erleichtert erhob sich Angelina aus ihrer knienden Stellung. Sie schaute sich nach dem Messdiener um, doch die Kirche war inzwischen leer.

Angelina strebte, ein wenig ermutigt, dem Ausgang zu. Ihre Schritte hallten in dem riesigen Schiff von den Wänden wider.

Sonia war mit dem Einsortieren von Trauben und Äpfeln in Körbe beschäftigt.

»Wie war dein Stelldichein drüben in der Werkstatt?«, fragte sie und zwinkerte Angelina zu.

»Was für ein Stelldichein?«, gab Angelina zurück.

»Na, du bist doch zu Francesco rüber, ich hab dich gesehen. Ist etwas schiefgegangen? Du siehst so traurig aus.«

»Es gab einen Streit«, sagte Angelina kurz angebunden.

»Ach, bevor ich es vergesse …«, Sonia richtete sich auf. »Ich habe eine Adresse für dich, von einer alten Freundin, die wird dich unterbringen. Sie wohnt in der Via Guelfa.«

Angelina nahm Sonia in den Arm. »Ich weiß deine, eure Freundschaft sehr zu schätzen, Sonia«, meinte sie.

»Wo ist eigentlich Lucas?«

»Auf dem Markt, Gemüse und Getreide einkaufen.«

»Dann grüße ihn recht herzlich von mir. Ich gebe euch dann Bescheid, wenn ich gut untergekommen bin. Wie heißt denn deine Freundin?«

»Pallina Boni. Sie hat mir sehr geholfen, als ich ... du weißt schon!«

»Ja, ich weiß«, entgegnete Angelina.

»Und schau mal hier«, sagte Sonia. »Ich habe Lucas ein Empfehlungsschreiben für dich aufsetzen lassen, bevor er zum Markt ging.«

»Ich werde mich gleich auf den Weg machen.« Angelina steckte den Brief in ihren Lederbeutel. »Danke Lucas von mir!«

»Ich würde dich gern begleiten«, meinte Sonia, »aber ich kann gerade nicht weg.« Sie umarmten sich.

»Viel Glück, Angelina!«

»Auf Wiedersehen, Sonia«, antwortete Angelina und trat in die Gasse hinaus, in der die Oktobersonne schon längere Schatten warf.

25.

Vorbei an der Kirche Santa Maria Novella und über die Piazza Mercato gelangte Angelina in die Via Guelfa. Mit einem etwas bangen Gefühl suchte sie nach dem von Sonia angegebenen Haus. Schließlich fragte sie eine Frau, die mit einem Korb unter dem Arm an ihr vorbeihasten wollte.

»Wohnt hier eine Signorina Pallina Boni?«, fragte Angelina. Die Frau blickte sie sprachlos an und bekreuzigte sich.

»Kennt Ihr eine Signorina Boni?«, wiederholte Angelina.

Die Frau wies auf den Palazzo Acciaiuoli, der mit seinen grauen Mauern und dem Turm vor ihnen aufragte.

»Hütet Euch vor diesen Weibsleuten, gute Frau«, sagte die Fremde und eilte weiter. Was hatte das denn zu bedeuten? Pallina war doch eine Freundin von Sonia. Ging sie vielleicht einem unehrenhaften Gewerbe nach? Aber das war doch nicht möglich, Savonarola hatte das unter Androhnung schwerer Strafen untersagt. Allerdings sahen das nicht mehr alle so streng, die Medicitreuen waren wieder mehr an die Macht gelangt. Vielleicht waren in aller Stille wieder solche Horte der Lustbarkeit entstanden? Angelina gab sich einen Ruck und klopfte an die Tür des Palastes. Ein Diener mit Fledermausohren öffnete ihr. Bei ihrem Anblick entblößte er seine Zähne.

»Womit kann ich dienen, Signorina? Ihr wollt gewiss ein Zimmer zur Miete haben.« Bei diesen Worten stieß er ein meckerndes Lachen aus.

»Richtig«, stellte Angelina fest, »vielmehr, ich möchte zu Signorina Boni. Eine Freundin hat mich ihr empfohlen.«

»Die wohnt zusammen mit ihrem Vater und ihren Schwestern in dem alten Turm dort. Aber im Augenblick sind sie nicht zu Hause.«

»Wo kann ich sie finden?«

»In der Trattoria *Al Carpa*, nicht weit von hier. Seht, dort drüben.« Er zeigte mit seinem Finger in die Richtung. Angelina bedankte sich, drückte ihr Bündel an sich und überquerte die Straße zu dem Gasthaus. Die Dämmerung war schon hereingebrochen. Es war empfindlich kühl geworden, und Angelina schlang ihren Wollmantel enger um sich. Nur noch wenige Bürger huschten vorüber, wahrscheinlich froh, wenn sie am heimischen Feuer sitzen würden.

Die Wirtschaft war ein dreigeschossiges Haus, aus den graubraunen Steinen der Umgebung erbaut. Ein dicklicher Eisenfisch, von eisernen Ranken umkränzt, baumelte über der Tür. Auf einer Tafel waren die Speisen mit Kreide aufgezeichnet. Angelina lief das Wasser im Mund zusammen. Aus dem Inneren klangen gedämpfte Stimmen, jedoch war die Tür verschlossen. Angelina pochte dagegen. Im gleichen Augenblick wurde es drinnen still. Schlurfende Schritte kamen näher. Die Tür öffnete sich einen Spalt, und ein gedrungener Mann mit Schnauzbart spähte heraus. Sein braunes, an den Schläfen ergrautes Haar fiel offen auf seine Schultern, und sein Gesicht glänzte vor Schweiß.

»Was wünscht Ihr zu dieser späten Stunde, Signorina?«, fragte er.

»Ich suche Pallina Boni.«

»Was wollt Ihr von ihr?«

»Ich komme von Sonia und Lucas Bandocci, dem Gemüsehändler und seiner Frau. Sonia ist meine Freundin und hat mir die Adresse von Pallina gegeben.«

Die Spur eines Lächelns huschte über sein Gesicht, doch er blieb weiterhin wachsam. Der Wirt öffnete die Tür ganz und hieß sie eintreten. Gerüche nach Fisch und Rindssuppe kamen Angelina entgegen. Der dunkel getäfelte Raum mit bunten Glasfenstern war angefüllt mit Männern, die Wein- und Bierkrüge vor sich stehen hatten und eifrig miteinander redeten. Auch einige geschminkte Frauen befanden sich darunter.

»Pallina!«, rief der Wirt dem Schankmädchen zu, das eben mit einer Platte voller Fische aus der Küche kam. Woher die wohl die Fische und das Fleisch für die Suppe hatten? Seit der Pest litt Florenz doch mehr als früher unter einer Hungersnot. Die Angesprochene setzte die Platte auf einem der Gästetische ab und kam zu ihnen herüber.

»Pallina, kennst du diese Signorina? Sie behauptet, sie komme von deiner Freundin Sonia.«

Pallina betrachtete Angelina ungeniert.

»Nein, ich kenne sie nicht«, meinte sie, »aber wenn Sonia sie schickt, wird es schon seine Richtigkeit haben.« Der misstrauische Ausdruck war nicht aus ihrem Gesicht gewichen. Angelina konnte es ihr nicht verdenken. Die Menschen dieser Stadt waren voller Intrigen und Verrat. Warum sollte dieser Wirt, warum sollte dieses Schankmädchen ihr vertrauen? Sie konnte genauso gut ein Spitzel Savonarolas sein, um die Sündenpfuhle der Stadt aufzuspüren.

»Ich habe ein Empfehlungsschreiben von Sonia und Lucas«, erklärte Angelina und reichte Pallina den Brief. Sie schämte sich vor diesen Menschen, die mit ihrem Leben offenbar so gut zurechtkamen. Oder auch nicht? Die beiden geschminkten Mädchen machten den Männern offensichtlich schöne Augen. Angelina kam in den Sinn, was ihre Tante über ihre Mutter erzählt hatte. Ob sie, Angelina, auch einmal so enden würde? Am liebsten wäre sie auf der Stelle wieder gegangen. Aber wohin? Ihr Geld würde nicht reichen, um ein eigenes Zimmer zu nehmen.

»Das Mädchen ist vertrauenswürdig«, hörte sie den Wirt sagen, nachdem er den Brief gelesen hatte. Er stellte sich als Rinaldo Boni vor. Sein vorher abwehrender Gesichtsausdruck war einer fröhlichen Miene gewichen.

»Gratiosa und Verena«, rief er den beiden geschminkten Mädchen zu. »Kommt doch her und begrüßt Angelina, unseren hübschen neuen Gast. Oder soll ich sagen: unsere neue Hilfskraft?« Er schaute Angelina dabei aus so treuherzigen Augen an, dass sie sich nichts Böses dabei denken konnte. Hier würde sie vielleicht endlich zur Ruhe kommen und sogar mit ihrer eigenen Hände Arbeit Geld verdienen, was sie noch nie in ihrem Leben hatte machen müssen. Bisher war ihr so etwas immer undenkbar erschienen. Wieso plötzlich nicht mehr? Tante Bergitta war schuld daran, fiel ihr ein, und sie musste lächeln.

»Pallina, bring Angelina einen Teller mit Rindssuppe«, wies Rinaldo das Schankmädchen an. Angelina setzte sich an einen der freien Tische. Gratiosa und Verena kamen näher und setzten sich dazu. Die Männer, mit denen sie gescherzt und getrunken hatten, murrten, winkten dann Rinaldo, dass sie zahlen wollten. Mit viel Getöse und lauten Flüchen verließen sie die Schänke. Rinaldo lief hinter ihnen her und bat sie immer wieder, ruhig zu sein. Pallina hatte inzwischen eine große Schüssel Suppe aufgetragen, und Angelina aß mit gutem Appetit. Rinaldo ließ sich mit einem Seufzer auf einen Stuhl fallen.

»Ach, es ist wahrlich schwer, sein Auskommen zu haben in diesen Zeiten«, seufzte er. Sein brauner Schnurrbart glänzte. »Und ich möchte nicht, dass meine Mädchen den Pfad der Tugend verlassen.«

»Ach – sind sie alle drei Eure Töchter?«, fragte Angelina scheinbar erstaunt.

»Ja«, gab Rinaldo zur Antwort. »Und es macht mich traurig, dass sie mit den Herren freundlich tun müssen, um sie zum Trinken zu ermutigen. Ich habe nichts anderes gelernt, als Wirt zu sein, und nachdem Savonarola die Glücksspiele verboten hat, ging es bergab mit uns. Nur noch heimlich können wir diese Wirtschaft betreiben. Als meine Frau noch lebte, war es eine gutgehende Speisewirtschaft.«

»Ist Eure …«, fragte Angelina.

»Ja, sie ist an der Pest gestorben.« Seine Augen wurden feucht. Angelina kam ein Gedanke.

»Ich habe bei meiner Mutter kochen gelernt«, sagte sie. »Könntet Ihr mich nicht in der Küche anstellen?«

»Wollt Ihr das wirklich machen?«, rief Rinaldo und strahlte sie an.

»Was haltet ihr davon, Kinder?«

»Das würde mir gefallen!«, sagte Pallina. »Dann hätte ich endlich etwas Hilfe!«

»Oh ja, dann gibt es vielleicht mal etwas anderes als Rindssuppe und Fisch«, meinte Gratiosa. Verena, anscheinend die Jüngste, nickte dazu.

Alle drei Mädchen hatten schwarze Haare, bei Pallina lockten sie sich um ein hellhäutiges, herzförmiges Gesicht, Gratiosa trug sie zu einer Schnecke aufgebunden und Verena hatte eine Leinenhaube darübergezogen, aus der ein paar vorwitzige Löckchen sprangen.

»Wenn ich ausgehe, trage ich ebenfalls eine Haube oder Kapuze«, sagte Pallina schnell, als sie Angelinas Blick bemerkte.

»Woher bekommt Ihr eigentlich die Lebensmittel?«, fragte Angelina den Wirt zwischen zwei Löffeln.

»Mein Bruder lebt auf dem Land«, erwiderte Rinaldo. »Dort haben wir auch zusammen die Pest überlebt. Fast alle.«

»Was könnt Ihr denn kochen?«, fragte Pallina, wie um den Vater abzulenken von seinem Schmerz. Angelina uberlegte einige Augenblicke lang. Die Stunden gingen ihr durch den Sinn, die sie mit ihrer Mutter in der Küche verbracht hatte. Was waren das noch für Zeiten gewesen! Angelina riss sich von den Bildern los und zählte auf:

»Hühner-Leberpastete, nackte Ravioli, *Ribollita*, Brotsuppe, Kutteln, *Stracotto*, *Baccala, Lesso* mit Salsa Verde, Traubenbrot, Kastanienkuchen …«

Rinaldos Augen glänzten, und die Mädchen leckten sich die Lippen bei Angelinas Worten.

»Einiges davon hat auch meine Frau gekocht«, sagte Rinaldo versonnen. »Ich habe es nachher nicht mehr fertiggebracht, und meine Töchter sind nicht dafür gemacht.«

»Doch kann ich kochen, Herr Vater«, protestierte Pallina. Ihre Schwestern kicherten, offensichtlich hatten sie dazu eine andere Meinung.

»Vielleicht wird das eines Tages gar nicht mehr nötig sein«, antwortete Rinaldo und schickte einen schnellen Blick in Angelinas

Richtung. Angelina bezog es auf sein Vertrauen in ihre Kochkünste und fühlte sich warm und wohl bei diesen Leuten.

»Gleich morgen werde ich zu meinem Bruder hinausreiten und Waren herbeischaffen«, sagte er eifrig.

»Ich habe noch ein wenig Geld, das ich dazugeben kann«, erklärte Angelina. Rinaldo winkte ab. Später leuchtete er ihnen mit einer Fackel zu dem Turm hinüber, in dem sich die Schlafkammern der Mädchen befanden. Angelina teilte sich einen Raum mit Pallina. Nachdem das Licht gelöscht war, stieg der feuchte Geruch der Wände Angelina in die Nase. Er löste ein banges Gefühl in ihr aus. Woran erinnerte sie dieser Geruch? Über dem Nachdenken darüber schlief sie ein. Ihr träumte, sie befände sich in einem Weinberg. Eine Winzerhütte tauchte vor ihr auf. Das, was darin war, machte Angelina Angst. Gleich darauf war sie in einer Höhle. Die Wände waren feucht, das Wasser lief an dem Felsgestein herab. Sie wollte fort aus dieser Höhle, doch deren Öffnung war verschlossen. Ihre Finger gruben sich in den Stein, bis es schmerzte. Sie wusste, dass sie ersticken würde, wenn sie nicht bald aus diesem Gefängnis herauskäme. Angelina wollte schreien, brachte jedoch keinen Ton aus ihrer vertrockneten Kehle. Darüber wachte sie schweißgebadet auf. Sie hörte die ruhigen Atemzüge Pallinas, drehte sich auf die Seite und schlief traumlos bis zum Morgen.

Als sie aufwachte, wusste sie im ersten Moment nicht, wo sie war. Die Sonne war noch nicht aufgegangen, doch die ersten Geräusche der Gasse drangen schon in das Gemach hinein, das nur mit einer Tür und einigen Schießscharten nach draußen versehen war. Im ersten fahlen Zwielicht betrachtete Angelina die Einrichtung des Turmzimmers, die sie gestern nur flüchtig im Schein der Fackel gesehen hatte. An den zwei Seiten standen die beiden Betten, am Kopfende ihres Bettes eine Truhe. Der Boden war mit Binsen bestreut, die schon lange nicht mehr gewechselt zu sein schienen. Angelina erhob sich leise, um Pallina nicht zu stören, zog sich an und ging die Treppe hinunter in den Hof, um sich am Brunnen zu waschen. Dann begab sie sich zu der Wirtschaft. Rinaldo blinzelte ihr verschlafen entgegen. Er war gerade dabei, den Schankraum auszufegen.

»Guten Morgen«, sagte er. »Habt Ihr gut geschlafen, Signorina?«

»Ja, sehr gut«, beeilte sie sich zu sagen. Dass sie schlecht geträumt hatte, brauchte er ja nicht zu wissen. »Kann ich Euch helfen, Signore?«

»Ja, Ihr könnt das Frühstück zubereiten«, meinte er. »Bald müssen auch meine Töchter hier auftauchen. Habt Ihr schon einmal *Cornetti* gebacken?«

»Ich weiß, wie es geht, meine Mutter hat die oft zum Frühstück gemacht. Zusammen mit der Magd.«

Rinaldo führte sie in die Küche und zeigte ihr die Behälter mit den Zutaten. Im Ofen brannte schon ein Feuer. Angelina nahm sich ein Brett, mischte Mehl, Zucker und Eier und verknetete die Zutaten. Auf eine Backschaufel setzte sie kleine Haufen, formte sie zu Hörnchen und schob sie in den Backofen. Irgendwann merkte sie, dass sie eine Melodie vor sich hin summte. Von nebenan hörte sie die Mädchen mit ihrem Vater scherzen.

»Macht Angelina unser Frühstück? Das ist aber schön, da müssen wir es nicht selber machen«, sagte Pallina munter. Angelina füllte eine Kanne mit Würzwein und stellte sie auf den Herd.

»Hol Butter aus dem Keller«, wies Rinaldo Pallina an, »und bring gleich den Schinken mit.«

Die ersten Gäste trafen ein, Handwerker auf dem Weg zur Arbeit. Pallina brachte die Butter und den Schinken und bediente die Männer, während Angelina weitere *Cornetti* buk und Rinaldo Wein und Bier ausschenkte. Zwischendurch steckte Rinaldo seinen Kopf herein.

»Ich reite jetzt zu meinem Bruder aufs Land«, sagte er. »Seid freundlich zu den Gästen und macht mir keine Schande!« Er zwinkerte Angelina zu.

Nachdem er gegangen war, wandte sich Angelina an Pallina.

»Was soll es denn heute Mittag zu essen geben?«, fragte sie.

»Rindfleisch ist noch da«, überlegte Pallina. »Für die anderen Gerichte bringt unser Vater die Zutaten mit.«

»Also kochen wir erst einmal *Stracotto*«, entschied Angelina. »Gratiosa und Verena können mir dabei helfen.«

»Und ich bediene die Gäste, wie immer«, meinte Pallina und wackelte mit den Hüften. Ob das eine Anspielung war? Angelina schaute sich nach den Vorräten um. In einem Tontopf entdeckte sie ein großes Bruststück vom Rind. Sie stellte einen Topf auf den Herd, erhitzte Olivenöl darin und briet das Fleisch rundherum an. Derweil wies sie die beiden Mädchen an, Karotten, Zwiebeln und Sellerie kleinzuhacken. Angelina nahm das Fleisch heraus und stellte es beiseite. Sie dünstete das Gemüse an und tat Schinken, Wacholderbeeren, Pfefferkörner und Lorbeerblätter dazu. Weil keine frischen oder getrockneten Weintrauben vorhanden waren, goss sie Wein und Brühe von der Suppe dazu. Damit es langsam köcheln konnte, nahm sie etwas von der Glut des Ofens weg. Während das Fleisch schmorte, ging Angelina in das Turmzimmer hinüber, fegte es aus und bat Gratiosa, frische Binsen zu besorgen. In der Küche scheuerte sie Pfannen und Töpfe. Gegen Mittag trafen die ersten Gäste zum Essen ein, Handwerker und Bürger, denen man ansah, dass sie dem Essen zugetan waren. Angelina stand der Schweiß auf der Stirn. Hatte sie auch alles richtig gemacht? Sie schnitt das Fleisch, das jetzt so zart war, dass es vom Messer fiel, in dünne Scheiben, gab Butter zum Gemüse, würzte mit Salz, Zitronensaft und Zimt und richtete alles auf einer Platte an. Pallina trug die Platte hocherhobenen Hauptes in die Schankstube. Gleich darauf erschien sie wieder und verlangte eine neue Platte. Innerhalb einer halben Stunde war das *Stracotto* ausverkauft, und die später Gekommenen mussten sich mit Rindssuppe und Stockfisch begnügen. Pallina erschien abermals in der Küche, in der Angelina damit beschäftigt war, die Reste aus dem Topf auf vier Teller für sie und die Mädchen zu verteilen.

»Die Männer wünschen die Köchin zu sehen, die so wundervoll kochen kann!«, sagte Pallina.

»Fangt schon an zu essen, aber lasst mir etwas übrig«, scherzte Angelina und begab sich in den Gastraum. Erwartungsvolle Augen blickten ihr entgegen.

»Ihr kocht aber vorzüglich«, sagte ein bärtiger Mann im Gewand eines Gerbers. »Wo habt Ihr das gelernt?«

»Bei meiner Mutter«, entgegnete Angelina.

»Diese Köchin wird gewiss noch andere Vorzüge haben«, rief ein anderer.

Alle lachten. Angelina staunte über sich selbst, dass sie nicht rot wurde.

»Diese Vorzüge werden aber nicht an jedermann vergeben«, sagte sie ruhig, »genauso wenig wie meine Kochkünste.«

»Hört, hört«, ertönte es von allen Seiten.

»Schlagfertig ist sie auch noch, die Kleine«, meinte der Gerber und wandte sich an seinen Nachbarn. »Hier werden wir jetzt öfter zum Essen herkommen, nicht wahr, Giovanni?«

»Genau, wir werden es weitersagen«, äußerte sich der Angesprochene.

Angelina nutzte die Gelegenheit, um in die Küche zurückzukehren und mit den anderen zu essen. Die Gaststube leerte sich, am Nachmittag würden nur Vorübergehende nach Wein oder Bier verlangen. Die Mädchen spülten das Geschirr und räumten auf. Gerade als Angelina sich in das Turmzimmer zurückziehen wollte, tauchte Rinaldo auf. Er brachte zusammen mit den Mädchen die Lebensmittel in die Küche.

»Das Fleisch und die Butter in den Keller«, bedeutete er Verena. »Was wollt Ihr für heute Abend zubereiten, Angelina?«, fragte er. »Ich habe unterwegs schon gehört, wie gut den Gästen das Essen geschmeckt hat.«

»Nackte Ravioli und Brotsalat«, gab Angelina zur Antwort. Bis zum Abend war sie mit der Zubereitung beschäftigt. Sie bereitete einen dünnen Teig, rollte ihn aus und schnitt Vierecke, die sie mit gehacktem Spinat, Ricotta und verschlagenen Eiern belegte. Eine Prise Muskat rundete den Geschmack ab. Die Ränder der Teigtaschen verklebte sie mit Eiweiß. Für den Brotsalat nahm sie alte Brotreste, weichte sie ein, vermischte alles mit gekochten Möhren, roten Zwiebeln, Essig und Olivenöl. Gegen Abend war die Gaststube voll, der Lärm drang bis zu Angelina in die Küche. Gratiosa und Verena halfen ihr nach Kräften, denn es wurde immer mehr von den Speisen verlangt. Pallina eilte mit Schüsseln und Platten zwischen Küche und Gaststube hin und her. Rinaldo, der auch mit dem Ausschenken kaum nachkam, zeigte sich zwischendurch bei den Frauen.

»Es sind zwei Gäste da, ein Mann und eine Frau, die Euch zu sprechen wünschen«, sagte er zu Angelina. Wer mochte das sein? Sie drückte Gratiosa ihr Messer in die Hand, wischte sich die Hände an ihrer Schürze ab und ging nach vorne in die Gaststube. In einem Winkel saßen zwei vertraute Gestalten, die ihr zuwinkten. Es waren Lucas und Sonia.

»Du hast dich hier aber gut eingeführt«, begrüßte Sonia sie, nahm sie in den Arm und küsste sie auf beide Wangen. Lucas streckte ihr die Hand entgegen.

»Dank deiner freundlichen Vermittlung, Sonia«, gab Angelina zurück. »Du hast wirklich sehr gute Freunde.«

»Dann müssen wir uns um dich ja keine Sorgen mehr machen«, fügte Lucas hinzu.

»Aber ich mache mir Sorgen«, begann Angelina. Gleich darauf hätte sie sich auf die Zunge beißen können. Sie hatte doch mit ihrer Vergangenheit abschließen wollen.

»Du willst wissen, was mit Francesco ist«, sagte Sonia und senkte dabei die Stimme. »Wir haben gestern Botticelli getroffen. Er berichtete uns, dass Francesco nach Rom gegangen sei, um Bilder zu verkaufen und neue Aufträge auszuhandeln.«

Angelinas Herz begann schneller zu klopfen. Im Raum wurde es ganz still, so schien es ihr, und im nächsten Moment gingen das Reden und das Rufen der Gäste umso lauter weiter.

Warum hatte Francesco ihr nichts davon gesagt? Nun, schließlich hatte sie ihn verlassen, war vor ihm davongelaufen, da war es kein Wunder, wenn er keine Rücksicht mehr auf sie nahm.

»Ach ja?«, sagte Angelina beiläufig. »Hat er vielleicht sogar vom Papst einen Auftrag erhalten? Das würde Botticelli aber nicht gefallen!«

»Vom Papst gewiss nicht«, meinte Sonia. »Aber möglicherweise soll er in Botticellis Auftrag etwas auskundschaften. Könnte ich mir denken«, fügte sie hinzu.

»Was kann er schon auskundschaften?«, fuhr Angelina auf.

»Na ja, beispielsweise könnte er mit möglichen Käufern von Bildern verhandeln«, warf Lucas ein. »Botticelli dürfte noch einiges in seiner Werkstatt stehen haben, das einem Kunstliebhaber wohl gefallen würde.«

»Savonarola aber um so weniger«, setzte Angelina dagegen. »Botticelli würde seine angeblich sündigen Bilder lieber dem Scheiterhaufen überantworten, als sie zu veräußern!«

Rinaldo steckte seinen Kopf aus der Küche.

»Angelina, Ihr müsst kommen, wir schaffen es sonst nicht mit den Bestellungen!«

»Entschuldigt mich«, sagte Angelina und stand auf. »Wir werden später noch darüber sprechen.«

»Wir müssen gehen«, sagte Sonia bedauernd, stand ebenfalls auf und umarmte Angelina.

»Achte darauf, dass die fröhlichen Abende bei euch nicht zu sehr bekannt werden!«, meinte Lucas. »Die *Fanciulli* schlafen nicht, sie denunzieren auch Wirte, bei denen es gutes Essen gibt und die das Glücksspiel zulassen.«

»Ich denke doch, dass unsere Gäste verschwiegen sind«, sagte Angelina und wandte sich zur Küche. Es wurde spät an diesem Abend. Als die Glocke von Santa Croce elf Uhr schlug, gab Angelina das letzte Essen an Pallina, die es, schon etwas müde, in den Gastraum trug. Der Lärm hatte immer mehr zugenommen, es roch nach gegartem Fleisch und Bier. In einer Ecke hatten sich die Spieler versammelt; sie spielten Karten, die Münzen klimperten auf dem Tisch. Rinaldo kam hinter seiner Theke hervor und bat die Gäste um mehr Ruhe. Ein Grölen war die Antwort.

»Wenn Ihr Euch nicht benehmen könnt, muss ich Euch leider bitten, mein Lokal zu verlassen«, sagte er mit lauterer Stimme. Die Gäste lachten und schlugen sich auf die Schenkel.

»Noch eine Runde Bier!«, rief einer Pallina zu. Pallina schaute abwartend auf ihren Vater.

»Wenn Ihr wollt, dass die *Fanciulli* kommen und uns bei der Signoria anzeigen, dann macht nur so weiter!«, rief Rinaldo. Betretenes Schweigen folgte. Einer nach dem anderen zahlte, nahm seinen Hut in die Hand und schlich hinaus. Als die Glocke eine halbe Stunde zur Mitternacht schlug, war der Gastraum leer.

»Geht ihr schon mal ins Bett, ich räume hier noch ein wenig auf«, sagte Rinaldo zu seinen Töchtern. Die Mädchen sagten gute Nacht und machten sich auf zu ihrem Turm. Rinaldo bat Angelina, noch einen Augenblick dazubleiben. Verlegen knetete er seine Hände.

»Angelina, Ihr …« Er stockte. Wollte er ihr etwa einen Heiratsantrag machen?

»Angelina«, begann er erneut. »Ich habe Euch in der kurzen Zeit sehr zu schätzen gelernt.«

»Ich schätze Euch ebenfalls sehr, Signor Rinaldo, aber ich bin jetzt sehr müde und möchte schlafen gehen.«

»Ich wollte Euch nur sagen, dass … dass ich mich seit dem Tod meiner Frau nicht mehr so wohl gefühlt habe«, brachte Rinaldo hervor. »Und jetzt schlaft gut, Signorina.«

Angelina überquerte die Straße. Ein feiner Nieselregen ging nieder. Ihr war kalt. Während sie die Tür zum Turm aufschloss, hörte sie von fern den Gesang der *Fanciulli*. Pallina schnarchte leise, als Angelina sich auszog und ins Bett schlüpfte. Sie starrte über sich in die Dunkelheit. Bilder tanzten vor ihren Augen, rote und gelbe Flecken, die sich zu Gesichtern verdichteten. Sie sah ihre Eltern vorüberziehen, traurig blickten sie Angelina an, ihre Geschwister spielten im Nebenzimmer, während die Köchin das Essen zubereitete. Francesco kam auf sie zu, zog sie in seine Arme. Angelina wich zurück, streckte gleich darauf die Arme nach ihm aus. Andere Gesichter tauchten auf und verschwanden. Schließlich kam ein

Mann im Kapuzenmantel auf sie zu. Sie versuchte sein Gesicht zu erkennen, doch sie sah nichts. Die Feuchtigkeit der Mauer kroch auf sie zu, nahm ihr den Atem. Angelina war in einem Verlies gefangen, sie konnte sich nicht bewegen. Jemand hatte sie an einen Balken gefesselt. Wo war sie, um Himmels willen? Die Nässe der Wände nahm zu, die Mauern rückten immer näher, drohten Angelina zu zerquetschen. Mit einem Schrei fuhr sie auf. Sie war schweißgebadet. Jemand strich ihr mit der Hand über die Stirn.

»Hast du etwas Schlimmes geträumt?«, fragte Pallina.

»Ich ... ich war gefangen, in einem Keller glaube ich.«

»Wir sind ja auch fast in einem Keller, Angelina. Möglicherweise war das hier einmal ein Verlies für Ketzer oder Hexen.«

»Du machst mir Angst, Pallina!«

»Es war nur ein Scherz«, beruhigte Pallina sie. »Und nun schlaf, Angelina.«

26.

Über San Polo, Passo dei Pecorai und Greve gelangte Francesco nach Castellina in Chianti. In Greve hatte er das Triptychon des Bicci di Lorenzo in der Kirche Santa Croce angeschaut. Eine Madonna umgeben von Heiligen. Merkwürdig, dachte er, während er im Abendlicht auf die Hügel von Castellina zuschritt, überall gleichen sich die Bilder und Figuren in den Kirchen. Lag es daran, das sie alle ›heilig‹ waren und keine Menschen aus Fleisch und Blut? Während er Angelina gemalt hatte, war ihm ihre Fraulichkeit immer bewusster geworden. Sie war ein Mensch aus Fleisch und Blut, den er heftiger liebte und begehrte, als er jemals eine Frau in seinem Leben begehrt hatte. Es war ihm nicht leichtgefallen, aus Florenz wegzugehen. Schon einmal hatte er Angelina verloren und musste sie jetzt wieder in einer ungewissen Lage zurücklassen.

Aber die pekuniäre Lage war für ihn doch sehr angespannt. Er zögerte, Botticelli zu verlassen, weil er nicht die Mittel für eine eigene Werkstatt hatte. Es gab jetzt weniger Bürger in Florenz, welche die sakralen Gemälde aus Botticellis Werkstatt kauften. Und der Meister selbst war ständig den Tränen nahe, weil sein verehrter Herr Savonarola so sehr in Bedrängnis geraten war. So hatte er Francesco mit einigen Bildrollen nach Rom geschickt, um dort Käufer zu gewinnen. Das Bild von Angelina stand in einem versteckten Winkel des Hauses, mit Decken und Tüchern verhüllt. Hoffentlich fiel es den *Fanciulli* nicht ein, dort nachzusehen. Aber die Werkstatt galt als rein von jeder Sünde, Botticelli hatte dafür gesorgt, dass es auch bekannt wurde.

Francesco sog tief die würzige Abendluft ein. Der Ort Castellano bestand aus einigen wenigen Häusern, zumeist von Bauern und Winzern bewohnt. Rauch kräuselte sich aus den Schornsteinen.

Die Reben standen verwaist mit Resten von vertrocknetem Laub. Wie schön war es, an einen Ort zu kommen, an dem die Menschen einfach friedlich miteinander lebten! In einer Taverne erhielt er Unterkunft und ritt am nächsten Tag weiter nach Siena. Dort traf er unvermutet auf Sebastiano di Torre, der inmitten einer Schar von Malern auf dem Domplatz stand und das Wort führte. Sein Haar wallte in Locken auf seinen pelzverbrämten Mantel. Also war er noch nicht weit gekommen und konnte er es auch hier nicht lassen, sich mit anderen anzulegen! Das Gespräch schien aber friedlich zu verlaufen, denn Sebastiano breitete, als er Francescos ansichtig wurde, die Arme aus, drückte ihn an sich und rief den anderen zu:

»Das ist ein Malerfreund aus Florenz, das ich vor einigen Tagen, in heller Wut, wie ich gestehe, verlassen habe.« Er ließ Francesco los und sagte:

»Du kannst bei uns wohnen, alter Freund, hier in Siena teilen wir uns alles, die Wohnung, die Farben, das Essen und die Frauen.« Er lachte dröhnend, die anderen Männer stimmten ein. Die Blicke der Vorübergehenden waren freundlich, allenfalls neugierig. Nachdem Francesco sein Bündel in die Wohnung der Maler gebracht hatte, trafen sich alle in einer Trattoria zum Abendessen. Es war schummrig und gemütlich in der niedrigen Gaststube. Die Wirtin trug ein *Stracotto* herein, das nach Wein und Gewürzen duftete. Francesco hätte Angelina gern an seiner Seite gehabt. Hatte sie nicht erzählt, dass sie dieses Gericht oft mit ihrer Mutter zubereitet hatte? Es war, als säße sie neben ihm. Die Männer ließen es sich schmecken, ein Junge mit glattem Haar spielte auf einer Laute. Francesco dachte an die Tage am Lago Trasimeno. So bedrängt ihre Lage auch gewesen war, er würde diese Zeit, in der Angelina und er sich so nahegekommen waren, niemals vergessen. Und auch die in Florenz nicht. Was war nur geschehen, das diese Liebe immer wieder gestört, was war es, das Angelina so sehr verstört hatte? Sebastiano erhob seinen Becher mit Wein und prostete den anderen zu.

»Es lebe die Kunst!«, rief er. »Es lebe Siena, es leben Rom, Ferrara, Padua, Venezia und alle freien Städte! Wir müssen uns zurückbesinnen auf die alten Werte. Und wir können stolz auf das sein, was wir geschaffen haben. Mein ehemaliger Meister Botticelli ist unter die Heulsusen gegangen, ich wiederhole es gern, sooft es jemand hören mag. Er verleugnet sein Talent und beugt seinen Rücken, der vom Beugen schon ganz krumm ist, vor diesem geifernden Mönch, der alles, was im Leben schön und den Sinnen zugewandt ist, aus der Welt schaffen möchte.«

Francesco schaute sich vorsichtig um, doch bemerkte er schnell seinen Fehler. Sie waren hier ja nicht in Florenz.

»Warum hast du es denn so lange bei Botticelli ausgehalten?«, fragte ein untersetzter, lustiger Mann mit Knollennase.

»Solange ich bei ihm war, habe ich Streit mit ihm gehabt«, gab Sebastiano zurück. »Alles hat er mir angekreidet, jedes Frauenbein, das unter einem Kleid hervorblitzte, jeden Ansatz eines Busens! Dabei hat er doch selber eine Muse gehabt.«

»Die aber gestorben ist«, gab der andere zu bedenken.

»Ach, du meinst, er habe deswegen … das glaube ich nicht«, meinte Sebastiano.

»Botticelli ist zutiefst von Savonarolas Lehre überzeugt«, schaltete sich Francesco ein. »Es gibt ein Bild, auf dem ein Maler in einer verzweifelten und demütigen Pose dargestellt ist. Ich vermute, dass das der Wendepunkt war. Als Savonarola kam und die Herrschaft an sich riss, war das sein neuer Tempel, sozusagen.«

Ein kleiner Mann begann sich zu ereifern:

»Aus Rom hörte ich, dass Savonarola es zu weit getrieben habe. Einen Papst reizt man nicht bis zum Äußersten! Würde mich nicht wundern, wenn es bald aus mit ihm wäre.«

»Mich auch nicht«, stimmte ein anderer zu.

»Es ist auch ein Nachteil, dass ich Botticelli verlassen habe«, ließ sich Sebastiano ungewohnt selbstkritisch vernehmen. »Florenz war bisher immer die Hauptstadt der Künste. Wie sollen wir in Siena oder in den anderen Städten überleben?«

»Ich bin auf dem Weg nach Rom«, sagte Francesco. »Dort hoffe ich ein paar Bilder verkaufen zu können.«

»Ja, Rom ist etwas anderes«, sagte der Kleine. »Wo ein Papst herrscht, da geht es lustig zu, sollte man meinen ...«

Die Unterhaltung wandte sich jetzt dem städtischen Klatsch zu. Je mehr die Maler dem Wein zusprachen, desto großartiger wurden ihre Erzählungen über ihre künstlerischen Erfolge und denen bei Frauen. Francescos Augen brannten, er gähnte.

»Ich ziehe mich jetzt zurück, denn ich habe einen langen Tag gehabt. Danke für diesen Abend«, sagte er und stand auf. Die Gesellschaft verabschiedete ihn herzlich. Langsam ging er durch die dunklen Gassen zur Herberge der Maler. Nur wenige Kohlepfannen erhellten das Pflaster. Francesco sah Kirchen und kleine Brunnen, schwach erleuchtet. Er dachte an Florenz. Wo sich Angelina jetzt wohl aufhielt? Ob sie ebenso an ihn dachte wie er an sie? Einer Frau, die in Begleitung zweier Männer vorüberging, starrte er ins Gesicht. Es war ihm, als hätte er Angelina gesehen. In seinem Bett lag er noch lange wach.

Er dachte an die Geschichten, die sie sich gegenseitig am Lago Trasimeno erzählt hatten. Warum musste Matteo sterben? Hatte er Schuld auf sich geladen? Außer, dass er gegen Savonarola kämpfte? Siedendheiß fielen ihm Angelinas Andeutungen wieder ein, dass sie den Männern Unglück bringe. An dem Abend, als Matteo starb, war er mit Angelina von draußen hereingekommen. Was, wenn der Mörder ein Glaubenseiferer war, der alle geschlechtlichen Sünden bestrafen wollte? Aber warum sollte ein solcher Eiferer sie bis zum Lago Trasimeno verfolgen? Die Bekenntnisse von Eleonore und von ihm selbst waren schon heikler, schließlich hatten sie dazu geführt, dass Angelina ihnen misstraute. Die Ereignisse, auf die sie sich bezogen, lagen schon lange zurück. Wer sollte schon Kenntnis davon erlangt haben? Das größte Rätsel aber waren für ihn die Andeutungen, die Angelina gemacht hatte. Welches dunkle Geheimnis aus ihrem früheren Leben trug sie mit sich herum? Er hatte sie nie genauer danach zu fragen gewagt. Vielleicht sollte er es einmal tun, wenn er aus Rom zurück war. Davon, dass sie dann noch da sein würde, war er überzeugt, denn er wusste, dass sie ihn liebte. Am nächsten Morgen machte Francesco sich auf den Weg nach Rom. Sebastiano hatte sich dazu entschlossen, ihn zu begleiten.

»Rom ist unsere Stadt«, sagte Sebastiano vergnügt. »Dort werden wir genügend Käufer und auch neue Auftraggeber finden, dessen bin ich mir gewiss!«

»Nur dürfen wir uns nicht als Maler aus Botticellis Werkstatt ausgeben«, wandte Francesco ein. »Du weißt ja, Rom ist überwiegend papsttreu.«

»Dann nenne ich mich eben Piedro de la Fontana«, lachte Sebastiano. »Und du wirst Filippo Lupo.«

»Der Wolf?«

»Ja, warum nicht? Wir werden eine schöne Reise miteinander machen.«

Mit Bangen dachte Francesco an die lange Zeit, die er von Angelina getrennt sein würde. Sie ritten zur Porta Romana, dem südlichen Stadttor, hinaus und kamen in die Ebene des Arbia-Flusses, der hier schöne Auen mit Erlen und Weidenbüschen bildete. Das Kloster Abbazia di Sant'Antimo erreichten sie am Abend. Die Klosteranlage lag in einer Talmulde, inmitten eines Olivenhains. Der Pförtner wies ihnen den Weg. Francesco und Sebastiano sahen die Mönche, die gerade mit dem Abendessen fertig waren, im Kreuzgang schweigend umhergehen. Nach kurzem Warten empfing sie ein älterer Mönch und fragt sie nach ihren Wünschen.

»Mein Name ist Piedro de la Fontana, und das ist Filippo Lupo«, antwortete Sebastiano. »Wir sind auf dem Weg nach Rom und suchen nach einer Unterkunft für die Nacht.«

Der Mönch wies auf eine Herberge, die hinter einem Garten mit Oliven und Pinien stand. Nachdem die beiden sich eingerichtet hatten, kehrten sie zur Abtei zurück. An der Außenseite des Klosters waren Skulpturen, Wasserspeier und Ecksteine in Form von Tierfiguren angebracht. Francesco musste an die Klöster von Florenz denken, an Savonarola, an Botticelli und seine Malergesellen. Wie sehr Angelina ihm fehlte! Er wäre gern bei ihr gewesen, um sie zu beschützen. Aber er konnte nicht umkehren, noch nicht. Sie hatte gesagt, dass sie ihn nicht mehr sehen wolle. Also konnte er sich ihr nicht aufdrängen. Vielleicht würde die Zeit mehr Klarheit in die Verhältnisse bringen. Im Refektorium erhielten die beiden ein Eiergericht. Nachdem sie an der Abendvesper teilgenommen hatten, spazierten sie noch eine Zeitlang durch den Olivenhain, der das Kloster umgab.

»Bin ich froh, dass ich dieser dunklen Stätte, Florenz genannt, entronnen bin!«, sagte Sebastiano.

»Ich für meinen Teil bin weniger froh«, setzte Francesco dagegen.

»Warum? Hast du dein Herz dort liegen gelassen?«

»Ja, es gibt jemanden, aber die Sache ist nicht so eindeutig.« Er wollte nicht darüber sprechen, schon gar nicht mit Sebastiano, dessen Liebesleben mehr oder weniger dem Zufall überlassen war.

»Du kennst ja meinen Wahlspruch, Francesco«, meinte Sebastiano. »Pflücke die Blumen am Weg und erfreue dich an denen, die einen ganzen Sommer lang blühen!«

»Reden wir von etwas anderem. Was gedenkst du zu tun, wenn wir Rom erreicht haben?«

»Als Erstes werde ich mir sämtliche Kunstschätze der Stadt ansehen«, antwortete Sebastiano. »Dann möchte ich mich ins Leben stürzen, malen, trinken, essen, lachen, lieben …«

»Und wovon willst du leben?«

»Da mache ich mir keine Sorgen. Ein wenig habe ich ja noch in meiner Geldkatze. Und die Bilder, die ich in Botticellis Werkstatt angefertigt habe, für mich, ohne dass der Meister etwas davon geahnt hätte.«

»Ich fühle mich Botticelli weiterhin verpflichtet«, erklärte Francesco. »Und ich habe ihm versprochen, die Bilder, die er mir mitgab, zu verkaufen und neue Auftraggeber zu werben.«

»Dann sind wir also in unterschiedlicher Mission unterwegs«, sagte Sebastiano lachend. »Die Hauptsache ist jedoch, dass wir uns nicht zu erkennen geben dürfen.«

»Aber wenn jemand die Urheberschaft der Werkstatt Botticellis erkennt?«

»Ich glaube, das wird kein Hindernis sein«, gab Sebastiano zurück. »Religion ist Religion, und Kunst ist Kunst.«

Wenn er sich damit mal nicht täuscht!, dachte Francesco.

Über den Monte Amiata erreichten Francesco und Sebastiano das Vulkangebiet Latiums und den Lago di Bolsena. Über Viterbo ritten sie weiter, bis sie von dem Rom vorgelagerten Berg einen ersten Blick auf die Ewige Stadt werfen konnten.

Die nächsten Tage verbrachte Angelina damit, Lebensmittel vorzubereiten und für die Gäste zu kochen. Sie vermied es, mit Rinaldo allein zu sein, denn sie spürte ständig seine Blicke auf ihrem Gesicht oder auf ihrer Gestalt ruhen. Die Mädchen waren ausgelassen, packten überall mit an. Eines Mittags, Rinaldo war noch nicht von seinem Bruder auf dem Land zurück, erschien Signor Tomasio in der Gastwirtschaft.

Angelina erschrak. Sein Augenlid zuckte, als er sie erblickte. Mit seiner Kleidung aus teurem Tuch stach er von den übrigen Gästen ab. Er setzte sich an einen der freien Tische, legte seinen federgeschmückten Hut darauf und bat Angelina, ihm gegenüber Platz zu nehmen. Sie schaute hilfesuchend zu Pallina hinüber, die ihr mit einem Ausdruck zunickte, als wolle sie sagen: Nur zu! Tomasios Lid zuckte jetzt stärker. Was war nur los mit diesem Mann? Er bestellte eine Suppe und ein Bier. Dann wandte er sich zu Angelina.

»Ich habe Euch lange nicht gesehen«, sagte er. »Aber wie ich zu meiner Freude bemerke, habt Ihr die Pestzeit gut überstanden. Wolltet Ihr nicht mit Eleonore Scroffa, ihrem Mann und einigen anderen an den Lago Trasimeno gehen?«

»Ja, wir waren dort«, antwortete Angelina widerwillig. »Nochmals vielen Dank dafür, dass Ihr uns das Haus vermittelt habt. Wir haben es überlebt.«

»Bis auf einen.« Tomasio starrte ihr ins Gesicht. »Ich hörte, dass Matteo Scroffa einen Unfall erlitten hat.«

»Ja, leider«, gab Angelina zur Antwort. »Aber wenn Ihr mich jetzt bitte entschuldigt, ich habe zu tun.« Sie wollte aufstehen, doch Tomasio griff über den Tisch nach ihrem Arm. Der Bierkrug schwankte und schwappte über.

»Was war mit Matteo?«, fragte Tomasio scharf.

»Er ist vergiftet worden«, entgegnete Angelina leise.

»Das ist ein Verbrechen! Habt Ihr es der Signoria gemeldet?«

»Ich nicht. Vielleicht hat Eleonore es getan.«

»Nun ja, das ist vergangen, und das Leben geht weiter«, meinte Tomasio und lehnte sich zurück. Er musterte sie. Vielleicht irrte Angelina sich, aber sein Ausdruck war nicht gerade liebevoll. Viel eher selbstzufrieden. Sie mochte diesen Mann nicht mehr.

Pallina brachte seine Suppe und nickte Angelina abermals zu. Angelina erhob sich wortlos und ging in die Küche. Nach einiger Zeit kam Tomasio noch einmal, um sich zu verabschieden.

»Was macht Ihr denn da?«, fragte er mit hochgezogenen Augenbrauen.

»Ich koche für die Gäste dieses Lokals«, antwortete sie.

»Das ist aber nichts für ein junges Mädchen. Ihr könntet ganz anders leben!« Bei diesen Worten ließ er seine Augen über ihren Körper gleiten.

»Ich wüsste nicht, was Euch das angeht!«, gab sie heftig zurück.

»Ich glaube doch, dass es mich etwas angeht«, meinte er. Ihr scharfer Ton schien ihn nicht aus der Fassung gebracht zu haben. »Ich habe Euch eine Einladung zu überbringen. Eleonore Scroffa gibt am kommenden Samstag ein kleines Fest für ihre Freunde und Verwandten. Sie wurde sich außerordentlich freuen, wenn Ihr kommen würdet.«

27.

Domenian war von einem seiner Ausflüge in die Stadt zurückgekehrt. Er hatte sich über die *Fanciulli* geärgert, weil sie immer frecher und selbstsüchtiger wurden. Nach der Complet begab er sich sofort in seine Zelle und legte sich zu Bett. Er konnte nicht schlafen, hörte die leisen Schritte der Mönche, die vor dem Zubettgehen noch ins Parlatorium schlichen, um ein paar Worte miteinander zu wechseln. Nach den Morgengebeten hatte Savonarola ihn zu sich kommen lassen. Der Prior schien sich ein wenig erholt zu haben; seine Gesichtsfarbe wirkte gesünder, und seine Augen irrten nicht mehr so unruhig umher.

»Komm ins Parlatorium«, hatte er gesagt. Domenian war dorthin geeilt, um rechtzeitig zum Frühstück im Refektorium zu sein. Savonarola erschien kurze Zeit später.

»Ich habe dich hergebeten, da du nicht regelmäßig an den Stundengebeten teilnimmst. Einige der Brüder haben bemerkt, dass du dich häufig außerhalb des Klosters aufzuhalten scheinst. Was hat das zu bedeuten?«

Savonarolas Miene hatte sich bei diesen Worten verfinstert. Domenians Herz begann schneller zu klopfen. Was, wenn der Prior in ihn hineinsehen könnte?

»Du selbst hast mir aufgetragen, Herr«, antwortete er schnell, »die Beweise für das sündhafte Treiben der Menschen aufzuspüren und zu vernichten! Ich gehe alle Tage hinaus und überwache die Arbeit der *Fanciulli*. Wir haben schon eine stattliche Ausbeute an Luxusgütern für das neue Fegefeuer beisammen. Überdies verbringe ich viel Zeit damit, als Priester die Beichte abzunehmen. Manche Leute finden gar kein Ende im Beichtstuhl ...«

»Es tut mir leid, dass ich dich das fragen musste, Domenian«, sagte Savonarola und legte ihm die Hand auf den Arm. »Es schien mir, als dauerten deine Ausflüge manchmal unverhältnismäßig lang. Aber wenn es sich so verhält, wie du sagst, dann hast du meinen Segen! Geh und stärke dich, dann walte deines Amtes. Und noch etwas«, meinte er, als Domenian sich anschickte, den Raum zu verlassen. »Achte besonders auf die Bilder und Bücher – nicht nur Schminktöpfe, Kleider und Schmuck zeugen von der Sünde!«

Domenian war durch den Kreuzgang zum Refektorium gegangen und hatte schweigend zusammen mit den anderen Mönchen sein Essen eingenommen. Was fiel seinen Brüdern eigentlich ein, so über ihn zu richten? Jetzt in seiner Zelle fühlte er sich sehr allein. Sein Leben zog an seinem inneren Auge vorüber. Was hatte er eigentlich erreicht, was war sein Antrieb gewesen?

Er war vom Land in die Stadt Florenz gezogen. Domenian erinnerte sich, damals eine Predigt von Savonarola gehört zu haben. Die Worte des Mönchs hatten ihn vollkommen in ihren Bann gezogen. Von dem Leben in den Städten hatte Savonarola gesprochen, von den Sünden der Menschen, die sie von Gott entfernten. Kaum einer gebe noch von seiner Habe den Armen, es sei keine Gemeinschaft mehr vorhanden. Es habe einmal eine Urgemeinschaft der Christen gegeben, in der niemand etwas für sich besaß und doch jeder das bekam, was er brauchte. So einen ›Gottesstaat‹ gelte es in Florenz zu errichten.

Von diesem Moment an war Domenian wie verwandelt gewesen. Er verließ sein Elternhaus, auch wenn Mutter und Vater versuchten, ihn daran zu hindern. Er hätte etwas Besseres werden sollen als sie, die einfache Bauern waren, und nun wollte er in ein Kloster gehen! Auch die Versuchungen des Fleisches hatten Domenian immer wieder angesprungen, aber er widerstand ihnen erfolgreich. Der Schweiß brach ihm aus allen Poren. Er warf die Decke von sich, spürte den kalten Luftzug auf seiner Haut. Maria Magdalena schaute ihn von der Seite her an, als wolle sie ihn verhöhnen. Domenian lag zwischen Wachen und Traum. Er befand sich in seinem Elternhaus, der Vater war in den Weinbergen beschäftigt. Die

Mutter besorgte den Garten. Er wollte weg von hier, weg von ihr, die sich in seine Träume drängte und ihn beschmutzte! Aber unsichtbare Fesseln hielten ihn zurück. Domenian saß in der Küche und entkernte Zwetschgen, wie es ihm seine Mutter aufgetragen hatte. Sie wollte die Früchte zu Mus verkochen. Ein unbändiger Hass stieg in ihm auf. Er schaute auf das Messer, mit dem er die Zwetschgen aufschnitt. Der Saft der Früchte klebte an seinen Händen, er roch süßlich. Domenian kam ein Gedanke.

Er wischte das Messer an einem Tuch trocken, steckte es in seinen Gürtel. Die Fesseln waren abgefallen. Er ging leichten Schrittes durch die Diele hinaus in den Garten. Seine Mutter wandte ihm den Rücken zu. Leise kam er näher. Sie kniete im Gras, er konnte ihre kräftigen Waden sehen. Ihre Füße steckten in Holzschuhen. Der Geruch nach Erde und Gras stieg ihm in die Nase. Sie war es, die ihn verdorben, ihn sündig gemacht hatte! Mit ihren braunen Händen, an denen die Adern hervortraten, sammelte sie weitere Zwetschgen auf. Manche der Früchte schienen sich zu bewegen, doch als Domenian genauer hinschaute, waren sie mit Wespen gefüllt. Er hob das Messer. In diesem Augenblick wandte sie sich um. Domenian blickte in ihr Gesicht, aber es war nicht das seiner Mutter.

28.

Der Palazzo der Familie Scroffa war aus mächtigen Steinquadern erbaut. Schmale Fensteröffnungen gaben ihm ein abweisendes Aussehen. Angelina zögerte, bevor sie den Türklopfer in Form eines Löwenkopfes bediente. Wie würde Eleonore ihr entgegentreten?

Lucas und Sonia waren ebenfalls zu diesem Essen eingeladen, das machte Angelina Mut. Sie war noch nie im Stadthaus der Scroffas gewesen, und unwillkürlich verglich sie es mit dem ihrer Eltern. Es war entschieden prächtiger! Die Eingangshalle war mit Fresken geschmückt; in der Mitte stand ein Springbrunnen. Ein Diener geleitete sie zum *Primer Piano*, nahm ihr den Mantel ab und führte sie in das Esszimmer. An den Wänden, die mit Stofftapeten ausgeschlagen waren, hingen Ahnenbilder. Die Decke war reich mit Stuck ausgestattet, und in den Ecken standen Statuen aus Marmor und etliche Putti. In der Mitte war eine lange Tafel mit Silberbesteck und Goldrandtellern gedeckt.

Kerzen verbreiteten ein warmes Licht. Viele der Menschen, die im Raum verteilt waren und miteinander plauderten, kannte Angelina nicht. Doch dann entdeckte sie Eleonore, in ein Gespräch mit Tomasio Venduti vertieft. Beide hielten Gläser mit Wein in den Händen. Eleonore hatte Angelina entdeckt, stellte ihr Glas auf eine Konsole und kam mit ausgebreiteten Armen auf sie zu.

»Wie freue ich mich, dich wiederzusehen!«, rief sie und schloss sie in die Arme.

»Ich freue mich auch, dich wiederzusehen, Eleonore«, sagte sie aufrichtig. »Und ich danke dir für diese Einladung.«

»Schade, dass Francesco nicht dabei sein kann«, meinte Eleonore. »Er wird schon über Siena hinaus sein. Aber ich habe Lucas und Sonia eingeladen, die wirst du gewiss auch gern begrüßen.«

»Ich habe sie schon besucht, seitdem ich wieder in Florenz bin«, sagte Angelina.

»Wie ist es dir ergangen?« Eleonore schaute sie bei dieser Frage mit einem warmen Blick an. »Du bist ja … wie soll ich es sagen … etwas schnell vom Lago Trasimeno aufgebrochen.«

»Ich habe es nicht mehr ausgehalten«, antwortete Angelina ausweichend. »Mir war eingefallen, dass meine Tante in Arezzo wohnt, dort bin ich geblieben, bis die Pestwelle vorüber war.«

»Wie dem auch sei«, Eleonore strich eine Locke ihrer blonden Haare zurück, die zu einem kunstvollen Kranz geflochten waren, »in meinem Haus bist du immer willkommen!« Angelina lächelte und begrüßte Tomasio, Sonia und Lucas und die beiden Kinder Eleonores. Den übrigen etwa zehn Gästen wurde sie von Eleonore vorgestellt. Man sprach über den neuesten Klatsch in der Stadt, bis die Vorspeise, eine Hasenpastete, aufgetragen war. Das Gespräch wandte sich der Kunst zu. Ein Mann mit rosigem Gesicht, anscheinend ein Kunsthändler, erzählte eine Episode aus dem Leben des Leonardo da Vinci.

»Leonardo ist ja, wie Ihr alle wisst, mit der Ausmalung der Mailänder Kirche beschäftigt: mit dem heiligen Abendmahl. Graf Sforza hat es in Auftrag gegeben. Man sagt, dass der Prior des Klosters Leonardo sehr zur Arbeit angetrieben habe, denn er verstand es nicht, dass der Maler bisweilen einen halben Tag im Nachdenken verloren schien. Der Prior beschwerte sich beim Herzog Sforza und bedrängte ihn so lange, bis er Leonardo herbeirufen ließ und ihn im Namen des Priors bat, schneller zu arbeiten. Leonardo sagte, dass Künstler häufig dann am meisten schaffen, wenn sie am wenigsten arbeiten, nämlich wenn sie erfinden und im Geiste bilden, was sie mit ihrer Hände Arbeit vollenden. Zwei Köpfe fehlten ihm noch, sagte er, der des Christus, und der des Judas, über den er nachdenke. Es scheine ihm vollkommen unmöglich, Gesichtszüge für jemanden zu erfinden, der in der Lage gewesen war, seinen Herrn zu verraten. Finde er nichts Besseres, so seien ihm die Gesichtszüge des taktlosen und lästigen Priors gewiss eine gute Vorlage. Dies brachte den Herzog zum Lachen, und er gab ihm recht. Der Prior indes war verwirrt und befleißigte sich, die Arbeiten im Garten fortzuführen, und ließ Leonardo fortan in Frieden.«

Alle am Tisch lachten.

»Leonardo da Vinci ist ein großer Mann«, sagte Tomasio, nachdem er sich mit einer Serviette den Mund abgewischt hatte. »Dadurch, dass er das heilige Abendmahl gemalt hat, erweist er sich als Meister der sakralen Kunst! Er sollte sich mehr auf diese Seite beschränken und nicht so viele Versuche in den mechanischen Künsten machen.«

»Wenn wir solche Forscher und Sucher nicht hätten, gäbe es einen Stillstand«, wandte der Herr mit dem rosigen Gesicht ein.

»Wenn ich die bescheidene Meinung eines Händlers äußern darf«, fiel Lucas ein, »dann würde ich sagen: Ich ziehe den Hut vor Künstlern aller Art! Sie sind das Salz in der Suppe einer jeden Gesellschaft.«

»Was die Künstler vor allem auszeichnet, ist der Adel ihrer Gesinnung«, sagte Eleonore. »Ich zumindest habe keinen kennengelernt, der ihn nicht besessen hätte.«

Angelina wusste, auf wen sie anspielte. Wie bleich sie aussah! Auf ihrer Stirn hatten sich Schweißtropfen gebildet. Ob es ihr so naheging, von Francesco zu sprechen?

»Auch andere, nicht nur Künstler, haben diese edle Gesinnung«, wandte Tomasio ein. »Auch mancher Mönch, manche Nonne, ein Bauer oder ein Tagelöhner können sie haben.«

»Spielt Ihr auf Savonarola an?«, fragte der Mann mit dem rosigen Gesicht. »Der mag die einmal gehabt haben, aber sie ist ihm auf dem Weg zu seinem Gottesstaat verlorengegangen.«

»Wie meint Ihr das?«, fragte Tomasio. Sein Gesicht zeigte rote Flecken.

»Er hat das, was er von Gott gegeben betrachtete, gegen die Menschen angewendet«, antwortete der Mann.

»Ich verstehe«, sagte Tomasio nachdenklich. »Ja, er hat es übertrieben. Und immer mehr Menschen empfinden es so.«

»Es wird schon gemunkelt, dass er abgesetzt und aus der Stadt vertrieben wird, wenn er nicht aufhört, sich dem Papst zu widersetzen«, warf Eleonore ein. Angelina schwieg. Sie war mit ihren Gedanken immer noch bei Francesco. Zwei Dienerinnen erschienen, brachten gebratene Goldbrassen und Kalbsleber mit Salbei. Eleonore führte ihre Gabel zum Teller und ließ sie wieder sinken. Sie begann zu keuchen.

»Was ist mit dir?«, fragte Angelina und eilte zu ihr hin. Alle waren aufgeschreckt und wandten sich Eleonore zu.

»Ich habe das Gefühl, als hätte ich … Tinte getrunken«, brachte Eleonore hervor. »Macht das Fenster auf! Ich ersticke!«

Sie sank langsam zu Boden, hielt sich am Tischtuch fest. Gläser und Teller fielen auf sie herunter. Sie würgte.

»Mir ist kalt«, wimmerte sie. Angelina lief los, um Hilfe zu holen.

»Hol einen Arzt!«, rief sie der Dienerin zu, die von der Küche herankam. Angelina holte Decken aus der Schlafkammer, eilte zurück und deckte Eleonore damit zu. Die Tante, Tomasio und die anderen fächelten ihr Luft zu.

»Was hast du denn nur gegessen?«, fragte Eleonores Tante.

»Nichts, Frau Tante, was ihr nicht auch gegessen hättet.« Eleonore hustete und musste sich erbrechen. Tomasio rannte zur Küche, um eine Schüssel zu holen. Eleonores Gesicht wurde noch bleicher, der Schweiß brach ihr am ganzen Körper aus. Ihre Finger krampften sich in die Decke.

Angelina saß wie erstarrt neben ihr auf dem Boden und hielt ihre Hand.

Die Finger waren kalt wie bei einer Toten. Eleonores Augen suchten die ihren, ihre Zähne schlugen gegeneinander. Was war nur geschehen? Gab es eine neue Seuche in der Stadt? Angelina ließ sich Wasser und ein Tuch bringen, wischte die Stirn von Eleonore immer wieder ab. Warum musste Eleonore so sehr leiden? Die Gäste waren hinausgegangen, nur Tomasio und der Mann mit dem rosigen Gesicht befanden sich noch im Raum. Die weinenden

Kinder waren von den Dienern weggebracht worden. Eleonore wand sich in Krämpfen, sie hielt sich den Leib und gab unterdrückte Schreie von sich. Angelina hielt weiter ihre Hand, wischte ihr noch einmal die Stirn ab. Da war es wieder. Ein metallischer Geruch. Angelina fiel Matteo ein, da war es ähnlich gewesen. Was hatte der Bader damals gesagt? Matteo sei vermutlich durch Gift gestorben.

»Wir brauchen ein Gegenmittel«, sagte sie und stand auf.

»Was habt Ihr gesagt?«, fragte Tomasio. Er war ebenfalls bleich im Gesicht. Vor der Tür polterte es. Der Arzt, ein untersetzter Mann mit Einglas und schwarzem Hut, trat ein und setzte seine Ledertasche neben Eleonore nieder.

»Sie ist vergiftet worden!«, rief Angelina, »schnell, sie braucht ein Gegenmittel!«

»Woher wollt Ihr das wissen?«, fragte der Arzt zurück.

»Schaut sie doch an!«, rief Angelina verzweifelt.

Der Arzt untersuchte Eleonore, drückte auf den Bauch, was Eleonore zu einem Stöhnen brachte, fühlte den Puls.

»Der ist viel zu schnell«, stellte er fest. Eleonores Atem ging inzwischen ruhiger, aber ihr Gesicht hatte eine fast bläuliche Farbe angenommen.

»Es sieht wie eine Vergiftung aus«, meinte der Arzt. »Ich gebe ihr ein Brechmittel.«

Nachdem er es ihr eingeflößt hatte, erbrach sich Eleonore immer wieder. Ihre Augen waren geschlossen. Angelina nahm sie fest in den Arm. Eleonore durfte nicht sterben! Alles, was sie jemals Böses über sie gedacht hatte, tat ihr in diesem Augenblick furchtbar leid. Sie lauschte den leisen Atemzügen, die allmählich wieder in ein Röcheln übergingen.

»Komm näher her zu mir«, flüsterte Eleonore. »Ich möchte dir etwas sagen.«

Angelina rannen die Tränen aus den Augen.

»Ich habe nichts mit Francesco gehabt«, sagte sie und drückte Angelinas Hand. »Es war jemand anderes. Versprich mir eins.«

»Ja, ich verspreche, was immer du willst, wenn du nur wieder gesund wirst!«

»Versprich mir: Du wirst denjenigen finden, der all dies zu verantworten hat. Dann kann ich in Ruhe sterben.«

»Du darfst nicht sterben!«, flüsterte Angelina. »Der Arzt wird dir Senfpflaster machen, dich schröpfen, er wird dir schon helfen!«

Der Arzt schüttelte den Kopf.

»Versprich es mir!«

Angelina nickte unter Tränen.

»Mein liebes Mädchen«, sagte Eleonore erschöpft. »Grüße mir alle, die mir liebgeworden sind in meinem Leben. Und ganz besonders Francesco, den Gefährten meiner Kindheit.«

Ihre Augen blickten starr geradeaus, auf einen Punkt, den niemand außer ihr sehen konnte. Das Weiße des Augapfels war rot verfärbt. Eleonore schrie auf, hielt sich den Bauch, atmete rasselnd, fiel zurück. Dann wurden ihre Glieder weich, ihre Augen brachen. Eleonores Tante trat hinzu und drückte ihr die Lider zu. Angelina glaubte, in einem Alptraum befangen zu sein. Es konnte doch nicht sein, dass Eleonore tot war. Es dauerte lange, bis sie endlich aufstand.

»Wir konnten ja nicht mal einen Priester holen«, sagte sie mit matter Stimme. Die Tränen flossen ihr immer noch über die Wangen. Die Diener kamen, um die Tote zu waschen und aufzubahren. Der Arzt stellte einen Totenschein aus, in dem vermerkt war: ›Es besteht der Verdacht auf Vergiftung.‹

Giacomo und Lisetta, Eleonores Kinder, waren zurückgekommen. Sie standen bleich, mit aufgerissenen Augen im Zimmer. Sonia nahm sich der beiden an und führte sie hinaus. Angelina folgte ihnen. Sie wischte sich die Tränen ab.

»Ich kann da drin nichts mehr für sie tun«, meinte sie.

»Damit, dass Eleonore sterben würde, hätte ich nie gerechnet«, sagte Sonia, die Arme liebevoll um die Kinder gelegt. Sie schluchzte. »Die armen Kinder! Zum Glück ist ihre Großtante hier!«

Eine Dienerin holte die Kinder ab, um sie ins Bett zu bringen.

Lucas kam aus dem Zimmer und meinte: »Komm mit zu uns, Angelina, wir sollten uns besprechen. Es hat uns alle sehr getroffen.«

Angelina schwankte einen Augenblick. Sollte sie das Angebot annehmen?

»Warum ist Eleonore gestorben, was meint ihr?«, fragte sie.

»Sie ist vergiftet worden«, sagte Sonia bitter.

»Es hat etwas mit unseren Geständnissen am Lago Trasimeno zu tun«, folgerte Angelina. »Jemand weiß darüber Bescheid.«

»Aber wie kommt derjenige hierher, und warum sollte er Eleonore vergiften?«, fragte Sonia verzweifelt.

»Wir sind alle in Gefahr!«, sagte Angelina leise. »Vielleicht ist der Mörder sogar in unserer Nähe.«

»Lasst uns schnell von hier fortgehen«, drängte Lucas. »Sonst sind wir die Nächsten.« Er schaute sich vorsichtig um, aber es war niemand da, der sie hätte belauschen können. »Wir müssen jetzt zusammenhalten und uns gegenseitig beschützen.«

Angelina kam ein Gedanke. Er war seltsam und unangenehm, doch er ergab einen Sinn.

»Ich bin es, der euch allen Unglück bringt«, sagte sie. »Ihr müsst euch von mir fernhalten beziehungsweise muss ich mich von euch fernhalten, weil ich jedem Unglück und Tod bringe, der in meine Nähe kommt!«

»Unsinn«, entgegnete Lucas. »Das redest du dir nur ein, weil du dich schuldig fühlst. Aber du bist nicht schuld, an gar nichts!«

»Doch«, sagte Angelina. »Ich weiß es. Ich weiß es in diesem Augenblick genauer, als ich es je geahnt hätte. Ich werde zu Rinaldo gehen und ihm sagen, dass ich fortmuss. Wenn Francesco zurückkommt, sagt ihm bitte, dass ich ihn nicht mehr sehen kann.« Bei diesen Worten stiegen ihr wieder die Tränen in die Augen. Sie wandte sich zum Gehen.

»Angelina, bleib doch«, bat Sonia.

»Ich kann es nicht, Sonia, ich darf es nicht!« Angelina umarmte die Freundin und Lucas und verabschiedete sich von den Gästen mit den Worten:

»Ich muss nach Hause. Seid alle meiner aufrichtigsten Teilnahme versichert. Zur Beerdigung werde ich da sein.«

Sie lief die Treppe hinunter. Auf der Straße schlug ihr ein eiskalter Wind entgegen. Angelina ging langsam durch die dunklen Gassen zur Wirtschaft *Al Carpa*. Ihre Beine waren schwer, die Augen brannten. Sie nahm alles wie in einem Nebel wahr. Um diese Nachtzeit war niemand mehr unterwegs. Warum war sie allein gegangen, hatte sich nicht begleiten lassen? Wenn nun der Mann im Kapuzenmantel käme und sie tötete? Angelina hörte klackende Schritte auf dem Pflaster hinter ihr und begann schneller auszuschreiten. Sollte sie sich verstecken? Aber derjenige hatte sie gewiss schon gesehen. Angelina stellte sich in den Eingang eines Geschäftes. Ihr Herz klopfte überlaut, so dass sie fürchtete, der Unbekannte könnte es hören. Die Schritte kamen immer näher. Angelina wagte sich nicht zu rühren. Ihre Knie drohten nachzugeben. Eine Gestalt mit wehendem Mantel huschte vorbei. Gott sei Dank, der Unbekannte hatte sie nicht bemerkt!

Angelina wartete eine Zeitlang, bis ihr Herzschlag sich wieder beruhigt hatte. Sie setzte ihren Weg fort. In ihr war es so düster wie die Welt um sie herum. Sie würde sich von allen Menschen trennen müssen, die ihr in irgendeiner Weise nahestanden. Doch halt! Angelina verlangsamte ihren Schritt. Matteo und Eleonore hatten zu der Gruppe gehört, mit der sie am Lago Trasimeno gewesen war. Ebenso Lucas und Sonia. Aber Rinaldo und seine Töchter hatten damit nichts zu tun. Zu ihnen würde sie gehen können. Müde schleppte sie sich die letzten Schritte zu der Wirtschaft *Al Carpa*. Aus den Fenstern drang kein Licht. Wahrscheinlich hatte Rinaldo heute früher zugemacht. Aber warum? Waren die Gäste ausgeblieben? Angelina überquerte die Straße, an welcher der Turm des Palazzo Acciaiuoli lag. Auch hier drang kein Licht aus dem Inneren. Waren sie schon schlafen gegangen? Das sah ihnen gar nicht ähnlich. Sie rüttelte an der Tür. Nichts, kein Laut, keine Spur eines Menschen.

Angelina begann zu frieren. Jetzt hatte sie es erreicht, sie war für ihren Hochmut und ihren Eigensinn endgültig bestraft worden. Sie war ganz allein auf der Welt, in einer kalten Nacht Ende Oktober. Das Geld, das sie von ihrer Tante erhalten hatte, würde gerade für ein, zwei Wochen in einem Zimmer reichen, das sie mieten könnte. Doch dazu war es heute Nacht zu spät. Sie würde auf der Gasse übernachten müssen. Zu Sonia und Lucas wagte sie nicht zu gehen. Angelina kauerte sich in den Eingang zu dem Turm, zog ihren Mantel über sich und starrte vor sich hin. Eine Glocke schlug zwölf, dann eins. Angelina fror erbärmlich. Die Bilder von Eleonores Tod standen ihr vor Augen. Alle Ereignisse der vergangenen Monate zogen an ihr vorüber. Sie allein war schuld an all dem Elend, war schon immer schuldig gewesen! Ihr würde nichts anderes übrigbleiben, als in ein Kloster zu gehen. Vielleicht konnte sie dort ihre Sünden büßen, bis Gott sie von ihrem traurigen Leben erlöste? Doch wenn sie den Schleier nahm, würde sie Francesco nie wiedersehen. Angelina sah ihn auf dem Weg nach Rom, mit seinem feinen Haar und dem entschlossenen Zug in den Mundwinkeln. Ach, wäre doch alles anders gekommen!

In welches Kloster sollte sie gehen? Hier in Florenz gab es nur Klöster, die unter Savonarolas Herrschaft standen. Und hier würde sie der Unbekannte finden und töten, dessen war sie gewiss. Aber durfte sie sich einfach so fortschleichen, musste sie die anderen nicht beschützen? Wie sollte sie jemanden beschützen, wenn sie nicht einmal wusste, vor wem? Das Gift konnte jederzeit von außen in das Haus von Eleonore gebracht worden sein. Alles war genauso rätselhaft wie die anderen Morde. Sollte Tomasio etwas damit zu tun haben? Aber aus welchem Grund sollte er andere umbringen? Als sie am Lago Trasimeno waren, hatte er sich weit entfernt in Ravenna befunden. Angelinas Gedanken drehten sich im Kreis, bis ihr schwindelig wurde. Ihre Arme und Beine waren eiskalt, die Kälte kroch in ihren Mantel. Irgendwann dämmerte sie hinüber.

29.

Angelina blinzelte ins Licht. Wer war das? Ein Mann mit Fledermausohren leuchtete ihr mit einer Fackel ins Gesicht. Angelina richtete sich mühsam auf. Sie war steifgefroren.

»Was macht Ihr denn da?«, fragte der Mann mit einer näselnden Stimme.

Jetzt fiel es ihr wieder ein. Es war der Diener dieses Palastes, dessen Besitzer die Turmzimmer an Rinaldo und seine Töchter vermietet hatte.

»Signor Boni und die Mädchen waren nicht zu Hause«, entgegnete sie. »So musste ich hier übernachten.«

»Ja, habt Ihr es denn noch nicht gehört?«, fragte er und starrte sie bedauernd an.

»Was gehört?«, fragte sie zurück. Ihr wurde noch kälter. Hörte der Schrecken denn niemals auf?

»Gestern Abend kamen die *Fanciulli* und haben die Wirtschaft geschlossen«, sagte er. »Wegen des Glücksspiels. Die Karten und die Lebensmittel haben sie gleich beschlagnahmt. Es sei Völlerei, was hier betrieben würde, sagten sie.«

»Und wo sind Rinaldo und seine Töchter?«, wollte Angelina wissen. Ihre Zähne schlugen aufeinander.

»Die haben sie zur Signoria gebracht. Vielleicht sollen sie verhört werden.«

»Ich muss sofort hin!«

»Wartet doch, Signorina. Ich kann Euch ein Frühstück servieren. Ihr seid ja völlig durchgefroren! Mein Herr wird bald auf sein, der kann Euch gewiss weiterhelfen.«

»Danke, Signore, ich werde mir unterwegs ein *Cornetto* kaufen. *Arrivederci!*«

Angelina wandte sich in Richtung der Piazza della Signoria. Die Stadt begann allmählich zu erwachen. Karren rumpelten über das Kopfsteinpflaster, Läden wurden rasselnd hochgezogen. Auf der Piazza della Signoria priesen Händler Heiligenbildchen, Backwaren und Süßigkeiten an. Angelina kaufte ein Cornetto. Während sie es aß, beobachtete sie den Eingang zum Palazzo della Signoria. Dort standen Wächter, die jeden Ein- und Ausgehenden überwachten. Es musste sein. Angelina gab sich einen Ruck und schritt über den Platz zu den Wächtern hin. Sie beobachteten sie argwöhnisch.

»Ich suche nach einem Signor Boni und seinen Töchtern«, sagte Angelina mit fester Stimme.

»Solche Personen gibt es hier nicht«, sagte einer von ihnen barsch.

»Ich habe aber gehört, dass sie gestern Nacht hierher verbracht worden sind«, gab Angelina zur Antwort.

»Wollt Ihr die Familie auslösen?«, fragte ein anderer und lachte.

»Ja, das will ich«, sagte Angelina.

»Da musst Ihr Euch gedulden«, meinte ein anderer. »Die werden noch verhört.«

Angelina wartete. Als ihr die Zeit zu lang wurde, spazierte sie auf der Piazza herum, beobachtete das Treiben der Händler und Schuhputzer, behielt aber den Eingang des Palastes immer im Auge. Endlich entstand eine Bewegung an der Tür. Eine kleine Gruppe von Menschen erschien.

Angelina eilte hinzu. Rinaldo, Pallina, Verena und Gratiosa schauten ihr etwas verschlafen, aber unversehrt entgegen.

Rinaldo drückte ihr kräftig die Hand.

»Ihr wollt uns auslösen, habe ich gehört? Das ist aber nicht nötig.«

»Ich habe mich sehr erschrocken, als ich gestern Abend zu der Wirtschaft kam. Ach, es ist so viel geschehen!« Ängstlich schaute sie sich um.

»Nun beruhigt Euch, Signorina«, sagte einer der Wächter. »So schlimm steht es doch nicht. Signor Boni musste eine kleine Strafe zahlen wegen des Glücksspiels. Er ist ein freier Mann!«

Pallina hatte Angelina in den Arm genommen.

»Du erzählst es uns nachher, nicht wahr?«, fragte sie.

Angelina war froh, dass Rinaldo und den Seinen nichts Schlimmeres geschehen war. Rinaldo schlug vor, zur Ponte Vecchio zu gehen, sie hätten noch nichts zu sich genommen. Die Sonne hatte sich ihren Weg durch die Wolken gebahnt, so dass es etwas wärmer wurde. Auf der Brücke waren die Stände der Metzger, Bäcker und Tuchhändler aufgebaut. Von den Kurtisanen, die hier früher ihre Runden drehten, war nichts mehr zu sehen. Rinaldo suchte den Stand eines Bäckers aus und bestellte Brot, Pallina holte beim Metzger Wurst. Sie setzten sich auf zwei der Bänke.

»Das war ein Schreck in der Abendstunde«, seufzte Rinaldo und biss in sein Brot. Mit seinem Messer schnitt er Stücke von der Salami.

»Die kamen etwa um zehn«, plapperte Verena aufgeregt los. »Polterten an die Tür und verlangten Einlass.«

»Sechs waren es, alle älter als fünfzehn, vermute ich«, setzte Pallina hinzu.

»Sie riefen: ›Im Namen Gottes, wir wollen, dass wieder Ordnung herrscht in unserer Stadt!‹«, fuhr Verena fort.

»Nicht so laut«, warnte Rinaldo. »Man könnte uns hören.«

»Sie sagten«, meinte Gratiosa jetzt leiser, »dass jemand ihnen berichtet hätte, dass bei uns Glücksspiele erlaubt wären und Schlimmeres.«

»Was denn Schlimmeres?«, fragte Angelina.

»Nun, sie sagten«, Pallina ergriff nun wieder das Wort, »dass wir den Herren, die bei uns zur Völlerei angehalten würden, unsere Dienste leisten würden.«

»Dafür haben sie doch keine Beweise!«, rief Angelina.

»Doch, leider«, schaltete sich Rinaldo ein. »Der Denunziant hat die Karten und das Geld gesehen, um das gespielt wurde. Außerdem hatte er berichtet, dass Pallina mit den Herren schäkerte und die dann mehr zum Essen und zum Trinken bestellt hätten.«

»Aber das sind doch keine ›Dienste‹!«, empörte sich Angelina.

»Dann hätten sie mich gewiss auch mit zur Signoria genommen, weil ich die Herren zum guten Essen angestiftet habe! Also habe ich Euch Unglück gebracht.«

Rinaldo sah bekümmert aus. Sein Schnauzbart zitterte leicht.

»Das dürft Ihr nicht denken, Angelina. Auf jeden Fall sind wir damit erst einmal vernichtet. Wir können nur hoffen«, er wurde noch leiser, »dass diese Herrschaft bald ein Ende hat.«

»Wir können arbeiten«, sagte Pallina. »Jeder Dritte in Florenz ist mit der Tuchherstellung beschäftigt. Da müssten wir doch etwas finden.«

»Da bin ich mir nicht so sicher«, antwortete Rinaldo. »Eine Familie, die von der Signoria verhört und deren Wirtschaft geschlossen worden ist ...«

»Habt ihr denn wenigstens noch die Zimmer in dem Turm?«, fragte Angelina.

»Ja, die Miete ist im Voraus bezahlt bis zum Ende des Jahres«, gab Rinaldo zur Antwort. »Wollt Ihr bei uns wohnen bleiben, Angelina?«

Angelina schluckte. Die drei Mädchen schauten sie erwartungsvoll an.

»Ich danke Euch für diese Einladung«, sagte Angelina. »Aber ich habe einen Entschluss gefasst. Das hängt mit dem zusammen, was gestern geschehen ist.« Sie räusperte sich und fuhr fort:

»Zum dritten Mal ist gestern in meiner Anwesenheit ein Mord geschehen. Und ich bin der festen Überzeugung, dass es etwas mit mir zu tun hat, dass jeder, der mit mir in Berührung kommt, gefährdet ist, sein Leben zu verlieren. Deshalb will ich in ein Kloster gehen.«

Die Münder der Mädchen standen halb offen. Rinaldo blickte Angelina entgeistert an.

»Das glaube ich nicht«, sagte Rinaldo. »Das bildet Ihr Euch gewiss nur ein. Warum sollten wir denn gefährdet sein?«

»Ich weiß es nicht«, antwortete Angelina. »Es tut mir selber weh, zu gehen. Aber ich muss es tun.«

»Ich verstehe das nicht«, meinte Pallina. »Im Kloster wären die Nonnen dann ja auch gefährdet, oder nicht?«

»Ich glaube, dass es eher Männer sind und bestimmte Personen, mit denen ich während der Pestzeit zusammen war.«

»Wollt Ihr Euch nicht lieber mit uns eine Arbeit bei den Tuchhändlern suchen?«, fragte Rinaldo.

Angelina überlegte.

»Mein Vater ist in der Zunft der Tuchmacher. Er würde niemals zustimmen, dass seine Tochter sich zu so einer Arbeit verdingt.«

»Und wenn du zu deinen Eltern zurückkehrst?«, fragte Verena.

»Sie haben mich verstoßen.«

»Ach, das wusste ich nicht«, meinte Verena. »Aber dürfen wir dich wenigstens in dem Kloster besuchen?«

Angelina lächelte. »Selbstverständlich dürft ihr das! Ich muss allerdings erst mal eines finden, das mich aufnimmt.«

»Bei Fiesole gibt es ein Nonnenkloster, Corona della Santa Maria heißt es, glaube ich«, sagte Rinaldo. »Ich kenne es durch meinen Bruder, der das Kloster auch beliefert.«

»Davon habe ich schon gehört ... Ich werde mich auf ihn berufen«, entgegnete Angelina. »Und jetzt werde ich meine Sachen holen und aufbrechen.«

»Hier ist der Schlüssel für den Turm«, sagte Rinaldo mit belegter Stimme. »Legt ihn auf Euer Bett, wir kommen bald nach.«

Angelina verabschiedete sich herzlich von Rinaldo und seinen Töchtern, die sie in der kurzen Zeit so liebgewonnen hatte.

Mit ihrem Reisebündel wanderte Angelina durch die Gassen nach Nordosten. Bevor sie die Stadt verließ, wollte sie noch einmal zur Beichte gehen. Bald hatte sie den Dom erreicht. Dort traf sie einen Messdiener an, dem sie ihr Anliegen vortrug. Er bat sie, etwas zu warten, und verließ die Kirche. Nach einiger Zeit kehrte er zurück.

»Der Priester wartet jetzt auf Euch«, sagte er, deutete auf einen Beichtstuhl und ging davon. Angelina hatte den Priester nicht kommen sehen. Sie kniete sich wieder vor den kunstvoll geschnitzten

Beichtstuhl, dessen Öffnung mit einem schwarzen Tuch verdeckt war. Die Rosen waren ein Hinweis auf die Verschwiegenheit des Priesters. In dem Tuch waren zwei Schlitze angebracht, in denen Angelina Augen glitzern sah. Sie hatte das Gefühl, dass sich gleich etwas Ungeheuerliches ereignen würde. Ihre Hände waren feucht.

»Im Namen des Vaters und des Sohnes und des Heiligen Geistes. Amen«, sagte der Priester. »Gott, der unser Herz erleuchtet, schenke dir wahre Erkenntnis deiner Sünden und Seiner Barmherzigkeit.« Angelina glaubte, dass es derselbe sei, bei dem sie schon gebeichtet hatte.

»Ich habe gesündigt, hochwürdiger Herr Pater«, fuhr Angelina fort. Was wohl geschehen würde, wenn er ihre Beichte hörte?

»Beichte, und du wirst die Absolution erhalten«, gab der Priester zur Antwort. Seine Stimme klang drohend.

»Hochwürdiger Herr Pater, ich habe in meiner Kindheit eine Sünde begangen«, begann sie stockend, »die jetzt über alle kommt, die mir nahestehen. Ich weiß nicht, was ich getan habe, aber es hat dazu geführt, dass ich alle, die mir lieb und wert waren, verlassen muss und in ein Kloster eintreten will.«

Sie hörte, wie der Priester hart die Luft ausstieß. »In welches Kloster willst du eintreten?«, fragte er.

»In das Kloster Corona della Santa Maria bei Fiesole«, sagte Angelina.

»Damit hast du wohlgetan«, beschied der Priester. »Aber sag mir, wie du darauf kommst, dass du in deiner Kindheit gesündigt hättest.«

»Durch meine Träume, hochwürdiger Herr Pater«, antwortete sie. Es war ihr, als hielte sie ihm ihr Herz entgegen, und er würde es durchbohren.

»Träume sind durchaus dazu geeignet, uns unsere Sünden vor Augen zu führen«, antwortete der Priester. »Sag mir, was du in deinen Träumen gesehen hast. Aber verschweige mir nichts, ich warne dich!«

Angelina fühlte sich eigenartig erregt.

»Ich befand mich in einer Höhle oder einem Keller und konnte nicht hinaus«, sagte sie. »Es war dunkel und ich hatte Angst vor dem Tod. Wenn meine Hände die Wände berührten, griffen sie in etwas Feuchtes. Auch der Boden war feucht.«

»Wonach roch dieses Feuchte?«

Angelina dachte angestrengt nach. Es bereitete ihr fast körperliche Schmerzen, daran zu denken. Sie verstummte, weil eine schwarz verschleierte alte Frau an ihnen vorüber zum Altar ging, um zu beten.

»Es roch nach Regenwasser.«

»Konntest du noch etwa anderes riechen?«

Angelina erschrak bis in die Zehenspitzen. Was wollte der Priester damit andeuten? Sie versuchte sich zu erinnern.

»Es roch auch nach Feuer«, sagte sie kaum hörbar.

»Was hast du gesehen?«

Angelina begann zu zittern.

»Sag, was du gesehen hast!«

»Ich sah einen Toten.«

»Wer war es?«

»Ich weiß es nicht.«

»Du hast möglicherweise ein Verbrechen begangen«, sagte der Priester, »oder warst Zeuge eines solchen. Die bösen Geister lassen dich nicht mehr los. Aber du warst noch ein Kind.«

Angelina brach am ganzen Körper der Schweiß aus. »Können Kinder keine Sünden begehen?«, fragte sie.

»Oh doch, das können sie. Bereust du deine Tat?«

»Was auch immer ich getan habe, ich bereue es von Herzen«, sagte Angelina.

»Wenn du also bereust, werde ich dir die Absolution erteilen. Dir wird aber eine Buße auferlegt. Du wirst in dieses Kloster bei Fiesole eintreten und täglich ein Bußgebet für deine Sünden sprechen. Jeden Monat erwarte ich dich einmal zur Beichte.«

Angelina neigte den Kopf tiefer und sprach die ihr wohlbekannten Worte:

»Ich bereue, dass ich Böses getan und Gutes unterlassen habe. Erbarme dich meiner, o Herr. Amen.« Dieses Sühnegebet erleichterte sie nicht. Es war, als ob es alles nur noch schlimmer machte.

»Gott, der barmherzige Vater, hat durch den Tod und die Auferstehung seines Sohnes die Welt mit sich versöhnt und den Heiligen Geist gesandt zur Vergebung der Sünden. Durch den Dienst der Kirche schenke er dir Verzeihung und Frieden. So spreche ich dich los von deinen Sünden im Namen des Vaters und des Sohnes und des Heiligen Geistes. Amen.«

Angelina fühlte sich wie ausgelaugt. Was war das für ein Geheimnis, und warum schien dieser Priester es zu kennen? Sie fürchtete ihn, und trotzdem zog es sie mit aller Macht zu ihm hin. Irgendetwas band sie wie mit unsichtbaren Fäden an diesen Mann. Und sie hatte noch nicht einmal sein Gesicht gesehen. Wie der Mann in ihren Träumen! Als er den Beichtstuhl verließ, hastete sie mit aller Macht hinter ihm her, um einen Blick auf ihn zu erhaschen, doch er war schon zu weit fort. Angelina wandte sich steifbeinig dem Ausgang der Kirche zu.

Sie verließ die Stadt durch die Porta San Niccolo. Es war, als würde ihr bisheriges Leben vollkommen von ihr abgestreift. Nein, sie hatte das nicht gewollt, sie hatte weder den Tod Fredis noch den von Matteo gewollt noch den von Eleonore. Aber sie trug eine Schuld daran, wusste nur nicht, welche. Wie kam dieser Mann, der sich als Priester ausgegeben hatte, dazu, etwas über ihre Kindheit wissen zu wollen? War es damals wirklich um einen Mord gegangen?

Sie wusste es nicht, konnte sich an nichts erinnern. Ihre einzige Antwort darauf konnte sein, sich selbst aus dem Spielkreis der Figuren zu entfernen. Ihre Augen waren auf den Weg gerichtet, der sich zwischen Weinbergen hinzog. In den Tälern flossen Bäche. Das Spätherbstwetter ließ die Landschaft noch einmal aufleuchten, aber Angelina hatte keinen Blick dafür. Musste sie nicht auch an sich selber denken? Hatte sie nicht alles verloren, was ein Mensch nur verlieren konnte? Sie hoffte, in dem Kloster Aufnahme zu finden, denn sie hatte keine Kraft mehr, weiterzugehen. In dem kleinen Ort Fiesole, den sie wohl kannte von ihren Aufenthalten im Landhaus, fragte sie nach dem Kloster Corona della Santa Maria. Man wies ihr die Straße nach Süden. Bevor sie sich auf den Weg machte, stieg sie auf eine Anhöhe und warf einen letzten Blick zurück auf die Stadt Florenz. Wie eine Perle lag sie da im milden Licht, von Türmen und Palästen durchsetzt; die Kuppel des Domes ragte hervor wie ein Zuckerhut. Beim Weitergehen hatte Angelina Mühe, einen Fuß vor den anderen zu setzen. Die kahlen Weinberge erstreckten sich links und rechts des Weges, ein Wind war aufgekommen, der ihr ins Gesicht blies. Konnte sie sich gegen ihr Schicksal auflehnen, war es möglich, seiner Bestimmung zu entkommen?

Aber sie hatte diesen Weg nun einmal eingeschlagen und wollte ihn zu Ende gehen. Vor ihr ragte auf einem Hügel das Kloster auf, ein Gebäude aus grauen Steinen mit einem Glockenturm. Die Wand war von Efeu überwuchert. Die Pförtnerin, im schwarzen Habit der Benediktinerinnen, nahm sie in Empfang. Die Nonne führte Angelina durch einen Hof mit einer Zisterne. Ein Kreuzgang war rund um diesen Hof angelegt. Mutter Elisa, die Äbtissin, weile zurzeit im Kloster und werde darüber entscheiden, ob man Angelina als Novizin aufnehmen könne, erklärte die Pförtnerin. Die Äbtissin, eine kleine, ältere Frau mit wieselflinken Augen, sah von einem Buch auf, als die beiden das Zimmer betraten. Es war spärlich eingerichtet. Die Pförtnerin empfahl sich, und Mutter Elisa bat Angelina, auf einem Schemel Platz zu nehmen.

»Du willst unserem Orden beitreten, habe ich gehört«, sagte sie mit einer tiefen, angenehmen Stimme. »Wie heißt du, und was bewegt dich zu diesem Schritt?«

Angelina war auf diesen Augenblick gefasst gewesen und hatte sich etwas zurechtgelegt. Sie wollte zwar nicht die ganze Wahrheit sagen, aber zumindest so viel, dass sie sich später nicht in Widersprüche verstricken würde.

»Ich will mein Leben nur noch Gott und einer Klostergemeinschaft widmen, ehrwürdige Frau Äbtissin, weil ich keinen Platz in der Welt habe«, sagte sie.

»Wie bist du auf unser Kloster gekommen?«

»Der Bruder eines Freundes wohnt hier in der Nähe und beliefert Euch.«

»Hast du keine Familie?«

»Meine Familie hat mich verstoßen«, antwortete Angelina.

»Ich frage nicht, warum«, meinte Suor Elisa. »Das musst du allein mit Gott und deinem Gewissen abmachen. Aber du bist jung, und auch meine alten, schon etwas trüben Augen sehen, dass du hübsch bist. Hast du nie daran gedacht, dich zu vermählen?«

»Gedacht habe ich schon daran«, antwortete Angelina. »Aber ich bin nicht dafür bestimmt.«

»Wer hat dir das gesagt?«

»Meine Erfahrung.«

»Nun gut. Bist du bereit, das Gelübde der Armut, der Keuschheit und des Gehorsams abzulegen und dich von uns ein Jahr lang als Novizin prüfen zu lassen? Bist du bereit, die Ordensgewänder anzulegen und dich bis zur Profess in die Regeln des Klosters einzufügen?«

»Ich bin dazu bereit, ehrwürdige Frau Äbtissin. Seid Ihr denn bereit, mich aufzunehmen?«

»Einige Nonnen haben das Kloster in letzter Zeit verlassen, um nach Florenz zu gehen. Der Prior des Klosters San Marco hat sie mit seinen Reden betört.« Sie schüttelte verstimmt den Kopf. »Also haben wir Platz für Novizinnen. Üblicherweise sollte jede Nonne eine Mitgift für das Kloster bringen, aber das wäre wohl in deinem Fall etwas schwierig.«

Angelina trat auf die Äbtissin zu, beugte sich zu dem Ring an ihrem Finger hinab und küsste ihn.

»Ich danke Euch, ehrwürdige Frau Äbtissin. Ich glaube, hier werde ich meinen Frieden finden, den mit Gott und der Welt.«

Die Äbtissin läutete eine kleine Glocke. Eine Nonne in schwarzer Tracht erschien.

»Jetzt geh mit Suor Dorothea, lass dich einkleiden und in den Ordensregeln unterweisen. Sie wird dir auch deine Zelle zeigen.«

Suor Dorothea, eine schlanke Frau mit bräunlicher Hautfarbe, bedeutete Angelina, ihr zu folgen. Als Erstes führte sie Angelina in dem kleinen Kloster herum.

»Es liegt sehr abgeschieden von der Welt«, sagte Dorothea fast entschuldigend. »Das meiste, was wir brauchen, stellen wir selbst her.« Sie schritten durch eine rückwärtige Pforte hinaus. Angelina sah Weinberge und Äcker, Weiden mit Kühen, Ziegen und Schafen. Zurück im Kloster, zeigte Dorothea ihr das Refektorium, den kleinen Kapitelsaal und schließlich die Zelle, die Angelina bewohnen sollte. Sie bestand aus einem Schlaf- und einem Betraum. Angelina schaute aus dem schmalen Fenster, während Dorothea das Ordensgewand holte. Direkt vor Angelinas Zelle stand ein Walnussbaum, der seine kahlen Äste in den Himmel streckte.

Angelina übergab ihren Reisebeutel, ihre Kleidung und was sie sonst noch besaß, an Dorothea. Das brauchte sie jetzt alles nicht mehr. Sie streifte die kratzige Tunika und das Skapulier, ein Schulterkleid, über und verstaute die Kukulle, ein Obergewand für die Kirchenbesuche, in einer kleinen Truhe. Lange saß sie allein in ihrer Zelle und hing ihren Gedanken nach, bis eine Glocke zur Vesper läutete.

30.

Angelina gewöhnte sich schnell an das Klosterleben. Sie stand mit den anderen Nonnen kurz nach Mitternacht auf, um die Matutin zu feiern, vor Sonnenaufgang die Laudes, die Prim gegen sechs Uhr, um neun die Terz, die None, die Vesper am Nachmittag und nach dem Abendessen die Complet. Es wurde früh dunkel und war schon empfindlich kalt, so dass Angelina froh war, wenn sie sich eine halbe Stunde nach dem Abendessen in ihrer Zelle niederlegen konnte. Sie lernte, sog alles begierig auf, studierte alte Schriften, kümmerte sich um das Vieh und sammelte frühmorgens die Eier der Hühner ein. Am wohlsten taten ihr die Gebete, das Singen von Hymnen und Psalmen. Täglich sprach sie ein Bußgebet, wie der Priester es ihr aufgetragen hatte. Hier, in der stillen Gemeinschaft der Schwestern, kam sie endlich zur Ruhe. Oder war es eher eine Ablenkung? Des Nachts wurde Angelina von Träumen heimgesucht, aus denen sie mit einem Alpdruck auf der Brust erwachte.

Immer war sie in einem Raum gefangen, und jedes Mal kam ein Unbekannter in einem schwarzen Kapuzenmantel auf sie zu, um sie zu töten. Feuer und Rauch quollen aus seinen Augen. Sie brauchte jedes Mal lange, um in die Wirklichkeit zurückzufinden. Angelina hatte auch Schwierigkeiten, sich an das Redeverbot zu halten. Gesprochen werden durfte nur zu bestimmten Zeiten und in einem bestimmten Raum. Sie vermisste das Leben und das gute Essen bei Rinaldo und seinen Töchtern, sie vermisste Francesco, ihre Eltern und Geschwister, Sonia und Lucas. Wenn sie ihr in den Sinn kamen, schob sie die Gedanken schnell beiseite, denn dann begann sie erneut unruhig zu werden. Vor dem Einschlafen fühlte sie sich immer von den Wänden der Zelle bedrängt. Manchmal schien der Priester zu ihr zu sprechen, aber wenn sie genauer hinhören wollte, merkte sie, dass es eine Sinnestäuschung war. Mit inbrünstigen Gebeten versuchte Angelina, ihre innere Ruhe zu bewahren.

Eines Tages, es war inzwischen Mitte November, ließ Mutter Elisa sie zu sich rufen. Angelina stellte die Mistgabel, mit der sie gerade den Kuhstall gereinigt hatte, an die Wand und begab sich zu der Äbtissin, die sie in ihrem Gemach erwartete. Mutter Elisa hieß Angelina Platz nehmen und begann eine Unterhaltung.

»Du hast dich gut in unser Klosterleben eingefügt, Angelina«, sagte sie und blickte sie aus ihren gütigen, etwas kurzsichtigen Augen an. »Aber etwas gefällt mir nicht. Die Schwestern haben mir berichtet, dass du nachts schreiend auffährst. Bei Tisch isst du wenig, und ich sehe, dass du an Gewicht abgenommen hast. Du siehst auch sehr blass und verhärmt aus. Was bedrückt dich, dass du so kummervoll einhergehen musst?«

Angelina schluckte. Konnte sie der Äbtissin davon erzählen, was sie wirklich umtrieb?

»Ich will nicht als jemand erscheinen, der sein Leid über das anderer stellt«, sagte sie. »Aber ich glaube doch, dass ich Schwereres durchmachen musste als manch eine meiner Schwestern hier.«

»Was ist es?«, beharrte Mutter Elisa.

Angelina war bereit, sich zu öffnen. Wenn sie sonst niemandem mehr vertrauen konnte, warum nicht dieser gütigen Frau?

»Es war an einem Frühlingsabend dieses Jahres«, begann sie. »Mein Vater hatte ein Fest feiern lassen, auch wenn solche Feste verboten waren.« Würde Mutter Elisa ihr zürnen wegen dieser ›Sünde‹? Aber nein, die Äbtissin nickte ihr ermunternd zu, fortzufahren, und Angelina erzählte stockend, wie Fredi kurz darauf ermordet wurde.

»Liebtest du diesen Mann?«, fragte Suor Elisa.

»Nein«, antwortet Angelina. »Aber es schnitt mir doch in die Seele, dass er auf diese Weise sterben musste. Kurze Zeit später, wir waren vom Land in unser Stadthaus zurückgekehrt, wurde ich von einem Unbekannten mit einem Messer bedroht und er sagte, ich solle von meinen Sünden lassen, sonst müsste ich sterben.«

»Hast du denn eine Sünde begangen?«, wollte Suor Elisa wissen und neigte sich vor.

»Eigentlich nicht. Meine Eltern hatten ein Porträt von mir in Auftrag gegeben. Francesco Rosso, ein Maler aus Botticellis Werkstatt, hat dieses Bild angefertigt und es inzwischen vollendet.«

»Botticelli gilt als ein sehr frommer Mann«, meinte die Äbtissin.

»Nun, so sehr fromm war dieses Bild nicht«, entgegnete Angelina. »Aber darüber möchte ich nicht sprechen.«

»Was sagten deine Eltern dazu?«

Angelina kämpfte mit sich. Sie hatte einen Kloß im Hals.

»Ich bin weggelaufen«, sagte sie leise. »Und sie haben mich verstoßen.«

»Weil deine Eltern gegen die Verbindung mit diesem Maler waren?«

»Ja«, brachte Angelina hervor. Sie erzählte von all den Mordanschlägen, die ihren Freunden widerfahren waren. Sie sah, dass Mutter Elisa zusammenzuckte. Das war wohl mehr, als sie in den Beichten der jungen Nonnen zu hören bekam.

»Du liebst diesen Maler Francesco, ist es nicht so?«, fragte sie schließlich.

»Darüber möchte ich nicht sprechen!«, entgegnete Angelina eine Spur zu heftig. Sie versuchte weiterzureden, konnte aber die Tränen nicht mehr zurückhalten. Mutter Elisa nahm sie in den Arm und wiegte sie wie ein Kind.

»Beruhige dich«, sagte sie immer wieder und strich ihr über die Haare. »Hier bist du in Sicherheit.«

Nach einer Weile löste sich Angelina aus den Armen der Äbtissin, wischte sich die Tränen aus den Augen und schnäuzte sich in ein Leinentuch, das Mutter Elisa ihr reichte.

»Es tut so gut, über all das zu reden«, sagte Angelina. »Ich musste immer stark sein, die ganze Zeit. Und wir haben versucht herauszufinden, wer hinter diesen Mordanschlägen steckt.«

»Und?«, meinte Suor Elisa.

»Ich glaube, dass ich schuld daran bin!«, brach es aus Angelina heraus.

»Wie kommst du darauf?«

»Weil es immer Menschen waren, die mir nahestanden. Ich fürchte um das Leben aller, die mit mir in Berührung gekommen sind!«

»Ich sagte dir schon, hier bist du in Sicherheit. Hast du jemandem gesagt, wohin du gehst?«

»Nur dem Wirt und seinen Töchtern. Die werden mich nicht verraten.«

Ich habe es noch jemandem verraten, dachte sie. Aber sie schämte sich und schwieg. Wenn sie von dem Priester und dem erzählte, was während der Beichte besprochen wurde, würde Mutter Elisa sie gewiss nicht im Kloster aufnehmen.

»Was ist mit Francesco?«, fragte Mutter Elisa.

»Der hat sich auf eine Reise nach Rom begeben. Er weiß aber nicht, wo ich jetzt bin. Ich vermisse ihn.«

Mutter Elisa schaute Angelina ins Gesicht.

»Du bist hier, um dich zu prüfen, Angelina. In einem Jahr kannst du dich entscheiden, ob du den Schleier nehmen willst. Dann bist du frei von allen Wirren und Anfechtungen, die das Leben nun einmal mit sich bringt. Hier, in der Abgeschiedenheit des Klosters, kannst du wieder zu dir selbst kommen, und damit zu Gott. Du darfst jederzeit, sofern die Stundengebete und die Arbeit es erlauben, zu mir kommen und mit mir über deine Sorgen sprechen.«

»Was ist mit dem Schweigegebot?«

»Gott wird nicht wollen, dass ich eins seiner Schäfchen mit seinem Kummer alleinlasse«, antwortete Mutter Elisa.

»Da ist noch etwas.« Angelina zögerte. Die Äbtissin schaute sie ermunternd an.

»Ich habe bei einem Priester im Dom gebeichtet. Er verlangte von mir, dass ich ein Mal im Monat bei ihm beichte, als Sühne für meine Vergehen.«

»Du brauchst nicht dorthin zu gehen, Angelina. Die Beichte können wir dir hier im Kloster abnehmen, sooft du sie brauchst.«

»Ich danke Euch, ehrwürdige Frau Äbtissin«, sagte Angelina erleichtert. Als sie zu ihrer Arbeit zurückkehrte, fühlte sie sich mit einem Mal fast sorglos, so wie vor langer Zeit. Vielleicht würde doch noch alles gut werden.

An einem grauen Nachmittag rief Mutter Elisa Angelina abermals zu sich.

»Du hast Besuch bekommen«, sagte sie. Angelina ging zum Besucherzimmer hinüber, das nahe der Pforte eingerichtet worden war.

Wer sollte sie schon besuchen? Rinaldo und seine Töchter hatte sie gebeten, niemandem zu verraten, wo sie sich aufhielt. Sie war dann aber doch nicht überrascht, und die Röte der Freude schoss ihr ins Gesicht. Auch die Augen von Sonia und Lucas glänzten, als sie sich von ihren Stühlen erhoben und auf Angelina zueilten. Doch lag etwas Verhärmtes im Ausdruck ihrer Gesichter. Sie würden doch nicht etwa schlechte Nachrichten bringen?

»Ich bin froh, dich bei guter Gesundheit zu sehen«, meinte Sonia. »Das Klosterleben scheint dir zu bekommen.«

»Ich habe mich hier eingefügt«, antwortete Angelina. »Doch des Nachts träume ich schlecht.«

»Das ist auch nicht verwunderlich bei dem, was geschehen ist«, schaltete sich Lucas ein. »Du kannst froh sein, dass du hier bist.«
Jetzt würde sie es gleich erfahren. Am liebsten hätte sie sich die Ohren zugehalten.

»Uns geht es verhältnismäßig gut«, fuhr Lucas fort.

Sonia seufzte. »Eleonores Tante hat sich zum Glück ihrer Kinder angenommen. Die Beerdigung fand übrigens in aller Stille statt.«

Angelina begann zu weinen. »Ich hätte so gern an der Beerdigung teilgenommen«, schluchzte sie. »Aber ich wollte euch nicht in Gefahr bringen.«

Sonia legte tröstend ihren Arm um sie.

»Das haben wir schon verstanden. Du kannst später einmal ihr Grab besuchen.«

»Aber erst, wenn die Gefahr vorüber ist!«, rief Angelina.

»Ich glaube fest daran, dass diese Zeiten nicht mehr fern sind«, sagte Lucas.

Angelina wischte sich die Tränen aus den Augen.

»Und was ist sonst noch geschehen?«, fragte sie. »Wie geht es Rinaldo, Pallina, Verena und Gratiosa?«

»Die vier haben Arbeit in einer Tuchmanufaktur gefunden«, antwortete Sonia.

»Gott sei Dank!«, entfuhr es Angelina.

»Warum? Dachtest du, dass ...«

»Dass die Mädchen sich als Huren verdingen könnten, ja. Es erleichtert mich, zu hören, dass es ihnen gutgeht.«

»Angelina, warum bist du weggegangen?«, fragte Lucas.

»Woher wusstest ihr, wo ich jetzt lebe?«, fragte Angelina dagegen.

»Rinaldo und Pallina konnten es nicht für sich behalten«, gab Sonia zurück. »Wir sind doch deine Freunde! Hätten wir es nicht wissen dürfen?«

»Weiß es sonst noch jemand?«

»Wir haben mit niemandem darüber gesprochen«, erklärte Lucas.

»Ich bin weggegangen«, antwortete Angelina, »weil ich allen, die in meine Nähe kommen, Schaden, wenn nicht den Tod bringe.«

»Hör auf, dir das einzureden, Angelina«, rief Sonia. »Du hast damit nichts zu schaffen. Lass dir berichten, was sonst noch geschehen ist.«

Angelina saß in gespannter Erwartung da.

»Gestern haben wir einen Brief bekommen«, begann Sonia. »Darin stand ...«

»Lass mich das erzählen«, unterbrach Lucas sie. »Ein Bote brachte diesen Brief. Wir bedienten gerade einige Kunden, Perpita spielte im Hinterzimmer, da trat dieser Bote ein, ein Junge aus gutem

Hause anscheinend, und übergab uns das Schreiben. Er fragte: ›Seid Ihr Lucas und Sonia Bandocci?‹ Auf unsere Frage, von wem der Brief sei, schüttelte er nur mit dem Kopf. Er kenne den Absender selber nicht, meinte er. Ein Freund hatte ihn gebeten, ihn zu überbringen.«

»Was stand in diesem Brief?«, fragte Angelina, die ihre Ungeduld nicht mehr zügeln konnte.

»Darin stand«, sagte Lucas, »dass dem Schreiber dieses Briefes wohlbekannt sei, dass wir beide eine schwere Sünde begangen hätten, jeder für sich und beide zusammen, dass diese Sünde aber nicht so schwer wiege, dass wir den Tod verdient hätten. Wir wurden aufgefordert, die Stadt zu verlassen. Andernfalls müssten wir mit dem Schlimmsten rechnen.«

Das Blut wich aus Angelinas Kopf, sie fürchtete einen Augenblick, ohnmächtig zu werden.

»Wer hat das geschrieben?«, rief sie aus. »Habt ihr die Schrift erkannt?«

»Nein, sie war uns gänzlich unbekannt«, sagte Sonia. »Nach dem Lesen haben wir den Brief gleich ins Feuer geworfen.«

»Und welche Folgerungen zieht ihr daraus?«, brachte Angelina mühsam hervor.

»Wir haben uns lange darüber beraten«, meinte Lucas. »Sollten wir uns dem Willen dieses unverschämten Fremden beugen? Aber angesichts des Leides, das geschehen ist, haben wir uns entschlossen zu gehen.«

Angelina hatte sich wieder gefasst. »Wohin?«, wollte sie wissen.

»Nach Siena, da haben wir Verwandte und Freunde«, erklärte Sonia.

»Wir werden dort einen Gemüseladen betreiben, wie in Florenz«, setzte Lucas hinzu. »Wir haben schon einen Käufer für den Laden gefunden.«

Einerseits war Angelina traurig, dass die Freunde gingen, andererseits erleichtert, weil sie damit der unmittelbaren Gefahr entronnen waren. Sie sprachen noch eine Weile miteinander, bis die

Glocke zur Vesper rief, dann verabschiedete sich Angelina von den beiden.

»Schreibt mir, sobald ihr in Siena seid«, bat sie. »Aber sprecht mit niemandem über euren heutigen Besuch!«

Kurz nach Mitternacht erwachte Angelina. Gleich würde die Matutin beginnen, sie musste aufstehen und sich innerlich sammeln. Die anderen Nonnen durften nichts davon merken, in welchem aufgewühlten Seelenzustand sie sich befand. Nach dem Fortgang von Lucas und Sonia hatte Angelina sich beim Abendessen und der Complet entschuldigen lassen und war früh zu Bett gegangen. Nie hatte sie sich in einem Raum so beengt gefühlt wie hier in ihrer Zelle. Sie war in einen unruhigen Schlaf gefallen, träumte wieder, sie sei in einem Erdloch gefangen, ein Mann näherte sich ihr. Sie sah sein wie vom Fieber gerötetes Gesicht. Er fasste sie am Arm, zog sie zu sich heran. Angelina wollte sich ihm entziehen, doch er drang immer mehr auf sie ein. Der Mann griff an ihren Busen, riss ihr Kleid entzwei. Sie hörte ihn stöhnen. Im Hintergrund stand ein Mönch auf einer Kanzel und predigte über den Gottesstaat. Mit einem Schrei war sie hochgefahren. Hoffentlich hatten die Schwestern nichts gehört! Sie waren gewiss schon auf dem Weg in die kleine Kirche.

Jeden Morgen erwachte sie wie gerädert in ihrer Zelle. Sie hatte kaum ein Auge zugetan, immer wieder kehrten die schrecklichen Traumbilder zurück, ließen sie aus kurzem, flachem Schlaf auffahren. Hatte sie es dann nach mehreren Anläufen geschafft, sich von ihrer Matratze zu erheben, wurde es ihr schwarz vor Augen. Sie fühlte sich wie betäubt.

Während der Gebete wischte sie sich die Augen, immer wieder glaubte sie Teufelsfratzen vor sich zu sehen, die Heiligen auf den Bildern und Altären schienen sie zu verhöhnen. Wenn sie aus dem Fenster schaute, sah sie dunkle Wolkenmassen über den Hügeln und Wäldern. Weswegen war sie nur so aufgewühlt? War es das Gefühl, dass die Bedrohung einfach nicht nachließ?

Mehr und mehr empfand sie sich als außerhalb dieser Gemeinschaft, konnte sich für nichts mehr erwärmen, lebte wie eine Puppe, die an unsichtbaren Fäden gezogen wurde. Begegnete sie unvermutet einer der Schwestern im Kreuzgang, zuckte sie zusammen. Alle schauten sie voller Mitleid an, so schien es ihr, oder war es Feindseligkeit? Hatte sich der Mörder auch in dieses Kloster geschlichen, steckten die Schwestern oder eine von ihnen mit ihm unter einer Decke? Ihre tägliche Arbeit verrichtete Angelina ohne innere Anteilnahme. Der Monat November ging hin, Regen prasselte nieder, erste Schneeflocken mischten sich darein. Es wurde nicht besser, sondern immer schlimmer.

Nachdem Mutter Elisa zu einer Reise nach Assisi aufgebrochen war, wurden Angelinas Angst, ihre Traurigkeit täglich größer. Sollte sie ihrem Leben ein Ende setzen? Dann hatte die Welt Ruhe vor ihr, und niemand brauchte mehr ihretwegen zu sterben oder zu leiden. Sie konnte kaum mehr etwas zu sich nehmen, schlief des Nachts nicht mehr, nickte bei den Stundengebeten ein, konnte keinen klaren Gedanken mehr fassen. Immer wieder kreiste ihr Denken um dasselbe: Wer war dieser Mann, der in ihrer aller Leben eingedrungen war wie der Wolf in die Schafsherde, was hatte sie, Angelina, verbrochen, dass sie sich so quälen musste? Eines Abends, beim Abhalten der Vesper, schwanden ihr die Sinne, sie sank langsam zu Boden. Es wurde dunkel um sie.

31.

In Rom war der November darüber hingegangen, Bilder zu verkaufen, neue Auftraggeber zu gewinnen und die Kunstschätze der Stadt in Augenschein zu nehmen. Francesco konnte es kaum erwarten, die Verhandlungen abzuschließen und nach Florenz zurückzukehren. Für seinen Aufbruch hatte er den Anfang des Monats Dezember gewählt. Sebastiano versuchte ihn zurückzuhalten, doch es gelang ihm nicht. Francesco missfiel die Art, in der die Römer lebten. Und er vermisste Angelina, Botticelli, seine Arbeit in dessen Werkstatt, seine Malerfreunde und auch Eleonore. Ob sie sich einmal mit Angelina getroffen hatte? Und was war aus Lucas und Sonia geworden? Dass Angelina und er sich gestritten hatten, machte ihm keine sonderlichen Kopfschmerzen. Er wusste, wie die Frauen waren. Angelina würde ihm nicht widerstehen können, sobald er vor ihr stand. Zudem hatte er ihr drei Briefe geschrieben, die er an die Adresse von Botticelli gerichtet hatte. Sie beantwortete allerdings keinen von ihnen, was ihn doch mit leichter Unruhe erfüllte.

Die letzten Abende verbrachte er mit Sebastiano, den Malern und Stuckateuren in den Tavernen Roms. Man redete über die Kunst und die Malerei im Allgemeinen, im Besonderen über Michelangelo, der den Auftrag bekommen hatte, eine Pietà für Santa Croce in Rom herzustellen, sowie über Leonardo da Vinci, diesen noch genialeren Maler in Mailand. Francesco allerdings vertrat die These: Die besten Künstler der Zeit seien Florenz zuzuordnen, denn hatten nicht auch Michelangelo und Leonardo da Vinci dort gelebt? Es kam zum Streit, die Leute waren angetrunken. Francesco wollte lieber gehen.

»Bleib!«, rief ihm Sebastiano zu, »sind wir nicht Freunde geworden?«

Nach dem hitzigen Wortgefecht kam die Rede auf den Papst und seine Tochter Lukrezia, mit der er widernatürliche Beziehungen unterhalten sollte. Francesco konnte es nicht mehr hören. Fast sehnte er sich nach dem finsteren Savonarola zurück. Aber eines hatte er gelernt auf dieser Reise: dass Kunst nicht allein auf das Religiöse beschränkt bleiben darf. In der Nacht träumte er, es poltere jemand gegen seine Tür und verlange ihn zu sehen. Es war ein städtischer Büttel, der ihn aus seinem Bett riss und ihn anbrüllte, er sei als Anhänger Savonarolas überführt. Wie er darauf komme, wollte Francesco wissen. Jemand habe ihn denunziert, sagte der Mann. Man habe seine Bilder eindeutig als die aus Botticellis Werkstatt erkannt, ein Käufer habe sein Exemplar dem Papst vorgelegt. Und jetzt werde er, Francesco, in der Engelsburg festgesetzt, als Pfand gegenüber dem fanatischen Mönch in Florenz. Dort werde er nicht mehr lebend herauskommen. Francesco erwachte schweißgebadet. Was das wieder zu bedeuten hatte? Er machte sich viel zu viele Gedanken. Eilig stand er auf, kleidete sich an, packte seine Sachen und verabschiedete sich kühl von Sebastiano.

»Gehst du zurück zu deiner Angebeteten?«, versuchte Sebastiano ihn zu necken.

»Ich gehe zurück«, meinte Francesco, schulterte sein Bündel und ging hinaus, um sein Pferd zu holen, das er im Stall einer Gastwirtschaft zurückgelassen hatte. Er verließ die Stadt Rom, ohne sich noch einmal umzuschauen. Jede Meile, die er auf seinem Pferd zurücklegte, brachte ihn Angelina näher. Er nahm denselben Weg, den er mit Sebastiano gekommen war. Es schien ihm eine Ewigkeit her zu sein. Während er durch die schon winterliche Landschaft trabte, Regen, Schneeflocken und Wind ihm ins Gesicht peitschten und sein Wollmantel immer feuchter wurde, konnte er, je näher er seinem Ziel kam, immer weniger seinen Gedanken ausweichen. Er hatte Schuld auf sich geladen, hatte gesündigt, vor Gott und den Menschen. Er war der Geliebte einer verheirateten Frau gewesen, und nicht irgendeiner Frau. Das Wissen um diese Begebenheit, die schon länger zurücklag, belastete sein Gewissen schwer. Angelina durfte ihren Namen niemals erfahren.

Angelina tauchte aus tiefem Schlaf empor. Wo war sie? In einem Grab?

Aber nein, sie lag auf einem Bett, in mehrere Decken gehüllt. Hinter dem schmalen Fenster heulte und pfiff der Sturm. Die Fackel, die in einer Vertiefung der Wand steckte, blakte und rußte. Kein Mensch war zu sehen.

Angelina wollte aufstehen, doch etwas hielt sie mit Gewalt in ihrem Bett. Sie versuchte sich zu bewegen, bemerkte zu ihrem Entsetzen, dass ihre Arme und Beine kraftlos auf der Strohmatratze lagen. Ewigkeiten vergingen. Angelina vernahm leise Schritte, ein Luftzug wehte herein. Eine Schwester in schwarzer Ordenstracht beugte sich über sie, das besorgte Gesicht war ganz nahe.

»Was ist nur mit dir, Angelina?«, fragte Schwester Bianca.

Angelina bewegte die Lippen, brachte aber keinen Laut heraus.

»Du bist krank, Angelina«, beschied Bianca. »Du musst dich unbedingt erholen. Ich werde die Köchin anweisen, gebratenes Fleisch und sonstige nahrhafte Kost für dich zu bereiten. Schlaf jetzt noch ein wenig, ich werde gleich etwas holen.«

Mit einem Seufzer schloss Angelina die Augen. Als sie wieder erwachte, erschien Schwester Bianca und brachte eine Schüssel mit Hühnersuppe.

»Die wird dich wieder zu Kräften bringen«, sagte sie, stellte die Schüssel auf den Boden und half Angelina, sich aufzurichten. Angelinas Kopf brummte, ihr war schwindelig.

»Was ist geschehen, Suor Bianca?«, fragte sie die junge Frau, die stets still und ergeben ihre Dienste verrichtet hatte.

»Du bist bei der Vesper umgefallen«, sagte Bianca, »und wir haben dich auf das Krankenzimmer gebracht.«

»Wann war das?«, wollte Angelina wissen.

»Vor zwei Tagen«, gab Bianca zur Antwort. Sie setzte sich mit der

Suppenschüssel neben sie und begann sie mit einem Holzlöffel zu füttern.

»Ich kann selber essen«, meinte Angelina heiser. Die Suppe tat ihr gut, sie erwärmte sie von innen.

»Gut, dann werde ich jetzt gehen, wenn du etwas brauchst, dann rufe mich«, sagte Bianca und stand auf. Angelina fischte die letzten weißen Fleischstücke heraus, stellte die Schüssel beiseite und dachte nach. Sie glaubte nicht daran, dass sie wirklich krank war. Es war einfach alles zu viel gewesen in den letzten Monaten. Und sie war ins Kloster gekommen, um sich zu erholen, um Kräfte zu sammeln für die Aufgaben, die noch auf sie warteten. Wo war Mutter Elisa? Jetzt fiel es ihr ein: Sie war nach Assisi gereist, um irgendeine Mission zu erfüllen. Das war länger her, hoffentlich war sie inzwischen zurückgekehrt! Angelina fiel noch einmal in einen kurzen Schlaf. Als sie die Augen öffnete, stand Mutter Elisa neben ihrem Bett.

»Es betrübt mich, zu sehen, dass du so leidest«, sagte Elisa. Ihr rosiges Gesicht, das kaum Runzeln aufwies, strahlte Angelina an.

»Wenn ich Euch sehe, ehrwürdige Mutter Elisa, fühle ich mich fast wieder gesund«, erwiderte Angelina.

»Die ›ehrwürdige‹ lassen wir doch lieber weg«, meinte Mutter Elisa. »Ich bin eine unter vielen. Was bewegt dich so sehr, Angelina, was schleppst du mit dir herum, dass es dich fast erdrückt?«

»Ihr wisst, was mich umtreibt«, antwortete Angelina. »Mir hat das Gespräch mit Euch gefehlt.«

»Unsere Gespräche können wir wieder aufnehmen«, meinte Mutter Elisa. »Doch heute sollst du dich noch schonen. Ich gebe dir etwas mit auf den Weg, worüber du bis dahin nachdenken kannst. Gott hat uns nicht erschaffen, damit wir einfach und bequem unseren Weg gehen, sondern wir haben Prüfungen zu bestehen, Berge zu erklimmen, tiefe Täler zu durchwandern. Sieben Tode müssen wir durchleiden, bevor wir zu ihm kommen, durch uns selbst.«

»Warum sieben Tode?«, fragte Angelina. Die Worte Elisas versetzten sie in starke innere Erregung.

»Die Sieben ist eine magische Zahl, deshalb habe ich diese Ziffer verwendet. Es kann auch einer sein oder hundert. Und jetzt ruhe dich noch ein wenig aus.«

Am nächsten Tag war Angelina so weit bei Kräften, dass sie an den Gottesdiensten teilnehmen konnte. Einige Tage später nahm sie die Arbeit im Stall wieder auf. Nach dem Abendessen und der Komplet bat Mutter Elisa sie auf ihr Zimmer.

»Gibt es noch etwas, das du auf dem Herzen hast, Angelina?«

»Vielleicht könnt Ihr mir helfen herauszufinden, warum ich mich so schrecklich schuldig fühle«, murmelte Angelina.

»Wie lange fühlst du dich denn schon so?«

»Seit ich lebe. Oder wartet, seit ich ein Kind von etwa neun Jahren war, glaube ich.«

»Was ist damals geschehen?«

»Ich erinnere mich nicht«, sagte Angelina. »Von einem Tag auf den anderen änderte sich alles. Vorher war mein Leben sorglos gewesen, ich habe mit Freunden und mit meinen kleinen Geschwistern gespielt. Nein, das kann nicht sein, Rodolfo war noch gar nicht geboren ... oder doch?« Sie runzelte kurz die Stirn und fuhr fort: »Im Sommer waren wir auf unserem Landgut, Feste wurden gefeiert. Aber von einem bestimmten Tag an war meine Freude dahin. Schon wenn ich morgens erwachte, spürte ich dieses drückende Gefühl, ich hatte immer Angst, dass etwas Schreckliches geschehen würde.«

»Und das hat sich nun, etliche Jahre später, erfüllt«, murmelte Mutter Elisa. Sie schien ganz in sich versunken. »Du bist 1480 geboren, nicht wahr? 1489 war Girolamo Savonarola schon im Kloster San Marco. Die Medici wurden fünf Jahre später vertrieben. Glaubst du, dass es etwas mit Savonarola zu tun haben könnte?«

»Vielleicht, ich weiß es nicht. Ich erinnere mich an eine Höhle, in der wir als Kinder spielten.«

»Eine Höhle?«

»Oder ein Stollen in einem Weinberg.«

»Ist dort etwas geschehen? Wurde vielleicht jemand verschüttet?«

»Ich weiß es nicht.«

Sie schüttelte verzweifelt den Kopf. Warum fiel ihr einfach nicht ein, was passiert war? Von Unruhe erfüllt, zog sie sich zurück.

Während der Gebete und Psalmen, die in der Kirche gesungen wurden, kamen Angelina nun immer häufiger Bilder aus ihrer Kindheit in den Sinn. Sie sah sich als kleines Mädchen mit Geschwistern und Freunden spielen, am Tisch sitzen und die guten Gerichte verspeisen, die auf den Tisch gebracht wurden. Die Besuche bei Lorenzo de' Medici standen ihr vor den Augen, sein markantes, dunkles Gesicht, das gescheitelte schwarze Haar und seine sonderbaren Spinnenfinger. Und die sommerlichen Besuche auf dem Landgut hier ganz in der Nähe in Fiesole. Was war das für eine schöne Zeit gewesen! Den ganzen Tag war sie draußen gewesen, hatte sich in den Weinbergen und in den Wäldern getummelt, Marienkäferhäuser gebaut und in den Bächen gebadet. Bis das alles mit einem Schlag zu Ende gewesen war.

»Angelina, träumst du?«, flüsterte ihr Bianca zu, die neben ihr stand.

»Entschuldige«, sagte Angelina hastig und stimmte mit lauter Stimme in den Hymnus ein.

»Versuche dich zu erinnern«, forderte Mutter Elisa Angelina auf, als sie sich das nächste Mal zu einem Gespräch trafen. »Was ist auf eurem Landgut geschehen? Gab es einen Mann, eine Frau, ein Kind, die zu der Zeit dort aufgetaucht sein könnten?«

»Es gab einen Jungen«, sagte Angelina zögernd. »Giovanni Brenetto hieß er, glaube ich. Er war aber älter als ich.«

»Was war mit Giovanni? Hat er dich gerngehabt?«

»Ich glaube schon. Er tauchte oft im Wald auf, wenn ich mit Freundinnen oder meinen kleinen Geschwistern badete, und zeigte uns seltsame Dinge wie das Gewölle einer Eule, die Bauten von Fuchs und Dachs und Libellen ...«, sie schlug die Augen nieder, »... beim Paarungstanz.«

»Wer war er? Woher kam er?«

»Ein Bauernjunge«, sie überlegte, »aus der Nachbarschaft, glaube ich. Meinen Eltern war es nicht recht, dass ich mich so viel mit ihm abgab. Sie fürchteten wohl, er könne mir einen Heiratsantrag machen oder meine Sitten verderben.«

»Sie lehnten ihn ab, weil sein Vater kein Geld hatte, nicht wahr?«

»Ich glaube schon«, sagte Angelina. »Aber ich habe ihn aus den Augen verloren. Was damals auch geschehen sein mag – es ist mir vollkommen aus dem Gedächtnis entschwunden!«

»Hab Geduld, Angelina. Führe dein Leben bei uns fort, bete und arbeite, denke nach und lasse alles auf dich wirken. Du wirst zur Ruhe kommen.«

»Ich will aber nicht mehr zur Ruhe kommen, Mutter Elisa! Ich will wissen, was die Ursache all dieser schrecklichen Dinge ist!«

Von dem Feuer und dem Toten, die ihr bei der Beichte im Dom vor Augen getreten waren, sagte sie nichts. Die Erinnerung war so furchtbar, dass Angelina sie in den hintersten Winkel ihres Kopfes verschob.

»Gott wird dich auf deinem Weg dorthin begleiten. Und nun geh an deine Arbeit.«

In der nächsten Zeit träumte Angelina überhaupt nicht mehr, oder sie vergaß, was sie geträumt hatte. Sie kam einfach nicht weiter mit ihren Nachforschungen über die Vergangenheit. Das machte sie ungeduldig und gereizt. Immerhin aß sie regelmäßig und schlief wieder besser. Eines Mittags Ende November wurde Angelina von Suor Dorothea wieder ein Gast gemeldet. Dieses Eindringen der Außenwelt beunruhigte sie. Wer konnte das sein? War Francesco vielleicht von seiner Reise nach Rom zurückgekehrt? Sie wünschte es inständig und fürchtete es zugleich. Konnte das nicht tödlich für ihn enden?

Angelina begab sich etwas beklommen ins Besucherzimmer. Sie musste sich am Türrahmen festhalten, denn sie sah – ihre Mutter! Signora Girondo sah noch genauso aus, wie Angelina sie in Erinnerung hatte: mit ihren Pausbäckchen, der fülligen Figur und den schwarzen Locken. Eine Wolke von Parfüm wehte Angelina entgegen. Lukrezia Girondos Gesicht jedoch war nicht so fröhlich wie sonst, sondern von Gramesfurchen durchzogen. Ihre Augen glänzten feucht.

»Angelina, meine Tochter!«, rief sie, erhob sich von ihrem Stuhl und näherte sich Angelina mit ausgebreiteten Armen. Angelina war vollkommen überrascht und ließ es geschehen, dass ihre Mutter sie umarmte, ihr die Haare streichelte und ihr Gesicht mit Tränen benetzte, während sie ihr einen Kuss nach dem anderen auf die Wangen drückte.

Angelina versuchte die Zärtlichkeiten zu erwidern, war aber zu verletzt, um wirkliche Zuneigung zu empfinden. Als beide zu Atem gekommen waren, sagte Angelina:

»Was führt Euch zu mir, Frau Mutter?«

Die Antwort war ein neuerlicher Tränenausbruch. Angelina reichte ihrer Mutter ein Tuch. Schließlich hatte sich Signora Girondo halbwegs beruhigt.

»Du musst mich verstehen, Angelina«, begann sie. »Wir haben dich nicht verstoßen, wie du wohl geglaubt hast. Dein Vater und ich wollten immer nur, dass du glücklich wirst. An der Seite dieses Malers wärest du es niemals geworden. Und ich sehe ja, dass du allein bist. Tomasio ist der rechte Ehemann für dich, und er würde auch heute noch zu seinem Wort stehen.« Sie schnäuzte sich in das Tuch, bevor sie fortfuhr:

»Ich bin gekommen, um dich nach Hause zu holen, damit du endlich zur Ruhe gelangst. Deine Geschwister sprechen immer wieder von dir und fragen nach deiner Rückkehr. Dein Vater ist schon ganz grau geworden!«

»Ich glaube Euch nicht, Frau Mutter«, sagte Angelina mit Schärfe in der Stimme. »Was steckt wirklich hinter dem allen?« Sie ließ ihre Mutter nicht aus den Augen.

»Es gibt Umstände in meinem Leben, die ich ungeschehen machen möchte, wenn ich nur könnte«, antwortete Signora Girondo leise.

»Wovon sprecht Ihr, Frau Mutter?«

Signora Girondo setzte sich erneut auf den Stuhl, um ihre Fassung ringend.

»Oft wollte ich zu dir gehen, aber das, was ich getan hatte, hielt mich davor zurück. Ich habe dich immer geliebt, glaub mir das!«

»Ich glaube es, Frau Mutter. Doch habt Ihr mir durchaus Anlass zum Zweifel gegeben.«

»Ich muss dir die Wahrheit sagen.« Signora Girondo schniefte. »Vor einiger Zeit war ich bei Signor Botticelli, um nach dem Bild zu fragen, das wir in Auftrag gegeben hatten. Er sagte, er wisse nicht, wo Francesco Rosso es versteckt hätte, aber sobald er von Rom zurück wäre, würden wir es selbstverständlich erhalten. Francesco hätte es vor den *Fanciulli* in Sicherheit bringen müssen. Aber dann gab er mir drei Briefe von Francesco, die an dich gerichtet waren. Verzeih mir, Gott möge meiner Seele gnädig sein, aber ich habe diese Briefe geöffnet, weil ich mir allzu viele Sorgen über dich und diesen Francesco gemacht hatte.«

Angelina glühte innerlich vor Freude, dass Francesco ihr geschrieben hatte, aber sie ließ sich nichts anmerken.

»Warum war Botticelli im Besitz dieser Briefe?«

»Francesco hat sie an seine Adresse gerichtet. Er wusste nicht, wo du dich aufhieltest.«

Angelinas innere Spannung wuchs. Was konnte ihre Mutter bloß so aus dem Häuschen gebracht haben?

»In einem dieser Briefe stand etwas von einer Schuld, die Francesco und weitere Personen, auch du, auf sich geladen hätten. Während der Pestzeit hättet ihr darüber gesprochen. Du musst wissen, dass auch ich schwere Sünde auf mich geladen habe.«

Angelina erschrak. Wollte ihre Mutter ihr die Sünden ihrer Jugend beichten? Signora Girondos Wangen zitterten.

»Ich habe ein Liebesverhältnis gehabt, als ich schon verheiratet war«, sagte sie. Angelina wurde es schwarz vor Augen. Sollte jetzt die Wahrheit an den Tag kommen? Nein, sie wollte es nicht hören, sie würde sogleich aus dem Zimmer laufen, sich die Ohren zuhalten und sich in ihrem Bett verkriechen.

»Von Tante Bergitta habe ich gehört, dass du vor deiner Ehe … eben nicht den besten Lebenswandel hattest«, brachte Angelina hervor.

»Nein, es war nicht in dieser Zeit, es war später.«

»Wer war dieser Mann?« Angelina war entschlossen, dem Unausweichlichen ins Auge zu sehen.

»Ich bringe den Namen nicht über die Lippen«, stammelte ihre Mutter. »Aber du kennst ihn.«

»War es Francesco?«, fragte Angelina, einer Ohnmacht nahe.

»Ja.« Signora Girondo schien fast erleichtert, dass die Worte heraus waren.

»Gib mir Francescos Briefe«, rief Angelina, blind vor Zorn und Trauer.

Zitternd händigte Signora Girondo ihr die Briefe aus. Angelina zerriss sie in kleine Fetzen, warf sie ihrer Mutter vor die Füße, drehte sich um und ging.

32.

Ein kalter, regnerischer Morgen war über der Stadt Florenz aufgezogen. Nach den Laudes suchte Domenian Savonarola in dessen Zelle auf.

»Girolamo, ich mache mir die allergrößten Sorgen um dich«, sagte er. »Aus Rom erhielt ich die Nachricht, dass der Papst alles daransetzen werde, dich zu vernichten! Wie soll es weitergehen? Während wir die ›Eitelkeiten‹ der Bürger für den nächsten *Carnevale Savonarole* einsammeln, ist die Stadt außer Rand und Band geraten! Die Übergriffe werden immer schlimmer. Selbst wenn wir unsere treue Gemeinde halten können – auch nach dem Februar wird es Uneinigkeit geben. Der Papst und seine Kardinäle schlafen nie!«

»Oh, ihr Kleinmütigen unter der Sonne!«, erwiderte Savonarola. »Wer nur ganz fest auf mich und das Reich Gottes vertraut, den werden keine Zweifel befallen. Merke, Domenian: Auch wenn ich untergehen sollte, wenn du und unsere Glaubensgenossen untergehen sollten, wird der Gottesstaat doch nicht untergehen, weil er ewig ist und bleiben wird. Gehe hin, bete, arbeite und tue deine Pflichten im Namen des Herrn!«

Domenian atmete erleichtert aus.

»Du bist mein Brunnen in der Wüste, Herr«, murmelte er. Mit einer Bewegung seiner knochigen Hand entließ ihn der Frate. Während der Prim schossen Domenian wieder Gedanken und Bilder durch den Kopf, er konnte sich ihrer nicht erwehren. Er sah sich in seiner Zelle, wie er auf das Bildnis Maria Magdalenas einstach. Diese Sünderin sollte ein für alle Mal zerstört werden, sie hatte keine Vergebung verdient! Dann wieder lag er im Geiste auf Knien vor ihr und betete sie an. Nach dem Gottesdienst nahm Savonarola ihn noch einmal beiseite.

»Komm ins Parlatorium«, sagte er. »Ich muss noch einmal mit dir sprechen.«

»Du machst mir Angst, Domenian«, begann Savonarola dort. »Im Gottesdienst habe ich dein verzerrtes Gesicht gesehen. Es passte nicht zu den Liedern und Psalmen. Was sind das für Gedanken, die dich innerlich so sehr zerreißen?«

»Es ist die Sorge um dich und um unsere Sache, die mich so sehr umtreibt«, gab Domenian zurück. »Mein Glaube ist stark, aber wird er stark genug sein, alles bis zum Ende auszuhalten?«

Savonarola legte seine Hand auf Domenians Arm.

»Es gibt kein Ende, das habe ich dir doch schon wiederholt zum Ausdruck gebracht«, sagte er. »Wenn wir unser Ziel erreicht haben, gibt es zwei Möglichkeiten: Unsere Sache wird ewig währen zum Wohle Gottes und der Menschen. Oder wir werden siegend sterben und ins Paradies eingehen. Dort werden wir an der Seite Gottes und seines eingeborenen Sohnes sitzen, während die wahren Christen auf Erden herrschen. Sollte der Papst mich auch auf den Scheiterhaufen bringen wollen: Was nützt ihm das? Ich werde in die Geschichte eingehen und immerdar ein Vorbild für die Gläubigen sein!«

»Du sprichst so wahr, und das beruhigt mich«, entgegnete Domenian. »Ich werde mich jetzt zum Gebet zurückziehen, wenn du erlaubst.«

In seiner Zelle angekommen, warf sich Domenian vor dem Bild Maria Magdalenas nieder. Hatte sie ihn berührt? Er betete: »O Herr, nimm die Ketten von mir, in denen ich gefangen bin! Sie werden mir immer schwerer. Befreie mich von meinen Sünden, die noch schwerer wiegen! Führe mich nicht in Versuchung, lass mich rein und unschuldig vor dein Angesicht treten! Versuche mich nicht, Teufel! Ich werde das Werk der Schöpfung vor deinem schmutzigen Zugriff bewahren.«

Er betrachtete das fromme Bild. Die Weiblichkeit Maria Magdalenas war mehr zu erahnen als zu sehen, ihre Gestalt wurde durch das goldgelbe Kleid verhüllt, in dem sie Jesus gegenübergetreten war. Auch nach dessen Auferstehung hatte sie es gewagt, sich ihm zu nähern. Domenian aber wollte keine Nähe der Frauen mehr dulden! Im Geiste hatte er schon seine Mutter getötet für alle Erniedrigungen, die sie ihm angetan hatte. Sie hatte nicht nur Spott und Hohn über ihn ausgegossen, wie auch sein Vater und sein Bruder, nein, sie war auch vom Dämon besessen gewesen. In Gedanken hatte er das Bild Maria Magdalenas bereits zerstört. Jetzt stand er auf, nahm sein Messer aus einer Tasche seiner Kutte und zerkratzte der Frau auf dem Bild das Gesicht. Es war, als flösse Blut aus ihren Wunden.

33.

Francesco war in den letzten Tagen schnell geritten, um dem ersehnten Ziel, der Stadt Florenz und damit Angelina, näher zu kommen, obwohl der ständige Regen und die aufgeweichten Straßen ihn behinderten. Schließlich erreichte er die Via Nuova, sprang vom Pferd, machte es an einem Ring in der Mauer fest und stürmte in die Werkstatt Botticellis. Der Meister stand vor seiner Staffelei und betrachtete sein Werk von der Kreuzigung. Maria Magdalena lag in demütiger Pose vor dem Erlöser. Sandro Botticelli drehte sich um, und die Freude des Erkennens trat in seine Züge. Er wirkte sichtlich gealtert. Seine rötlichen Haare durchzogen weiße Strähnen, das sonst immer frische Gesicht wirkte eingefallen, die Augen stumpf.

»Du bist wieder da«, stellte er fest.

»Ja, ich bin wieder da, Sandro«, rief Francesco und eilte zu seinem Meister, um ihn zu umarmen. »Ich bringe frohe Kunde: Die Bilder habe ich verkauft, und einige neue Aufträge mitgebracht!«

Botticelli schaute ihn an, als wären Francescos Worte nicht in sein Bewusstsein gedrungen.

»Das ist jetzt alles müßig und eitel«, sagte er.

Francesco packte ihn bei den Schultern und schüttelte ihn.

»Was ist müßig und eitel, Sandro, sprich!«

Die Angst vor etwas Unfassbarem kroch ihm von den Zehen bis in die Brust hinauf.

»Es wird alles anders werden, Francesco, und es ist schon anders geworden. Ich dachte schon, du kommst nicht wieder, weil du vom Papst in Rom festgesetzt worden wärest.«

Francesco dachte an seinen Traum. Wie nahe Träume doch manchmal der Wahrheit kamen! Doch er hatte Glück gehabt, keiner hatte ihn mit Savonarola in Verbindung gebracht.

»Ich träume jede Nacht von dem Scheiterhaufen«, sagte Botticelli gedankenverloren.

»Von dem neuen ›Fegefeuer der Eitelkeiten‹, das im Februar stattfinden soll?«

»Ja, und ich sehe auch Savonarola brennen. Dann ist alles zu Ende.« Er weinte.

»Sandro, lass dich nicht irremachen«, versuchte Francesco ihn zu beruhigen. »Was ist sonst noch geschehen, während ich fort war?«

»Es gab einen Mord, hier ganz in der Nähe. Eine Dame der vornehmen Gesellschaft ist einem Giftattentat zum Opfer gefallen.«

Ein eisiger Schreck durchfuhr Francesco. Sollte Angelina …

»Es war deine Cousine Eleonore Scroffa«, ergänzte Botticelli bedrückt. Francesco packte ihn am Kragen.

»Sag, dass es nicht wahr ist, Sandro, nein, nur das nicht!«

»Du tust mir weh, Francesco. Wenn ich es doch sage, die Spatzen pfeifen es von den Dächern!«

»Entschuldige, Sandro. Aber es zu viel. Wo ist Angelina?«

»Ihre Mutter war kürzlich bei mir, Signora Girondo. Sie fragte nach dem Bild, das du von ihrer Tochter gemalt hast. Ich sagte, ich wüsste nicht, wo du es aufbewahrst. Aber ich konnte ihr wenigstens sagen, wo sich ihre Tochter befindet.«

»Wo ist sie?«, rief Francesco außer sich.

»Lucas und Sonia haben es mir erst gesagt, als sie Florenz verließen, unter dem Siegel der Verschwiegenheit. Sie haben sie schon besucht. Nur dir durfte ich den Aufenthaltsort nicht verraten.«

»Du hast ihn aber Signora Girondo mitgeteilt.«

»Eine Mutter ist eine Mutter, Francesco.«

»Sag mir, wo Angelina ist, ich muss sofort hin.«

»Das kann ich nicht, Francesco.«

»Warum nicht? Du musst es, um unserer Freundschaft willen!«

»Hat unsere Freundschaft nicht schon genug Schaden gelitten?«, versetzte Botticelli. »Ich kann es nicht und ich darf es nicht. Außerdem habe ich gehört, dass sie keinen Besuch empfängt.«

Francesco merkte, wie sich der Maler innerlich wand, und konnte nicht mehr an sich halten. »Du sagst es mir jetzt auf der Stelle, oder ich zerreiße das Bild, an dem du gerade malst!«

»Sie befindet sich im Kloster Corona della Santa Maria«, erklärte Botticelli mit einem Seufzer. »Aber reite nicht vor morgen früh, es ist zu dunkel und zu stürmisch heute Nacht.«

»Mein Pferd ist sowieso am Ende«, stimmte ihm Francesco zu und ließ sich schwer auf einen Stuhl fallen. Botticelli schwieg und schaute düster vor sich hin.

»Wo ist Signora Scroffa begraben?«, fragte Francesco müde. Er fühlte sich, als habe ihn eine Riesenfaust zu Boden gestreckt.

»Auf dem Friedhof von Santa Maria Novella«, gab Botticelli zur Antwort.

»Wie ist dieser Mord geschehen?«, wollte Francesco wissen. »Wie konnte es nur dazu kommen?«

»Ich weiß es nicht«, antwortete Botticelli. »Das musst du deine Freundin fragen, denke ich.«

Gleich am anderen Morgen eilte Francesco durch die Via Nuova und über die Via Scala zu der Kirche Santa Maria Novella. Es wurde gerade Tag, ein düsterer Himmel wölbte sich über der Stadt. Francesco fühlte sich schwer bedrückt. Er sah Eleonore vor sich, mit ihren blonden Haaren und der anmutigen Gestalt. Hatte ihr Tod etwas mit den ›Sündenbeichten‹ am Lago Trasimeno zu tun? Wer von ihnen würde der Nächste sein?

Francesco betrat den Friedhof der Kirche. Eine alte Frau mit Witwenschleier zupfte Unkraut von einem Grab. Schweigend standen die steinernen Monumente der Vergänglichkeit. Francesco wanderte an den Gräberreihen entlang. Endlich entdeckte er das Grab. Ein kleines marmornes Haus wurde an der Stelle erbaut, der Name Eleonores war schon in den First hineingemeißelt. Auf dem Dach des Hauses stand ein weißer Engel, die Flügel ausgebreitet, als sei er im Begriff zu fliegen. Francescos Beine gaben nach, er sank in die Knie. Wer hatte dieser schönen, jungen, zu jedermann liebevollen Frau nach dem Leben getrachtet? Sollte es wirklich ihre vermeintliche Sünde gewesen sein, die zu ihrem Tod geführt hatte? Er ließ die Zeit, die er mit ihr gemeinsam verbracht hatte, an sich vorüberziehen. Tränen kamen ihm in die Augen. In großer Trauer nahm er Abschied von Eleonore. Wäre er nicht nach Rom gegangen, hätte er sie und Angelina beschützen können.

Er hatte keine Zeit mehr zu verlieren. Er kehrte zu Botticellis Werkstatt zurück, wo sein Pferd gesattelt bereitstand, schwang sich auf seinen Rücken und galoppierte aus der Stadt hinaus. Unterwegs fiel ihm ein, dass der Gemüseladen gegenüber geschlossen gewesen war, aber was war es nur, was Botticelli über Sonia und Lucas gesagt hatte?

Regen peitschte ihm ins Gesicht, er konnte kaum etwas sehen. In Fiesole fragte er nach dem Kloster Corona della Santa Maria. Noch vor der Mittagszeit erreichte er sein Ziel. Das Kloster lag auf einem Hügel und war kleiner, als er erwartet hatte. Auf dem Kirchendach stand ein Glockenturm. Francesco stieg vom Pferd, das wie er selbst völlig durchnässt war. Schaum stand vor den Nüstern des Tieres. Francesco klopfte an die Pforte. Eine Schwester in schwarzer Tracht öffnete ihm.

»Ich möchte zu Angelina Girondo, ehrwürdige Schwester«, sagte er. Vor Ungeduld trat er von einem Fuß auf den anderen.

»Wer seid Ihr, wenn ich fragen darf?«

»Ein Freund ihrer Familie«, sagte Francesco. »Ich kann mich nicht länger hier vor dem Tor aufhalten, ich muss sofort zu ihr!«

»Immer mit der Ruhe, Signore«, meinte die Schwester. »Ich muss erst einmal die Äbtissin fragen. Wie lautet Euer Name?«

»Francesco Rosso.«

»Ich werde Eure Bitte überbringen.« Die Schwester eilte davon.

Die Zeit wurde Francesco lang. Er beobachtete zwei Krähen, die miteinander durch den Sturm flogen. Ständig drohten sie auseinandergerissen zu werden, fanden jedoch stets wieder zusammen. So empfand er es auch bei sich und Angelina. Aber wie war es bei ihr? Würde sie ihn überhaupt empfangen wollen? Hatte ihre Mutter ihr etwas erzählt? Die Schwester kehrte zurück.

»Die ehrwürdige Äbtissin würde Euren Besuch erlauben, aber Signorina Angelina will Euch nicht empfangen. Sie sagt, dass Euch nichts mehr mit ihrem Leben verbinde.«

Francesco senkte den Kopf. Eigentlich hätte er sich das denken können. Wie konnte er nur so selbstherrlich annehmen, dass sie ihn wiedersehen wollte, nach allem, was geschehen war? Er begann zu zittern.

»Kommt herein, Ihr friert ja entsetzlich«, sagte die Schwester. »Wärmt Euch auf und lasst Euch einen Teller heiße Suppe geben!«

Francesco folgte ihr in den Innenhof des Klosters. Sein erschöpftes Pferd wurde von einem Stallknecht übernommen. Im Refektorium saßen die Nonnen beim Essen. Francesco setzte sich auf eine der Holzbänke, sprach ein stilles Gebet und ließ sich einen Teller heiße Suppe reichen. Während er aß, ließ er vorsichtig seinen Blick im Raum umherschweifen. Er entdeckte Angelina im selben Augenblick wie sie ihn. Wie bleich sie war! Sie starrte ihn mit einem Ausdruck des Erstaunens und der Angst an. Einen Moment lang waren ihrer beider Blicke miteinander verschmolzen. Angelina machte eine heftige Bewegung, als wolle sie aufstehen und davonrennen, aber sie blieb in gebührlicher Haltung am Tisch sitzen.

Nach dem Essen räumten die Nonnen das Geschirr weg und begaben sich in den Kreuzgang, um anschließend in ihren Zellen zu ruhen und zu beten. Francesco folgte Angelina in den Kreuzgang. Sie schien seine Schritte hinter sich zu hören, denn sie drehte sich mit einem Mal um. Ihre Haltung war sehr gerade, aber ihre Hände strichen nervös an ihrer Kutte entlang. Die Lippen hatte sie zusammengepresst. Wie sehr musste sie gelitten haben!

»Angelina, ich …« Er bewegte sich einen Schritt auf sie zu.

»Komm mir nicht näher, Francesco«, sagte sie mit einer Stimme, die ihm fremd war. »Du sollst mir nicht noch einmal zu nahe kommen.«

»Ich muss mit dir sprechen, Angelina, es ist wichtig!«, presste er hervor.

»Nichts ist mehr wichtig«, antwortete sie.

»Angelina, ich flehe dich an: Wäre ich nicht sofort nach Abschluss der Geschäfte aus Rom nach Florenz geeilt, hätte ich nicht in Botticelli gedrungen, mir deinen Aufenthaltsort zu verraten, wenn es nicht wichtig, ja lebenswichtig wäre, für dich und für mich?«

»Hast du gehört …«

»Ja, ich habe gehört, was mit Eleonore geschehen ist. Ich habe ihr Grab auf dem Friedhof besucht. Um dann sofort hierherzueilen.«

So hatte er sich das Wiedersehen nicht vorgestellt. Was war nur geschehen, dass sie ihm derart die kalte Schulter zeigte? Wieder hatte er eine böse Vorahnung.

»An der Beerdigung habe ich nicht teilgenommen, Francesco. Kannst du dir denken, warum?«

Francesco schluckte.

»Wahrscheinlich ging es über deine Kräfte«, sagte er.

»Nein, nicht deswegen. Ich bringe jedem, der mir nahekommt, den Tod! Deshalb musst auch du schnell wieder fort von hier. Um mein Seelenheil brauchst du dir keine Gedanken zu machen. Ich habe einem Priester im Dom gebeichtet.«

»Das kann doch nicht dein Ernst sein! Du brauchst jemanden, der dich beschützt!« Und der dich liebt, setzte er in Gedanken hinzu.

»Du meinst vielleicht, ich brauche deine Liebe?«, höhnte sie. »Nicht nach dem, was ich von meiner Mutter erfahren habe!«

Also doch, jetzt war es heraus.

»Angelina, ich kann es dir erklären …«

»Ich will es nicht hören!«, sagte sie heftig, drehte sich um und wollte weglaufen. Er war mit zwei Sätzen bei ihr und hielt sie an den Armen fest.

»Doch, du musst es hören, und du wirst es hören«, sagte er.

»Du tust mir weh!«

»Die Wahrheit tut immer weh, Angelina.« Er hielt sie weiterhin fest umklammert, dies war seine letzte Möglichkeit, sie zu überzeugen, das wusste er. »Ich lernte deine Mutter vor etwa vier Jahren kennen, auf dem Markt. Wir sind dort immer wieder beim Ölhändler aufeinandergetroffen. Bald waren wir sehr vertraut miteinander, sie erzählte mir viel aus ihrem Leben. Eines Tages kam sie mit verweintem Gesicht zu mir und erklärte, es sei für sie nicht mehr auszuhalten, was ihr Gatte mit jungen Mädchen und mit den Frauen der Adligen und Bürger trieb. Da habe ich sie getröstet, so wie sie es brauchte.«

Er ließ sie vorsichtig los. Angelinas Augen waren schreckgeweitet.

»Hat er auch mit Eleonore …«

»Ja, auch mit ihr hat dein Vater ein Verhältnis gehabt.«

»Dann war der geheimnisvolle verheiratete Mann also mein Vater.«

»Und ich fürchte, dass er ebenfalls in Gefahr ist«, setzte Francesco hinzu, »weil alle Todesfälle, die geschehen sind, mit deiner Familie zu tun hatten.«

Angelina war noch bleicher geworden. Francesco fürchtete, dass sie in Ohnmacht fallen könnte. Er nahm sie in den Arm, und sie barg ihren Kopf schluchzend an seiner Brust. So fand die beiden wenig später die Äbtissin. Sie lösten sich voneinander. Mutter Elisa legte den Arm um Angelina, führte sie fort und zwinkerte Francesco im Zurückblicken zu.

Der Schlaf wollte und wollte nicht kommen. Eine Zeitlang war Angelina wie gelähmt, starrte in die Dunkelheit, konnte keinen klaren Gedanken fassen. Sie haben mich alle betrogen, war das Einzige, das ihr wie ein monotoner Singsang durch den Kopf ging. Nie wieder wollte sie einen dieser Menschen sehen, lieber im Kloster vertrocknen, bis der Tod sie gnädig von ihrer Mühsal erlösen würde!

Aber allmählich schlichen sich andere Gedanken ein. Angelina wühlte nicht mehr verzweifelt in ihrem Kissen aus Stroh, sie stand nicht mehr auf, um ruhelos hin und her zu laufen. Es gab etwas, das sie sich vor sich selber zugestehen musste. Dass Francesco gekommen war, hatte sie in ihrem tiefsten Inneren beruhigt. Immer wieder hatte sie sich in der Vergangenheit gefragt, wem sie überhaupt noch trauen konnte. Ihr Vater und Eleonore hatten gesündigt, ohne

Zweifel. Francesco und ihre Mutter hatten Sünde auf sich geladen. Aber war das wirklich so verwerflich angesichts der Taten, die vor ihren Augen geschehen waren? Hatte nicht auch der Mönch Savonarola Schuld auf sich geladen, hatte er nicht die Massen dazu verführt, sich gegen den Papst zu stellen und ihre Exkommunikation herauszufordern? War nicht auch der Papst selbst ein Sünder? Er hatte Schuld auf sich geladen, indem er nicht das lebte, was er anderen vorschrieb.

Nur die Angst um ihrer aller Leben konnte Angelina nicht überwinden, sie saß wie ein Alp in ihrem Nacken. Was sollte sie dagegen tun? Nie hatte sie früher den Gedanken erwogen, den Schleier zu nehmen. Nein, sie konnte Francesco nicht nach Florenz folgen, so gerne sie es auch getan hätte. Sie würde hier verweilen, weiter ihr Gewissen prüfen und dann entscheiden, ob sie für immer im Kloster bleiben wollte. Und das würde sie aus freien Stücken tun, nicht, weil dieser Priester es ihr vorgeschrieben hatte.

Bald läutete die Glocke zur Matutin, und kaum war der Gottesdienst beendet, kaum war sie in ihrer Zelle entschlummert, rief die Pflicht schon zur ersten Morgenandacht. Über Nacht hatte es Frost gegeben, so dass sich Eiskristalle an der schmalen Fensteröffnung gebildet hatten. Angelina zögerte, denn sie würde erbärmlich frieren, aber sie stand auf, warf ihre Kukulla über und ging in den Kreuzgang hinaus zum Brunnen, um sich zu waschen. Die Steine waren mit einer Eisschicht bedeckt. Trotz der Kälte war es Angelina leicht und warm zumute. Nach dem Gottesdienst trafen die Nonnen im Refektorium zusammen. Ein Feuer prasselte im Kamin und verbreitete behagliche Wärme, derweil der Wind um die Klostermauern pfiff. Statt des üblichen Hafer- oder Gerstebreis gab es heute gerührte Eier mit Schinken. Nach dem Frühstück, als alle an die Arbeit gehen wollten, trat Mutter Elisa an Angelina heran.

»Ich glaube, wir müssen noch einmal miteinander sprechen«, sagte sie und lächelte, dass die rosa Bäckchen glänzten. Im Zimmer der Äbtissin war es ebenfalls behaglich warm.

»Ich glaube, du musst mir nicht verraten, wer dein gestriger Besucher war«, leitete Mutter Elisa die Unterhaltung ein. »Darf ich fragen, warum du so erschreckt, ja verstört ausgesehen hast?«

»Ich bin mir manchmal nicht sicher, ob ich Francesco vertrauen kann«, antwortete Angelina ausweichend.

»Warum nicht?«

»Er hat ein Bild von mir gemalt, wie ich Euch schon erzählte, und es war so gemalt, dass Savonarola es bestimmt für sein Fegefeuer einsammeln wird.«

»Du wirst dich fragen, wie ich und dieses Kloster zu Savonarola stehen«, sagte Suor Elisa. »Das Gebaren dieses Mönches missfällt uns, und zwar missfiel es uns schon von Anfang an. Er hat eine starke Überzeugung, das ist wahr, und er versteht es, die Massen zu begeistern. Aber jemand, der eine ganze Stadt mit seinen Visionen beherrscht, kann auch genauso schnell in der Gunst des Volkes fallen. Es gefällt uns nicht, dass er die Menschen zu ihrem Glück zwingen will.«

»Er ist gewiss nicht so wie Ihr, ehrwürdige … äh, Mutter Elisa, denkt. Eure Worte haben mir schon sehr oft geholfen!«

»Ich möchte dir auch weiterhin helfen, Angelina. Dazu musst du aber offen sein. Ich möchte die ganze Wahrheit von dir wissen. Dass Francesco ein unzüchtiges Bild von dir gemalt hat, kann dich nicht so verwirren, wie ich es gestern bei dir gesehen habe.«

Angelina überlegte.

»Ich habe Euch doch von den Sünden berichtet, die wir uns gegenseitig am Lago Trasimeno anvertrauten«, sagte sie. »Eleonore Scroffa und Francesco bekannten beide, ein Verhältnis mit einem verheirateten Mann, einer verheirateten Frau gehabt zu haben. Ich dachte immer, die beiden wären ein Paar gewesen, und wären es immer noch, bis … zu Eleonores Tod.«

Angelina schluckte und drängte die Tränen zurück.

»Doch ich habe mich getäuscht! Meine Mutter gestand mir, dass sie ein Verhältnis mit Francesco gehabt habe, und er berichtete gestern, Eleonore und mein Vater wären beisammengelegen. Soll ich daran nicht verzweifeln, Mutter Elisa?«

Sie barg ihren Kopf in den Händen. Mutter Elisa schwieg eine Zeitlang. Dann richtete sie erneut das Wort an Angelina.

»Ich möchte dir einen Rat geben, Angelina. Bleibe bis zum Ende des Jahres, feiere die Geburt Christi und das Neujahrfest mit uns. Bis dahin wirst du mit dir ins Reine kommen und wissen, was du in deinem Leben erreichen willst.«

Der Monat Dezember kam mit Stürmen, Regen und Schnee. Das Leben im Kloster Corona della Santa Maria nahm seinen gewohnten Verlauf. Angelina hielt sich an die Regeln des heiligen Benedikts: bete und arbeite. Wenn das Geschehene ihr auch nicht mehr aus dem Kopf ging, so war es jetzt doch allmählich ferner gerückt, hallte nach wie eine Stimme der Vergangenheit. Selbst die furchtbaren Bilder, die der Priester in ihr wachgerufen hatte, bedrängten sie nicht mehr so stark. Die regelmäßigen Gespräche mit Mutter Elisa führten dazu, dass Angelina sich langsam wieder dem Alltag zuwenden konnte. Wenn sie einmal träumte, hatte sie das nächtliche Ereignis am Tag darauf vergessen. Eines Morgens brachte Suor Bianca ihr einen Brief aus Florenz. Angelina fütterte gerade die Kühe. Sie stellte den Korb mit dem Heu beiseite und erbrach mit zitternden Fingern das Schreiben. Es war von Francesco aus der Via Nuova.

»Angelina«, stand da in einer schönen, schwungvollen Schrift. »Ich habe lange überlegt, ob ich dir schreiben darf, da du ja meine Briefe aus Rom nicht einmal gelesen hast, wie es scheint. Das macht mich traurig. Ich hatte versucht, dir zu erklären, wie ich zu dir stehe. Und daran, dass meine Gefühle dir gegenüber immer tief und aufrichtig waren, habe ich nie einen Zweifel gelassen! Glaube mir, was dir so sehr ins Herz geschnitten hat, hat auch mir, hat auch anderen sehr weh getan. Über die Menschen, deren Handeln du nicht verstehen konntest, weißt du nun Bescheid. Und ich kann nur hoffen, dass du mir verzeihst und es wieder zulässt, dass wir zwei uns nahe kommen. Dein Bild habe ich immer noch an einem sicheren Ort verwahrt. Ich betrachte es jeden Tag, und mit jedem Tag erscheinst du mir schöner und begehrenswerter. Jede Nacht besuchst du mich in meinen Träumen und bist bei mir, wenn ich wach liege. Und ich bin sicher, dass du eines Tages dem Ruf deines Herzens folgen wirst! Ich warte auf diesen Tag.

In Liebe

Francesco«

Angelina ließ die Hand mit dem beschriebenen Blatt sinken. Sie glaubte, Francescos Stimme gehört zu haben. Oh, hätte sie doch die anderen Briefe nicht zerrissen! Ob das seine wahren Gefühle waren? Doch, der Brief sprach zu ihr, rührte etwas in ihrem Innersten an. Sie schob das Schreiben in ihren Ausschnitt. Von dem Bild hatte er gesprochen, das an einem geheimen Ort versteckt sei. So hatten es die *Fanciulli* bisher nicht entdecken können. Wie aufregend war es gewesen, das Kleid anfertigen zu lassen, es zu tragen, Seide und Atlas auf der nackten Haut zu spüren und die Augen Francescos auf ihrem Körper ruhen zu sehen! Sie dachte an den letzten Sommer, an die Küsse Francescos, die Fahrt mit dem Boot auf die Insel, an ihre Eifersucht auf Eleonore. Wie sehr hatte sie ihr Unrecht getan! Und jetzt war Eleonore tot, sie hatte ihr nicht einmal die letzte Ehre erweisen können. Es war fast, als hätte sie alle ihre Freunde im Stich gelassen.

Die Tage gingen dahin, schwere Wolken lasteten über den Bergen und Wäldern. Es regnete ununterbrochen. An einem Tag hörte Angelina Gesang von außerhalb des Klosters, als sie mit den anderen Nonnen beim Mittagessen saß. Mutter Elisa erlaubte ihnen, nach draußen zu gehen. Der Regen hatte inzwischen nachgelassen. Als Schäfer verkleidete Kinder standen vor dem Klostertor, sangen aus vollem Halse und nahmen Äpfel und Pfeffernüsse aus den Händen der Äbtissin entgegen. Angelina musste an ihre Geschwister denken. Wie lange hatte sie Rodolfo und Clementina nicht gesehen! Ob sie inzwischen gewachsen waren? Angelina wandte sich ab, damit die anderen nicht sahen, dass ihr die Tränen in den Augen standen.

34.

Die Kälte kroch durch alle Ritzen und Mauern der Stadt. Florenz lag in einer Art Winterschlaf. Francesco verbrachte die Tage mit seiner Arbeit. Das Weihnachtsfest nahte. Viele der Häuser wurden mit Stechpalmen geschmückt, die über den Türen hingen. Ein Geruch nach Mandelgebäck zog durch die Gassen. Doch die vorweihnachtliche Stimmung konnte nicht darüber hinwegtäuschen, dass sich die Lage immer weiter zuspitzte.

Die *Fanciulli* waren nach wie vor allgegenwärtig. Die Stadt brodelte, an allen Ecken und Enden wurde gekämpft, geschimpft, standen magere Redner, die entweder Savonarolas Lehre verkündeten oder gegen ihn wetterten. Es regnete tagelang, der Arno trat über seine Ufer. Savonarola schrie es am Weihnachtstag von der Kanzel in San Marco: Diese Plage schicke der Herr, weil sich der Tag des Jüngsten Gerichtes nahe! In zwei Jahren sei die Jahrhundertwende, und wenn die Florentiner nicht endlich Buße täten, sei es vorbei mit der Herrlichkeit und allem Leben. Die Bevölkerung war zwiegespalten: Wem sollte man glauben? Viele hielten weiterhin an Savonarola fest, besuchten verstärkt seine Predigten, andere setzten sich über die Gebote des Priors hinweg, trugen offen ihren Schmuck und ihre Kleider zur Schau. Es kam zu immer mehr Gerangel und zu Prügeleien.

An einem Tag kurz vor Weihnachten bat Botticelli Francesco zu einem Gespräch unter vier Augen.

»Du weißt, wie die Lage in der Stadt ist, Francesco«, sagte er. Sein Gesicht war kummervoll gefaltet.

»Ja, das weiß ich, Sandro.«

»Die *Fanciulli* sammeln wieder ›Eitelkeiten‹ ein. Mir ist dein Bild eingefallen, Francesco, das Porträt, das du gemalt hast. Ich hatte ganz vergessen dir zu sagen, dass Signorina Angelinas Mutter bei mir war, um es abzuholen.« Er fuhr sich mit der Hand über die Stirn. »Wo hast du es versteckt, Francesco?«

Francesco fühlte sich wie in einer Falle. Hätte er das Bild doch woanders hingebracht, irgendwohin, an einen Platz, an dem es niemand finden konnte! So aber glühte ihm der Kopf bei dem Gedanken, dass Botticelli nur in sein, Francescos Zimmer gehen müsste, um dort im hintersten Winkel nachzuschauen.

»Es ist mein Bild, Sandro, ich habe es gemalt«, sagte er so gelassen wie möglich. »Und es gehört Angelinas Eltern und damit auch ihr.«

»In unserer Stadt gibt es kein privates Eigentum mehr«, versetzte Botticelli. Sein Atem ging stoßweise.

»Du hast Angst, Sandro!«, sagte Francesco erstaunt. »Was ist das für eine Herrschaft, die sich auf die Angst ihrer Untertanen stützt? Das kann nicht gottgewollt sein!«

»Der Papst ist es, der Angst verbreitet! Seine Macht ist zu groß, er wird uns alle verderben. Francesco, du musst das Bild in den Dom bringen!«

»Du verlangst von mir, dass ich ein Kunstwerk, das ich während vieler Wochen geschaffen habe, einfach den Flammen übergebe? Wie weit ist es mit dir gekommen, Sandro Botticelli? Bist du nicht einmal angetreten, um dein Talent zur Entfaltung zu bringen, um der Welt unsterbliche Werke zu hinterlassen?«

»Ich malte einmal für die Medici«, gab Botticelli kleinlaut zu. »Aber ihre Herrschaft endete, weil sie sündig waren, weil sie für sich selbst lebten und nicht für das Volk.«

»Lebt denn Savonarola für das Volk? Wo hast du das gesehen? Verdammt er nicht alles, was es Schönes und Liebenswürdiges auf der Welt gibt? Hat er ihnen Brot gegeben? Hat er ihnen etwas anderes gegeben als düstere Prophezeiungen? Nein, Sandro, es ist etwas anderes, das dieses Volk will und braucht!«

»Was kann ein Volk anderes wollen, als im Gleichklang mit Gott zu leben?«

»Was ist denn das für ein Leben, das uns Savonarola beschert hat?«, ereiferte sich Francesco. »Als ich von Rom nach Florenz zurückkehrte, glaubte ich, eine Totenstadt zu sehen. Alles grau in grau, schwarz in schwarz. Wären da nicht ein paar Farbtupfer gewesen ... Sandro! Hat uns Gott nicht den Regenbogen gegeben mit seinem Spektrum von Farben? Treten diese Farben nicht überall in der Natur auf? Die Natur ist unser Vorbild, die großen Ideen und Formen der Antike müssen unser Ansporn sein! Du bist mit deinen religiösen Motiven zur Formen- und Farbensprache der alten, finsteren Zeiten zurückgekehrt. Sind nicht selbst Fra Angelicos Bilder farbenprächtiger als deine ›Kreuzigung‹?«

Botticelli verzog das Gesicht.

»Das ist nicht wahr«, sagte er. »Fra Angelico hat Maria Magdalena mit einem zartorangenfarbenen Gewand gemalt. Meine Maria Magdalena liegt in einem blutroten Kleid zu Füßen des Erlösers.«

»Es ist die einzige Farbe, die bei deiner ›Kreuzigung‹ hervorsticht. Und gewiss soll das Rot die Sünde symbolisieren.«

»Ja, das soll es«, meinte Botticelli. Er reckte sein Kinn empor. »Und deshalb befehle ich dir, dein ›sündiges Gewand‹ im Dom abzuliefern!«

»Wie kommst du auf das ›sündige Gewand‹? Hast du es gesehen?«

Botticelli ließ die Arme hängen.

»Ja, ich habe in deinem Zimmer nachgeschaut. Und es ist mir vor Schreck aus den Händen gefallen.«

»So hast du es also entdeckt«, seufzte Francesco. »Wie du meinst, Sandro. Ich werde es heute noch zum Dom bringen. Aber eins wollte ich dir noch sagen beziehungsweise dich fragen.«

»Ja?« Botticelli hob seine Augenbrauen.

»Wenn du früher für die Medici gearbeitet hast und jetzt nur noch für Savonarola malst, dann muss ich dir unterstellen, dass du dein Fähnchen nach dem Winde drehst.«

»Nimm das zurück!«, rief Botticelli. »Ich diene Savonarola und habe mich von den Medici losgesagt. Das hat mit Wetterwendigkeit nichts zu schaffen!«

»Denk über meine Worte nach, Sandro. Und noch etwas: Warum haben die *Fanciulli* das Bild nicht entdeckt?«

»Sie durften es auf keinen Fall in meinem Haus finden. Deshalb habe ich eine Leinwand mit einem frommen Motiv darübergespannt«, gab Botticelli zu.

»Wenn du es schon versteckt hast, wieso willst du, dass ich es jetzt doch im Dom abliefere?«

»Es lässt mir keine Ruhe, Francesco.«

Francesco seufzte und wandte sich zur Treppe, die er, zwei Stufen auf einmal nehmend, hinauflief. In seinem Zimmer atmete er tief durch. Was für eine verbohrte Gesellschaft das war, in der er lebte! Sollte er das Gemälde wirklich den *Fanciulli* überlassen, damit die es im Februar, mit frommen Liedern auf den Lippen, den Flammen übergeben konnten? Hatte Botticelli das Recht, so etwas von ihm zu verlangen? Wenn das Bild brennen sollte, war auch seine Arbeit umsonst gewesen, ja, seine Liebe zu Angelina würde damit zerstört werden. Francesco sann auf einen Ausweg. Wo könnte er das Bild verstecken? Diesmal musste er es ja vor Botticelli, seinem einstigen Freund und Meister, verbergen. Sollte er das Porträt zu Angelinas Mutter bringen, damit die es mit ihren Wertsachen verschwinden ließ? Aber auch dort war es nicht sicher. Signora Girondo würde ihm Fragen stellen wegen des Gewandes und wegen seines Verhältnisses zu Angelina. Sollte er das Bild in ein Kloster bringen? Aber die Klöster von Florenz wurden immer noch von Savonarola beherrscht. Wenn er es zu Angelina nach Fiesole bringen ließ? Aber damit würde er sie nur in Verlegenheit bringen, wenn nicht in Gefahr.

Francesco löste die Leinwand mit dem frommen Motiv, einer Heiligen, aus dem Rahmen. Ein warmes Gefühl durchdrang ihn, als er Angelinas Porträt ihm entgegenlächeln sah. Er schaute genauer hin. War das wirklich Angelina, so wie er sie kannte und liebte? In ihren Augen lag ein Ausdruck, den er als … irgendwie dämonisch empfand. Hatte jemand anderes diesen Ausdruck hineingemalt? Nein, er war es selbst gewesen, es war ein Teil von Angelina. Diese

Erkenntnis bestürzte ihn. Doch er musste sich beeilen, Botticelli wartete auf ihn. Ihm kam ein Einfall. Er durchsuchte hastig die losen Skizzen und Bilder, die er in seinem Zimmer aufbewahrte. Da war eines mit einem Motiv, das die Madonna und ihr Kind zeigte. Die Formen der Maria traten deutlich hervor. Das würde die *Fanciulli* davon überzeugen, dass es ein sündiges Bild war, ohne Angelinas Porträt zu offenbaren. Er spannte die Leinwand über Angelinas Porträt. Wie sollte er sie befestigen? Er musste etwas Leim aus der Werkstatt holen. Doch wie sollte er das Botticelli gegenüber begründen? Er dachte angestrengt nach. Von unten hörte er Botticellis Stimme: »Wo bleibst du denn? Bist du über deinem Auftrag eingeschlafen?«

»Ich komme gleich, Sandro«, rief Francesco zur offenen Tür hinaus.

Er rollte das Madonnenbild zusammen und steckte es in seinen Beutel, wickelte das Porträt in eine Decke und lief die Treppe hinunter. Botticelli warf aus dem Augenwinkel einen Blick auf das verhüllte Bild.

»Bin ich froh, dass mir das aus dem Hause kommt!«, sagte er.

Francesco verließ das Haus des Malers. Es waren nur wenige Menschen unterwegs. Wind und Regen schlugen ihm ins Gesicht, Francesco barg das Bild unter seinem Mantel. Auf dem Domplatz machte er an einem kleinen Geschäft halt und kaufte einen Becher voll Leim. Der Händler war so freundlich, ihm den Knochenleim zu erhitzen, damit er auch richtig klebte. Es stank erbärmlich. In einer windgeschützten Ecke hinter dem Laden klebte er das Madonnenbild auf den Rahmen. Durch das Fenster eines Tuchladens gewahrte er Tomasio, der ihn im gleichen Augenblick entdeckte. Tomasio schoss aus der Ladentür und verstellte Francesco den Weg.

»Francesco Rosso, Euch habe ich lange nicht gesehen! Wo haben wir uns das letzte Mal getroffen?«

Francesco war unangenehm berührt.

»In Grassina, Signor Venduti, das war Anfang des Sommers, als die Pest aufkam.«

Tomasio fasste sich an die Stirn.

»Richtig, wie konnte ich nur so vergesslich sein? Es waren einige mir liebe und teure Personen anwesend. Sind sie alle wohlauf?«

Hatte er nichts von Eleonores und Matteos Tod gehört?

»Das Ehepaar Scroffa ist leider inzwischen verstorben«, sagte Francesco. Unruhig blickte er um sich.

»Das tut mir sehr leid«, sagte Tomasio. »Wie geht es Signorina Angelina?«

Francesco wurde es heiß.

»Das weiß ich nicht«, antwortete er wahrheitsgemäß.

»Was tragt Ihr denn da unter dem Mantel?«

Francesco überlegte einen Herzschlag lang. Das ging Tomasio überhaupt nichts an! Er versuchte, sich eine Ausrede zurechtzulegen.

»Es ist ein Bild von Botticelli, das ich einem Kunden überbringe«, sagte er schnell.

»Ihr Maler seid ein fleißiges Volk«, meinte Tomasio. »Darf ich Euch zu einem Glas Wein einladen?«

»Danke, Signor Venduti, ich habe es eilig.«

Mit diesen Worten setzte Francesco seinen Weg fort. Er schaute sich nicht um, sondern steuerte geradewegs auf den Dom zu. Jeder sollte sehen, dass er das Bild dorthin trug. Durch das Portal betrat er das riesige Schiff. Im Inneren befanden sich einige wenige Menschen, die vor einem Bild oder Altar beteten. In der Nähe des Hauptaltars lungerten *Fanciulli* herum; sie streiften ihn mit einem gleichgültigen Blick. Francesco trat vor eine Heiligenstatue, ging in die Knie, klemmte das Bild unter seine Achselhöhle und tat, als ob er betete. O heilige Jungfrau Maria, er war direkt in die Höhle des Löwen gegangen! Vorsichtig ließ er seinen Blick umherschweifen. Unter den Augen der *Fanciulli* würde es unmöglich sein, das Bild zu verstecken. Er stand auf und strebte der Sakristei zu. Auch hier standen *Fanciulli*, um die eingesammelten ›Eitelkeiten‹ der Florentiner Bürger zu bewachen. Francesco hatte einen Einfall. Draußen stieg er die Stufen zur alten Krypta hinunter und hoffte, dass sie nicht verschlossen sein würde. Unbehelligt gelangte er zur Tür und rüttelte daran. Gott sei Dank, sie ließ sich öffnen.

»Heda, was macht Ihr dort unten?«, schrillte eine Stimme. Sie gehörte zu einem jungen Bengel, der sich jetzt von den anderen der Gruppe löste und auf ihn zukam.

»Ich möchte ein Gebet für eine verstorbene Verwandte sprechen«, antwortete Francesco geistesgegenwärtig.

»Dann geht doch ins Baptisterium di San Giovanni«, sagte der Junge und wies auf den Oktonalbau gegenüber. »Dort könnt Ihr Euch direkt an unseren Schutzheiligen wenden.«

»Ich habe ihr versprochen, hier unten in der Krypta ein Gebet für sie zu sprechen«, entgegnete Francesco und blickte dem Jungen fest in die Augen. Dieser zuckte mit den Schultern und wandte sich schließlich ab.

Francesco betrat die Krypta. Sie bestand aus einem kleinen, düsteren Raum mit einem Tonnengewölbe und Säulen. An den Wänden waren Sarkophage aufgereiht. Es roch nach Moder und Staub. Francesco zog die quietschende Tür hinter sich zu. Er legte das Bild auf einen der Steinsärge und begann vorsichtig, den Deckel eines anderen zur Seite zu rücken. Immer wieder lauschte er, ob jemand käme. Schließlich hatte er den Deckel so weit beiseitegeschoben, dass er einen Blick ins Innere werfen konnte. In der dämmrigen Stille schimmerten graue Knochen. Er bekreuzigte sich hastig. Schnell nahm er das Bild und verstaute es im Sarkophag. Der Himmel und Angelina mochten ihm verzeihen, dass er einen solchen Frevel beging! Jedes Geräusch vermeidend, schob er den schweren Deckel wieder an seine Stelle. Ein Klacken kam von der Tür.

»Seid Ihr fertig mit Eurem Gebet?«, tönte die Stimme des *Fanciullo.*

Francesco faltete die Hände.

»Ja, ich habe den letzten Wunsch meiner Schwester erfüllt«, sagte er. Schweißtropfen standen auf seiner Stirn. Das Bild war gerettet! Francesco stieg die Stufen zur Piazza hinauf und begab sich schleunigst zurück zu Botticellis Werkstatt.

Der Meister stand vor seiner Staffelei und betrachtete müde das kleinformatige Gemälde von der ›Mystischen Kreuzigung‹. Seine Gesellen malten Bildchen für Hausaltäre, Porträts von Florentiner Bürgerinnen mit hochgeschlossenen Kleidern, oder sie grundierten Leinwände zur weiteren Bearbeitung. Botticelli wandte sich langsam zu Francesco um.

»Hast du deinen Auftrag erfüllt?«

Francesco nickte und sah zu Boden. Die Gesellen schauten zu ihnen hinüber.

»Ich wusste, dass du unserer Sache treu bleiben würdest«, sagte Botticelli. »Jetzt sag mir aber noch einmal, was meintest du mit dem Fähnchen, das ich in den Wind hängen soll?«

»Ich meinte damit«, antwortete Francesco, »dass du immer dem Herrscher dienst und deine Kunst verkaufst, der gerade die Macht hat und den Rat der Alten stellt.«

Botticelli schaute ihn verwundert an. Seine Ohren waren rot geworden.

»Wie sollen wir denn sonst überleben?«, fragte er. »Der Wollhändler Puglese bestellt bei mir, die Vorsteher der Klöster und jeder, der sich Bilder für seine private Andacht leisten kann. Du hast sogar Aufträge aus Rom mitgebracht!«

»Das nehme ich dir gar nicht übel, Sandro«, sagte Francesco. »Ich finde es nur übertrieben, dem Mönch Savonarola so bedingungslos zu folgen.«

Die Gesellen gaben Laute des Unmuts von sich. »Nicht schon wieder!«, murmelte einer. Botticellis Gesicht verfinsterte sich, doch dann glitt ein Lächeln über sein Gesicht.

»Schau einmal, Francesco«, meinte er und wies auf sein Gemälde der mystischen Kreuzigung.

»Warum zeigst du mir das? Ich kenne doch das Bild«, bemerkte Francesco.

»Kannst du mir seine Bildsprache erläutern?«

»Das Bild scheint von Geißelung der Menschen, Reue und Errettung zu handeln«, erwiderte Francesco. Die Gesellen murmelten zustimmend.

»Der Löwe symbolisiert den Hochmut«, fuhr Francesco fort. »Die schöne Frau Maria Magdalena steht für ›die schöne Frau Florenz‹, der Fuchs für Geiz und Betrug. Gottvater rettet mit seinen Engeln die Stadt.«

»Die Engel könnten die *Fanciulli* sein!«, rief einer der Gesellen. »In ihren Gewändern sehen sie aus wie Engel, und sie singen wie Cherubime.«

»Habt ihr nicht gesehen, dass aus den Engeln inzwischen kleine Teufel geworden sind?«, fuhr Francesco auf. »Sie prügeln sich mit Passanten, sorgen überall für Unruhe und man sagt, sie steckten vieles von dem, was sie in den Dom bringen sollen, in die eigenen Taschen und Beutel!«

»Die Mönche bringen sie schon wieder zur Ordnung«, erklärte Botticelli. »Nun weißt du, an was ich glaube, woran wir alle immer noch mit ganzem Herzen glauben.« Seine Augen schimmerten schon wieder verräterisch.

»Du magst deinen Glauben behalten«, setzte Francesco dagegen. »Ihr alle sollt euren Glauben behalten, aber drückt eure Überzeugung doch um Gottes willen nicht denen auf, die sich ein anderes Bild von der Welt gemacht haben!«

Botticelli machte eine Bewegung, als wolle er den Raum verlassen, doch er blieb stehen und sagte, zu Francesco gewandt:

»Du hast es doch immer so mit der Kunst. Leonardo sagte einmal über meine Bilder, ich hätte den Landschaften nicht genügend Bedeutung verliehen, es sei, als hätte ich einen bunten Schwamm auf die Leinwand geworfen. Damit drängt er mir doch auch seine Überzeugung auf!«

»Das kannst du nicht vergleichen, Sandro«, gab Francesco zurück. »Die Religion ist eine sehr empfindsame Sache, sie greift in das Innerste eines Menschen ein. Wenn nun ein Maler einen anderen eines Besseren belehren will, so steht das auf einem anderen Blatt.«

»Francesco, wenn du meine Ansichten nicht mehr teilen kannst, so bist du nicht mehr mein Freund. Wir können nicht mehr gemeinsam in meiner Werkstatt, unter einem Dach, zusammenarbeiten.«

Francesco hatte einen schalen Geschmack im Mund. Nun war es also doch so weit gekommen, obwohl er sich solche Mühe gegeben hatte, immer und immer wieder. Er war mit einem Mal sehr müde.

»Gib mir meinen Lohn, Sandro, ich ziehe noch heute aus«, sagte er.

Als Francesco wenig später, sein Bündel über der Schulter, in die beginnende Nacht hinaustrat, überkam ihn ein Gefühl der Verlassenheit. Alles musste er hinter sich lassen, seine Malerfreunde, die sich einer Sache verschrieben hatten, die er nicht mehr mittragen konnte, seine Arbeit, den Stadtteil, in dem er groß geworden war. Wenn seine Eltern noch lebten, hätte er gewiss zu ihnen gehen können, um wenigstens ein Dach über dem Kopf zu haben. Wind und Regen peitschten ihm ins Gesicht. Seine Finger waren bald klamm. Er lief ziellos durch die Stadt. Niemand kannte ihn, niemand grüßte ihn. Man konnte ihn für einen der Bettler oder Hausierer halten, mit denen die Stadt so reich bevölkert war.

Ein Brief von Sonia und Lucas aus Siena fiel ihm ein. Sie hatten geschrieben, dass die befreundete Familie Boni ihr Gasthaus *Al Carpa* habe schließen müssen, dass sie aber noch in dem alten Turm daneben wohnte. Dort hatte Angelina eine Zeitlang zugebracht. Oh, wenn dieses verfluchte Jahr doch endlich zu Ende ginge! Und wenn doch Angelina sich entschließen würde, nach Florenz und damit zu ihm zurückzukehren! Francesco atmete tief durch und wandte sich zu der Straße, die in Richtung der Gastwirtschaft *Al Carpa* führte.

35.

Angelina konnte es kaum erwarten, dass *Natale*, das Weihnachtsfest, und das Ende des Jahres näher kamen. In diesem Jahr würde sie das erste Mal vor anderen auftreten. Seit Anfang Dezember hatte sie zusammen mit Mutter Elisa, Suor Dorothea und anderen Nonnen ein Paradiesspiel einstudiert, das am heiligen Abend aufgeführt werden sollte. In den Tagen davor wurde im Kloster gefastet. Nichtsdestoweniger buken die Nonnen *Panettone*, einen Kuchen mit Rosinen und kandierten Früchten, der am ersten Weihnachtsfeiertag serviert werden würde. Eine Wurzelholzkrippe wurde in der Kirche aufgebaut. Vor dem Kirchenportal stand eine Stechpalme, mit roten Äpfeln behangen.Überall herrschte geschäftiges Treiben. Angelina kam kaum mehr zum Nachdenken und war dankbar dafür.

Nach der Vesper am heiligen Abend kam der große Augenblick: Das Paradiesspiel begann. Zahlreiche Menschen aus den umliegenden Dörfern waren gekommen, um sich die Spiele anzusehen und anschließend der Christmette beizuwohnen. Im Refektorium war aus Brettern eine Bühne errichtet, die Zuschauer saßen auf den Bänken, die normalerweise beim Essen benutzt wurden. Angelina hatte die Rolle der Eva übernommen, Bianca die des Adam. Mutter Elisa hatte sich dazu herbeigelassen, die Schlange zu spielen. Sie trat auf die Bühne und klatschte in die Hände. Augenblicklich wurde es still unter den Zuschauern.

Mutter Elisa leitete das Spiel mit den Worten ein: »Werte Anwesende, wie jedes Jahr führen wir heute das Spiel vom Garten Eden auf, von Adam und Eva, der Schlange und dem ersten Sündenfall. Ihr werdet Eure Erbauung und Erleuchtung mit nach Hause nehmen.«

In der ersten Szene wandelten Angelina und Bianca im Garten Eden herum, der aus Moosen, Farnen, Oliven- und Buchsbäumen zusammengestellt war. Prächtige Blumen aus Stoff prangten in den Bäumen. Ein Bottich mit Wasser sollte das Wasser des Lebens darstellen. Angelina trug ein kurzes Leinenkleid und Fellschuhe. Das lange Haar fiel ihr offen über die Schultern. Danach hatte sie sich immer gesehnt: Ohne die einengenden Kleidungsstücke, Hauben und Bänder, einfach so zu sein, wie Gott sie geschaffen hatte. Sie warf einen Blick zu Bianca-Adam hinüber, die mit einem Lendenschurz und einem knappen Wams aus Leder bekleidet war. Ihre Haare hatte sie unter einer Filzkappe verborgen. Dorothea, mit Engelsflügeln und weißem Gewand, saß unter einem Baum und spielte die Laute. Andere Nonnen, ebenfalls als Engel verkleidet, sangen im Hintergrund. Angelina trat zu Bianca und nahm sie an der Hand.

»Oh, wie ist es herrlich und beruhigend, im Paradies zu sein«, sagte sie. »Wir sind geboren, ich aus dir und du aus Gott, und wir sind ohne Schuld und Fehler.«

Bianca löste ihre Hand aus der Angelinas und fasste sie mit beiden Händen an den Armen.

»Möge dieser Zustand doch ewig anhalten! Wir dürfen Gott, unseren Herrn, keinesfalls erzürnen, sondern müssen immer tun, was er uns geheißen hat.«

»Was hat er uns denn geheißen?«, fragte Eva.

»Wir dürfen nicht von den roten Äpfeln eines bestimmten Baumes essen. Sonst ist uns alles erlaubt.«

»Wir dürfen mit den Engeln tanzen, singen, süße Feigen und Kirschen essen, uns in Wasserfällen baden?«

»Alles! Nur eben eines nicht.«

»Von diesem Baum der Erkenntnis essen.«

Sie tanzten und sangen mit den Engeln. Mutter Elisa näherte sich vom Bühnenrand her. Sie trug ein feuerrotes Zottelkleid mit grünem Hut, auf dem lange Federn wippten. Ihr rosiges Gesicht hatte sie geschwärzt, so dass die Augäpfel weiß daraus hervorstachen. Mit einem Zischen näherte sie sich Adam und Eva. Angelina musste ein

Lachen unterdrücken, und auch im Zuschauerraum wurde verhaltenes Glucksen hörbar. Die Schlange wand sich, schlängelte sich näher an Angelina heran. Adam beschäftigte sich währenddessen mit einem der Engel, auf den er einredete. Die Schlange brachte ihr Gesicht ganz nah an das von Eva heran und sagte näselnd:

»Es ist schön für dich, im Paradies zu sein, Eva. Doch du dauerst mich. Nichts weißt du von dem, was in der Welt da unten vor sich geht. Du wirst auf ewig dumm und unwissend bleiben!« Die Schlange zischte abermals und wackelte mit dem Hinterteil. Angelina bemühte sich, ernst zu bleiben. Sie schlug die Hände über dem Kopf zusammen und rief:

»Aber ich will nicht auf ewig dumm und unwissend bleiben! Was kann ich tun, Frau Schlange, um sehend zu werden?«

Die Schlange grinste geheimnisvoll.

»Es gibt einen Baum im Paradies, der heißt der Baum der Erkenntnis. Sobald ihr davon esst, gehen euch die Augen auf; ihr werdet wie Gott und erkennt Gut und Böse!«

»Was sind das für Früchte, die am Baum der Erkenntnis wachsen?«

»Es sind rote Äpfel«, sagte die Schlange. Zwei Engel trugen den Baum, der vor der Kirche gestanden hatte, auf die Bühne.

»Das ist der Baum«, erklärte die Schlange und drehte sich einmal um sich selbst. Eva lief entzückt auf den Baum zu. Sie griff nach einem der Äpfel und biss herzhaft hinein. Der Saft rann ihr am Mund herab. Die Schlange zog sich langsam zurück und war dann verschwunden. Evas Augen wurden groß, sie gingen ihr über. Adam löste sich von dem Engel, mit dem er gesprochen hatte, und trat auf Eva zu.

»Was isst du da, Eva?«, wollte er wissen.

»Einen Apfel vom Baum der Erkenntnis.«

Adam sprang einen Schritt zurück.

»Aber das dürfen wir nicht! Gottvater hat es verboten!«

»Willst du dein Leben lang dumm und unwissend bleiben? Ich erkenne schon, ich weiß jetzt, was gut und was böse ist.«

»Niemals werde ich mein Wort brechen!«, rief Adam aus.

»Dann sind unsere Wege von nun an getrennt«, meinte Eva. Sie wandte ihm den Rücken. Was sagte sie da? Angelina erschrak heftig. Gerade hatte sie ihrem Freund, der sie über alles liebte, mit der Trennung gedroht. Aber sie durfte nicht aus der Rolle fallen. Eva drehte sich wieder zu Adam um.

»Du hast freilich die Wahl, ob du davon essen willst oder nicht. Ich fange schon an zu bereuen, dass ich es getan habe!«

»Was du getan hast, will ich ebenfalls tun«, sagte Adam. »Ich werde ebenfalls von dem Baum essen.« Er nahm einen Apfel und biss hinein. Die beiden schauten sich einen Augenblick lang entsetzt an. Die Schlange trat an den Rand der Bühne und erklärte: »Sie werden sich ihrer Nacktheit bewusst und schämen sich. Sie bedecken ihre Blöße mit Feigenblättern. Gottvater will sie zur Rede stellen, aber sie verstecken sich. Adam weist Eva die Schuld an dem Sündenfall zu, Eva klagt die Schlange an. Aber Gott sagt, jeder habe sich selbst entschieden.«

Die Schlange trat ab, und die Engel flohen von der Bühne. Gleich darauf erschienen schwarze Teufel, die brennende Fackeln schwenkten, einen wilden Tanz aufführten und dabei tierische Laute ausstießen. Sie warfen die Bäume um, gossen den Kübel mit dem Wasser des Lebens aus und warfen kleine Kugeln auf die Bühne, die knallend explodierten. Alles war mit Rauch erfüllt. Schließlich erschien die Schlange, schwang ein Schwert und verkündete:

»Adam und Eva, ihr habt euch entschieden! Ihr könnt nimmer mehr im Paradies bleiben. Von heute an werdet ihr zu den Menschen gehören, werdet leiden und sterben. Ihr seid in Sünde gefallen.«

Angelina war es, als spielte sie sich selbst. Hatte man nicht auch sie aus dem Paradies vertrieben? Die Teufel bewaffneten sich mit Mistgabeln und scheuchten Adam und Eva aus dem Paradies. Die Engel versuchten die Teufel zu vertreiben, aber die Teufel warfen ihnen Knallkörper zwischen die Füße und fuhren mit der Vertreibung fort. Schwer atmend lief Angelina, Adam an der Hand, hinter die Bühne, wo ein Vorhang die Spieler vor den Zuschauern verbarg. Die Zuschauer klatschten in die Hände. Offensichtlich hatte ihnen das Spiel gut gefallen. Alle miteinander, Engel, Teufel, Schlange, Adam und Eva kamen noch einmal nach vorn auf die Bühne und verbeugten sich. Die Zuschauer waren begeistert. Mutter Elisa, jetzt wieder in ihrer Ordenstracht, kam ebenfalls nach vorn, um das Schlusswort zu sprechen.

»Ich danke Euch für die Anteilnahme an unserem Spiel. Dies war die erste Sünde, die uns alle von Gott trennen sollte: vom Baum der Erkenntnis zu essen, zu wissen, was gut und was böse ist. Und vor allem: so wie Gott sein zu wollen! Ein jeder gehe von hier in Demut und Bescheidenheit, denn Gott in seinem unendlichen Ratschluss wacht über uns.«

Die Anwesenden erhoben sich feierlich und sprachen zusammen mit den Nonnen das Glaubensbekenntnis *Quicumque*.

Quicumque vult salvus esse,
ante omnia opus est, ut teneat catholicam fidem:
quam nisi quisque integram inviolatamque servaverit,
absque dubio in aeternum peribit.

»Wer auch immer gerettet sein will, dem ist vor allem aufgegeben, den wahren Glauben zu bewahren. Wer diesen nicht vollständig und unverletzt bewahrt, wird ohne Zweifel auf ewig verloren sein.«

»... wird ohne Zweifel auf ewig verloren sein.« Dieser Satz ging Angelina nicht mehr aus dem Kopf, als sie nach der Mitternachtsmesse allein in ihrer Zelle lag. Eva war durch die Schlange verführt worden, und sie hatte daraufhin Adam verführt. Bestand darin ihre Sünde? Hatte sie selbst jemanden verführt, hatte sie gar jemanden getötet, vor langer Zeit? Sie dachte an den Toten, den sie einen Moment lang während der Beichte bei dem Priester gesehen hatte, doch sie schüttelte diesen Gedanken wieder ab.

Die Feiertage waren eine Abwechslung im Einerlei des Tageslaufs. Es gab Aal in Wein mit Salbei und zum Nachtisch den Panettone. Noch nie hatte das Essen so gut geschmeckt wie nach dieser Fastenzeit. Am Nachmittag begann es zu schneien. Bald lag eine weiße Decke auf den Feldern, Weinbergen und Wäldern. Als Angelina aus dem Fenster schaute und sah, wie die Welt unter einem Leichentuch versank, wurde sie traurig.

Am letzten Tag des Jahres läutete die Glocke der Kirche des Klosters Corona. Angelina wusste es jetzt: Sie würde hier bleiben. Gleich am anderen Tag setzte sie sich hin und schrieb einen Brief.

»Francesco, ich habe lange mit mir gerungen und bin zu dem Schluss gekommen, dass es besser für alle und auch für mich sein wird, wenn ich im Kloster bleibe. Seit der Zeit, die ich hier lebe, ist niemand mehr zu Tode oder zu irgendeinem Schaden gekommen. Ich habe keinen Platz mehr in der Welt. Und wenn es etwas gäbe, das einem Paradies nahekommt, dann ist es diese kleine Gemeinschaft! Ich verbringe meine Tage, ohne groß über mein Leben nachsinnen zu müssen. Es gab eine Zeit, da habe ich dich geliebt, Francesco. Aber es ist zu viel geschehen, so dass dieses Gefühl zerrissen ist wie eine Spinnwebe vom Besen der Magd. Ich werde dich immer in meinem Herzen behalten und oft an dich denken. Lebe wohl, Francesco, ich wünsche dir ein gutes Leben und eine Frau, die es besser mit dir versteht als ich.« Sie zeigte diesen Brief niemandem, auch Mutter Elisa nicht, sondern übergab das Schreiben einem Boten, nachdem sie den Brief mit dem Siegel des Klosters versehen hatte.

Danach ließ sie sich in ihrer Zelle auf dem kalten Boden nieder und starrte lange stumm vor sich hin. Es war ihr, als hätte sie ihr eigenes Todesurteil gesprochen.

Am Nachmittag desselben Tages entwich sie aus dem Kloster und irrte ziellos durch die Weinberge, bis sie einen Keller fand, dessen Tür offen stand. Hier vergrub sie sich, bis sie am nächsten Morgen von den Handwerkern des Klosters, die Mutter Elisa auf die Suche nach ihr geschickt hatte, mit Hilfe ihrer Hunde entdeckt wurde. Als man sie herausführte, waren ihre Lippen blaugefroren.

Francesco hatte die Weihnachtstage bei Rinaldo und seinen Töchtern verbracht, wo er sich mit öden Porträtmalereien über Wasser hielt. Am heiligen Abend lief er allein durch das verlassene Florenz, sah Bettler an Feuern sitzen. Er dachte an Angelina. Wie sie sich wohl entscheiden würde? Und wenn sie nicht zurückkäme, was wäre dann? Am Anfang des neuen Jahres brachte ein Bote einen versiegelten Brief. Er kam vom Kloster Corona della Santa Maria. Francesco erbrach das Siegel. Nachdem er die Worte gelesen hatte, blieb er lange bleich und verloren sitzen.

36.

Am nächsten Tag schien die Sonne schon frühlingshaft warm. Das Wetter war ungewöhnlich mild in diesem Winter. Die Hügel um das Kloster Corona schimmerten braun und gelblich. Dazwischen ragten die spitzen Finger der Zypressen hervor. Angelina sah alles wie in einem Nebel. Sie wusste nicht, was mit ihr geschehen war, konnte sich über nichts mehr freuen. Als Mutter Elisa abends zu ihr kam und ihr anbot, mit ihr zu sprechen, wies sie die Äbtissin zurück.

»Ich muss allein damit fertig werden«, sagte Angelina. »Ich darf Eure Hilfe nicht mehr in Anspruch nehmen.«

»Das musst du auch nicht«, antwortete Elisa. »Aber du musst anfangen, dich aus dem Sumpf, in den du geraten bist, herauszuarbeiten. Warum bist du aus dem Kloster entwichen?«

»Ich erinnere mich nicht daran«, sagte Angelina müde.

»Warum hast du das getan?«, wiederholte Suor Elisa.

Angelina sank schluchzend auf ihre Matratze. Da waren sie wieder, diese Bilder ... Nein, sie wollte sie nicht sehen, wollte sich keinem Bild der Welt mehr aussetzen! Die Männer hatten die Tür ihrer Höhle, die sie mit einem Pflock von innen verschlossen hatte, aufgebrochen, sie herausgezerrt.

»Sie haben mich herausgezerrt wie einen tollen Hund«, stieß Angelina hervor.

»Die Männer wollten dir helfen!«, protestierte Elisa.

Angelina richtete ihren Blick auf Elisa und schaute sie an, als sähe sie die Äbtissin zum ersten Mal.

»Sie wollten mir helfen«, sagte sie wie zu sich selbst. »Ja, gibt es das denn wirklich, dass Menschen einander helfen?« Sie wandte sich mit einem flehentlichen Gesichtsausdruck an Elisa.

»Du warst auf einem guten Weg, Angelina«, sagte Mutter Elisa. Sie wiegte ihren Kopf hin und her. »Du hattest angefangen, wieder Vertrauen zu fassen, nachdem du den Glauben daran jahrelang verloren hattest. Das Wiedersehen mit Francesco und deiner Mutter, deine Erinnerung an die Vergangenheit, deine Träume und die schrecklichen Geschehnisse, das alles hat dich wieder auf den Weg geführt, den du vorher gegangen bist.«

»Was für einen Weg meint Ihr?«

»Ich meine den Weg in die Dunkelheit, in die Trennung von Gott und den Menschen.«

»Aber es gibt keinen anderen Weg für mich! Ich habe gesündigt, Mutter Elisa, so schwer, dass Gott und die Menschen mir niemals werden verzeihen können!«

»Was hat dich darauf gebracht?«

»Als wir das Paradiesspiel aufgeführt haben, da wurde es mir mit einem Mal ganz stark bewusst. Ich bin die Eva, die Adam dazu verführt hat, vom Baum der Erkenntnis zu essen! Ich habe ihn verführt. Seitdem leide ich nur noch Schmerzen. Wenn ich beten will, kommt kein Laut über meine Lippen. Ich sehe mich und die anderen Schwestern wie eine Herde von Lämmern, die willenlos dem Tod entgegengehen.«

»Und ich bin die Schlange, die dir das eingeflüstert hat, nicht wahr?«, sagte Elisa. Angelina blickte ihr ins Gesicht. Lag da ein Lächeln in ihren Mundwinkeln?

»Nein, natürlich nicht wirklich«, gab Angelina verwirrt zurück. »Aber ich bin schuld an allem, was geschehen ist, soviel ist gewiss.«

»Wir sind immer schuld an den Handlungen, die wir vollbringen, und an deren Folgen«, fuhr Elisa fort.

»Werden die Schwestern sich nicht beschweren, dass wir hier so lange miteinander reden?«, fragte Angelina dazwischen.

»Ich habe dir schon einmal gesagt: Wenn es um das Seelenheil eines meiner Schäfchen geht, kümmere ich mich nicht um die Regeln. Nehmen wir einmal an, ich wäre die Schlange, die dir gesagt hat, du sollest vom Baum der Erkenntnis essen. Was geschah daraufhin?«

»Adam und ich wurden aus dem Paradies vertrieben.«

»Und was bedeutet das für dich?«

»Es ist nichts mehr, wie es war. Die ganze Welt ist dunkel, jeder ist des anderen Feind, alle raffen Reichtümer an sich, niemand redet mit seinem Nächsten. Das Recht ist das Recht des Stärkeren, die Schwachen werden niedergemacht.«

»Denk nach, Angelina. Gibt es nicht noch eine andere Bedeutung des Geschehens? Was ist mit dem Baum der Erkenntnis?«

»Wir konnten jetzt zwischen Gut und Böse unterscheiden und erkannten uns als Mann und Frau. Das war die Erbsünde, wie es die Bibel lehrt.«

»Das Wichtigste daran ist, dass du dich entscheiden kannst, Angelina! Du hast Francesco als Mann erkannt, du liebst ihn, aber vertraust ihm nicht. Du kannst dich entscheiden, ob du den Schleier nehmen und bei uns bleiben oder nach Florenz zurückkehren und zu deinem Geliebten gehen willst. Du kannst dich entscheiden, ob du länger so krank und trübsinnig dahinleben oder den Vorhang zerreißen willst, der dich davon abhält, eben diese Entscheidung zu treffen!«

Es war Angelina, als sehe sie ein Licht in ihre Zelle kommen, das alles ein wenig heller, bunter und wärmer machte.

»Ich weiß jetzt wieder, warum ich weggelaufen bin«, sagte sie und lächelte Elisa zu. »Ich wollte fliehen, alles hinter mir lassen, mir die Ohren zuhalten. Ich hatte genug von der Welt und ihren Umtrieben. Ich wollte mich verstecken, begraben sein, für immer von der Welt verschwinden!«

Elisa furchte sorgenvoll die Stirn.

»So übel hat man dir mitgespielt, mein Schäfchen«, sagte sie versonnen. »Aber die Wahrheit wird an den Tag kommen, das schwöre ich dir, Angelina!«

Die Tage und Wochen gingen dahin, und Angelina kam langsam wieder zu Kräften. An den Sonntagen hatte Mutter Elisa ihr erlaubt, mit anderen Nonnen ein wenig in den Weinbergen und

Wäldern spazieren zu gehen. Angelina nahm das Angebot gerne an, entschied sich aber, allein in der Umgebung zu wandern. Es war der zweite Sonntag im Monat Februar. Wollte nicht Savonarola demnächst einen zweiten Karneval veranstalten? Waren nicht Rinaldo und seine Töchter aus ihrer Gastwirtschaft vertrieben worden? Und sammelten die *Fanciulli* nicht seit Wochen ›Eitelkeiten‹ ein, um sie dem Feuer zu übergeben? Mutter Elisa hatte ihr erzählt, dass schon ›sündige Gegenstände‹ aus Pisa herbeigeschafft werden mussten, weil die Bürger von Florenz keine mehr besaßen. Oder sie versteckt hielten.

Die lähmende Müdigkeit, das Gefühl, sich nicht mehr bewegen zu können, waren fast ganz von Angelina gewichen. Sie durchquerte einen Weinberg, an dessen Rebhängen schon das erste Pfennigkraut wuchs, und wanderte mit zügigen Schritten auf einem Weg am Waldrand dahin. Über den Bergen lag ein milchiger Dunst, den die Sonne immer mehr durchdrang. Weiter unten lag das Kloster, das Angelina in den letzten Monaten zur Heimat geworden war. Es war, als hätte die allmählich erwachende Natur auch Angelina aus dem Winterschlaf vertrieben. Sie fühlte sich leicht und hatte Lust, um jede Ecke zu schauen, um zu sehen, was sich dahinter verbarg. Unvorstellbar, dass sie noch vor kurzer Zeit an den Tod gedacht hatte.

Die Sonnenstrahlen wärmten ihre Haut wie ein milde knisterndes Feuer. Und wirklich, die Bauern waren dabei, verdorrte Zweige und Äste zu verbrennen. Der Rauch kräuselte sich in den Himmel und erinnerte an Abende zu Hause mit gebratenen Äpfeln, frisch gebackenem Brot und Würzwein. Angelina hätte ewig so weitergehen können. Aber sie durfte nicht zu lange ausbleiben, sonst würde Mutter Elisa wieder nach den Männern im Dorf schicken, um sie zu suchen. Angelina erreichte die Stelle, an der sie in den Weinkeller geflüchtet war, und wich zurück. Jetzt erinnerte sie sich.

Sie taumelte, musste sich setzen, so lebhaft waren die Bilder in diesem Augenblick.

In so einem Keller war sie eingesperrt gewesen, ein Mann hatte sie jeden Tag besucht und ihr zu essen und zu trinken gebracht. Sie konnte höchstens neun Jahre alt gewesen sein. Der Mann hatte sich ihr immer wieder genähert, hatte seinen feuchten Mund auf ihren gedrückt, sie geheißen, sich auszuziehen, sie tanzen lassen. Und es war noch mehr passiert: Später war noch ein zweiter Mann in dem Keller gewesen. Es war irgendeine schwere Sünde geschehen, dessen war sich Angelina bewusst, aber die schwerste Sünde hatte sie selbst begangen: Sie hatte diesen Mann, der sie dorthin gebracht hatte, verführt! Sie schlug die Hände vors Gesicht. Also war sie schuld an dem Furchtbaren gewesen, das danach geschah!

Mitten in all dem Schrecken fiel ihr Francesco ein, seine zarten, dann immer fordernderen Küsse, seine warmen Hände auf ihrem Leib, sein Geruch nach Tempera und Terpentin. Es gab einen entscheidenden Unterschied. Francesco hatte sie gemalt, ein wenig freizügig zwar, aber so, wie Gott sie nun einmal geschaffen hatte. Und waren die Frauen nicht dazu geschaffen, Männern und sich selbst Vergnügen zu bereiten? Du musst dich entscheiden, hatte Mutter Elisa gesagt.

Wollte sie ewig dem Bild des Kellers verhaftet bleiben? Oder sich darüber hinauswagen? Das Bild war der Schlüssel, jetzt wusste sie es!

Die Sonne war allmählich tiefer gesunken, tauchte Weinberge, Wälder und Höfe in ein diffuses Licht. Angelina drehte sich um und lief denselben Weg zurück, den sie gekommen war. Ihr war ein wenig übel, und wirre Gedanken gingen ihr durch den Kopf. Sollte sie bleiben oder gehen? War es richtig, sich vor der Welt zu verstecken, das Leben an sich vorbeiziehen zu lasen? Einige kleine Stücke fehlten noch an dem Rätsel, das zu lösen sie sich vorgenommen hatte. Atemlos kam sie im Kloster an. Mutter Elisa erwartete sie offensichtlich schon. Sie gab ihr einen Brief, der am Nachmittag gekommen war, wie sie sagte.

»Hoffentlich keine schlechten Nachrichten«, meinte sie. Angelina öffnete das Schreiben mit zitternden Fingern. Es trug keinen Absender; ihre Adresse war in einer fremden, etwas krakeligen Schrift geschrieben.

»Werte Signorina Angelina«, las sie. »Ich erlaube mir, Euch heute zu schreiben, weil ich glaube, dass Ihr betrogen werdet. Ihr habt gewisse Verbindungen mit einem Maler namens Francesco Rosso, der ein Porträt von Euch gemalt hat. Mir ist nun zu Ohren gekommen, dass er das Bild, statt es Euren Eltern oder Euch auszuhändigen, an einen reichen Florentiner Wollhändler verkauft hat. Der Arme! Er hat sich nämlich von seinem Meister, Botticelli, auf immer getrennt und muss nun sehen, wie er durchkommt. Dieser Brief ist von jemandem geschrieben, der es gut mit Euch meint.«

Eine Unterschrift fehlte. Angelina schwankte und musste sich einen Augenblick lang an Mutter Elisas Arm festhalten.

»Wer hat diesen Brief gebracht?«, wollte sie wissen.

»Am Nachmittag kam ein Bote und gab mir den Brief mit der Bitte um persönliche Aushändigung an dich. Ich habe mir schon gedacht, dass er keine guten Nachrichten enthält. Was steht darin, wenn ich fragen darf?«

»Francesco hat sich von Botticelli getrennt. Jetzt ist er mittellos! Er soll mein Bild an einen Wollhändler verkauft haben.«

»Davon geht doch die Welt nicht unter! Schreibe ihm, dass er es zurückkaufen soll. Schick ihm von deinem Geld, es ist in unserer Effektenkammer verwahrt. Wenn er wirklich in Not geraten ist, kannst du ihm das doch verzeihen.«

Nein, es war anders, doch das wollte sie Mutter Elisa nicht auf die Nase binden. Das Bild war für Angelina zwar ein Inbegriff des Sündigen, aber mehr in dem Sinne, wie Savonarola es predigte. Sie wollte auf keinen Fall, dass es in der Florentiner Gesellschaft auftauchte oder dass die Reichen von Florenz sich über sie lustig machten, das Bild gar mit lüsternen Blicken betrachteten. Angelina erinnerte sich sehr genau an die Gefühle, die sie selber während der Entstehung des Bildes gehabt hatte. Nie würde sie den Ausdruck von Francescos Augen vergessen, die in die ihren versunken waren, wenn er eine kurze Pause machte.

»Ich muss sofort nach Florenz, Mutter Elisa! Das Bild gehört meinen Eltern. Er hätte es nicht weiterverkaufen dürfen!«

»Warum nimmst du das so wichtig, Angelina? Der Schreiber dieses Briefes hat seinen Namen nicht preisgegeben. Und wenn das eine Lüge ist?«

»Es muss einen Grund geben, dass ein Unbekannter mir so etwas schreibt. Francesco hat sich nicht nur einmal widersprüchlich verhalten! Ich traue ihm das durchaus zu.«

»Weißt du auch, was du tust? Hast du nicht gesagt, du bringst jeden in Lebensgefahr, wenn du in seiner Nähe bist?«

»Ich werde in niemandes Nähe sein, ich werde die Adresse dieses Wollhändlers herausbekommen und das Bild zurückfordern!«

»Weißt du nicht, was in Florenz geschieht in diesen Tagen? Der *Carnevale* des Savonarola hat begonnen!« Jetzt wurde Mutter Elisa wirklich zornig.

»Woher wisst Ihr das?«

»Ich habe Verbindungen mit einem Nonnenkloster in Florenz. Es ist ein furchtbarer Aufruhr in den Straßen.«

»In mir ist ebenfalls ein furchtbarer Aufruhr, Mutter Elisa! Ich kann hier nicht stillsitzen und abwarten, was geschieht, ich muss hinaus!«

»Und wenn ich es dir verbiete?«

»Habt Ihr nicht gesagt, ich müsse mich entscheiden? Ich habe mich entschieden, heute, und nichts kann meinen Entschluss rückgängig machen. Ihr habt gesagt, Ihr tätet alles für das Seelenheil Eurer Schäfchen.«

»Das habe ich gesagt, fürwahr. Warum bist du denn so aufgeregt?«

»Ich habe heute den Keller gefunden, in dem ich mit neun Jahren gefangengehalten wurde.« Angelina holte tief Luft. »Das stimmt überein, unser Landhaus ist doch hier ganz in der Nähe! Den Kerl, der mir das angetan hat, muss ich finden. Er soll seine gerechte Strafe bekommen!«

Mutter Elisa sah Angelina erschrocken an.

»Das hast du herausgefunden? Bist du dir ganz sicher?«

Angelina nickte heftig.

»Wie hast du diesen Weinkeller entdeckt?«

»Ich bin einfach so darauf gestoßen und habe mich plötzlich wieder erinnert.«

»Dann sieht es wieder ganz anders aus. Vielleicht brauchst du die Gewissheit, dass der Mann gefasst wird, um zur Ruhe zu kommen. Unter diesen Umständen gebe ich dir meinen Reisesegen.«

Sie hieß Angelina sich niederknien und legte ihr die Hand auf den Kopf.

Mit leiser Stimme sprach sie die Worte:

»Der Herr sei vor dir,
um dir den rechten Weg zu zeigen.
Der Herr sei neben dir,
um dich in die Arme zu schließen
und dich zu schützen.
Der Herr sei hinter dir,
um dich zu bewahren
vor der Heimtücke böser Menschen.
Der Herr sei unter dir,
um dich aufzufangen, wenn du fällst,
und dich aus der Schlinge zu ziehen.
Amen.«

Mutter Elisa ergriff Angelinas Hände und zog sie empor.

»Ich habe auch etwas, das mich beschützt«, sagte Angelina, griff in ihren Ausschnitt und zog den Benediktuspfennig hervor, den ihr Tante Bergitta geschenkt hatte.

»Seht hier«, sagte Angelina und hielt Mutter Elisa das Amulett hin, »vorne ist der heilige Benedikt mit Bischofsmütze, Rabe und Schlange abgebildet, hinten«, sie drehte den Pfennig um, »stehen die Buchstaben V. R. S. Ich habe mich schon manches Mal gefragt, was das bedeutet.«

»Es heißt: *Vade retro, Satanas'*, weiche zurück, Satan!‹«, erklärte Mutter Elisa. Angelina fühlte sich innerlich bestärkt in ihrem Vorhaben. Sie drängte zum Aufbruch. Mutter Elisa ließ Angelinas

Kleider aus der Effektenkammer holen und händigte sie ihr zusammen mit dem Geld aus, das Angelina bei ihrer Ankunft bei sich gehabt hatte.

»Zu wem willst du gehen, wenn du in der Stadt bist?«, fragte die Äbtissin.

»Zunächst einmal zu Botticelli. Der wird vielleicht wissen, wo sich Francesco aufhält. Und er kann mir gewiss den Namen des Wollhändlers verraten, der das Bild gekauft hat.«

Nach einer kurzen Andacht in der Kirche und der Verabschiedung von den Nonnen eilte Angelina zum Stall, wo ein Pferd gesattelt für sie bereitstand. Bianca und Dorothea hatten Tränen in den Augen gehabt, Angelina hatte es genau gesehen. Und auch die anderen Nonnen hatten sie ungern ziehen lassen. Angelina tat es selber leid, gehen zu müssen. Sie stieg auf das Pferd, ließ ihm die Zügel locker und ritt in der hereinbrechenden Dämmerung Fiesole und der Stadt Florenz entgegen. Das Tier war ein Zelter, dessen Passgang den Seitensitz ermöglichte. Über der fernen Stadt hatte sich ein drohendes, tintenschwarzes Wolkengebirge zusammengezogen. Es ist alles wie am Anfang, dachte Angelina. Bei dem Fest ihres Vaters hatte auch so eine Wolkenwand über der Stadt gestanden. Ein Bild war von der Wand gefallen, das Bild ihrer Mutter. Damit begann das Unglück.

Aber jetzt hatte sie es in der Hand. Sie wollte, dass das Porträt von Francesco erhalten blieb. Und es ging nicht darum, dass andere es sehen könnten oder dass Savonarola es verdammen könnte. Das Bild war das Pfand der Liebe zwischen Francesco und ihr, das gestand sie sich jetzt ein.

3. TEIL

Februar 1498 – Mai 1498

37.

»Hörst du den Lärm da draußen, Girolamo?«, fragte Domenian.

Die Augen des Priors Savonarola glühten wie in alten Tagen, doch er sah abgezehrt aus, mehr denn je. Seine Aufgabe würde ihn noch umbringen.

»Du hörst nicht nur die Trommeln der *Arrabiata*, Domenian, es sind auch die Vorboten eines Gewitters, das wie eine Strafe Gottes über die Stadt kommen wird. Siehst du die Blitze, die schon vereinzelt herniedergehen?«

»Ich sehe sie, und ich habe große Angst, Girolamo.«

»Florenz wird morgen ein Schauspiel sehen, noch größer als das vor einem Jahr! Die sündigen Gegenstände werden brennen. Das Volk wird seine Belustigung haben.«

»Viele rufen, dass sie dich brennen sehen wollen!«

»Und wenn es geschieht, dann ist es Gottes Wille. Ich habe es schon in meinen Träumen gesehen, habe es in den langen Nächten in meiner Zelle erlebt, was auf mich zukommen könnte. Romolino, der päpstliche Notar, wird mich fragen, was es mit dem Konzil auf sich hat, das ich einberufen habe. Er wird fragen, wer dazu eingeladen ist. Und an wen ich geschrieben habe, dass Papst Alexander kein Christ sei. Sie werden mir die Folterinstrumente zeigen, und dann werde ich wissen, dass ich auserwählt bin.«

Ein Donnerschlag erschütterte die Wände des Parlatoriums. Savonarolas Augen flackerten.

»Sie werden nach meinen Beziehungen zu den Kardinälen fragen. Ob es in diesen Kreisen nicht auch Menschen gebe, die den Papst stürzen wollten. Sie werden mich am Seil hochziehen, immer wieder, bis ich in meiner Not gestehen werde, was ich nicht gestehen kann. Und ich werde widerrufen. Wenn meine Glieder längst gebrochen sind, wird Romolino mich fragen, ob ich mich wirklich für einen Propheten halte, ob Gott wirklich zu mir gesprochen habe. Und ich werde es bejahen.«

Domenians Hände hatten zu zittern begonnen.

»Du musst fliehen, Girolamo!«, rief er. »Ich lasse es nicht zu, dass sie dich foltern und töten!«

»Ich kenne die Anklagepunkte«, sagte Savonarola düster. »Verhetzung des Volkes und insbesondere der Jugend, Missbrauch von Geldern, Aufwiegelung der Massen, Zerstörung von Eigentum, Einmischung in die Staatsgeschäfte ... Das Volk ist wetterwendisch. Morgen werden sie das ›Fegefeuer der Eitelkeiten‹ bejubeln, in einigen Wochen vielleicht meinen Tod.«

»Flieh, Girolamo, solange es noch nicht zu spät ist!«, beschwor Domenian den Prior. »Du könntest nach Ferrara gehen, dorthin, wo du geboren bist.«

Ein zweiter Donnerschlag erschütterte die Mauern. Der Regen rauschte nieder. Hoffentlich hört er bald wieder auf, dachte Domenian, sonst wird das ganze Holz nass und wir können den Scheiterhaufen nicht entzünden!

»Hörst du die Stimme Gottes?«, fragte Savonarola. Domenian erschrak beim Anblick seines Gesichtes. Der Prior sah irgendwie ... verzückt aus. »Ihr kann ich mich nicht entziehen«, fuhr Savonarola fort. »Mein Platz ist hier, in Florenz. Und vielleicht werde ich schon bald vor dem Thron des Allmächtigen stehen!« Savonarola umarmte den Freund und eilte davon, um die Vorbereitung des Karnevals zu überwachen. Domenian blieb allein zurück. Er wusste, dass auch für ihn keine Umkehr mehr möglich war.

38.

Hinter Fiesole ging es einen steinigen Pfad bergab. Es wetterleuchtete aus der tintenschwarzen Wand über Florenz. Einzelne Blitze schossen aus den Wolken. Erste Tropfen sprühten Angelina ins Gesicht. Damals hatte es gegrummelt, das Gewitter konnte sich jedoch nicht entladen. Es war gewiss ein Hinweis darauf gewesen, dass Savonarola im Begriff war, diese Stadt und ihre Einwohner zu zerstören. Wie mochte es inzwischen in Florenz aussehen? Der Regen prasselte nun ungehindert herab, Blitze und Donner folgten Schlag auf Schlag. Bei jedem Krachen zuckte Angelina zusammen, immer wieder scheute ihr Pferd, doch sie behielt es im Griff und setzte ihren Weg unbeirrt fort. Ihre Kleider waren bald ganz durchnässt.

Sie fror. Einzelne Lichter zeigten ihr, dass sie sich auf halber Höhe über der Stadt befand. Das Pferd tänzelte unruhig den Pfad hinab, manchmal hatte Angelina Angst, es werde ausrutschen. Sie war froh, als sie die ersten Hütten erreichten. Der Regen hatte etwas nachgelassen. Mit klopfendem Herzen bog sie endlich in die Via Nuova ab.

Die Hufe des Tieres sanken in die aufgeweichte Erde ein. Angelina saß ab und band es an einen der Ringe, die in die Mauer des Hauses eingelassen waren. Sie nahm ihr Bündel und klopfte herzhaft an die Tür. Ein Diener öffnete ihr.

»Ich möchte den Meister sprechen«, sagte sie hastig. »Er kennt mich, sag ihm, Angelina Girondo sei gekommen, ihn zu besuchen.«

Kurz darauf erschien der Diener erneut und führte sie in die Werkstatt, danach kümmerte er sich um ihr Pferd.

Es schien Angelina, als hätte sich überhaupt nichts verändert. Der Geruch nach Tempera und Terpentin hing immer noch im Raum, Kästen mit Farben und Pinseln standen in Regalen an den Wänden.

Botticelli war allein. Er saß an einem der Tische, einen Krug Wein vor sich, und starrte trübe auf sein Kreuzigungsbild. Langsam wandte er sich um.

»Es freut mich, Euch zu sehen, Signorina Girondo«, sagte er. »Setzt Euch doch.«

Sein Gesicht sah müde aus. Die Haut, die früher prall über die Wangen gespannt war, hing in losen Falten herab. Auch schien er an Gewicht verloren zu haben.

»Mich freut es ebenfalls, Signor Botticelli«, gab Angelina zurück und strich sich eine nasse Strähne aus dem Gesicht. »Gern denke ich an die Fahrt nach Grassina zurück, während der Ihr mir von Eurer Kunst erzählt habt.« Sie rieb sich die kalten, feuchten Hände.

»Ich erinnere mich«, meinte Botticelli. »Es war im Juni, glaube ich. Wir waren auf der Flucht vor der Pest.« Erst jetzt bemerkte er ihren Zustand. »Mein Gott, Ihr seid ja ganz durchnässt! Hier, nehmt das.« Er holte ein sauberes Tuch und warf es ihr zu.

»Wart Ihr den ganzen Sommer in der Stadt? Verzeiht, dass ich das nicht früher gefragt habe. Aber unsere letzte Begegnung war ja ein wenig ... turbulent.« Sie trocknete ihr Haar.

»Francesco und Sebastiano sind nach Rom gegangen«, sagte Botticelli wie zu sich selbst. Wusste er nicht, dass Francesco zurückgekehrt war?

Als hätte er ihre Gedanken erraten, fuhr Botticelli fort: »Francesco hat mich verlassen!« Er hieb mit der Faust auf den Tisch. »Er sagte, er könne mit meiner Art der religiösen Malerei nichts mehr anfangen.«

»Francesco ist der Grund, warum ich zu Euch komme, Signor Botticelli. Ich habe erfahren, dass er das Bild, das meine Eltern bestellt hatten, an einen reichen Wollhändler verkauft habe.«

Botticelli riss die Augen auf. Sein Kinn zitterte.

»Hat er das Bild verkauft, anstatt es in den Dom zu bringen ...«

»Wieso in den Dom?«

»Er wollte es den *Fanciulli* geben, damit es morgen im Fegefeuer verbrannt wird.«

»War das sein eigener Wille?«, fragte Angelina mit zitternder Stimme.

»Ich hatte ihm den Auftrag gegeben«, antwortete Botticelli. »Vielleicht hat er es auch vor den *Fanciulli* in Sicherheit gebracht.« Er schlug sich an die Stirn. »Ihr müsst mir verzeihen! Ich hatte Eurer Mutter ja versprochen, es ihr auszuhändigen, aber ich bin so vergesslich geworden.«

»Wie konntet Ihr ihm nur diesen Auftrag geben?«, rief Angelina. »Dieses Bild darf kein Raub der Flammen werden!«

Der Maler sank in sich zusammen. »Was ich mache, ist verkehrt«, murmelte er.

»Wisst Ihr, wohin Francesco gegangen ist?«, fragte Angelina.

»Ich weiß es nicht«, antwortete Botticelli. »Und jetzt möchte ich Euch bitten, mich allein zu lassen. Es wird eine schwere Nacht für mich werden.«

»Wegen des ›Fegefeuers der Eitelkeiten‹?«, fragte Angelina.

»Ja, deswegen. Ich zerbreche mir den Kopf, welche meiner Bilder ich dem Feuer übergeben soll.«

»Gar keins! Aber wenn es schon sein muss: nicht den ›Frühling‹ und die ›Geburt der Venus‹«, sagte Angelina schnell.

»Diejenigen, die sündige Gedanken erwecken könnten, muss ich zum Scheiterhaufen bringen«, entgegnete Botticelli.

»Aber Ihr habt doch selbst keine sündigen Gedanken beim Malen gehabt?«, fragte Angelina.

»Nein, natürlich nicht. Obwohl ... wenn ich an meine Muse Simonetta denke ...«

Er vergrub das Gesicht in den Händen. Einige Zeit lang saß er so.

»Bedenkt, was Savonarola mit seinen Untertanen gemacht hat«, sagte Angelina. »Und was die *Fanciulli* in seinem Namen angerichtet haben!«

Botticelli hob die Augenbrauen. »Savonarola schuf sich eine eigene Signoria della Notte, die aus Kindern und Halbwüchsigen besteht«, entgegnete er. »Und Ihr habt recht, sie bespitzeln jedermann, auch die eigene Familie, und melden jeden angeblichen

Verstoß an die Signori, die Savonarola hörig sind. Unser Stadtrat hat nichts mehr zu melden! Nachbarn müssen ihre Nachbarn anzeigen, wenn sie den Vorstellungen Savonarolas nicht entsprechen. Bei diesen Kindern und Halbwüchsigen gibt es welche, die Strafen verhängen dürfen, Almosenmänner, die Spenden einsammeln oder vielmehr erpressen, Inquisitoren, Spitzel, die nach Verbotenem Ausschau halten, und Straßenreiniger. Vor allem suchen sie nach Gegenständen, die Wollust erwecken könnten. Nach Spielern und nach Menschen, die sich der Völlerei ergeben ... Wollt Ihr einen Becher Würzwein? Ihr seht aus, als könntet Ihr ihn gebrauchen.«

»Das habe ich erlebt«, antwortete Angelina und nahm dankbar den heißen Wein entgegen. »Wollust und Völlerei zählen zu den Hauptsünden, ich weiß. Die *Fanciulli* haben die Wirtschaft von Rinaldo geschlossen und ihn und seine Töchter für eine Nacht inhaftiert.«

»Savonarola maßt sich an, Gott zu sein«, sagte Botticelli. »Dabei sind seine *Fanciulli* in Wahrheit Diebe, Passantenquäler, Lustknaben und Totschläger. Das nenne ich den Teufel mit dem Beelzebub austreiben!«

»Wenn Ihr Savonarola durchschaut habt, warum hängt Ihr ihm weiterhin an?«, wollte Angelina wissen.

»Ich könnte sonst nicht mehr malen.« Traurig schaute er in seinen Weinbecher.

»Aber Ihr habt doch Bilder nach Rom verkauft, nach Siena?«

»Das reicht nicht aus«, meinte Botticelli. »Und ich muss morgen einige meiner Bilder verbrennen, Savonarola will es so. Es ist ein offenes Geheimnis, dass ich ›sündige‹ Bilder gemalt habe.«

»Könntet Ihr nicht irgendwelche Bilder nehmen?«, fragte Angelina.

»Nein, meine Bilder sind den *Fanciulli* bekannt«, war die Antwort des Meisters. »Aber beruhigt Euch, ich werde nicht die Besten nehmen. Es gibt noch ein paar, die der Nachwelt nicht unbedingt erhalten bleiben müssen.«

Botticelli zwinkerte Angelina zu und fuhr fort: »Von den Bildern, die das Antlitz meiner Muse zeigen, werde ich keines opfern. Sie sind gut versteckt.«

»Noch etwas wollte ich von Euch wissen«, sagte Angelina und stellte den Becher ab. »Warum hat sich Francesco von Euch getrennt?«

»Ach, wegen Savonarola, weswegen sonst«, gab Botticelli mürrisch zurück.

»Wisst Ihr, wo er sich aufhält?«

»Er hat es mir nicht gesagt«, grummelte er. »Ihr könnt erst einmal hier übernachten«, fügte er hinzu, als er ihre verzweifelte Miene sah.

Vor dem Schlafengehen zog es Angelina unwiderstehlich zum Dom. Sie musste noch einmal beichten, musste ihr Gewissen erleichtern, auch wenn Mutter Elisa sie davor gewarnt hatte, wieder dorthin zu gehen. Und noch etwas anderes trieb sie an: die Erinnerung an die letzte Beichte, die dunkle, starke Gefühle in ihr wachgerufen hatte.

Das Gewitter hatte glänzende Mauern zurückgelassen. Es dampfte, die Stadt kochte vor dem großen Ereignis. Die Menschen drängten sich in den Gassen, schoben sich zur Piazza della Signoria, wo der Scheiterhaufen aufgerichtet wurde. Im Dom herrschte emsiges Treiben. Die *Fanciulli* waren damit beschäftigt, die letzten ›Eitelkeiten‹ hinauszutragen. Am Beichtstuhl warteten viele Gläubige, um ihre Sünden zu beichten. Als Angelina an der Reihe war, kribbelten ihre Hände vor Erwartung und Angst. Sie wusste, dass es derselbe Priester sein würde, der ihr das letzte Sündenbekenntnis abgenommen hatte.

»Warum bist du nicht mehr gekommen?«, fragte der Priester. Seine Stimme klang streng. »Ich hatte dir die Beichte als Buße auferlegt.«

»Ich habe im Kloster gebeichtet.« Angelina gab sich einen Ruck und fuhr fort: »Ehrwürdiger Vater, ich bin selbst ein Kind der Sünde.«

»Was meinst du damit?«, fragte es scharf hinter dem Vorhang.

Was tat sie da, um Himmels willen? Wollte sie alles nur schlimmer machen? Aber darauf kam es jetzt nicht mehr an. Etwas unendlich Starkes hatte von ihr Besitz ergriffen. Der Priester zog sie an wie ein Magnet.

»Meine Mutter hat schwer gesündigt«, sagte sie klar und deutlich. »Sie war eine Hure. Ich bin der Bastard, der aus dieser Sünde hervorgegangen ist. Später hat sie die Ehe gebrochen.«

»Und was hat dein Vater dazu gesagt?«

»Ich weiß nicht, ob sie es ihm erzählt hat. Aber er hat ja selber ständig die Ehe gebrochen. Wer weiß, ob nicht andere Kinder, Bastarde, daraus entstanden sind.«

Jetzt war es heraus. Angelina fühlte sich erleichtert, dass nun alle Sünden ihrer Familie ans Licht gebracht worden waren. Irgendetwas sagte ihr, dass dies der richtige Weg war, der sie ihrer eigenen Sünde und ihrem Peiniger von damals Schritt für Schritt näher bringen würde, bis sie das Rätsel endlich gelöst hatte.

»Du bist selber eine Hure«, sagte der Priester kalt.

Angelina erschrak zutiefst. War es nicht das, was sie befürchtete, seit Tante Bergitta das Geheimnis ihrer Mutter gelüftet hatte? Irgendjemand hatte das schon einmal zu ihr gesagt. Doch so sehr sie sich auch anstrengte, ihr fiel nicht ein, wann und wo das gewesen sein konnte.

»Hast du die Sprache verloren?«, kam es barsch von dem Priester.

Angelina räusperte sich. »Ehrwürdiger Vater, ich versuche entschieden alles, um nicht so zu werden wie meine Mutter.«

Der Priester trug ihr auf, den Eltern zu sagen, dass sie jeden Morgen und Abend Gebete sprechen und nur alles Sündhafte zum Scheiterhaufen bringen sollten.

Angelina bahnte sich ihren Weg zurück durch die Menschenmenge. Die Piazza della Signoria mied sie, weil sie vollkommen überfüllt war.

Sie verbrachte die Nacht in Francescos ehemaligem Zimmer. Von den Kirchen klangen immer wieder die Glocken herüber. In die

Stille dazwischen mischte sich das Klingeln der Glöckchen von Huren und die rauen Schreie der nächtlichen Kontrahenten. Kalte Nachtluft drang zum Fenster herein. Katzen schrien und fauchten, während sie sich balgten. Was würde der morgige Tag bringen?

In diesem Bett also hatte Francesco geschlafen, hier hatten sie sich geküsst, hier hätte sie sich ihm um ein Haar hingegeben. Bei dem Gedanken wurde ihr warm. Eine Ewigkeit lag sie in Gedanken, Bilder kamen und gingen. Sie hörte ein Geräusch und fuhr auf. Ihr Herz begann zu klopfen. Angelina sah, wie sich die Türklinke bewegte. Knarrend öffnete sich die Tür und eine Gestalt kam herein. Es war Eleonore. Aber die war doch gestorben? Ihr Gesicht war bleich, von blondem Haar umrahmt. Sie trug ein weißes, fließendes Kleid. Eleonore winkte Angelina mit einer Bewegung ihrer kleinen Hand zu sich. Wie von Fäden gezogen, stand Angelina auf und folgte Eleonore, die Stiege hinunter, durch die Gassen, die vollkommen verlassen waren. Sie erreichten die Piazza del Duomo. Mächtig erhob sich der Dom vor ihnen in der Dunkelheit. In dem riesigen Raum duftete es nach Weihrauch. Dumpf hallten ihre Schritte durch das Schiff. Sie verließen den Dom durch einen Seiteneingang und erreichten eine Krypta, die von außen an den Dom angebaut war. Es ging hinunter in die Grabkammer. Eleonore zeigte auf einen der Steinsärge und verschwand. Angelina war steifgefroren, sie hatte Angst. Doch die Neugier trieb sie dazu, in den Sarg hineinzuschauen. Von den modernden Knochen lächelte ihr ihr eigenes Antlitz entgegen – da lag ihr Bild, das Francesco gemalt hatte. Angelina schrie auf. Helles Licht fiel durch das Fenster herein, von unten kamen die Geräusche von Botticelli, der das Frühstück vorbereitete. Angelina atmete tief durch. Ihr war kalt. Der Geruch des Weihrauchs haftete noch an ihr.

Sie stand auf, kleidete sich eilig an, stieg die Treppe hinunter und fand Botticelli an seinem gemauerten Herd. Sollte sie ihm von ihrem nächtlichen Erlebnis erzählen? Warum eigentlich nicht? Botticelli stellte eine Kanne mit Würzwein auf den Tisch, schnitt Brot und Käse auf. Bald würden die Malergesellen kommen und ihr Frühmahl einnehmen. Angelina setzte sich, nahm Brot und Käse und biss hinein.

»Habt Ihr gut geschlafen?«, wollte der Meister wissen.

»Ich hatte einen seltsamen Traum«, antwortete Angelina. »Eine verstorbene Freundin besuchte mich in meiner Kammer, Ihr kennt ihren Namen: Eleonore Scroffa.«

»Ich erinnere mich an sie. Hatte ja die Ehre, Gast in ihrem Haus in Grassina zu sein. Gott sei ihrer armen Seele gnädig!«

»Sie führte mich zum Dom«, setzte Angelina ihren Bericht fort. »Dort, in der Krypta, in einem Steinsarg, war Francescos Bild aufbewahrt.«

»Das ist seltsam«, sagte Botticelli. »Mir träumte heute Nacht, dass der Teufel auf dem Scheiterhaufen Savonarolas Züge trage und in die Flammen stürzte.« Er nahm einen Schluck Würzwein. »Tod und Leben liegen so nah beieinander. Ich weiß wohl, dass Francesco mit diesem Bild ein sehr gutes Werk abgeliefert hat. Aber ich habe immer Blut und Wasser geschwitzt bei dem Gedanken, es in meinem Haus zu haben. Vielleicht hat Francesco, dieses Schlitzohr, es wirklich in einer Kirche versteckt. Ihr habt doch bestimmt schon von Michelangelo gehört?«

»Ja«, sagte Angelina. »Er wohnte im Palast der Medici, bis Lorenzo de' Medici 1492 starb. Piero de' Medici hatte keine Verwendung für ihn, so dass er zu seinen Eltern zurückging.«

»Michelangelo Buonarotti drang in den Nächten in die Kirche San Spirito ein und sezierte Leichen, die dort aufgebahrt waren. Er musste die Körper bis auf den Grund studieren, um seine Figuren nach dem Leben malen und aus Marmor gestalten zu können. Es war sehr gefährlich für ihn, da die Kirche das Sezieren von Leichen ja verboten hat.«

»Also deshalb wirken seine Figuren so lebendig!«, bemerkte Angelina entsetzt.

Die Gesellen des Meisters erschienen lärmend, ließen sich an den Tischen nieder. Angelina wurde bewusst, was für ein Tag heute war. Von draußen drangen die Gesänge der *Fanciulli* herein, gemischt mit den Rufen der Bürger und dem Rumpeln von Leiterwagen. Angelina fuhr zusammen, als es heftig an der Tür klopfte. Fieberhaft überlegte sie, ob sie ›sündige‹ Dinge in ihrem Besitz hatte. Ihren Schmuck und ein paar Schminktöpfe hatte sie in der Effektenkammer des Klosters gelassen. Aber das Kleid! Das befand sich in ihrem Reisebündel. Mutter Elisa hatte es ihr mitgegeben. Wie lange es her war, dass sie es getragen hatte! Während Botticelli zur Tür ging, eilte sie die Treppe hinauf. Sie zog das knisternde Kleid aus dem Bündel. Von unten her hörte sie einen Jungen mit Stimmbruch sagen: »Eitelkeiten!« Gewiss hatte er ein langes weißes Engelshemd an und den Ölbaumzweig in der Hand. Neuerdings wurden die *Fanciulli* auch von einem erwachsenen Wächter beschützt, da sie von erbosten Bürgern schon verprügelt worden waren. Angelina sah sich schnell im Zimmer um. Es gab keine Möglichkeit, das Kleid zu verstecken. Sollte sie es in einen der kleinen Teppiche einrollen? Wie hatte denn Francesco ihr Bild aufbewahrt, um es vor den Augen der *Fanciulli* zu verbergen? Gewiss hatte er ein frommes Bild darübergespannt. Angelina lächelte. Sie entledigte sich kurzentschlossen ihres grauen Reisekleides, zog das kostbare Gewand über, ohne es zu schnüren, so dass es sich in der Taille ausbeulte, und darüber das Reisekleid, als Letztes den schwarzen Mantel. Sie schulterte ihr Bündel. Auf der Treppe begegneten ihr die beiden *Fanciulli* und der Wächter.

»Ihr habt wohl schnell noch etwas versteckt?«, fragte der größere der Jungen Angelina. »Lasst mich das Bündel sehen.«

Er griff danach, schaute hinein und wühlte darin herum.

»Nichts«, sagte er zu den anderen. Sie setzten ihren Weg nach oben fort. Angelina setzte sich wieder zu Botticelli an den Tisch und hörte sie rumoren. Sie kamen mit leeren Händen zurück.

»Francesco Rosso scheint ausgeflogen. Wo ist er hin?«

Botticelli schüttelte den Kopf. Die beiden durchsuchten nun die Werkstatt, wie sie es bestimmt schon ein halbes Dutzend Mal getan hatten. Sie beschlagnahmten einige antike Statuen, die Botticelli von seinen Reisen mitgebracht haben mochte und die er in der hintersten Ecke der Nische mit den Esswaren versteckt hatte. Einige seiner Bilder nahmen sie nur deshalb nicht mit, weil Botticelli ihnen hoch und heilig versicherte, er werde sie am Abend eigenhändig ins Feuer werfen. Die Jungen und ihr Wächter verließen grußlos das Haus, gleich darauf hörte Angelina ihren Handkarren davonrumpeln. Betroffen schaute sie zu Botticelli hinüber. Er war ganz eingesunken, starrte vor sich hin. Aber er weinte nicht.

»Auch in der Kunst müssen Opfer gebracht werden«, sagte er mit müder Stimme.

»Recht so, Sandro«, stimmte ihm einer der Gesellen zu. »Ohne Märtyrer hätte auch das Christentum nicht überlebt.«

»Wir wollen jetzt an die Arbeit gehen«, ordnete Botticelli an, und Angelina verabschiedete sich.

Es war ein bitterkalter Tag mit einem Wind, der ihr die Tränen in die Augen trieb. Aber mit den beiden Kleidern und dem Mantel war es ihr warm genug. Sie ließ sich von der aufgeregten Menge treiben. Die Menschen drängten zur Piazza della Signoria. Mitten auf diesem Platz war ein riesiges Holzgerüst aufgebaut, fast ebenso groß und breit wie das vor einem Jahr. Angelina schätzte die Holzpyramide auf fünfundvierzig Fuß hoch und hundertfünfzig Fuß breit. Sieben Stufen symbolisierten die sieben Todsünden. Die *Fanciulli* hatten alles eingesammelt, was sie vor einem Jahr nicht entdecken konnten. Zuunterst waren Lauten, Spielwürfel, Bälle, Schminktöpfe, Spiegel und Masken aufgereiht, darüber folgten prächtige Gewänder, Hauben, Perlenketten, Diamanten, Fischgrätkorsette, dann Bilder und Bücher. Angelina wusste, dass Bände von Aristophanes, Ovid und Dichtung von Petrarca und Boccaccio darunter waren. Sie waren als ›die Sinne reizend‹ verpönt. Ganz oben standen Götter der Antike, Statuen aus Holz oder Wachs; darüber thronte eine schwarze Gestalt mit Ziegenfüßen und einem langen, zottigen Bart. Das war der Teufel. Angelina lief ein Schauer den Rücken herab. Sie wurde fast erdrückt, und so kämpfte sie sich einen Weg durch die eng aneinandergepressten Leiber. Sie wollte noch einmal zum Dom gehen, um nach der Krypta zu suchen. Aber der Domplatz war ebenfalls voller Menschen. Angelina warf einen Blick auf den Laden des Tomasio Venduti. Fenster und Türen waren jedoch mit Brettern vernagelt. Angelina war fassungslos.

»Der Laden ist geschlossen«, sagte eine alte Frau, die in der Nähe stand.

»Und wo ist Signor Venduti hingezogen?«, fragte Angelina.

»Das weiß ich nicht. Vielleicht hat er noch ein Haus irgendwo? Oder er wird zu seinen Eltern zurück sein, aufs Land.«

Wo steckte Tomasio nur? Sie hatte ihn fragen wollen, ob er vielleicht wüsste, wo sich Francesco aufhielt. Sie floh vor den Massen, die sich durch die Gassen drängten, in stillere Straßen, wanderte dorthin, wo sie zuletzt gewohnt und fast ihren Frieden gefunden hatte, zum Turm, in dem Rinaldo mit seinen Töchtern lebte.

39.

Der Mittag des Karnevals war gekommen. Ein kalter Wind blies über den Platz vor dem Kloster San Marco. Dort war ein Kreuz aufgestellt, um das in drei Kreisen *Fanciulli*, Laienbrüder und Mönche tanzten. Savonarola hatte Domenian nach dem Mittagessen ins Parlatorium bestellt. Ein letztes Mal vor dem großen Ereignis wollten sie die Lage miteinander besprechen.

»Heute stehen wir an einer entscheidenden Wende unseres Auftrags«, begann Savonarola.

Domenian hob die Augenbrauen.

»Unser Brief, das Konzil betreffend, ist von dem Kurier des Papstes abgefangen worden«, fuhr Savonarola fort. »Die Exkommunikation aller Bürger von Florenz steht unmittelbar bevor.«

»Um Gottes willen, Herr, das müssen wir mit allen Mitteln verhindern!«, brachte Domenian hervor.

»Ob wir das können, liegt in Gottes Hand. Aber ich habe mir schon gedacht, dass Alexander VI. dieses Konzil unterbinden würde«, meinte Savonarola. Domenian sah, dass seine Hände zitterten. »Schließlich hätte ich ihm die Ungültigkeit seiner Wahl zum Papst nachgewiesen. Nichtsdestoweniger werden die Bürger von Florenz unser Schauspiel genießen.«

»Ich habe schon Stimmen gehört, wir könnten uns ruhig mal etwas Neues einfallen lassen«, wandte Domenian ein. »Ein ›Fegefeuer der Eitelkeiten‹ gab es schon einmal.«

»Wir müssen die Menschen immer wieder an ihre Pflichten erinnern«, sagte Savonarola. »Und am Ende wird sich herausstellen, welche die Engel und welche die Teufel sind.«

»Girolamo, wie oft soll ich dir noch sagen, dass du fliehen musst! Die Stimmung in der Bevölkerung ist umgeschlagen. Dein Gottesstaat hat ihnen nicht das gebracht, was sie sich erhofft hatten. Geh in deine Heimat zurück!«

»Wie oft soll ich dir noch sagen, Domenian, dass ich das nicht tun werde? Nur das Martyrium macht unsterblich!«

»Dann geh und feiere deinen Karneval. Ich für meinen Teil werde im Kloster bleiben und beten.«

»Du wirst mit mir kommen und an meiner Seite sein, wenn ich den Scheiterhaufen entzünde! Du willst mich doch jetzt nicht verlassen?«

»Wie du befiehlst, Herr«, sagte Domenian finster. Er zog sich auf seine Zelle zurück, um zu beten. Dies würde die Nacht der Engel werden.

Domenian schaute das zerstörte Bild Maria Magdalenas an. Heute Nacht noch würde es geschehen. Die Bilder, die immer mächtiger auf ihn einstürmten, taten ihm weh. Das Mädchen, die Mutter, der Zwetschgenbaum, die Höhle, der Weinberg. Stimmen drangen auf ihn ein. Du wirst es ja doch nicht machen, du Feigling, sagte eine Mädchenstimme. Nichts hast du erreicht, kam es von seiner Mutter. Ein Klosterbruder, wer will denn so etwas schon als Sohn haben. Ich werde dich schon noch zu einem Mann machen!, schrie sein Vater. Einer, der studiert, reitet, kämpft, sein Geld verdient, geachtet ist in der Gesellschaft! Nicht einmal ein anständiger Bauer ist er geworden! Domenian hielt sich die Ohren zu. Aber die Stimmen fuhren fort, zu schreien, zu sprechen, zu weinen und alles, was er tat und dachte, zu kommentieren.

40.

Angelina erreichte den Palast und den Turm, in dem Rinaldo und seine Töchter zuletzt gewohnt hatten. Hier waren weniger Menschen auf den Straßen, aber bei denen, die vorübergingen, war eine rastlose Eile spürbar. Das Wirtshausschild vom *Karpfen* baumelte im Wind. Angelina klopfte an die Tür des Turmes. Drinnen erklang ein Kichern, dann wurden Schritte hörbar, und Rinaldo stand im Rahmen.

»Signorina Angelina, welche Freude!«, rief er aus. »Kommt herein. Heute haben alle Arbeiter und Arbeiterinnen frei bekommen, um sich das Fegefeuer anzusehen«, erklärte er. Seine Töchter saßen am Mittagstisch und sprangen auf, als sie Angelina sahen, küssten und umarmten sie. Nach einer Zeit des gegenseitigen Erzählens hielt Pallina inne und schaute Angelina spitzbübisch an.

»Es ist noch jemand hier«, meinte sie. »Jemand, den du kennst und der oft von dir gesprochen hat.«

Angelinas Herz begann schneller zu klopfen.

»Wen meinst du?«, fragte sie.

»Komm«, sagte Pallina, nahm ihre Hand und zog sie in ein Zimmer, das Angelina noch nicht kannte. Sie schwankte einen Herzschlag lang und griff nach dem Türrahmen. Das Zimmer war in eine vorläufige Malerwerkstatt umgewandelt worden. Es enthielt ein Bett, eine Truhe, zwei Staffeleien, Pinsel und Farben auf Regalen. Und mittendrin stand … Francesco! Er fuhr herum, als er die beiden an der Tür hörte.

»Angelina!«, rief er aus. Der Pinsel fiel ihm aus der Hand, ein roter Klecks verbreitete sich auf dem Boden, der sorgfältig mit frischen Binsen ausgelegt war. Angelina stand wie festgewurzelt. Francesco kam mit ausgebreiteten Armen auf sie zu. Pallina sagte: »Ich lasse euch jetzt mal allein«, und zog sich geräuschlos zurück. Francesco umarmte Angelina, und sie ließ es willenlos geschehen.

Ihr wurde warm. Sie wäre am liebsten mit ihm auf das Bett gesunken.

Aber es gab noch etwas zu besprechen. Behutsam machte sie sich frei und fragte:

»Ist es wahr, dass du mein Bild an einen Wollhändler verkauft hast?«

Francesco öffnete den Mund zu einer Antwort, brachte aber vor Staunen nichts heraus.

»Wer behauptet denn so etwas?«, wollte er wissen.

»Ich bekam einen Brief, in dem das geschrieben stand«, antwortete Angelina.

»Und wer hat ihn geschickt?«

»Er hat keinen Namen daruntergesetzt, sondern schrieb: ›Von jemandem, der es gut mit Euch meint‹.«

»Und das hast du geglaubt? Angelina, ich fürchte, wir müssen unser Verhältnis zueinander noch einmal ernsthaft überdenken.« Bei diesen Worten schaute er sie so schalkhaft an, dass es Angelina schwerfiel, ernst zu bleiben.

»Wo ist denn das Bild?«, fragte sie. »Und warum hast du Botticelli verlassen?«

»Kannst du dir nicht denken, warum ich ihn verlassen habe? Ich konnte seine Hörigkeit Savonarola gegenüber nicht mehr ertragen. Lieber schlage ich mich hier mit Porträts und Gelegenheitsarbeiten durch!«

»Ich war gestern Nacht Gast bei Botticelli«, sagte Angelina. »Er hat mir viel über seine Beweggründe verraten.«

»Er mag Beweggründe haben«, meinte Francesco. »Das hindert ihn aber nicht daran, heute einige seiner Bilder dem Feuer überliefern zu wollen. Das ist ein Verbrechen an der Kunst!«

»Wo ist mein Bild?«, beharrte Angelina.

»Das habe ich an einem sicheren Ort versteckt. Wir können gleich hingehen und es holen.«

»Hier in der Stadt?«

»Beim Dom«, entgegnete er.

»Beim Dom?«, fragte sie atemlos.

»Was ist denn mit dir?«

»Ach, nichts.«

»Die Stadt ist voller Menschen, so voll, dass kein Durchkommen ist«, sagte Francesco. »Wir müssen das Bild gleich holen, wer weiß, ob es nicht noch jemand findet und auf den Scheiterhaufen wirft.«

Er warf sich seinen Mantel über und ergriff ihre Hand. Bevor sie den Raum verließen, umfasste er ihre Taille.

»Hast du an Gewicht zugenommen?«, fragte er. »Offensichtlich ist dir der Aufenthalt bei den Nonnen gut bekommen.«

»Ich habe mein ... Gewand unter dem Reisekleid und dem Mantel angezogen, weil die *Fanciulli* es mir sonst genommen hätten«, sagte Angelina verlegen. Francesco lachte.

»So ist es dir also noch sehr viel wert. Komm, wir müssen uns beeilen.«

Angelina dachte einen Augenblick an all die Ereignisse, die geschehen waren. Sie erhob sich nur widerstrebend. Würde es noch schlimmer kommen? Aber sie war schon einen Schritt zu weit gegangen. Jetzt musste sie den Weg zu Ende gehen.

Vom Palazzo Acciaiuoli eilten sie die Via Guelfa entlang. Bald waren sie vom Strom der Menschen eingekesselt. Sie erreichten die Via del Ginori, der Dom kam in Sicht. Die Gesänge und Gebete der *Fanciulli* drangen herüber. Angelina konnte sie nicht mehr hören. Wie wetterwendig waren doch diese Kinder und Halbwüchsigen! Sie predigten Liebe und säten Gewalt. Und Savonarola bot der Stadt noch einmal das Schauspiel der brennenden Bilder, Bücher und Masken. Vor dem Dom hatte sich eine Menschenmenge versammelt, der Platz war zum Brechen voll. Savonarola hielt eine Predigt unter freiem Himmel. Angelina hörte nicht richtig hin, sie hörte nur etwas von Engeln und Teufeln, Doppelrechtsern, Doppellinksern, Papst, Exkommunikation und Gottesstaat. Es war nicht leicht, Francesco in dem Gewühle zu folgen. Er hielt ihre Hand und zog sie hinter sich her, sich einen Weg durch schwarzgekleidete, betende und weinende Bürger bahnend. Endlich waren sie am Dom, gegenüber dem Baptisterium.

»Willst du zur Krypta?«, fragte Angelina entsetzt.

»Ja«, gab er leise zurück, drehte sich um und schaute sie an. »Warum bist du so erschrocken?«

»Weil ich heute Nacht davon geträumt habe«, sagte sie mit einem Zittern in der Stimme. »Und«, sie schlug sich an die Stirn, »ich habe Botticelli davon erzählt.«

»Du bist hellsichtig, aber auch leichtfertig«, sagte er und zog sie hinter sich her, auf die Seite des Doms, die Stufen zur Krypta hinunter. Francesco fasste nach dem Griff der Tür; sie ließ sich jedoch nicht öffnen. Er rüttelte verzweifelt daran.

»Sonst war die Krypta immer offen«, sagte er.

»Lassen wir es doch so, wie es ist«, meinte Angelina.

»Aber ich will dir beweisen, dass ich das Bild vor den«, er schaute sich vorsichtig um, »*Fanciulli* in Sicherheit gebracht und nicht an einen Wollhändler verkauft habe.«

»Ich glaube dir auch so.«

»Nein, du glaubst mir nicht, ich sehe es an deinen Augen. Du denkst, dass ich dringend Geld gebraucht und es deswegen veräußert habe. Ich werde zum Mesner gehen und mir den Schlüssel besorgen.«

»Wie willst du denn das begründen, in einer solchen Nacht?«

Francesco überlegte einen Augenblick lang.

»Ich werde sagen, ich wüsste, dass in der Krypta ein sündiger Gegenstand versteckt sei.«

»Und wenn er wissen will, woher du das weißt?«

Das Gemurmel der Menge schwoll zu einem lauten Gebet. Savonarolas Stimme schwang sich darüber hinweg.

»Dieser Teufel!«, knirschte Francesco.

»Und wenn der Mesner mitkommen will?«, fragte Angelina. »Dann würde er das Bild doch sehen!«

»Ich werde mir schon etwas einfallen lassen. Warte hier, bis ich wieder zurück bin.«

Er verließ den Außeneingang der Krypta und verschwand in der Menge. Angelina setzte sich auf eine der Stufen. Die dreifache Kleidung schützte sie vor der Kälte der Steine. Angelina wurde gewahr, dass die Männer auf dem Domplatz vorne standen, die Frauen hinten. An einigen Stellen hatten Jugendliche Strohpuppen entzündet und tanzten um sie herum. Die *Compagnacci,* die Söhne der Patrizier, warfen mit Steinen nach den Menschen, versuchten die Predigt Savonarolas durch Schreien und Trommeln zu stören. Eine Reihe von *Fanciulli* stand schützend vor dem Prior. Die Gebete und Gesänge wurden lauter. Inzwischen war es dämmerig geworden, ein feiner Sprühregen ging nieder. Angelina wickelte ihren Mantel fester um sich und starrte mit brennenden Augen auf das Schauspiel. Wenn Francesco doch endlich käme! Nach einer Weile, die ihr endlos erschien, tauchte er auf, einen Bartschlüssel in der einen, eine Fackel in der anderen Hand.

»Wie hast du das erreicht?«, fragte Angelina.

»Ich habe ihm gesagt, er brauche nicht mitzukommen, sonst würde er die Prozession zur Piazza della Signoria versäumen. Ich solle den Schlüssel unter einen losen Stein vor der Tür legen, hat er gesagt.«

»Sehr vertrauensselig, der Mann«, sagte Angelina. Obwohl ihr hundeelend zumute war, stieg ihr ein glucksendes Lachen in den Hals. Francesco starrte sie befremdet an, brach dann aber ebenfalls in Lachen aus.

»Ganz Florenz betet, und wir dringen in ihre heilige Krypta ein«, rief er leise. Das Rumoren auf dem Platz war so groß, dass niemand ihr Vorhaben bemerken würde. Francesco gab Angelina einen Kuss auf die Wange und steckte den Schlüssel ins Schloss. Er drehte sich knirschend herum, und die Tür ging auf. Drinnen war es dunkel, und es roch modrig. Die Fackel erhellte das Tonnengewölbe und die Sarkophage aus hellem Marmor. Francesco übergab Angelina die Fackel und begann, den Deckel von einem der Särge herabzuziehen. Er wirkte unruhig.

»Ich kann nichts sehen«, stellte er fest. »Gib mir doch die Fackel.« Angelina tat, wie ihr geheißen. Francesco leuchtete in den Sarg hinein.

Beide beugten sich gespannt darüber.

»Es ist weg!«, rief Francesco. »Wer in aller Welt könnte es gestohlen haben?«

»Wahrscheinlich hat dich einer der *Fanciulli* beobachtet, als du es hierherbrachtest«, meinte Angelina und hielt sich die Nase zu.

»Das ist möglich«, erwiderte Francesco kopfschüttelnd. »Oder Sandro Botticelli hat es geholt. Lass uns zum Scheiterhaufen gehen, vielleicht finden wir es bei den anderen Bildern.«

Angelinas Herz klopfte stark. Das Bild durfte nicht vernichtet werden, sie mussten es retten, bevor der Holzstoß angezündet wurde! Mit großer Anstrengung wuchteten sie den Deckel wieder auf den Sarkophag und liefen hinaus. Sie erreichten die Piazza della Signoria, wo der Scheiterhaufen errichtet war. Rings um den Platz brannten kleine Feuer, die einen gespenstischen Schein verbreiteten. Angelina sah, wie Savonarola mit einer Fackel zu dem Scheiterhaufen ging und ihn entzündete. Ein Mönch in einer dunklen Kutte stand neben ihm.

Es dauerte eine Ewigkeit, bis sie in die Nähe des Holzstoßes kamen. Der untere Teil brannte bereits lichterloh. Die Lauten und die Spielbälle waren schon verkohlt. Nun leckten die Flammen nach den Gewändern, Hauben und Korsetten. Die Menge sang Kirchenlieder, dazwischen johlten und spotteten Halbwüchsige, Kinder schrien in Angst. Aus den Fenstern lehnten sich die Anwohner und verfolgten gespannt das Geschehen. Immer neue Gegenstände wurden in das Feuer geworfen, unter anderem auch tote Katzen und Unrat. Die Bilder und Bücher waren noch unversehrt, aber sosehr Angelina ihre Augen anstrengte, sie konnte ihr Porträt nicht entdecken, auch nicht, nachdem sie sich um den Stapel herumgekämpft hatten. Mit einem Mal sah Angelina den Mönch in der dunklen Kutte, die Kapuze tief ins Gesicht gezogen. Sie stieß Francesco, der dicht neben ihr stand, in die Seite und flüsterte ihm aufgeregt zu:

»Der Mönch da hat ein Bild in der Hand. Es ist bestimmt unser Bild! Gleich wird er es den Flammen übergeben!«

Francesco wollte losrennen, stieß ein paar Menschen, die im Weg standen, beiseite und fasste den Mönch an der Kutte. Mit vor Aufregung feuchten Händen beobachtete Angelina, wie Francesco mit ihm rang. Die Umstehenden feuerten die beiden an. Das Bild wird noch entzweigehen, dachte sie, als die Männer mit aller Gewalt an dessen Enden zogen. Jetzt hatte der Mönch es an sich gerissen, drückte es einen Augenblick lang triumphierend an seine Brust und warf es mit einem höhnischen Gelächter ins Feuer. Angelina hörte den Aufschrei Francescos und sah, wie er in die Flammen griff, hörte sein schmerzliches Stöhnen. Gleich darauf hielt er das rauchende Bild in seinen Händen und lief zu ihr herüber. Sein Gesicht und seine Kleidung waren rauchgeschwärzt.

»Komm schnell«, rief er, »wir müssen es in Sicherheit bringen! Der Dreckskerl hat die Bedeckung entfernt und sich an deinem Anblick geweidet!«

Angelina folgte ihm hastig, die Leute johlten hinter ihr her. Im Zurückschauen bemerkte sie, dass die Flammen jetzt auch die Bilder und Bücher erreicht hatten. Schon züngelten sie um die Beine des ziegenbärtigen Teufels. Bald hatte die Menge sie verschluckt, keiner achtete mehr auf sie.

»Wo sollen wir das Bild hinbringen?«, raunte Angelina atemlos.

»Vielleicht zum Palazzo der Medici? Dort würde es niemand vermuten.«

»Keiner weiß, was in dem Palast untergebracht ist, seit die Medici vertrieben wurden«, setzte Angelina dagegen. Sie warf einen letzten Blick auf den Scheiterhaufen. Die Götter der Antike schmolzen dahin. Der Teufel brannte lichterloh, die Gebete wurden lauter. Einige Frauen kreischten, andere fielen in Ohnmacht.

»Schnell weg von hier«, sagte Angelina, »bevor es mir übel wird. Zu Rinaldo.«

Bevor sie aufbrachen, schaute sich Angelina Francescos Hand an. Sie war schwarz, und an einigen Stellen hatten sich Blasen gebildet.

Einer plötzlichen Regung nachgebend, zog Angelina sie hoch zu ihren Lippen und küsste sie.

In den Gassen hatten sich Männer und Frauen um weitere Feuer versammelt, manche spielten die Laute, sangen, tanzten und tranken. Sie erreichten den Turm und fanden die Tür offen, das Turmzimmer leer. Rinaldo und seine Töchter waren gewiss bei dem Spektakel auf dem Marktplatz.

»Was habt Ihr denn da Schönes?«, ertönte eine Stimme. Angelina fuhr zusammen, ihr Herz machte einen Satz. Beide fuhren herum. Da stand der Diener des Nachbarn, breit grinsend. Seine Fledermausohren schienen noch weiter abzustehen, und an diesem kalten Abend war seine Nase noch röter als sonst.

»Ich nehme an, Ihr habt ein Bild aus den Flammen gerettet.« Er wies auf das Porträt. »Und jetzt wisst Ihr nicht, wo Ihr es verstecken sollt. Ich wüsste einen Platz.«

Angelina atmete erleichtert aus. Hatte nicht sein Herr sie damals zum Frühstück einladen wollen? Vielleicht gab es doch noch Menschen in dieser Stadt, denen man vertrauen konnte.

»Wo wollt Ihr es denn verstecken?«, fragte Francesco.

Der Diener senkte vertraulich seine Stimme.

»Mein Herr hat noch mehr solcher Bilder, auch Bücher und andere Dinge, die man in diesen Zeiten besser verbergen sollte. Kommt mit mir, ich bringe Euch zu ihm.«

Angelina und Francesco folgten ihm in das Nachbarhaus. Sein Herr saß in einem rotseidenen Gewand auf einem Sessel und hielt ein Buch in der Hand. Auf einem zierlichen Tisch daneben standen eine Schale mit Konfekt und eine mit Äpfeln. Er trug ein schwarzes Barett mit Pfauenfedern. Angelina konnte ihn nur von hinten sehen.

»Willkommen«, sagte der Hausherr, wandte sich um und stand auf. Es war Tomasio! Genau die fleischige Nase, die wulstigen Lippen. Und jetzt zuckte er auch noch mit seinem linken Lid!

Angelina wich unwillkürlich einen Schritt zurück. »Signor Venduti! Ich dachte, Ihr hättet die Stadt verlassen!«

»Weil ich den Laden am Dom mit Brettern vernagelt habe? Ich wollte nicht zulassen, dass der Pöbel am Ende meine schönen Stoffe aus den Regalen zieht und auf den Scheiterhaufen wirft!«

»Das ist auch sinnvoll«, erwiderte Francesco. »Die Menge dort ist außer Rand und Band!« Angelina kniff ihn in den Arm. ›Was machst du denn?‹, doch er fuhr fort: »Wir nehmen Eure Gastfreundschaft gerne an.«

»Ihr seht, dass mein Palazzo weder äußerlich noch innen prunkvoll eingerichtet ist«, fuhr Tomasio fort. »Aber nicht wegen der *Fanciulli* oder wegen Savonarola, sondern deswegen, damit meine adeligen Nachbarn nicht in Neid ausbrechen.«

»Ich dachte immer, Ihr wohnt am Dom«, brachte Angelina hervor. »Ich habe Euch nur ein einziges Mal in dieser Gegend gesehen.«

»Ich dagegen habe Euch oft auf der Straße gesehen, Signorina Girondo«, lächelte Tomasio vergnügt. »Und Euch in letzter Zeit auch, Signor Rosso. Meine Familie lebt schon seit Generationen hier«, fuhr er fort. »Ich bin in diesem Haus geboren.«

Der Diener brachte kleine, gebackene Fische, Wein in einer Karaffe und Gläser. Von draußen kam der Lärm der ersten Heimkehrenden. Der Diener schenkte ein.

Angelina war immer noch misstrauisch. Irgendetwas stimmte nicht »Aber wieso seid Ihr dann so selten hier?«

»Meine Geschäftsreisen haben in letzter Zeit überhandgenommen. Nicht zuletzt wegen Savonarola.« Sein Augenlid zuckte abermals.

Francesco biss herzhaft in einen Backfisch. »Ich weiß nicht, ob es früher besser war«, meinte er, »aber man durfte doch zumindest tun und lassen, was man wollte.«

»So ist es«, bestätigte Tomasio. »Und jetzt zeigt mir doch einmal das Bild, das Ihr da tragt. Habe ich Euch nicht kürzlich schon damit gesehen?« Er stutzte. »Ihr habt Euch verbrannt. Habt Ihr es aus den Flammen gerettet?« Er winkte dem Diener, Verbandszeug zu holen. Tomasio nahm das Bild in beide Hände und betrachtete es. Sein Blick wanderte hinüber zu Angelina. Er pfiff durch die Zähne.

»Euch ist ein sehr gutes Werk gelungen, Signor Rosso«, sagte er. »Es zeigt nicht nur die Schönheit unserer Signorina hier, sondern auch die Feinheit meiner Tuche und die Kunst meines Schneiders. Meisterhaft! Wenn es meines wäre ...«

»Nein, nein, es gehört meinen Eltern«, unterbrach ihn Angelina hastig.

»... dann würde ich es in der Anprobe meines Schneiders aufhängen, damit alle Welt sieht, was für großartige Kleider man bei mir bekommt!«, fuhr Tomasio begeistert fort, als hätte er sie nicht gehört.

»Es ist doch gar nicht Euer Eigentum«, warnte Francesco.

»Natürlich nicht, ich weiß.« Tomasio lächelte wehmütig. »Aber ich habe schon gehört, dass Ihr nach einem Versteck sucht, und würde mich glücklich schätzen, es für Euch in meinem Hause zu verwahren. Es wird gewiss nicht mehr lange dauern, bis dieser Gottesstaat sein Ende gefunden hat.«

Von draußen ertönte ein Spottlied auf Savonarola.

»Auf das Ende von Savonarola!«, sagte Francesco und hob sein Glas. Angelina blickte ihn erstaunt an.

»Auf sein Ende!«, erwiderte Tomasio ohne Zögern und leerte seinen Becher.

»Wir sind Euch zu tiefem Dank verpflichtet, Signor Tomasio«, sagte Angelina. Sie aß einen der gebratenen Fische und nahm einen Schluck Wein. »Doch eines müsst Ihr mir erklären, verzeiht meine Dreistigkeit. Ich muss es wissen. Seid Ihr nun in diesem Haus geboren oder nicht?«

Diesmal kniff Francesco sie in den Arm.

Angelina sah mit Erstaunen, dass Tomasio rot wurde. »Jetzt habt Ihr mich ertappt«, lachte er verlegen. »Nein, ich stamme von einem ländlichen Adelsgeschlecht ab.«

Angelina runzelte die Stirn, und er erklärte: »Aber Ihr wisst ja, wie wenig der Landadel von der städtischen Gesellschaft anerkannt wird. Sie wollen ihren Platz behaupten, koste es, was es wolle! Aus diesem Grund habe ich schon bei passenden Gelegenheiten behauptet, einer der Ihren zu sein.«

Angelinas lächelte. »Ihr müsst achtgeben, wem Ihr was erzählt«, gab sie zurück. »Ich hörte von Euch beide Versionen!«

Tomasio knetete seine Hände. »Ich möchte mich entschuldigen, Signorina. Es war der kindische Versuch, Euch zu beeindrucken.«

Da sagte Angelina etwas, was sie selbst erstaunte: »Ich freue mich, dass wir Nachbarn sind, Signor Venduti.« Tomasio lächelte verlegen und nickte. Ich habe es ihm nicht leicht gemacht, dachte Angelina. Wahrscheinlich macht das keiner. Nur wegen dieses Zuckens am Auge.

Venduti ging zum Fenster und öffnete es. Brandgeruch kam herein; über der Piazza della Signoria lag ein rötlicher Schein.

41.

Domenian stand neben Savonarola am Feuer und betete. Der Prior ließ seinen Blick über die Menge schweifen.

»Bürger von Florenz«, rief er aus. »Dieses Feuer soll euch ein Zeichen sein, ein Zeichen, das ich euch als Vertreter des wahren Gottes gesetzt habe. Es ist die reinigende Kraft der Verwandlung, die in ihm steckt, jeder, der ihm seine Eitelkeiten übergeben hat, ist frei von Sünde.«

»Du wirst selber brennen, Savonarola!«, rief ein Mann aus der Menge.

»Und sollte das Gottes Ratschluss sein, so gebe ich mich ihm gerne hin«, war Savonarolas Antwort.

Domenian starrte in die Flammen; sie knisterten und sangen, es knackte und krachte, roch nach verbranntem Holz und Wachs. Domenian erinnerte sich an etwas. Auch im letzten Jahr, beim ersten Fegefeuer der Eitelkeiten, hatte sich seiner eine merkwürdige Stimmung bemächtigt. Er sah … Domenian kniff die Augen zusammen, hob sie zu dem Teufel an der Spitze des Holzstoßes … er sah einen Menschen brennen. War es der Teufel da oben gewesen? Nein, es war jemand anders. Er konnte sein Gesicht nicht erkennen.

Lange stand er so und starrte in die Flammen, bis der Haufen heruntergebrannt war und Savonarola zur Heimkehr ins Kloster rief. Höhnisch schauten die Masken, die nicht ganz zum Raub der Flammen geworden waren, Domenian nach. Ihm war übel. Er folgte Savonarola und den anderen Brüdern ins Kloster San Marco, wo er sich auf seine Strohmatratze warf. Was würde geschehen, wenn Savonarola tatsächlich hingerichtet werden würde? War dann der Gottesstaat zerschlagen? Sollte all ihr Mühen umsonst gewesen sein? Aber Savonarola hatte gesagt, er stürbe gern und ginge gern ins Paradies ein. Er wird ein Märtyrer, dachte Domenian, vielleicht ist er es schon. Ein Heiliger, über den man noch Hunderte von Jahren nach seinem Ableben sprechen, den man verehren und dem man nachstreben wird.

Und er, Domenian? Was sollte mit ihm geschehen? War auch ihm ein Tod auf dem Scheiterhaufen beschieden? Er konnte sich nicht vorstellen, wie ein Leben ohne seinen Prior aussehen sollte. Warum nur wollte Savonarola nicht fliehen? Fürchtete er, als Feigling zu erscheinen? Nein, er war kein Feigling, würde niemals einer sein! Und auch er, Domenian, war kein Feigling. Er hatte alles zusammen mit seinem Herrn durchgestanden. Hatte den Auftrag, den ihm ein Höherer gegeben hatte, fast bis zum Ende erfüllt. Der Keller kam ihm in den Sinn. An jenem Ort hatte er seinen Weg begonnen, der ihn ins Kloster und zu den jetzigen Geschehnissen führte. Es hatte ihm leidgetan, aber er musste es tun. Der Tod und das Feuer waren die Pfandstücke für ein höheres, ein anderes Leben.

42.

In dieser Nacht schlief Angelina besonders gut, obwohl ihr im Traum wieder Eleonore erschien. Gleich am Morgen beschloss sie, ihr Grab zu besuchen. In der Frühe wanderte sie durch die Gassen, in denen noch der Geruch des Brandes hing. Auf dem Friedhof waren alte Frauen damit beschäftigt, Blumen an die Plätze vor den mehr oder weniger prunkvollen Grabhäusern zu legen. In den Dachfirst von Eleonores Grab war neben ihrem Namen der von Matteo hineingemeißelt. So hatte man ihn also vom Lago Trasimeno hierher überführt. Angelina betrachtete die Engelsstatue. Eleonore war wie ein Engel davongeflogen. Aber sie hätte nicht so früh sterben dürfen, in der Blüte ihrer Jahre. Angelina dachte an die Zeit am See, sah Eleonore vor sich, wie sie im Kreis ihrer Freunde saß, spielte, lachte, erzählte, sah die Landschaft, roch den Geruch des Thymians, den nach Zitronen und gebratenen Fischen, und hörte die Grillen zirpen. Sieben Tode musst du erleiden, hatte Mutter Elisa gesagt. Drei der Menschen, die ihr nahestanden, waren schon gestorben. Wer würde der Nächste sein?

Ihre Eltern, ihre Geschwister, Francesco, sie selbst? Oder gar Mutter Elisa? Angelina kniete auf der kalten Erde nieder und sprach ein Gebet für Eleonore. Sie richtete sich auf. Heute noch würde sie zu ihren Eltern gehen, jetzt gleich, und sie würde sich nicht davon abhalten lassen.

Wieder stand sie vor dem Palazzo Girondo und betätigte den Klopfer. Eine Magd schaute zum Fenster heraus und fragte, was sie wolle.

»Ich bin Angelina Girondo und möchte zu meinen Eltern und Geschwistern«, sagte Angelina mit einem flauen Gefühl in der Magengrube. Eine Zeit verging, bis sie Schritte hinter der Tür hörte.

Ihre Mutter stand im Rahmen. Sie sah genauso aus wie bei ihrem Besuch im Kloster Santa Corona, nur wirkten ihr Gesicht und ihre Gestalt verhärmter.

»Angelina, du bist gekommen«, sagte Signora Girondo fassungslos. Sie knetete ihre Hände. Dann breitete sie die Arme aus und zog ihre Tochter an sich.

»Wir haben dich so sehr vermisst, jeden Abend haben wir an dich gedacht und für dich gebetet!«, sagte sie. »Komm herein, du wirst uns allen eine große Freude bereiten.«

Angelina stieg hinter ihrer Mutter die Treppe zum *Primer Piano* hinauf. Als sie oben angekommen waren, liefen ihr die Geschwister entgegen und umarmten sie stürmisch.

»Angelina, wir haben dich so vermisst!«, rief Rodolfo aufgeregt. Er musste jetzt zehn Jahre alt sein. Und Clementina elf. Beide waren gewachsen und hübsch herausgeputzt, wie es sich für Söhne und Töchter der Gesellschaft gehörte.

»Wir beachten Savonarolas Gebote nicht mehr so streng«, warf Signora Girondo wie entschuldigend ein. Signor Girondo, ihr Vater, kam Angelina entgegen.

»Angelina, ich heiße dich willkommen in unserem Haus«, rief er und schloss sie in die Arme. »Ich wollte gerade in mein Kontor gehen und Rechnungen prüfen, da hörte ich die gute Nachricht, dass du gekommen bist.«

Die Mägde und Knechte des Hauses waren ebenfalls versammelt und begrüßten Angelina ehrerbietig. Aus der Küche duftete es nach *Stracotto*. Bald saß Angelina im Kreise ihrer Familie am Tisch. Ihr Vater räusperte sich und legte seine Serviette neben den Teller.

»Es ist nun ein Sommer ins Land gegangen, die Pest hat in unserer Stadt gewütet, aber uns zum Glück verschont, der Herbst ist vorbei und der Winter eingezogen. Und jetzt ist unsere verlorene Tochter heimgekommen!«

In seinen Augenwinkeln glänzte es feucht.

»Wo bist du gewesen?«, fragte Clementina mit vollen Backen.

»Man spricht nicht mit vollem Mund«, wies ihre Mutter sie zurecht.

»Oh ja, erzähle«, rief Rodolfo zwischen zwei Bissen.

Angelina schluckte.

»Ich war bei der Familie Scroffa auf dem Land«, sagte sie. »Wir sind vor der Pest an den Lago Trasimeno geflohen. Dort kam Matteo Scroffa durch Gift ums Leben.«

»Wer hat das getan?«, fragte ihr Vater.

»Ich weiß es nicht«, entgegnete Angelina. Die Geschwister lauschten mit offenem Mund.

»Wir waren bei der Beerdigung von Gräfin Scroffa«, sagte ihre Mutter. »Und wir sahen, dass auch ihr Mann dort begraben liegt.«

»Uns wurde allerdings erzählt, er sei bei einem Bootsunglück ums Leben gekommen«, schaltete sich ihr Vater ein.

»Es wurde nie geklärt«, antwortete Angelina.

»Und was war dann?«, wollte Clementina wissen. »War Francesco auch dabei?«

Angelina sah, dass ihre Mutter zusammenzuckte.

»Ja, er war dabei«, sagte sie. »Aber ich bin dann allein zu Tante Bergitta nach Arezzo gegangen.«

»Die mit dem Weinberg und dem guten Essen?«, strahlte Rodolfo.

»Ja, die. Sie hat mir sehr geholfen. Als ich nach Florenz zurückkam, wurde mir von Euch die Tür gewiesen.«

Eine Stille entstand. Signora und Signor Girondo schauten verlegen vor sich hin. Eine Magd kam, um das Geschirr abzuräumen. Kurz darauf brachte sie den Nachtisch, eine Nusscreme. Angelina nahm all ihren Mut zusammen. Sie würde nicht von hier fortgehen, ohne sich mit ihren Eltern ausgesprochen zu haben.

»Warum habt Ihr mich verstoßen, Herr Vater und Frau Mutter?«

Ihr Vater war rot geworden. Er rührte mit seinem Löffel in der Nusscreme.

»Du bist damals von zu Hause fortgelaufen, zu einem Maler, den du kaum kanntest. Aber wir hätten dich jederzeit wieder aufgenommen, schließlich bist du unsere Tochter, und wir lieben dich.«

»Aber Signor Venduti sagte uns, du wollest um keinen Preis der Welt nach Hause zurückkehren«, warf Signora Girondo ein.

»Das stimmt nicht!«, fuhr Angelina auf. »Er hat mir gesagt, ihr hättet mich verstoßen, ich sei nicht mehr Eure Tochter!«

»Was sagst du da?«, fragte ihre Mutter. »Das hat er behauptet?«

»Ja, und dann habe ich Euch Briefe geschrieben, die Ihr nie beantwortet habt.«

»Solche Briefe haben wir nie erhalten!«, rief Signora Girondo. »Und du seiest noch einmal abgewiesen worden von unserem Haus?«

»Ja, die Magd wies mir die Tür.«

»Da hat sie wohl eigenmächtig gehandelt«, meinte Signor Girondo. »Wir waren zu dem Zeitpunkt gar nicht zu Hause!«

»Irgendwann hat sie es mir aber erzählt, das dumme Ding«, mischte sich ihre Mutter ein, »und ich habe schließlich herausgefunden, wo du dich aufhieltest, Angelina. So bin ich ins Kloster Corona gekommen.«

»Dort habt Ihr mir aber andere Gründe gesagt, aus denen heraus Ihr mich nicht besuchen wolltet.«

»Daran erinnere ich mich nicht.« Die Augen ihrer Mutter blickten Angelina fast flehend an.

»Nun gut, ich sehe, dass wir hätten miteinander sprechen sollen«, sagte Angelina und atmete tief durch. »Aber eins möchte ich noch wissen: Was geschah damals wirklich, als ich etwa neun Jahre alt war?«

Die Magd kam und räumte das Geschirr ab. Angelinas Vater wiegte den Kopf.

»Das haben wir niemals herausgefunden. Eines Tages warst du verschwunden, tagelang. Wir suchten überall, konnten dich aber nicht finden. Dann hörte ein Hirtenjunge ein Weinen aus einem Keller nicht weit von Fiesole. Seine Eltern brachen die Tür auf und fanden dich sehr verängstigt, aber bei guter Gesundheit. Du hast nie ein einziges Wort darüber gesprochen, wie du dort hingekommen bist und was dort geschehen ist. So deckten wir den Mantel des Schweigens darüber.«

»Ich träume oft davon.«

»Es wird wirklich allerhöchste Zeit, dass du heiratest und diese alten Geschichten vergisst, Angelina«, sagte ihre Mutter.

»Ich habe unmissverständlich abgelehnt, Frau Mutter.«

»Es muss ja nicht Signor Tomasio sein, besonders nachdem er …«

»… gelogen hat?«, vollendete Angelina. »Er hat auch sonst gelogen: Er behauptet, zum Stadtadel zu gehören, stammt aber vom Lande. Wusstet Ihr das?«

Ihr Vater kratzte sich verwirrt am Kopf. »Das höre ich zum ersten Mal!«

»Ich hatte keinen Grund, seinen Worten zu misstrauen«, meinte ihre Mutter und stellte ihr Glas ab.

Angelina stand auf.

»Danke für das Essen. Ich werde jetzt gehen, aber macht Euch keine Sorgen, ich werde öfter zu Besuch kommen.« Sie wandte sich zur Tür.

»Aber wo willst du denn hin«, rief ihre Mutter. »Bleib doch, Angelina, hier ist dein Zuhause.«

»Mein Zuhause ist inzwischen anderswo«, entgegnete Angelina, küsste Vater, Mutter und Geschwister und schritt zur Tür. Rodolfo und Clementina liefen ihr nach.

»Kommst du auch ganz bestimmt wieder?«, fragte Rodolfo.

»Ich komme wieder«, war Angelinas Antwort.

»Hier, das hat unser Herr Vater mir zugesteckt, für dich«, raunte Rodolfo ihr zu und drückte ihr einen Lederbeutel in die Hand. Darin hörte Angelina etwas wie Golddukaten klimpern.

Während sie die Straßen und Gassen zu Rinaldos Turm durchquerte, dachte Angelina über ihre Eltern nach. Nein, sie traf keine Schuld, sie machten nur den einen Fehler, zu sehr auf ihren Platz in der Florentiner Gesellschaft zu achten. Aus diesem Grund hatte ihre Mutter wohl auch dem Vater ihren Fehltritt verschwiegen. Aber das war jetzt alles nicht mehr schlimm, sie hatte ihnen verziehen und in der Beichte ihr Gewissen erleichtert. Doch Angelina sollte nicht zur Ruhe kommen. Nur wenige Tage später klopfte es abends trommelnd an die Tür des Turmes. Pallina führte eine Magd herein, die Angelina als die ihrer Eltern erkannte. Ihre Augen waren rot verweint, und sie rang unentwegt ihre Hände.

»Signor und Signora Girondo ...«, stammelte sie.

»Was ist mit ihnen, um Himmels willen?«, rief Angelina. Die Magd schwieg und senkte den Blick zu Boden. Angelina lief auf sie zu, fasste sie an den Schultern und rüttelte sie.

»Sag, was ist geschehen?«, schrie sie.

»Sie müssen etwas Falsches gegessen haben«, brachte die Magd heraus. »Aber es war nicht von mir zubereitet, ich schwöre es!«

»Sind sie am Leben?«

»Der Arzt kam und hat ihnen ein Brechmittel gegeben.«

»Wo sind sie jetzt?«

»Im städtischen Spital. Sie werden überleben, denke ich ...«

Angelina warf sich ihren Mantel über und verließ das Haus. Erst unterwegs merkte sie, dass Francesco ihr folgte. Die Eltern lagen nebeneinander in ihren Betten, inmitten eines Saales voller Kranker. Warum hatten sie sich nicht zu Hause pflegen lassen?

»Es war gewiss der Arzt, der sie eingewiesen hat«, sagte Francesco, als hätte er ihre Gedanken erraten.

»Warum?«

»Ich befürchte Schlimmes«, meinte Francesco nur.

Signor und Signora Girondo waren wach. Sie blickten den beiden etwas ängstlich entgegen.

»Ich weiß auch nicht, was uns den Magen verdorben hat«, sagte Signora Girondo, nachdem sich alle etwas steif begrüßt hatten. Angelina begann die Wahrheit zu ahnen. Es fuhr ihr wie ein Messerstich durch den Körper.

»Seid Ihr zur Beichte gegangen, Herr Vater und Frau Mutter?«, fragte sie.

»Ja, wir waren gestern Abend im Dom«, antwortete Signor Girondo. »Nachdem wir lange gezögert hatten, diesen Schritt zu gehen. Ein Priester hat uns die Beichte abgenommen. Wir haben über das gesprochen, was schon lange zwischen uns stand. Dieser Priester war unser Zeuge.«

»Und wir haben Vergebung erlangt, haben uns ausgesöhnt«, ergänzte Signora Girondo und lächelte schwach.

»Und dann?«, fragte Angelina atemlos.

»Dann haben wir das heilige Abendmahl eingenommen«, entgegnete ihre Mutter.

»Habt Ihr Messwein getrunken?«

»Ja, das ist doch selbstverständlich«, gab Signora Girondo zur Antwort.

»Ich möchte Euch bitten, vorübergehend auf unser Landgut zu gehen«, sagte Angelina in bestimmtem Ton.

»Warum sollten wir das tun?«, wollte Signor Girondo wissen.

»Oder besser noch ins Kloster Corona, da sind sie sicherer«, meinte Francesco leise.

»Nehmt die Kinder mit«, ordnete Angelina an. »Warum? Weil Ihr beinahe einem Giftanschlag zum Opfer gefallen seid!«

»Um Gottes willen, wie furchtbar!«, rief ihre Mutter.

»Aber wer sollte denn Grund dazu haben?«, fragte ihr Vater erstaunt.

Angelina schüttelte den Kopf. »Ich weiß es doch auch nicht, ich weiß nur, dass ihr in Florenz in Gefahr seid! Glaubt mir, ihr müsst fort aus der Stadt!«

»Ich verstehe es nicht, Angelina«, sagte ihr Vater, »aber wir werden tun, was du uns rätst.«

Auf dem Weg zurück zum Turm teilte Francesco Angelina seine Befürchtungen mit.

»Das sind jetzt fünf Mordanschläge, den, der mir galt, nicht mitgerechnet«, sagte er. »Der Mörder hat sich uns beide bis zuletzt aufgespart, um die Zahl sieben voll zu machen.« Sein Gesicht war bleich.

»Aber warum, Francesco?«

»Er muss von den Seitensprüngen erfahren haben.«

»Ich dachte schon, ich hätte es ihm gebeichtet«, entgegnete Angelina.

»Das kann nicht ausschlaggebend gewesen sein«, folgerte Francesco. »Warum wäre Eleonore sonst vorher gestorben?«

»Du hast recht«, meinte Angelina. »Meine Mutter hat es dem Priester ja selbst noch einmal gestanden. Er könnte der Mann sein, den wir suchen!«

Angelinas Familie war in Sicherheit, sie selbst aber zermarterte sich den Kopf, wie sie dem Priester sein Tun nachweisen sollte. Die Kirche war noch immer so sehr von Savonarola beherrscht, dass es sinnlos gewesen wäre, den Priester einfach anzuklagen. Und dass er ein Gefolgsmann von Savonarola war, dessen war sich Angelina gewiss. Eines Tages, es war Mitte März, ging es wie ein Lauffeuer durch die Stadt, dass ein Gottesurteil stattfinden würde. Auf der Piazza della Signoria sollten Savonarola und ein Franziskaner mit bloßen Füßen durchs Feuer gehen. Wer dabei unversehrt blieb, hatte vor Gott und der Welt recht.

Angelinas Herz klopfte schneller, als sie davon hörte. Das könnte zum Tag der Entscheidung werden. Vielleicht war das Ende des verrückten Mönches und seiner Gefolgsmänner näher, als sie glaubte? Und vielleicht würde damit auch die ständige Bedrohung aufhören, die über ihrem Leben und dem ihrer Lieben schwebte.

43.

Nach den Laudes bat Savonarola Domenian, ihm in den Klosterhof zu folgen. Die Sonne war gerade erst aufgegangen und warf einen rötlichen Schein auf die Rundbögen des Kreuzgangs. Unter einer Zeder blühten Traubenhyazinthen.

»Ich weiß nicht, ob ich die Herausforderung von Francesco di Puglia annehmen soll, Domenian. Gestern habe ich mich lange mit Domenico und Silvestro beraten.«

»Und, was rieten sie dir?«, fragte Domenian.

»Sie nicht anzunehmen. Ich, ein Dominikaner, soll gegen einen Franziskaner antreten! Dazu wird es noch ein Feuer sein, das durch Reisig, Öl und Schießpulver genährt wird.«

»Aber wer unversehrt herauskommt, auf dessen Seite steht Gott«, wandte Domenian ein.

»Gott lässt nicht so mit sich verfahren. Eine Gottesprüfung ist ganz anderer Art. Abraham wurde von Gott geprüft, ob er ihm unbedingten Gehorsam zolle. Ihm wurde aufgetragen, seinen Sohn zu opfern. Als Gott sah, dass Abraham ihm bedingungslos gehorchte, wandelte er den Befehl ab, und Isaak blieb am Leben. Also hat Gott die Menschen geliebt. Jesus wurde in der Wüste vom Teufel versucht; er hat diese Prüfung ebenfalls bestanden.«

»Aber wenn du nicht zu der Feuerprobe antrittst, wird man dich für einen Feigling halten. Das Gespött wird von Tag zu Tag größer.«

»Wenn nun meine Kleider oder die von dem Puglianer Feuer fangen sollten, was ist dann?«

»Dann wird man euch beide nicht mehr ernst nehmen. Aber das kann nicht geschehen. Du bist von Gott auserwählt, Girolamo. Du wirst unversehrt aus dieser Probe hervorgehen!«

»Ich kann nicht daran glauben«, zweifelte Savonarola weiter.

»Lass mich für dich durchs Feuer gehen«, bat Domenian.

»Das haben mir die beiden anderen Fratres ebenfalls angeboten, aber ich will es nicht annehmen. Ich werde mich jetzt fertig machen für die Unterhandlungen im Palazzo della Signoria.« Savonarola umarmte Domenian und ging langsam ins Gebäude zurück. Domenian fühlte sich verlassener als jemals zuvor. Was würde geschehen, wenn Savonarola diese Feuerprobe nicht bestand? Was würde mit ihnen allen geschehen?

Er ahnte, dass ihm nicht mehr viel Zeit blieb, das zu vollenden, was er sich auszuführen geschworen hatte. Er wusste, was damals geschehen war, hatte es immer gewusst. Aber er trug dafür keine Verantwortung. Es waren die Stimmen seines Gewissens gewesen, die es ihm eingegeben hatten. Einzig und allein die Sünde war schuld daran gewesen, er hatte nur im Auftrag einer höheren Gerechtigkeit die schmutzige Arbeit verrichtet. Er begriff jetzt, warum er diesen Weg hatte gehen müssen. Es gab sonst keinen, der diese Aufgabe zu Ende bringen konnte. Nun lag es einzig an ihm. Die Erkenntnis traf ihn mit voller Wucht.

44.

Angelina erwachte frühmorgens, als die Karren der Händler zum Markt rumpelten. Solche Karren waren auch während der Pest unterwegs gewesen, die Handwagen der *Fanciulli* hatten so geklungen, und so würde es auch klingen, wenn Verurteilte zum Richtplatz gebracht wurden. Heute war der Tag der Feuerprobe. Angelina stand auf, kleidete sich an, ging zum Brunnen nach draußen und wusch sich spärlich. Die Sonne war gerade erst aufgegangen. Allmählich kam Leben in die Stadt. Rinaldo und seine Töchter hatten schon das Frühstück bereitet, als sie zurückkam. Francesco trat aus seinem Zimmer.

»Ich möchte an der Feuerprobe nicht teilnehmen«, sagte Angelina, während sie mit ihnen frühstückte. »Es war genug des Feuers und der Proben.«

»Was möchtest du stattdessen tun?«, fragte Francesco.

»Ich werde noch einmal zu Mutter Elisa gehen und dort auch meine Familie besuchen«, sagte sie. Rinaldo und seine Töchter hatten frei bekommen, um das Spektakel mit ansehen zu können, und waren schon ganz aufgeregt. Vorerst waren die beiden Parteien, die Franziskaner und die Dominikaner, im Palazzo della Signoria zusammengekommen, um darüber zu beraten, wie die Feuerprobe vonstatten gehen sollte.

»Wie wollt Ihr denn dorthin kommen?«, fragte Rinaldo. »Es sind mehr als zehn Meilen.«

»Mein Zelter steht noch bei Botticelli im Stall«, antwortete Angelina.

»Ich würde dich ja gern begleiten«, sagte Francesco, »aber Botticelli …«

»Ich glaube, ich muss diesen Weg allein gehen«, sagte Angelina.

Sie verabschiedete sich. Als Francesco sie umarmte, merkte sie wieder, wie sehr sie ihn liebte und dass er nicht der Einzige war, der sich nach Erfüllung dieser Liebe sehnte. Aber der Zeitpunkt war noch nicht gekommen. Sie musste erst mit sich im Reinen sein. Und da war noch etwas anderes, Drängendes, das mit dem Mönch zusammenhing und das sie nachts in ihren Träumen verfolgte.

In der Stadt hatten sich wieder die Menschen zusammengedrängelt, um das bevorstehende Ereignis zu erleben. Angelina kam in die Via Nuova und klopfte bei dem Maler Botticelli. Er öffnete ihr höchstpersönlich die Tür. Wie zu erwarten, war sein Zustand nicht der beste. Er sah aus, als hätte er die ganze Nacht geweint.

»Ich komme gerade von meiner Villa in der Via del Monte Oliveto«, sagte Botticelli. »Mein Bruder Simone hat angekündigt, die Stadt bald zu verlassen. Er habe sich zu sehr Savonarola verschrieben, sagt er.«

»Könnt Ihr ihn nicht beschützen? Ihr habt doch einen großen Einfluss.«

»Fast alle haben sich gegen Savonarola gewendet. Simone muss fort aus Florenz, er geht nach Bologna, weil er sonst als offener Anhänger Savonarolas verhaftet wird.«

»Und Ihr, Signor Botticelli? Droht Euch keine Gefahr?«

»Das liegt in Gottes Hand.« Botticelli blickte grimmig gen Himmel. »Und Ihr, was führt Euch heute zu mir?«

»Ich bin gekommen, um mein Pferd zu holen«, sagte Angelina. »Besser gesagt, das Pferd der Nonnen des Klosters Corona della Santa Maria.«

»Wollt Ihr ebenfalls aus der Stadt fliehen?«, fragte der Meister.

»Nein, ich möchte nur mit der Äbtissin sprechen«, entgegnete Angelina.

Botticelli ging mit ihr zum Stall und half ihr, das Pferd zu satteln.

»Was haltet Ihr von dieser Feuerprobe, die heute stattfinden soll?«, fragte er.

»Gar nichts, Signor Botticelli. Ich glaube, dass Gott die Menschen auf seine eigene Weise prüft.«

»Es ist das Ende!«, seufzte Botticelli. »Was soll nur aus Florenz werden, was aus Savonarola, und vor allem aus der Malerei?«

»Wo etwas aufhört, fängt auch wieder etwas an«, meinte Angelina sibyllinisch und schwang sich aufs Pferd. »Was bin ich Euch schuldig?«

»Ich habe Euch für Euer Gesicht und Euer liebreizendes Wesen Obdach gewährt, das ist mir Lohn genug«, sagte der Meister, nahm ihre Hand und drückte sie. »Kommt wohlbehalten zurück von Eurer Reise!«

Angelina ritt langsam durch die Stadt nach Nordosten. Es schien ihr, als sei sie gestern erst diesen Weg von Fiesole her gekommen. Beim Kloster San Marco fiel ihr ein Mönch auf, der vor dem Tor auf und ab ging. Er war in die schwarz-weiße Dominikanertracht gekleidet und schien auf jemanden zu warten. Sie näherte sich ihm und wollte ihn ansprechen, aber der Mönch drehte sich um und rannte ins Kloster zurück. Sie stieg ab und folgte ihm, aber er war verschwunden. Der Bruder Pförtner rief sie an und fragte, was sie wolle. Wie denn dieser Mönch heiße, der gerade im Haus verschwunden sei. Der Pförtner wollte keine Auskunft geben. Es war auch sinnlos. Nur einige Handwerker machten sich am Gebäude zu schaffen; aus der Kirche erklang eine Litanei. So würde sie ihn niemals finden, sie wusste ja nicht einmal, wie er aussah. Angelina kehrte um, bestieg ihren Zelter und trabte davon, durch das Tor hinaus.

Sie empfand den Ritt in die Hügel um Florenz wie einen Ausbruch aus einem Gefängnis. Alles Düstere der letzten Monate fiel in diesem Augenblick von ihr ab. Lerchen sangen hoch in der Luft, duftende Veilchenkissen standen im noch gelben Gras und unter den Olivenbäumen machten sich wilde Narzissen breit. Es ging immer weiter den Hügel hinauf. Bald sah Angelina die Stadt Florenz unter sich liegen. Jetzt, im hellen Sonnenlicht, sah sie wunderschön aus mit all ihren Kuppeln und Türmen. Der Arno schlängelte sich als silbriges Band mitten hindurch, überragt vom Ponte Vecchio. Unfassbar, dass dort solche Dinge geschehen waren.

Schließlich erreichte Angelina Fiesole und bald darauf das Kloster

Corona della Santa Maria. Einige Nonnen arbeiteten im Garten, und Angelina erkannte sie alle wieder. Sie begrüßten sie aufs herzlichste. Das Wiedersehen mit ihrer Familie verlief friedlich. Angelina sah, das sie gut versorgt und in Sicherheit waren. Schließlich wurde sie im Zimmer der Äbtissin von Mutter Elisa empfangen.

»Angelina, ich begrüße dich in unserem Kloster. Wir haben für dich gebetet.«

»Eure Gebete sind wohl erhört worden, Mutter Elisa. Sie begleiteten mich wie ein guter Stern.«

»Was führt dich zu uns?«

»Ich wollte Euch danken, dass ihr meine Familie aufgenommen habt.«

»Ihr seid allzeit willkommen bei uns, Angelina.«

»Ihr habt mir sehr geholfen. Die Gespräche mit Euch haben mir den Weg gewiesen.«

»Hast du denn etwas Neues zu erzählen?«

Sie machte eine einladende Handbewegung.

»Als ich vom Kloster nach Florenz zurückritt, hatte ich große Angst«, begann Angelina. »Es war, als säße mir der Teufel im Nacken. Nachdem ich endlich angekommen war, überstürzten sich die Ereignisse. Es war der Tag des ›Fegefeuers der Eitelkeiten‹. Francesco wollte mir das Bild zeigen, zum Beweis dafür, dass er es nicht verkauft hatte. Es war verschwunden, gestohlen! Als der Holzstoß auf der Piazza entzündet wurde, sahen wir einen Mönch, der eben dieses Bild in die Flammen werfen wollte. Francesco hat es gerettet und sich dabei Verbrennungen zugezogen.«

»Er liebt dich, Angelina.«

»Ich liebe ihn auch. Aber bevor ich mich für ihn entscheiden kann, muss ich einige Dinge herausfinden, das weiß ich jetzt. Was nachher mit meinen Eltern geschah, ist Euch ja bekannt.« Sie schüttelte den Kopf. »Wer ist dieser Mönch, der mich schon seit langem verfolgt und uns allen so viel angetan hat? Warum hat er es getan? Warum wollte er das Bild vernichten?«

»Gottes Ratschluss ist unergründlich, Angelina«, sagte Mutter

Elisa. »Kannst du diese Dinge nicht ruhen lassen und sie einfach so nehmen, wie sie sind?«

»Nein, das kann ich nicht, Mutter Elisa. Ihr wisst, wie sehr ich unter all dem gelitten habe, wie ich darüber krank geworden bin! Ich möchte mir von Euch einen Rat holen, wie ich weiter vorgehen soll.«

Mutter Elisa schaute aus dem Fenster, wie um sich zu sammeln. Nach einer Weile begann sie zu sprechen.

»Du weißt, dass mir das Wohlergehen meiner Schwestern immer sehr am Herzen liegt, Angelina. Ich hatte genug Zeit, über alles nachzudenken, worüber wir so lange gesprochen haben. Ich wollte die Wahrheit wissen. Deshalb habe ich in Fiesole herumgefragt, ob sich jemand an das damalige Ereignis erinnert. Und richtig, ich trieb einen jungen Mann auf, der dich in der Höhle entdeckt hatte. Damals war er noch ein Hirtenjunge. Er händigte mir eine Nadel aus, die er später auf dem Boden des Weinkellers gefunden hatte. Er dachte, es sei eine Haarnadel und sie hätte vielleicht dir gehört.«

»Habt Ihr diese Nadel bei Euch, Mutter Elisa?«, fragte Angelina beklommen.

»Ja«, sagte Mutter Elisa. Sie zog eine schwarz angelaufene, lange Nadel aus ihrem Beutel. Angelina wurde kreidebleich, sie wankte.

»Was ist mit dir, Angelina?«, wollte Mutter Elisa wissen. »Du siehst aus, als hättest du den Tod gesehen.«

»Werft diese Nadel weg, Mutter Elisa, ich flehe Euch an!«

»Nun beruhige dich, es ist eine Nadel, sonst nichts! Hat sie dir gehört?«

»Nein!«, rief Angelina gequält und machte Anstalten, Mutter Elisa die Nadel aus der Hand zu reißen.

»Wenn es dir so sehr zu schaffen macht …« Mutter Elisa ließ die Nadel in ihrem Beutel verschwinden. »Angelina, ich möchte dir nichts Falsches empfehlen. Wer weiß, was dir alles zustoßen könnte bei deiner Suche! Du bist schon bei deinen Eltern gewesen?«

»Ja, und ich habe ihnen endgültig verziehen, und sie haben mir verziehen.«

»Das ist die beste Voraussetzung für dein weiteres Handeln«, sagte Mutter Elisa. »Ich rate dir, deinen Weg weiter und bis zum Ende zu gehen, was immer das auch bedeuten mag. Erschrecke nicht vor dem, was du findest! Du hast dich gegen den Schleier entschieden und für das weltliche Leben. Jetzt musst du dem Geheimnis deiner Kindheit auf den Grund kommen. Ich glaube inzwischen, dass du denen, die dir am nächsten sind, mehr durch deine Abwesenheit schadest als durch deine Nähe. Such dir weiter Verbündete und bleib mit ihnen verbunden! Überlege bei jedem Schritt, den du tust, ob er dich der Lösung des Geheimnisses näher bringt oder nur noch mehr ins Dunkle führt. Das ist alles, was ich dir mitgeben kann, Angelina. Hast du noch weitere Fragen an mich?«

»Vor dem Kloster San Marco sah ich einen Mönch, der demjenigen sehr ähnlich war, der mich einmal bedrohte. Kann ich es wagen, in dieses Kloster zu gehen und Nachforschungen anzustellen?«

»Wahrscheinlich gibt es keinen anderen Weg«, seufzte Mutter Elisa, »obwohl mir bei dem Gedanken daran kalt wird. Geh nicht allein dorthin.«

»So werde ich es machen, Mutter Elisa«, versprach Angelina. Die Äbtissin umarmte sie, gab ihr den Segen.

Während der Priester Domenian im Kloster San Marco stundenlang für seinen Herrn betete, hatte Savonarola sich den ganzen Tag zusammen mit dem Franziskaner Francesco di Puglia, seinen Mitbrüdern Silvestro und Domenico sowie anderen Mönchen der beiden Orden im Palazzo della Signoria aufgehalten.

In heftigen Gesprächen erörterten sie das Für und Wider dieser Feuerprobe. Die Franziskaner zeigten wenig Bereitschaft, die Probe mitzumachen. Dabei hatten sie, zusammen mit dem Papst, auf dieses ›Gottesurteil‹ hingearbeitet. Domenico da Pescia erklärte sich dazu bereit, für Savonarola durchs Feuer zu gehen. Ob Domenico sein eigenes Gewand tragen dürfe, gaben die Franziskaner zu bedenken, er könnte sie ja betrügen. Vielleicht hätte er Zauberzettel darin versteckt. Und wenn er die Hostie trage, wäre es so, als würde Christus selbst verbrannt! Die Dominikaner hielten dagegen: Das Ereignis war angekündigt worden, bei der Stimmung in der Stadt wäre es gefährlich, es nicht durchzuführen. Nur langsam ließ sich Savonarola davon überzeugen, dass er sein Gesicht verlieren würde, wenn er sich dieser Herausforderung nicht stellte, und er begab sich auf den Platz.

Der Haufen aus Stroh, mit Öl begossen und mit Schießpulver versehen, befand sich mitten auf der Piazza della Signoria, von einer murrenden, sich drängenden und geifernden Menschenmenge umgeben, die fürchtete, um ihr Schauspiel betrogen zu werden. Immer wieder wurden Rufe laut: »Savonarola soll brennen! Schafft ihn herbei! Stürmt den Palazzo della Signoria!«

Ein Wind strich über den Platz, ließ die Gewänder der Menschen flattern und wirbelte trockene Blätter auf. Kinder heulten. Da fielen die ersten Regentropfen. Bald öffnete der Himmel seine Schleusen und goss sein Wasser wie mit Kübeln über die Wartenden. Flüche wurden laut, die Menge stob auseinander.

»Das ist ein Gottesurteil«, rief Savonarola entzückt. Hämisches Gelächter und wütende Schreie folgten seinen Worten.

»Du bist ein Feigling, wie ihn Florenz noch nie in seinen Mauern gehabt hat, Savonarola!«, schrie jemand mit überschnappender Stimme. »Deine Tage sind gezählt, wappne dich, Prior«, rief eine Frau, die ein Kleinkind in den Armen hielt. Die *Fanciulli* eilten ihrem Herrn nicht zu Hilfe. Sie waren in der Masse untergetaucht.

Ein Hagel von Steinen und faulem Obst flog gegen die Gruppe vor der Tür des Palazzo. Savonarola und die Mönche zogen sich ins Innere des Hauses zurück. Am Abend verkündete der Franziskaner der aufgebrachten Menge, dass das Spektakel nicht stattfinden würde. Gott habe den Regen geschickt als Zeichen seiner Barmherzigkeit. Wieder flogen Steine und andere Gegenstände.

»Der Mönch ist ein Feigling, ein Versager«, tönte es immer wieder. »Den werden wir uns holen!«

Am Abend des 8. April, es war Palmsonntag, traf Angelina in Florenz ein, brachte ihren Zelter zu Botticelli und eilte durch die Gassen zu Rinaldos Turm. Die Menschen, die ihr begegneten, schienen in großer Aufregung zu sein. Was war geschehen? Hatte Savonarola die Feuerprobe bestanden? Doch das, was Angelina aufschnappte, ließ sie Schlimmes vermuten. Der Name Savonarolas wurde mit Schimpfworten bedacht, vereinzelt hörte sie, dass man am nächsten Tag das Kloster San Marco stürmen, den Prior herausholen und aufhängen wolle. Er habe die Stadt und ihre Bürger verraten. Im Turm wurde sie von Rinaldo, Gratiosa, Pallina und Verena empfangen. Aus der Küche mit dem kleinen gemauerten Herd kam ein verlockender Duft. Francesco trat aus seinem Zimmer, seine Kleidung war mit Farbe bedeckt. Er umarmte Angelina.

»Wie ist dein Gespräch mit Mutter Elisa verlaufen?«, wollte er wissen. »Ist deine Familie wohlauf?«

»Ja, das ist sie«, antwortete Angelina. »Und Mutter Elisa hat mir ihren Segen gegeben. Sie meint auch, dass ich meinen Weg weitergehen muss.«

»Aber das ist gefährlich!«, rief Francesco.

»Sie hat gesagt, ich solle nicht allein gehen. Und ich weiß, mit wem ich gehen möchte!«

Francesco drückte ihre Hand.

Pallina trug einen dampfenden Topf mit *Ribollita* herein. Diese Bohnen-Kohl-Suppe hatte sie zuletzt im Haus ihrer Eltern gegessen. Sie sei erst richtig gut, wenn sie wieder aufgekocht wird, hatte ihre Mutter gesagt, und wenn sie mit Grünkohl und Winterkohl und toskanischem Brot zubereitet wird. Sie setzten sich an den Tisch und schöpften Suppe in ihre Teller.

»Die Feuerprobe hat nicht stattgefunden«, berichtete Francesco Angelina.

»Wart ihr dort?«, fragte sie.

»Wir waren auf der Piazza«, antwortete Pallina. »Die Menge war sehr aufgeregt. Alle wollten sehen, wie die beiden *Frates* durchs

Feuer gingen. Aber dann kam ein Regenguss, und das Spektakel fiel buchstäblich in Wasser. Die Enttäuschung stand den Leuten ins Gesicht geschrieben.«

»Was glaubt ihr, was geschehen wird?«, fragte Angelina in die Runde.

Rinaldo wischte sich den Mund ab.

»Ich glaube, dass es das Todesurteil für Savonarola ist. Er hat so gut wie keine Anhänger mehr in der Stadt.«

»Dann hat es also ein Ende mit diesem Gottesstaat?«, folgerte Angelina.

»So sieht es aus«, meinte Francesco düster. »Ich frage mich, was aus Botticelli werden soll. Er hat keine Lebensgrundlage mehr.«

»Der wird sich schon irgendwie durchschlagen«, sagte Rinaldo. Eine Zeitlang aßen sie schweigend. Pallina räumte das Geschirr weg.

»Was gedenkst du nun zu tun?«, fragte Francesco Angelina.

»Ich will gleich ins Kloster San Marco gehen und nach diesem Mönch suchen«, antwortete sie.

»Lass mich mitkommen.«

»Eigentlich wollte ich dich nicht in Gefahr bringen.«

»Mein Platz ist an deiner Seite«, sagte er.

Sie brachen auf, schritten in der aufkommenden Dämmerung durch die Stadt. Wieder brodelte es in den Gassen. Als sie das Kloster San Marco erreichten, sahen sie eine Menschenmenge mit Fackeln und Schwertern, welche die Herausgabe Savonarolas verlangte.

45.

Im Kloster San Marco wurde die Vesper abgehalten. Die Dämmerung hatte sich schon herabgesenkt. Gerade betete Domenian mit den anderen das Magnificat.

›Meine Seele preist die Größe des Herrn,

und mein Geist jubelt über Gott, meinen Retter.‹

Hatte er nicht etwas gehört? Oder war es das Brausen und Knacken in seinen Ohren, das ihn in der letzten Zeit immer häufiger plagte? Waren es die Stimmen, die immer wieder wie aus dem Nichts zu ihm kamen? Nein, es war Wirklichkeit, die Stunde hatte geschlagen.

»Sie sind da!«, rief er den anderen zu. »Bewaffnet euch! Das Volk von Florenz ist gekommen.«

Savonarola befahl allen, sich in der Klosterkirche zu versammeln. Er wollte in Frieden verhandeln, wurde jedoch überstimmt. Domenian und andere Mönche stürzten zu ihren Zellen, um ihre Schwerter und Dolche zu holen. Als Domenian aus einem der niedrigen Fenster spähte, sah er sie. Hunderte von aufgebrachten Bürgern standen dem Kloster gegenüber, mit Schwertern und Dolchen bewaffnet, mit Fackeln und langen Holzstangen, um die sie Werg mit Pech gewickelt hatten. Sie warfen mit Steinen gegen die Pforte.

»Lasst uns ein!«, brüllte die Meute. »Wir wollen den Feigling Savonarola, er soll noch heute Nacht brennen!«

Die Leute schwenkten ihre Fackeln, schlugen ihre Schwerter auf den Boden und ließen ihre Dolche im Licht des Feuers blitzen. Im Inneren der Kirche war es still. Alle schauten erwartungsvoll auf Savonarola. Der Prior stand in sich versunken da, die Hände zum Gebet gefaltet. Langsam hob er den Kopf und rief:

»Heute Nacht noch wird sich entscheiden, wer die Engel und

wer die Teufel sind! Vertraut auf mich, vertraut auf Gott, harrt aus!«

»Wir vertrauen auf dich, Savonarola!«, riefen die Mönche. Sie waren nicht nur mit Langschwertern, sondern auch mit schweren Holzkreuzen bewaffnet. Der Lärm der Menge schwoll an, das Trappeln vieler Füße wurde hörbar. Nach einiger Zeit drangen Rauchschwaden durch die Fenster der Kirche. Sie hatten das Klostergebäude draußen in Brand gesteckt!

Die Mönche husteten und liefen blindlings umher. Sollten Sie jetzt alle bei lebendigem Leibe verbrennen? Domenian, der die ganze Zeit mit Savonarola und den anderen Mönchen gebetet hatte, hörte ein Bersten und Krachen, dann ertönte Freudengeheul. Offensichtlich hatten die alten Kirchentüren nachgegeben. Der Weg nach draußen war frei, aber bevor die Mönche hinauskamen, stürmte nun die wütende Menge herein. Domenian schickte ein Stoßgebet zum Himmel. Das konnte doch alles nicht wahr sein. Wo war Gott in diesem Augenblick, warum kam er ihnen nicht zu Hilfe? Wo war der Gottesstaat, wo waren die *Fanciulli*? Vielleicht hatten sie sich den Aufrührern sogar angeschlossen.

Die ersten Angreifer strömten in die Kirche und begannen mit den Mönchen zu kämpfen, Mann stand gegen Mann. Einige der Mönche hatten sich zum Altar geflüchtet. Domenian packte sein Schwert mit beiden Händen und stürzte auf den ersten Mann los, der sich ihm entgegenstellte. Der Bursche funkelte ihn aus frechen Augen an. Was tust du, rief Domenian sich lautlos zu, Gott hat gesagt, du darfst nicht töten, aber wenn ich ihn nicht töte, wird er mich töten! Und waren nicht schon viele gestorben, ohne dass es einen Sinn ergab?

Seine, Domenians, Taten waren von Gott gewollt. Domenian parierte den Angriff und zog das Schwert über den Kopf des anderen, um ihm den Schädel zu spalten. Ringsum waren die Rufe der Kämpfenden zu hören, es roch nach Schweiß und Blut. Domenians Gegner versuchte noch einen Ausfall zu machen und sank dann stöhnend zusammen. Blut floss ihm aus Mund und Kopf. Rechts und links Hiebe austeilend, kämpfte sich Domenian zu Savonarola durch.

Der Meister stand mit dem Rücken zur Wand. Zwei Bürger versuchten ihn zu überwältigen. Er wehrte sich, aber lange würde seine Kraft nicht mehr reichen. Einige Mönche schlugen mit ihren Holzkreuzen auf die Angreifer ein. Vom Altar her klangen dumpfe Schläge herüber, die Eindringlinge versuchten ihn mit Äxten in Stücke zu hauen!

»Komm, Girolamo, wir müssen den anderen beistehen«, rief er seinem Herrn zu und half ihm, sich erfolgreich freizukämpfen. Alles, was ihn bedrückt hatte, war von ihm abgefallen, er fühlte sich frei, als Rächer Gottes. Die Mönche feuerten sich gegenseitig an und kämpften, als wären sie mit dem Schwert aufgewachsen. Sie verteidigten sich wie eine Herde von Teufeln und schlugen ihren Feinden die Holzkreuze über die Schädel, dass es krachte. Aber auch die Mönche hatten Verluste. Vom Altar her, wo sich die Mönche gegen die Vandalen wehrten, wehte ein beißender Rauch herüber. Man hatte ihn in Brand gesteckt! Das Feuer breitete sich rasch aus, ergriff die Beichtstühle, die Kruzifixe und die Bilder. Domenian hustete, ihm war schwindlig, er schlug öfter mal daneben, aber so erging es den Angreifern ebenfalls. Bald waren alle schwarz von Ruß, es wurde immer heißer. Endlos schien Domenian der Kampf. Aber er war zum Engel geworden, zum Flammenengel der Kirche. Schließlich war der Boden des Gotteshauses nass von Blut. Die letzten Gegner zogen sich zur Kirchentür zurück und flohen schließlich. Sofort eilten einige Mönche zum Brunnen und brachten Eimer, um den Brand zu löschen. Schwer atmend stand Domenian unter ihnen.

»Wir haben sie in die Flucht geschlagen«, sagte er und tat einen tiefen Atemzug.

»Wir müssen die Verletzten versorgen«, sagte einer der Brüder. Die überlebenden Mönche sahen zerzaust und blessiert aus. Sie taumelten, einige erbrachen sich.

»Gott hat die Hand über uns gehalten«, sagte Domenian. »Er hat diese Verblendeten bestraft, durch unsere Hand. Und er wird uns retten, er wird das Volk von Florenz retten. Lasst uns beten.«

Die Mönche sanken auf die Knie.

»Heiliger Urian, wir danken dir für die Rettung aus der Not. Gottvater, Sohn und Heiliger Geist, wir danken dir für die Hilfe, als wir verzweifelt waren. Du wirst uns weiterhin die Kraft geben, unseren Weg zu gehen, bis das Gottesreich vollendet ist.«

Dies war der Moment des Triumphes, den die Feuerprobe hätte bringen sollen, dachte Domenian. Doch wo war Savonarola? Mit Entsetzen bemerkte er erst jetzt, dass Mitglieder der Signoria mit der Menge in die Kirche gekommen waren und mit Savonarola sprachen. Der schüttelte langsam den Kopf, stieg auf die schwelende Kanzel und sprach mit schmerzverzerrter Stimme:

»Brüder in Christo, die Signoria hat mir befohlen, mich zusammen mit Domenico da Pescia und Silvestro Maruffo zum Palast geleiten zu lassen.« Ein Murren erhob sich unter den Mönchen, und er hob die Hand. »Wir werden unbeschadet zurückkehren. Ich werde mich dieser Prozedur willig unterwerfen, wenn ich dieses Vorgehen auch als Undankbarkeit empfinde. Schon die heilige Katharina von Siena wurde in dieser Weise behandelt. Das christliche Leben besteht darin, Gutes zu tun und Übel zu leiden.«

Er küsste seine Brüder, segnete sie und übergab ihnen die Schlüssel des Klosters. Savonarolas Hände wurden ihm auf den Rücken gefesselt. Er schritt mit den beiden Brüdern und den Signori hinaus, wo sie von einer lärmenden Menschenmenge mit Spott und Hohn empfangen wurden. Domenian lief zur Klosterpforte und schaute ihnen nach. Er sah, dass sein Herr mit Fußtritten und Faustschlägen traktiert wurde. Die Beschimpfungen der Menge hallten laut in seinen Ohren nach. Es war, als hätte man Domenian einen Dolch mitten ins Herz gestoßen.

46.

Der Kampf, den Angelina und Francesco atemlos aus der Ferne verfolgt hatten, war vorüber. Die Menge war mit einem Triumphgeheul abgezogen, den Prior von San Marco in ihrer Mitte. Die drei Mönche wurden von einem Spalier von Soldaten geschützt. Francesco wandte sich an den Pförtner des Klosters, der mit ausdrucksloser Miene vor sich hin starrte.

»Wohin bringen sie Savonarola und die beiden anderen?«, fragte er.

Der Mönch blickte mit Tränen in den Augen auf.

»Sie haben gesagt, sie bringen sie in den Palazzo della Signoria und sperren sie in eine Zelle.« Er wischte sich mit dem Handrücken über die Augen.

»Wie ist es dazu gekommen?«, wollte Angelina wissen. Sie fühlte sich müde und ausgelaugt, denn es war bereits gegen zwei Uhr morgens.

»Diese wilde Schar Bewaffneter ist einfach in das Kloster eingedrungen und hat unsere Anhänger bedroht. Der Signore Doffo Spini selbst hat 1000 Florin auf Savonarolas Ergreifung ausgesetzt. Die wollten die Florentiner sich natürlich nicht entgehen lassen!«

»Das hat Savonarola nicht verdient«, sagte Francesco. »Dass er auf diese Art aus dem Kloster geprügelt wird.«

»Seid Ihr ein Fürsprecher?«, fragte der Mönch.

»Ich habe für Sandro Botticelli gearbeitet«, versetzte Francesco ausweichend. »Dürfen wir mit den Mönchen sprechen?«

»Die sind jetzt alle zu Bett gegangen. Die, die überlebt haben. Kommt morgen wieder.«

Die Augen des Mönches starrten wieder ins Leere.

Zur Mittagszeit kehrten Francesco und Angelina zurück. Der Pförtner meldete sie an und geleitete sie durch den Kreuzgang ins Parlatorium. Alles war noch schwarz von dem Brand, es roch nach Asche und Blut. Ein Mönch mit weißer Tunika, über die ein schwarzer Kapuzenmantel geworfen war, erwartete sie. Seine Kleidung war beschmutzt.

»Wir können Euch vertrauen, hat uns der Bruder Pförtner gesagt«, begann der Mönch. »Ihr habt für Botticelli gearbeitet. Und wer ist die Frau an Eurer Seite?«

»Sie ist mein Modell«, antwortete Francesco.

»Frauen haben üblicherweise keinen Zutritt zu diesem Kloster«, sagte der Mönch missbilligend. »Aber in diesen Zeiten ist nichts mehr so, wie es einmal war.«

»Wir suchen einen Mönch Eures Klosters, der sich für das Porträt dieser jungen Frau eingesetzt hat«, fuhr Francesco fort.

»Er ist untersetzt, aber sonst wissen wir nicht, wie er aussieht«, fügte Angelina hinzu.

»Ach, das könnte fast jeder von uns sein«, meinte der Mönch. »Kommt nachher in die Kirche, da wird ein Bittgottesdienst für Savonarola und seine Gefährten Domenico und Silvestro abgehalten.«

»Wessen sind sie denn verdächtig?«, fragte Angelina.

»Sie werden verdächtigt, Hochverrat gegen den Papst und Verrat am florentinischen Volk begangen zu haben. Dabei wollten sie immer nur das Beste für die Menschen. Savonarola war uns von Gott gesandt!«

Francesco und Angelina warteten im Parlatorium, bis der Pförtner sie zum Gottesdienst holte. Er wies ihnen einen Platz auf der Empore zu, von dem aus sie nicht gesehen werden konnten. Ein Priester stand vor dem Altar, welcher verbrannt und übel zugerichtet war. Er hatte schon mit dem Bittgebet angefangen. Die anderen sprachen ihm die Worte nach.

»Herr, tue meine Lippen auf,
dass mein Mund deinen Ruhm
verkünde!
Denn du hast nicht Lust zum Opfer, ich wollte dir's
sonst wohl geben; und Brandopfer gefallen dir nicht.
Dann werden dir gefallen die Opfer der Gerechtigkeit,
die Brandopfer und ganzen Opfer; dann wird man
Farren auf deinem Altar opfern.«

»Psalm 51«, flüsterte Francesco Angelina zu.

»Der Priester, der das Bittgebet spricht, muss es sein«, flüsterte Angelina aufgeregt zurück.

»Wir werden ihn aufsuchen, aber erst, wenn der Gottesdienst vorüber ist«, raunte Francesco.

»Ich halte es nicht mehr aus, ich muss hier raus!«, sagte Angelina leise. Einen Herzschlag lang dachte sie, der Priester habe zu ihr hinaufgeschaut. Francesco folgte ihr, als sie sich, behutsam Schritt vor Schritt setzend, entfernte. Draußen atmete Angelina erleichtert auf.

»Mir wurde drückend heiß da drinnen«, sagte sie wie zur Entschuldigung. »Und wie es da aussah! Hast du die Rauchfahnen an der Wand gesehen? Es muss das reinste Fegefeuer gewesen sein!«

»Ich stelle mich vor die Kirchentür«, entschied Francesco. »Derweil kannst du dich im Hof oder im Kreuzgang verstecken.«

Angelina sah ein, dass sie anders nicht weiterkommen würden. So drückte sie Francescos Hand und eilte in den Kreuzgang. An einer Wand waren hohe, geschwärzte Grabplatten angelehnt, dahinter verkroch sie sich. Wenn sie vorsichtig hinausschaute, hatte sie die Kirchentür im Auge. Eine Ewigkeit verging. Dann kamen die Mönche aus der Kirche, hintereinander und ohne ein Wort zu sprechen. Francesco lehnte neben der Tür an der Wand und schaute jedem Mönch ins Gesicht. Die Brüder schien das nicht zu stören, hatten sie doch in den letzten Tagen genügend fremde Herren in ihrem Kloster erlebt. Auch Angelina schaute sich jeden der Mönche genau an, aber sie konnte den, den sie suchte, nicht entdecken. Als die Mönche fort waren, kam Francesco zu Angelinas Versteck.

»Du kannst herauskommen«, meinte er. »Der Gesuchte war nicht dabei.«

»Gewiss ist er geflohen«, sagte Angelina. »Ich traue dem Frieden nicht. Wir sollten in der Kirche nachsehen.«

»Das ist zu gefährlich, Angelina! Wenn wir entdeckt werden, was dann?«

»In der Kirche ist niemand mehr. Der Priester muss ja irgendwohin gegangen sein.«

»Vielleicht kniet er noch vor dem Altar und betet?«, vermutete Francesco.

»Ich muss in die Kirche, du kannst ja derweil nach Hause gehen«, sagte Angelina schnippisch. »Oder zu Botticelli, um ihm in der schweren Stunde beizustehen.«

»Du solltest ebenfalls nach Hause gehen, Angelina«, bemerkte Francesco. »Hast du nicht deinen Eltern und Geschwistern versprochen, sie zu besuchen? Sie sind ja wieder zurück aus dem Kloster.«

»Es macht mir Angst! Ich sehe meine Mutter vor mir, wie sie all ihre Wertgegenstände aus den Verstecken holt, jetzt, nachdem Savonarola verhaftet ist. Ihr ist es doch nie um uns gegangen, sondern nur um ihren Vorteil. Mein Vater ist ein Humanist, aber er hat sich weiß Gott auch nicht immer anständig verhalten!«

Weit und breit war kein Mensch zu sehen. Francesco folgte Angelina zur Kirche. Sie betraten das düstere Schiff, dessen Wände mit Fresken bemalt waren. Auf der gegenüberliegenden Seite stand eine kleine Pforte offen.

»Da siehst du, wohin unser Vogel verschwunden ist«, bemerkte Francesco. »Lass uns von hier weggehen.«

Sie traten ins Freie. Ein Schwarm von Spatzen erhob sich tschilpend in die Höhe. Die Piazza San Marco lag im hellen Frühlingslicht. Es war, als habe sich ein dunkler Schleier von der Stadt gehoben und gemahne sie an ihre alte Pracht. Francesco fasste nach Angelinas Hand.

»Warum willst du diesen Priester unbedingt finden?«, fragte er.

Sollte sie es ihm sagen? Er hatte mehr als andere das Recht dazu, es zu erfahren.

»Ich glaube mit ziemlicher Gewissheit, dass er derjenige ist, der mich in meiner Kindheit in einem Weinbergkeller gefangenhielt.«

»Du meinst das dunkle Geheimnis, von dem du uns damals im Garten erzählt hast?«

»Ich muss herausfinden, was damals geschehen ist und warum ich mich seitdem schuldig fühle.«

»Warum sollte gerade er es gewesen sein?«

»Vieles in seiner Haltung und in seiner Statur erinnert mich an ihn. Auch seine Stimme, wenn er sie auch verstellt haben mag, als er mich bedrohte.«

»Er ist Angehöriger dieses Klosters.« Francesco fiel etwas ein und er verzog das Gesicht. »Könnte uns nicht Botticelli Auskunft darüber geben, um wen es sich handelt? Schließlich hat er Beziehungen mit Savonarolas Anhängern unterhalten.«

Das war ein Hoffnungsschimmer für Angelina. Die beiden durchquerten die Stadt. Die Menschen waren immer noch sehr aufgeregt, überall standen Gruppen beieinander und disputierten. Aber aus den Backstuben strömte der Geruch nach frischem Brot, aus den Wirtshäusern ertönten fröhliche Stimmen. Schon waren auch wieder geschminkte Mädchen mit hohen Absätzen zu sehen. Sie hatten ihre Schellen abgelegt.

In der Via Nuova roch es wie ehedem nach Beize, und aus Botticellis Werkstatt kam ihnen der Geruch nach Temperafarben entgegen. Sandro Botticelli saß jedoch untätig herum, während seine Gehilfen eifrig malten und grundierten. Der Meister war auffallend blass. Francesco bat ihn, mit ihnen nach draußen zu kommen. Botticelli willigte widerstrebend ein. Sie begaben sich zum Ufer des Arno. Schwäne und Enten schwammen im Wasser, das ruhig dahinfloss. Das Spiegelbild der Uferweiden wurde von den Wellen verzerrt.

»Verzeih mir, Sandro, dass ich dich so wütend verlassen habe. Ich denke, die jetzigen Ereignisse hatten ihre Schatten vorausgeworfen.«

»Ich habe dir schon längst verziehen, du Hitzkopf«, winkte Botticelli ab.«Aber ihr werdet verstehen, dass ich unter diesen Umständen nicht mehr malen kann. Es ist nicht nur Girolamo Savonarola, dessen Schicksal mir den Angstschweiß auf die Stirn treibt, ich weiß auch nicht, wie es jetzt mit mir weitergeht.«

»Was wirst du unternehmen?«, fragte Francesco.

»Ich kann nur hoffen und beten, dass mein Ansehen groß genug ist, dass ich unbehelligt bleiben werde. Aber genau werde ich es erst wissen, wenn das alles vorbei ist.«

»Ihr bleibt also hier und setzt auf die Rückkehr der Medici, so wie alle anderen auch«, sagte Angelina sanft. Botticelli seufzte beschämt und vergrub das Gesicht in den Händen.

»Du wirst auch wieder andere Dinge malen, dich mit anderen Themen beschäftigen«, warf Francesco ein.

»Nie im Leben!«, fuhr der Meister auf. »Was mit Savonarola geschieht, ist die größte Ungerechtigkeit, die mir in meinem Leben begegnet ist! Aber ihm wird Gerechtigkeit widerfahren, das schwöre ich euch. Eines Tages wird er noch heiliggesprochen werden. Ich hoffe nur, dass sie mich nicht zwingen, seiner Hinrichtung beizuwohnen.«

»Glaubt Ihr denn, dass es wirklich dazu kommt?«, fragte Angelina.

»Der Papst kann gar nicht anderes, als ihn zum Tod zu verurteilen. Zu sehr hat sich Savonarola gegen die Kirche aufgelehnt. Das Volk will ihn brennen sehen! Und wenn er nicht brennt, wird sich die Wut der Bürger gegen die *Compagnacci* wenden, diese Bürgersöhne, die inzwischen im Stadtrat sitzen. Entweder sie töten Savonarola oder sie werden selbst von der aufgebrachten Masse getötet.«

Sie setzten sich auf ein paar Steine, die von der Sonne erwärmt waren.

»Wir wollten dich noch etwas fragen, Sandro«, sagte Francesco. »Du kennst doch sicher die Menschen, mit denen Savonarola Umgang hatte.«

Botticelli überlegte. »Ja, die, mit denen er engeren Umgang pflegte. Da wären einmal Domenico da Pescia und Silvestro Maruffi, die beide mit ihm im Kerker sitzen. Morgen bringt man Savonarola in den Bargello-Palast, um ihn zu foltern.« Eine Träne lief dem Maler die Wange herab. Er wischte sie fort.

»Dann gab es noch einen Domenian Brenetto, den er gelegentlich erwähnte. Er ist für ihn nach Rom gegangen, um dem Papst seine abschlägige Nachricht auf Alexanders Angebot zu überbringen.«

Angelina Herz begann schneller zu klopfen. Konnte das der Mann sein, den sie suchte?

»Woher stammt dieser Brenetto?«, fragte sie.

»Aus der Nähe von Fiesole, soweit ich weiß«, gab Botticelli zur Antwort.

Angelina wurde es heiß und kalt.

»Hat er noch Eltern und Geschwister?«, fragte sie atemlos.

»Er stammt aus einer Bauernfamilie. Es ist einmal ein Bruder da gewesen, der ist aber ganz jung gestorben. Es muss ein schrecklicher Unfall gewesen sein, direkt danach ist er ins Kloster eingetreten.«

»Wir müssen diese Familie aufsuchen«, sagte Angelina zu Francesco und stand auf. »Vielleicht ist er dorthin zurückgekehrt.«

»Wir wissen nicht, ob es der von uns Gesuchte ist«, gab Francesco zurück.

»Aber es ist zumindest eine Spur«, rief Angelina. »Ich erinnere mich, dass es im Nachbardorf eine Familie Brenetto gab. Mit dem Sohn dieser Familie war ich bekannt. Ich muss mit ihnen sprechen!«

»Das klingt so, als wärest du diesem Mann in irgendeiner Weise nahe«, sagte Francesco mit einem gereizten Unterton.

»Ich muss wissen, was damals geschah, sonst komme ich nicht mehr zur Ruhe«, versetzte Angelina.

»Ich komme mit, ich habe es versprochen«, seufzte Francesco.

Am frühen Abend erreichten Angelina und Francesco Fiesole. Sie ritten am Sommerhaus der Girondos vorbei. Angelina dachte wieder an den Tag des Frühlingsfestes, als sich das Gewitter über Florenz zusammenzog. Wie arglos war sie damals gewesen! Und doch hatte auch zu diesem Zeitpunkt schon eine unbestimmte Trauer über ihr gelegen, deren Ursprung sie jetzt endlich ergründen konnte. Die untergehende Sonne warf einen rötlichen Schein auf die erdbraunen Ziegel des Daches. Dort war der Brunnen, an dem der arme Signor Fredi … war das alles wirklich erst ein Jahr her? Angelina schien diese Zeit wie ein halbes Leben.

Im Nachbardorf fanden sie das Haus der Brenettos schnell. Ein paar zerrupfte Hühner spazierten vor der Kate herum, die ungepflegt wirkte. Ein älteres Paar saß auf einer Bank vor dem Haus. Der Zwetschgenbaum im Garten stand in voller Blüte.

»Signor und Signora Brenetto?«, fragte Francesco.

»Ja, das sind wir«, antwortete der Mann und stand schwerfällig auf. Sein Gesicht war sonnenverbrannt und faltig wie das einer Eidechse.

Seine Frau, die verhärmt wirkte, sah Angelina und Francesco aus Augen an, die denen eines Adlers glichen, so durchdringend wirkten sie.

»Wir suchen Euren Sohn Domenian«, sage Francesco.

»Wieso, hat er etwas ausgefressen?«, fragte die Frau. Ihr Gesicht spannte sich.

»Nein, er hat ein Bild von mir in Verwahrung, das ich jetzt verkaufen möchte. Aber er ist verschwunden.« Angelina wunderte sich, das er ohne rot zu werden lügen konnte.

»Meine Familie und ich sind früher Nachbarn von Euch gewesen«, warf Angelina ein. »Lorenzo und Lukrezia Girondo. Ich heiße Angelina.«

»Ich erinnere mich«, meinte die Frau. »Aber wir haben Domenian schon lange nicht mehr gesehen. Er ging als junger Mann nach Florenz, weil er dort eine Predigt von Savonarola gehört hatte. Und trat dann ins Kloster San Marco ein.«

»Zu mehr als zu einem Mönch taugte er auch nicht«, brummte der Vater.

»Und was ist aus seinem Bruder geworden?«

»Der ist verschollen«, meinte die Frau. »Ich glaube nicht daran, dass er von einem Wegelagerer erschlagen wurde. Gewiss lebt er in einer anderen Stadt und hat dort ein Geschäft eingerichtet.«

»Habt Ihr ihn nicht mehr gesehen?«

»Nein, wir sind alt und krank«, antwortet der Mann. »Wir kommen aus unserem Dorf nicht heraus. Was in Florenz geschieht, geht uns nichts mehr an.«

»Ich dachte, der Tod seines Bruders sei ein Unfall gewesen?«

Die Frau schnaubte nur und schüttelte den Kopf.

Warum diese Leute wohl so verbittert waren? Hatten die Söhne sie zu sehr enttäuscht? Als hätte sie ihre Gedanken gehört, fuhr die Frau fort:

»Domenian hat uns sehr enttäuscht. Er war immer widersetzlich. Nie tat er das, was man von ihm verlangte. Und dass er nie geheiratet hat ...«

»Jetzt lass doch die alten Geschichten«, unterbrach Signor Brenetto sie.

»Domenian war eigentlich kein schlechter Junge«, fuhr die Frau fort. »Er hatte nur immer seinen eigenen Kopf. Und er vertraute sich uns nie an. Einmal hat er sich tagelang herumgetrieben und kam in einem verwahrlosten Zustand zurück. Er hat uns nie gesagt, wo er gewesen ist.«

Angelina fühlte sich wie vom Blitz getroffen.

»Könnt Ihr Euch daran erinnern, wann das war?«, fragte sie.

Die Frau betrachtete ihre groben Finger und zählte ab.

»Jetzt haben wir das Jahr 1498«, meinte sie. »Es muss viele Jahre her sein. Ich glaube, es war 1492 oder 1493.«

»Da war ich zwölf oder dreizehn Jahre alt«, sagte Angelina tonlos. »Dann kann er es nicht gewesen sein.«

»War Domenian bei Euch?«, fragte die Frau. Sie schaute Angelina fast hasserfüllt an.

»Nein, daran erinnere ich mich nicht«, entgegnete Angelina. »Eine letzte Frage, und dann lassen wir Euch wieder in Ruhe. Wo würde Domenian hingehen, wenn er in Bedrängnis gerät?«

»Das weiß ich nicht«, antwortete Signora Brenetto. »Er hat ja nie etwas gesagt.«

»Am ehesten noch zu einem Priester oder zu einem Mönch«, setzte Signor Brenetto hinzu.

Die beiden dankten dem Ehepaar und verabschiedeten sich. Schweigsam ritten Angelina und Francesco den Weg nach Florenz zurück.

»Was denkst du dir eigentlich dabei, die beiden alten Leute so auszufragen?«, riss Francesco sie aus ihren Gedanken.

»Ich habe sie nicht ausgefragt, ich wollte wissen, was damals hier auf dem Land geschehen ist!«, fauchte Angelina.

»Angelina, du bist nicht mehr dieselbe, als die ich dich kennengelernt habe. Du wirkst auf mich immer mehr wie jemand, der ... der von einem Dämon besessen ist!«

»Ach ja? Und wenn es ein Dämon wäre, so müsste ich ihm folgen ...«

»Ich liebe dich, Angelina, ich kann es nicht zulassen, dass du dich zugrunde richtest!«

»Du richtest mich zugrunde, wenn du mir Steine in den Weg legst!«

»Lass uns Florenz den Rücken kehren, Angelina. Wir gehen in eine andere Stadt. Es wird schlimm genug kommen.«

»Und wovon sollen wir leben, bitte? Von deinen Aufträgen?«

Francesco verzog schmerzlich getroffen das Gesicht.

»Du redest schon wie deine Mutter. Wartest du vielleicht immer noch auf einen reichen Ehemann? Dann nimm doch Tomasio Venduti, er wollte dich doch schon immer haben!«

»Wen ich nehme oder nicht nehme, ist meine Angelegenheit«, gab Angelina zurück.

Die ersten Hütten der Vorstadt kamen in Sicht. Es wurde dunkel. Angelina hatte das Verlangen zu weinen. Hatte sie jetzt alles, was zwischen ihnen gewesen war, zerstört? Aber sie konnte nicht zurück. Sie gab ihrem Zelter die Sporen und galoppierte davon.

»Warte, Angelina«, rief Francesco ihr nach. »Wo willst du denn hin?«

47.

Domenian rieb sich die schmerzenden Glieder. Nach zwei Nächten auf dem harten Untergrund fühlte er sich wie erschlagen. Seine Strohmatratze in der Zelle von San Marco war ein Himmelbett dagegen gewesen. Er sah sich in seiner Behausung um. Der steinerne Sarkophag stand in der Mitte des Raumes, Boden und Wände waren nackt. Ein gotisches Gewölbe spannte sich über den Raum. Hier versteckte sich Domenian, hier schlief er des Nachts.

Tagsüber trieb er sich in der Stadt herum, um aufzuschnappen, was mit seinem Herrn Savonarola weiter geschehen werde. Heute würde er der peinlichen Befragung im Bargello-Palast unterworfen werden. Am liebsten wäre Domenian sofort zu ihm geeilt, aber er durfte ihn nicht noch weiter in Gefahr bringen. So musste er aushalten, versuchen, die Gedanken an die Tortur wegzuschieben.

Savonarola hatte alles richtig vorausgesehen. Wenn einer ein Prophet war, dann er! Ein quälendes Verlangen nach Luft überkam Domenian. Er steckte sein Bündel in den Sarkophag, rückte den Deckel wieder zurecht und wunderte sich, dass er noch die Kraft dazu besaß. Draußen blinzelte er, weil ihn gleißendes Sonnenlicht blendete. Er sah keine *Fanciulli* mehr auf dem Platz. Die Bürger hatten ihre Kleider, die sie vor dem Fegefeuer gerettet hatten, angetan und sich mit Perlen und Gold behängt. Wartet nur, bis Savonarolas Unschuld erwiesen ist, er wird mit einem eisernen Besen so lange den Unrat aus der Stadt kehren, bis sie blitzsauber und Gott gefällig ist! Aber wenn seine Unschuld nun nicht erwiesen würde?

Domenian wurde unruhig, es kribbelte in seinen Beinen. Er lief weiterhin ziellos durch die Stadt. Gegen Nachmittag kehrte er auf den Domplatz zurück und erfuhr, dass Savonarola in seine Zelle zurückgebracht worden sei. Domenian lief durch die Straßen zum Palazzo Vecchio, wo die drei Mönche inhaftiert waren.

»Lasst mich zu ihm«, drängte er die Wachen.

»Was bist du denn für einer?«, rief der Mann, den er angesprochen hatte. »Wer will denn heute noch etwas mit dem Ketzer zu tun haben?«

»Ich bin Priester vom Kloster San Marco, ich will ihm die Beichte abnehmen«, versetzte Domenian geistesgegenwärtig.

»Dann geh rein, Betbruder, aber halte dich nicht zu lange auf.«

Ein Wärter führte ihn durch schmale, dunkle Korridore mit vergitterten Zellen an den Seiten. Das Gefängnis war nur halb gefüllt. Domenian erblickte Savonarola in einer der Zellen. Der Wärter stellte sich in einiger Entfernung auf. Savonarolas Bart und seine Haare waren struppig, es stank entsetzlich. Der *Frate* lag auf einer Schütte von schmutzigem Stroh, mit einem Büßerhemd angetan. Seine Augen blickten ins Leere.

»Girolamo«, rief Domenian ihn an. Ihm versagte fast die Stimme.

Savonarola wandte den Kopf langsam zu ihm um. Der Glanz in seinen Augen war erloschen.

»Gott schickt dich zu mir, Domenian«, sagte er mit schwacher Stimme.

»Was hast du erleiden müssen, Herr«, sagte Domenian. Er fiel auf die Knie. »Hat dich bisher niemand außer mir besucht?«

»Der Wächter sagte mir, das Kloster San Marco habe sich von mir losgesagt. Es gibt niemanden mehr, der mich unterstützt.«

»Wage nicht, ihm deine Hilfe anzubieten«, drohte der Wächter. »Gib ihm den Segen und troll dich.«

»Was haben sie mit dir im Palazzo Bargello gemacht?«, fragte Domenian leise.

»Sie haben mir die Hände auf den Rücken gebunden und mich immer wieder hochgezogen, dann wieder heruntergelassen, aber so, dass meine Füße den Boden nicht berührten. Die Gelenke brachen. Ich soll gestehen, nie ein Prophet gewesen zu sein, die Herrschaft über Florenz aus Ruhmsucht an mich gerissen zu haben, um mir in der Welt einen Namen zu machen.«

Mit einem Blick auf den Wärter, der zu ihnen herüberstierte, sagte Domenian schnell:

»Ich segne dich, Girolamo Savonarola, und bitte Gott inständig, deine Sünden zu verzeihen, dass du dereinst wirst auferstehen von den Toten. Amen.«

Er schlug das Kreuzzeichen und versprach, am folgenden Tag wiederzukommen. Hastig drehte er sich weg, bevor sein Meister seine Tränen sehen konnte.

48.

Es war genau so, wie Angelina es vorausgesehen hatte. Ihre Mutter war damit beschäftigt, alles aus den Verstecken zu holen, was man seinerzeit vor den *Fanciulli* gerettet hatte. Da gab es Silberleuchter, Besteck, irdene Schüsseln und Teller, mit Goldrand verziert, sowie Kleider aus Brokat, Samt und Seide, Hüte, Felle, perlenbesetzte Haarnetze, Marmorstatuen, Masken und Kostüme. Wer weiß, in welchen Hohlräumen die Sachen gesteckt hatten! Signor Girondo war am Morgen schon in sein Kontor geeilt, um die Rechnungsbücher noch einmal zu überprüfen und festzustellen, wie viel Verlust die Herrschaft Savonarolas ihm eingebracht hatte.

Angelina war glücklich, wieder bei ihrer Familie zu sein, aber sie sah auch die Schattenseiten. Ihre Eltern würden niemals der Wahrheit ins Gesicht sehen wollen. Sie selbst war mehr denn je entschlossen, der alten Geschichte auf den Grund zu gehen, komme, was da wolle. Sie würde sich an der Ausführung ihrer Pläne nicht mehr hindern lassen, auch von Francesco nicht!

Zu ihrem Erstaunen erregte sie der Gedanke, Domenian Brenetto zu finden und ihn zu stellen. Sie verließ das Haus am Mittag nach dem Essen. Ihre Mutter versuchte nicht mehr, sie an etwas zu hindern. Wahrscheinlich hatte sie Angst, dass Angelina ihr noch einmal entgleiten könnte. Und auch Angelina hatte jetzt nur noch einen Gedanken: den Mann zu finden, der sie alle auf dem Gewissen hatte, und ihn seiner gerechten Strafe zukommen zu lassen.

Auf ihrem Weg zur Piazza della Signoria lauschte sie den Gesprächen der Menschen, die in Gruppen zusammenstanden. Savonarola sei heute Morgen gefoltert worden, hörte sie, aber er habe nicht gestanden. Wessen er denn eigentlich angeklagt sei, fragte jemand. Einige zuckten mit den Achseln. Er sei als Ketzer angeklagt, antwortete ein Mann, der Florenz aus dem Schoß der heiligen Kirche habe führen wollen. Er sei kein Prophet gewesen, sondern ein Scharlatan.

Endlich erreichte sie den Dom. Es war ihr danach, noch einmal zu beichten. Durfte sie das, nach allem, was geschehen war? Sie musste es tun, sie musste in die Höhle des Löwen gehen. Angelina sah, wie ein Mönch, ins schwarz-weiße Habit der Dominikaner gekleidet, die Treppe hinunter zur Krypta huschte und verschwand. Ob das Domenian gewesen war? Sie näherte sich der Krypta, aber der Mönch war schneller, kam die Treppe wieder herauf, mit einem Bündel in der Hand, und verschwand um die Ecke des Doms. Sie lief ihm hinterher, aber auf der anderen Seite war nichts mehr zu sehen. So betrat sie die Vorhalle des Doms und ging hinein.

Nur wenige Menschen hielten sich darin auf. Die meisten genossen ihr neues Leben ohne Savonarola draußen in der Sonne. Angelina schaute sich um. Ein Messdiener war damit beschäftigt, den Fußboden zu reinigen. Sie fragte ihn nach dem Priester. Er verschwand in einer Seitentür, kehrte zurück und wies ihr dann einen Beichtstuhl an. Angelina war es, als hätte sie das schon einmal erlebt. Jemand nahm im Beichtstuhl Platz, der Vorhang bewegte sich ein wenig. Angelina kniete nieder. Der Priester fing wie gewohnt an zu sprechen. Das war ihr gerade recht. Sie glaubte, an einem entscheidenden Punkt ihrer Suche angekommen zu sein.

»Im Namen des Vaters und des Sohnes und des heiligen Geistes«, sagte der Priester. »Gott, der unser Herz erleuchtet, schenke dir wahre Erkenntnis deiner Sünden und seiner Barmherzigkeit. Wenn du etwas zu beichten hast, dann beichte.«

»Ich habe schwere Sünde auf mich geladen, hochwürdiger Herr Pater«, sagte Angelina. Sie stockte. Was wollte sie dem Priester eigentlich erzählen? Von welchen Sünden wollte sie Absolution erhalten?

»Ich bin auf der Suche nach einem Priester«, fuhr sie fort. »Und ich weiß, dass er mir helfen kann, Licht in das Dunkel zu bringen, das ich schon lange in mir herumtrage.«

»Wie kann ich dir dabei helfen?«

»Ich glaube, dass Ihr dieser Priester seid.«

Hinter dem Vorhang entstand eine Bewegung, der Vorhang bauschte sich leicht, als hätte jemand scharf die Luft ausgestoßen. Durch die Schlitze konnte Angelina dunkle Augen sehen.

»Erzähle mir, an was du dich erinnerst«, sagte der Priester.

»Ich erinnere mich an einen Keller. Es war noch jemand darin.«

»Wer war das?«

»Ich weiß es nicht. Er war tot.«

»Kannst du sein Gesicht erkennen? Wer war es?«

»Ich weiß es nicht, ich kann mich nicht an ihn erinnern.«

»Aber es war ein Mann?«

»Ja, dessen bin ich mir sicher.«

»Wer hat ihn getötet?«

»Ich weiß es nicht.«

»Warst es nicht du selbst, die ihn getötet hat? Hattest du nicht ein Messer in der Hand?«

»Ja, ich hatte etwas in der Hand. Aber warum hätte ich ihn töten sollen?«

»Weil du vom Teufel besessen bist.«

»Ich war doch erst neun Jahre alt.«

»Der Inkubus liebt es, gerade in die Körper von Kindern zu fahren. Wenn es nicht gelingt, ihn auszutreiben, verrichtet er immer wieder sein höllisches Werk.«

»Glaubt Ihr, dass ich immer noch von ihm besessen bin?«

»Das glaube ich. Du musst nur von ganzem Herzen bereuen, was du getan hast.«

»Ich bereue, dass ich Böses getan habe«, sagte Angelina. »Erbarme dich meiner, o Herr. Amen!«

»Ich kann dich diesmal nicht von deiner Sünde lossprechen. Nur das Fegefeuer wird deine Seele reinigen.«

Angelina hatte Brandgeruch in der Nase.

»Wartet, ehrwürdiger Pater«, sagte sie. »Ich glaube, da war auch noch ein Feuer.«

»Mit dem Feuer wurde die Seele dieses unseligen Mannes gereinigt. Ich werde dir die Absolution erst erteilen, wenn auch du gereinigt bist.«

»Aber wie soll ich das bewirken?«

»Ich werde dir dabei helfen. Komm morgen zur gleichen Zeit wieder hierher. Dann wird alles vorbereitet sein.« Angelina war vollkommen verwirrt. Es stimmte nicht, was der Priester sagte, und doch war ein Körnchen Wahrheit in seinen Worten.

»Ich danke Euch, hochwürdiger Pater«, beendete sie das Gespräch. »Ich werde tun, was Ihr mir befehlt.«

Benommen erhob sich Angelina und wandte sich langsam zum Ausgang des Doms. Sie fühlte sich ganz verloren in dem riesigen Schiff. Draußen blinzelte sie, so gleißend traf sie das Licht der Sonne. Es war alles unverändert, der Platz, die Menschen, die umhergingen, einkauften, arbeiteten oder in Gruppen zusammenstanden. Sie drehte sich um und blickte zurück auf den Dom. Wie eine farbenprächtige Faust Gottes erhob er sich über der Stadt. Die Berge dahinter nahmen ihren Blick gefangen. Sie waren mit Wein und Wald bewachsen.

Die Gesichter der Vorübergehenden aber erschienen ihr wie die von Teufeln, die der Unterwelt entstiegen waren. Angelina kam am Kloster San Marco vorbei. Still und scheinbar verlassen lag es da. Hier hatte Savonarola gewirkt, hier lebte bis vor kurzem Domenian Brenetto. Hatte sie es nicht schon immer gespürt, dass er der Priester war, dem sie gebeichtet hatte? Der Gedanke, wie viel sie ihm über sich und ihre engsten Freunde verraten hatte, trieb ihr das Blut in die Wangen. Wie oft hatte er ihr die Beichte abgenommen? Es musste insgesamt vier Mal gewesen sein. Und wenn er ihnen von Florenz aus zum Lago Trasimeno gefolgt war?

Aber warum hatte er Fredi, Matteo und Eleonore ermordet, womöglich noch den Brief geschrieben, der Sonia und Lucas aus der Stadt vertrieb? Alles drehte sich im Kreise. Die letzten Häuser der Stadt blieben hinter ihr zurück.

Angelina begann den Weg nach Fiesole hinaufzugehen. Da standen Weinreben, Hainbuchen und Ebereschen, und sie wuchsen, blühten, streuten ihre Samen aus und vermehrten sich. Wenn der Herbst kam, ließen sie ihre Blätter fallen. Im Frühling erwachten sie zu neuem Leben. Warum konnte nicht auch ihr Leben so einfach sein? Angelina stieg weiter den Berg hinauf. Die Weinreben zeigten das erste zarte Grün, Kirschbäume standen in Blüte. Die Sonne neigte sich langsam dem Horizont zu; sie übergoss die Landschaft mit ihrem Licht. Die Luft war erfüllt vom Zirpen der Zikaden. Es roch nach Erde und nach Ginster. Doch Angelina konnte sich nicht darüber freuen. Etwas Dunkles, das schon lange in ihr gesteckt hatte, drohte sich immer mehr auszubreiten. Sie stolperte den Weg entlang, blieb stehen, um wieder zu Atem zu kommen. Was, wenn der Priester recht hatte? Wenn sie eine vom Teufel Besessene wäre? Das würde erklären, warum so viele Menschen ihrer Umgebung zu Tode gekommen waren!

Aber wann hätte der Teufel in sie einfahren sollen? Hatte sie an einem Hexensabbat teilgenommen? Angelina war verwirrter als je zuvor in ihrem Leben. Die Dämmerung sank herab, das Zirpen der Zikaden wurde lauter. Sie hielt inne. Sie war weit gegangen, noch mehr durfte sie sich von den Menschen nicht entfernen. Daran, dass ein Wegelagerer sie überfallen könnte, dachte sie nicht. Sie kehrte um und rannte im letzten Schein des Tages den Weg zurück, den Berg hinunter, bis sie mit fliegendem Atem und schweißüberströmt bei den ersten Häusern ankam. Eine glühende Kohlenpfanne erschien ihr plötzlich wie ein Trost.

Angelina klopfte an die Tür ihres Elternhauses und wurde ohne ein Wort des Vorwurfs empfangen. Erst um Mitternacht fiel sie in einen unruhigen Schlaf. Sie träumte, jemand habe ihr etwas ins Essen getan, vielleicht Gift oder Bilsenkraut. Es wurde ihr ganz leicht zumute und sie schwebte vom Bett empor, durchs Fenster aus dem Haus hinaus in die kalte Nacht.

Über ihr glitzerten die Sterne, unter ihr die Lichter von Florenz. Andere Männer und Frauen waren mit ihr unterwegs, sie schienen dem gleichen Ziel zuzustreben. Ein Gesang begleitete sie, der manchmal an- und dann wieder abschwoll. Dazu brauste der Wind und trieb sie vor sich her. Das da unten musste Lucca sein, dann erschienen fern die Steinbrüche von Carrara, in denen sich winzige Menschen wie Ameisen hin- und her bewegten, mit Fackeln in den Händen. Der Gipfel des Monte Pisanino kam in Sicht, mächtig ragte seine Spitze in den nachtdunklen Himmel. Woher wusste sie, dass es der Monte Pisanino war? Sie hatte ein Wissen in sich, das es schon seit Anbeginn der Menschheit gab und das sich nun entfaltete.

Doch die Reise war schon bald zu Ende. Sie fiel hinab, konnte sich nicht mehr in die Luft erheben, stürzte und schlug am Boden auf. Verwirrt öffnete sie die Augen. Ihr Körper fühlte sich an, als sei sie aus großer Höhe herabgefallen. Durch das Fenster schien der Mond herein. Vielleicht bin ich mondsüchtig, dachte sie. Und doch war es ihr, als hätte sie das alles schon einmal erlebt. Signora Girondo schaute sie besorgt an, als sie zum Frühstück erschien. Der Vater war wie immer schon in sein Handelshaus gegangen.

»Du bist so bleich, hast du schlecht geschlafen?«, fragte ihre Mutter.

»Ich hatte einen wirren Traum«, antwortete Angelina. »Sagt, Frau Mutter, war ich jemals mondsüchtig?«

»Wieso?«, fragte ihre Mutter und runzelte die Stirn. »Ich glaube nicht.«

Angelina wollte ihr nichts Näheres erzählen, auch von den Gesprächen mit dem Priester nicht. Mit schlechtem Gewissen dachte sie an Francesco. Was mochte er von ihr denken! Aber der Weg war ihr vorgezeichnet, sie musste heute wieder zu dem Priester gehen, um dem Geheimnis auf den Grund zu kommen.

Nach dem Frühstück wurden ihre Geschwister von Signora Girondo unterrichtet, und eigentlich hätte Angelina sie dabei unterstützen sollen, aber sie sagte, dass sie auf den Markt gehen wolle, um etwas für das Mittagessen zu besorgen. Das könnten doch die Dienstboten erledigen, meinte ihre Mutter. Aber Angelina bestand darauf.

»Es gibt heute *Trippa* mit Kräutern, Pecorinokäse und Brot«, sagte Signora Girondo. »Geh zum besten Metzger und besorge die Kuttelflecken. Die Kräuter bekommst du am Gemüsestand und das Brot, na du weißt schon. Achte aber darauf, dass es nicht von gestern ist.«

Sie drückte Angelina Geld in die Hand, gab ihr einen Korb und küsste sie auf beide Wangen.

»Achte auf dich, ich will dich gesund wiedersehen«, meinte sie.

Angelina ließ alles über sich ergehen, wenn sie nur von zu Hause fortkam. Sie durchquerte die Gassen bis zur Piazza della Signoria und weiter zum Ponte Vecchio, der Brücke der Metzger und Gerber. Vom Fluss stieg der Geruch nach Verwesung und nach der Beize der Gerber herauf. Die Mädchen mit den grell geschminkten Lippen und den Ausschnitten, die fast alles von ihren Rundungen sehen ließen, waren wieder da. Nein, hier würde sie die Kutteln nicht kaufen.

Sie ging zum Ufer hinunter und schlenderte auf dem Weg dahin. Es war alles so verdorben! Und sie, Angelina, hatte sich so malen lassen, wie diese Dirnen es aller Welt zeigten. Die Schamröte stieg ihr ins Gesicht. Der Teufel musste tatsächlich in sie gefahren sein, als sie sich darauf einließ. Dafür waren sie und andere bitter bestraft worden. Aber gleichzeitig erregte sie der Gedanke an das Bild. Am liebsten wäre sie zu Tomasio gelaufen, hätte es an sich genommen und aller Welt gezeigt.

Angelina merkte nicht, dass sie sich immer weiter von zu Hause entfernte. Sie kaufte frisch gekochte Kutteln bei einem Metzger und fand sich kurz darauf vor einem Gemüseladen wieder. Aber das war ja ... es war der Laden von Lucas und Sonia, gegenüber von Botticellis Werkstatt!

Angelina sah Clementina vor sich, wie sie zu dem Gemüsehändler hinübergegangen war und wie Francesco sie, Angelina, gemalt hatte. Sie schwankte. Dann gab sie sich einen Ruck und betrat den Laden. Ein alter Mann war damit beschäftigt, Getreide aus einem großen in kleinere Säcke umzufüllen. Er richtete sich mühsam auf und fragte, was sie wolle. Angelina sah, dass auf einem Regal auch

Käselaibe lagen. Sie kaufte ein Stück Pecorino und einen Strauß Petersilie, Rosmarin und Portulak. Während er mit einem gewaltigen Messer den Käselaib anschnitt, fragte sie ihn nach den Vorbesitzern des Ladens.

»Die haben mir geschrieben, dass sie demnächst zurückkommen wollen«, antwortete der Mann. »Jetzt, wo Savonarola im Kerker sitzt. Und das ist mir auch ganz recht so, ich will mich lieber auf mein Altenteil setzen. Die beiden haben mir zugesagt, dass sie mich auszahlen.«

Angelina freute sich, das zu hören. Bis dahin musste sie aber ihre Aufgabe erfüllt haben. Sie legte ihre Einkäufe in den Korb, verließ den Laden und nahm wieder den Weg am Fluss entlang. Das Wasser glitzerte in der Sonne. Aus den Hinterhöfen der Häuser duftete der Weißdorn. Angelina hielt den Korb an sich gepresst und beschleunigte ihre Schritte. Sie war weit abgekommen und musste die Waren vor dem Mittag zu Hause abliefern. Danach würde sie zu dem Priester in den Dom gehen. Von Zweifeln geplagt, durchwanderte sie die Straßen, die von buntem Leben erfüllt waren, und gelangte schließlich zu ihrem Elternhaus.

»Du warst lange weg«, stellte ihre Mutter fest.

»Ich bin zu einem Metzger gegangen, der weiter entfernt war, und Gemüse und Käse habe ich in der Via Nuova gekauft«, erwiderte sie. Beim Gebet vor dem Essen murmelte sie die Worte zwar mit, fühlte sich aber wie eine Lügnerin. Während des Essens kam Signora Girondo auf das Porträt zu sprechen, das Francesco von Angelina angefertigt hatte.

»Hast du gewusst, dass ein Mönch es in die Flammen des ›Fegefeuers‹ geworfen hat?«, fragte sie ihre Tochter.

»Wer hat Euch das erzählt, Frau Mutter?«, wollte Angelina wissen.

»Ich war kürzlich bei Botticelli und wollte es abholen, nachdem der Meister uns so lange vertröstet hatte. Er aber sagte mir, dass es vernichtet worden sei.«

»Francesco hat es gerettet«, sagte Angelina. »Ich habe es mit eigenen Augen gesehen.«

»Und wo befindet es sich jetzt?«, schaltete sich Signor Girondo ein.

»Bei Tomasio Venduti, dem Nachbarn von Rinaldo«, gab Angelina zurück.

»Tomasio Venduti kennen wir, aber wer ist Rinaldo?«, fragte ihre Mutter mit hochgezogenen Augenbrauen.

»Da bin ich im Herbst untergekommen, als ich dachte, Ihr hättet mich verstoßen«, antwortete Angelina.

»Du hast doch nicht ...«

»Gar nichts habe ich!«, rief Angelina und sprang auf. »Ihr seid nur immer auf meine Tugend und meinen guten Ruf bedacht. Wie es in mir drinnen aussieht, könnt Ihr in Euren schlimmsten Träumen nicht ahnen!«

»Dein Freund Francesco war übrigens hier und hat nach dir gefragt«, hörte sie ihren Vater sagen. Sie lief aus der Tür, schlug sie hinter sich zu und rannte blind die Treppe hinunter. Francesco war hier gewesen? Er wollte sie gewiss nur von dem abhalten, was sie zu tun im Begriff war.

Angelina lief durch die Gassen zur Piazza della Signoria. Dort warf sie einen Blick auf Tomasio Vendutis Tuchgeschäft. Eine Gruppe von jungen Männern unterhielt sich in ihrer Nähe. Sie warfen immer wieder verstohlene Blicke zu ihr herüber.

»Heute ist Savonarola wieder dreimal hochgezogen worden«, sagte einer.

»Ich konnte seine Schreie bis auf den Platz des Domes hören. Aber er hat noch nicht gestanden, sagte man mir.« Er äffte die Stimme des Priors nach. Bald spielten die jungen Männer eine Szene, in der Savonarola von der Kanzel herab predigte.

»Die Doppelrechtser werden in den Himmel kommen, die Doppellinkser in die Hölle!«

»Wo wirst du nun dein Haupt zur Ruhe betten, Savonarola, he?«, rief ein anderer. »Du bist doch selbst ein Doppellinkser geworden!«

Dieser Savonarola war ebenfalls vom Teufel besessen, das hatte Angelina schon lange geahnt. Langsam bewegte Angelina sich auf den Dom zu. Sie wünschte, Gott würde ihr diese Prüfung ersparen. Ein Satz aus dem Psalm 31 fiel ihr ein.

›Herr, sei mir gnädig, denn mir ist angst; meine Gestalt ist verfallen vor Trauern, dazu meine Seele und mein Leib.‹ Sie setzte einen Fuß vor den anderen, wollte sich umdrehen und weglaufen, aber es war, als ziehe eine stärkere Macht sie voran. Angelina war nicht mehr Herrin ihrer Sinne. So befahl sie ihre Seele in die Hand Gottes und betrat den Dom Santa Maria del Fiore von Florenz. Zum Weglaufen war es zu spät.

Der riesige Raum schien mit einem Raunen und Wispern erfüllt, obwohl nur wenige Menschen sich darin aufhielten. Angelina tauchte die Hand ins Weihwasser und bekreuzigte sich. Das hatte sie immer so gemacht, doch jetzt wurde sie stutzig. Konnte sie sich denn bekreuzigen, wenn sie vom Teufel besessen war? Ihr Kopf begann klarer zu werden, ihre Beine wurden kräftiger. Sie konnte immer noch umkehren. Welches war der richtige Weg? Gott, gib mir ein Zeichen!, flehte sie. Die Glocken des Doms begannen zu läuten, erst vier-, dann dreimal. Es war also die dritte Stunde des Nachmittags. Angelina blinzelte. War dies nun ein Gotteshaus oder das Haus des Teufels? Hatte nicht Lorenzo de' Medici Künstler beauftragt, diese Kirche zu bauen? Und war nicht auch ihr Vater immer schon als Freund der Medicis bekannt gewesen?

Die Bilder, das, was sich vor einem Jahr zugetragen hatte, stürzten über Angelina herein. Sie sah sich mit Fredi tanzen, hörte den Lärm an der Tür, sah die *Fanciulli* davorstehen und mit ihrem Vater streiten. In diesem Augenblick musste sich der Mörder hinten durch den Garten hereingeschlichen haben.

Wahrscheinlich war er sogar mit den *Fanciulli* gekommen. Natürlich: Derjenige, der Fredi getötet hatte, war dieser Priester, der auf sie wartete. Er musste es sein, der sie die ganze Zeit verfolgte. Sie wusste nicht, warum, aber eines wusste sie jetzt mit Gewissheit: Er war ihr Feind, schon immer gewesen. Und es hatte keinen Sinn mehr, weiter vor ihm zu fliehen. Sie musste ihn aufhalten. Sie musste ihn aus der Reserve locken und stellen, damit diese Pein ein Ende hatte. Sie hatte recht getan, in den Dom zu kommen.

Jetzt wollte sie es wissen. Sie ließ sich vom Mesner einen Beichtstuhl zuweisen mit der Bitte, nach Pater Domenian zu schicken. Nachdem die üblichen zeremoniellen Worte gesprochen waren, holte Angelina tief Luft und sagte geradeheraus: »Ich weiß, was du getan hast, Domenian, und ich werde nicht ruhen, bis du deine gerechte Strafe erhalten hast!«

Angelina hörte wieder dieses scharfe Geräusch, mit dem er seinen Atem ausstieß. Sie wartete nicht ab, bis er ihr eine Antwort gab, sondern stürzte aus dem Beichtstuhl hinaus. Fort, nur fort, weg von diesem Ungeheuer in Menschengestalt! Sie musste ihn bei der Signoria anzeigen! Hinter sich hörte sie schnelle Schritte und spürte starke Männerhände um ihren Hals. Angelina versuchte um Hilfe zu schreien, aber es kam nur ein ersticktes Gurgeln heraus. Sie wurde hinter eines der Grabmale gedrängt. Da er sie von hinten umklammert hielt, konnte sie sein Gesicht nicht sehen. Sie wollte sich losreißen, trat um sich, strampelte und riss an seinem Gewand, doch der Würgegriff wurde nur immer noch fester. Die wenigen Menschen im Dom waren zu weit entfernt, um etwas zu bemerken. Angelina dachte, er würde sie umbringen, sie bekam keine Luft mehr, ihr schwanden die Sinne, vor ihren Augen wurde es dunkel.

Dann ging alles ganz schnell. Sie hörte ferne Rufe, eilig heranhastende Menschen, wurde hin- und hergerissen, wütende Schreie Domenians, das Geräusch sich entfernender Schritte. Vor ihr standen Venduti und ihr Vater, Signor Girondo. »Das war aber eine Rettung in letzter Sekunde!«, stellte Tomasio außer Atem fest. »Was wollte dieser Priester von Euch? Wollte er Euch umbringen?«

»Ja, er wollte mir ans Leben«, brachte Angelina mühsam hevor. Sie keuchte. »Herr Vater, das war der Mann, der für die ganzen Morde verantwortlich ist! Ich weiß es genau, ich schwöre es Euch!«

»Gleich morgen werde ich zur Signoria gehen und eine Anzeige machen«, meinte ihr Vater beruhigend. »Jetzt bringen wir dich erst einmal nach Hause, Angelina. Und wir wollen Signor Tomasio danken, dass er dir das Leben gerettet hat. Er war es, der dich gleich entdeckt hat, als wir eintraten!«

Sie verließen den Dom gemeinsam. Die Nachmittagssonne leuchtete Angelina ins Gesicht.

»Wie kamt Ihr eigentlich hierher, Signor Venduti?«, wollte Angelina wissen.

»Ich begleitete Euren Herrn Vater zum Dom. Er hatte mich darum gebeten.«

»Es ist ein guter Ort, um Geschäfte zu besprechen, Angelina«, sagte ihr Vater.

»Ich danke Euch, Signor Venduti, dass Ihr mich schon zum zweiten Mal gerettet habt«, sagte Angelina. »Aber ich muss Euch etwas fragen.«

»Ich wollte auch noch etwas von Signor Venduti wissen«, setzte ihr Vater hinzu.

»Dann fragt«, meinte Venduti lächelnd.

»Warum habt Ihr mir damals erzählt, meine Eltern hätten mich verstoßen?«

»Ja, und wieso habt Ihr uns gesagt, unsere Tochter wolle nicht mehr heimkehren?«, ergänzte Angelinas Vater.

Tomasio hielt inne und wurde über und über rot. Er sah aus, als wolle er gleich vor ihr und ihrem Vater auf die Knie gehen. Er räusperte sich.

»Es war meine übergroße Liebe zu Euch, Angelina, die mich dazu getrieben hat«, murmelte er. »Ich habe es nicht ertragen, was für schöne Augen Ihr dem Maler Francesco gemacht habt!«

Ihr Vater hüstelte. In Angelina stieg eine ungeheure Wut hoch.

»Wisst Ihr, wie schwer Ihr mir das Leben gemacht habt?«, fuhr sie ihn an. »Warum nur richtet alle Welt über mich, obwohl ich gar nichts getan habe?«

Tomasio schaute sie betreten an, sein Augenlid zuckte wie ein Schwarm Kaulquappen. »Aber Angelina …«

»Nein, ich mag nichts mehr hören«, gab sie zornig zurück.

Er zog sein Barett, drehte sich um und ging in der entgegengesetzten Richtung davon.

»Aber Angelina, so behandelt man doch nicht seinen Lebensretter«, tadelte ihr Vater sie.

»Der Mann ist so falsch wie eine Schlange!«, sagte sie erhitzt. »Und nie will er schuld an irgendetwas sein!«

49.

Nach mehrtägiger Folter brach Savonarola zusammen. Mit gebrochenen Gliedmaßen und zitternder Hand unterschrieb er das vierundzwanzig Seiten starke ›Geständnis‹, das später im Saal des Großen Rates verlesen wurde. Er sei nie ein Prophet gewesen und habe angebliche Offenbarungen verkündet, um sich Ansehen zu verschaffen und einen guten Namen zu machen. Schmerz füllte die Seelen seiner Anhänger, das von Savonarola errichtete Gebäude zu Boden fallen zu sehen, denn es war auf einer Lüge aufgebaut.

Am 25. April waren die Verhöre der Stadtregierung abgeschlossen. Domenian besuchte seinen Herrn nicht mehr, er war untergetaucht. Aber er ließ ihm durch einen Boten Nahrungsmittel und Arzneien zukommen, schickte ihm auch einen Bader, der sich um seine Wunden kümmerte, die der Scharfrichter nicht versorgt hatte. Nach kurzer Zeit untersuchten die geistlichen Instanzen den Fall. Savonarola saß in seiner Zelle, von allen verlassen, mit Schmerzen und in tiefer Verzweiflung. Aber er hatte es ja kommen sehen. Am 19. Mai trafen päpstliche Kommissare in Florenz ein. Sie hatten den klaren Auftrag von Papst Alexander VI., Savonarola zu Tode zu bringen.

›Sterben muss er‹, hatte der Papst gesagt. In den nächsten Tagen erfolgten weitere Verhöre. Obwohl niemand etwas Ketzerisches an ihm finden konnte, sollten er und seine Gefährten Domenico da Pescia und Silvestro Maruffi schon am folgenden Tag sterben.

Der Morgen des 23. Mai 1498 zog strahlend herauf. Die Vögel sangen, und die Menschen waren in einer erwartungsvollen Stimmung. Der Große Rat hatte alle Bürger von Florenz aufgefordert, an der Hinrichtung teilzunehmen. Schon früh wurde auf der Piazza della Signoria ein hölzernes Gerüst mit einer Art Bühne aufgerichtet. Auf diesem Laufsteg sollten die Gefangenen zum Galgen und dem darunter befindlichen Holzstoß geführt werden.

Angelina hätte sich das Ereignis lieber nicht angesehen, aber ihre Eltern drängten sie so lange, bis sie sich dazu bereit erklärte. Als sie mit ihren Eltern und Geschwistern zur Piazza della Signoria ging, strömten Hunderte von Florentiner Bürgern mit ihnen zu dem Platz. Wie bei den vergangenen ›Fegefeuern der Eitelkeiten« und der Feuerprobe war die Piazza dicht gedrängt mit Menschen. Eben hatten sie noch mit Savonarola gebetet, geweint, seine Gebote befolgt, nun würden sie sich an seiner Hinrichtung weiden. Die Menschen folgten immer nur dem, der Erfolg für sie versprach, sei es im Himmel oder auf der Erde. Die Sonne schien inzwischen durch einen Schleier von Wolken, es war drückend schwül. Angelina entdeckte Francesco in der Menge, und ihr Herz setzte einen Schlag aus. Er stand bei Rinaldo, Pallina, Gratiosa und Verena. Francesco kämpfte sich zu ihr durch und stellte sich so dicht neben sie, dass ihre Körper sich berührten.

»Du bist bei meinen Eltern gewesen, habe ich gehört?«, flüsterte sie ihm zu.

»Ja, ich habe mir Sorgen um dich gemacht«, gab er leise zurück.

Sie tastete vorsichtig nach seiner Hand. »Du hast mir gefehlt.«

Er lächelte. »Wenn das hier vorüber ist, helfe ich dir, diesen Priester dingfest zu machen!« Er drückte ihre Hand.

Einzelne Ausrufe wurden in der Menge laut. Savonarola, Silvestro Maruffi und Domenico da Pescia erschienen in der Tür des Palazzos, von Priestern und Mönchen eskortiert. Zwei Dominikanermönche nahmen ihnen den Ornat ab. Die drei mussten barfuß und in Unterkleidung auf das Gerüst steigen. Zwei Stunden lang dauerte die Prozedur des Degradierens, in umgekehrter Reihenfolge der Weihegrade des Ordens. Zunächst wurden Daumen und Zeigefinger der Delinquenten, mit denen sie normalerweise den Segen erteilten, mit einem Messer abgeschabt, und dann die Tonsuren vollkommen rasiert. Die Leute begannen unruhig zu werden. Kinder quengelten. Inzwischen war es ein Uhr mittags geworden.

Die päpstlichen Kommissare erklärten die drei der Ketzerei, der Kirchenspaltung sowie der ›Predigt neuer Dinge‹ für schuldig und verkündeten sogleich das Urteil: Tod durch Hängen, und danach sollte sofort die Verbrennung erfolgen.

Angelina hielt es kaum noch an ihrem Platz aus. Sie wollte weg, wollte mit Francesco an den Arno gehen, einfach nur seine Hand halten und mit ihm sprechen. Er würde ihr gewiss keinen Stein mehr in den Weg legen, dazu hatte er sie zu sehr vermisst, das wusste sie. Aber Angelina stand eingekeilt zwischen Francesco, ihrer Mutter und den Umstehenden. Sie roch den Schweiß der Menschen, hörte ihre anfeuernden Reden. Jetzt reckten sich die Hälse, Väter hoben ihre Kinder auf die Schultern, damit sie besser sehen konnten.

Silvestro Maruffi kletterte als Erster die Leiter zum Galgen hinauf. Der Scharfrichter folgte ihm und legte ihm die Schlinge um den Hals. Seine Lippen beteten lautlos. Alle wollten natürlich sehen, wie Savonarola den Tod seines Gefährten aufnahm. Er stand stumm und starr, er wollte als Märtyrer in die Geschichte eingehen, wie er es immer verkündet hatte. Angelina wollte das Furchtbare nicht sehen, sie blickte zu Boden. Francesco drückte ihren Arm. Angelinas Mutter und die anderen starrten wie gebannt auf das Schauspiel. Im letzten Augenblick hob Angelina den Kopf und sah, wie der Scharfrichter Silvestro von der kleinen Plattform stieß. Ein Stöhnen ging durch die Anwesenden. Silvestros Körper zuckte, ein Gurgeln kam aus seiner Kehle. Mit einem Knacken brach das Genick. Der Tote baumelte noch eine Weile am Strick. Domenico folgte ihm die Leiter hinauf. Auch er betete still, würdig ging er in den Tod und hing nun neben Silvestro.

Savonarola tat seinen letzten Gang in diesem Leben. Auch wenn die Menge atemlos auf ein Zeichen von ihm wartete, segnete er sie nicht und sprach auch nicht mehr. Er kletterte in seiner Unterkleidung, ohne Schuhe, die Leiter hinauf. Kaum war ihm die Schlinge um den Hals gelegt, als auch schon der Scheiterhaufen entzündet wurde. Die Flammen züngelten empor, es knisterte und knackte. Der Rauch erreichte die drei hängenden Gestalten.

Ob wohl Botticelli dem Aufruf des Großen Rates Folge geleistet hatte? Würde er sich den Tod seines verehrten Meisters und seiner Gefährten mit ansehen? Angelina konnte ihn nirgends entdecken. Das Feuer hatte die toten Körper erreicht, zischend griffen die Flammen nach der Kleidung. Es roch nach verbranntem Fleisch. Angelina wurde übel. In jähem Erschrecken sah sie ein anderes Feuer vor sich. Es hatte genauso nach verbranntem Fleisch gerochen. War es die Hölle gewesen, die sie im Traum heimgesucht hatte? Sah sie den Leibhaftigen, der ins Fegefeuer gestoßen worden war und um den die anderen Teufel herumtanzten? Angelina hatte das Gefühl, selber innerlich zu verbrennen. Der Glutatem des Feuers wehte zu ihr herüber. Ein stechender Schmerz begann auf ihrer Brust zu klopfen, als bohre jemand eine glühende Nadel hinein.

Der Benediktuspfennig! Den hatte sie fast vergessen. Sie zog ihn an seiner Kette heraus und betrachtete ihn kurz. *Vade retro, Satanas!*, stand darauf, weiche von mir, Satan! Angelina sah ein Zucken der rechten Hand des Priors. Es sah aus, als wolle er die Menge noch ein letztes Mal segnen. Die Menschen klatschten Beifall und schrien: »Tod den Ketzern!«, andere weinten oder standen still im Gebet versunken. »Ein Wunder, ein Wunder«, tönte es von überall.

Aber Angelina sah noch etwas anderes. Am Fuß des Feuers machte sich ein Mensch zu schaffen, ein Mann in der Tracht der Dominikaner. Es war, als wolle er Savonarola aus den Flammen bergen. Angelina wusste, wer es war. Sie wollte zu dem brennenden Holzstoß rennen, wollte den Mann in die Flammen stoßen. Aber es war kein Durchkommen, die Menschen standen zu dicht beieinander. Eine ungeheure Erregung hatte sich aller bemächtigt. Francesco folgte ihrem Blick und flüsterte ihr ins Ohr: »Sobald sich die Menge ein wenig verlaufen hat, folgen wir diesem Mönch!«

Der Mann wurde durch andere Mönche von Savonarola weggerissen. Sie schlugen auf ihn ein. Die Menge, besonders die Frauen, setzten sich in Bewegung. Sie strömten nach vorn, wollten sich Knochen als Reliquien aus dem Feuer holen. Angelina und Francesco wurden mitgerissen. Angelina drehte sich um, sah ihre Familie und Freunde ihr noch von ferne verzweifelt zuwinken. Als die Mönche und Bedienstete des Großen Rates versuchten, die Reliquiensammler zurückzudrängen, bemerkte Angelina, dass der Mönch floh. Francesco nahm sie an der Hand, und sie folgten dem Flüchtigen, so schnell sie konnten.

»Er wird zum Kloster San Marco laufen«, rief Angelina Francesco zu. Immer wieder versperrten warme, verschwitzte Leiber ihren Weg, Angelina blickte in weit aufgerissene, verklärte Augen. Schließlich kamen sie in eine Gasse, in der sich kaum noch Menschen aufhielten. Domenians Schritte trappelten vor ihnen auf dem festgestampften Boden. Er selbst war wie ein Schatten, der an den Mauern entlanghuschte und zielsicher in die Richtung des Klosters San Marco lief. Francesco und Angelina folgten ihm in gebührendem Abstand. Der Mann drehte sich nicht um und hielt in seinem Lauf nicht inne. Angelina betete darum, dass er sie nicht bemerkt hatte. Außer Atem kamen sie beim Kloster an. Der Mönch war verschwunden. Das Kloster wirkte völlig verlassen. Wahrscheinlich waren alle Mönche bei der Hinrichtung zugegen gewesen.

»In die Kirche!«, raunte Francesco Angelina zu. Sie rannten zur Pforte und stellten fest, dass sie verschlossen war. Eine der Nebenpforten war angelehnt. Von hier aus gelangten sie in den Innenhof mit dem Kreuzgang und zur Kirche. In dem kahlen Raum mit den Fresken und dem Kruzifix herrschte ein düsteres Zwielicht. Die Brandspuren waren noch deutlich erkennbar.

»Hier ist der Mönch auch damals verschwunden«, sagte Francesco leise.

»Ja, durch die Kirchentür an der Seite«, bestätigte Angelina flüsternd. Sie durchschritten langsam die Kirche.

»Hier führen Stufen hinunter«, bemerkte Francesco. »Da unten ist wahrscheinlich eine Krypta.«

Die beiden stiegen hinab. Sie gelangten in eine Grabkammer, die von einer blakenden Fackel erleuchtet war. An einer Stelle in der Wand, etwas versteckt, gähnte ein Loch.

»Das muss ein Geheimgang zu den Kanälen sein«, sagte Francesco. »Botticelli hat mir einmal davon berichtet. Dort habe er Anregungen für seine religiösen Bilder erhalten. Aber ich wusste nie, ob sie nur in seiner Vorstellung bestanden oder ob es sie wirklich gibt.«

»Lass uns hineingehen«, sagte Angelina.

Francesco strich sich über das Kinn.

»Ich weiß nicht, ob das nicht eine Falle ist ...«

»Aber wenn wir es nicht tun, werden wir das Rätsel niemals lösen!«, rief Angelina.

»Dir zuliebe«, antwortete Francesco. »Aber bleib in meiner Nähe!« Er nahm die Fackel und ging Angelina voran in das Dunkel des Ganges. Der Gang war so hoch, dass sie aufrecht gehen konnten. Bald kamen sie an Nischen in der Wand vorbei, aus denen fahle Schädel und Gebeine schimmerten. Angelina schreckte zurück.

»Das sind die Knochen der Mönche und Priester dieses Klosters«, erklärte Francesco.

»Es tut mir leid, dass wir ihre Totenruhe stören«, murmelte Angelina.

Ihre Knie wurden weich. Sie fühlte sich wie gelähmt, konnte keinen Fuß mehr vor den anderen setzen. Aber sie musste weitergehen, sonst war alles, was geschehen war, umsonst gewesen. Der muffige, feuchte Geruch der Wände machte ihr das Atmen schwer. In der Ferne war das Gluckern von Wasser zu hören. Von rechts und links mündeten immer neue Gänge in den Hauptgang, in dem sie sich befanden. Angelina spähte in einen dieser Gänge hinein. Sie meinte in der Ferne ein schwaches Licht glimmen zu sehen.

»Wir sollten hier entlanggehen«, raunte sie Francesco zu.

»Das ist bestimmt nur der Widerschein eines Totenschädels«, meinte er.

Francesco blieb stehen, um eine neue Fackel an der alten anzuzünden. Angelina, in dem Glauben, er werde ihr gleich folgen, schlich sich vorsichtig in den Gang hinein. Das Licht kam immer näher. Angelina meinte Francescos Schritte hinter sich zu hören.

Ihre Augen waren auf den leuchtenden Punkt vor ihr gerichtet. Sie tastete sich im Dunkeln vorwärts, auf diesen Punkt zu. Dann erkannte sie ein Kohlebecken, das an der Wand angebracht war. Daneben stand ein Mensch, ein Mann in der Kleidung der Florentiner Kaufleute. Es war ... sie strengte ihre Augen an ... Tomasio! Im Schein der glühenden Kohlen sah Angelina das Zucken in seinen Augenwinkeln.

»Wie kommt Ihr denn hierher?«, fragte sie erstaunt und etwas verlegen, da sie bei ihrer letzten Begegnung so wütend gewesen war. »Folgt Ihr mir nach? Ich danke Euch, doch ich brauche keinen Schutz mehr!«

Es war Angelina, als hätte sie von weither ein Stöhnen vernommen. Sie wandte den Kopf. Wo blieb eigentlich Francesco?

»Euer Freund wird gleich hier sein«, sagte Tomasio. »Aber ich möchte Euch vor ihm warnen!«

»Vor Francesco? Warum in aller Welt wollt Ihr mich vor ihm warnen? Und wie seid Ihr eigentlich hierhergelangt?«

»Auf dieselbe Art wie Ihr, Angelina. Ich war heute bei Sandro Botticelli, und er bat mich, etwas für ihn aus einem Versteck zu holen, das er sich hier unten eingerichtet hat.«

Angelina blickte sich abermals nach Francesco um. Doch der Gang blieb dunkel und still. Ob er sich aus dem Staub gemacht hatte? Warum hätte er das tun sollen? Vielleicht hatte er Angst bekommen. Tomasio winkte sie näher zu sich heran.

»Im nächsten Gang ist eine Kammer, in der sich Botticelli öfter aufgehalten hat«, sagte er. Sein Augenlid zuckte. »Passt auf, so etwas habt Ihr noch nicht gesehen.«

Tomasio entzündete eine Fackel an der Glut des Beckens und ging Angelina voran. Sollte sie fliehen? Die Dunkelheit des Ganges hinter ihr ließ sie zurückschrecken. Und wenn Tomasio recht hatte? Ihre alten Befürchtungen und Ängste stiegen in ihr auf. Wie, wenn Francesco alles nur vorgegeben hätte? Vielleicht hatte er doch Fredi und Matteo ermordet. Aber warum hätte er Eleonore umbringen sollen? Zu dem Zeitpunkt war Francesco ja gar nicht in

Florenz gewesen. Er könnte allerdings auch einen gedungenen Mörder damit beauftragt haben, so wie er die *Fanciulli* dazu gebracht haben könnte, ihn zu verprügeln. In diesem Moment schoss der Gedanke Angelina erstmals durch den Kopf: Was, wenn es zwei Mörder gab und nicht nur einen? Was, wenn der Priester einen Komplizen hatte?

Angelina folgte Tomasio in den Gang. Er schloss eine hölzerne Tür auf, die mit schweren Eisenstäben beschlagen war. Knirschend drehte sich der Schlüssel im Schloss. Angelina trat hinter Tomasio ein, dieser entzündete gerade mehrere Leuchter an den Wänden. Sie war überrascht von der Behaglichkeit, die der Raum ausstrahlte. Tomasio bat Angelina, auf einem der Stühle Platz zu nehmen. Er setzte sich ihr gegenüber.

»Wo ist Francesco?«, fragte sie.

»Jetzt hört Euch erst einmal an, was ich zu sagen habe«, sagte Tomasio.

Er lächelte sie an. »Erinnert Ihr Euch an das Fest, das Euer Vater auf seinem Landsitz bei Fiesole veranstaltete?«

Angelina erinnerte sich sehr gut daran. »Damals wurde mein künftiger Ehemann Fredi ermordet.«

»Francesco hat ihn getötet, weil er Euch für sich haben wollte«, meinte Tomasio. »Aber nicht, weil er Euch liebte. Er hatte es einzig und allein auf Eure Mitgift abgesehen.«

»Woher wollt Ihr das wissen?«, fragte sie stockend. Es war, als hätte sich der Boden unter ihr aufgetan.

»Das tut nichts zur Sache. Ich habe es von jemandem gehört, der vertrauenswürdig ist.«

»Und wer hat Matteo umgebracht und wer Eleonore?«

»Francesco war anwesend, als der Gatte Eleonores starb. Ihr seid doch miteinander an den Lago Trasimeno gegangen. Wer anders als er sollte einen Grund dafür gehabt haben?«

»Was meint Ihr damit?« Angelina ballte die Fäuste.

»Nun, es ist doch ein offenes Geheimnis, dass Francesco und die Gräfin Scroffa sich ziemlich … nahestanden.«

Obwohl sie dieser letzte Satz traf wie ein Schlag in die Magengrube, zwang sich Angelina, Tomasio auf eine offensichtliche Ungereimtheit hinzuweisen.

»Wenn er Eleonore für sich haben wollte, wieso sollte er sie dann kurz darauf umbringen?«

»Nun«, sagte Tomasio und legte die Fingerspitzen aneinander, »die größte Liebe kann verfliegen, wenn man herausbekommt, dass der Liebhaber den eigenen Ehemann heimtückisch umgebracht hat. Sie hat es herausgefunden.«

»Aber als Eleonore starb, war Francesco gar nicht in der Stadt!«

»Kennt Ihr nicht die Giftmorde der Borgia und anderer römischer und florentinischer Familien?«, fragte Tomasio zurück. »Glaubt Ihr, sie hätten das Gift jeweils selber ins Essen gemischt? Für Geld lässt sich so mancher kaufen!«

»Ich glaube es nicht, ich will es nicht glauben«, rief Angelina. Sie hoffte, er würde ihr die Verwirrung nicht anmerken.

»Den Überfall durch die *Fanciulli* hat er selbst in die Wege geleitet«, fuhr Tomasio fort. »So dachten alle, dass der Mörder von außen gekommen wäre. Er war aber mitten unter euch.«

»Und was ist mit diesem Mönch?«, wollte Angelina wissen.

»Der Verrückte, der Euch bedroht hat?«

»Das war nicht das erste Mal, müsst Ihr wissen.« Angelina seufzte. »Ich bin so froh, dass Ihr mit meinem Vater im Dom aufgetaucht seid!«

»Ein Wahnsinniger!« Tomasio schüttelte mitleidig den Kopf. »Das ist gewiss ein glühender Anhänger Savonarolas gewesen. Dieser Ketzer hat vielen die Sinne vernebelt! Gott sei Dank ist dieser Teufel jetzt gerichtet und schmort in der Hölle!«

Tomasios Augen flackerten. »Ich aber, Angelina, ich habe Euch von Anfang an geliebt und wollte Euch immer vor allem Bösen beschützen. Wenn Ihr es nur zugelassen hättet!«

In Angelina war eine Welt zusammengebrochen. Und sie hatte Francesco vertraut, hatte geglaubt, dass er sie liebe, nachdem er ihr Bild aus den Flammen gerettet hatte!

»Ach, hätte ich doch niemals das Kloster verlassen«, sagte sie mehr zu sich selbst.

»Ihr könnt es Euch immer noch überlegen«, sagte er. Sein Augenlid zuckte heftiger. »Ich warte nun schon so lange auf Euch. Und ich gebe Euch weitere Bedenkzeit. Wollt Ihr meine Frau werden?«

»Ich kann keinen klaren Gedanken mehr fassen«, sagte Angelina. »Aber ich habe beschlossen, Euch nicht zu heiraten. Der Entschluss steht fest und ich werde nicht wanken.«

»Seid Ihr immer noch zornig auf mich wegen der Trennung von Euren Eltern?«

Angelina dachte nach. Nein, das war es nicht. Sie schüttelte den Kopf.

»Sagt mir nur eins, Angelina: Warum nicht?«

»Weil ich Euch nicht liebe«, gab Angelina zur Antwort. »Ich liebe Francesco, was immer er auch getan haben mag.«

Tomasios Gesicht verfinsterte sich, beide Lider zuckten, sein Gesicht verformte sich zu einer grotesken Grimasse. Er stand auf.

»Habe ich Euch nicht vor dem verrückten Mönch gerettet? Müsst Ihr immer so undankbar sein? Ich bitte Euch!«

»Es ist mein letztes Wort. Und jetzt lasst mich hinaus, ich will zu Francesco.«

Tomasios Augen glühten, fast erinnerten sie Angelina an die von Savonarola. Sie glaubte, einen Teufel vor sich zu sehen. Mit vor Hohn triefender Stimme sagte er:

»Noch einmal wirst du nicht davonkommen, Angelina. Dazu habe ich zu sehr gelitten.« Er stand mit einer schnellen Bewegung auf. Angelina erhob sich ebenfalls.

»Lasst mich jetzt hinaus, ich will zu Francesco und nach Hause!«, sagte sie laut.

Tomasio sprang mit einer schnellen Bewegung zur Truhe hin, öffnete sie und holte etwas heraus, das wie ein Stück Stoff aussah, dazu eine kleine blaue Flasche. Angelina rannte zur Tür und riss sie auf. Er war sofort hinter ihr und riss sie zurück. Sein Arm umklammerte ihre Schultern. Sie wehrte sich verzweifelt, wand und drehte sich. Sie wollte um Hilfe rufen, aber er war schneller. Er drückte ihr das Tuch vor die Nase. Es roch sehr scharf. Halb erstickt rief sie in das Tuch hinein: »Hilfe, man will mich umbringen!« Ihr wurde schwarz vor den Augen, und sie sank zu Boden.

50.

Francesco kam erst wieder zu sich, als er merkte, dass er im Wasser trieb.

Der Geruch nach Exkrementen nahm ihm den Atem. War er in einem Strom der Hölle gelandet? Was war passiert? Er hustete und schluckte immer mehr Wasser. Sein Schädel schmerzte, als wäre eine Herde von Pferden darüber hinweggegangen. Angestrengt blickte er um sich. Er befand sich in einem unterirdischen Fluss oder Kanal. Mit heftigen Bewegungen versuchte er sich über Wasser zu halten. Immer wieder tauchte sein Kopf unter die Oberfläche, er wurde hin und her getrieben. Schließlich stemmte er sich gegen die Strömung und schwamm auf den Rand des Flusses zu. Endlich bekam er eine steinerne Brüstung zu fassen. Mit letzter Anstrengung zog er sich daran hoch.

Frierend und erschöpft saß er am Rand des Kanals, der leise gluckend an ihm vorbeifloss. Dämpfe stiegen von dessen Oberfläche auf. Er versuchte sich zu erinnern. Zusammen mit Angelina war er dem Mönch ins Kloster San Marco gefolgt. In der Krypta der Kirche hatten sie einen offenen Gang gefunden und waren ihm nachgegangen. Er hatte sich über die Fackel gebeugt, derweil Angelina in einem Seitengang verschwunden war, an dessen Ende sie ein Licht gesehen hatte. Ein Gegenstand war auf seinem Kopf explodiert, und er hatte Sterne gesehen. Jemand hatte versucht, ihn umzubringen.

Wo war Angelina? Ach, hätte er doch nicht eingewilligt, diesen unseligen Mönch zu verfolgen! Was für ein grausames Ende eines verfluchten Tages! Florenz war von Savonarola befreit worden, aber andere Teufel in Menschengestalt trieben weiterhin ihr Unwesen. Francesco tastete sich an der Brüstung entlang, bis er zu einem Gang gelangte, dem er folgte.

Eine Ewigkeit irrte er in den Gängen umher. Er fror, und es roch sehr unangenehm. Aber das Wichtigste war jetzt, Angelina zu finden und sie aus den Klauen dieses Mannes zu befreien. In der Ferne sah er ein Licht schimmern. Als er näher kam, sah er eine Kohlenpfanne, in der noch Überreste eines Feuers glommen. Auf dem Boden lag eine halb abgebrannte Fackel, die er mit einiger Mühe neu entzündete. Francesco bog um die Ecke. Er sah eine offene Tür, trat in eine Kammer. Ein Tisch mit zwei Stühlen, eine Truhe, Teppiche ... sonst war der Raum verlassen. Da lag etwas Glitzerndes neben der Tür. Francesco bückte sich und hob es auf. Es war Angelinas Benediktuspfennig, er erinnerte sich genau daran, wie sie ihm die Kette mit dem Kleinod gezeigt hatte. Ihre Tante Bergitta hatte ihr den geschenkt, damit er sie vor Unheil bewahre.

Francesco raufte sich die Haare. Wo sollte er Angelina suchen? Erst einmal musste er aus diesem Labyrinth wieder herauskommen. Ihn fror immer noch. Er trat aus der Tür, ging an dem Kohlebecken vorbei den Gang entlang, bis er auf einen breiteren Gang stieß. Hier war es, hier hatte ihn jemand überfallen und von dort zu dem unterirdischen Kanal geschleift, um ihm den Rest zu geben. Er erinnerte sich an den Ort. Francesco lief den Gang zurück, bis er wieder zu der Krypta kam. In der Kirche war es inzwischen stockdunkel, doch zum Glück stand die Seitenpforte offen, so dass er aufatmend ins Freie gelangte.

Die dünne Sichel des Mondes hing am Abendhimmel, umgeben von unzähligen Sternen. Ein frischer Wind blies über die Piazza San Marco. Es war niemand mehr unterwegs. Wie spät mochte es sein? Wie zur Antwort dröhnten die Glocken von San Marco neun Mal. Francesco eilte durch die Gassen zum Turm von Rinaldo und seinen Töchtern. Sie befanden sich in ihrer Wirtschaft, die sie kürzlich wiedereröffnet hatten. Pallina rümpfte die Nase bei seinem Anblick und brachte ihm eine Waschschüssel, Handtuch und Seife, die er hastig mit in sein Zimmer nahm. Mit frischer Kleidung angetan, kehrte er in die Wirtschaft zurück und berichtete den anderen, was sich ereignet hatte.

»Kann sich jemand von euch vorstellen, wo der Mönch Angelina hingebracht haben könnte?«, fragte er in die gespannten Gesichter um sich herum.

»Ich weiß es nicht«, meinte Rinaldo. »Vielleicht kann Botticelli uns etwas sagen, er hat doch öfter mit Angelina gesprochen.«

»Willst du nicht zu ihren Eltern gehen?«, drängte Pallina.

Francesco hatte sich das selbst schon überlegt. Aber erstens würden sie keinerlei Verständnis für ihn aufbringen, nachdem er ihre Tochter in diese Lage gebracht hatte, und zweitens hatten sie nie genug am Leben Angelinas teilgenommen, um zu wissen, wo sie sich aufhalten könnte.

»Ich werde zu Botticelli gehen«, erklärte er.

Von den guten Wünschen der Familie begleitet, lief er zur Tür hinaus. Er rannte, so schnell er konnte. Die Straßen waren erfüllt von Menschen, die den Tod Savonarolas mit Freudenfeuern feierten oder ihn mehr oder weniger heimlich beweinten. In der Via Nuova pochte Francesco ungestüm an die Tür von Botticellis Werkstatt. Der Maler öffnete ihm selbst, er sah aus wie ein Häuflein Elend. Seine roten Haare standen wirr um den Kopf. Am Tisch, auf dem eine Karaffe mit rotem Wein und drei Becher standen, saßen Sonia und Lucas, die sich bei Francescos Eintreten erhoben. Er umarmte sie und fragte, wie sie hierhergekommen seien.

»Vor einigen Tagen, als wir von Savonarolas bevorstehender Hinrichtung hören, haben wir unsere Zelte in Siena abgebrochen und sind hierher zurückgeeilt«, sagte Lucas.

»Denn Florenz ist unsere Heimat«, setzte Sonia hinzu.

»Aber wie siehst du denn aus? Hat dich jemand verletzt?«, wollte Lucas wissen.

Francesco berichtete ihnen in aller Kürze, was geschehen war. Botticelli hörte kaum richtig hin. Er trauerte um Savonarola.

»Wir müssen an die Lebenden denken, Sandro«, sagte Franceso eindringlich. »Kannst du dir einen Ort vorstellen, an den man Angelina gebracht haben könnte?«

»Nein, mir fällt kein derartiger Ort ein«, sagte Botticelli müde.

»Kennst du dich denn nicht in den Kanälen aus?«

»Nun, ich habe mich ehrlich gesagt dort unten noch nicht umgesehen.« Botticelli hüstelte. »Ich hatte es immer vor.«

»Angelina hatte doch im Kloster Corona eine Äbtissin, mit der sie sehr vertraut war«, warf Sonia ein. »Vielleicht solltest du die einmal fragen.«

Francesco sattelte sein Pferd, trabte durch die Stadt und galoppierte den Weg nach Fiesole hinauf. Als die Glocken die zwölfte Stunde schlugen, kam er vor dem Kloster an. Er hatte Glück, Mutter Elisa war noch wach.

»Ja, ich erinnere mich«, sagte sie. »Angelina war sehr krank. Eines Tages ist sie entwichen und wurde in einem Weinkeller gefunden, in einem aufgelösten Zustand. Sie hat oft davon gesprochen, dass sie als Kind in einem solchen Keller gefangengehalten wurde.«

»Wisst Ihr, wo sich dieser Keller befindet, ehrwürdige Mutter?«, fragte Francesco.

»Ich führe Euch hin.«

Mutter Elisa holte zwei Fackeln und schritt mit Francesco in die dunklen Weinberge hinein. Nach einiger Zeit bedeutete sie Francesco, anzuhalten.

»Hier war es«, sagte sie. Sie näherten sich im Licht der Fackel einer hölzernen Tür. Sie war verschlossen. Von innen drang kein Laut nach draußen. Francesco ging näher heran, pochte an die Tür.

»Angelina, bist du da drinnen? Um Himmels willen, gib ein Zeichen, dass du noch am Leben bist!«

Alles blieb ruhig. Francesco nahm einen Anlauf und rammte mit seiner Schulter gegen die Tür. Sie erzitterte. Nach einem zweiten Anlauf barst das Holz mit einem hässlichen Krachen. Francesco leuchtete in den Keller hinein. Ein zerbrochener Krug lag da, daneben eine von Motten zerfressene Decke. Aber nichts deutete darauf hin, dass hier kürzlich menschliche Bewohner hätten gewesen sein können. Francesco hatte das Bedürfnis, laut aufzuschluchzen. Als er sich umwandte, legte ihm Mutter Elisa die Hand auf den Arm.

»Ich kann mir gut vorstellen, wie Euch zumute ist«, sagte sie. »Auch ich bin voller Sorge um Angelina. Aber heute Nacht können wir nichts mehr ausrichten, fürchte ich. Sie könnte auch ganz woanders hingebracht worden sein. Ich biete Euch unser Gästezimmer an. Morgen in aller Frühe werden wir dann weitersuchen.«

Angelina erwachte mit schmerzendem Kopf. Ihr war speiübel. Sie ließ ihre Augen in dem kleinen Raum umherwandern. Mit jähem Schreck wurde ihr bewusst, dass sie diesen Ort kannte. Oder es war ein sehr ähnlicher Ort gewesen. Es roch säuerlich, wie in dem Weinkeller, in dem damals ... sie schob den Gedanken beiseite, um nicht erneut in abgrundtiefe Angst zu versinken. Sie musste hier raus, so schnell wie möglich, bevor Tomasio zurückkehrte. Mit einem Schlag wurde ihr bewusst, dass er sie von Anfang an irregeführt hatte. Er selbst war in die Morde von Fredi, Matteo und Eleonore verwickelt gewesen, das war jetzt sicher, wer weiß, aus welchen Gründen. Was für ein krankes Hirn musste in diesem Mann wohnen! Weil er sie keinem anderen gönnte, weil jeder, der ihr nahestand, ihm im Wege war, hatten sie sterben müssen! Angelina wollte sich aufrichten. Dabei merkte sie, dass sie an Händen und Füßen gefesselt war. Ihr wurde wieder übel und sie erbrach sich. Lange lag sie da und grübelte über das nach, was sich seit dem Fest vor einem Jahr ereignet hatte. Francesco war unschuldig, das hatte das Verhalten Tomasios deutlich gezeigt. Ach, wäre sie doch nur nicht in den dunklen Gang gelaufen, an dessen Ende das Licht geleuchtet hatte!

Was war mit Francesco? Sie glaubte, ihn nur einen Augenblick allein gelassen zu haben. Hoffentlich war er unversehrt aus dem Labyrinth herausgekommen. Sie wälzte sich auf den Bauch und kroch langsam an der feuchten Wand entlang. Irgendwo musste es eine Tür zu diesem Keller geben. Immer wieder tastete sie mit ihren gefesselten Händen die Wand ab. Endlich spürte sie Holz an ihren Fingern. Sie suchte nach einem Griff. Als sie einen fand, drückte sie ihn herunter. Er bewegte sich nicht. Angelina war eingeschlossen, genau wie damals. Verzweifelt schlug sie gegen die Tür. Sie glaubte einen Brandgeruch in dem Holz wahrzunehmen. Alles stieg wieder vor ihren Augen auf. Sie war gefesselt gewesen, der Mann saß auf ihrem Unterleib. Sein Gesicht hatte sich zu einer Teufelsgrimasse verzogen.

»Wann hast du deinen Buhlen zum ersten Mal gesehen?«, hatte er sie angeschrien.

»Auf der *Festa Sagra* in Fiesole«, antwortete sie leise. »Aber er ist nicht mein Buhle.«

»Was hat er zu dir gesagt, als ihr euch das erste Mal getroffen habt?«

»Er hat gesagt, ich sei ein hübsches kleines Mädchen und dass er mit mir tanzen wolle.«

»Wohin seid ihr dann geflogen?«

»Wir sind nicht geflogen, wir sind dorthin gegangen, wo die Leute waren und die Musik spielte«, antwortete sie. Ihr Herz klopfte zum Zerspringen.

»Wohin seid ihr geflogen?« Er hatte die Hände an ihrer Kehle und drückte sie so fest, dass sie keuchte.

»Wir sind zu einem Berg geflogen«, sagte sie, als sein Griff sich lockerte.

»Was hast du dort gesehen?« Was wollte er nur hören? Ihre Amme hatte ihr einmal von einem Hexentanzplatz erzählt, zu dem die Hexen um Mitternacht flogen, um zu essen, zu trinken und mit dem Teufel zu buhlen.

»Ich habe viele Frauen und Männer gesehen, auch Kinder.«

»Was taten sie?« Er drückte erneut zu, ließ sie wieder los.

»Sie tanzten, aßen und tranken.«

»Und dann?«

»Dann stellten sie sich in einer Reihe auf. Eine nach der anderen küsste dem Teufel den Hintern, und dann buhlte er mit jeder.«

»Auch mit dir?«

»Auch mit mir.«

»Wie fühlte sich sein Glied an? Heiß oder kalt?«

Sie legte ihre Stirn in Falten und dachte nach. War es besser zu sagen, heiß oder kalt?

»Ich weiß es nicht mehr«, sagte sie müde. Wenn er doch endlich aufhören würde. Sein Gewicht wurde immer schwerer.

»Ich werde dich jetzt eine Weile allein lassen und deinen Buhlen holen«, sagte er drohend. Sie blieb in dem feuchten Keller liegen und sehnte sich nach Vater, Mutter und Geschwistern. Warum war es denn so schlimm, dass sie mit diesem Jungen getanzt hatte? Ihr war immer kälter geworden, und die Handgelenke waren bei dem Versuch, die Fesseln zu lösen, aufgescheuert. Nach einer Ewigkeit kehrte er mit dem Jungen zurück, der sehr niedergeschlagen aussah. Was war dann geschehen? Sie konnte sich nicht erinnern. Nur an das Feuer, an den Geruch verbrannten Fleisches.

Ein Knarren riss sie aus ihren Gedanken. Die Tür öffnete sich langsam, das hereinfallende Sonnenlicht wurde von einem Schatten verstellt. Die Tür schloss sich quietschend. Die Gestalt hantierte mit Feuerstein und Schwamm, eine Öllampe wurde entzündet. Angelina starrte den Mann an. Er war in einen schwarzen Kapuzenmantel gekleidet. Das war nicht Tomasio.

Es war der Mönch, der sie die ganze Zeit bedroht und verfolgt hatte! Er schob seine Kapuze zurück. Als sie sein Gesicht sah, glaubte Angelina ohnmächtig zu werden. Domenian stellte die Lampe auf den Boden und näherte sich ihr. »Jetzt weißt du also wieder, wer ich bin«, sagte er.

Angelina antwortete nicht. Die Gedanken rasten durch ihren Kopf. Das war also der Mörder von Fredi, Matteo und Eleonore. Oder war es Tomasio gewesen? Nein, als sie die Zufriedenheit in seinen Augen sah, wusste sie es: Er war für all diese Tode verantwortlich, Tomasio war nur ein Handlanger gewesen, ein schwacher Mensch, verliebt in die falsche Frau, in sie. Und als er Angelina nicht bekommen konnte, hatte er sie ihrem Feind ausgeliefert. Und Domenian würde auch sie töten. Er konnte sie nicht heiraten. Er wollte etwas anderes.

Francesco fiel ihr ein. Sie hoffte inständig, dass er in Sicherheit war.

»Warum?«, fragte sie nur.

»Du warst ein besonderes, ein so hübsches Kind«, antwortete Domenian. »Ich habe mich auf der Stelle in dich verliebt, als ich dich das erste Mal sah. Das war in der Nähe eures Landguts. Du hast mit einer Freundin am Fluss gespielt, und ich habe euch dabei beobachtet. Ihr wart unschuldige Kinder, und doch hast du so ein wissendes Lächeln auf den Lippen gehabt. Ich wurde euer Vertrauter. Bis zu dieser *Festa Sagra*, die in Fiesole stattfand.«

»Was geschah dort?«, fragte Angelina. Sie glaubte zu ersticken.

»Ich suchte dich und fand dich in den Armen meines Bruders. Er hegte wohl dieselben Gefühle für dich wie ich. Aber das konnte ich nicht dulden. Mein Bruder war immer vom Glück begünstigt gewesen. Ihm zahlten meine Eltern eine Ausbildung als Kaufmann in Florenz, und ich wurde immer nur herumgestoßen. Selbst zu einem Bauern würde ich nicht taugen, sagte mein Vater. Und du wolltest nicht mich, sondern meinen Bruder! So fing ich dich auf dem Fest ab, als du zu deinen Eltern zurückgehen wolltest, und brachte dich in diesen Keller. Ich erkannte, dass du den Teufel im Leib trägst. Den wollte ich dir austreiben, um deine Seele zu retten. Aber du hast dich gegen mich gestemmt, es ist mir nicht gelungen. Mein Bruder musste sterben, weil er sich nicht von der Sünde losgesagt hat.«

»Warum hast du mich am Leben gelassen?«, fragte Angelina zitternd.

»Ich konnte mein Werk an dir nicht vollenden«, entgegnete Domenian. »Aber ich habe seitdem immer an dich gedacht. Eines Tages, das wusste ich stets, würde ich das einmal Begonnene fortsetzen. Und nun, da mein Herr den Flammen übergeben wurde, ist der Tag gekommen, an dem ich es vollenden werde.«

»Warum musste Fredi sterben?«

»Er war ein durch und durch sündiger Mensch, wie auch Matteo. Beide haben dich mit ihren Gedanken und Taten beschmutzt. Und du, du wolltest ihn doch auch nicht!«

»Was war mit Francesco?«

»Dem habe ich die *Fanciulli* auf den Leib gehetzt. Es sollte eine Warnung sein. Aber ich habe ihn mir, wie auch dich, für das Ende aufgespart.«

»Aber was hatten Matteo und Eleonore denn verbrochen, um eines so grausamen Todes zu sterben?«

»Ich war unterwegs nach Rom zum Papst, als ich von Tomasio hörte, wohin ihr geflohen wart. Es war reiner Zufall, dass ich ihn in Siena traf! So nahm ich einen Umweg über den Lago Trasimeno, fand dich mit Matteo in einer Umarmung und tat ihm Gift in den Wein, der in der Küche stand. Ich hatte erfahren, dass nur er davon trank. Später hörte ich, dass Eleonore in Florenz die Umtriebe gegen meinen Meister Savonarola fortgesetzt hat. Das konnte ich nicht dulden!«

Angelina überlegte, ob er vielleicht verkleidet auf Eleonores Feier anwesend gewesen war.

»Eins noch«, sagte Angelina. »Ich habe einige Male einem Priester im Dom gebeichtet. Das wart Ihr, nicht wahr?«

»Ich habe mich an deiner Beichte geweidet, Angelina. Und ich sah, dass du weiter in Sünde lebtest, diesmal mit Francesco. Nun, da Savonarola nicht mehr ist, bin allein ich es, der die Sünde und den Teufel ausrotten muss. Dein Freund ist schon zur Hölle gegangen.«

Angelina erschrak zutiefst. Wollte er sie damit nur quälen? Sie ging nicht weiter darauf ein.

»Was habt Ihr mit meinen Eltern gemacht?«, wollte sie wissen.

»Die haben mir ihre Sünden gestanden. Und dafür sollten sie sterben.«

Angelina erwiderte nichts, denn sie wollte ihm nicht verraten, dass seine Opfer überlebt hatten.

»Sieben Todsünden gibt es«, fuhr Domenian fort. »Die größte davon ist die Wollust. Der Scheiterhaufen mit den Eitelkeiten enthielt ebenfalls sieben Schichten; die veranschaulichten diese Todsünden.«

Er legte seinen Kopf zur Seite, als höre er jemanden sprechen.

»Fünf von euch habe ich schon bestraft. Jetzt fehlen nur noch du und Francesco.«

»Was ist damals passiert?«, presste sie hervor.

»Ich habe versucht, dir und meinem Bruder den Teufel auszutreiben, aber es ist mir nicht gelungen. Da wies ich dich an, meinem Bruder die Spitze einer Nadel ins Herz zu bohren. Um ihn vor dem Fegefeuer zu retten, habe ich draußen einen Holzstoß errichtet und ihn zu Asche verbrannt.«

Angelina musste sich sehr zusammennehmen, um ihre nächste Frage zu stellen.

»Hat das niemand von den Winzern bemerkt?«

»Es war die Zeit, in der überall diese Feuer entzündet wurden, um trockenes Reisig zu verbrennen. Ich überließ dich deinem Schicksal, ging nach Florenz und trat in das Kloster San Marco ein. Aber ich habe dich niemals vergessen.«

51.

Die Sonne ging über den Weinbergen auf und tauchte das Kloster in ein goldenes Licht. Schon in aller Herrgottsfrühe war Francesco wach und wartete ungeduldig, bis die Morgenandacht vorüber war. Mutter Elisa traf ihn im Kreuzgang an.

»Wir müssen alle Weinkeller der Umgebung absuchen«, meinte sie. »Ich gebe den Schwestern frei. Sie sollen immer zu zweit ausschwärmen, und sobald sie etwas Verdächtiges sehen, es bei mir melden. Sie dürfen sich auf keinen Fall in Gefahr begeben. Und auch Ihr nicht, Francesco.«

»Ich danke Euch, ehrwürdige Mutter Elisa. Das wird sicher einige Zeit in Anspruch nehmen.«

Mutter Elisa rief die Nonnen im Kapitelsaal zusammen und erklärte ihnen, worum es ging. Alle, die im Kloster entbehrlich waren, wollten an der Suche teilnehmen. Mutter Elisa gesellte sich zu Francesco. Sie ritten auf einem Pfad in die Weinberge, Mutter Elisa etwas wackelig, als sei sie das Reiten nicht gewöhnt.

»Berichtet mir doch, was seit Angelinas Weggang aus unserem Kloster geschehen ist«, bat sie.

»Sie kam an dem Tag, an dem Savonarola sein zweites ›Fegefeuer der Eitelkeiten‹ abhielt«, antwortete er. »Sie glaubte, dass ich das Bild an einen Florentiner Händler verkauft hätte.«

»Von dem Brief habe ich gehört«, meinte Mutter Elisa. »Damit wollte dieser Jemand sie nach Florenz locken. Wenn es nicht der Mörder gewesen ist!«

»Es war eine Lüge. Ich hatte es überhaupt nicht verkauft!«

»Was habt Ihr mit dem Bild gemacht?«

»Wir versteckten es schließlich bei einem Nachbarn von Rinaldo, dem Wirt.«

»Wie ist sein Name?«

»Tomasio Venduti. Das ist ein Tuchhändler, ein Adliger, der wie Lorenzo de' Medici kostbare Bilder und andere Kunstgegenstände sammelt.«

»Venduti.« Mutter Elisa blinzelte in die Sonne und legte ihre rosige Stirn in Falten. »Den Namen habe ich schon einmal gehört. Jetzt habe ich es. Er ist oder war als glühender Anhänger Savonarolas bekannt.«

»Was sagt Ihr, ehrwürdige Mutter?«, fragte Francesco aufgeregt und zügelte sein Pferd. »Er ist Anhänger Savonarolas? Dann hat er uns aber getäuscht. Er gab sich als dessen Feind aus.«

»Ihr solltet zu ihm gehen und Euer Bild herausverlangen, sobald wir Angelina gefunden haben. Wer weiß, was er sonst damit anstellt!«

»Vielleicht könnten wir einen Boten zu Rinaldo schicken und ihn bitten, das Bild zu holen. Die Erklärung dafür ist einfach: Jetzt, nachdem Savonarola tot ist und es keine *Fanciulli* mehr gibt, können wir das Bild an Angelinas Eltern geben, und sie können damit verfahren, wie es ihnen beliebt.«

Sie kamen zu einem Weinkeller, untersuchten ihn und fanden ihn leer.

So erging es ihnen auch mit den nächsten. Francesco konnte seine Ungeduld kaum noch zügeln.

»Wir müssen Angelina finden, bevor ihr etwas zustößt!«, rief er aus. »Ich glaube, dass sie in großer Gefahr ist!«

»Wollt Ihr nicht selbst nach Florenz reiten und das Bild holen? Möglicherweise kann Euch dieser Tomasio eine Auskunft geben. Wir werden die Suche hier fortsetzen.«

»Nein«, stieß Francesco hervor. »Ich würde es mir niemals verzeihen, wenn ich Angelina ihrem Schicksal überlassen würde.«

»Dann sucht weiter, mit Gott. Ich werde zum Kloster zurückreiten und einen Jungen aus dem Dorf in die Stadt schicken.«

Francesco biss sich auf die Unterlippe. Warum hatte er Angelina aus den Augen gelassen? Er war schuld, wenn ihr jetzt ein Leid geschehen würde.

Den ganzen Tag schweifte er in den Weinbergen umher. Ab und zu begegneten ihm die Nonnen, die wie er fieberhaft auf der Suche waren.

Am Abend musste er ohne Ergebnis ins Kloster zurückkehren. Der Bote war inzwischen zurückgekommen. Rinaldo habe seinen Nachbarn nicht angetroffen, berichtete Mutter Elisa. Er sei verreist, hätte der Diener gesagt, und er hätte das Bild mitgenommen.

Domenian hatte Angelina allein gelassen. Da es immer gleich dunkel und feucht war, wusste sie nicht, ob es noch Tag oder schon Abend war. Sie saß mit dem Rücken an die Wand gelehnt. Wenigstens eine Decke hatte Domenian ihr dagelassen. Und ein Brot und eine Kanne mit heißem Würzwein. Sie hatte gegessen und getrunken, das warme Getränk hatte ihre Lebensgeister wieder geweckt. Sie glaubte nicht daran, dass Domenian sie vergiften würde. Er hatte etwas ganz anderes mit ihr vor. Bei der Vorstellung überlief sie ein Schauer. Und sie glaubte auch nicht daran, dass Francesco tot war. Vielleicht war er schon auf dem Weg hierher. Hatte sie ihm erzählt, dass sie einmal fortgelaufen war und die Nacht in solch einem Keller verbracht hatte?

Angelina riss ein weiteres Stück von dem Brot und schob es in den Mund. Frisch war es nicht mehr, es schmeckte sehr trocken. Sie nahm einen Schluck Wein. Ihr Mund und ihre Kehle waren wie ausgetrocknet. Nein, sie hatte nur mit Mutter Elisa darüber gesprochen und früher mit Tante Bergitta. Ob Francesco darauf kam, mit Mutter Elisa zu sprechen? Die Öllampe brannte ruhig in einer Ecke des Raumes. Angelina wurde müde, die Augen fielen ihr langsam zu. Doch dann begann ihr Herz einen Schlag auszusetzen, um dann weiterzurasen. Was hatte sie, war sie krank geworden?

Sie riss die Augen auf. Die Öllampe stand schief und neigte sich dem Boden zu. Sie wollte aufspringen, wurde aber von ihren Fesseln daran gehindert. Das Herzrasen wollte nicht aufhören. Angelina sank an die Wand zurück. Die Decke des Kellers, schwach erleuchtet von der Lampe, drohte auf sie herunterzufallen. Sie wollte um Hilfe schreien, brachte aber nur ein Krächzen heraus. War das ihre Stimme gewesen? Ihr Kopf war vernebelt, sie fiel in ein Loch. Oben sah sie Licht hereinfallen. Sie erhob sich vom Boden und flog diesem Licht entgegen. Schon war sie draußen in der Nacht und flog über die Wipfel der Bäume hinweg. Das hatte sie doch schon einmal, mehrmals erlebt! Der Mond stand als rote Scheibe über ihr, unter ihr glitten die Weinberge und Felder dahin. Mit ihr flogen weitere Gestalten, junge Frauen wie sie, alte Männer und Kinder, alle dem gleichen Ziel entgegen. Glitzernde Meere, Städte, die im Mondschein schimmerten, große Gebirge, auf deren Gipfeln Schnee lag, glitten unter ihr vorbei. Es war ein Summen und Sausen in der Luft. Die Gestalten sangen und riefen Scherzworte zu ihr herüber. Gewundene Bänder von Flüssen nahmen ihren Weg zum Meer, sanfte, bewaldete Kuppen wiesen ihnen den Weg zum Berg aller Berge, der schließlich in der Ferne auftauchte. Große Feuer waren zu ihrer Begrüßung entzündet worden. Jeder der Fliegenden nahm an Fahrt auf, um als Erster dort zu sein. Angelina ließ sich treiben, vom Wind, wie sie meinte, aber schließlich landete auch sie neben den anderen auf einer Wiese. Um die Feuer herum waren Tische und Bänke aufgebaut. Vor den Feuern standen junge Frauen mit halb entblößten Brüsten und kochten Suppe in großen Töpfen. Auf den Bänken scharten sich weitere Männer, Frauen und Kinder zusammen mit Teufeln, an denen sie sich rieben und mit denen sie aßen und tranken. In Tonkrügen schäumte schwarzes Bier.

Angelina trat näher an einen der Tische heran. Intensive Düfte stiegen davon auf. Angelina sah eine Schüssel Birnenkompott, mit Anis gewürzt, daneben Erdbeeren mit Honig und Sahne. Ein knuspriger Wildschweinbraten lag auf einer riesigen Platte. Von ihm ging der Geruch nach Fenchel aus. Garnelen, Krabben und Austern wurden in einer sämigen Soße serviert, umgeben von Granatapfelmus und Selleriesalat, gespickt mit Nelken und mit Muskatnuss bestreut. Angelina begann zu kichern. Hatte ihr ihre Amme nicht einmal erzählt, diese Speisen und Gewürze würden die Menschen zur Liebe bereit machen? So hielten sich auch diejenigen, die mit dem Essen fertig waren, an den Händen, schauten sich gegenseitig in die Augen, küssten und betasteten sich. Manche verschwanden hinter Bäumen oder Büschen; von dort hörte Angelina keuchende Laute und hohe Schreie. Es erregte sie.

Ein Teufel mit einem Höcker auf der Stirn bat sie mit einer Handbewegung neben sich. Ein Geruch nach Feuer und Schwefel ging von ihm aus. Angelina aß von allen Speisen, ließ sich dann von dem Teufel hinter einen Busch führen und entkleiden. In diesem Augenblick ertönte ein Hornsignal. Alle Anwesenden liefen auf der Stelle zusammen, als hätten die Posaunen von Jericho geblasen. Auf der höchsten Stelle des Berges stand ein Wesen, wie es Angelina noch nie gesehen hatte. Es war ein Mann mit Hörnern, wie bei einem Widder gebogen. Aus seinem Rücken wuchsen Flügel, die aus blauem Seidentuch gemacht schienen. Um die Lenden hatte er ein Wolfsfell geschlungen, das seine Blöße kaum bedeckte.

»Wer ist das?«, fragte Angelina einen ihr nahe stehenden Mann.

»Er ist der Oberste, und wir müssen ihm huldigen«, war die Antwort des Mannes. Alle stellten sich in einer Reihe auf. Jeder, der dem Obersten am nächsten kam, küsste sein entblößtes Hinterteil. Jetzt war Angelina an der Reihe. Sie roch den glühenden Atem des Wesens. Als es sich herumdrehte, sah sie ein Stück Fleisch ohne Haut.

»Nein!«, schrie sie in hellem Entsetzen. Mit einem wütenden Ausdruck wandte sich der Oberste um.

»Nein«, rief Angelina noch einmal und wandte sich zum Gehen. Die anderen blickten sie drohend an, kamen näher. Sie lief, wollte sich in die Lüfte erheben, wie vorher. Doch sie klebte am Boden fest. Endlich gelang es ihr, die Füße von der Erde zu lösen und in die Nachtluft hinaufzuschweben. Geschafft! Sie würde den ganzen Weg zurückfliegen und zu Francesco gehen. Doch ihr Flug wurde immer langsamer, ihr Körper kehrte nach unten zurück. Unten warteten die Teufel und Hexen auf sie. Mit einem Schrei schlug sie auf dem Boden auf.

Angelina blinzelte verwirrt ins Licht. Sie befand sich in dem Keller, die Öllampe brannte ruhig in der Ecke. Sie hatte Kopfschmerzen. Nach einer Weile fiel sie in einen tiefen, unruhigen Schlaf. Jäh wurde sie daraus hervorgerissen, als die Tür in ihren Angeln quietschte. Domenian stellte sich zwischen Angelina und das Licht, so dass er wirkte wie ein riesiger Schatten.

»Wann hast du den Teufel zum ersten Mal gesehen?«, sagte er drohend. »Ich frage dich zum letzten Mal.«

»Gerade eben … im Traum.«

»Das war kein Traum, Angelina. In welcher Gestalt hat er sich gezeigt?«

Angelina überlegte fieberhaft. Wenn sie den Teufel beschrieb, würde ihr Schicksal als Hexe für ihn besiegelt sein. Leugnete sie aber …

»Er hatte Hörner und Flügel und …«

»Wann hat er dich zu seiner Buhlin gemacht? Und wie?«

»Ich bin vorher aufgewacht«, murmelte sie.

»Wie sah sein Glied aus?«

»Etwas Derartiges habe ich nicht gesehen.«

»Hat er gestunken, als er zu dir kam? Nach was hat er gerochen?«

»Nach Bier … und Schwefel.«

»Hast du seinen nackten Hintern geküsst?«, fragte Domenian drängend.

»Nein. Und ich würde mich auch weigern, es zu tun!«

»Wie oft bist du nachts ausgefahren?«, kam seine Stimme lauernd herüber.

»Es war das erste Mal«, log Angelina.

»Mit welcher Salbe hast du dich fliegend gemacht?«

»Ich habe keine Salbe verwendet. Aber ich glaube, Ihr habt mir etwas in den Wein geschüttet!«

»Du bist von Kindheit an verderbt und verloren gewesen, Angelina. Deine Mutter war eine Hure, und auch du bist eine Hure! Um deine Seele zu retten, werde ich dir den Teufel noch austreiben. Immerhin hast du gestanden, zum Hexensabbat geflogen zu sein. Ich werde dich jetzt eine Weile dir selber überlassen, damit du in dich gehen und deine Sünden bereuen kannst.«

Domenian stellte ihr einen neuen Laib Brot, ein Stück Schinken und eine Kanne Bier hin. Die Reste der anderen Mahlzeit verstaute er in seinem Beutel. Er goss Öl in das Lämpchen. Der Schatten bewegte sich zur Tür hin, sie quietschte in den Angeln, dann war es wieder still. Angelina beschloss, das Essen nicht anzurühren. Wenn sie doch wüsste, ob Francesco nach ihr suchte! Vielleicht war er schon ganz in der Nähe. Sie sehnte sich nach ihm und hoffte gleichzeitig, er würde Domenian nicht in die Arme laufen. Sie war ein Mensch, der anderen gefährlich werden konnte. Hatte sie nicht Fredi in Gefahr gebracht und seinen Tod verschuldet ebenso wie den von Matteo und Eleonore? War etwa sie selbst, sie ganz allein schuld an allem? War sie wirklich eine Hexe, war sie eine Hure?

Domenian hatte recht. Sie war schon als Kind anders als die anderen gewesen. Diesen jungen Mann auf der *Festa Sagra* hatte sie mit einem Blick ihrer Augen betört und damit sein Todesurteil gesprochen. Er war hingerichtet worden, und sie hatte dabei geholfen, ihn zum Tode zu befördern! Sie weinte still in sich hinein. Hatte sie nicht einmal sagen hören, dass Hexen keine Tränen hätten? Dass Francesco damals fast zu Tode geprügelt worden wäre, war ebenfalls ihre Schuld. Denn sie, Angelina, hatte ihn dazu verführt, das Bild mit dem sündigen Gewand zu malen. Der Teufel in ihr hatte ihn dazu angestiftet. Und in ihren Augen, in den ganzen Zügen dieses Bildes lag ein dämonischer Ausdruck, das war doch der Beweis! Später hatte sie Matteo dazu verführt, sich ihr unsittlich zu nähern. Sie würde ihre Schuld, die sie in die Hölle bringen würde, nur büßen können, wenn sie Domenian alles gestand. Nein, sie würde das Essen und das Getränk nicht anrühren, sie wollte nicht mehr zum Hexensabbat fliegen. Stattdessen würde sie ihre gerechte Strafe bekommen. Es war einerlei, ob jemand nach ihr suchte. Es war eins, ob sie gefunden und gerettet wurde. Jetzt konnte nur noch Domenian sie retten. Sie kroch zu der Kanne hinüber und spähte im Schein der Lampe hinein. In dem Krug war schwarzes, schäumendes Bier. Die Bilder stürzten auf sie herab. Der Flug zu dem Berg, die Teufel, die Männer, Frauen und Kinder, das Essen, der Oberste auf dem Gipfel. Angelina erinnerte sich. Mit einer Salbe hatte der Mann sie damals eingestrichen und sie später gefragt, was sie mit dem Teufel getrieben hätte. Der Junge neben ihr hatte mit großen Augen zugeschaut, wenn Domenian Angelina verhörte, sie und sich selbst dabei anfasste und stöhnte. Schließlich hatte Domenian ihr befohlen, seinem Bruder mit einer Nadel ins Herz zu stechen, dadurch würde er vom Teufel befreit. Dabei stieß er unentwegt Gebete aus und sang Kirchenlieder. Und sie hatte es getan! Sie zuckte zusammen bei der Erinnerung. Durch diese Tat war sie, Angelina, verdammt in alle Ewigkeit und würde in der tiefsten Hölle schmoren. Es gab keinen Weg zurück.

52.

Francesco biss sich verzweifelt in den Handballen. Er musste Angelina finden, koste es, was es wolle! Doch wo sollte er noch suchen? Die Weinkeller in der Umgebung hatten sich als Fehlschlag erwiesen. Mutter Elisa war ins Kloster zurückgekehrt. Sie stand am Tor, zusammen mit ihren Nonnen, und segnete ihn zum Abschied. »Gott möge Euch beschützen und Euch das Glück geben, Angelina zu finden«, sagte sie.

Francesco ritt durch das Örtchen Fiesole. Dabei kam er am Haus von Fra Angelico vorbei. Dieser große Maler und Mönch hatte doch die Zellen in San Marco mit Fresken verziert. In Gedanken versunken ritt er weiter. Hühner gackerten, Hunde streunten durch die Gassen, und Kinder spielten mit Murmeln. Francesco erreichte das Landgut der Girondos. Hier hatte vor einem Jahr das Frühlingsfest der Familie Angelinas stattgefunden. Er ließ sein Pferd anhalten, stieg ab und band es an einen Baum. Da war der Garten mit dem Brunnen, neben dem man Fredi erstochen aufgefunden hatte. Francesco überlegte, wer damals an der Gesellschaft teilgenommen hatte. Außer Angelinas Eltern und Geschwistern waren es Leute gewesen, die er nicht kannte. Doch einen hatte er gekannt: Tomasio. Wer verbarg sich eigentlich hinter diesem Kaufmann, der Angelinas Bildnis so bereitwillig in Verwahrung genommen und sich nun damit davongemacht hatte? Hatte er etwas mit den Morden und mit Angelinas Verschwinden zu tun?

»Buongiorno«, ertönte eine Stimme. Francesco fuhr herum. Es war Angelo Nicolini, der Wachtmeister aus dem Dorf. Schweiß glänzte auf seiner Stirn, er schnaufte heftig. »Was treibt Ihr hier am helllichten Tag? Die Herrschaften sind nicht anwesend.«

»Das weiß ich, Signor Nicolini«, entgegnete Francesco. »Vielleicht könnt Ihr mir helfen. Vor einem Jahr wurdet Ihr doch von der Signoria in Florenz zu der Familie Girondo gerufen, weil es einen Todesfall gegeben hatte.«

»Woher wisst Ihr das?« Der Mann wirkte verlegen.

»Ich war selber dabei. Ist Euch irgendetwas aufgefallen?«

»Ich kann mich nicht mehr erinnern«, gab der Mann zurück.

»Was sagte Signor Girondo zu Euch?«, fragte Francesco.

»Er sagte, es seien Wegelagerer gewesen, die Signor Fredi erstochen hätten. Der Tote lag auf dem Weg zum Haus.«

»Dann habt Ihr keinen von den Gästen gesehen?«

»Nein, ich kam ja erst am nächsten Tag. Doch wartet.« Er kratzte sich am Kopf. »Meine Frau sagte mir, jemand habe am selben Abend, bevor die Teilnehmer des Festes abreisten, sein Gewand im Bach gewaschen. Sie war noch einmal hinausgegangen, um nach dem Wetter zu sehen.«

»Warum habt Ihr das nicht gemeldet?«

»Ich maß dem keine Bedeutung bei. Und jetzt muss ich weiter. *Buongiorno.*«

Francesco kehrte zu seinem Pferd zurück, stieg auf und machte sich auf den Rückweg nach Florenz. Je näher er der Stadt kam, desto mehr trieb er sein Pferd an. Angenommen, es war dieser Mönch gewesen, der Fredi erstochen hatte. Er musste unbedingt mit den Mönchen von San Marco sprechen.

So schnell es ging, ritt er zum Kloster hin. Der neue Prior, ein untersetzter Mann, empfing ihn, nachdem Francesco an der Pforte ein dringendes Anliegen gemeldet hatte.

»Herr Prior, gab oder gibt es bei Euch einen Mönch, der häufig abwesend war?«, fragte er geradeheraus.

Der Prior legte die Stirn in Falten.

»Ich darf Euch über meine Brüder keine Auskunft geben«, meinte er.

»Es geht um Leben und Tod, Herr Prior«, rief Francesco. »Jemand wird sterben, wenn ich diesen Mönch nicht finde!«

»Gott wird mir verzeihen, wenn ich eine Sünde begehe«, sagte der Prior. »Der Priester Domenian Brenetto war häufig abwesend, um die *Fanciulli* zu beaufsichtigen und im Dom die Beichte abzunehmen.«

»Habt Dank«, meinte Francesco, »das hilft mir schon ein ganzes Stück weiter. Kann ich auch noch die Zelle dieses Priesters sehen?«

Der Prior verdrehte die Augen zum Himmel.

»Auch diese Bitte werde ich Euch noch gewähren, dann geht mit Gott und rettet, was noch zu retten ist.«

Francesco folgte ihm durch den Kreuzgang. Aus der Kirche drang der Gesang der Mönche. Der Prior öffnete eine der Zellentüren und ließ Francesco eintreten. In dem Raum befanden sich nur eine Matratze und ein Kruzifix. An der Wand war das Fresko ›Noli me tangere‹ von Fra Angelico angebracht. Hier also hatte Domenian gelebt, mit diesem Bild vor Augen. Was mochte in dem Priester vorgegangen sein? Wenn er die Beichte im Dom abgenommen hatte, dann hatte auch Angelina ihm gebeichtet. Francesco erinnerte sich genau, dass sie ihm davon berichtet hatte. Und dieser Mann war mit Gewissheit der Mörder und hatte nun Angelina in seiner Gewalt!

»Wie stand Domenian zu Savonarola?«, fragte Francesco den Prior.

Der Prior räusperte sich.

»Er war ihm sehr ergeben. Vielleicht zu sehr. Immer wieder sprach er davon, dass er die Sünde bekämpfen und ausrotten müsse.«

Francesco beugte sich vor und musterte das Bild genauer. Das Gesicht Maria Magdalenas war zerkratzt! *Noli me tangere*, Maria Magdalena war eine Sünderin gewesen, doch Christus hatte sie zu sich genommen. Domenian in seiner Verblendung dagegen wollte alles, was er für sündig hielt, vernichten.

»Wir machen uns große Sorgen um Domenian«, hörte er den Prior sagen.

»Nachdem unser Herr Savonarola ... dem Feuer übergeben worden war, haben wir ihn nicht mehr zu Gesicht bekommen. Hoffentlich hat er sich nicht etwas angetan!« Er bekreuzigte sich.

»Ich bin Euch zu großem Dank verpflichtet«, antwortete Francesco. »Ich werde Domenian suchen, und ich werde ihn finden, das verspreche ich Euch.« Er küsste den Ring des Priors und ließ sich von einem Novizen hinausgeleiten.

Auf der Piazza San Marco ging das Leben seinen Gang.

Francesco lief erneut grübelnd durch die Straßen, bis er zum Laden von Lucas und Sonia gelangte. Beide bedienten gerade Kunden und warfen ihm einen sorgenvollen Blick zu. Als der letzte Kunde den Laden verlassen hatte, bestürmten sie ihn sogleich mit Fragen.

»Du hast sie nicht gefunden, nicht wahr?«, fragte Sonia mit schmerzlich verzogenem Gesicht.

»Hast du wenigstens eine Spur entdeckt?«, folgte Lucas und zwirbelte seinen Schnurrbart.

»Mutter Elisa und ihre Nonnen haben mit mir die Weinberge abgesucht, ohne Ergebnis. Von dem Wachtmeister, der damals von der Signoria geschickt wurde, erfuhr ich, dass ein Mann am Abend von Fredis Ermordung seine Kleidung im Fluss gewaschen habe. Und eben war ich noch beim neuen Prior von San Marco. Er berichtete, einer ihrer Priester sei Savonarola sehr ergeben gewesen. Vielleicht zu sehr, hat er gesagt. Das war dieser Domenian, den wir in die Kanäle verfolgt hatten.«

»Und du meinst, dieser Domenian hat all die Morde begangen?«, fragte Sonia mit geweiteten Augen. »Aber warum?«

»Ich kann es mir nur so erklären, dass er alle aus dem Weg räumen wollte, die zwischen ihm und Angelina standen. Mich hat es ja auch schon zweimal fast erwischt.«

»Wenn Domenian Angelina entführt hat, musste er einen Helfershelfer gehabt haben«, gab Lucas zu bedenken. »Denn wer sollte dich sonst niedergeschlagen und ins Wasser geworfen haben?«

Francesco fiel es wie Schuppen von den Augen

»Dass ich darauf nicht gleich gekommen bin! Ja, es muss noch jemanden geben, der gemeinsame Sache mit Domenian macht.«

»Wer könnte das gewesen sein?«, meinte Lucas.

»Vielleicht ein Mönch aus dem Kloster?«, warf Sonia ein.

»Wir wissen es nicht«, beschied Francesco. »Aber wir müssen dringend handeln. Ich weiß nur nicht, wo wir die Suche fortsetzen sollen.«

»In den Kanälen?«, schlug Lucas vor. »Ich komme mit dir.«

Sonia warf ihm einen ängstlichen Blick zu, sagte aber nichts.

»Dann müssen wir aber gut ausgerüstet sein«, stimmte Francesco zu.

»Mit Fackeln, warmer Kleidung und Waffen. Ich trage mein Schwert immer bei mir, und mein Messer steckt im Gürtel. Hast du auch ein Schwert, Lucas?«

Lucas nickte zustimmend, und Sonia beeilte sich, das Gewünschte herbeizuschaffen. Bald machten sich die beiden Männer auf den Weg, während Sonia im Laden blieb. Der Prior von San Marco war zwar erstaunt, Francesco schon wieder zu sehen, doch er gestattete den beiden, noch einmal in die Kanäle hinabzusteigen.

Der Weg bis zu dem Raum, in dem Francesco Angelinas Benediktuspfennig gefunden hatte, war ihm schon vertraut. Bis zum späten Abend suchten sie die Gänge ab. Fast hätten sie sich verirrt, es wäre nicht auszudenken gewesen, wenn das geschehen wäre! Schließlich ließ Francesco mutlos die Fackel sinken.

»Ich weiß nicht mehr weiter«, sagte er.

Lucas starrte in die Dunkelheit des Ganges, der vor ihnen lag.

»Ich glaube, wir haben uns geirrt«, meinte er.

»Wie meinst du das?«

»Wir suchen Angelina in den Kanälen oder in einem Weinkeller. Mag sein, dass sie als Kind in einem solchen Keller war. Aber es könnte doch ein ganz anderer Raum sein.«

»Woher wissen wir denn, ob es überhaupt ein Raum ist?«, fragte Francesco. »Domenian könnte Angelina genauso gut auf eine Reise mitgenommen haben.«

»Da wäre aber die Gefahr der Entdeckung zu groß«, gab Lucas zur Antwort. Niedergeschlagen traten sie den Rückweg an. Als sie den Laden betraten, kam ihnen Botticelli mit aufgeregter Miene entgegen.

»Seht einmal, was mir ein Bote soeben gebracht hat«, sagte er und hielt ihnen ein Stück Papier hin. Francesco ergriff es und las die Worte vor:

»*In Initium Finis est.*

In Caelum Infernum.

Im Anfang ist das Ende enthalten, im Himmel die Hölle. Wer hat das gebracht, Sandro?«

»Ein Bote, ein kleiner Junge, der wohl einmal zu den *Fanciulli* gehört hat. Er konnte mir nicht sagen, wer sein Auftraggeber war. Ein Mönch in einer schwarzen Kutte, sagte er.«

Lucas und Francesco wechselten einen Blick.

»Das war der Mörder«, sagte Francesco. »Kannst du mir den Jungen beschreiben, Sandro?«

»Er war klein, schmal, mit einem langen Gesicht, das irgendwie an ein Fohlen erinnerte. Die Haare schwarz. Gekleidet war er in ziemlich armselige Lumpen.«

»Wenn du ihn noch einmal siehst, frage ihn, wie der Mönch aussah und wohin er ging«, wies Francesco seinen ehemaligen Meister an.

»Das werde ich tun, Francesco«, antwortete Botticelli. »Ich bin ja froh, wenn ich mich nützlich machen kann.«

»Was könnten diese Worte bedeuten?«, schaltete sich Sonia ein. Es würden heute keine weiteren Kunden mehr kommen, sie schloss die Tür ab.

»Himmel und Hölle sind eins«, erklärte Botticelli. »Jedes Ding hat auch sein Gegenteil in sich. Niemand ist nur gut oder ausschließlich böse. Luzifer ist ein gefallener Engel, der von Gott verstoßen wurde. Du kannst ein Messer benutzen, um damit Gemüse zu schneiden oder Farbe von der Leinwand zu kratzen, aber auch, um jemanden zu töten.«

Sonia blickte ihn erstaunt an.

»In Bezug auf Angelina hilft uns das aber nicht weiter«, meinte Lucas.

»Was war denn am Anfang?«

»Am Anfang, bevor alles begann, war das Frühlingsfest von Angelinas Vater«, sagte Francesco schnell, als fürchtete er, den Faden zu verlieren.

»Es könnte heißen, dass er an den Schauplatz des ersten Mordes zurückgegangen ist.«

»Auf das Landgut der Girondos?«, fragte Sonia.

»Ja, eben das.« Francesco zitterte innerlich bei dem Gedanken, dass er gerade erst dort gewesen war. Vielleicht wurde Angelina ganz in der Nähe der Stelle, an der er mit Nicolini gesprochen hatte, gefangengehalten.

Angelina hatte den ganzen Tag auf Domenian gewartet. Die Zunge klebte ihr trocken am Gaumen, sie hatte großen Durst, der es ihr schwer machte, nicht das Bier zu trinken, das Domenian ihr hingestellt hatte. Als sie anfing, geisterhafte Gestalten zu sehen, beugte sie sich zu dem Krug hinab und trank. Ein Teil des Bieres verschüttete sie, weil es ihr nicht gelang, den Krug mit ihren gefesselten Händen zu ergreifen. Weil sie nichts gegessen hatte, wurde ihr ein wenig übel. Doch dann breitete sich eine wohlige Wärme in ihrem Magen aus. Sie lehnte sich zurück. Wieder hatte sie das Gefühl, vom Boden abzuheben. Doch sie wehrte sich dagegen. Angelina begann zu beten.

Immer wieder begannen Bilder in ihr aufzusteigen. Eine Gruppe von Teufeln stellte sich zusammen und begann zu musizieren. Einer schlug die Laute, ein anderer eine riesige Trommel. Ein Dritter blies in eine Querflöte, in deren Ende Teufelshörner geschnitzt waren. Männer, Frauen, Kinder und Teufel fassten sich an den Händen und begannen zu tanzen. Immer wilder wurde die Musik. Angelina betete lauter. Sie griff nach ihrem Benediktuspfennig. *Vade retro, Satanas!*, wollte sie rufen, doch der Pfennig befand sich nicht an seinem Platz an ihrem Hals. Sie musste ihn verloren haben. Die Gestalt des Obersten richtete sich vor ihr auf, drehte sich langsam um. Das erste Mal konnte Angelina ihm ins Gesicht sehen. Seine Lippen bewegten sich schmatzend, seine Augen glühten wie Kohlen.

Seine Züge veränderten sich und erinnerten sie an jemanden, aber an wen? Ein Feuer leckte an der Gestalt empor, hüllte sie bald ganz ein, schlug über ihr zusammen, so dass Angelina erschrocken zurückwich. Das Gesicht begann zu schmelzen, verzerrte sich und verschwand.

53.

Angelina starrte in das Gesicht Domenians, der die Öllampe in der Hand hielt, um sie besser sehen zu können.

»Du bist soeben von einem Hexensabbat zurückgekehrt«, sagte er mit einem zufriedenen Lächeln.

»Ja«, antwortete Angelina erschöpft. »Aber ich bin nicht freiwillig dort gewesen. Diese Reisen habe ich dir zu verdanken, Domenian.«

Er ging nicht weiter darauf ein, sondern sagte:

»Ich habe jemanden mitgebracht. Wahrscheinlich wirst du dich freuen, ihn zu sehen.«

Hinter ihm wurde eine zweite Gestalt sichtbar. Angelina erschrak zutiefst. Es war Tomasio, dem sie ihr Bild gegeben und dem sie vertraut hatte, bis er sie Domenian überließ. Und das, obwohl er sagte, dass er sie liebte. Er hielt das Porträt in den Händen.

»Erkennt Ihr es wieder, Signorina Girondo?«, fragte Tomasio.

Und ob sie es wiedererkannte. Das Licht der Lampe erleuchtete ihr Gesicht und den Ansatz ihres Busens. Was für eine unschuldige Zeit war das gewesen, als sie sich dieses Kleid bei Tomasio hatte anfertigen lassen! Wie freundlich er damals zu ihr gewesen war. Dieser Mann hatte ihr ein Kleid gemacht, das er ihr später, als sie ihn nicht wollte, als Sünde anlastete. Doch in den Zügen ihres gemalten Gesichtes lag immer noch dieser Ausdruck, der sie zugleich erschreckte und heftig erregte. Angelina schloss die Augen. Sah so eine Hexe aus, eine Hure? Sah so jemand aus, in den ein Dämon gefahren war?

»Schau das Bild an!«, befahl Domenian. Angelina riss die Augen auf.

»Warum quälst du mich so?«, fragte sie müde. »Warum bringst du diesen Mann, der mich verraten hat, zu mir?«

»Er sollte nur das Bild hierherbringen«, entgegnete Domenian. »Dann kann er wieder gehen.«

»Was hast du mit dem Bild vor?«

»Es wird mit dir brennen.«

Angelina schluckte. Sie fürchtete, ohnmächtig zu werden. Mit aller Kraft versuchte sie, sich wach zu halten. Ihr Kopf dröhnte.

»Ich bin noch nicht bereit zu gehen«, sagte Venduti. Hoffnung keimte in Angelina auf. Vielleicht hatte er sich es anders überlegt, vielleicht wollte er sie hier herausholen? »Wie oft stand ich vor diesem Bild und habe mir insgeheim gewünscht, diese Frau in meinen Armen zu halten«, fuhr er fort.

»Das sind sündige Gedanken, Tomasio, überlege dir gut, was du sagst«, zischte Domenian.

Tomasio warf Domenian einen wütenden Blick zu.

»Ich bin es leid, mich von dir wie ein Kind behandeln zu lassen«, schnaubte er. »Bin ich nicht für dich mit dem Bild herumgereist, um seinen Wert schätzen zu lassen?«

»Das habe ich nicht von dir verlangt«, gab Domenian zurück. »Du solltest es nur für mich verwahren. Und wo sonst als bei dir wäre es in Sicherheit gewesen? Geh jetzt und vergiss, dass wir uns je begegnet sind.«

Tomasio stemmte die Hände in die Hüften.

»Ja, das Bild war bei mir in Sicherheit«, schimpfte er. »Aber es hätte mich Kopf und Kragen kosten können!«, fuhr er fort. »So leicht kommst du mir nicht davon, Domenian. Ich habe nichts gesagt, als du Fredi erstochen hast! Ich habe dir verraten, wo Matteo weilte! Ich habe die Gräfin Scroffa für dich aus dem Weg geräumt! Ich habe alles für dich getan, und so willst du es mir jetzt lohnen? Ich werde mir das nehmen, was mir zusteht.«

Tomasio machte einen Schritt auf Angelina zu. Er fuhr mit den Fingern die Konturen ihres Halses entlang. Angelina wand sich, aber sie konnte sich nicht von der Stelle rühren. Tomasio strich über ihre Brüste, zeichnete ihre Kontur nach, so wie sie auf dem Porträt zu sehen waren. Er seufzte. Angelina hörte einen Laut, wie ihn ein Hund ausstoßen würde, der seine Beute erspäht hat. Dann ein Krachen, als wenn Knochen splitterten. Es wurde dunkel. Der Körper Tomasios fiel auf sie herab, so dass sie glaubte zu ersticken. Sie konnte sein Lid an ihrer Wange zucken spüren. Etwas Warmes lief ihr Gesicht hinab.

Eine Weile herrschte Schweigen. Angelina merkte, dass Tomasio noch atmete. Das Licht wurde wieder angezündet. Angelina erschrak über Domenians Anblick. Sein Gesicht war aschfahl, seine Augen lagen tief in den Höhlen. Die Lampe zitterte in seiner Hand.

»Ich dulde keine Sünde mehr, jetzt, wo mein geliebter Herr nicht mehr ist, weniger denn je!«, schrie er. Er stellte die Lampe auf den Boden und wälzte Tomasio von Angelina herunter. Sie wagte kaum zu atmen. Tomasio lag neben ihr und stöhnte. Domenian zog einen Gegenstand aus seiner Kutte. Es war eine Puppe aus Wachs, ohne Augen, ohne Mund, ohne Arme und Beine. Domenian band Angelina die Handfesseln los und reichte ihr eine Nadel. Er gab ihr die Puppe in die Hand, und dann verband er ihr mit einem Tuch die Augen.

»Diese Nadel musst du jetzt in das Herz dieser Puppe bohren, damit Tomasio von seinen Sünden befreit wird«, sagte er.

»Ich kann es nicht«, flüsterte Angelina.

»Dann wirst du gleich meinen Dolch spüren.«

Angelina fühlte das kalte Metall an ihrem Hals.

Sie nahm die Nadel und stach sie an die Stelle, an der sie das Herz vermutete. Gleich darauf hörte sie einen Schrei und ein Gurgeln. Domenian nahm ihr das Tuch wieder ab. Tomasio war in sich zusammengesunken, seine Augen waren verdreht.

»Siehst du, du hast ihn erlöst«, sagte Domenian dumpf. Etwas explodierte in Angelinas Kopf.

Er hatte unrecht.

Sie war keine Hexe. Er war es, der verrückt war. »Ich habe ihn nicht getötet«, sagte sie langsam, jede Silbe betonend. »So wenig, wie ich damals deinen Bruder getötet habe. Du hat mir diese Schuld nur eingeredet und ich habe sie getragen, mein Leben lang!«

»Du bist eine Hexe, Angelina, daran führt kein Weg vorbei. Und da nur ich darum weiß, bin auch ich es, der dich richten wird.«

Francesco dachte angestrengt nach. Dabei rieb er sich die Stirn.

»Wir müssen jetzt einen kühlen Kopf bewahren«, sagte er. »Jede Stunde, die wir mit der Suche verbringen, kann Angelinas letzte sein. Es nützt nichts, wenn wir von einem Ort zum anderen eilen und irgendwelchen Mutmaßungen nachgehen. Wo könnte alles angefangen haben?«

»Auf jeden Fall schon vor dem Fest auf dem Landgut«, erwiderte Lucas.

»Wir müssen erfahren, was damals vor der Entführung Angelinas geschah.«

»Wer könnte uns darüber Auskunft geben?«, fragte Botticelli.

»Nur Angelinas Eltern«, antwortete Francesco. Er schlug sich an den Kopf. »Dass ich nicht früher darauf gekommen bin! Wir müssen sofort zu ihnen!«

»Ich begleite dich«, meinte Lucas.

Sie eilten zum Stadthaus der Girondos. Auf ihr Klopfen wurden sie sogleich eingelassen. Der Diener führte sie ins *Primer Piano*, wo Signora Girondo sie mit rotgeweinten Augen empfing. Signor Girondo redete beruhigend auf Rodolfo und Clementina ein.

»Wo ist meine Tochter, meine Angelina?«, rief Signora Girondo aus.

»Sie hat versprochen, wiederzukommen, ist aber seit Tagen nicht erschienen. Ich fühle, dass ihr etwas zugestoßen sein muss.«

»Sie wird mal wieder bei Rinaldo oder sonst wo sein«, warf ihr Gatte ein.

»Nein, dort ist sie nicht«, sagte Francesco mit fester Stimme. »Auch wir glauben, dass sich Angelina in höchster Gefahr befindet! Aber du musst dich beruhigen, Lukrezia.« Signor Girondo warf seiner Gattin einen fragenden Blick zu.

»Ja, wir haben uns einmal nahegestanden, Lorenzo. Wir hatten doch nach der Beichte darüber gesprochen«, sagte Signora Girondo. »Aber das ist lange her und tut nichts zur Sache. Abgesehen davon hast du es mir ja immer vorgemacht!« Signor Girondo wollte den Mund zu einer Erwiderung öffnen, doch Francesco bedeutete ihm zu schweigen.

»Darüber könnt ihr später miteinander reden«, sagte er. »Es gibt einen wichtigen Grund, warum wir hier sind. Was geschah damals, bevor Angelina entführt und in diesen Keller gebracht worden war?«

Das Ehepaar schaute einander in die Augen.

»Ich weiß es nicht mehr«, meinte Signora Girondo.

Signor Girondo zuckte hilflos die Achseln.

»Habt ihr das alles aus eurer Erinnerung verbannt?«, bohrte Francesco weiter, »so wie es auch Angelina verbannt hat?«

»Es ist so lange her«, jammerte Signora Girondo. »Wie haben wir denn damals gelebt, Lorenzo?«

»Nun, wir haben Feste gefeiert, ich habe das Kontor in Florenz verwaltet, Tuche verkauft, wir sind in die Kirche gegangen …«

»Mit Lorenzo de' Medici haben wir Umgang gepflegt«, fügte seine Frau hinzu.

»Das hilft uns nicht weiter«, drängte Francesco. Lucas wartete gespannt.

»Was habt ihr im Sommer gemacht?«

»Da waren wir auf unserem Landgut«, brachte Signora Girondo hervor.

»Und auch da habt ihr Feste gefeiert, nicht wahr?«, versuchte Francesco ihr weiterzuhelfen. »Angelina war noch ein halbes Kind. Wie hat sie ihre Tage auf dem Landgut verbracht?«

»Sie hat mit Nachbarkindern gespielt. Da war auch ein Bauernsohn, der sie gernzuhaben schien. Sie hatte wohl seinen Bruder lieber als ihn. Und eine Verbindung wäre sowieso nicht in Frage gekommen, mit beiden nicht.«

»Was geschah an dem Tag, bevor Angelina entführt wurde?«, fragte Francesco weiter.

Signora Girondos Züge wurden weich.

»Jetzt weiß ich es wieder. Wir waren auf der *Festa Sagra* in Fiesole. Angelina tanzte mit dem Bruder dieses Bauernjungen, ich weiß seinen Namen nicht mehr. Immer, wenn sie an uns vorbeitanzte, winkte sie uns zu.«

»Und dann?«, fragte Francesco.

»Dann waren die beiden mit einem Mal verschwunden. Wir suchten sie überall, konnten sie aber nirgends finden. Tagelang haben wir nach ihr gesucht.« Tränen stiegen ihr in die Augen. »Erst viel später wurde sie in diesem Keller entdeckt. Sie sprach nie über das, was mit ihr geschehen war. Und so dachten wir, es wäre das Beste, wenn sie und wir alle es vergaßen.«

»Ob das wirklich das Beste war ...«, begann Francesco, ließ den Satz aber unvollendet. Zu Lucas gewandt, sagte er:

»Wir müssen in Fiesole selbst suchen.«

Mit einem kurzen Gruß waren beide zur Tür hinaus und ließen die Familie fassungslos zurück.

Francesco hatte Lucas gebeten, zu Sonia zurückzugehen, um sie zu beschützen. Er musste Angelina allein finden, durfte niemanden mehr in Gefahr bringen. Es war dunkel, als er in Fiesole ankam. Kein Mensch zeigte sich in den Gassen. Am Marktplatz war noch ein Gasthaus geöffnet, aus dem der Lärm der Zecher drang. Francesco band sein Pferd an einen Ring, der in die Mauer eingelassen war, und betrat den Schankraum.

Er war dunkel getäfelt; in einer Ecke glühte ein Kamin. Männer und Frauen saßen an den Tischen, aßen, tranken und unterhielten sich lauthals miteinander. Francesco steuerte auf den Wirt zu, der im Begriff war, Fladenbrote, mit Schinken und Rahm belegt, in den Ofen zu schieben. Francescos Magen knurrte, doch er konnte sich nicht mit Essen aufhalten.

»Könntet Ihr mir eine Auskunft geben, Signore?«, fragte er.

Der Wirt richtete sich auf. Sein Gesicht glänzte von Schweiß.

»Kommt darauf an, was Ihr wissen wollt«, entgegnete er.

»Wo wird hier im Mai die *Festa Sagra* abgehalten?«

»Auf dem Platz vor der Kirche«, gab der Wirt zur Antwort.

»Gibt es in der Nähe einen Weinkeller, der nicht mehr genutzt wird?«

»Davon gibt es viele«, meinte der Wirt. »Der nächste liegt am Ortsrand, nach Westen zu. Er gehört der Gemeinde. Früher habe ich selbst meinen Wein darin gelagert. Aber jetzt habe ich einen eigenen Weinberg. Ich glaube, zur Zeit nutzt ihn nur noch einer für ein paar uralte Fässer …«

Francesco dankte ihm und ließ sein Pferd beim Gasthaus zurück, um sich geräuschlos bewegen zu können. Die Gassen waren nur spärlich mit Kohlepfannen erleuchtet. In westlicher Richtung, hatte der Wirt gesagt. Francesco erreichte eine Gruppe von Bauernhäusern, die am Ortsrand standen. Alles war dunkel. Er stand still und horchte angestrengt in die Nacht hinaus. Kein Laut war zu vernehmen. Doch da … es war, als hätte eine Tür gequietscht und würde wieder geschlossen. Francesco hörte, wie ein schwerer Gegenstand über den Boden geschleift wurde. Er rannte los. Eine dunkle Gestalt war dabei, den Gegenstand auf einen Pferdekarren zu wuchten. Die Gestalt drehte sich zu ihm um, gab einen erstickten Laut von sich und schwang sich auf den Karren. Francesco schlich sich bis zur Tür des Weinkellers vor. Er hörte, wie sich das Hufgetrappel entfernte. Francesco nahm einen Anlauf und warf sich gegen die Tür. Holz krachte, doch die Tür hielt stand. Wieder und wieder warf er sich dagegen. Endlich splitterte das Holz, und der Eingang lag offen vor ihm. Im Schein einer Öllampe sah er Angelina zusammengekrümmt am Boden liegen. In einer Ecke lehnte das Bild. Francesco kniete neben Angelina nieder und sah, dass sie die Augen geöffnet hatte. Er strich ihr über die Haare.

»Du brauchst keine Angst mehr zu haben«, sagte er und begann, ihre Fesseln zu lösen, die sich tief ins Fleisch eingeschnitten hatten. Sie blickte befremdet zu ihm auf.

»Was willst du?«, fragte sie. In ihren Augen lag ein höhnischer Ausdruck.

»Ich will dich retten, Angelina, dich aus den Klauen dieses Teufels befreien!«

»Oh ja, er ist ein Teufel.« Sie lachte. »Aber ich bin ein Teil von ihm. Er ist mein Geliebter, bei ihm will ich bleiben, mit ihm will ich ausfahren, tanzen, essen, trinken, buhlen …«

War Angelina verrückt geworden?

»Du kommst jetzt mit mir«, befahl Francesco. »Du bist keine Hexe, Domenian hat dich das nur glauben gemacht!«

Ihr Blick war glasig, sie schien ihn nicht zu hören. Er schüttelte sie, doch es half alles nichts. Er versetzte ihr eine schallende Ohrfeige. »Angelina, komm zu dir!«

Sie riss die Augen auf, als würde sie ihn jetzt erst erkennen. Francesco hatte sie inzwischen mit seinem Messer von ihren Fesseln befreit.

»Beeile dich, er kann jeden Augenblick zurückkommen«, sagte er.

»Er hat Tomasio … umgebracht«, stammelte Angelina.

»Ich weiß«, meinte Francesco und blickte zu seinem Bild. Er fasste nach ihrer Hand, um ihr aufzuhelfen.

Ihre Augen wurden groß, ihr Mund öffnete sich zu einem Schrei. Im selben Moment erhielt Francesco einen gewaltigen Schlag auf den Kopf, so dass er vornüber sackte. Nicht schon wieder!, dachte er. Es wurde dunkel um ihn. Als er mit brummendem Schädel erwachte, bemerkte er, dass er an Händen und Füßen gefesselt und allein in dem Keller war. Durch die Tür drang Rauch, so dass er husten musste.

54.

Angelina lag unter einer Decke auf einem Wagen, der auf einem holprigen Weg rumpelte. Alles tat ihr weh, ihre Glieder waren zerschunden. Dicht neben ihr befand sich ein großer, länglicher Gegenstand, der sich kalt und feucht anfühlte wie ein nasser Sack. Mit Schrecken wurde ihr bewusst, dass es der Leichnam Tomasios war. Es musste schon gegen Morgen gehen, denn sie hörte die Vögel zwitschern. Daneben vernahm sie ein Kirchenlied, das ein Mann mit brüchiger Stimme sang. *Media vita in morte sumus*. Mitten im Leben sind wir vom Tod umfangen. Was war geschehen?

Domenian war zurückgekommen, hatte Francesco niedergeschlagen und sie zum Wagen gezerrt. Warum hatte er Francesco nicht getötet? Eine grauenhafte Ahnung stieg in ihr auf. Ob es Savonarola und seinen beiden Brüdern auch so ergangen war, als sie zur Richtstätte geführt wurden? Angelina roch das taufeuchte Gras, aber darüber schob sich der Geruch nach verbranntem Fleisch. Würde Domenian sie bei lebendigem Leib verbrennen? Oder würde er sie erst hängen, wie es bei Savonarolas Hinrichtung und seinem Bruder der Fall gewesen war? Wohin brachte er sie? Angelina schob mit ihren wieder gefesselten Händen die Decke von ihrem Kopf. Sie fuhren durch die Weinberge. Vor sich auf dem Kutschbock sah sie den schwarzen Rücken Domenians, die Kapuze des Mantels war verrutscht. Ob Francesco sich würde befreien können? War er allein gekommen? Als hätte er ihre Fragen gehört, drehte Domenian sich auf dem Bock um. Das Pferd suchte sich weiter seinen Weg zwischen den Rebstöcken.

»Weißt du nun, wie es sich anfühlt, wenn man zu seiner Hinrichtungsstätte gebracht wird?«, fragte er mit ausdruckslosem Gesicht.

»Was hast du vor, Domenian?«

»Ich werde mit dir Hochzeit feiern, Angelina. Das ist uns nun so lange verwehrt worden.« Mit Erschrecken stellte Angelina fest, dass dieses Gesicht sie nicht nur mit Widerwillen erfüllte, sondern gleichzeitig eine Anziehung auf sie ausübte, die sie sich nicht erklären konnte. Hatte sie noch Züge seines Bruders in ihm gefunden, des ersten Jungen, der ihr Herz anrührte, oder war es etwas anderes? Hatte Francesco diese Seite in ihr erkannt, als er das Porträt von ihr malte? War Domenian deshalb so versessen darauf, das Bild zu vernichten, gleichzeitig aber auch darauf, es zu besitzen?

»Wie willst du unsere Hochzeit feiern, Domenian?«, fragte sie in scheinbar unterwürfigem Ton.

»Wir werden noch einmal zusammen fliegen, und am Ende dieses Fluges wirst du die meine sein.«

Angelina schauderte. Würde sie noch einmal dem Obersten widerstehen können? War sie nicht von Grund aus so verderbt, dass sie eine leichte Beute des Teufels werden würde, ganz egal, was Francesco von ihr glaubte? Angelina nahm ihre ganze Kraft zusammen, um die nächste Frage zu stellen.

»Was geschieht nach der Hochzeit? Werden wir zusammenleben?«

Domenian hatte den Wagen inzwischen angehalten und wandte sich ihr zu. Er strich sich mit der Hand über das Gesicht, um es wieder in die Gewalt zu bekommen.

»Ich liebe dich, Angelina, habe dich immer geliebt. Als ich dich das erste Mal sah, warst du kein Kind mehr. Du hast etwas in deinen Augen gehabt, etwas Sündiges, das es einem Mann leicht machte, sich in dich zu verlieben und dich zu begehren.«

»Aber ich war mir dessen nicht bewusst«, wandte Angelina ein.

»Das ist es ja gerade! Kinder, Frauen und Mädchen sind sich dessen nie bewusst, wenn der Dämon in sie einfährt. Ich habe lange gewartet und dich beobachtet. Heute noch will ich mit dir Hochzeit halten und dir den Dämon endgültig austreiben.«

»Warum hast du deinen Bruder getötet, Domenian?«

»Weil du ihn verhext hattest!« Die Worte kamen schnell wie Backpfeifen.

»Ich war keine Hexe«, sagte Angelina, »aber du hast mich dazu gemacht. Warum hast du mich damals entführt? Ich war doch noch ein Kind!«

»Da täuschst du dich, Angelina«, kam es zurück. »Du warst kein Kind mehr, du warst zwölf Jahre alt, hattest schon einen richtigen Busen. Dass du neun Jahre alt gewesen seist, haben deine Eltern erfunden. Ihnen war der Gedanke, ihr Kind könne von einem bösen Mann verschleppt worden sein, lieber als der, dass du mich verführt hättest.«

Angelina fiel das Gespräch mit Domenians Mutter wieder ein, die Finger, an denen sie die Jahre abzählte. Da hätte sie schon erkennen können, dass Domenian der Täter war! »Und sie haben den Mantel des Schweigens darübergebreitet«, sagte Angelina bitter.

»Das war auch besser für dich, Angelina, denn in dem Alter hättest du das Wissen darum, eine Hexe zu sein, nicht verkraftet. Es musste erst reifen bis zum heutigen Tag.«

»Ich bin keine Hexe und auch keine Hure«, entgegnete Angelina verzweifelt. »Das hast du mir nur eingeredet, Domenian.«

Sein Gesicht zuckte, es verzerrte sich zu einer Grimasse.

»Nein, ich weiß es und ich spüre es, Angelina«, stieß er hervor. »Du hast immer Gewalt über mich gehabt, über alle Männer, die dir begegnet sind.«

Warum sollte sie sich länger mit ihm streiten? Sollte er es doch glauben. Viel wichtiger war es jetzt, dieser aussichtslosen Lage zu entkommen.

Domenian hatte sich wieder umgedreht und trieb das Pferd an.

»Glaube nicht, dass dein Freund dich retten wird«, sagte er laut vor sich hin. »Ich habe ihn ausgeschaltet.«

Francesco hustete abermals. Der Rauch, der in den Keller drang, wurde immer dichter. Er musste hier raus, so schnell wie möglich! Was würde Domenian mit Angelina anstellen? Mit aller Anstrengung arbeiteten sich seine Hände zu seinem Messer vor. Hoffentlich hatte Domenian es ihm nicht abgenommen. Seine Hände sanken zurück. Er wälzte sich auf den Bauch, um der immer stärker werden Hitze und dem Rauch zu entgehen. Doch es war kein Entkommen möglich. Endlich bekam er das Messer in seinem Gürtel zu fassen. Mühselig schnitt er an den Fesseln herum. Endlich lösten sie sich.

Er richtete sich auf und taumelte, als er mit dem Kopf in den Rauch geriet, ging auf alle viere nieder, wollte zur Türe kriechen, aber er sah, dass sie lichterloh brannte. Der Rauch wurde immer beißender, die Hitze immer größer. Francesco wich in den hinteren Teil des Kellers zurück. Hier lagerte ein Fass, das er bisher noch nicht bemerkt hatte. Er wuchtete den Deckel herunter. Drinnen roch es kühl und wie nach Essig. Er legte das Fass um und kroch rückwärts hinein. Hier ließ es sich besser atmen. Nach einiger Zeit schob er sich vorsichtig aus dem Fass heraus und sah, dass die Tür heruntergebrannt war. Er kroch aus dem Fass, lief, so schnell er konnte, zur Tür. Seine dünnen Schuhe begannen in der glühenden Asche zu verkohlen. Er stöhnte vor Schmerz. Endlich war er draußen und sog tief die Luft in seine Lungen. Der Morgen dämmerte, die Vögel sangen, als wäre nichts geschehen. Ihm war schwindlig, er musste sich setzen. Was wollte er überhaupt hier? Wo hatte er nur sein Pferd gelassen? Richtig, bei dem Gasthaus im Dorf. Der Wirt fegte gerade gähnend seine Schankstube aus. Er kam auf ihn zu.

»Wie seht Ihr denn aus?«, fragte er entsetzt.

»Ich bin in ein Feuer geraten, aber es ist gelöscht worden«, antwortete Francesco schnell, denn er wollte keine Zeit mit unnötigen Fragen verlieren.

»Habt Ihr den Keller gefunden?«, fragte der Wirt.

»Ja«, antwortete Francesco vorsichtig. »Aber das, was ich darin gesucht habe, fand ich nicht.« Er wankte.

»Um was handelt es sich denn?«, wollte der Wirt wissen.

»Um eine Ware, die man mir liefern wollte.«

Der Wirt betrachtete ihn neugierig.

»Wer hat Euch denn so übel mitgespielt?«, fragte er.

»Ich habe von dem Wein, den ich ja schon bezahlt hatte, zu viel getrunken«, gab Francesco zurück. »Dabei habe ich mir den Kopf angeschlagen.«

Der Wirt schien mit der Antwort zufrieden zu sein.

»Und jetzt sucht Ihr den Mann, der Euch das Weinfass verkauft hat?«, wollte er wissen. »Was wollt Ihr noch von ihm?«

»Ich will ein weiteres Fass kaufen«, entgegnete Francesco und versuchte seinem Gesicht einen unschuldigen Ausdruck zu geben. »Denn dieser Wein ist wirklich köstlich! Könnt Ihr mir sagen, wohin er gefahren sein könnte?«

»Er war Gast bei mir, ich kenne ihn gut«, meinte der Wirt und lachte. »Er sagte, dass er heute nach Onsignano müsse, um eine weitere Fuhre abzuliefern.« Er wies vage nach Osten.

»Aber das ist doch die entgegengesetzte Richtung.« Francesco deutete nach Westen.

»Er wird noch nach seinem Weinberg geschaut haben«, gab der Wirt mürrisch zur Antwort. Inzwischen war die Sonne aufgegangen. Francesco stieg auf sein Pferd und ritt in östlicher Richtung davon.

Gegen Mittag gelangte der Wagen mit Domenian und Angelina in ein abgelegenes Wäldchen, das auf einer Bergkuppe stand. Einmal hatte sie versucht, sich aus dem fahrenden Wagen rollen zu lassen, aber Domenian war blitzschnell vom Kutschbock gesprungen, hatte sie hochgehoben und sie wieder auf den Wagen geworfen. Kein Mensch war ihnen auf der Fahrt begegnet; Domenian musste den Weg vorher ausgekundschaftet haben.

Auf der Kuppe des Berges brachte er den Wagen zum Stehen. In der Nähe war ein Scheiterhaufen aufgerichtet. Domenian schirrte das Pferd aus und ließ es grasen. Er zog die Decke von Angelina und betrachtete sie.

»Jetzt, wo du bald mein sein wirst, in all deiner Angst, bist du für mich begehrenswerter als je zuvor«, sagte er.

Angelina warf einen Blick auf den Toten neben sich.

»Was willst du mit ihm machen, Domenian?«, fragte sie.

»Er wird als Erster brennen, denn er hat sich einer schweren Sünde, der Wollust, schuldig gemacht. Doppelt schwer wirkt diese Sünde, weil er sich an einer Hexe vergreifen wollte. Ich habe ihn immer vor dir gewarnt, aber er wollte nicht auf mich hören.« Mit diesen Worten stieg Domenian zu ihr nach hinten, umfasste sie und trug sie vom Wagen herab. Er bettete sie in das Gras auf der Lichtung. Aus seinem Reisesack holte er das Porträt von Angelina heraus.

»Dies ist der Beweis für deine tiefe Verworfenheit und dafür, dass du von einem Dämon besessen bist«, sagte er. Domenian trat näher, hielt ihr das Porträt direkt vor die Augen. Angelina wollte sich abwenden, doch etwas in ihr zwang sie, es anzuschauen. Das war also sie, Angelina, das wohlbehütete Mädchen aus Florenz, das von ihren Eltern an einen reichen Tuchhändler hatte verheiratet werden sollen. Ihr blickte eine verführerische Frau entgegen, mit einem abgründigen, dämonischen Ausdruck in den Augen. So also hatte Francesco sie gesehen und das auf die Leinwand gebannt. Warum hatte sie sich bisher das Bild nie genauer angesehen? Hatte sie es nicht wissen wollen? Was hatte sie nicht wissen wollen? Dass es ein Teil von ihr war, und dieser Teil war in sündigem Verlangen entbrannt. Doch war dieses Verlangen wirklich sündig? Angelina zitterte innerlich, aber sie nahm ihren ganzen Mut zusammen und fragte:

»Bist du nicht auch ein Sünder, Domenian, indem du dieses Bild an dich genommen, vielfach getötet hast, und bist du nicht ebenfalls wollüstig, wenn du mich begehrst?«

Domenian trat einen Schritt zurück und warf das Bild auf den Boden.

»Wie kannst du so sprechen, Angelina?«, schrie er. »Zeigst du nicht wenigstens einen kleinen Anflug von Reue?«

»Wie soll ich etwas bereuen, das ich gar nicht getan habe?«, fragte sie mit dem Mut der Verzweiflung.

»Frauen sind von Grund auf verderbt und böse«, wiederholte Domenian. »Sie dringen wie ein Stachel in das Fleisch des Mannes und bringen sein Blut in Wallung. Mein Herr hat das erkannt, andere haben es erkannt. Es ist meine heilige Aufgabe, sein Werk, Savonarolas Lebenswerk, fortzuführen und zu vollenden! Die Vereinigung mit dir ist die Vorbedingung für das ewige Heil, das du im Feuer erfahren wirst. Dann wirst du von allen Sünden frei und bereit für das Himmelreich sein.«

Angelina glaubte, ohnmächtig zu werden. Mit aller Macht versuchte sie sich bei Bewusstsein zu halten. Sie biss sich auf die Lippen, bis sie bluteten. Domenian holte einen Tiegel aus seinem Sack und begann, ihr die Stirn mit einer scharfen, aber wohlriechenden Salbe einzureiben.

Angelina erinnerte sich. So war es auch damals gewesen. Sie wollte sich wehren, bäumte ihren Körper auf, doch er hielt sie mit einer Hand fest, mit der anderen rieb er ihr die Schläfen, den Hals und den Brustansatz ein. Angelina glaubte zu traumen. Sie empfand einen ziehenden Schmerz, der sie gleichzeitig wohlig erschauern ließ. Schließlich rieb er die Innenseite ihrer Oberschenkel ein. Angelina flog diesmal nicht, es wurde dunkel, dann stand sie auf demselben Berg, den sie in den Nächten davor gesehen hatte. Diesmal waren keine Speisen aufgetischt, es gab keinen kühlen Wein in Glaskaraffen und schwarz schäumendes Bier. Überall krochen Kröten und Spinnen herum, es roch nach verfaultem Fleisch und nach Schwefel. Die Menge tanzte nicht mehr, sie weinte und wehklagte, zwischendurch stießen die Menschen grunzende Laute aus. Eine lange Reihe schob sich zu dem Gipfel hin, auf dem der Oberste erschienen war. Grässlich dröhnte Angelina das Pfeifen und Stöhnen in den Ohren. Als sie an die Reihe kam, beugte sie sich hinab und tat so, als küsse sie das rote Hinterteil.

»Willst du es wohl richtig küssen?«, kreischte es hinter ihr. Der Kopf wurde ihr herabgedrückt, zu dem Schrecklichen hingezwungen. Im letzten Augenblick legte sie ihre Hand zwischen ihren Mund und die rote Haut, denn sie war nicht mehr gefesselt. Es rauschte, es war, als wenn etwas explodiere, Flammen schlugen empor, und mit einem gewaltigen Krachen öffnete sich der Schlund der Hölle. Gleich würde dieses Wesen sie umarmen, in sie hineinstoßen, sich mit ihr vereinigen, so dass sie auf ewig mit ihm verbunden bleiben würde. Das Wesen hatte kein Gesicht, da, wo es normalerweise sein sollte, war nichts als ein Schatten. Aus dem Schatten hob sich allmählich, in grässlichen Verzerrungen, das Antlitz Domenians heraus und war schließlich, von Schwefeldampf umnebelt, der Leibhaftige selbst.

Francesco hielt sein Pferd an, als er sich weit genug vom Dorf entfernt hatte. Diesem Wirt und seinen widersprüchlichen Wegweisungen war nicht zu trauen. Francesco würde in einem Bogen um das Dorf herumreiten und den Spuren des Wagens folgen, mit dem Domenian davongefahren war. Er schlug eine andere Richtung ein. Der Weg führte durch unwegsames Gelände, war mit Brombeerbüschen und Disteln bewachsen. Schließlich erreichte er die Stelle nahe des Weinkellers, von der Domenian mit Angelina geflüchtet war.

Die Sonne war inzwischen höher gestiegen, Francesco schwitzte. Die Folgen seiner Verletzungen machten sich bemerkbar. Er musste sich immer wieder zusammenreißen, um den Schwindel und eine drohende Ohnmacht abzuwehren. Die Spur des Wagens führte ihn eine Zeitlang durch die Weinberge. Doch schließlich verlor sie sich. Er drohte vom Pferd zu fallen, so entkräftet war er. In der Ferne sah er eine bewaldete Kuppe. Ihm fiel etwas ein. Sandro Botticelli hatte einmal davon berichtet, dass in dieser Gegend ein Hügel sei, auf dem sich manchmal nachts der Teufel zeige und die Hexen mit ihm tanzten und buhlten. Francesco gab seinem Pferd die Sporen.

55.

Angelina fiel, sie fiel durch Schluchten, aus denen das Feuer loderte. Behaarte Teufel tauchten die nackten, bleichen Seelen in kochende Sümpfe. Angelina fiel immer tiefer, raste vorbei an schwarzen Spießen, auf welche die Köpfe von Menschen gespießt waren, die lautlos um Hilfe riefen. Immer höllischer wurde das Inferno, immer lauter das Getöse, immer dichter der Schwefeldampf, der ihre Sinne betäubte. Sie fiel in den tiefsten Schlund der Hölle. Und jetzt wusste sie es. Domenian war selbst der Teufel, den zu bekämpfen er vorgab. Beim ›Fegefeuer der Eitelkeiten‹ saß der Teufel auf der Spitze der Pyramide und wurde verbrannt, mit all dem, was vorher an ›Eitelkeiten‹ zusammengetragen wurde. In diesem Moment kam ihr die Erkenntnis: Mit Gewalt kann man den Teufel, kann man die Sünde nicht aus der Welt schaffen, weil man damit neue Sünde auf sich lädt. Es wurde heller um sie, sie flog auf der anderen Seite aus der Hölle heraus und landete sanft auf der Lichtung im Wald. Domenian kniete vor ihr, hielt sie mit den Armen umfasst und schaute sie mit Augen an, die verdreht waren und fast aus den Höhlen quollen.

»Ich habe dich gesehen!«, rief er mit krächzender Stimme. »Du hast mit dem Teufel gebuhlt, ich war dabei!«

»Ich habe gesehen, dass du selbst dieser Teufel bist, Domenian«, antwortete Angelina mit mehr Ruhe, als sie es sich zugetraut hätte.

»Vade retro, Satanas!«, murmelte er und schlug das Kreuzzeichen. In sein Gesicht war ein Ausdruck des Abscheus getreten. »Die Zeit ist gekommen«, sagte er. »Ich werde jetzt zunächst den Leichnam Vendutis verbrennen und dich dann an diesem Baum«, er deutete in die Richtung einer alten Linde, »erhängen und dich gleichfalls ins Feuer stoßen.«

Angelina begann zu zittern. Sie glaubte immer noch zu träumen, doch es war grausame Wirklichkeit. An dem Baum war eine Schlinge befestigt. Wie war es wohl, wenn man erhängt wurde? War denn niemand in der Nähe, um ihr zu helfen? Als hätte er ihre Gedanken gehört, bemerkte Domenian:

»Es wird niemand kommen, um dich zu retten, Angelina. Wir sind ganz allein auf der Welt.«

Angelina nahm ihren letzten Mut zusammen.

»Warum willst du mich töten, Domenian?«, fragte sie. »Nur, weil ich mit deinem Bruder getanzt habe?«

Domenian zögerte. Sein Gesicht zuckte vor Angst und Wut.

»Ihr seid dasselbe Pack gewesen wie meine Mutter«, stieß er schließlich hervor. »Ich habe sie immer verehrt und geliebt. Eines Tages, mein Vater arbeitete auf dem Feld und mein Bruder, der feine Herr, besuchte die Klosterschule in Florenz, schickte meine Mutter mich zum Zwetschgenpflücken. Hernach hieß sie mich, sie zu entsteinen, damit sie später Mus daraus kochen konnte. Dabei brach mir das Messer ab. Ich ging in die Küche, um ein anderes zu holen. Da hörte ich es. Aus dem Schlafraum kam ein Stöhnen. Ich schaute vorsichtig um die Ecke und sah sie in der Umarmung mit einem fremden Mann. Wie ein einziges Tier wälzten sie sich auf dem Strohsack. Ich hob das Messer und trat einen Schritt vor. Doch ich hatte nicht den Mut, ließ es wieder sinken und ging hinaus zu den Zwetschgen. Ich habe nie ein Wort über meine Lippen kommen lassen. Aber als mein Bruder nach Hause kam und wir bei dem Fest in Fiesole waren, habe ich euch gesehen, hinter einem Busch. Ihr wart im Begriff, die gleiche Sünde zu begehen wie meine Mutter mit ihrem Buhlen. Da habe ich zugeschlagen und euch zu dem Weinkeller geschafft, erst dich, dann ihn.«

Angelina erinnerte sich plötzlich an ein fernes, süßes Gefühl, das von tiefer Trauer erstickt worden war. Sie stöhnte auf.

»Hattest du denn keine Angst, dass dich jemand beobachtet?«, fragte sie aufgebracht.

»Die waren alle voll des Weines und mit den Frauen beschäftigt«, entgegnete Domenian. »Und ich erkannte, dass du eine Hexe bist, dass der Teufel Besitz von dir und ihm ergriffen hatte. Jetzt kannst du bereuen, was dir damals nicht möglich gewesen wäre.«

»Aber ich habe nichts getan, was ich bereuen müsste! Du solltest bereuen, Domenian!«

»Es ist zu spät«, sagte er. »Zu viel ist geschehen. Wenn du mit deinem Buhlen Francesco vor dem Angesicht des Teufels stehst, wenn du in den tiefsten Tiefen der Hölle schmorst, wirst du an mich denken.«

Angelina sank der letzte Mut. So musste sie also sterben, nachdem sie erkannt hatte, dass der Teufel sich eines jeden Menschen bemächtigen kann, der ihn nicht erkennt und rechtzeitig bekämpft. Domenian schleifte den Körper Tomasios vom Wagen und wuchtete ihn auf den Holzstoß. Mit Zunderstein und Schwamm schlug er Feuer, entzündete ein Büschel trockenen Grases und hielt es an den Scheiterhaufen. Gierig leckten die Flammen nach dem trockenen Holz. Bald brannte der untere Teil des Holzstoßes. Ein leichter Wind trieb den Rauch zu Angelina hinüber. Sie musste husten. Die Flammen erfassten den Körper Tomasios, schlugen über ihm zusammen.

Der Geruch verbrannter Haare und verkohlten Fleisches stieg Angelina in die Nase, und da sah sie alles wieder vor sich: wie Domenian seinen Bruder auf den Scheiterhaufen geschleift, Gebete gesprochen und gesungen und dann zugesehen hatte, wie er verbrannte. Als Angelina von dem Hirtenjungen aus dem Keller befreit wurde, hatte sie nichts mehr davon gewusst. Möglicherweise war die Verbrennung damals an derselben Stelle geschehen wie heute. Angelina war wieder die Zwölfjährige, die in ohnmächtiger Angst auf dem Boden lag und sich vorstellte, selber in den Flammen zu liegen, die Hitze zu spüren, die immer näher kam, den beißenden Qualm zu riechen. Wenn das Feuer sie erreicht hatte, würde sie einen unsäglichen Schmerz spüren, immer stärker, bis ihr die Sinne schwanden. An dem Blick, den ihr Domenian zuwarf, erkannte sie, dass es soweit war. Er kam langsam auf sie zu. Das Bild hatte er an den Stamm der Linde gelehnt.

»Die Linde gilt bei uns als Baum der Liebe«, sagte er. »Da ich dich so sehr geliebt habe und liebe, da Gott dich so sehr geliebt hat, muss ich es tun.«

Er bückte sich und nahm sie in seine Arme. Sie wehrte sich heftig.

»Nein, ich will nicht sterben, lass mich«, schrie sie. »Hilfe, zu Hilfe!«

Er legte ihr eine Hand auf den Mund, so dass ihre Schreie erstickten. Schon sah sie die Schlinge über sich. Domenian nahm die Hand von ihrem Mund, um nach der Schlinge zu greifen. Angelina warf einen Blick auf das Bild. Die Frau darauf schien ihr zuzuzwinkern. Sie zwinkerte sich selber zu.

»Du wirst in der Hölle schmoren, Domenian«, sagte sie mit fester Stimme. »Ich aber werde leben.«

Er hob sie hoch, um ihr die Schlinge um den Hals zu legen. In diesem Augenblick hörte Angelina Hufgetrappel. Sie wandte ihren Kopf und sah Francesco im Galopp auf die Lichtung zureiten. Domenian ließ Angelina zu Boden fallen und riss das Bild an sich. Francesco sprang vom Pferd und lief auf die beiden zu. Domenian rannte mit dem Bild zum Feuer. Nach einem schnellen Blick auf Angelina folgte Francesco ihm. Während die Männer rangen, kroch Angelina zum Feuer und hielt ihre Hände über ein glühendes Stück Holz, um den Strick zu verbrennen. Ihre Haut wurde dabei gerötet und warf Blasen, doch schließlich hatte sie Erfolg. Sie richtete sich auf. Domenian kämpfte mit dem Rücken zu ihr. Francesco schaute Angelina einen Augenblick lang an, gab jedoch nicht zu erkennen, was er gesehen hatte. Angelina schlich sich hinter Domenian. Sie hörte das Ächzen und Keuchen der Männer. Francesco wehrte Domenian mit einer Hand ab, mit der anderen zog er etwas aus seiner Brusttasche. Es war die Kette mit dem Benediktuspfennig. Francesco hielt sie Domenian vors Gesicht und rief: *»Vade retro, Satanas!«*

Domenian hielt einen Herzschlag lang inne und strauchelte. Da warf sich Angelina mit aller Kraft auf Domenians Beine und brachte ihn zu Fall. Mit einem Aufschrei stürzte er nieder, geriet dabei halb in die Flammen, und sein Gewand fing sofort Feuer. Francesco griff eilig nach dem Bild, half Angelina auf die Beine und riss sie mit sich fort zu seinem Pferd. Domenian brüllte ihnen Verwünschungen nach. Er rappelte sich auf, wollte seine brennende Kutte abreißen, wollte ihnen folgen, doch Francesco hatte Angelina schon vor sich aufs Pferd gehoben, gab ihm die Sporen, und sie preschten davon.

»Dreh dich nicht um!«, rief Francesco, als sie von dem Hügel herabgaloppierten. Zweige schlugen Angelina ins Gesicht. Der Duft der Lindenblüten begleitete sie. Angelina stellte sich vor, wie Domenian in den brennenden Holzstoß stieg, sich weiter und weiter hinaufarbeitete und schließlich auf der Spitze stand, endgültig verglühend in sich zusammensank. Ob er die Hand noch einmal zum Segen erhoben hatte? Am Weg standen einige Winzer, die mit offenen Mündern zu ihnen herüberschauten. Als Francesco und Angelina herankamen, bekreuzigten sie sich und rannten in alle Richtungen davon. Francesco raunte Angelina ins Ohr:

»Die Menschen werden sich niemals ändern!«

»Und es wird niemals mehr so sein, wie es einmal war«, gab sie zurück.

Sie erreichten den Dorfrand von Fiesole. Francesco zog die Zügel an; das Pferd fiel schnaubend in den Schritt. Sie wandten sich zum Weg, der nach Florenz hinabführte. Die ungeheure Beklemmung, die Angelina ergriffen hatte, fiel langsam von ihr ab. Sie fühlte sich schon ein wenig freier.

»Ob Domenian in die Hölle kommt?«, fragte sie. Einen Augenblick lang waren nur das Klappern der Hufe und das Zirpen der Grillen zu hören.

»Ich weiß es nicht. Wer weiß das schon, wohin wir dereinst kommen?«

»Das kommt darauf an«, sagte Angelina, und Francesco zügelte das Pferd und sagte: »Schau.« Er zeigte ihr das weite Panorama von Florenz zu ihren Füßen.

»Wohin möchtest du reiten?«, fragte Francesco.

Angelina drehte den Kopf zu ihm hin. Sie küsste ihn zart auf den Mund.

»Zu Rinaldo. Ich koche für uns ein *Stracotto,* und wir laden meine Eltern, Sonia und Lucas ein.«

»Dein Vater wird froh sein, dass alles vorüber ist. Dann kann er wieder in Ruhe seinen Geschäften nachgehen.«

»Was wird wohl aus Botticelli werden?«

»Er wird sich kaum mehr erholen«, meinte Francesco traurig. »Aber er wird wieder malen.«

»Rinaldo wird seine Wirtschaft ausbauen«, führte Angelina die Mutmaßungen weiter.

»Sonia und Lucas werden eine Familie gründen. Und was wird aus dir?«

»Ich werde weder eine Mutter Elisa noch eine Signora Girondo«, erwiderte Angelina.

»Sondern?«

»Ich. Dein anderes Ich.«

»Wenn sie von deinen Abenteuern erfährt, wird sich deine Mutter sorgen, dass du ein Teufelskind bekommst!« Angelina merkte an seiner Stimme, dass er bei diesen Worten grinste.

»Das wird nicht möglich sein«, antwortete sie. »Er war nicht in der Lage, die Sünde zu begehen, die er so sehr bekämpfte.«

»Aber wir sind dazu in der Lage, umso mehr«, gab Francesco zurück. »Wir brauchen uns nur ein Plätzchen zu suchen.«

Francesco gab dem Pferd noch einmal die Sporen. Sie galoppierten dahin, bis der Pfad hinab nach Florenz mit seinen Kuppeln, Türmen und Kirchen führte. Mitten in den Hügeln, zwischen Ginsterbüschen und Zistrosen, hielten sie an. Das Bild lehnte Francesco an einen Olivenbaum. Es war an einigen Stellen verkohlt, aber das würde zu beheben sein. Angelina auf dem Bild lächelte die beiden an. Über der Stadt hatte sich eine dunkle Wolkenwand aufgebaut. Einzelne Blitze zuckten über den Himmel, ein lauter Donnerschlag folgte. Doch schon bald verzog sich diese Wand und machte einem durchsichtig blauen Himmel Platz.

Nachwort

Die Gestalt des Priors Girolamo Savonarola (1452–1498) hatte mich schon lange fasziniert, bevor ich begann, einen Roman über die Zeit der italienischen Renaissance zu schreiben. Ebenso beeindruckt war ich vom Leben und Wirken des Malers Sandro Botticelli (1445–1510), dessen Bilder unter dem Einfluss des Priors eine starke Wandlung durchliefen.

Bis heute ist der fanatische Mönch Savonarola bei Theologen und Historikern umstritten. Am 23. Mai 1998 wurde durch Papst Johannes Paul II. ein Seligsprechungsprozess in Gang gesetzt, der immer noch andauert. Und so überlieferte auch Botticellis Bruder Simone, der erst 1503 nach Florenz zurückkehrte, ein Gespräch, das am 2. November 1499 in Botticellis Werkstatt stattgefunden haben soll. Botticelli fragte einen gewissen Doffo Spini, der maßgeblich an den Untersuchungen gegen Savonarola beteiligt gewesen war, welcher Verbrechen man Savonarola eigentlich für schuldig befunden hatte, um ihn auf so »schändliche Weise« zu Tode zu bringen. Spini antwortete, dass man niemals »auch nur eine lässliche Sünde, geschweige denn eine schwere« bei Savonarola gefunden habe. Wären der Prophet und seine beiden Mitbrüder nicht gehängt und verbrannt worden, hätte sich der Volkszorn gegen ihn und die *Compagnacci,* die Patriziersöhne und Medicitreuen, gewandt. Die Medici kehrten übrigens erst sehr viel später, im Jahr 1512, mit Unterstützung spanischer Truppen nach Florenz zurück und ergriffen erneut die Macht. Botticelli blieb der Sache Savonarolas treu, auch in seiner Malerei, bis er, krank und geschwächt, das Malen aufgeben musste und einige Jahre später starb. Ansonsten sind die Personen dieses Romans frei erfunden. Die Pest wütete im

Sommer 1497 tatsächlich in Florenz, mit allen Folgen für die Betroffenen. Es war üblich, dass wohlhabende Familien in solchen Zeiten auf ihre Landgüter flohen.

Meinem langjährigen »Vorableser« Karl Kloiböck aus Österreich danke ich ebenso wie meinem Agenten Dirk R. Meynecke für seine ständige Ermutigung, meiner Lektorin Astrid Ule für ihr umsichtiges und einfühlsames Lektorat.

CHRISTA S. LOTZ
Die Pilgerin von Montserrat
Roman
410 Seiten
ISBN 978-3-7466-2535-5

Das Geheimnis des ersten Kreuzzuges

Im Jahr 1546 findet Teresa ein Pergament ihrer Vorfahren, in dem auf eine Reliquie verwiesen wird, die jedem, der sie besitzt, grenzenlose Macht und unbeschränktes Wissen verleiht. Teresa und ihr Vater beschließen, nach der Reliquie zu suchen. Noch in derselben Nacht wird er überfallen, der Torwächter der Burg ermordet und das Pergament gestohlen. Die Spur des Mörders führt ins sagenumwobene Kloster Montserrat.

Mehr Informationen erhalten Sie unter www.aufbau-verlag.de oder in Ihrer Buchhandlung

atb aufbau taschenbuch